Das Buch

»In das Welcome Cottage hatte ich mich sofort verliebt. Es gehörte zu Evergreen Manor, einem großen viktorianischen Haus am Rand des Dorfs, das auf halbem Weg den Berg hinauf lag. Früher war es einmal das Pförtnerhaus gewesen und stand am Fuß der langen Auffahrt zum Haupthaus. Es hatte zwei Schornsteine, alte Fenster, die aus lauter kleinen Glasrauten bestanden, und hübsche muschelförmige weiße Holzschindeln, wie Spitzentaschentücher, die alte Damen gerne in ihrem Ärmel trugen.

Violet Rose, meine betagte Vermieterin, lebte mit zwei Freunden in Evergreen Manor. Sie bezeichnete mich als ihre Lieblingsmieterin und ich sie als meine Lieblingsvermieterin. Ich wohnte jetzt seit zwei Jahren hier, und obwohl das Cottage winzig war, war es der perfekte Zufluchtsort für einen Neuanfang gewesen ...«

Die Autorin

Cathy Bramley lebt mit ihrem Mann, ihren beiden Töchtern und ihrem Hund in einem kleinen Dorf in Nottinghamshire. Sie war schon immer eine Leseratte und las früher oft mit der Taschenlampe unter der Bettdecke. Damit war erst Schluss, als ihr Mann ihr einen E-Reader mit Beleuchtung schenkte. Nachdem sie achtzehn Jahre lang eine Marketingagentur geleitet hatte, startete sie als Autorin noch einmal neu durch. Von ihrem Erfolg war sie dabei wohl als Einzige selbst überrascht. Mehr über die Autorin unter www.cathybramley.co.uk

Lieferbare Titel

978-3-453-41947-6 - Wie Himbeeren im Sommer
978-3-453-42207-0 - Fliedersommer
978-3-453-42264-3 - Der Brombeergarten
978-3-453-42316-9 - Zitronensommer

CATHY BRAMLEY

APFELHERBST

ROMAN

Aus dem Englischen von Hanne Hammer

WILHELM HEYNE VERLAG
MÜNCHEN

Penguin Random House Verlagsgruppe FSC® N001967

2. Auflage

Deutsche Erstausgabe 09/2023
Copyright © 2020 by Cathy Bramley
Copyright © 2023 der deutschsprachigen Ausgabe
by Wilhelm Heyne Verlag, München,
in der Penguin Random House Verlagsgruppe GmbH,
Neumarkter Straße 28, 81673 München
Redaktion: Lisa Scheiber
Umschlaggestaltung: Eisele Grafik Design, München
unter Verwendung von Stockfood / Irina Meliukh
Satz: GGP Media GmbH, Pößneck
Druck und Bindung: Nørhaven, Viborg
Printed in Denmark
ISBN: 978-3-453-42608-5

www.heyne.de

Für Isabel und Libby, in Liebe!

Mögt ihr immer so tanzen,
als wenn euch niemand zuschaut.

Teil 1

Der erste Schritt

Kapitel 1

Das dürfte eine der schlechtesten Ideen gewesen sein, die ich je gehabt hatte. Ich sage, *eine* der schlechtesten, denn als ich damals auf der Mädchentoilette versuchte, mir mit Rosie Featherstones Ohrring ein Loch ins Ohr zu stechen, war das nicht gut ausgegangen. Die Narbe sah man immer noch. Und ihre übrigens auch.

Doch mich darauf einzulassen, ausgerechnet heute und ausgerechnet mit Eric in einem hübschen Restaurant zu Mittag zu essen, konnte damit durchaus mithalten. Hätte ich gewusst, dass es so schick sein würde, hätte ich mir etwas anderes angezogen und wäre nicht in der abgerissenen Jeans und dem gestreiften T-Shirt erschienen. Oder hätte die Einladung besser gar nicht erst angenommen. Es war Mitte September, und ich hatte geplant, mein Beet im Garten hinter dem Welcome Cottage winterfest zu machen, solange das Wetter noch annehmbar war. Doch dann war Eric mit einem offiziell aussehenden Briefumschlag aufgetaucht und hatte auf einem Mittagessen in Vinos Weinbar, nahe unserer alten Wohnung, bestanden.

Angespannt ging ich in Deckung, während er sich an dem Korken einer Sektflasche zu schaffen machte. Er begann langsam zu schwitzen und hatte die Hilfe des Sommeliers, der jetzt in der Nähe herumlungerte und selbstgefällig zusah, bereits äußerst schroff abgelehnt, wie ich fand. Ich zuckte zusammen, als der Korken schließlich knallte. Schaum lief aus der Flasche, und Eric goss uns ein Glas ein, wobei er äußerst zufrieden mit sich aussah.

9

»Prost!«, strahlte er, als er mit mir anstieß.

»Ich bin mir wirklich nicht sicher, ob Sekt unter den gegebenen Umständen angemessen ist«, sagte ich und sah zu, wie er ein Drittel seines Glases in einem Zug leerte.

Er stieß mich in die Rippen. »Ach, komm schon, Gina, beenden wir es mit einem Paukenschlag.«

»Wo habe ich das nur schon einmal gehört?«, fragte ich und trank den ersten Schluck.

Er grinste. Er hatte es am Tag meines Auszugs gesagt. Damals hatte es keinen Paukenschlag gegeben, und das würde es auch jetzt nicht.

»Einen Versuch war es wert.«

Ich lachte über den resignierten Gesichtsausdruck, den er spaßeshalber aufsetzte. »Okay, Prost.«

Unterm Strich hatten wir eine gute Zeit gehabt. Es fiel mir nicht schwer, mich an die Gründe für unsere Trennung zu erinnern, aber es war nicht alles schlecht gewesen. Eric war in Ordnung, er war nur nicht der Richtige für mich. Ich war froh, dass wir noch zusammen lachen konnten.

»Danke, dass du gekommen bist«, sagte er, und seine Stimme war für einen Moment ernst. »Ich dachte, dass wir den Anlass begießen sollten. Du hast doch immer gesagt, dass jede Errungenschaft gefeiert werden muss, egal, ob groß oder klein.«

Da musste ich ihm zustimmen.

Besonders bei Kindern war das wichtig. Ein Schwimmabzeichen, eine gute Note in einem Rechtschreibtest, der Aufstieg in eine höhere Lesestufe, selbst ein erfolgreicher Töpfchengang bei den Jüngeren, jeder Erfolg war ein Grund zum Feiern. Meiner Meinung nach reichte schon ein bisschen Ermutigung, um Zuversicht und Selbstvertrauen aufzubauen.

Eine vorbeikommende Kellnerin mit schwarzen Haaren und einem blassen Teint sah die Flasche Cava auf unserem Tisch und blieb stehen. »Ah, wie ich sehe, gibt es hier etwas zu feiern?«

»Äh, nein«, sagte ich leise, weil ich nicht wollte, dass sie die Aufmerksamkeit auf uns lenkte.

»Stimmt, das gibt es.« Eric legte mir den Arm um die Schultern und erwiderte ihr Lächeln. Ich unterdrückte ein Stöhnen. »Das ist ein ganz besonderer Tag für uns.«

Die Kellnerin sagte wieder »Ah«, informierte uns über die Suppe des Tages und ließ uns mit unseren Speisekarten allein.

»Warum hast du das gesagt?«, flüsterte ich und schüttelte seinen Arm ab. Die Frau am Nebentisch stieß ihre Begleitung an. »Die Leute sehen zu uns herüber. Sie warten darauf, dass du mir als Nächstes *die* Frage stellst.«

Er legte die Speisekarte zur Seite. »Ich denke, wir können sehr stolz auf uns sein. Wir haben geschafft, was viele Paare nicht geschafft haben.«

»Wir sind gerade geschieden worden. Das würde ich wohl kaum als einen der größten Lebenserfolge bezeichnen.«

»*Freundschaftlich*, Gina«, sagte er und legte seine Hand auf meine. »Das ist eine Leistung. Ich danke dir, dass du mir diese Trennung leicht gemacht hast.«

Ich lachte auf und zog meine Hand weg. »Soll das ein Kompliment sein?«

»Natürlich.« Er runzelte die Stirn.

»Das klingt, als wolltest du sagen, dass ich eine so furchtbare Ehefrau war, dass du erleichtert bist, mich los zu sein.«

Ich *hatte* es ihm leicht gemacht, nahm ich an. Auch wenn die Idee sich zu trennen von beiden Seiten gekommen war, hatte ich ihn die Bedingungen vorgeben lassen, als wäre ich der schuldige Part. Sachen einfach zuzustimmen war eine meiner schlechten Angewohnheiten, die ich fest vorhatte zu ändern. Sollte ich jemals wieder heiraten, würde ich alles anders machen. Meine Meinung vertreten und mich nicht einfach zu Dingen überreden lassen, nur weil es unkomplizierter war.

Mein Ex-Mann sah verwirrt aus. »Ich meine einfach, dass ich mich von niemandem lieber scheiden lassen würde als von dir, wenn ich denn schon geschieden werden muss.«

»Eric!« Mir fiel die Kinnlade herunter. »Wer in einem Loch sitzt, sollte aufhören zu graben!«

Mich scheiden zu lassen war das Verwirrendste, Unangenehmste und Traurigste, das ich je getan hatte. Wir hatten keine Kinder, nicht einmal Haustiere, um die wir verhandeln mussten, auf beiden Seiten war also außer uns niemand involviert, was die Sache erheblich vereinfacht hatte. Aber es hatte trotzdem wehgetan, vor allem als ich aus unserer schönen Wohnung ausgezogen war. Eric hatte zwar gewollt, dass ich dort wohnen blieb, bis sie verkauft war, doch ich hatte uns beiden nicht getraut, dass wir es schaffen würden, platonisch zusammenzuleben: ihm nicht, weil er zweifelsfrei versucht hätte, mich davon zu überzeugen, dass es albern war, dass einer von uns auf dem Sofa schlief, nachdem wir jahrelang im selben Bett geschlafen hatten – und eins hätte unweigerlich zum anderen geführt. Und mir nicht, weil er mich in den Wahnsinn trieb, obwohl ich ihn noch liebte, und ich einen klaren Trennungsstrich brauchte. Jetzt waren wir offiziell geschieden, und keiner hatte dabei seine Würde eingebüßt. So ganz unrecht hatte er also nicht, das war eine Leistung, nahm ich an.

»Deine Haare sehen übrigens hübsch aus«, sagte er. Offensichtlich war er zu dem Schluss gekommen, dass ein Themenwechsel wohl das Sicherste war. Er sah einem Tablett mit Essen hinterher, das auf seinem Weg zu einem anderen Tisch gerade an uns vorbeigetragen wurde.

Verlegen schob ich eine lockige Strähne hinter mein Ohr. »Danke.«

Den Sommer über hatte ich die Haare dunkelbraun gefärbt und mir lila Strähnchen machen lassen, doch jetzt, wo am Morgen ein frischer, kühler Hauch von Herbst in der Luft lag, hatten sie wieder ihren natürlichen rotblonden Ton.

»Ich hatte fast vergessen, welche Naturfarbe du hast«, fuhr er fort und schaute auf meinen Mittelscheitel. »Obwohl die grauen Strähnen schon ein Schock sind, mutig, dass du dazu stehst.« Er hob das Glas und trank schlürfend einen Schluck. »Aber das ist wohl so; du bist schließlich Mitte dreißig.«

»Ich bin vierunddreißig«, sagte ich und versuchte, nicht mit den Zähnen zu knirschen. »Und mehr als ein paar silberne Strähnen sind es auch nicht. Du bist schon vor sechs Jahren an den Seiten grau geworden.«

»Ja, aber ich bin ein …« Er sah meine hochgezogenen Augenbrauen, und das Wort »Mann« erstarb vermutlich auf seinen Lippen. Er räusperte sich. »Ein langweiliger, alter Scheißkerl, wenn es um Mode geht, der seit der Schulzeit dieselbe Frisur hat.«

Ich presste die Lippen zusammen. Das stimmte nicht ganz: Einmal hatte er versucht, David Beckhams längeren Look zu imitieren, aber alles wieder kurz schneiden lassen, als seine Freunde angefangen hatten, ihn »Shaggy« zu nennen, und jedes Mal das Scooby-Doo-Lied anstimmten, wenn er hereinkam.

»Während deine Haare schon mehr Farben gehabt haben als Josephs Technicolor Dreamcoat«, fuhr er fort.

Ich hatte mit siebzehn angefangen, mir die Haare zu färben, um meine Eltern zu provozieren, allerdings ohne Erfolg. Keiner von ihnen hatte es auch nur mit einem Wort kommentiert.

»Die Kinder lieben meine Haare, vor allem die Mädchen, sie fanden, dass ich wie eine Meerjungfrau ausgesehen habe, als sie im Frühjahr grün und blau waren.«

»Eine Meerjungfrau.« Eric kicherte. »Ich kann mir gut vorstellen, was deine Eltern davon halten würden.«

»Die überrascht nichts mehr.« Ich legte die Hand über das Glas, als Eric mir nachschenken wollte. Es tat immer noch weh, dass alles, was ich tat, bedeutungslos zu sein schien im Vergleich zu den Heldentaten meines älteren Bruders Howard, und inzwischen erzählte ich ihnen nicht mehr so viel.

»Läuft es gut in der Agentur?«, fragte ich und versuchte, das Gefühl der Ungerechtigkeit hinunterzuschlucken, das immer mit dem Gedanken an meine Eltern einherging.

»Sie boomt!«, antwortete er und sah sehr zufrieden mit sich aus.

Eric hatte noch vor unserer Zeit Teachers on Demand gegründet. Damals hatte er in einer Personalvermittlungsagentur gearbeitet und erkannt, dass Derbyshire jemanden gebrauchen konnte, der Lehrer auf Zeit an die Schulen in der Region vermittelte. Über die Jahre hatte er sich zu *dem* Spezialisten in diesem Feld etabliert.

»Schön für dich.« Ich hob mein Glas, ich freute mich für ihn. »Und das, obwohl der September immer so ruhig war.«

»Im Moment ist es auch ruhig. Das Schuljahr hat schließlich gerade erst begonnen. Die meisten Lehrer kommen noch zur Arbeit. Aber das wird sich schnell ändern.« Er rieb sich die Hände. »Stress, Krankheitsfälle, Husten und Erkältungen, Elternzeit … Es wird nicht lange dauern, und einer nach dem anderen fällt aus.«

»Arme Lehrer.« Ich schauderte, weil ich mich nur zu gut daran erinnerte.

Er zuckte die Schultern. »So ist das im Geschäftsleben. Niemand mag, wenn es ruhig ist, schon gar nicht über längere Zeit. Aber ich ruhe mich nicht auf meinen Lorbeeren aus.« Er drehte sich auf seinem Stuhl um und beugte sich vor. »Ich habe die

Gelegenheit, zu expandieren und zu diversifizieren. Es ist riskant, doch ich schätze, dass es das wert ist. Gut, dass du nicht mehr für mich arbeitest.«

»*Mit* dir arbeite!«, korrigierte ich ihn. »Ich war eine der Geschäftsführerinnen, und mir gehören noch immer zehn Prozent.«

Eric war der geschäftsführende Direktor, doch wenn ich zugestimmt hätte, ins Geschäft einzusteigen, statt weiter eine der vermittelbaren Lehrerinnen in seiner Kartei zu sein, wäre die Kontaktpflege mit den Lehrern in mein Ressort gefallen, während er sich um die Verträge mit den Schulen gekümmert hätte, wie er mir versichert hatte. Genau wie er mir auch versichert hatte, dass wir die Arbeit im Büro lassen und nicht mit nach Hause nehmen würden. Leider war es nicht so gekommen.

»Ja, natürlich, ich will auch nur sagen, dass du diese Chance als unsinnig abgetan hättest, weil du nicht bereit gewesen wärst, das Risiko einzugehen, und dann hätten wir diese Möglichkeit verpasst, uns zu vergrößern und mehr Profit zu machen.«

Er hatte nicht ganz unrecht; mir war es immer wichtig gewesen, nichts zu riskieren.

»Und du hättest natürlich auf meine Meinung gehört, nicht wahr?«, sagte ich. »Das wäre dann das erste Mal gewesen.«

»Wahrscheinlich nicht.« Zumindest hatte er den Anstand zu lachen. »Egal, lass uns nicht streiten. Schon gar nicht heute. Und was diese zehn Prozent angeht … Ich weiß, wir wollten beide einen klaren Schnitt, aber ich habe es nicht geschafft, das ganze Geld aufzutreiben, um dich auszuzahlen. Du kannst aber sicher sein, dass ich dir deine Anteile abkaufe, sobald ich flüssig bin.«

»Ich weiß«, sagte ich freundlich. Ich war versucht gewesen, ihm meine Anteile einfach so zu überlassen, doch mein Anwalt hatte darauf bestanden, dass ich mir meinen rechtmäßigen

Anteil an unserem gemeinsamen Geschäft sicherte. Um Eric nicht unrecht zu tun, muss ich sagen, dass er gebettelt, sich Geld geliehen und alles bis an die Grenze zum Diebstahl getan hatte, um mich auszuzahlen. Er arbeitete hart, und ich zweifelte nicht daran, dass es nicht lange dauern würde, bis er genug verdient hatte, um mir das restliche Geld zu geben. Und bis dahin war ich durch die Scheidungsvereinbarung und die Anteile, die ich besaß, gut aufgestellt. Noch nie im Leben hatte ich so viel Geld gehabt.

»Und du? Wie sieht es in der Welt von Chicken Nuggets, Play-Doh-Knete und Windeln aus?« Eric drehte den Stil seines Glases zwischen seinen langen Fingern. Zeigefinger und Daumen waren kräftig, wie meine Mum bereits beim ersten Mal, als er meinen Eltern begegnet war, festgestellt hatte; ihrer Meinung nach bedeutete es, dass er ehrgeizig und karrierebewusst war, was Erich unglaublich geschmeichelt hatte. Dad hatte geschmunzelt und gemeint, dass er mit mir ein hartes Stück Arbeit vor sich habe, da ich meinen Beruf aufgegeben hatte und nichts dagegen hätte, mein Leben lang Ferien zu machen. Ich hatte mich beherrschen müssen, nicht mit ihm zu streiten – ich hatte überall auf der Welt gearbeitet, um meine Reisen zu finanzieren –, doch Eric hatte solidarisch seine Hand auf meine gelegt, und ich hatte, wie üblich, nichts gesagt.

»Es läuft bestens, danke«, sagte ich und ignorierte seinen spöttischen Ton. »Ich habe meine maximale Auslastung fast erreicht.«

Im Prinzip durfte ich bis zu acht Kinder betreuen, doch ich hatte bei sechs aufgehört. Für mehr war mein Haus nicht groß genug. An lebhaften Tagen betete ich um trockenes Wetter, damit wir in den Garten konnten. Und mehr als zwei Babys gingen auch nicht, da es schlicht nicht möglich wäre, mit mehr als einem Doppelbuggy den Schulweg anzutreten.

»Gratuliere, Kinder zu betreuen ist einfach perfekt für dich«, sagte Eric in einem freundlichen, aber leicht bevormundenden Ton. »Ein leichtes Leben, kein Stress.«

Ich war es gewohnt, dass Eric sich verächtlich über meine Berufsentscheidung äußerte, doch nach unserer Trennung als Tagesmutter zu arbeiten, war die beste Entscheidung gewesen, die ich je getroffen hatte. Obwohl ich eigentlich Lehrerin war, hatte ich nur ein paar Jahre unterrichtet. Ich hatte die Kinder geliebt und es genossen, sie lernen zu sehen, doch das Schulsystem hatte ich gehasst; es hatte mich entmutigt, wie die Kinder schon mit sechs in Schubladen gesteckt wurden und unnütze Sachen lernen mussten, nur um Prüfungen zu bestehen.

»Ich würde es kaum als entspannten Tag bezeichnen, sich um acht Kinder unterschiedlichen Alters zu kümmern«, erwiderte ich. »Ich möchte dich einmal dabei erleben.«

»Danke, ich verzichte«, sagte er und zuckte zusammen. »Aber wenn du deine maximale Auslastung erreicht hast, kann sich das Unternehmen – wenn du es denn so nennen willst – doch nicht mehr entwickeln, nicht?«

Ich reagierte gereizt. »Ja, so nenne ich es. Und jedes Unternehmen kann sich irgendwie entwickeln.«

Er sah skeptisch aus. »Dein kleines Cottage schränkt die Größe deines Unternehmens doch automatisch ein. Es besteht kein Grund, vorauszudenken oder eine Erweiterung zu planen. Das geht einfach nicht, es sei denn, du ziehst um.«

»Lustig, dass du das sagst.« Ich studierte einen meiner Fingernägel. »Ich denke gerade über eine Erweiterung nach. Barnaby schreit förmlich nach weiteren Kinderbetreuungsplätzen. Vielleicht stelle ich sogar noch eine Mitarbeiterin ein.«

Ich hielt den Atem an; wo kam das denn jetzt her? Erst als wir gestern Morgen einen Spaziergang gemacht hatten, um die Enten zu füttern, hatte ich gedacht, wie glücklich ich mit meinem Leben doch war. Ich hatte eine entzückende Gruppe von Kindern, um die ich mich kümmerte, lebte in einem malerischen Cottage mit reizenden Nachbarn, und obwohl ich nie reich werden würde, genoss ich jeden chaotischen, klebrigen, lauten Tag.

Eric lachte. »Wo willst du die denn unterbringen? Ich kenne dein Haus; du könntest dich nicht mehr rühren.«

»Ich habe Pläne, Eric, große Pläne.« Ich tippte mir geheimnisvoll an die Nase und erwartete fast, dass sie nun doppelt so lang war wie vorher, wie bei Pinocchio. »Und jetzt, wo wir geschieden sind und mir das Geld ausgezahlt worden ist, hält mich nichts mehr zurück.«

Sobald ich herausgefunden hatte, wie diese großen Pläne denn aussehen sollten.

Erstaunt sah er mich an. »Schön für dich.«

»Und was meine Anteile an deiner Agentur betrifft, wenn das Geschäft so gut läuft, wie du sagst, werden meine Anteile ja auch im Wert steigen. Möglicherweise werden dich diese zehn Prozent ein kleines Vermögen kosten.«

»Äh, wie bitte?«, stotterte Eric geschockt.

Ich schlug die Speisekarte auf und versteckte mich dahinter, während ich in mich hineinlachte; das hatte er nicht erwartet.

»Möchten Sie bestellen?« Die Kellnerin war wieder da. Sie zog einen Block und einen Stift aus ihrer Schürzentasche.

»Geben Sie uns noch eine Minute.« Ich schlug die Speisekarte auf und überflog die kleinen Gerichte. Je eher dieses Mittagessen vorüber war, desto schneller konnte ich in mein neues und extrem glückliches Singledasein zurückkehren.

»Entschuldigung.« Eric, der sich offensichtlich bereits von meiner Ankündigung erholt hatte, knipste seinen Charme an. »Wir waren ganz in alte Erinnerungen vertieft.«

Er gab seine Speisekarte zurück, ohne einen Blick hineingeworfen zu haben. »Wir nehmen den Teller für zwei. Ich habe gesehen, wie einer an einen anderen Tisch gebracht wurde, Gina, das sah unglaublich aus.«

Ich sah ihn stumm an. Das war, in aller Kürze, der Grund, warum wir nicht mehr miteinander verheiratet waren. Er traf die Entscheidungen und erwartete, dass ich ihnen zustimmte.

»Spanisches Fleisch oder Meeresfrüchte?«, fragte die Kellnerin mit gezücktem Stift.

»Meeresfrüchte«, sagte Eric. »Sie liebt Meeresfrüchte.«

»Danke.« Die Kellnerin versuchte, mir die Speisekarte abzunehmen, doch ich hielt sie fest. Ich liebte Meeresfrüchte, doch die Tage, wo Eric mir gesagt hatte, was ich zu essen hatte, waren vorbei.

»Genau genommen würde *sie* gerne selbst auswählen, was sie isst. Ich hätte gerne den gegrillten Halloumi-Burger«, sagte ich, klappte die Speisekarte zu und gab sie der Kellnerin zurück.

Die Kellnerin grinste. »Gute Wahl. Und Sie, mein Herr? Möchten Sie immer noch die Platte?«

»Na ja, wenn meine Frau sich querstellt«, meckerte Eric.

»Ex-Frau«, sagte ich.

»Das meinte ich«, antwortete er mürrisch.

Die Kellnerin und ich sahen uns amüsiert an, während Eric sich umsah, um zu sehen, was die anderen Gäste so aßen, da er nicht einen Blick in die Speisekarte geworfen hatte.

»Wir feiern unsere Scheidung, daher der Cava«, sagte ich zu der Kellnerin.

Sie grinste. »An dem Tag sollten Sie definitiv das nehmen, worauf *Sie* Lust haben.«

»Eric, warum nehmen wir nicht beide den Halloumi-Burger?«, schlug ich vor. »Mit ein paar extra Zwiebelringen für dich.«

Er stimmte dem zu, und die Kellnerin verschwand, um unsere Bestellung an die Küche weiterzugeben.

»Das war peinlich«, murmelte er. »Wie du und Morticia euch gegen mich verbündet habt.«

»Das war nur, was du verdient hast.«

Er runzelte die Stirn. »Du hast mich immer für uns beide aussuchen lassen.«

»Es war einfacher so. Aber das war nicht notwendigerweise gut für mich.«

Ich sah meinen Ex-Mann an. Wir hatten beide Schuld am Ende unserer Ehe; das, was uns einmal am anderen angezogen hatte, war letztendlich das gewesen, was uns schließlich auseinandergebracht hatte. Es war die richtige Entscheidung gewesen, sich zu trennen, und die Zukunft sah für uns beide ziemlich gut aus. Es stimmte auch, was er vorhin gesagt hatte: Wir hatten geschafft, was viele Paare nicht schafften, und waren Freunde geblieben. Die meiste Zeit in den letzten zehn Jahren war er ein wichtiger Teil meines Lebens gewesen, und ich bereute nichts, doch meine Tage als Mrs. Evans waren vorbei. Ich war wieder eine Moss, und es war an der Zeit zu sehen, was ich von diesem neuen Leben wollte.

»Du hast dich verändert«, sagte Eric verdrießlich. Er kippte fast das ganze Glas Cava in einem Zug hinunter.

»Das habe ich«, sagte ich, zufrieden mit mir selbst. »Und ich habe das Gefühl, dass das erst der Anfang ist.«

Kapitel 2

Der nächste Tag war ein Sonntag, und nach meinem Morgenlauf entlang des Treidelpfads machte ich es mir auf dem Sofa bequem, um meine Eltern anzurufen. Sie waren in eine Wohnung in einer Seniorenwohnanlage im Lake District gezogen. Ich sah sie nicht oft, doch ich achtete darauf, sie einmal in der Woche anzurufen und über mein Leben auf dem Laufenden zu halten. Obwohl es zurzeit eher andersherum lief; ihr soziales Leben klang sehr viel aufregender als meins.

Ich hätte es mir gar nicht erst bequem zu machen brauchen; sie waren auf dem Sprung, um in der Gegend um Windermere Müll aufzusammeln, doch Mum hatte noch Zeit, mich über Eric auszufragen.

»Wie fühlst du dich jetzt, wo ihr … du weißt schon …« Sie räusperte sich.

»Jetzt, wo wir offiziell geschieden sind?«, beendete ich den Satz für sie.

Ein bisschen, als wäre jemand gestorben; eine Scheidung hatte etwas von einem Trauerfall. Die Beziehung zwischen Eric und mir war tot und beerdigt. Ich hatte gestern sogar noch ein paar Tränen vergossen, nachdem ich von unserem Mittagessen zurückgekommen war.

»Mir geht es gut«, sagte ich fröhlich. »Wirklich gut. Das Leben geht weiter.«

Ich hatte nicht vor, ihr die Wahrheit zu sagen. Ich wusste, dass sie und Dad von mir enttäuscht waren. In ihren Augen hatte ich es beruflich zu nichts gebracht, und jetzt war ich nicht einmal mehr glücklich verheiratet. Ich hatte versagt und das Gefühl, sie im Stich gelassen zu haben.

»Das ist die richtige Einstellung«, sagte Mum, sie klang verlegen. »Eine Scheidung ist heutzutage nichts mehr, weswegen man sich schämen muss. Und es ist auch noch nicht zu spät, wieder jemanden zu finden; du kannst immer noch Kinder bekommen.«

»Ich habe ein ganzes Haus voller Kinder« erinnerte ich sie. »Und bald bin ich sowieso viel zu beschäftigt für einen Mann.«

»Oh?«

Genau in dem Moment wurde sie von Dad unterbrochen, der fragte, wo die gelben Westen für die Abfallsammler seien, und sie beendete das Gespräch, bevor ich ihr die gleiche Geschichte von meinen Expansionsplänen erzählen konnte, die ich Eric erzählt hatte.

Gestern war es eine aus dem Moment geborene Ansage gewesen, die mich genauso überrascht hatte wie Eric, doch je länger ich darüber nachdachte, desto mehr hatte ich den Eindruck, dass die Zeit für eine Expansion vielleicht genau richtig war. Vielleicht sollte ich mich rückhaltlos für etwas engagieren und ernsthaft an meiner ewigen *Das-reicht-erst-einmal*-Einstellung arbeiten. Ich hatte das Cottage gemietet und meine Geschäftsidee umgesetzt, ohne viel darüber nachzudenken. Beide Entscheidungen waren gut gewesen, doch jetzt, wo meine Scheidung endgültig war, sollte ich anfangen, richtige Pläne zu machen.

In das Cottage hatte ich mich sofort verliebt, als ich das Bild im Fenster des Immobilienmaklers erblickte. Es gehörte zu Evergreen Manor, einem großen viktorianischen Haus am Rand des Dorfs, das auf halbem Weg den Berg hinauf lag. Früher war es einmal das Pförtnerhaus gewesen und stand am Fuß der langen Auffahrt zum Haupthaus. Es hatte zwei Schornsteine, alte Fenster, die aus lauter kleinen Glasrauten bestanden, und hübsche muschelförmige weiße Holzschindeln, wie Spitzentaschentücher, die alte Damen gerne in ihrem Ärmel trugen.

Violet Rose, meine betagte Vermieterin, lebte mit zwei Freunden in Evergreen Manor. Sie bezeichnete mich als ihre Lieblingsmieterin und ich sie als meine Lieblingsvermieterin.

Ich wohnte jetzt seit zwei Jahren hier, und obwohl das Cottage winzig war, war es der perfekte Zufluchtsort für einen Neuanfang gewesen und um im Singledasein Fuß zu fassen.

Bis jetzt war das Geld knapp gewesen, und ich hatte nicht viel für eine gemütliche Einrichtung ausgeben können. Doch wenn dein Arbeitstag daraus bestand, Essen von den Wänden zu kratzen und zu bereuen, die Knete mit blauer Lebensmittelfarbe versetzt zu haben, machte es auch keinen Sinn, nach Schöner-Wohnen-Standards zu streben. Ikea war mein bester Freund gewesen, als ich das Cottage eingerichtet hatte: leicht zu reinigende Tische und Stühle, waschbare Sofabezüge, unzählige Plastikkisten für Bücher und Spielsachen und billige, fröhliche Teppiche, Kissen und Vorhänge. Die Ausstattung stand ein wenig im Widerspruch zu der viktorianischen Architektur mit den hohen Decken, den gefliesten Böden, den eleganten Türrahmen und dem originalen Kamin, doch was sein musste, musste sein, wenn eine Horde winziger Krieger täglich durch dein Zuhause tobte.

Oben war es ruhiger. Mein Schlafzimmer war eine Kombination aus alt und neu: Überwürfe und Kissen auf der tiefen Fensterbank, auf der ich gerne saß und las, in Grau- und Rosatönen, antike Holzmöbel, die ich aus dem Haus meiner Eltern gerettet hatte, als sie sich verkleinert hatten, und frische, weiße Laken auf dem Bett. Es war mein Zufluchtsort nach einem hektischen Tag, und ich liebte es. Es gab noch ein zweites Zimmer mit einem Schlafsofa und einem Reisebett für meine jüngsten Schützlinge sowie einer Wickelkommode und einer Kiste mit Notkleidung zum Wechseln.

Das Badezimmer war ebenfalls oben. Was würde ich jetzt, wo der kleine Arlo übte, aufs Töpfchen zu gehen, für eine Toilette im Erdgeschoss geben; ich hatte den Eindruck, dass wir die Hälfte des Tages die Treppe hinauf und hinunter liefen, denn wenn erst einer meinte zu müssen, mussten alle.

Vielleicht hatte mein Aufenthalt im Welcome Cottage ja sein Ende erreicht, dachte ich und riss mich aus meiner Tagträumerei. Eric hatte recht, es verwandelte sich langsam in eine Sardinenbüchse. Vielleicht war es an der Zeit, ein Haus zu kaufen, das genauso so komfortabel, aber groß genug für meinen plötzlichen Plan zu expandieren war. Ich schaltete meinen Laptop an, googelte »zum Verkauf stehende Häuser in Barnaby« und machte mich auf eine virtuelle Häuserjagd. Vielleicht fand ich ja etwas, das noch besser war als das Welcome Cottage.

*

Am folgenden Nachmittag hatte ich, bis es Zeit war, die Größeren aus der Schule abzuholen, nur ein Baby zu betreuen. Harris war sieben Monate alt, ein blonder, stämmiger Junge und in der Regel ein Sonnenschein. Seine Mutter arbeitete erst seit ein paar Wochen wieder halbtags, und ich hatte so ein Gefühl, dass ihr die Trennung schwerer fiel als ihm; er hatte viel Spaß bei mir.

Im Moment machte er oben sein Nickerchen, und ich schaltete das Babyfon ein und nahm meine Online-Haussuche wieder auf. Im Dorf gab es nichts Passendes; ich hatte das Suchgebiet bereits erweitern müssen. Das war ein Problem, denn die Kinder, die zu mir kamen, waren alle aus dem Ort, und die, die meine Betreuung nach der Schule in Anspruch nahmen, ebenfalls. Wenn ich aus Barnaby wegzog, würden die Eltern es sich zweimal überlegen, ob sie meine Dienste in Anspruch nehmen sollten – wohl kaum der beste Expansionsplan, den man sich vorstellen konnte.

Schade, dass das Cottage nicht einfach ein Zimmer mehr hatte, dachte ich, während ich durch die Bilder von unpassenden Häusern scrollte. Ein paar Minuten später leuchtete das Babyfon wie ein Weihnachtsbaum, Harris war aufgewacht. Ich schaltete den Laptop aus, steckte ihn zurück in seine Hülle und stellte ihn außer Reichweite.

»Hallo, junger Mann«, sagte ich zu dem strahlenden Baby in dem Kinderbett und rümpfte die Nase. »Braucht da jemand eine frische Windel?«

»Bababa.« Harris hüpfte auf und ab. Er freute sich, mich zu sehen, und ich machte schnell ein Foto für sein Tagebuch und gab ihm einen Kuss auf den Kopf, als ich ihn hochnahm.

Zwei Minuten später war er wieder sauber. Er belohnte mich für meine Bemühungen, indem er mich an den Haaren zog und das sehr lustig fand.

»Na, hör mal«, sagte ich und klaubte seine Finger aus meinen Haaren. »Lass uns raus in die Sonne gehen und den Damen in Evergreen Manor einen Besuch abstatten; vielleicht können sie mir ja bei dem Hausproblem helfen.«

Ich packte meine Tasche, um die Kinder aus der Schule abzuholen, steckte Harris in sein Babytragetuch und verließ das Haus durch die Hintertür. Im Gartenzaun war ein Tor, durch das ich direkten Zugang zum Grundstück von Evergreen Manor hatte. Während Harris meine Zeigefinger fest umklammert hielt, machten wir uns im Herbstsonnenschein auf den Weg, überquerten den Rasen und gingen um das Haus herum am Gemüsebeet vorbei zur Hintertür. Gewöhnlich besuchte ich meine Nachbarn nicht, wenn die Kinder da waren. Violet und Delphine waren Lehrerinnen im Ruhestand und an Kinder gewöhnt, doch Bing war das nicht und hatte einmal gewitzelt, dass er Kinder liebe, aber kein ganzes auf einmal verspeisen könne.

Aus dem Hühnerstall, der neben drei Apfelbäumen am Rand des Rasens stand, kam ein gehöriger Lärm. Die Holztüren standen offen und daneben lag ein Haufen feuchtes Stroh. Die Hühner huschten überall herum und protestierten, als wollte jemand sie bestehlen, und hinten aus dem Stall war Gesang zu hören.

»Five, six, seven o'clock, da-da-da-dah. Nine, ten, eleven o'clock, da-da-da-dah. We're gonna rock da-dah-da-dah.«

Ich lächelte vor mich hin. Es war klar, wer das war.

»Das ist Bing«, sagte ich zu Harris, der mir aufgeregt die Fersen gegen die Oberschenkel schlug. »Er singt seinen Hühnern wieder etwas vor. Was sagen die Hühner? Gack-gack-gack.«

Ich ging gerade in die Knie, damit Harris die Hühner besser sehen konnte, als Bing aus dem Stall auftauchte. Er hatte ein paar Eier in der Hand und war voller Stroh, doch hinter seinem Grizzlybärenbart verbarg sich ein warmes Lächeln.

»Hallo, meine Liebe! Schaut mal her, Mädchen«, sagte er zu den Hühnern, steckte sich die Eier in die Tasche und griff nach seinem Gehstock, »wir haben Besuch. Lass das Baby nicht fallen, Gina. Die Hühner fressen alles.«

»Ich hatte nicht vor, ihn fallen zu lassen.« Trotzdem hielt ich ihn fester. »Wir wollten Violet und Delphine besuchen, sind sie drinnen?«

»Sind sie. Irgendwo im Haus. Als ich sie zuletzt gesehen habe, haben sie ein Riesentheater um irgendwelche Kleider gemacht.« Hinkend kam er zu uns herüber. Er stand auf der Warteliste für eine Hüft-OP, doch es dauerte so lange, dass er schon gewitzelt hatte, sie würden ihn dafür ausgraben müssen, wenn es in diesem Tempo weiterging.

Ich unterdrückte ein Kichern, betrachtete sein mottenzerfressenes Hemd, die an den Knien abgewetzte Hose und die Gummistiefel mit den großen Löchern an den Zehen. Das Bing viel Theater um seine Kleidung machte, konnte man ihm wirklich nicht vorwerfen.

»Und wer ist der Kleine, häh? Er ist von hier, nicht, oder ist es eine sie?« Er zeigte mit dem Ende seines Stocks auf das Baby.

»Das ist Harris, und er ist aus dem Ort. Seine Mama arbeitet als Arzthelferin.«

»Glücklicher Bursche, hier aufwachsen zu dürfen«, sagte Bing und tätschelte dem Kleinen den Kopf, als wäre er ein Hund. »Ich bin von Birmingham hierher evakuiert worden, weißt du. Glückliche Erinnerungen sind das.«

»Ich weiß, du hast mir davon erzählt«, sagte ich und warf einen schnellen Blick auf meine Uhr. Bings Geschichten waren spannend, doch wenn er erst einmal anfing zu erzählen, kam man nicht mehr weg, und ich wollte Violets Rat, bevor ich zur Schule musste.

»Ich war erst sechs«, sagte er und stützte beide Hände auf den Stock. »Stell dir das mal vor, von deiner Mutter getrennt zu werden, mit sechs! Nach zwei Monaten haben sie mich nach Hause geschickt, weil sich nichts getan hat. Sitzkrieg nannten sie das.«

»Und dann bist du mit acht wiedergekommen«, sagte ich, »und hast Jack Rose, Violets Bruder, kennengelernt.«

»Haha, genau!«, lachte er. Seine Augen waren immer noch scharf und klar, obwohl er über achtzig war. »Wir waren Freunde fürs Leben, Jack und ich.« Er machte ein trauriges Gesicht und rieb sich die Nase mit der Rückseite der Hand. »Ich vermisse ihn immer noch, den alten Burschen.«

»Natürlich tust du das.« Ich hatte Glück, ich hatte noch nie jemanden verloren, der mir sehr nahestand. Meine Großeltern waren vor meiner Geburt verstorben, und alle anderen in unserer kleinen Familie waren noch da. Ich hatte nicht einmal den Verlust eines Haustiers erlebt; mein Bruder Howard war Allergiker, und mein Weihnachtswunsch, ein Hund oder ein Kätzchen, war deshalb nie in Erfüllung gegangen.

»Wir gehen mal rein, wenn das in Ordnung ist, ja?«, sagte ich. »Bevor ich wieder losmuss.«

»Mach das, meine Liebe«, sagte Bing und lächelte wieder. Er zeigte auf die offenen Terrassentüren. »Und erinnere die Mädchen daran, dass mein Kumpel Stanley gleich zum Kartenspielen kommt. Sie sollten also sehen, dass sie was anhaben. Wir wollen doch nicht, dass der alte Junge beim Anblick eines Strumpfbundes einen Herzinfarkt bekommt, nicht wahr, Harris?«

Das Baby lachte wie aufs Stichwort, und Bing gab mir ein paar Eier, die ich irgendwie in meine Jackentasche gesteckt bekam.

Ich ging in die Küche und rief, doch niemand antwortete. Ich liebte diesen Raum; er war ungefähr dreimal so groß wie meine Küche. An den Terrassentüren blätterte die Farbe ab, und zwei der unteren Glasscheiben hatten einen Sprung, doch jetzt wurden sie von blau-weiß karierten Türstoppern in der Form von Hunden offen gehalten und alles sah sehr einladend aus. Durch die Bakelitgriffe an den frei stehenden Schränken, das Steingutgeschirr auf der Kommode und den uralt aussehenden Herd kam ich mir immer vor, als wäre ich am Set von *Ruf die Hebamme* oder unter der Treppe in Downtown Abbey. Doch trotz des abgenutzten Inventars und der uralten Haushaltsgeräte war es ein freundlicher Ort; das ganze Haus strahlte Wärme und Gemütlichkeit aus und schaffte es immer, meine

Laune zu heben. Und wenn ich mich nicht irrte, hatte jemand gebacken; eine süße Würze lag in der Luft.

»Komm nicht ins Nähzimmer, Bing Kershaw, hörst du?«, erklang eine Stimme aus den Tiefen des Hauses.

»Das ist nicht Bing, ich bin's, Gina«, rief ich, ging durch die Küche und warf einen Blick in die Diele. »Mit Harris. Ich kann wiederkommen, falls es jetzt nicht passt.«

Die Diele war eine Studie in verblichener Eleganz. Lange Samtvorhänge an einer aufwendigen Vorhangleiste rahmten eine große Eingangstür mit einem farbigen Oberlicht ein. Die Bodenfliesen waren schwarz-weiß wie ein Schachbrett, ein abgenutzter Samtsessel stand am Fuß der Treppe, und eine Standuhr aus wunderschönem poliertem Holz thronte majestätisch über allem.

»Oh, ausgezeichnet, es ist Gina mit dem Baby!«, sagte eine durchdringende Stimme.

»Komm herein, meine Liebe!«, fügte eine andere, höhere hinzu.

Delphines winziges Gesicht, das von einem weißen Bob eingerahmt wurde, blickte durch einen Spalt in der Tür. Die Halbbrille, die an einer Kette befestigt war, saß auf der Nasenspitze.

»Sieh ihn dir an, den kleinen Engel!«, sagte sie mit ihrer sanften Stimme und kam auf uns zu. Harris griff nach ihren Fingern, entdeckte die vielen Silberringe und zog sie sofort in seinen Mund. »Darf ich ihn mal halten?«

»Vielleicht solltest du die erst herausnehmen«, sagte ich und zeigte auf die Stecknadeln, die in ihrer rosa Leinentunika steckten.

»Mein Gott, natürlich!« Delphine schnitt eine Grimasse und führte mich in das kleine Zimmer.

»Willst du das arme Kind punktieren, Delph?«, fragte Violet.

Sie stand auf einem kleinen, gepolsterten Stuhl neben dem Kamin. Ihre obere Hälfte war in lila Stoff gehüllt, während die stämmigen, blassen Beine nackt waren. Sie war genauso breit wie hoch, hatte eine Mähne aus stahlgrauen Locken und ihr Busen erinnerte an den Bug eines Schiffes.

»Ach, sei doch still«, sagte Delphine und schlug spielerisch nach ihrer Freundin. »Sonst mache ich deine Hose zu eng und zwinge dich zu einer weiteren Diät.«

»Diät – ha«, sagte Violet. »Ein Tag ohne Butter ist ein verschwendeter Tag, wenn du mich fragst. Das Gleiche gilt übrigens für Kuchen. Und wo wir gerade davon reden …« Sie sah Delphine hoffnungsvoll an.

»Ich habe alle Hände voll zu tun«, erwiderte Delphine mit süßer Stimme. »Aber ich nehme gern eine Tasse Tee, wenn du ihn machst.«

»Ich bin das Mannequin, du erinnerst dich?«, erwiderte Violet und schwenkte den Arm in der Luft. »Ich darf mich nicht bewegen. Und leider dauert dieser verdammte Job eine Ewigkeit.«

»Ich war noch nie hier drinnen«, sagte ich und drehte mich einmal um mich selbst, als Delphine sich von den tödlichen Waffen befreite und mir Harris abgenommen hatte. Er wurde von Woche zu Woche schwerer. »Was für ein wunderschöner Raum.«

Vieles darin schien noch im Originalzustand zu sein; die hohe Decke, der wundervolle Kristallleuchter in der Mitte und die schönen Stuckelemente. Der untere Teil der Wände hatte eine warme Holzvertäfelung, und da das Haus höher gelegen war als mein Cottage, bot es einen wundervollen Blick auf das Dorf Barnaby und die Berge des Derbyshire Peak District in der Ferne.

»Das war früher einmal ein Esszimmer, das nie genutzt worden ist«, sagte Delphine, während sie an Harris' Nacken schnupperte. Ich lächelte; ich kannte das von mir, der Geruch eines Babys hatte etwas Unwiderstehliches. »Und das Licht ist so gut, dass Violet vorgeschlagen hat, dass ich es als Nähzimmer nutze. Das ist der reinste Luxus; ich liebe diesen Raum. Im Haus meiner Eltern musste ich meinen ganzen Kram, wie meine Mutter sich ausgedrückt hat, in meinem Schlafzimmer unterbringen.«

Ich wusste von Violet, dass sie und Delphine sich kennengelernt hatten, als beide an derselben Mädchenschule unterrichtet hatten. Dort waren sie Freundinnen geworden. Delphine war das einzige Kind strenger Eltern gewesen und hatte sie gepflegt, als sie älter geworden waren. Nachdem ihr Vater einen Schlaganfall erlitten hatte und die Demenz ihrer Mutter immer schlimmer geworden war, hatte sie nur noch stundenweise unterrichtet. Schließlich war es ihr zu viel geworden, und sie hatte ihr Elternhaus verkauft, um die Pflege ihrer Eltern bezahlen zu können, und ohne ein Zuhause dagestanden. Violet hatte damals darauf bestanden, dass sie nach Evergreen Manor zog, ein Umzug, der ihnen beiden gutgetan hatte und immer noch tat.

»Mutter hat erzählt, dass das früher einmal das Schwesternzimmer war, als das Gebäude als Krankenhaus genutzt wurde«, fügte Violet hinzu. »Es wird erzählt, dass sie einmal meinen Stiefvater hier hereingeschmuggelt hat, um ihm die Haare zu schneiden. Er hat gesagt, dass er sich an dem Tag in sie verliebt hat. Setz dich doch, meine Liebe.«

»Deine Mutter war Krankenschwester?«, fragte ich und wählte den Platz am Fenster, um die Aussicht zu genießen. Ich saß auf einem wunderschönen, mit Chintz bezogenen Kissen, das perfekt zu der Steinfensterbank passte. Ein paar andere Kissen in passenden Tönen stützten meinen Rücken.

»Mir schlafen langsam die Füße ein hier oben«, Violet hob erst den einen Fuß und dann den anderen. »Ja, sie war

Krankenschwester, Gina. Mein leiblicher Vater war ein Unteroffizier in der Armee und ist leider bei der Landung am D-Day im Kampf gestorben. Mein Stiefvater ist hierher gebracht worden, um sich zu erholen, nachdem man ihn über dem Kanal abgeschossen hatte. Er und meine Mutter haben sich dann nach dem Krieg wiedergetroffen und am Tag der Befreiung geheiratet.«

»Tragisch. Aber sehr romantisch«, sagte Delphine und drückte ihre Wange an Harris' Wange, während sie mit ihm durch den Raum tanzte.

»Mein Gott, Delphus, reiß dich zusammen«, kicherte Violet. »Dem Kind wird noch ganz schlecht.«

Aus Harris' Mund lief wirklich weißer Sabber, den ich ihm jedoch abwischen konnte, bevor er auf Delphines Oberteil landete.

»Oh, Liebling, das ist meine Schuld«, murmelte Delphine und setzte sich mit ihm hin. »Ich bin so ein ungeschickter Tölpel.«

Ich unterdrückte ein Lächeln; sie war zierlich und anmutig und die am wenigsten ungeschickte Person, die ich kannte.

»Die Anprobe ist vorbei, ja?«, mokierte sich Violet. »Das Baby hat die Sache beendet?«

»Entschuldigung«, sagte ich. »Soll ich ihn dir wieder abnehmen, Delphine, damit du weitermachen kannst? Ich habe nur hereingeschaut, weil ich euren Rat brauche.«

»Neeein!«, schrie sie und hielt Harris fester. Sie saß jetzt auf dem Teppich und hatte Harris vor sich, der ihr die Beine tätschelte.

Violet lachte. »Ich schätze deine Chancen, ihn zurückzubekommen, sind nicht sehr groß, Gina. Außerdem habe ich die Nase voll davon, ihr Nadelkissen zu sein, und sehne mich nach einer Tasse Tee. Ich bin total ausgetrocknet. Sei so lieb und hilf mir herunter.«

Violet schnaubte und schnaufte, als ich ihr beim Abstieg von dem Stuhl half.

»Was soll das werden?«, fragte ich. »Das ist eine wunderschöne Farbe.«

Einen Moment herrschte Schweigen, bevor Delphine sich über Harris beugte, um ihn mit weiteren Küssen zu bedecken. Das arme Kind hatte Lippenstiftabdrücke im ganzen Gesicht.

»Ein Hosenanzug«, antwortete Violet. »Angeblich. Aber sie braucht ziemlich lange. Wenn das so weitergeht, wird er nicht fertig bis …«

»Ich habe mich für das Violett entschieden, weil der Amethyst für Gleichgewicht und Frieden steht«, sagte Delphine, »und die Ungeduld vertreiben soll.«

Sie sah mich an und runzelte wissend die Stirn.

»Oha, Fräulein Schlaumeier«, sagte Violet, schmunzelte aber, während sie sich behutsam bewegte, um nicht von den Stecknadeln gepikst zu werden, die das Kleidungsstück zusammenhielten. Sie verschwand hinter dem Paravent in der Ecke, um sich umzuziehen.

Harris begann angesichts der ganzen Küsserei zu protestieren, und Delphine stand auf und lief mit ihm im Zimmer herum.

»Wir vermissen Kinder, jetzt, wo wir keine Lehrerinnen mehr sind, nicht, Delph?«, sagte Violet hinter dem Paravent. »Keine von uns hat enge Familienangehörige. Die nächsten Kinder sind die meiner Großnichte und leben am anderen Ende des Landes, sodass wir sie nie zu Gesicht bekommen.«

»Stimmt«, sagte Delphine seufzend.

Mein Blick fiel auf eine große Tasche mit Stofffetzen, die neben Delphines Nähmaschine stand. »Die sind großartig«, sagte ich und hob Reste von Taft, Samt und bedruckter Baumwolle hoch. »Die Kinder wären begeistert, damit spielen zu dürfen.«

»Wirklich?« Delphines Gesicht leuchtete auf. »Dann solltest du sie mitnehmen. Wir werfen sie sonst nur weg.«

»Das ist so lieb von dir«, sagte ich. »Wenn es in Ordnung ist, lasse ich sie für den Moment aber noch hier und überlege erst einmal, was wir damit machen können. Vielleicht kannst du mir ja helfen, für einen der Nachmittage etwas zu planen? Du hast doch einmal Handarbeit unterrichtet, nicht?«

»Ja, aber … du meine Güte.« Ihre Augen wurden ganz groß. »Es ist lange her, dass ich etwas mit Kindern gemacht habe.«

»Denk darüber nach«, sagte ich; ich wollte sie nicht drängen. »Nichts zu Kompliziertes, irgendwas, das schnell geht und Spaß macht.«

»Ich sage ihr immer wieder, dass sie Nähunterricht geben soll, sie ist so begabt, und wir haben so viel Platz«, meldete sich Violet zu Wort.

Delphine rümpfte die Nase. »Glaubst du, dass sich jemand dafür interessieren würde? Kleider, Vorhänge und so etwas selber zu machen, ist heute doch eine vergessene Kunst.«

»Dann wird es höchste Zeit, dass sie wiederentdeckt wird«, sagte Violet und tauchte in einem weiten, gelben Kleid und mit einem riesigen Anhänger in Form eines Oktopus wieder auf. »Wir waren die Generation, die sich was einfallen lassen und Dinge geflickt hat, wir müssen diese Fähigkeiten weitergeben, bevor es zu spät ist.«

»Zu spät?« Delphine sah beleidigt aus. »Entschuldige mal! Da ist noch ganz schön viel Leben in dem alten Mädchen!«

Violet lächelte ihre Freundin an. »Freut mich, das zu hören«, sagte sie weich und klatschte in die Hände. »Aber wo sind meine Manieren? Es ist drei Uhr, Gina, es ist Teezeit, und ich werde meinen selbst gebackenen Gewürzkuchen aufschneiden. Wir gehen morgen für ein paar Tage wandern, und das ist der perfekte Kuchen für so eine Unternehmung: er ist gut transportierbar, sättigend und wird mit jedem Tag besser.«

»Drei? Schon?«, rief ich, nahm Delphine Harris ab und steckte ihn wieder in das Tragetuch. »Ich muss los, oder ich komme zu spät, um die Kinder von der Schule abzuholen.«

»Dann solltest du dich sputen.« Violet scheuchte mich aus dem Zimmer und öffnete mir die Haustür.

»Aber was wolltest du eigentlich für einen Rat?«, rief mir Delphine hinterher.

Verdammt, das hatte ich ganz vergessen.

»Das hat Zeit«, rief ich, während ich bereits die Auffahrt hinunterlief. »Hebt mir ein Stück von dem Gewürzkuchen auf!«

Kapitel 3

Violet und Delphine waren den Rest der Woche unterwegs, sodass ich keine Gelegenheit hatte, sie auszufragen. Mit meiner Haussuche war ich nicht weitergekommen, und im Ort gab es nichts Brauchbares. Das Ganze war ein bisschen frustrierend; in ein größeres Haus zu ziehen, wäre die schnellste und einfachste Möglichkeit, mein kleines Unternehmen zu erweitern. Und nicht mehr zur Miete zu wohnen, würde mir helfen, dauerhaft Wurzeln zu schlagen. Ich wollte meinen Plan unbedingt vorantreiben. Seit ich mich von Eric getrennt hatte, hatte ich auf der Stelle getreten, und ich merkte, dass ich eine Herausforderung brauchte.

In den vergangenen zwei Jahren, in denen wir gewartet hatten, dass unsere einvernehmliche Scheidung rechtskräftig wurde, hatte ich ein bescheidenes Leben geführt. Jetzt, wo mir mein Anteil aus dem ehelichen Vermögen ausbezahlt worden war, warf ich auch nicht mit Geld um mich, doch ich musste mir ein neues Leben aufbauen. Unsere Ehe war zu Ende, ich war wieder Miss Gina Moss, und die Zeit war reif für einen Neuanfang.

Es war Freitagnachmittag, und da einige Eltern heute Morgen angerufen hatten, um mich davon zu unterrichten, dass ihre Kinder einen Infekt hatten, hatte ich einen dieser seltenen ruhigen Tage. Ich musste nur nachher Noah von der Schule abholen.

Noah war sieben und kam nicht regelmäßig zu mir. Sein Vater Gabe arbeitete lange, und Gabes Freundin Rosie (die auch eine meiner ältesten Freundinnen war) holte ihn gewöhnlich von der Schule ab. Noah verbrachte dann eine Stunde in ihrem Café, bis sie schloss. Heute hatte sie allerdings einen Termin und mich gebeten, dass ich mich um ihn kümmerte.

Nach ein paar Stunden, in denen ich meine Büroarbeit erledigte, schloss ich das Cottage ab und machte mich auf den Weg zur Dorfschule von Barnaby.

Auf dem Schulhof traf ich meine Freundin und Tagesmutter-Kollegin Paige. »Hey, Gina, kannst du mal in meine Tasche greifen und mir ein Taschentuch herausholen? Ich habe keine Hand frei, und Tabithas Nase läuft.«

Paige hatte Tabitha auf dem Arm, während sie einen Zwillingsbuggy hin und her schob, damit das andere Kind darin weiterschlief.

»Klar.« Ich griff in die Tasche ihrer weichen Wolljacke und fragte mich wie üblich, wie sie es schaffte, immer so gepflegt auszusehen. Selbst jetzt, wo ich mich den ganzen Tag um kein Kind hatte kümmern müssen, sah ich im Vergleich zu ihr aus, als käme ich gerade aus dem Bett.

»Oh, die arme Kleine, was für eine fiese Erkältung«, sagte ich und wischte ihr mit dem Taschentuch sorgfältig das Gesicht ab. »Bitte schön, Liebes.«

»Je weiter der Tag voranschreitet, desto schlechter geht es ihr. Ihr Dad hat sich furchtbar entschuldigt, als er sie heute Morgen brachte, hat mich allerdings angefleht, dass er sie dalassen kann. Die meiste Zeit habe ich sie auf dem Schoß gehabt«, sagte Paige seufzend. »Glücklicherweise hat Otis sich selbst beschäftigt. Allerdings sieht das Haus aus, als wäre eine Bombe eingeschlagen; vor lauter Spielsachen siehst du den Teppich nicht mehr.«

Ich lachte. »Bei mir sieht es genauso schlimm aus, und ich war allein. Komm, gib sie mir mal.«

Tabitha protestierte leicht, doch ich steckte sie unter meine Jacke und ließ sie ihren Kopf an meinen Hals schmiegen.

»Danke.« Paige schüttelte ihren Arm aus. »Oh, sieh dir das an, sie ist auf der Stelle eingeschlafen, du bist ein Genie.«

Tabithas Augen waren wirklich zu, die Finger hatte sie in meinem Haar vergraben.

»Oh, wie süß«, murmelte ich.

»Ich bin mir sicher, das liegt an deinen großen Möpsen«, lachte Paige. »Die sind sehr viel gemütlicher als meine flachen Spiegeleier. Du hast so ein Glück.«

»Wie auch immer«, sagte ich. Ich war es gewöhnt, dass sie ihre härteste Kritikerin war. »Ich finde, du siehst großartig aus.«

»Dann solltest du mal deine Augen testen lassen.« Sie trat näher zu mir heran und sah sich über die Schulter. »Hast du Mr. Colby schon gesehen? Wow!«

Die Mitglieder des Schulaufsichtsgremiums hatten den Kindern letzte Woche einen Brief mit der Ankündigung mit nach Hause gegeben, dass Mrs. Birchnall, die seit Ewigkeiten Schulleiterin war, den Rest des Herbstschuljahrs aus persönlichen Gründen nicht anwesend sein und man versuchen würde, so schnell wie möglich einen vorübergehenden Ersatz zu finden. Offensichtlich war das gelungen.

»Noch nicht. Erzähl mir alles.«

Paige zufolge hatte er das Aussehen eines Promifußballers und Augen, die dir das Gefühl gaben, der wichtigste Mensch auf der Welt zu sein.

»Mensch, sieht der gut aus in einem Anzug.« Sie senkte die Stimme und schnaubte. »Und ich würde wetten, er sieht ohne noch besser aus. Ich frage mich, ob er Single ist?«

»Hey«, sagte ich, »du bist verheiratet.«

»Stimmt.« Sie grinste mich spitzbübisch an. »Du aber nicht!«

»Hör auf«, warnte ich sie. »Ich kann es echt nicht brauchen, dass all meine Freundinnen versuchen, mich zu verkuppeln, jetzt, wo meine Scheidung endlich rechtskräftig ist. Ich bin nicht eure arme Single-Freundin, die aus ihrem einsamen Dasein gerettet werden muss.«

»Botschaft angekommen«, sagte Paige und salutierte zum Spaß. »Ich würde aber trotzdem gerne wissen, ob er noch zu haben ist. Einfach so.«

»In Ordnung«, räumte ich ein, »aber nur damit das klar ist, ich will erst mal keine Dates. Ich muss mir darüber klar werden, wie ich mich nach Eric beruflich aufstellen möchte und will nicht, dass mein Urteil durch einen Mann getrübt wird.«

Paiges Brauen schossen nach oben. »Oh. Hörst du als Tagesmutter auf?«

»Nein, definitiv nicht, ich liebe meinen Job. Aber genug von mir, wie geht es dir?«, fragte ich, während ich einer Frau zulächelte, die ich kannte. »Ethan ist letzte Woche an die Uni gegangen, nicht?«

Paige stöhnte; sie tat mir aufrichtig leid. Sie hatte zwei Kinder, und jetzt waren beide aus dem Haus.

»Ich vermisse ihn mehr, als ich dir sagen kann. Das Nest ist jetzt offiziell leer, und es ist schrecklich.«

»Das tut mir so leid, meine Liebe«, sagte ich und legte ihr einen Arm um die Schultern. »Es wird besser werden.«

Genau in dem Moment schellte es, und die Erwachsenen um uns herum setzten sich in Bewegung, um ihren Nachwuchs einzusammeln.

»Ich weiß«, sagte sie schniefend, »doch Hannah macht ihren Master in London und hat nicht vor, wieder nach Hause zu kommen, und jetzt ist Ethan auch weg. Es fühlt sich so an, als hätte ich sie für immer verloren, und Nigel scheint das alles überhaupt nicht zu tangieren.«

»Wie wäre es, wenn wir mit all unseren Kindern ein Picknick veranstalten, bevor es dafür zu kalt ist?«, schlug ich vor, um sie aufzuheitern. »So können wir etwas Zeit miteinander verbringen.«

Die Türen gingen auf, und hundertfünfzig kleine Menschen stürmten heraus. Der Geräuschpegel stieg dementsprechend an.

Sie lächelte mich mit feuchten Augen an. »Das würde mir sehr gefallen. Lass uns einen Termin ausmachen …« Sie unterbrach sich und holte tief Luft, während sie nach meinem Arm griff. »Guck! Da ist Mr. Colby. Barnabys Idris Elba.«

Ich folgte Paiges Blick und sah ihn. Es war unmöglich, das nicht zu tun. Bis jetzt hatte es nur zwei Männer an der Schule gegeben: Mr. Beecher, den betagten Hausmeister, und Mr. Duncan, einen Fliege tragenden Musiklehrer. Mr. Colby hatte mit keinem von ihnen Ähnlichkeit.

»Ich verstehe, was du meinst«, sagte ich.

»Er sieht zu dir rüber«, sagte Paige.

»Wohl eher zu dir«, spöttelte ich.

Mr. Colby hob die Hand. Paige und ich sahen einander an.

»O mein Gott, er kommt herüber. Schnell, gib mir Tabitha«, sagte sie.

Ich gab ihr das schlafende Kleinkind zurück, und Paige musterte mich. »Wuschel dir mal durch die Haare, und versteck den Sabberfleck auf deiner Jacke.«

Selbst wenn ich ihrem Rat hätte folgen wollen, hätte ich keine Gelegenheit dazu gehabt, weil Noah in mich hineinlief und dabei mein Schambein traf, sodass ich beinahe zu Boden ging.

»Aua«, ich zuckte vor Schmerz zusammen und beugte mich zu ihm hinunter, um ihm gleichzeitig einen Kuss zu geben und die Beine übereinanderzuschlagen. »Manche weiblichen Körperteile sind ein bisschen empfindlich, weißt du.«

»Hallo? Mrs. Evans?«, sagte eine tiefe Stimme neben mir.

Ich richtete mich auf, um den Schulleiter zu begrüßen, der so tat, als hätte er nicht gehört, wie ich gerade von meinen weiblichen Körperteilen geredet hatte.

»Miss Moss«, korrigierte ihn Paige. »Sie ist Single.«

Mein Gesicht begann zu glühen.

»Ich bin Beau Colby, der vorübergehende Schulleiter.« Er streckte mir die Hand hin, und ich ergriff sie.

»Gina?« Noah zog an meinem Ärmel. »Du bist ganz rot im Gesicht.«

Aus dem Augenwinkel sah ich, wie Paige die Lippen zusammenpresste, um nicht zu lachen, während sie Löcher in die Trinkpäckchen für die zwei Kinder stach, die sie abholen wollte.

»Können wir gehen?«, fragte Noah.

»Wenn es für dich in Ordnung ist, Noah«, sagte Mr. Colby, »müssten ich und …«

»Gina«, kam ihm Paige schamlos zu Hilfe und streckte ihm die Hand hin. »Und ich bin Paige.«

»Freut mich, Sie kennenzulernen.« Er schüttelte höflich ihre Hand und sah wieder mich an. »Wäre das für Sie in Ordnung, Gina?«

»Natürlich.« Um ehrlich zu sein, war er so nett, dass ich auch zugestimmt hätte, die Jungentoilette sauber zu machen, hätte er mich darum gebeten.

Paige gab einen kleinen Quietschlaut von sich, als wir uns verabschiedeten und machte mir hinter Mr. Colbys Rücken ein Zeichen, sie so bald wie möglich anzurufen.

»Nicht wieder in die Schule«, seufzte Noah müde, als wir zurück in das Gebäude gingen.

»Weißt du eigentlich, dass Miss Cresswell heute Geburtstag hat, Noah?«, fragte Mr. Colby. »Und dass sie einen ganz fantastischen Schokoladenkuchen für uns gebacken hat, um ihn mit uns im Lehrerzimmer zu essen.«

Noahs Augen strahlten. »Das ist mein Lieblingskuchen.«

»Meiner auch«, lachte Mr. Colby und zerzauste Noah das Haar. »Zum Glück ist noch etwas davon da.«

Die Schulsekretärin führte Noah ins Lehrerzimmer, damit er sich etwas Kuchen nehmen konnte, und Mr. Colby bot mir einen Platz in seinem Büro an.

»Das letzte Mal, dass ich hier war, bin ich ausgeschimpft worden, weil ich ein paar Plastiklineale zerbrochen hatte«, sagte ich und sah mich um. Der Blick durch die großen viktorianischen Fenster auf den kleinen Lehrerparkplatz war noch derselbe, doch früher war das Zimmer voller dunkler Holzmöbel und metallener Aktenschränke gewesen; nun dominierte helles Holz, und die Stühle waren aus Chrom und schwarzem Leder.

Er lachte, zog sein Jackett aus und hängte es an einen Haken hinter der Tür. Sein Hemd saß perfekt über den breiten Schultern; ich ging davon aus, dass er darunter ziemlich ansehnlich war. Ich rief mich zur Ordnung: ich war schlimmer als Paige.

»Dann wird es Sie freuen zu hören, dass Sie diesmal nicht in Schwierigkeiten stecken.«

Er holte eine Aktenmappe aus seinem Schreibtisch und ließ sich auf den Platz mir gegenüber fallen. »Ich hoffe, dass Sie der Schule helfen können.«

»Ich? Ich bin nur eine Tagesmutter, Mr. Colby, ich habe nicht einmal ein Kind an der Schule.«

»Beau, bitte«, insistierte er. »Und Eltern vertrauen ihre kostbaren Kinder nicht einfach irgendwem an, deshalb sollten Sie das, was Sie zu ihrer Betreuung und ihrem Wohlbefinden beitragen, nicht unterschätzen. Meiner Meinung nach sind Ihre

Dienste eine Erweiterung dessen, was wir in der Schule anbieten.«

»Danke.« Ich war überrascht; es kam selten vor, dass man etwas anderes als einen besseren Babysitter in uns sah.

»Außerdem habe ich mir erlaubt, Sie in der Liste der registrierten Tagesmütter nachzuschlagen. Sie sind ausgebildete Lehrerin, was auch der Grund ist, weshalb ich dachte, dass Sie uns helfen könnten.«

»Sie haben wirklich Ihre Hausaufgaben gemacht.«

»Das tue ich immer.« Er lachte und zeigte mir seine wunderbaren weißen Zähne. Der Mann war praktisch perfekt. »Alles, was ich von meinen Kindern erwarte, tue ich auch selbst.«

»Wie viele Kinder haben Sie denn?«, sagte ich und versuchte, nicht enttäuscht auszusehen.

Ein Schatten zog über sein Gesicht, gefolgt von einem rauen Lachen. »Keine. Ich hätte Schüler sagen sollen. Ich selbst habe keine.«

Ich lächelte. »Das passiert mir auch dauernd, und da ich am Montag geschieden worden bin, werde ich in nächster Zeit wohl auch keine bekommen.«

Beau runzelte die Stirn. »Tut mir leid, das zu hören.«

»Es war eine freundschaftliche Scheidung, aber …« Ich zögerte, als unerwartet Gefühle in mir aufstiegen.

»Ich lebe auch in Scheidung«, sagte er schroff mit der Andeutung eines Lächelns. »Auch wenn meine alles andere als freundschaftlich verläuft. Noch vor sechs Monaten war ich glücklich verheiratet, und wir erwarteten unser erstes Kind. Ich dachte, mein Leben könnte nicht besser werden. Dann sind wir in der einundzwanzigsten Woche zu der anstehenden Ultraschalluntersuchung gegangen, und Andrea ist in Tränen ausgebrochen und hat mir gesagt, dass das Baby genau wie sein Vater aussieht. Aber dass ich nicht der Vater bin.«

Ich sah ihn schockiert an. Der arme Mann. Wie niederschmetternd, sich in sein ungeborenes Kind zu verlieben und dann zu hören, dass man nicht der Vater ist. »Es tut mir so leid. Ihre Frau muss verrückt sein, *Sie* zu betrügen.«

»Danke.« Er schenkte mir ein schiefes Lächeln. »Ich möchte mich auch bei Ihnen entschuldigen. Ich kenne Sie erst fünf Minuten und erzähle Ihnen einfach so von meinem unseligen Privatleben. Normalerweise bin ich nicht so indiskret. Machen Sie den neuen Job dafür verantwortlich. In meinem Kopf herrscht das reinste Chaos.«

»Ihr Geheimnis ist bei mir gut aufgehoben«, versicherte ich ihm. »Warum sagen Sie mir nicht einfach, weshalb ich hier bin?«

»Natürlich.« Er setzte sich aufrechter hin und räusperte sich. »Eine neue Familie ist nach Barnaby gezogen. Mrs. Fletcher und ihre Zwillinge, die in die dritte Klasse gehen. Mrs. Fletcher war heute Morgen auf einen Besuch mit den Mädchen hier, um sie mit dem Gebäude, den Lehrern und allem vertraut zu machen, bevor sie am Montag anfangen.«

»Eine gute Idee. Ich bin mir sicher, dass sie nicht lange brauchen werden, um sich einzugewöhnen; meiner Erfahrung nach passen sich Kinder sehr schnell an, und als Zwillinge haben sie auch noch einander.«

»Meine Priorität ist es mich zu versichern, dass sich die Mädchen in unserer Obhut und Betreuung gut entwickeln.«

»Und wie kann ich da helfen?«, fragte ich.

»Mrs. Flechter plant, nach einer Berufspause wieder halbtags zu arbeiten und braucht nach der Schule Unterstützung.«

»Ich habe viel zu tun, doch je nach dem, um welche Tage es sich handelt, werde ich mein Bestes tun, ihre Kinder unterzubringen«, sagte ich und fragte mich, warum er mich für etwas so Unkompliziertes in sein Büro gebeten hatte. »Bitte, sagen Sie ihr, dass sie mich am Montag nach der Schule auf dem Schulhof antrifft, oder geben Sie ihr meine Telefonnummer.«

»Das werde ich. Mrs. Fletcher möchte jedoch, dass Sie noch eins wissen, sodass sie es nicht vor Lily und Isabel ansprechen muss. Lily spricht im Moment leider nicht.«

Jetzt ergab das Ganze langsam Sinn. Kein Wunder, dass der Schulleiter involviert war. »Gar nicht?«

Er schüttelte den Kopf. »Bis auf unverständliche Worte zu ihrer Schwester, die diese dann weitergibt, leidet sie an selektivem Mutismus. Die Mädchen müssen behutsam behandelt werden, und da Ihr Name bei meinem ersten Treffen mit der Schulbehörde als angesehene Tagesmutter und ehemalige Lehrerin gefallen ist, habe ich gehofft, dass Ihnen eine solche Situation vielleicht vertraut ist?«

»Das muss ich leider verneinen.« Ich ging in Gedanken zu meinen Tagen als Lehrerin zurück. An meiner Schule hatte es Kinder mit diversen psychischen Störungen gegeben, doch diese war mir noch nicht untergekommen.

Beau sah enttäuscht aus. »Mrs. Fletcher meinte, dass sie es versteht, wenn Sie die Mädchen lieber nicht nehmen wollen.«

»Natürlich nehme ich sie«, sagte ich und fragte mich, was wohl der Grund für Lilys Problem war. »Die Mädchen sind mir mehr als willkommen.«

»Vorausgesetzt, Sie haben Platz«, erinnerte mich Beau.

Erics Bemerkung zu meinen beengten Wohnverhältnissen fiel mir wieder ein.

»Wir bekommen das hin«, sagte ich und ging im Geist meinen Stundenplan nach Lücken durch. »Ich freue mich darauf, die Mädchen nächste Woche kennenzulernen.«

»Ich bin Ihnen wirklich dankbar«, sagte Beau.

Wir standen auf und gaben uns die Hand.

»Und was meine mangelnde Erfahrung mit selektivem Mutismus angeht, habe ich ja das Wochenende, um mich darüber zu informieren und ein paar Strategien zu entwickeln, wie ich den beiden Mädchen helfen kann, dass sie sich so problemlos wie möglich in Barnaby einleben«, versicherte ich ihm.

Ich brauchte eine Herausforderung, und genau das konnte sein, wonach ich suchte.

Kapitel 4

»Du solltest auf jeden Fall eine Party machen«, sagte Rosie und verschränkte die Arme über der Schürze. Ihr Gesicht war gerötet, und Strähnen ihres welligen, braunen Haars machten sich aus ihrem Knoten selbstständig. Ich verbiss mir ein Lächeln; ich kannte sie, seit sie vier war, und schon damals hatte sie diesen trotzigen Blick.

Nach meinem Gespräch mit Beau Colby saß ich an der Theke des Lemon Tree Cafés, während Rosie uns Kaffee machte. Ich hatte ihr angeboten, Noah bei ihr vorbeizubringen, da Gabe noch nicht von der Arbeit zu Hause war und Rosie noch die Abrechnung machen musste. Noah saß mit seinem Hund Hugo auf dem Schoß in einem der bequemen Sessel und las ihm eine Geschichte vor. Hugo war halb Cockerspaniel, halb Labrador und hatte das süßeste Hundegesicht, das ich je gesehen hatte. Er und Noah waren unzertrennlich.

»Ist eine Scheidung wirklich etwas, worauf man stolz sein kann?«, fragte ich. »Ich bin mir da nicht so sicher. Ich habe mich die ganze Woche irgendwie leer gefühlt, um der Wahrheit die Ehre zu geben.«

»Bitte sehr«, sagte sie prompt und stellte zwei Cappuccini auf die Theke. »Umso mehr Grund, dich zu amüsieren.«

»Wenn meine Ehe furchtbar gewesen wäre, hätte ich vielleicht das Gefühl, feiern zu müssen. Aber es ist nichts Schreckliches passiert, wir sind einfach auseinandergedriftet. Er fand es immer toll, dass ich ein Freigeist und nicht mit meinem Beruf oder mit irdischen Dingen verheiratet war. Doch dann hat ihn absurderweise mein Mangel an Ehrgeiz frustriert.«

»Du bist ehrgeizig. Sieh doch mal, wie du dein kleines Unternehmen quasi aus dem Nichts aufgebaut hast.« Sie gab Zucker in ihre Tasse und rührte um.

»Danke.« Ich empfand so etwas wie Stolz. »So habe ich es noch nie gesehen.«

»Dann ist es an der Zeit, dass du das tust.« Sie nickte selbstzufrieden. »Und du? Warum hast du dich von ihm getrennt?«

Ich lächelte verlegen. »Aus vielen kleinen Gründen. Zum Beispiel weil er die Arbeit mit nach Hause gebracht hat und nie abschalten konnte; sie war quasi immer präsent. Im Büro war er der Boss und langsam hat er angefangen, mir auch zu Hause zu sagen, was ich zu tun habe. Er hat Entscheidungen ohne mich getroffen und hatte auch diese nervige Angewohnheit, mir zu sagen, was ich in Restaurants bestellen soll.«

Sie sah mich verwirrt an. »Warum hast du dich nicht mehr durchgesetzt?«

»Die Macht der Gewohnheit. Ich bin mit Howard aufgewachsen, du erinnerst dich?«

Sie nickte. »In seinem Schatten.«

Mein Bruder Howard war zwölf und bereits ein Genie, als ich auf die Welt kam. Meine Eltern waren damals Mitte vierzig, und nachdem sie an einen ruhigen, langweiligen Jungen gewöhnt waren, hatten sie nicht die geringste Ahnung, was sie mit einem Mädchen anfangen sollten, das den Mund nicht halten konnte und überall eine Glitzerspur hinterließ. Deshalb hatte ich die meiste Zeit zu hören bekommen, dass ich still sein sollte, damit Howard in Frieden lernen konnte.

»Genau. Niemand hat je beachtet, was ich gemacht habe oder was ich zu sagen hatte. Deshalb habe ich es verlernt, es überhaupt zu versuchen.«

»Gut, aber damals warst du ein Kind«, meinte sie. »Jetzt hast du die Chance zu einem Neuanfang; die Welt steht dir offen.«

»Ich habe vor, ein Haus zu kaufen.«

Sie versetzte meinem Arm einen Stoß mit der Faust. »Super. Obwohl das Welcome Cottage schon sehr süß ist.«

»Ich weiß«, sagte ich wehmütig. »Doch zur Miete zu wohnen ist keine Langzeitlösung, und das Cottage ist einfach nicht groß genug.«

»Wie dem auch sei, du solltest eine Party machen«, beharrte Rosie. »Ich organisiere sie auch für dich, wenn du magst, ok?«

Ich runzelte die Stirn. »Ich habe mich gerade von meinem Mann scheiden lassen, weil er mir dauernd gesagt hat, wo's langgeht, an deiner Stelle wäre ich also vorsichtig.«

»Siehst du«, lachte sie. »Es geht doch. Hey, Zwerg! Komm, und hol deinen Saft und dein Sandwich!«

Noah bewegte sich nicht, nur der Hund stellte die Ohren auf.

»Hallo? Noah?« Rosie schüttelte den Kopf. »Wenn ich mir vorstelle, wie er als Teenager sein wird, Gabe und ich werden kein Wort aus ihm herausbekommen.«

Noah kam mit dem Hund herüber und trank den Saft in einem Zug aus. Schnaufend wischte er sich den Mund mit der Rückseite der Hand ab und sah sich das Sandwich an.

»Kann ich das später essen?«

»Noah Green hat keinen Hunger?« Rosie tat, als würde sie vor Schreck keine Luft mehr bekommen. »Natürlich kannst du das, Schätzchen.«

Sie griff über die Theke und streichelte seine Wange. Noah kicherte und rannte weg.

»Ich weiß, warum er keinen Hunger hat«, sagte ich und löffelte den Schaum von meinem Cappuccino, bevor ich ihn schlürfend trank. »Beau Colby hat ihn in der Schule mit

Schokoladenkuchen abgefüllt, weil er mit mir etwas zu besprechen hatte.«

»Redet ihr euch schon mit Vornamen an?« Ihr Mund ging auf. »Du stilles Wasser! Ich bin ihm noch nicht begegnet, doch die ganzen Mütter schwärmen von ihm.«

Ich hatte sie so unglaublich gern.

Sie war problemlos und ohne viel Wirbel und Trara in die Rolle von Noahs Mutter geschlüpft und liebte ihn, als wäre er ihr eigenes Kind. Gabes Frau, Mimi, war gestorben, als Noah noch ein Baby war und Gabe hatte seine Trauer überwinden und lernen müssen, sich allein um seinen Sohn zu kümmern. Gabe und Noah hatten vor einigen Jahren mit ihrem Segelboot hier angelegt und hatten nicht nur im Dorf, sondern auch in Rosies Herz ihre Zelte aufgeschlagen.

Bevor sie mich weiter ausfragen konnte, schellte die Glocke über der Tür, und Maria, Rosies italienische Großmutter, kam herein, einen riesigen Kürbis unter jedem Arm. Seit sie und ihr Verlobter Stanley einen Kleingarten hatten, kam sie immer mit Gemüse vorbei und versuchte, bei der Speisekarte ein Wörtchen mitzureden, hatte Rosie mir erzählt.

»Hier«, sagte Maria und hievte die Kürbisse auf die Theke. »Frisch geerntet, Juliet kann meine *cucuzzil* zum Mittagessen machen, ich geben ihr das Rizept.«

»*Rezept*, Nonna. Danke«, sagte Rosie und umarmte ihre Großmutter.

»Äh, Noah, guck mal, was ich für dich habe!«, Maria zog eine braune Papiertüte aus der Tasche und bot ihm daraus an.

Noah kam herübergerannt, um in die Tüte zu gucken. »Biscotti!«, rief er und tauchte die Hand in die Tüte. »*Grazie*, Nonna.«

Er trat einen Schritt zurück, um wieder zu seinem Buch zu gehen, doch Maria hielt ihn an der Jacke fest.

»Äh, du vergessen?« Sie beugte sich hinunter und klopfte auf ihre Wange. »Kuss für Nonna, ja?«

Er gehorchte, dann schoss er davon, bevor er noch irgendetwas tun sollte.

Sie hielt uns die Tüte hin. »Nehmt Biscotti. Cranberry. Gut für Wasserrohre.«

»Danke«, sagte ich amüsiert. Ich nahm mir einen Keks und tauchte ihn in meinen Kaffee.

»Ich bin mir sicher, dass mit Ginas Harnwegen alles in Ordnung ist«, sagte Rosie, während sie sich bediente.

»Wie geht es Stanley, Maria?«, fragte ich.

»Gut. Er zu Hause. Legt Walnüsse ein«, antwortete sie, während sie sich auch eines der Kekse nahm und es zu Rosies Missvergnügen in deren Cappuccino tauchte.

»Ich gehen auch gleich. Mach's gut, cara. Vergiss nicht, cucuzzi aus den Dingern zu machen.«

Nachdem Maria gegangen war, erwartete ich, dass Rosie mich weiter über mein Treffen mit dem neuen Schulleiter ausfragen würde, doch sie sah auf die Uhr und zuckte zusammen.

»Verdammt«, murmelte sie. »Noah, Schatz, wir müssen los. Du musst dich für die Pfadfinder fertig machen.«

»Ich verschwinde dann mal«, sagte ich, während ich meinen Kaffee austrank.

»Ich will da nicht hin«, kam Noahs Antwort. »Ich hasse das, und ich kenne da bestimmt niemanden.«

»Er ist gerade in der Phase, wo er Angst hat, irgendwo neu hinzugehen«, sagte sie so leise, dass er sie nicht hören konnte. »Aber es wird ihm gefallen, wenn er erst da ist.«

»Das wird es«, stimmte ich ihr zu. Ich hatte Noah auf dem Schulhof mit anderen Kindern beim Spielen beobachtet und gesehen, wie viel Spaß er auch bei mir hatte. »Er ist ein sehr kontaktfreudiger Junge.«

»Komm, Noah«, sagte Rosie fröhlich, schaltete das Licht in der Küche aus und griff nach ihrer Handtasche. »Es wird bestimmt toll.«

Ich stellte unsere Tassen ins Spülbecken und sah zu, wie Noah sich zu uns hinschleppte.

»Ich habe Angst.« In seinen Augen glänzten Tränen. »Sie sind bestimmt alle größer als ich.«

Rosie nahm ihn in die Arme. »Oh, Schatz.«

»Kennst du Aaron aus der Zweiten?«, fragte ich. »Er ist letzte Woche den Pfadfindern beigetreten, und sie haben einen Ausflug zur Jericho Farm gemacht und einen Lagerfeuerabend mit allem, was dazugehört, veranstaltet. Sie haben Stöcke gesammelt, ein Feuer gemacht und Würstchen gegrillt. Diese Woche machen sie das wieder. Aaron hat es gefallen, aber seine Mutter hat gesagt, dass er immer noch ein bisschen Angst hat, heute wieder hinzugehen.«

»Ich spiele manchmal mit Aaron Fußball«, sagte Noah lässig. »Ich bin größer als er.«

»Dann könntest du heute vielleicht hingehen und sein Freund sein«, schlug ich vor. »Und ich wette, du kannst richtig gut Würstchen grillen.«

Ich konnte spüren, dass Rosie den Atem anhielt.

Noah nickte. »Und Marshmallows.«

»Wir haben ein paar Marshmallows zu Hause«, sagte Rosie. »Die kannst du mitnehmen.«

Noah biss auf seiner Lippe herum, er war sich noch immer nicht sicher.

»Daddy wird richtig neidisch sein, dass du grillen darfst«, sagte ich hinterhältig.

Ein breites Lächeln kroch auf Noahs Gesicht. »Ja! Grillen! Beeil dich, Rosie, ich will meinen Dinosaurier-Hoodie anziehen.«

Hugo bekam die Aufregung mit und begann zu bellen.

Noah rannte zur Tür, zog sie auf und bedeutete Rosie, ihm zu folgen.

Sie pfiff leise, als sie dem Hund das Halsband umlegte. »Wow. Gina, du bist verdammt gut darin, jemanden zu motivieren.«

Ich tat ihre Bemerkung ab. »Sei nicht bescheuert.«

»Ernsthaft! Guck mal, wie begeistert Noah ist. Er kann es jetzt kaum erwarten. Wenn du auch nur ein Viertel von dem Glauben, den du in andere hast, in dich hättest, wäre alles möglich.«

Ich wusste nicht, ob sie damit recht hatte, doch mein Gehirn raste, als ich zurück zum Welcome Cottage ging. Vielleicht war es an der Zeit, nach den Sternen zu greifen und mich für etwas zu engagieren.

Die Frage war nur: *wofür?*

Kapitel 5

Es war Montagnachmittag, und nachdem ich die Kinder aus der Schule abgeholt hatte, schloss ich die Glastür des Windfangs hinter mir ab und hängte den Schlüssel außer Reichweite oben an den Haken.

»Sollen wir mit dem Bauernhof spielen, Arlo?«, fragte Megan, während sie ihm half, den Mantel auszuziehen.

Sie war zehn und sah sich selbst mehr als Tagesmutter denn als Kind. Sie hatte ihren Mantel bereits aufgehängt und ihre Hausschuhe angezogen.

»Ja!«, rief Arlo und rannte mit ihr davon.

»Möchtest du auch spielen gehen?«, fragte ich die vierjährige Olivia, die gerade erst mit der Vorschule angefangen hatte und aussah, als würde sie halb schlafen.

Sie schüttelte den Kopf. »Ich habe Hunger.«

»Noch zwei Minuten, dann essen wir eine Kleinigkeit«, versprach ich. »Du kannst die Teller für mich herausstellen, wenn du magst. Aber wasch dir zuerst die Hände!«

Sie trottete davon und ließ den siebenjährigen George stehen, der sich wie üblich Zeit ließ, Jacke und Schuhe auszuziehen.

Harris döste noch, und ich fuhr ihn ins Wohnzimmer, wo Arlo bereits mit einem mächtigen Krach die Kiste mit den Hoftieren ausgekippt hatte.

Auf dem Schulhof hatte ich Mrs. Fletcher getroffen und sie zu mir nach Hause eingeladen. Sie würde jeden Moment mit den Zwillingen eintreffen. Vorsichtig watete ich durch den

Teppich aus Tieren in die Küche und hoffte, dass sie das Chaos nicht störte.

Ich gab Olivia einen Teller mit Sandwiches und richtete Kirschtomaten, Gurken- und Möhrenstücke auf einem großen Teller an.

»Gina?«, rief George aufgeregt, der noch immer im Windfang stand. »Da kommt ein Auto.«

»Ich komme!«

Ich ging zu George. Zumindest hatte er es inzwischen geschafft, sich einen Hausschuh anzuziehen, und winkte Mrs. Fletcher zu, die auf einem der Stellplätze nahe des Cottages einparkte.

»Heute kommen zwei neue Mädchen, die sich ein bisschen umsehen wollen«, sagte ich und fuhr ihm durch die roten Locken. »Vielleicht magst du ihnen ja zeigen, wo alles ist?«

Er schüttelte den Kopf.

»Kein Problem«, erwiderte ich und umarmte ihn kurz. »Wie wäre es, wenn du stattdessen allen sagst, dass sie sich die Hände waschen sollen?«

Dieser Aufgabe stimmte er zu, wand sich aus meinen Armen und lief in die Küche.

Ich schloss die Haustür auf und öffnete sie weit. »Hallo, Mrs. Fletcher, hallo Mädels, hereinspaziert!«

Die drei waren ein paar Schritte vor dem Windfang stehen geblieben, eine angespannte kleine Einheit: die Mutter hatte die Arme schützend um ihre Kinder gelegt.

»Vielen Dank«, sagte Mrs. Fletcher und schob die Zwillinge vor sich her. »Also, ihr beiden, das ist Gina Moss.«

Ich beugte mich hinunter, um die beiden zu begrüßen. Zwei blaue Augenpaare sahen mich an. Das eine Mädchen schob seinen Arm unter den seiner Schwester und flüsterte ihr etwas zu.

»Ich bin Isabel, und das ist Lily, wir sind sieben Jahre alt«, sagte das andere Mädchen.

»Hallo Isabel, hallo Lily.« Ich lächelte beide an, doch meine Augen wanderten zurück zu Lily, die mich nur misstrauisch ansah.

»Lily sagt, dass du nach Blumen riechst«, sagte Isabel. Lily kaute auf ihrer Lippe herum.

»Wie schlau von dir.« Ich lächelte Lily an. »Mein Parfüm heißt Tausendschön. Auf der Flasche ist eine Blume, ich zeige sie dir, wenn du magst.«

Ich würde nicht so weit gehen zu sagen, dass Lily mich anlächelte, doch sie nickte leicht, und ich verbuchte das als Erfolg.

»Lily liebt Blumen«, sagte ihre Mutter und strich ihrer Tochter über die Haare. »Sie kennt alle mit Namen.«

Ich führte sie ins Haus, wobei ich mir sehr bewusst war, dass eine hungrige Meute am Tisch saß, die inzwischen wahrscheinlich die Sandwiches rapide dezimiert hatte.

»Mummy heißt Cat«, informierte mich Isabel, während sich die Mädchen die Schuhe auszogen. »Das ist eine Kurzform von Catriona, aber das kann niemand buchstabieren. Nur ich.

C-A-T-R-I-O-N-A. Die meisten Leute vergessen das O.«

»Danke, dass du mir das gesagt hast, Isabel«, sagte ich.

Mrs. Fletcher und ich lächelten uns an. »Ja, nennen Sie mich doch Cat«, meinte sie.

Die Zwillinge sahen sich nicht völlig gleich. Sie hatten die Haarfarbe ihrer Mutter, doch während Lily ihr dickes Haar zu einem ordentlichen Bob geschnitten und hinter die kleinen Ohren geschoben trug, war Isabels fein und wellig, mit krausen Locken am Haaransatz und zu einem schlampigen Pferdeschwanz gebunden.

»Lily, sollen wir mal sehen, ob wir den Jungen aus deiner Klasse finden?«, schlug Isabel vor.

Die Mädchen stiefelten Hand in Hand davon und verschwanden im Wohnzimmer. Sofort ertönte Geheul.

»Das heißt, dass das Baby aufgewacht ist«, sagte ich zu Cat und führte sie durch die Diele. »Mein jüngster Schützling, er ist sieben Monate alt.«

Ich sah mich im Zimmer um, während ich ihn aus dem Buggy hob. All meine Kinder saßen am Küchentisch und ließen es sich schmecken, bis auf Megan, die allen Saft eingoss. Lily und Isabel standen neben Georges Stuhl. George ignorierte sie geflissentlich.

Ich setzte mir Harris auf die Hüfte und wollte den Buggy zurück in den Windfang schieben, als Cat die Arme ausstreckte.

»Soll ich ihn nehmen, während Sie das machen?«

Ich reichte ihr Harris und verstaute den Buggy, dann machte ich mir meine freien Hände zunutze, schuf am Tisch Platz für die beiden Mädchen und goss mir und Cat eine Tasse Tee auf.

»Danke, dass die Mädchen mitessen dürfen. Sie sind großartig im Multitasking«, staunte Cat, als ich ihr eine Tasse gab und mich endlich mit einem Fläschchen für Harris hinsetzte.

Das Baby griff nach der Flasche und zog sie zu sich hin, während es sich in meinem Arm zurechtkuschelte. Wir saßen am anderen Ende des Raums, ein Stück vom Esstisch entfernt; ich hatte die Kinder noch im Blick, konnte jedoch in relativer Ungestörtheit mit Cat reden.

»Ich war einmal Grundschullehrerin und bin es gewohnt, eine Gruppe von Kindern zu handeln, was in meinem eigenen Haus zudem sehr viel einfacher ist als in einem Klassenzimmer.«

Cat pfiff. »Ich bewundere Sie; ich muss mich nur um zwei kümmern und bekomme es schon nicht hin, halbwegs gut organisiert zu sein.«

»Ich liebe meine Arbeit, und ich liebe die Kinder, aber es ist nicht das Gleiche wie Mutter zu sein. Kinder wissen ganz genau, welche Knöpfe sie bei ihren Eltern drücken müssen; sie akzeptieren die Abläufe sehr viel eher, wenn sie hier sind.«

Es war ein warmer Nachmittag, doch Cat griff nach ihrer Tasse und beugte sich darüber, als würde sie frieren. Sie warf einen Blick über den Tisch und versicherte sich, dass es Lily und Isabel gut ging, bevor sie zu reden begann.

»Ich fürchte, dass es zurzeit bei uns keine festen Abläufe gibt«, sagte sie so leise, dass ich mich anstrengen musste, sie zu verstehen.

»Starre Regeln werden gern überschätzt.« Ich legte Harris etwas anders hin und lächelte Cat an, um sie zu ermutigen fortzufahren.

»Die Zwillinge haben … nun ja, wir *alle* haben eine schwere Zeit durchgemacht.« Sie guckte in ihre Tasse. »Morgens aufzustehen, Frühstück zu machen und sie anzuziehen reicht mir im Moment als Herausforderung, für Disziplin habe ich keine Energie mehr übrig«, sagte sie und schluckte schwer. »Alles, was ich wirklich will, ist, mich umdrehen und weiterschlafen.«

»Es tut mir leid, das zu hören«, murmelte ich. Mitgefühl überkam mich. Ich hätte ihr gerne gesagt, dass es helfen konnte, darüber zu reden, wollte aber auf keinen Fall neugierig erscheinen. Harris warf die Flasche fort. Ich setzte ihn auf, und er machte ein Bäuerchen, wobei er eine Milchblase blies.

Cat lachte schüchtern und strich sich die Haare aus dem Gesicht hinter die Ohren. Sie sah genau wie Lily aus.

»Braver Junge, Harris!«, meldete sich Megan vom Tisch aus zu Wort, was eine Runde falscher Rülpser seitens der anderen auslöste.

»Ich habe dich in unserer Klasse gesehen«, sagte Isabel zu George. »Wie heißt du? Ich bin Isabel, und das ist Lily. Sollen wir nach draußen gehen? Dürfen wir im Sandkasten spielen?«

Sekunden später stand George vor mir. »Gina, dürfen wir bitte draußen spielen?«

»Wenn ihr fertig seid«, sagte ich und wischte ihm einen Klecks Erdbeerjoghurt von der Wange. »Aber erst müsst ihr helfen, den Tisch abzuräumen.«

Cat stand auf, um nach den Zwillingen zu sehen, und nachdem alles weggeräumt war, holten die Kinder ihre Schuhe aus dem Windfang und stürzten in den Garten.

»Mr. Colby hat mir erzählt, dass Lily im Moment kaum spricht?«, sagte ich, nachdem ich Harris mit etwas Spielzeug auf den Spielteppich gesetzt hatte. »Ich habe mich ein bisschen schlaugemacht über Strategien, wie ich ihr helfen könnte zu kommunizieren, aber natürlich richte ich mich danach, was Sie meinen.«

Cat guckte aus dem Fenster und beobachtete die Kinder, und als sie mich wieder ansah, glitzerten Tränen in ihren Augen.

»Sie sind sehr nett.« Sie lächelte mich müde an. »Ich bin wirklich froh, dass Lily mit Isabel sprechen kann, aber ich vermisse ihre Stimme so sehr. Ich vermisse unser Geplauder und ihre Witze, ich vermisse ihr lautes Lachen und ihr Singen. Sie hat die ganze Zeit gesungen. Ich weiß nicht, was ich tun soll.«

Tränen liefen ihr lautlos das Gesicht hinunter. Ich holte ein paar Tücher aus einer Box, die auf dem Kaminsims stand und reichte sie ihr.

»Mein Mann ist letztes Jahr gestorben«, sagte sie. »Und ich weiß überhaupt nicht mehr, wie ich alles schaffen soll.«

»Oh, Cat, das tut mir so leid.« Behutsam führte ich sie zurück zum Sofa, wo ich immer noch alle im Auge hatte und zuhören konnte. »Das ist eine Menge, womit die Mädchen fertigwerden müssen. Und Sie natürlich auch. Meinen Sie, Sie können darüber reden?«

Und dann erzählte sie mir von ihrer Geburtstagsfeier im vorigen Juli. Ihr Mann, Max, und die beiden Mädchen hatten als Überraschung ein Geburtstagspicknick an ihrem Lieblingsplatz am Fluss organisiert. Die Mädchen hatten im Fluss geplanscht, auf den Trittsteinen gespielt und mit ihren Netzen silbrige Fische gefangen. Max hatte es geschafft, einen Käsekuchen mit einunddreißig Kerzen im Kofferraum seines Autos zu verstecken, und er hatte seine Gitarre herausgeholt, und sie hatten alle »Happy Birthday« für sie gesungen. Es war perfekt gewesen.

Gerade als es Zeit war zusammenzupacken und nach Hause zu fahren, hatte Lily ihre Eltern angebettelt, Rounders zu spielen. Die Zwillinge hatten behelfsmäßige Bases aufgestellt und das Schlagholz und den Ball aus dem Kofferraum geholt. Lily war als Erste mit Schlagen dran gewesen, weil es ihre Idee gewesen war zu spielen. Isabel hatte den Ball geworfen, Lily hatte ihn getroffen, und Max war rückwärts gerannt, um ihn zu fangen, hatte ihn jedoch absichtlich verfehlt, um Lily die Gelegenheit zu geben zu rennen. Cat hatte Lily angefeuert, während Isabel ihren Vater ausgeschimpft hatte, dass er den Ball nicht gefangen hatte. Max hatte nichts gesagt. Er war erstarrt, hatte sich tief hinuntergebeugt, die Hände auf den Oberschenkeln. Cat hatte ihn damit aufgezogen, dass er nicht fit sei, und im nächsten Moment hatten Max' Knie nachgegeben, und er war zusammengeklappt und hatte das Bewusstsein verloren.

»Er ist nicht mehr zu sich gekommen.« Cat knüllte das feuchte Tuch zwischen ihren Fingern zusammen. »Als der Krankenwagen eintraf, hatte sein Herz aufgehört zu schlagen. Er hatte eine hypertrophe Kardiomyopathie, die erblich ist, doch das hatte Max nicht gewusst, weil er adoptiert worden war.«

Ich schluckte den Kloß in meiner Kehle hinunter, bevor ich etwas sagte. »Es tut mir so leid, Cat. Er scheint ein wunderbarer Mann gewesen zu sein.«

Sie nickte. »Das war er. Er hat ein großes Loch in unserem Leben hinterlassen.«

Die Tür ging auf, und Lily kam herein. Vorsichtig zog sie ihre Schuhe aus.

»Darf ich bitte Ihre Toilette benutzen?«, sagte Cat schnell und sprang auf. Sie war aus der Tür und halb die Treppe hinauf, bevor ich etwas sagen konnte.

Lily kniete sich auf den Spielteppich neben Harris. Sie sah mich an und rümpfte die Nase.

Ich lachte. »Riecht er ein bisschen?«

Sie nickte und hielt Harris ein klimperndes Spielzeug hin, nach dem er greifen konnte.

»Er hasst es, die Windeln gewechselt zu bekommen«, sagte ich, »aber vielleicht kannst du ihn ja mit irgendeinem Spielzeug ablenken, während ich es mache?«

Als Cat nach ein paar Minuten mit roten, geschwollenen Augen zurückkam, saß Lily mit Harris auf dem Boden. Sie sprach nicht mit ihm, klimperte ihm jedoch mit allen lauten Spielzeugen etwas vor und küsste ihn oft auf den Kopf. Er belohnte sie mit einer Reihe von Mum-muh-mum- und Ba-ba-ba-Geräuschen.

Cat und ich sahen einen Moment schweigend zu, wie die beiden zusammen spielten, und Traurigkeit überfiel mich. Wie tragisch, was dieser netten Familie passiert war: der sanften Lily, die gefangen in ihrer stummen Trauerwelt lebte, Isabel, die genauso litt und das Sprechen für ihre Schwester übernommen hatte, und Cat, die mit dem Verlust ihres Mannes zurechtkommen musste und trotzdem versuchte, für ihre Kinder ein tapferes Gesicht zu machen, und die sich wahrscheinlich zu

Tode über das Schweigen ihrer Tochter sorgte. Es brach einem das Herz. Ich beschloss, alles zu tun, was ich konnte, um ihnen zu helfen.

Cat schluckte. »Lily hätte so gern noch einen kleinen Bruder oder eine kleine Schwester gehabt.« Sie sah mich reumütig an. »Das hätten wir alle.«

»Hier.« Ich reichte ihr Kopien meines Tagesmuttervertrags und meiner Berufsversicherung, um sie vom Weinen abzulenken. »Der ganze langweilige Papierkram. Denken Sie darüber nach, ob Sie möchten, dass Lily und Isabel ins Welcome Cottage kommen. Ich würde mich sehr freuen, die beiden hier zu haben.«

Lily wirbelte herum und sah ihre Mutter bittend an, die Brauen hoffnungsvoll hochgezogen.

Cat lachte. »Ich denke, Lily will das unbedingt, und wie es aussieht, fühlt Isabel sich auch ganz wie zu Hause.«

Isabel zeigte den anderen draußen irgendeinen Tanz, sie stand vor den Kindern und ließ sie ihre Bewegungen nachahmen. Selbst Arlo war nach draußen gegangen und hatte sich ihnen angeschlossen.

»Dann müssen wir nur noch über die Zeiten sprechen«, sagte ich.

Cat strich ihrer Tochter über die Haare. »Kannst du bitte gehen und Isabel sagen, dass wir gleich losmüssen, Schatz?«

Das kleine Mädchen befreite sich von Harris und setzte ihn sicher hin, bevor sie wieder nach draußen rannte.

»Das Welcome Cottage wird ihnen guttun.« Cat lächelte. »Es wird mir eine Erleichterung sein zu wissen, dass die Mädchen glücklich sind, wenn ich arbeite.«

»Wo arbeiten Sie?«

»Ich arbeite noch nicht, ich bin Kosmetikerin und habe den Job in meinem alten Studio gekündigt, als wir Max verloren haben. Mein Hauptaugenmerk galt den Mädchen. Um ehrlich zu sein, habe ich eine Heidenangst, aber wir brauchen ein Einkommen.«

Sie tat mir unendlich leid. Ein Teil von mir hätte ihr gerne gesagt, dass sie erst wieder arbeiten sollte, wenn sie sich dazu bereit fühlte, doch wie konnte ich das, wo ich ihre finanzielle Situation nicht kannte?

»In Barnaby gibt es kein Kosmetikstudio«, sagte ich und zermarterte mir das Hirn, wo das nächste war. Ich zeigte ihr meine Nägel, die seit Jahren nicht mehr gemacht worden waren. »Wie Sie wahrscheinlich sehen.«

»Sie haben zumindest eine Entschuldigung«, sagte sie. »Ich bin wohl kaum eine gute Werbung für meine Dienste. Ich sehe aus wie ein Wrack.«

Ich sah sie gespielt streng an. »Ich wette, außer Ihnen würde das niemand so sehen. Ich finde Sie unglaublich. Sie leisten Großartiges, Cat.«

Ich nahm an, dass sie ihre ganze Energie auf die Mädchen konzentrierte und wahrscheinlich nicht einen Gedanken auf sich verschwendete. Ich nahm mir vor, einen Mädels-Trip in die Stadt vorzuschlagen, wenn wir uns etwas besser kannten; wir konnten uns zusammen Haare und Nägel machen lassen.

»Sie sind sehr nett«, sagte sie und sah ganz gerührt aus. »Und Sie sind sicher, dass Sie mit den Zwillingen zurechtkommen, vor allem mit Lily?«

Ich war immer sehr darauf bedacht, eine professionelle Distanz zu allen Eltern einzuhalten, doch Cat sah aus, als könnte sie eine Freundin gebrauchen. Ich nahm sie in die Arme und drückte sie.

»Den Zwillingen wird es hier gut gehen«, sagte ich fest. »Und Ihnen auch. Sie haben jetzt Gina Moss als Cheerleaderin, Cat. Was soll da schiefgehen?«

Kapitel 6

Ein paar Stunden später war mein Arbeitstag fast vorbei. Arlo war als Letzter noch da. Er lag unter einer Decke auf dem Sofa und guckte eine DVD. Er kämpfte gegen den Schlaf an, während er wartete, dass sein Vater ihn abholte. Er sah so süß und zufrieden aus, dass ich ein Foto von ihm machte, um es seiner Mutter, Lia, zu schicken.

Es klopfte an der Tür, und ich machte schnell auf. Paige stand hüpfend davor und schwenkte die Arme.

»Halloo!«, quietschte sie und umarmte mich.

Ich blinzelte überrascht. »Du riechst nach Alkohol.«

»Ich muss aufs Klo.« Sie drängte sich an mir vorbei und stürmte die Treppe hoch in mein Bad.

Eine Toilette im Erdgeschoss war ein Muss, sinnierte ich.

Ein paar Minuten später kam sie heruntergetänzelt und blieb vor dem Sofa stehen, um Arlo zu kosen und zu kitzeln.

»Paige«, sagte ich streng. »Lass das Kind in Ruhe; genau genommen hätte ich dich hier gar nicht reinlassen dürfen, wenn du alkoholisiert bist.«

»Spielverderberin«, schnaubte sie und ließ ihre Kunstpelzjacke von den Schultern gleiten. Sie drapierte sie über einem Küchenstuhl und legte ihr Handy auf den Tisch neben meins. »Aber ich habe Neuigkeiten, und die muss ich mit jemandem teilen. Sofort.«

Sie war nicht richtig betrunken, nur ein bisschen angeheitert. Ich sah nach Arlo, der erleichtert schien, dass sie ihn wieder in Frieden ließ.

»Setz dich«, sagte ich und stellte den Kessel auf. »Ich mache dir einen Kaffee.«

Sie schnitt eine Grimasse. »Hast du nichts Verruchteres? Es ist schon nach fünf.«

»Auf keinen Fall. Es ist halb sechs und ich arbeite noch.« Ich zwang ihr den Kaffee auf und setzte mich an den Küchentisch. »Wenn Ed seinen Sohn abholen kommt und du bis dahin nicht nüchtern bist, musst du in den Garten.«

Paige sah entsetzt aus und trank einen Schluck von ihrem Kaffee.

»Und jetzt zu meinen Neuigkeiten«, sagte sie und gesellte sich zu mir an den Tisch. »Ich hatte heute Nachmittag frei, und Nigel hat mich zum Essen eingeladen. Nur wir zwei.«

Ich zog die Brauen hoch. »Romantisch.«

»Mein erster Gedanke war, dass er mich gegen ein jüngeres Modell austauschen und mir das bei einem feudalen Essen beibringen will, wo ich ihn nicht mit dem Besteck attackieren kann.«

Ich lachte; Nigel betete sie an. »Du dumme Gans. Als ob er das tun würde.«

Sie kicherte. »Ich weiß. Ich wäre trotzdem auf ihn losgegangen, schickes Restaurant hin oder her.«

»Das habe ich nicht gemeint.« Ich stieß sie mit dem Ellenbogen an. »Und was hat er gewollt?«

»Alles hat damit angefangen, dass er gestern Abend mit nackten Füßen auf ein Lego-Teil getreten ist.«

»Autsch«, sagte ich. Das war wirklich unschön.

»Das hat ihn zum Nachdenken gebracht. Jetzt, wo Ethan und Hannah an der Uni sind, ist es vielleicht an der Zeit, dass wir unser Haus ein bisschen mehr so gestalten, als würden Erwachsene darin leben. Mehr Geld für die Einrichtung ausgeben, alles ein bisschen schicker, jetzt, wo sich keine

Teenager mehr auf den Möbeln fläzen. Und bevor Enkel kommen.«

»Das klingt nicht sehr vernünftig für eine Tagesmutter.«

»Deshalb hat er mich auch zum Essen ausgeführt: um mir vorzuschlagen, dass ich aufhöre. Er war sich nicht sicher, wie ich reagieren würde.« Paige schüttelte ungläubig den Kopf. »Und ich habe zugestimmt. Ich kann nicht glauben, dass ich nicht selbst darauf gekommen bin. Ich habe mich in der letzten Zeit wirklich nicht mehr wohlgefühlt. Nigel hat das gespürt, mein schlauer Schatz.«

»Das freut mich für dich«, sagte ich erstaunt. Wir sahen uns an den meisten Tagen vor der Schule, und ich hatte nicht mitbekommen, dass sie sich schlecht gefühlt hatte.

»Tagesmutter zu sein, war großartig, ich habe meine Arbeit geliebt, aber ich bin bereit aufzuhören. Es macht solchen Spaß, das Haus zu verschönern. Ich stelle überall Blumenvasen und Kerzen hin und Sachen, mit denen man vorsichtig sein muss.«

Als mein Blick über meinen praktischen Wohnraum schweifte, überkam mich ein Gefühl von Neid. »Das klingt wundervoll.«

»Mir ist es schlecht gegangen, seit Ethan von zu Hause weg ist. Ich habe sogar auf dem Bett gelegen und seinen alten Teddy geknuddelt.« Sie hielt inne und zeigte mit dem Finger auf mich. »Das hast du nicht gehört. Dass er immer noch einen Teddy hat. Er würde mich umbringen.«

Ich machte ein Zeichen, als würde ich meine Lippen versiegeln.

»Es war klar, dass es ein paar harte Wochen werden würden«, sagte ich. »Doch das Tagesmutterdasein ganz aufzugeben, kommt mir ein bisschen drastisch vor.«

Paige nahm die Schultern zurück und atmete tief durch. »Für mich ist es das Richtige. Ich brauche eine neue Herausforderung.«

Ich lachte sie an. »*Das* verstehe ich gut. Mir geht es genauso.«

Paige seufzte erleichtert. »Gut, denn ich möchte meine Schützlinge zu dir schicken.«

Mein Verstand raste. Das konnte der Anstoß sein, den ich brauchte, um meinen unausgegorenen Plan, mich zu vergrößern, in die Tat umzusetzen. Mir fielen Rosies Worte wieder ein, dass alles möglich war, wenn ich an mich glaubte.

»Im Moment ist das nicht möglich, aber kannst du nicht noch bis Januar weitermachen?«, sagte ich kurz entschlossen. »Das gäbe mir über drei Monate, um zu sehen, wie ich alle unterbringen kann.«

Sie drehte sich eine Haarlocke um den Finger. »Klar. Den Eltern würde das wahrscheinlich auch gefallen. Ein neues Jahr, ein neuer Tagesablauf, et cetera. Ja, das geht. Und wenn du mir jetzt keinen richtigen Drink anbietest, bin ich weg.«

Sie zog ihre Jacke an und griff in dem Moment nach ihrem Handy, als meins klingelte. Wir sahen beide auf das Display: *unbekannte Nummer.*

»Wahrscheinlich irgendein Werbeanruf. Überlass das mir«, sagte Paige grinsend, »ich liebe es, sie zu verarschen.«

»Nein, weil …« Ich griff nach dem Telefon, doch sie kam mir zuvor und drückte mit der Spitze eines manikürten Fingernagels auf den Lautsprecherknopf – und schwieg.

»Paige«, zischte ich. »Gib es mir.«

»Das muss eins dieser ausländischen Call Center sein«, flüsterte sie. »Sie bekommen Panik, wenn du nichts sagst.«

»Hallo? Ist da jemand?«, sagte eine Frau, die etwas verwirrt schien. »Oder ist das Ihr Anrufbeantworter?«

Paige schnaubte. »Wenn das ein Anrufbeantworter wäre, könnte er nicht antworten.«

»Spreche ich mit Gina Moss, der Tagesmutter? Ich bin Nicky Walker – von *Ofsted*. Ich bin mit der offiziellen Überprüfung der Anbieter von Kinderbetreuung in den ersten Lebensjahren betraut.«

Diese Worte fürchtete jede Tagesmutter, ein Anruf vom zuständigen Amt verhieß meist nichts Gutes. Paige gab einen lautlosen Schrei von sich, und ich entriss ihr das Telefon.

»Hier ist Gina. Entschuldigen Sie, eins der Kinder hat das Telefon erwischt«, sagte ich und warf Paige einen finsteren Blick zu. »Was kann ich für Sie tun?«

Einige Minuten später legte ich auf.

»Eine Ofsted-Inspektion. Irgendwann diese Woche«, stöhnte ich und begleitete sie zur Tür. »Sie will mich an einem Morgen anrufen und eine halbe Stunde später hier aufkreuzen. Die Inspektion muss wirklich gut verlaufen, vor allem wenn ich auch deine Kinder übernehmen soll. Die Einstufung *hervorragend* wäre da sehr hilfreich.«

»Brauchst du Hilfe, um deinen Papierkram in Ordnung zu bringen? Wenn dem so ist, habe ich eine Stunde oder so Zeit.« Sie gab einen lauten Rülpser von sich und schlug sich mit der Hand auf den Mund. »Entschuldige.«

»Weißt du was?«, lachte ich und schob sie sanft über die Schwelle. »Wenn du nichts dagegen hast, verschieben wir das auf ein anderes Mal.«

Ich blieb bis nach Mitternacht auf und brachte mein Haus in Ordnung. Nur für den Fall, dass Nicky Walker gleich morgen früh auftauchte. Kinder zu betreuen war in keinem Fall so bürolastig wie Unterrichten, aber es war trotzdem mit viel Administration verbunden – heutzutage meistens online.

Ich las immer wieder den Bericht von der letzten Inspektion und machte mir Notizen, was ich getan hatte, um den empfohlenen Verbesserungen nachzukommen. Mir drehte sich vor Nervosität der Magen um, doch in meinem tiefsten Inneren war ich sicher, dass ich mir eigentlich keine Sorgen zu machen brauchte. Ich kannte die Kinder und hatte ein gutes Verhältnis zu allen Eltern. Ich bot ein abwechslungsreiches Programm einschließlich vieler Aktivitäten im Freien und hielt mich mit Fortbildungsseminaren auf dem neuesten Stand. Trotzdem feilte ich an dem Plan für die kommende Woche, um sowohl das Welcome Cottage als auch die Kinder von ihrer besten Seite zu zeigen. Als ich sicher war, genug getan zu haben, fiel ich erschöpft ins Bett.

Ich hatte absolutes Vertrauen in meine Kinder, ich hoffte nur, nicht irgendetwas Blödes zu tun und mir zu schaden.

Der Anruf der Inspektorin kam am Mittwoch um kurz nach neun, während die Kinder sich noch im Windfang die nassen Gummistiefel und Mäntel auszogen. Sie würde bald bei uns sein, teilte sie mir mit.

Als es zwanzig Minuten später an der Tür schellte, saßen wir am Tisch, tranken etwas Warmes und sprachen über die Pläne für den Tag. Ich setzte ein strahlendes Lächeln auf und öffnete einer fröhlich aussehenden Frau mit schwarzen Haaren und glänzenden roten Stiefeln die Tür. Zu ihren Füßen stand ein Aktenkoffer, und in der Hand hielt sie ihren Dienstausweis.

»Nicky Walker, Inspektorin bei Ofsted.« Sie drückte mir energisch die Hand. »Ich weiß, dass das unangenehm ist, doch ich werde versuchen, es so schnell ich kann hinter uns zu bringen. Am besten ignorieren Sie mich einfach; machen Sie weiter, als wäre ich nicht da.«

Ich lachte nervös. »Leichter gesagt als getan«, erwiderte ich, nahm ihren Regenmantel und führte sie ins Haus.

»Guten Morgen, alle zusammen, ich bin Ms. Walker.« Sie ging vor dem Tisch in die Hocke, sodass sie mit den Kindern auf Augenhöhe war, und strich sich das Haar zurück. »Ich werde heute ein bisschen hier arbeiten, aber ihr könnt alles machen, was ihr sonst auch macht, keine Sorge.«

Harris bot ihr einen Schluck aus seiner Lerntasse an, was sie mit einem Kichern ablehnte, während sie mein Angebot, einen Tee zu trinken, annahm.

»Danke«, sagte sie, als ich ihr gezeigt hatte, wo ich meine Unterlagen aufbewahrte und sie mit Tee versorgt hatte. »Sie können mich jetzt allein lassen.«

Ich nickte und trank einen Schluck Wasser, um meine Zunge zu lösen, die fest am Gaumen klebte.

»Okay, Kinder«, sagte ich und klatschte in die Hände. »Wer weiß noch, was diesen Monat unser Thema ist?«

Als es zwölf war, hatten wir mit Handabdrücken Tiere gemalt, Arbeitsblätter zum Zählen von Tieren vervollständigt und Tierkekse glasiert. Jetzt hatten die Kinder etwas Zeit zum freien Spielen, während ich das Mittagessen vorbereitete. Ms. Walker machte sich immer noch Notizen.

»Diese Woche haben ein paar neue Kinder angefangen?«, fragte sie, während sie auf die neuen Akten klopfte, die ich für Isabel und Lily Fletcher angelegt hatte.

»Sie kommen an vier Tagen die Woche nach der Schule zu mir«, bestätigte ich.

»Und wie wollen Sie mit Lilys Weigerung zu sprechen umgehen?«

»Vorsichtig«, antwortete ich. »Ich muss ihr Vertrauen gewinnen. Ich habe gesehen, wie gut sie mit dem Baby umgeht, und hoffe, sie einbeziehen zu können, indem sie mir mit den Kleinen helfen darf. Am Anfang werde ich auch nur einfache Fragen stellen, die sie mit einem Nicken oder einem Kopfschütteln beantworten kann, wenn sie nicht sprechen will.«

»Verstehe.« Ms. Walkers Gesicht verriet nichts. Sie machte sich eine Notiz auf ihrem Laptop.

»Und ich werde eng mit der Schule und ihrer Mutter zusammenarbeiten. Das ist der Schlüssel, *beiden* Mädchen zu helfen sich schnell einzuleben«, fügte ich hinzu, um ihr zu zeigen, dass mir Isabel genauso wichtig war wie Lily. »Um genau zu sein, hat mich der Schulleiter gefragt, ob ich die Zwillinge aufnehmen kann.«

Bei dem Satz blickte sie auf. »Sie haben ein gutes Verhältnis zu dem Schulleiter?«

»Zu der Schule, ja«, stellte ich schnell klar. »Mr. Colby nimmt die Stelle nur temporär ein; ich bin ihm nur einmal begegnet.«

»Hmm, verstehe.« Ms. Walker verbarg ihr Gesicht schnell hinter dem Laptop, doch nicht schnell genug, dass ich nicht sah, dass sie ein wenig rot geworden war.

Dreißig Minuten später hatten die Kinder zu Mittag gegessen, und wir ließen uns Schalen mit Banane und Vanillesoße schmecken. Ms. Walker hatte sich ihre eigenen Brote mitgebracht.

»Können wir meinen Bericht durchsprechen, wenn Sie einen Moment Zeit haben?«, fragte Ms. Walker, als der Tisch abgeräumt war und wir uns alle die Hände gewaschen hatten und auf die Toilette gegangen waren, woraufhin wir uns noch einmal die Hände gewaschen hatten.

»Natürlich.« Ich warf ängstlich einen Blick auf die Uhr; in zehn Minuten war es Zeit für den Mittagsschlaf, Harris wurde schon langsam quengelig. Ich hatte damit gerechnet, dass sie jetzt gehen würde. Ich führte die Kinder zu dem Bücherregal und ließ sie sich ein Buch aussuchen, dann setzte ich mich mit Harris auf dem Schoß an den Tisch neben sie.

Aufmerksam hörte ich den Erkenntnissen der Inspektorin zu, versuchte, nicht zu sehr zu lächeln, als sie erwähnte, was ihr gut gefallen hatte, und nicht zu protestieren, als sie aufzeigte, wo ich möglicherweise noch etwas verbessern könnte.

»Und jetzt teile ich Ihnen auch ihre Beurteilung mit«, sagte Ms. Walker, während sie auf ihrem Platz hin und her rutschte.

Ich spürte eine Regung von Sympathie; es musste furchtbar sein, jemandem mitteilen zu müssen, dass »Verbesserungen erforderlich« waren. Es *mir* mitteilen zu müssen. Ich hielt Harris ganz fest.

»Sie wissen sicher, dass Sie das für sich behalten müssen, bis Sie die Beurteilung schriftlich haben«, sagte sie.

»Natürlich.« Ich nickte und hielt die Luft an.

»Ihre Beurteilung lautet …«

Es klopfte energisch, gefolgt von einem zweimaligen Drücken der Klingel. Mir rutschte das Herz in die Hose; wenn das Paige nach einem weiteren alkoholisierten Mittagessen war, würden wir beide uns einmal ernsthaft unterhalten müssen.

»Du meine Güte«, sagte Ms. Walker lachend, »da will jemand aber unbedingt herein.«

»Noch mal Glück gehabt«, sagte ich schwach und stand auf. »Merken Sie sich, wo wir stehen geblieben sind.«

Finn, ein lebhafter kleiner Vierjähriger, stand vom Boden auf. »Ich kann aufmachen.«

»Er kann die Eingangstür nicht öffnen, er kommt nicht an den Schlüssel.« Ich setzte Harris auf seinen Spielteppich und sprintete zur Tür, bereit, Paige abblitzen zu lassen. Ich hätte vor Erleichterung heulen können, als ich Rosie sah. Ich ließ Finn den Schlüssel im Schloss herumdrehen und schickte ihn wieder nach drinnen.

»Ta-dah!« Sie hielt eine Kiste Wein hoch. »Schampus!«

»Das sehe ich«, sagte ich, während ich einen Blick über die Schulter warf und wünschte, ich hätte die Tür hinter mir geschlossen, sodass Ms. Walker uns nicht hören konnte.

Rosie trat ein und putzte sich die Füße gründlich an der Matte ab. »Ich weiß, dass du nicht willst, dass ich dir sage, wo's

72

langgeht, aber ich finde definitiv, dass du eine Party machen solltest. Deshalb schenke ich dir den Prosecco, um den Ball ins Rollen zu bringen.«

»Das ist sehr nett von dir, du kannst ihn da hinstellen …«

Sie drängte sich an mir vorbei. »Dazu besteht kein Grund. Ich bringe ihn dir in die Küche. Er ist ziemlich schwer.«

»Rosie«, zischte ich und stürmte hinter ihr her. »Ich stecke mitten in einer Ofsted-Inspektion.«

Ich sah sie beschwörend an; eine Alkohollieferung am helllichten Tag dürfte meinem Fall kaum guttun.

»Mach dir keine Gedanken«, sagte sie unverdrossen, »ich bleibe nicht.«

Sie stellte die Flaschen auf dem Tisch ab und streckte Ms. Walker die Hand hin.

»Hallo, ich bin Rosie, eine der Frauen, deren Kinder sie betreut. Sie ist brillant, lassen Sie sich das von mir sagen. Sie ist wie die Super Nanny, eine gute Fee und eine Cheerleaderin, alles in einem. Wir lieben sie alle.« Sie versuchte, einen Blick auf Ms. Walkers Bildschirm zu werfen. »Oh, fantastisch, ich wette wir sind alle der gleichen Meinung.«

Ms. Walker schrie auf und schlug den Laptop zu.

»Es tut mir so leid, Ms. Walker«, begann ich und spürte, wie mir die Röte durch die Brust ins Gesicht schoss.

»Was?« Rosie runzelte die Stirn und legte mir einen Arm um die Schultern.

Ich presste die Hände gegen die roten Wangen. »Die Unterbrechung und die Alkohollieferung, wo Sie mir gerade diesen vertraulichen Bericht vorlesen wollten.«

»Machen Sie sich keine Gedanken«, sagte Ms. Walker herzlich, »und jetzt, wo die Katze ohnehin aus dem Sack ist, kann ich es Ihnen auch vor Ihrer Freundin sagen. Sie haben sich diesen Prosecco verdient; Ihre Bewertung fällt hervorragend aus. Herzlichen Glückwunsch, Miss Moss, Sie machen wirklich gute Arbeit.«

»Hervorragend? Wirklich?« Mein Magen schlug einen Purzelbaum. »Danke.«

»Wow. Na, das muss wirklich gefeiert werden«, sagte Rosie.

»Das muss es«, sagte ich und konnte mich nur mit Mühe davon abhalten, Ms. Walker zu küssen. »Feiern wir eine Party.«

Kapitel 7

Die Party war beschlossene Sache.

Ich mochte nicht von einer Scheidungsparty sprechen (ich wurde noch immer das Gefühl nicht los, dass es falsch war, das zu feiern), ich würde den Beginn eines neuen Lebensabschnitts feiern. Rosie hatte zu mir gesagt, dass ich jetzt, wo ich geschieden war, tun konnte, was ich wollte, hingehen konnte, wohin ich wollte, und die sein konnte, die ich sein wollte. Und sie hatte recht, doch die Ofsted-Inspektion hatte mir gezeigt, dass ich eine hervorragende Tagesmutter war. Warum sollte ich etwas ändern, womit ich völlig zufrieden war? Stattdessen plante ich, auf das aufzubauen, was ich hatte und was ich war, und das Beste aus meinem Leben zu machen. Wenn es das mal nicht wert war, gefeiert zu werden.

Ms. Walker war, kurz nachdem sie ihr Urteil abgegeben hatte, gegangen, und nachdem ich die Kinder zu ihrem Mittagsschlaf hingelegt hatte, hatte Rosie mir geholfen, alles zu planen. Es sollte nichts zu Aufwendiges werden. Ich würde am Freitagabend im Lemon Tree Café mit Pizza und Prosecco feiern. Wir würden um acht anfangen und um elf aufhören. Rosie war gegangen, als ich über der Gästeliste saß. Ich schickte all meinen Freunden und Freundinnen im Dorf eine SMS und lud sogar all meine Kinder und ihre Eltern ein. Ich dachte darüber nach, auch Beau einzuladen, doch mir fehlte der Mut. Danach waren nur noch drei Leute geblieben, die ich kontaktieren musste, und als das letzte Kind abgeholt worden war und ich den täglichen Bürokram erledigt hatte, machte ich mich auf den Weg nach Evergreen Manor, um die Bewohner persönlich einzuladen.

Es war erst halb neun, und das Septemberlicht verblasste bereits. Feiner Nieselregen fiel herab, und das Gras war nass, sodass ich den Weg durch die Gärten nahm, die Auffahrt hochging und an die herrschaftliche Haustür klopfte. Niemand reagierte, was seltsam war, da unten und in der ersten Etage Licht brannte. Ich überlegte, dass vielleicht alle in der Küche sein könnten und mich nicht hörten, ging zu der Seitenpforte und verschaffte mir Einlass in den Garten.

Ein Sicherheitslicht ging an und beleuchtete meinen Weg.

»Wer ist da?«, bellte eine ruppige Stimme, die mich zusammenfahren ließ.

»Ich bin's – Gina«, rief ich zurück und ging am Hühnerschuppen vorbei in Richtung der Stimme. »Hallo, Bing. Wo seid ihr?«

»Dem Himmel sei Dank!«, rief Delphine. »Gina, komm und bring die beiden zu Verstand. Sie hören nicht auf mich.«

»Geh um das Haus herum, meine Liebe«, rief Bing. »Wir sind draußen in der Waschküche.«

»Bing! Kannst du nicht dahin leuchten, wo ich Licht brauche«, bellte Violet, »dann wäre diese Arbeit sehr viel schneller erledigt.«

»Bitte, komm herunter, Violet, bitte!«, bettelte Delphine. »Du hast heute Nachmittag selbst gesagt, dass du dich nicht wohlfühlst.«

»Quatsch!«, antwortete Violet. »Das waren nur leichte Kopfschmerzen, kaum der Rede wert. Hör auf zu nerven.«

Ich beschleunigte meinen Schritt, ging an den Küchentüren vorbei und bog um die Ecke. Und da waren sie: Violet kletterte langsam eine Leiter hoch, die Bing und Delphine festhielten. Bing hatte eine riesige Taschenlampe auf das Ende der Leiter am Dach eines ebenerdigen Anbaus am Haupthaus gerichtet; der Gehstock hing an seinem Arm.

»Was um alles in der Welt …«, stieß ich hervor. »Violet, bitte, komm da runter! Was immer du da tust, ich bin sicher, es hat bis morgen Zeit, wenn es hell ist.«

»Genau das habe ich auch gesagt.« Delphine griff nach der Leiter, die Augen vor Angst weit aufgerissen. »Es ist so rutschig bei dem Wetter!«

»Und dunkel!« Ich griff in die Tasche, um zu sehen, ob ich mein Handy bei mir hatte. Nur für den Fall, dass ich einen Krankenwagen rufen musste. *O Gott.* »Violet, komm runter und lass mich da hochsteigen.«

»Super, Vi«, erklärte Bing. »Ich mag Frauen, die keine Angst haben, sich die Hände schmutzig zu machen.«

»Mir bleibt wohl keine große Wahl, was?«, antwortete Violet. »Uns rennen schließlich nicht die Freiwilligen die Bude ein. Okay, ich bin oben. Richte den Strahl der Taschenlampe zu mir hoch, Bing.«

Bing tat, was sie gesagt hatte, und ich nahm seinen Platz an der Leiter ein, wobei ich meinen Stiefel so fest auf die erste Sprosse stemmte, wie ich konnte. Selbst wenn Violet ausrutschte, machte ich mir mehr Sorgen, dass die zarte Delphine unter dem Gewicht ihrer Freundin zerquetscht werden könnte.

»Unser Dach ist undicht«, erklärte Delphine und nahm kurz eine Hand von der Leiter, um sich den Mantel über die Brust zu ziehen. Sie zitterte. Ich konnte nicht sagen, ob vor Kälte oder vor Angst.

»Was hoffst du, heute Abend zu erreichen, Violet?«, beharrte ich. »Du kannst doch bestimmt morgen einen Dachdecker anrufen?«

»Vergiss es«, schnaubte Violet. »Wir sind die Generation, die noch gelernt hat, anzupacken und die Sachen zu reparieren.

Wahrscheinlich muss nur ein Ziegel wieder an seinen Platz geschoben werden. Wer braucht dafür schon einen Dachdecker?«

»Ein Ziegel?« Bing sah mich an und verdrehte die Augen. »Heute Morgen erinnerte das da drinnen an die Niagarafälle. Wir sind schneller vollgelaufen als die *Titanic*.«

»Das ganze Dach hat mehr Löcher als ein Schweizer Käse«, flüsterte Delphine. »Wir können das Obergeschoss nicht mehr nutzen, weil da überall Eimer stehen. Glücklicherweise wagt sich nicht einmal Madame so hoch hinauf.«

»Oh, Jarlsberg, das ist mein Lieblingslöcherkäse.« Bing schmatzte mit den Lippen. »Ich könnte jetzt gut ein Brot mit einem Stück Jarlsberg und einem Klecks von Violets selbstgemachtem Chutney vertragen.«

»Der kommt aber aus Norwegen und nicht aus der Schweiz«, warf Delphine ein.

Er zuckte die Schultern. »Die Löcher schmecken alle gleich.«

»Könnt ihr euch bitte konzentrieren«, fauchte Violet. »Ich riskiere hier Leib und Leben, während ihr beiden übers Essen redet.«

»Entschuldige«, antworteten beide.

»Obwohl genau genommen Cheddar zu dem Chutney besser passt«, murmelte Bing.

Ich presste die Lippen zusammen, um nicht zu lachen; irgendwie hatte ich das Gefühl, dass Violet das nicht schätzen würde.

»Aha, da haben wir's ja, den Grund für unseren Zimmerspringbrunnen!«, keuchte Violet. Sie lehnte sich gefährlich weit nach rechts, ihre Finger reichten nicht ganz bis an den verrutschten Ziegel.

»Bitte sei vorsichtig, Violet.« Ich hielt die Luft an.

Delphine schloss die Augen. »Ich kann da nicht hinsehen«, sagte sie, während sie sich an die Leiter drückte.

Violet drehte den Kopf zu uns um; trotz ihrer tapferen Worte sah sie ängstlich aus. »Gebt mir mal einen Stock oder eine Stange oder ein Rohr oder irgend so etwas. Damit müsste ich ihn zurechtschieben können.«

Bing bot ihr seinen Stock an, doch der war zu kurz. Wir sahen uns beide nach einem passenden Werkzeug um, wobei wir versehentlich die Leiter losließen.

»Nicht alle gleichzeitig loslassen!«, rief Violet, als die Leiter ins Rutschen kam.

»Ich bekomme gleich einen Herzanfall«, sagte ich. »Das ist mir zu aufregend.«

»Ich reiche dir die Wäschestange«, sagte Delphine und hielt sie hoch.

Violet griff nach der Stange und stieß damit mehrmals gegen den Ziegel. »Das dürfte reichen«, sagte sie außer Atem. »Passt auf da unten. Ich lasse die Stange jetzt fallen.«

Wir traten zur Seite, als sie auf den Boden fiel.

»Kommst du jetzt runter?«, bettelte Delphine.

Wir hielten alle die Leiter fest, als Violet hinunterstieg.

Sie staubte sich die Hände ab. »Siehst du, Delphus, es ist nichts passiert.«

Delphines Blick flackerte. »O weh, ich denke, dank dir bin ich um zehn Jahre gealtert.«

»Sherry-Zeit«. Bing leuchtete mir mit der Taschenlampe ins Gesicht. »Magst du uns dabei Gesellschaft leisten?«

Ich seufzte erleichtert. »Wie zivilisiert. Mit Vergnügen.«

Drinnen hatte der Ofen die Küche gemütlich und warm gemacht, vor dem die beiden Katzen, Coco und Chanel, schliefen, und in der Luft hing der Duft von Pastete; alles war so einladend, dass ich mich liebend gern neben den Katzen zusammengerollt und es mir gemütlich gemacht hätte.

»Komm rüber ins Wohnzimmer«, sagte Violet, während

sie sich aus ihrem Anorak schälte. »Wir haben vorhin ein Feuer angemacht, und inzwischen dürfte es angenehm warm sein.«

Es war wirklich angenehm warm. Bing schürte das Feuer, und nachdem er den Schürhaken gegen die Wand gelehnt hatte, setzte er sich ans Klavier und spielte eine alte Melodie, die mir bekannt vorkam, deren Namen ich jedoch nicht wusste. Violet ließ sich auf das Sofa fallen und legte ihre Füße auf einen Hocker. Die Katzen kamen hereinstolziert; die eine ging zum Feuer, während die andere auf meinen Schoß sprang.

Delphine zog die Vorhänge zu, goss uns allen einen Sherry von dem Getränkewagen ein und reichte ihn uns.

»Prost«, sagte sie und hob ihr Glas.

»Auf die Gesundheit«, antwortete Violet und trank einen Schluck. »Den habe ich jetzt gebraucht.«

»Und ich erst«, sagte Delphine ernst und setzte sich neben sie. »Mir hat das Herz bis zum Hals geschlagen.«

»Violet, ich bin wirklich beeindruckt, dass du das Loch selbst repariert hast«, sagte ich zögernd, während ich die Katze auf meinem Schoß streichelte, »aber das nächste Mal solltest du vielleicht Fachleute ranlassen.«

»Ich habe es doch geflickt, oder?«, sagte sie beleidigt.

»O ja, *ein* Loch ist gestopft«, sagte Bing und stand vom Klavier auf. Er ging zum Feuer hinüber und stocherte darin herum. »Jetzt haben wir nur noch neunundneunzig.«

»Gut, gut«, sagte Violet und runzelte beleidigt die Stirn. »Aber es wäre wahrscheinlich billiger, das ganze Dach mit Blattgold zu überziehen, als es richtig reparieren zu lassen. Das ist die Kehrseite davon, in einem denkmalgeschützten Haus zu leben, fürchte ich.«

»Ich habe ein paar Ersparnisse«, bot Delphine an.

Violet tätschelte ihrer Freundin die Hand. »Es ist lieb von dir, das anzubieten, doch am Ende bliebe dir nur noch so wenig Geld, dass ich das nicht annehmen kann.«

»Aber das ist doch auch mein Zuhause«, antwortete sie leise. »Ich beteilige mich gern.«

»Sieh nicht mich an«, sagte Bing und schenkte allen nach. »Ich habe keinen Penny. Wie wäre es, Dexter und Rebecca zu fragen, schließlich ist es ihr Erbe?«

»Auf keinen Fall!« Violet sah entsetzt aus. »Ich will nicht, dass sie sich Sorgen wegen der Unterhaltskosten machen.«

Ich hatte Violets Familie nie kennengelernt, sie jedoch über ihren Großneffen und ihre Großnichte reden hören. Dann würden sie also einmal das Haus erben? Die Glücklichen! Schweigen senkte sich herab, und alle sahen ins Feuer. Ich kam mir wie ein Eindringling vor; ganz offensichtlich gab es Geldprobleme in Evergreen Manor, von denen ich keine Ahnung hatte.

Ich war gern bereit, Violet etwas von dem Geld zu leihen, das mir mit der Scheidung ausbezahlt worden war, wenn sie welches brauchte. Doch da ich gesehen hatte, wie sie Delphines Hilfe abgelehnt hatte, nahm ich nicht an, dass sie meine akzeptieren würde. Es sei denn … natürlich!

Die Idee war plötzlich da, und ich rang fast hörbar nach Atem. Die Lösung lag auf der Hand, sah mir direkt ins Gesicht. Ich konnte nicht nur Violet helfen, ich konnte auch mein eigenes Problem lösen.

Wenn Violet das Welcome Cottage an mich verkaufte, hätte sie genug Geld, um das Dach reparieren zu lassen und alles, was sie sonst noch wollte, wenn sie schon mal dabei war. Und ich müsste nicht mehr aus dem Cottage ausziehen, das ich so liebte. Um meine Expansionspläne zu verwirklichen, konnte ich einen Wintergarten anbauen lassen und als Spielraum nutzen, sowie ein Bad unten und vielleicht sogar den Windfang erweitern, sodass jedes Kind seinen eigenen Haken hatte wie in einer Schulgarderobe. Es war eine großartige Idee.

Ich war so aufgeregt, dass ich beinahe auf der Stelle damit herausgeplatzt wäre, aber ich hielt mich zurück. Ich wollte erst richtig darüber nachdenken und einmal darüber schlafen. Aber es würde funktionieren, ich wusste, dass es das würde.

Bing kicherte und schnipste mit den Fingern vor meinem Gesicht. »Wir langweilen dich bis zum Einschlafen, ja?«

»Absolut nicht, um ehrlich zu sein, arbeitet mein Verstand gerade auf Hochtouren.« Ich lächelte insgeheim vor mich hin. »Oh, und mir ist gerade der Grund eingefallen, aus dem ich hier bin: Ich feiere Freitagabend eine Party, habt ihr Lust zu kommen?«

»Eine Party!«, Delphine rang nach Luft. »Ich liebe es, mich schick zu machen.«

»Lieb von dir, uns alte Reliquien einzuladen«, sagte Violet. »Wir kommen nicht oft heraus.«

»Sprich für dich.« Bing machte ein paar Tanzschritte. »Gibt es Musik? Ich kann ein paar Nummern singen, wenn du magst. Was feiern wir denn, deinen Geburtstag?«

»Nein, keinen Geburtstag, aber einen besonderen Tag«, sagte ich und erzählte ihnen von der Ofsted-Inspektion und wie ich seit meiner Scheidung angefangen hatte, ein paar Veränderungen in meinem Leben zu planen.

»Herzlichen Glückwunsch!« Delphines Augen leuchteten.

»Verfluchtes Ofsted«, grummelte Violet. »Diese sich ewig einmischenden Gutmenschen. Aber egal, du hast es verdient, und bravo, dass du etwas verändern willst. Wir haben nur ein Leben; wir sollten etwas daraus machen.«

»Hört, hört«, sagte Delphine und strahlte ihre Freundin an.

»Mir stehen ein paar Herausforderungen bevor«, sagte ich und spürte ein Kribbeln im Magen. »Wenn irgend möglich, habe ich es immer vermieden, Dinge zu tun, die mir Angst machen. Ich bin in meiner Komfortzone geblieben, doch ich denke, jetzt bin ich bereit, neue Risiken einzugehen.«

»Das ist gut«, sagte Violet. »Wir alle vermeiden es, Dinge zu tun, vor denen wir Angst haben. Erst vor Kurzem habe ich mich entschlossen, kühn zu sein und mich ihnen zu stellen.«

»Ich auch«, sagte Delphine leise. »Ich auch.«

»Dann nichts wie ran!«, rief Bing und schwenkte seinen Stock in der Luft. »Ich bin dafür, Abenteuer zu erleben.«

Violet schnaubte. »Als ich versucht habe, dich dazu zu bewegen, auf die Leiter zu steigen, hast du davon aber nichts gesagt. ›Ich halte die Taschenlampe‹, hast du nur gemeint.«

»Na ja, es war eben dunkel«, sagte Bing, während er verlegen guckte und wir alle lachten.

Ich erhob mich, um zu gehen, und gab allen zum Abschied einen Kuss. »Dann sehen wir uns auf der Party?«

»Niemand wird uns davon abhalten«, sagte Violet. »Ich schätze, Delphine wird in dem Moment, in dem du gegangen bist, anfangen, Kleider anzuprobieren.«

Delphine stieß sie zum Spaß mit dem Ellenbogen an.

»Das freut mich«, sagte ich mit einem geheimnisvollen Lächeln, »ich möchte euch nämlich einen Vorschlag machen. Aber nicht heute Abend, ich bin noch nicht ganz dazu bereit.«

Delphine rang nach Luft. »Geht es um den Rat, den du letzte Woche von uns wolltest? Du bist gar nicht dazu gekommen, uns zu fragen.«

Ich schüttelte den Kopf. »Meine Pläne sind seitdem etwas weiter fortgeschritten, und dieser ist erheblich ambitionierter.«

»Du Halunkin«, sagte Violet. »Du kannst uns doch nicht so auf die Folter spannen.«

»Wir sehen uns Freitagabend in Rosies Café«, sagte ich und winkte ihnen. »Bis dahin sind meine Lippen versiegelt.«

Kapitel 8

Ich hatte mich zu den Zitronenbäumchen in den Wintergarten des Lemon Tree Cafés verzogen, um zu Atem zu kommen. Die Woche war die reinste Achterbahnfahrt gewesen, und ich war ziemlich durcheinander. Doch die Party lief richtig gut; sie zu veranstalten, war genau das Richtige gewesen.

Rosie, ihre Schwester Lia und ihre Mitarbeiter hatten sich alle die größte Mühe gegeben: Das Café war mit Luftballons und Wimpeln geschmückt, und ein Tisch bog sich unter der Last von Bruschette und Salaten. Rosie hatte Ben eingespannt, der im Geschäft ihrer Schwester, The Lemon Tree Pizza Cabin, arbeitete, um die Pizzen zu backen, und es roch himmlisch. Die Theke war in eine Proseccobar umfunktioniert worden, und Lias Mann Ed war heute Abend der DJ. Im Moment arbeitete er sich für seinen Schwiegervater Alec durch Dolly Partons Hits. Und um noch einen draufzusetzen, hatten Noah und Arlo ein Transparent gemalt, auf dem »Gina ist super« stand. Das Ausmaß an Liebe und Unterstützung, das meine Freunde mir entgegenbrachten, raubte mir den Atem.

Rosie kam zu mir und füllte mein Glas nach. »Du siehst großartig aus, Gina, das Singleleben bekommt dir.«

Ich wollte ihre Worte gerade abtun, doch dann hielt ich inne. Ich fühlte mich gut, was war falsch daran, hin und wieder ein Kompliment anzunehmen?

»Danke«, sagte ich gnädig. »Mir ist in den letzten Tagen erst klar geworden, dass das Leben seit meiner Trennung etwas von einer Fahrt im Nebel hatte: Ich habe immer nur den nächsten

Schritt gesehen. Jetzt ist mein Kopf freier, und ich denke, ich weiß, was ich will.«

Die Augen meiner Freundin leuchteten stolz. »Das ist das erste Mal, dass ich dich so reden höre. Super.«

»Danke«, sagte ich und umarmte sie kurz. »Und danke, dass du mir geholfen hast, diese Party zu organisieren. Was das Singledasein angeht, denke ich, dass meine Mutter hofft, dass ich nicht zu lange Single bleibe; denn so bekommt sie nie Enkel.«

Rosies Interesse war geweckt. »Willst *du* ein Baby?«

»Irgendwann. Vielleicht«, lachte ich. »Keine Panik, ich verspüre nicht den Wunsch nach einem Kind. Und Elternzeit dürfte in meinem Job auch schwierig sein.«

»Das ist in vielen Jobs so«, sagte Rosie. »Und das Timing ist nie richtig.«

»Aber dazu braucht es zwei«, stellte ich klar, »deshalb habe ich mir nicht die Mühe gemacht, Mum von meinen Expansionsplänen zu erzählen; wahrscheinlich wird sie mir sagen, dass das Einzige, was sich vergrößern sollte, mein Taillenumfang ist.«

»Sie liebt dich, daran besteht kein Zweifel«, sagte Rosie. »Sie hat nur eine seltsame Art, es dir zu zeigen. So, und jetzt erzähl: Was hast du für Pläne?«

»Im Welcome Cottage zu bleiben«, sagte ich lachend. »Du hattest recht.«

»Was soll ich sagen, ich bin eben ein Genie.« Sie zog lässig die Schultern hoch. »Doch was hat das Bleiben in deiner kleinen, wenn auch perfekt passenden Bleibe mit deinen Expansionsplänen zu tun?«

Ich erklärte ihr, dass ich Violet vorschlagen wollte, das Cottage von ihr zu kaufen und zu vergrößern. Rosie nickte anerkennend.

»Das gefällt mir! Aber wird sie einen Teil des Anwesens verkaufen?«, fragte sie realistisch.

»Das werden wir sehen. Ich habe sie zu der Party eingeladen und werde sie heute Abend fragen.«

Ich stieß mit ihr an. »Auf einen Neuanfang.«

»Darauf trinke ich«, sagte sie. »Viel Glück!«

Das Lemon Tree Café war angenehm voll: genug Menschen, dass es sich wie eine Party anfühlte, aber nicht so viele, dass drangvolle Enge herrschte. Es war fast acht, und die meisten meiner Gäste waren eingetroffen. Ein kleines Wunder, so nasskalt, wie der Abend war. Doch was hatten Lia und Ed, Arlos Eltern, gesagt: Ein Ausgehabend war ein Ausgehabend, und nachdem sie erst einmal einen Babysitter gebucht hatten, obwohl die Einladung auch ihre Kinder eingeschlossen hatte, hätten keine zehn Pferde sie davon abhalten können zu kommen.

Noah war der einzige junge Gast. Er spielte auf dem Boden nahe der Spielzeugecke mit Hugo.

Gabe kam zu uns herüber, legte Rosie einen Arm um die Taille und stieß mit mir an.

»Herzlichen Glückwunsch, Gina. Erics Verlust ist unser Gewinn. Noah genießt die Stunden bei dir, und du kannst dir mit Sicherheit vorstellen, wie glücklich mich das als Vater macht.«

»*Uns* macht«, korrigierte ihn Rosie. »Und vielen Dank, dass du ihn letzte Woche und heute überredet hast, ohne zu murren zu den Pfadfindern zu gehen. Wie vorhergesagt, hat er jede Sekunde genossen.«

»Gehört alles zum Service«, sagte ich und freute mich, dass ich hatte helfen können.

»Ich denke, die Frau der Stunde sollte eine Rede halten«, sagte Rosie und goss den Rest des Proseccos in mein Glas.

»Jetzt?« Ich sah mich schnell um. Violet, Delphine und Bing waren immer noch nirgendwo zu sehen. Ich hatte wirklich warten wollen, bis sie da waren.

»Jetzt«, bestätigte Rosie und zog mich in die Mitte des Cafés. »Ben sagt, dass die Pizzen fertig sind, und wenn sie erst aus dem Ofen kommen, findest du keinen ruhigen Moment mehr.«

»Stimmt«, gab ich ihr recht, behielt für alle Fälle jedoch die Tür im Auge.

»Kann ich bitte einen Moment eure Aufmerksamkeit haben«, rief Rosie und klopfte mit einem Löffel gegen eine leere Flasche. Trotz ihrer recht lauten Stimme schien sie über das Geplauder und die Musik und das allgemeine Gedränge hinweg niemand zu hören. Sie versuchte es noch einmal: »Ruhe bitte!«

»Die Leute amüsieren sich zu gut auf dieser Party!«, sagte sie verärgert.

Ein ohrenbetäubendes Geklapper erklang, als ihre Großmutter Maria zwei Topfdeckel gegeneinander schlug. Stanley, ihr armer Verlobter, der neben ihr stand, sah verstört und geschockt aus. Augenblicklich war es still.

»Grazie«, sagte Maria hoheitsvoll. »Tutti paletti, Gina, die Bühne gehört dir.«

»Danke«, murmelte ich und trat nach vorne. Mein Puls raste; ich hatte gewusst, dass man von mir erwarten würde, dass ich eine Rede hielt, doch jetzt, wo ich hier stand, kamen mir die Zeilen, die ich vorbereitet hatte, zu bemüht vor. Was ich wirklich sagen wollte, war, dass in meinem Leben gerade etwas wirklich Besonderes passierte und dass ich froh war, diese Menschen an meiner Seite zu haben.

O Gott, das klang ja noch abgedroschener.

Jemand hustete, und ein paar Leute scharrten mit den Füßen. Meine Augen überflogen die Menge auf der Suche nach

Inspiration; freundliche Gesichter lächelten mich an. Und unter ihnen sah ich – Beau. Irgendjemand musste ihn doch noch eingeladen haben. Er prostete mir mit seinem Glas zu. Rosie, die neben mir stand, stupste mich leicht an.

»Bedank dich einfach, dass sie gekommen sind«, zischte sie.

Als ich den Mund aufmachte, um etwas zu sagen, schellte die Glocke über der Cafétür, und alle drehten sich um. Es war Cat, in der Hand einen Topf mit einer großer Orchidee und einer rosa Schleife, gefolgt von den Zwillingen. Arme Cat; es schien sie verlegen zu machen, im Zentrum der Aufmerksamkeit zu stehen. Doch Beau trat sofort auf die drei zu und führte sie aus dem Rampenlicht. Ich war gerührt, dass sie sich die Mühe gemacht hatte, an einem so scheußlichen Abend wie heute zu kommen, wenn sie wahrscheinlich zu nichts weniger Lust gehabt hatte, als zu einer Party zu gehen, auf der sie niemanden kannte.

Ich holte tief Luft.

»Vor zweieinhalb Jahren bin ich zurück nach Barnaby gekommen, mit einem gebrochenen Herzen und dem Gefühl, dass mir das Leben, das ich mir vorgestellt hatte, irgendwie durch die Finger geglitten war. Aber ihr alle wart so herzlich und habt mir gezeigt, dass ich willkommen bin. Violet, meine Vermieterin, hat mir ein Zuhause gegeben, und viele von euch haben mir ihre großartigen Kinder anvertraut. Und innerhalb von ein paar Monaten hatte ich das Gefühl, angekommen zu sein. Letzte Woche bin ich schließlich geschieden worden, und ich hoffe, ihr gewöhnt euch daran, mich Gina Moss und nicht Gina Evans zu nennen! Heute Abend feiern wir jedoch nicht das Ende meiner Ehe; wir waren die meiste Zeit glücklich miteinander, und obwohl wir uns getrennt haben, ist es uns gelungen, Freunde zu bleiben. Ich weiß, was für ein Glück das ist und wie selten es vorkommt. Wir feiern den Beginn einer neuen Lebensphase, und ich bedanke mich bei Rosie und den Mitarbeitern des Lemon Tree Cafés, dass sie diese Party organisiert haben, und bei euch allen, dass ihr gekommen seid.«

Ich sah mich um und sah nichts als Wärme und Unterstützung bei meinen Gästen, was mich mit Hoffnung und Glück erfüllte.

»Ich werde mein neues Leben voll auskosten«, sagte ich zum Schluss. »Um jemanden zu zitieren, der sehr viel eloquenter ist als ich: Ich werde die Reise machen, den Kuchen essen, die Schuhe kaufen und den tollen Mann küssen – also, sobald ich ihn gefunden habe.«

Alle lachten, und aus dem Augenwinkel konnte ich Cat lächeln und nicken sehen.

»Auf die Zukunft«, ich hob mein Glas.

»Auf die Zukunft!«, stimmten alle ein. Nigel, Paiges Mann, begann zu klatschen, und alle klatschten mit. Und dann weinte ich möglicherweise ein bisschen und umarmte viele, bevor von Ben der Ruf »DIE PIZZEN SIND FERTIG!« ertönte und alle sich schnurstracks auf das Essen stürzten.

Eine halbe Stunde später war die Party in vollem Gange.

»Mal ehrlich, war deine Scheidung wirklich freundschaftlich?«, fragte Tina, die ich von der montäglichen Musikgruppe her kannte.

Eine Gruppe von Müttern hatte mich in ihre Mitte genommen. Sie waren alle allein erschienen, hatten schon einige Gläser Wein getrunken und schienen genau in der richtigen Stimmung, um über ihre Männer zu lästern. Paiges Mann hatte sich auf der Suche nach der sicheren Gesellschaft anderer Männer bereits verzogen.

»Das war sie«, sagte ich einfach. »Eric und ich hatten uns einfach auseinandergelebt.«

»Hast du ein Glück«, meinte Vicky, die ich bis jetzt noch nie in etwas anderem als in Laufleggins und Turnschuhen gesehen hatte. »Eine Freundin von mir …«

Ich ließ meine Gedanken treiben und dachte an meine eigene Liebesgeschichte, während sie eine schmutzige Geschichte von einem Mann auftischte, der mit einer Zahnärztin in Harrogate ein Doppelleben geführt hatte.

Man sagte, dass Gegensätze sich anzogen, und als ich Eric kennenlernte, schien das auch der Fall zu sein. Nachdem ich meinen Job als Lehrerin aufgegeben hatte, hatte ich mir ein Round-the-World-Ticket gekauft, so viel ich tragen konnte, in einen Rucksack gestopft und war quasi ohne festen Plan aufgebrochen. Ich arbeitete unterwegs gerade genug, um auszukommen und war dorthin gereist, wohin die Lust mich getrieben hatte. Ich hatte in Neuseeland Äpfel gepflückt und in China für einen Street-Food-Verkäufer Nudeln gekocht. Eric war ich begegnet, als ich in der Türkei Yoga unterrichtete.

Er war allein unterwegs, um seine neue Geschäftsidee zu planen. Ich hatte mich in seine Energie, seinen Ehrgeiz und sein Selbstvertrauen verliebt und er sich in meinen freien Geist, meinen nicht existenten Materialismus und meine Sommersprossen. In unserer Hochzeitsnacht hatte er mir auch noch gestanden, dass er es toll fand, wie gelenkig ich war. Fast ein Jahrzehnt später beugte ich mich nicht mehr so sehr seinem Willen, und dieselben Charakterzüge, die uns einmal an dem anderen angezogen hatten, trieben uns nun auseinander. Aber hieß das, dass ich gescheitert war? Ich sah das nicht so, und wenn ich den Horrorgeschichten anderer Leute zuhörte, bestärkte mich das nur darin, dass ich gut davongekommen war.

Ich spürte, wie mich jemand in die Rippen stieß, und richtete meine Aufmerksamkeit wieder auf das Gespräch.

»Ich habe mich scheiden lassen, weil mein Mann ein Vollidiot ist«, sagte Tina und schwenkte wild ihr Glas in der Luft.

Ich sah zu Paige hin, die ein Grinsen unterdrückte; das war nicht die Tina, die wir kannten. In der Musikgruppe nannten wir sie *die Schüchterne*.

»Das Beste, was ich je getan habe, war, ihn rauszuwerfen«, sagte sie und nickte weise. »Das Fass zum Überlaufen gebracht hat, dass er auf der Arbeit eine Abmahnung bekommen hat, weil er Genitalien fotografiert hat.«

Ich schnitt eine Grimasse. »Ups. Manche Männer werden eben nie erwachsen, schätze ich.«

»Es hätte mir nicht so viel ausgemacht, aber es waren nicht einmal seine eigenen.« Sie trank ihr Glas leer. »Wie sich herausgestellt hat, hieß das Projekt, an dem er spätabends noch gearbeitet hatte, Mandy und arbeitete in der Buchhaltung.«

Paige prustete in ihr Glas.

»Gina?« Ich spürte eine Hand auf meinem Arm und drehte mich um. Cat stand neben mir. Sie wurde rot. »Entschuldige, wenn ich dich störe.«

»Nein, nein!«, sagte ich, erleichtert wegzukommen. Ich entschuldigte mich bei den Damen und ging mit ihr. »*Mir* tut es leid, dass ich noch gar nicht dazu gekommen bin, dich zu begrüßen.«

»Das ist für dich.« Sie gab mir fast entschuldigend die Orchidee. »Ich habe mir gedacht, dass du wahrscheinlich immer Sachen kaufst, die kindersicher und praktisch sind und dass du vielleicht Freude an etwas Zerbrechlichem und Schönem hast, das nur für dich ist.«

»Du hast mich durchschaut«, sagte ich und dachte, dass Cat genau das gelungen war. »Die ist wunderschön. Ich stelle sie in mein Schlafzimmer, das gehört einzig und allein mir.«

Cats Lächeln wurde unsicher, und ich hätte mich ohrfeigen können; ihr Schlafzimmer dürfte jetzt auch einzig und allein ihr gehören, wenn auch aus völlig anderen Gründen.

»Ich hoffe, es macht dir nichts aus, dass ich die Mädchen mitgebracht habe«, sagte sie und vergrub die Hände in den Taschen ihrer Jacke. Jetzt, wo sie sich nicht mehr hinter der Orchidee verstecken konnte, sah sie verloren aus. Ich drückte ihr ein Glas Prosecco in die Hand. »Ich habe noch keinen Babysitter.«

»Die Mädchen sind mehr als willkommen«, versicherte ich ihr, »und guck, sie spielen mit Noah und Hugo.«

»Es war auch nett, mit Mr. Colby zu reden«, sagte Cat und spielte am Kragen ihrer Jacke herum. »Er ist ein wirklich sympathischer Mann.«

Unsere Augen suchten in der Menge nach Beau Colby, und wir entdeckten ihn, wie er neben den Kindern und dem Hund hockte.

»Ah«, sagten wir beide gleichzeitig.

»Er hat mich gefragt, wie wir uns im Dorf einleben«, sagte sie und wurde rot. »Und er hat mich nach dir gefragt.«

Ich sah sie flüchtig an. »Was hat er denn gefragt?«

Sie lachte leise. »Er hat gefragt, ob den Kindern ihr erster Tag bei der Tagesmutter gefallen hat.«

»Oh.« Ich versuchte, meine Enttäuschung zu verbergen. Er hatte nicht wirklich nach mir gefragt, er war ein guter Schulleiter und kümmerte sich um seine Schüler. Was lobenswert war. »Guck mal«, sagte ich und stieß Cat an, als Noah Hugo Platz machen ließ.

»Er kann Kunststücke«, sagte Noah stolz zu den Zwillingen. Die drei knieten vor dem Hund. Die Augen des Hundes waren auf die Pizzakante in Noahs Hand gerichtet.

»Roll dich herum!«, befahl der.

Hugo ließ sich auf den Boden plumpsen, rollte sich um sich selbst und setzte sich schnell wieder auf, um seine Belohnung zu kassieren.

Lily und Beau klatschten, und Isabel tätschelte Hugos Kopf und sagte ihm, dass er ein guter Junge sei. Dann legte Lily dem Hund die Arme um den Hals und knuddelte ihn, wobei sie ihr Gesicht in seinem Fell vergrub.

»Sie hätten so gern einen Hund«, sagte Cat.

In dem Moment dröhnte ein Krankenwagen durchs Dorf, das Blaulicht spiegelte sich in den Fenstern des Cafés. Ich sah auf meine Uhr. Halb neun. Und noch immer war niemand von Evergreen Manor da. Ich hatte ein komisches Gefühl, was den Krankenwagen anging.

»Ich werde dann auch gehen, ich wollte nur kurz vorbeischauen«, sagte Cat. »Ich sammle mal die Kinder ein. Bis bald.«

Sie bahnte sich ihren Weg durch die Menge zu den Mädchen.

Ich holte mein Handy aus meinem BH (Not kennt kein Gebot, wenn du keine Taschen hast) und wählte die Nummer von Evergreen Manor. Niemand meldete sich. Ich sah mich um. Alle waren glücklich und plauderten, und obwohl es meine Party war, kam ich zu dem Schluss, dass niemand mich für ein paar Minuten vermissen würde.

An der Tür holte ich Cat und die Mädchen ein.

»Könnt ihr mich nach Hause mitnehmen?«, sagte ich schnell, während ich ihnen hinaus in den regnerischen Abend folgte. »Meine Nachbarn sind noch nicht da, sie sind schon älter, und ich fühle mich besser, wenn ich mal nach ihnen gesehen habe.«

»Natürlich!« Cat packte uns alle in ihr Auto, und wir fuhren Richtung Welcome Cottage.

Sie bog in die Auffahrt ein, und mir rutschte das Herz in die Hose. Weiter vorne warf das blinkende Licht des Krankenwagens blaue Schatten über die Fassade von Evergreen Manor.

»O nein«, murmelte ich. »Das ist nicht gut.«

»Soll ich mitkommen?«, fragte Cat, als ich aus dem Auto sprang.

»Danke, aber besser nicht.« Ich zeigte auf den Rücksitz, wo die Mädchen stumm und mit großen Augen saßen.

»Ich hoffe, dass alles in Ordnung ist.« Cat lächelte kläglich. Sie setzte in der Auffahrt zurück und fuhr auf die Straße, während ich zu Evergreen Manor hochsprintete. Ich hörte einen Knall, als die Türen des Krankenwagens zuschlugen und der Motor ansprang.

Ich hechtete aus dem Weg, als der Krankenwagen vorbeiraste und Wasser aus den Pfützen an meinen Beinen hochspritzte. Wer immer in diesem Krankenwagen lag, musste offensichtlich schnell behandelt werden. Ich rannte zum Haus hoch, um zu hören, wer es war, und sah die Silhouette einer großen, altersgebückten Gestalt bewegungslos auf der Vordertreppe sitzen.

Kapitel 9

Es war Samstagmorgen und ein schmerzlich schöner Tag. Der Himmel war von einem perfekten Blau, die vormittägliche Sonne schien durch die Küchenfenster, und die roten und goldenen Blätter der Buchen im Garten waren prächtig anzusehen in ihrem Herbstkleid. An jedem anderen Tag hätte ich mich gefreut, am Wochenende so schönes Wetter zu haben, doch heute fühlte sich das alles falsch an.

Weil die großartige, vor Leben sprühende Violet tot war.

Das war so schockierend und unsagbar traurig, dass ich mich immer wieder daran erinnern musste, dass das, was letzte Nacht passiert war, nicht einfach ein böser Traum gewesen war. Und ein Blick zum Küchentisch sagte mir, dass auch Bing und Delphine Schwierigkeiten hatten, es zu begreifen. Ich hielt meine Tränen zurück und nahm den Teller mit Toast, den Delphine in kleine Stücke gerissen und für Bing an die Hintertür gestellt hatte, damit er ihn an die Hühner verfütterte.

Gott sei Dank war ich meiner Eingebung gefolgt und hatte die Party verlassen, um nach ihnen zu sehen.

Bing hatte nahezu neben sich gestanden vor Sorge, als ich eingetroffen war. Ich hatte ihn ins Haus gebracht, vor dem Feuer in eine Decke gehüllt und Rosie angerufen, um ihr zu sagen, dass ich nicht auf die Party zurückkommen würde. Dann hatte ich Bing eine Tasse starken Tee gemacht, mich neben ihn gesetzt und seine Hand gehalten, und als seine Zähne aufgehört hatten zu klappern, hatte er mir alles erzählt.

»Wir wollten gerade zu deiner Party aufbrechen. Ich hatte mich sogar in Schale geworfen«, sagte er und schlug die Decke auseinander, um es mir zu zeigen. »Im letzten Moment meinte Violet, dass sie sich nicht ganz auf der Höhe fühle und kurz hinlegen müsse. Sie sagte, dass wir schon vorgehen sollten und dass sie nachkommen würde. Wir haben sie natürlich nicht allein gelassen. Ein paar Minuten später, als Delphine nach ihr gesehen hat, hat sie über einen stechenden Schmerz im Kopf geklagt, und als Delphine mit ein paar Schmerztabletten zurückkam, war Violet bewusstlos.«

»Hat sie geatmet?«, hatte ich gefragt.

»Schwach.«

Zuerst hatte ich angenommen, dass es ein weiterer Leiterunfall war. Doch das klang sehr viel ernster.

»Delphine war außer sich, sie hat sie geschüttelt und ihren Namen gerufen. Ich habe den Krankenwagen gerufen. Die Sanitäter haben keine Zeit verloren. Sie haben sie auf eine Trage gelegt und innerhalb von Sekunden ins Auto gebracht.«

»Sie ist in sicheren Händen«, hatte ich gesagt und versucht, nicht zu zittern. Ich hatte immer gedacht, dass der Ausdruck, dass einem das Blut gerinnt, nur eine Metapher sei. Jetzt wusste ich es besser. »Und sie ist zäh.«

Bing hatte gerade mal ein Lächeln zustande gebracht. »Das ist sie. Es würde mich nicht überraschen, wenn sie nachher hier hereinmarschiert kommt und uns ausschimpft, dass wir so einen Wirbel gemacht haben.«

»Lass uns das hoffen«, hatte ich gesagt und ihm den Arm getätschelt.

Doch wie sich herausstellen sollte, irrten wir uns beide, denn eine halbe Stunde später, hatte Delphine aus dem Krankenhaus angerufen. Ihre Stimme war durch die Schluchzer kaum zu verstehen gewesen.

Violet hatte eine subarachnoidale Blutung gehabt, der im Krankenwagen eine Asystolie gefolgt war. Der Sanitäter hatte versucht, sie wiederzubeleben, aber ohne Erfolg.

Violet würde nie mehr nach Hause kommen.

Sie würde diesen herrlichen Herbstmorgen nicht erleben, und sie würde nie erfahren, dass ihr Verlust sowohl Bing als auch Delphine total aus der Bahn geworfen hatte, dachte ich jetzt, als ich die beiden ansah.

Ich war seit einer Stunde hier, hatte beiden Frühstück gemacht, wozu Delphine nicht in der Lage gewesen war, hatte die Katzen gefüttert, die sich um meine Beine gewunden hatten, bis sie bekamen, was sie wollten, und jetzt tranken wir die zweite von möglicherweise noch vielen weiteren Kannen Tee. Beide saßen schweigend in ihren Morgenmänteln da. Bings Kinn war mit silbernen Stoppeln bedeckt, und seit er am Tisch erschienen war, putzte er sich die Nase in ein großes, blaues Taschentuch. Delphine saß völlig still und erinnerte mit ihrer blassen Haut, ihren grauen, hohlen Augen und ausnahmsweise einmal ohne Lippenstift an einen Geist.

Sie taten mir beide so leid. Ich trauerte auch um Violet, doch mein Schmerz war nichts im Vergleich zu ihrem. Ich saß am Tisch zwischen ihnen und holte Block und Stift heraus.

»Ich weiß, dass es sehr früh ist, und ich weiß, dass es wahrscheinlich das Letzte ist, was ihr heute tun wollt«, sagte ich leise, »aber sollen wir eine Liste der Dinge machen, die getan werden müssen?«

»Als Erstes sollte ich mich in den Hintern treten«, murmelte Delphine. »Ich mache mir schreckliche Vorwürfe. Sie hat nur von Kopfschmerzen gesprochen.«

Sie hielt Violets Uhr in der Hand und starrte darauf, als wollte sie sie auf gestern zurückstellen, auf eine Zeit, als ihre Freundin noch da war. Die Uhr hatte ein abgenutztes Lederarmband und ein großes, goldenes Zifferblatt; sie hatte in einer Plastiktüte zusammen mit einer Diamantbrosche in Form eines Delfins und eines Paars flacher, schwarzer Lackschuhe ihren Weg zurück nach Evergreen Manor gefunden mit dem Vermerk »persönliches Eigentum – Miss Violet Rose«.

»Wenn ich mich mehr um sie gekümmert hätte …«

Delphine senkte den Kopf und ließ ihren Tränen freien Lauf. Bing griff über den Tisch nach ihrer Hand, legte seine auf ihre und ließ sie dort. Es war eine so liebevolle Geste, dass ich spürte, wie mir selbst die Tränen kamen. Ich räusperte mich.

»Vieles kann warten«, sagte ich und versuchte es erneut. »Aber habt ihr euch Gedanken um die Beerdigung gemacht? Hat sie je irgendwelche Wünsche geäußert?«

»Wir haben nie über den Tod gesprochen«, Delphine schluckte. »Warum hätten wir das tun sollen? Sie war immer so vital und voller Energie. Es scheint keine fünf Minuten her, dass wir auf unserer Wanderung im Peak District oben auf dem Kinder Scout gesessen und Gewürzkuchen gegessen haben.«

Bing schüttelte traurig den Kopf. »Voller Leben. Wie letzte Woche. Hoch auf die Leiter, ohne zu zögern. Das macht keinen Sinn.«

»Es ist zu früh, um sie zu verlieren. Zu früh«, murmelte Delphine und schloss die Augen. »Wir wollten noch so viel zusammen machen. Ich habe sie so geliebt, und sie hat mich so geliebt, und jetzt wird das nie jemand erfahren. Und niemand wird mich mehr Delphus nennen.«

Ich biss mir auf die Lippe. Vielleicht war es zu viel, zu erwarten, dass sie heute an die Beerdigung dachten; die arme Delphine stand kurz vor einem Zusammenbruch.

»Die Leute werden es erfahren«, sagte ich sanft. »Denn wir werden ihr ein Begräbnis bereiten, auf das sie stolz gewesen wäre.«

Delphine wischte sich die Tränen von den Wangen. »Danke.«

»Ich denke, sie würde ein traditionelles Begräbnis wollen, was meint ihr?«, sagte Bing. »Wie ihr Bruder. Jacks Bestattung war in St. Bedes im Dorf.«

»Du hast recht, mein Lieber«, nickte Delphine, »lassen wir sie kirchlich bestatten.«

Wir kamen voran. Ich schrieb »Pfarrer und Bestatter kontaktieren« oben auf den Block.

»Ich kümmere mich um die Musik. Ich weiß, was sie mag«, sagte Bing.

Was sie *gemocht hat*, dachte ich, brachte es aber nicht über mich, ihn zu korrigieren.

»Eine Grabrede.« Delphine schauerte. »Einer muss eine Grabrede für sie halten. Ich denke nicht, dass ich das kann.«

Bing zuckte zusammen. »Das ist auch nicht meine Stärke.«

»Ich schreibe erst einmal nur ›Grabrede schreiben‹ oben auf die Liste, vielleicht übernimmt das der Pfarrer.«

Bing kratzte sich am Kopf, sodass seine Haare abstanden wie für Baisers geschlagenes Eiweiß, was mich an etwas erinnerte.

»Wenn ihr über einen Leichenschmaus nachdenkt, kann sich das Lemon Tree Café um das Essen kümmern«, schlug ich vor.

»Ja, bitte. Aber wir werden den Leichenschmaus zu Hause abhalten und nicht im Gemeindesaal«, sagte Delphine beherzt. »Sie hat fast ihr ganzes Leben hier verbracht, sie würde wollen, dass wir hier an sie denken, und eine Party würde ihr auch gefallen. Und das je eher desto besser.«

Bing stimmte ihr zu. »Sie hat sich auf deine Party gefreut, Gina.«

Delphine griff nach der Delfin-Brosche.

»Die habe ich ihr zu unserem ersten Weihnachtsfest geschenkt.« Ihre Wangen röteten sich. »Ich meine das erste

Weihnachten, nachdem Evergreen Manor mein Zuhause geworden war. ›Delphine‹ bedeutet Delfin. Violet hat sich kaputtgelacht, als sie das hörte. Sie dachte, der Name kommt von der Blume Delphinium.«

Bing kicherte auch. »Daran erinnere ich mich. Sie hat dir einen Brotbackautomat gekauft, und du hast eine Stunde geschmollt, bevor dir klar geworden ist, dass in der Kiste Tickets für einen Patisserie-Kurs in Paris waren.«

»O ja.« Delphine stieß ein unsicheres Lachen aus. »Die liebe Violet, sie war unglaublich großzügig, und ich habe mich widerwärtig benommen.«

Ich merkte, wie meine Augen vor Tränen trüb wurden. Ich war kein abergläubischer Mensch, doch in dem Moment spürte ich eine plötzliche Wärme. Auch wenn es sich vielleicht verrückt anhört, es fühlte sich an, als wär Violet noch hier und brächte uns zum Lächeln.

»Müssen wir irgendjemand Wichtigen benachrichtigen?«, fragte ich. »Was ist mit ihrer Familie, mit anderen Verwandten?«

Die Leichtigkeit des Moments war verflogen. Delphine stöhnte und ließ den Kopf in die Hände sinken. »Setz es erst einmal auf die Liste.«

»Sie war meine Familie«, murmelte Bing. »Sie und Jack, ihr Bruder. Die einzige Familie, die mir beigestanden hat, als es hart auf hart kam.«

Delphine tätschelte seine Hand. »Du hast immer noch mich.«

»Und mich«, fügte ich hinzu und spürte eine Welle der Zuneigung für die beiden. »Ihr beide habt mich.«

»Danke, meine Liebe«, seufzte Delphine. »Ich schätze, jemand sollte ihre Großnichte und ihren Großneffen benachrichtigen.«

Sie sah mich demonstrativ an.

»Natürlich«, sagte ich. »Wie heißen sie?«

Delphine zog den Gürtel ihres Morgenmantels fest, stand auf und suchte in der Kommodenschublade nach einem Adressbuch. Sie reichte es mir; der Deckel war zerschlissen und abgenutzt, und einige der Seiten waren lose. »Rebecca und Dexter Flint. Ich fürchte, ich kann mich nicht erinnern, wie Rebecca seit ihrer Hochzeit mit Nachnamen heißt, und Dexter lebt jetzt in Amerika. Ich kann mir also nicht vorstellen, dass er kommen wird, um ihr die letzte Ehre zu erweisen.«

»Das ist nur so ein Gedanke«, sagte Bing und nahm mir das Adressbuch aus der Hand. »Aber Violet hat Farben geliebt, sollten wir nicht alles Schwarze auf der Beerdigung verbannen, was meint ihr?«

Delphine holte tief Luft. »Oh, du schlauer Mann, ja! Das würde ihr gefallen! Wir kleiden uns in allen Farben des Regenbogens. Und sie muss auch atemberaubend gekleidet werden.«

»Was ist mit diesem schönen violetten Anzug, den du gerade nähst?«, schlug ich vor.

Einen Moment schien sie entsetzt, dann schluckte sie und nickte. »Ich bin in meinem Nähzimmer und sehe zu, dass er fertig wird«, sagte sie kaum lauter als ein Flüstern, als sie das Zimmer verließ.

»Was habe ich gesagt?«, sagte ich leise zu Bing. »Ich meine, ich weiß, was ich gesagt habe, aber warum hat sie mich so angesehen?«

»Ich denke, den violetten Anzug sollte Violet an ihrem Geburtstag tragen«, sagte er. »Und jetzt trägt sie ihn für die Ewigkeit.«

»Oh, Violet.« Ich spürte, wie sich mein Magen vor Traurigkeit zusammenzog, als ich mich erinnerte, wie Violet, in violetten Stoff gehüllt, auf dem Stuhl gestanden und sich beschwert hatte, dass ihr die Füße einschliefen. Ich würde sie so vermissen. Eine dicke Träne rollte mir das Gesicht hinunter.

»Rebecca heißt jetzt Todd«, sagte Bing. Er gab mir das Buch über den Tisch zurück. »Sie ist Jacks Enkelin, Violets Großnichte. Ein nettes Mädchen, ein bisschen schusselig.«

Bing nahm seinen Gehstock und ging, um die Frühstücksreste an die Hühner zu verfüttern, während ich Rebecca anrief, um ihr die Nachricht zu überbringen.

»Hier bei Todd.« Selbst in diesen drei Worten spürte ich die Verzweiflung. Ein kleines Kind war zu hören, das im Hintergrund »Baby Shark« grölte, und sie hatte sofort mein volles Mitgefühl, denn wenn auch nur eins meiner Kinder dieses spezielle Lied anstimmte, war stundenlang keine Ruhe mehr.

»Rebecca Todd?«, fragte ich.

Neben dem Telefon hörte ich das verschnupfte Atmen eines Babys.

Ein tiefer Seufzer, gefolgt von einem »Ja«.

»Es tut mir leid, Sie zu stören«, sagte ich, »doch ich fürchte, ich habe schlechte Nachrichten …«

Zwei Minuten später war Rebecca mit dem Telefon in den Garten geflüchtet. Ihr Mann Simon passte auf die Kinder auf.

»Ich kann es nicht glauben«, schniefte Rebecca. »Die reizende Tante Violet. Sie war immer so energiegeladen, ich dachte, sie würde ewig leben.«

»Es ist ein Schock, ich weiß.« Es war eine schreckliche Aufgabe. Ich hatte noch nie eine Todesnachricht überbracht und verstand, warum weder Delphine noch Bing diese Aufgabe hatten übernehmen wollen. Obwohl ein Teil von mir gerührt war, wie sehr Rebecca ihre Großtante gemocht zu haben schien.

»Und Evergreen Manor!« Sie rang nach Luft. »O mein Gott, das ist alles so furchtbar. Es wird so viel zu regeln geben, und ich habe gerade erst ein Baby bekommen. Na ja, er ist fünf Monate alt, muss aber natürlich immer noch rund um die Uhr versorgt werden.«

Ich gab ein paar verständnisvolle Laute von mir, während sie weiterplapperte, offensichtlich plante sie laut.

»Ich hoffe, die Beerdigung ist nicht vor Ende nächster Woche; ich werde Ewigkeiten brauchen, um genug Milch abzupumpen.«

»Sie wollen nicht gemeinsam mit der Familie kommen?«, fragte ich überrascht.

»Das ist viel zu stressig«, sagte sie entschieden. »Es ist sehr viel einfacher, wenn ich alleine komme. Ich werde in Evergreen Manor wohnen, wenn niemand etwas dagegen hat.«

»Ich bin sicher, dass das in Ordnung ist«, sagte ich und hoffte, dass dem so war. »Außerdem ist das nächste Bed and Breakfast ziemlich weit weg.«

»Erinnern Sie mich nicht daran«, sagte Rebecca. »Alles ist dort ziemlich weit weg. Ich habe als Teenager die meisten Sommer in Evergreen Manor verbracht. Ich konnte es nicht abwarten, den Führerschein zu machen. Oh, und kann ich bitte mein altes Zimmer in der oberen Etage haben? Ich habe es immer die Bibliothek genannt, weil auf der Tapete Bücher waren.«

»Ich denke nicht, dass das ein Problem sein dürfte.« Zu spät erinnerte ich mich an das Gespräch, das wir letzte Woche geführt hatten, dass das Dach Ähnlichkeit mit einem Schweizer Käse hatte.

»Ich bleibe wahrscheinlich für die Nacht vor und die Nacht nach der Beerdigung. Es wird eine Befreiung sein, einmal eine Nacht durchschlafen zu können und dürfte einem Spa-Aufenthalt wohl für Ewigkeiten am nächsten kommen … oh …« Sie hielt inne und stöhnte. »Das war jetzt wenig feinfühlig von mir. Bitte vergessen Sie, was ich gesagt habe. Sie müssen mich für furchtbar unsensibel halten, aber es ist so, dass ich im Moment an nichts anderes als an Schlaf denken kann.«

»Machen Sie sich keine Gedanken«, sagte ich schnell. »Ich verstehe das. Kleine Kinder sind anstrengend.«

»Haben Sie Kinder?«

Bei ihrer Frage musste ich an Beau Colby denken. *Ja, hundertfünfzig.* Ich hatte gestern auf der Party nicht einmal die Gelegenheit gehabt, richtig mit ihm zu reden. Doch ich hatte ihn mit Cat Fletcher reden sehen und mitbekommen, wie sie sich ins Haar gegriffen und gelächelt hatte. Aber bekamen wir in seiner Gegenwart nicht alle weiche Knie?

»O je«, sagte Rebecca, als sie keine Antwort bekam. »Habe ich etwas Falsches gesagt?«

»Keine eigenen«, antwortete ich. »Ich bin Tagesmutter, ich kümmere mich um viele.«

»Natürlich sind Sie Tagesmutter, Tante Violet hat es mir erzählt. Das ist nur so ein Gedanke …« Sie hielt inne, und ich ahnte, was als Nächstes kommen würde.

»Im Moment bin ich voll ausgelastet, sonst hätte ich schon vorgeschlagen, dass Sie das Baby mitbringen.«

Sie seufzte. »Egal, zumindest kann ich mich so einmal ausruhen.«

Es lag mir auf der Zunge zu erwähnen, dass Bing und Delphine ein bisschen Hilfe möglicherweise sehr zu schätzen wüssten, doch ich schaffte es, mich zu beherrschen.

»Weiß mein Bruder Bescheid?«, fragte sie.

»Noch nicht, ich habe Sie als Erste angerufen.«

»Ja?« Sie schien sich auf seltsame Weise darüber zu freuen.

»Ich werde ihn als Nächsten anrufen. Delphine sagt, dass er in Amerika lebt.«

»In Manhattan, ja. Überlassen Sie das mir. Ich werde auch meine Mutter anrufen. Sie wird nicht zu der Beerdigung kommen, sie lebt in Indien. Und was Dexter angeht, weiß ich nicht mehr als Sie. Er ist ein Einzelgänger, unser Dex. Allerdings hat er Tante Violet sehr gern gehabt, es könnte also schon sein, dass er kommt. Er hatte das winzig kleine Zimmer neben meinem, ich hoffe, es macht Ihnen nichts aus, das auch herzurichten?«

»Sicher«, sagte ich und überlegte im Stillen, wann ich meinen Haushaltspflichten nachkommen sollte. Ich sah nicht, wie Delphine oder Bing in den nächsten Wochen zu so etwas wie einem Frühjahrsputz in der Lage sein sollten. »Nur noch eins. Würden Sie gerne die Trauerrede halten?«

»Mein Gott, nein!«, stotterte sie. »Ich leide seit Jahren an Mutterschaftsdemenz. Dex ist gut mit Worten. Er soll das machen.«

Wenn er denn auftaucht, dachte ich skeptisch.

Ich gab ihr meine Telefonnummer und versprach, sie über die Details der Beerdigung zu informieren, sobald ich mehr wusste. Dann legte ich auf. Ich fühlte mich bereits wie erschlagen und hatte erst einen Anruf hinter mich gebracht.

Bing kam wieder herein. »Wie ist es gelaufen?«

»Rebecca wird zwei Nächte bleiben und hat darum gebeten, dass wir auch für Dexter ein Zimmer herrichten.«

»Oh, verflixt!« Er kratzte sich sein stoppeliges Kinn. »Wir sind es nicht gewohnt, Übernachtungsgäste zu haben. Und die einzigen freien Zimmer sind in der oberen Etage.«

»Das ist in Ordnung«, versicherte ich ihm. »Rebecca hat sogar nach ihren alten Zimmern da oben gefragt. Habt ihr genug Bettzeug? Wenn nicht, kann ich euch etwas leihen.«

»Das Bettzeug ist nicht das Problem«, sagte er mit einem schiefen Lächeln. »Die Frage ist, ob wir genug Eimer haben.«

»Wir müssen einfach die Daumen drücken, dass es trocken bleibt«, sagte ich und drückte ihm einen Kuss auf die Wange. »Und sieh mal das Positive – mit zwei zusätzlichen Leuten, die hier sind, hat sich eure Familie verdoppelt.«

Kapitel 10

Violets Beerdigung sollte am Donnerstag stattfinden, fast zwei Wochen nach ihrem Tod. Ich war früh auf an diesem Tag, ich konnte einfach nicht schlafen. Um sieben Uhr hatte ich meine Laufsachen an und joggte die Straßen von Barnaby entlang; ich lief den Berg hinunter, kam am Bach vorbei, der am Dorfanger vorbeifloss, und schlug den Weg durch die Felder ein, bis ich am Fluss war.

Ich hatte nicht gut geschlafen, seit Violet … von uns gegangen war. Ich hatte immer noch Schwierigkeiten, es auszusprechen. Mein Kopf fühlte sich an, als wäre er voll Watte, und das Leben schien sich in einem seltsamen Paralleluniversum abzuspielen. Nach einer guten Woche mit der Ofsted-Inspektion, der Möglichkeit, im nächsten Jahr Paiges Kinder zu übernehmen, meiner Party plus meiner Pläne, das Welcome Cottage zu kaufen, war jetzt nichts mehr sicher.

Mal ehrlich, was machte es für einen Sinn, mein Leben zu verkomplizieren? Ich spürte das Ziehen meiner Oberschenkelmuskeln und die Schärfe der feuchten Morgenluft in meinen Lungen, als ich den menschenleeren Treidelpfad entlanglief. Ich war doch glücklich gewesen, wie es war, oder nicht? Glücklich, in dem Cottage zur Miete zu wohnen und meine kleine Gruppe von Kindern zu versorgen? Violet zu verlieren, war ein Schock gewesen und hatte mir gezeigt, wie schnell das Leben vom Kurs abkommen konnte. Vielleicht ließ ich alles besser beim Alten: klein und ohne Verpflichtungen? Wenn ich jetzt meine Meinung änderte oder plötzlich den Entschluss fasste, den Mount Everest zu besteigen, konnte ich das tun, es gab keine Verpflichtungen, keine großen Verantwortlichkeiten.

Eine kleine, quälende Stimme in meinem Kopf erinnerte mich daran, wie sehr es mich gefreut hatte, vier Anrufe von Eltern zu bekommen, die von meinem herausragenden Tagesmutterservice gehört hatten, und wie geschmeichelt ich mich gefühlt hatte, dass Beau Colby mich an Cat empfohlen hatte. Was ich mit einem gewissen Ärger zugeben musste: Es war Eric, der mich auf die Idee gebracht hatte zu expandieren. Das Letzte, was ich wollte, war, ihm zu beweisen, dass er recht hatte, dass ich bar jeden Ehrgeizes war.

Vielleicht lag es an der Trauer, sinnierte ich. Sie nahm deine Ideen, warf sie in die Luft und forderte dich heraus, sie zu überprüfen, die unsinnigen auszusortieren und an den guten festzuhalten. Wenn ich nur wüsste, an welchen.

Ich konzentrierte mich auf meine Umgebung und merkte plötzlich, wie weit ich gelaufen war. Ich war bereits am Riverside Hotel und dem Anleger vorbei, an dem ein paar Kanalboote festgemacht waren, und beschloss, bis zum nächsten Laternenpfahl zu laufen und dann umzukehren. Den Blick auf mein Ziel fixiert, beschleunigte ich.

Ich war erst ein paar Meter gelaufen, als ich aus dem Augenwinkel etwas Schwarzes in einem Streifen Grün sah. Ich stoppte und lief zurück. Da war es. Ein Schuh guckte durch das hohe Gras. Nein, zwei Stiefel. An zwei Beinen.

»Hallo?« Vorsichtig trat ich einen Schritt näher. »Oh, mein Gott.«

Es war ein Mann, der dort platt auf dem Rücken lag, einen Rucksack neben sich im nassen Gras. Er schien tief und fest zu schlafen – oder war er tot? Ich schauderte, bereute den Gedanken sofort. Ich schaute nach rechts und nach links nach jemandem, der mir helfen könnte, doch der Pfad lag verlassen da. Das war der Moment, wo ich wünschte, mein Handy mitgenommen zu haben; ich konnte nicht einmal einen Krankenwagen rufen, sollte es nötig sein.

»Hallo?«, sagte ich noch einmal und kniete mich neben ihn. »Sind Sie in Ordnung?«

Noch immer kam keine Antwort. Mein vom Laufen warmer Atem bildete eine Wolke in der kalten Morgenluft.

Meine Augen wanderten an dem Mann hinunter. Er war in meinem Alter. Ein paar Haarbüschel guckten unter einer schwarzen Wollmütze hervor, die er sich tief in die Stirn gezogen hatte; seine Haut war blass, und er sah aus, als hätte er sich tagelang nicht rasiert, seine Kleidung war zerknittert, und seine Stiefel waren voller Matsch.

Ein Obdachloser. Auch wenn ich bisher noch nie einen in Barnaby gesehen hatte. Er hatte die Hände in die Ärmel seiner Jacke gezogen und die Arme zum Schutz über der Brust verschränkt. Wahrscheinlich gegen die Kälte, dachte ich mit einer Spur von Mitleid. Der arme Mann. Hatte er die ganze Nacht hier gelegen? War er überhaupt bei Bewusstsein? *Bitte lass nicht noch jemanden gestorben sein …*

Komm schon, Gina, du bist ausgebildete Ersthelferin. Überprüf die Atmung.

Ich hielt die Luft an, in der Erwartung, dass er übel roch. Ich fühlte mich schrecklich, dass ich so etwas überhaupt dachte, und versuchte wieder normal zu atmen. Um seinen Atem zu spüren, beugte ich mich tief über ihn und …

Der Mann öffnete die Augen und schrie mir ins Gesicht, stieß mich weg und zog sich Kopfhörer aus den Ohren unter der Mütze.

Ich schrie ebenfalls und fiel erschrocken zurück ins Gras. »Oh, mein Gott, Sie leben!«

»Da bin ich mir nicht so sicher«, sagte er und griff sich an die Brust. »Durch Sie hätte ich fast einen Herzinfarkt bekommen.«

»Warum liegen Sie hier im nassen Gras?« Ich schnappte erschrocken nach Luft und hievte mich in eine kniende Position.

»Davon einmal abgesehen, dass das meine Sache ist, meinen Sie?« Er setzte sich auf, zog seine Mütze aus und enthüllte eine dicke, braune Mähne und Augen, die amüsiert blitzten. »Ich habe meditiert. Das ist sehr beruhigend. In der Regel. Dann hat mich etwas im Gesicht gekitzelt. Ich habe es für eine Spinne gehalten. Doch als ich die Augen aufgeschlagen habe, war eine Frau direkt über mir. Es gibt Gesetze gegen so etwas, wissen Sie.«

Meditiert, oh, mein Gott. Ich konnte mich gerade noch beherrschen, nicht die Augen zu verdrehen.

»Gesetze gegen was genau?«, fragte ich. »Leben zu retten?«

Er schüttelte den Kopf, während er lachte und den Reißverschluss seiner Jacke aufzog.

Ich ärgerte mich über mich selbst, dass mir dieser Fehler unterlaufen war, und ich ärgerte mich über ihn, dass ihn das amüsierte. Jetzt, wo ich ihn ganz sehen konnte, sah er absolut nicht wie ein Obdachloser aus. Er sah auf eine sexy Weise derangiert aus. Mein Gesicht fühlte sich heiß an. Hoffentlich glaubte er, dass das vom Laufen kam.

»Sie haben Glück, dass Sie genau in dem Moment die Augen aufgeschlagen haben«, sagte ich gereizt. »Ich wollte gerade mit der Mund-zu-Mund-Beatmung beginnen.«

Er schloss die Augen sofort wieder und ließ sich zurück ins Gras fallen.

Ich starrte ihn an; was sollte das jetzt?

»Hilfe«, murmelte er. »Ich muss reanimiert werden.«

So sehr ich mich auch bemühte, auf meinen Lippen breitete sich ein Lächeln aus. »Vergessen Sie's, Ihnen geht es gut.«

»So, so«, sagte er, öffnete die Augen, setzte sich wieder auf und zog die Mütze wieder an. »In dem Punkt irren Sie sich. Ich bin sehr traurig.«

Der Tau war in meine Kleider gekrochen, und ich stand auf. Ich hoffte, dass ich am Hintern keinen nassen Fleck hatte.

»Stimmt«, sagte ich. »Jeder, der frühmorgens an einem nassen Flussufer meditiert, muss Probleme haben. Wie dem auch sei, ich sehe, dass Sie meine Hilfe nicht benötigen, und lasse Sie jetzt allein.«

Ich drehte mich um, um zu gehen.

»Ja! Perfekt. Warten Sie!«, sagte er und sprang auf die Füße.

Ich bedachte ihn mit dem Blick, den ich gewöhnlich für die Kinder reservierte, die ihr Gemüse nicht aßen. »Fallen Sie jetzt nicht in Ohnmacht oder so was, das kaufe ich Ihnen nicht ab.«

»Nein, nein.« Er kramte in seiner Jacke und holte einen kleinen Block und einen Stift heraus. Sein Gesicht glühte vor Aufregung. »Das ist die Schlüsselszene, nach der ich gesucht habe. Bewegen Sie sich nicht, oder ich vergesse alles.«

Ich verschränkte die Arme und runzelte die Stirn. »Die Schlüsselszene?«

»Ja, Sie wissen schon, wie im Film. Ich bin Drehbuchautor«, sagte er, als würde das alles erklären. »Das ist die Szene, in der sich die Protagonisten zum ersten Mal begegnen.«

»Wie ein Mann, der in ein Kaufhaus geht und eine Schlafanzughose kaufen will und eine Frau trifft, die nur ein Oberteil will?«, sagte ich und beschrieb eine Szene aus einem meiner Lieblingsfilme.

Er versuchte, entsetzt auszusehen. »Jetzt kommen Sie mir nicht mit *Liebe braucht keine Ferien*. Die schlechteste Besetzung, die man sich vorstellen kann. Ich meine nur, Jack Black?

Nein, nein, nein. Das ist so falsch. Kate Winslet würde ihm nie an die Wäsche gehen.«

»Dann eben ledige, weiße Frau trifft Landstreicher an verlassenem Flussufer«, ich zog eine Braue hoch. »*Das* ist Ihre Schlüsselszene?«

»Danke für den Ego-Boost.« Er begann zu lachen und sah mich erneut mit diesen warm funkelnden, grünen Augen an. »Nein, ernsthaft, sagen Sie das noch mal, das mit dem Meditieren und den Problemen.«

»Äh, okay«, ich wiederholte den Satz und wartete geduldig, bis er ihn aufgeschrieben hatte.

»Und jetzt muss ich wirklich gehen.« Ich hob die Hand und setzte mich in Bewegung in der Hoffnung, dass mein Hintern weder nass war noch wabblig wirkte.

»Warten Sie!«

»Nein.«

»Wie heißen Sie?«, sagte er und rannte hinter mir her.

Ich rannte schneller und vergrößerte den Abstand zwischen uns. »Fangen Sie mich, und ich sage es Ihnen.«

»Oh, kommen Sie schon, haben Sie Mitleid mit mir. Ich habe die ganze Nacht nicht geschlafen«, keuchte er. »Sagen Sie es mir.«

Ich lenkte ein, ich genoss unseren Schlagabtausch. »Gina«, rief ich über die Schulter.

»Oh, Scheiße«, ich hörte ihn stöhnen.

Ohne langsamer zu werden, drehte ich mich nach ihm um. Er hatte sich nach vorne gebeugt, die Hände auf den Oberschenkeln und beobachtete, wie ich aus seinem Blickfeld verschwand. Vielleicht war er wirklich Drehbuchautor, vielleicht auch nicht, aber egal, er hatte meine Stimmung erheblich gehoben.

*

Die Beerdigung fand um elf Uhr statt. Die kleine Dorfkirche St. Bede's war voll, und obwohl die Stimmung gedrückt war und der Geräuschpegel gedämpft, war nicht ein schwarzes Outfit zu sehen, selbst der Pfarrer glänzte in Violett; ich konnte fast vor mir sehen, wie Violet bei diesem Anblick zustimmend nickte. Glücklicherweise war es die ganze Woche über trocken geblieben, und ich hatte es geschafft, die zwei Zimmer für Rebecca und Dexter herzurichten. Bing hatte mich gestern Abend angerufen, um mir zu sagen, dass Rebecca am Abend eingetroffen war, Dexter wahrscheinlich aber erst heute kommen würde. Er hatte den Nachtflug nehmen und direkt zu der Beerdigung kommen wollen.

»Ich hoffe, wir haben genug zu essen.« Rosie zitterte, als mit weiteren Trauergästen ein kalter Luftzug durch die Kirchentür kam. »Wer sind all die Leute?«

Es waren viele Leute aus dem Dorf gekommen, einschließlich Rosies Eltern, ihrer *Nonna*, Maria, und Stanley, trotzdem kannte ich weniger als die Hälfte. Delphine hatte die meisten jedoch draußen vor der Kirche begrüßt, als wir alle eingetroffen waren.

»Frühere Kollegen und Schüler aus Violets letzter Schule, an der sie Schulleiterin war, wie es scheint«, sagte ich und bemühte mich, dass meine Stimme nicht versagte. »Offenbar ist sie sehr beliebt gewesen.«

»Sie wird allen sehr fehlen«, sagte Rosie und schob ihren Arm unter meinen.

Die liebe Violet. Das würde sie bestimmt. Ich nickte als Antwort und war mir äußerst bewusst, dass meine Gefühle gefährlich dicht unter der Oberfläche lagen. Wie wunderbar, dass so viele Menschen nach Barnaby gekommen waren, um sich von ihr zu verabschieden.

Ein Kloß formte sich in meinem Hals, und ich schluckte ihn hinunter. Seit Violets Tod hatte ich versucht, meine eigenen

Gefühle unter Verschluss zu halten, um Delphine und Bing zu unterstützen, doch jetzt, wo sich alle versammelten, um ihr ein letztes Mal Lebewohl zu sagen, war es schwerer, gegen die Tränen anzukämpfen.

»Alle aufstehen, bitte.«

Die Stimme kam von der Kirchentür, und als wir uns umdrehten, sahen wir den Bestatter mit dem Zylinder unter dem Arm, und hinter ihm den Sarg, den sechs Männer auf ihren Schultern trugen. Der Deckel war mit Blumen in allen Farben des Regenbogens geschmückt.

Die Gemeinde stand einmütig da, Musik erklang aus den Lautsprechern, die über die Kirche verteilt waren, und die klare Stimme von Judy Garland sang *Somewhere Over the Rainbow*. Meine Augen brannten sofort vor Tränen, und ein kleines Schluchzen entwich meiner Kehle.

»Oh, mein Gott.« Rosie gab mir ein Taschentuch. »Das geht an die Nieren.«

Der Pfarrer führte die Sargprozession zum Altar. Bing hatte sich als Sargträger gemeldet, und als der Sarg vorbeikam, lächelte ich ihm ermutigend zu. Seine Wangen waren tränennass, doch er sah schneidig aus in seinem marineblauen Blazer mit der rot-gelb gestreiften Krawatte und einer großen, selbstgezogenen gelben Dahlie im Knopfloch. Er mochte zwar in seinen Achtzigern sein, doch er trug den Sarg genauso geschickt auf der Schulter wie die jüngeren Männer. Ich dachte an seine kranke Hüfte und hoffte, dass er ohne seinen Stock keine zu großen Schmerzen hatte.

Ich hatte schon immer eine Schwäche für Bing gehabt, doch in dieser Woche war er mir wirklich ans Herz gewachsen. Er hatte sich ein Bein ausgerissen, um das Haus für heute herzurichten und für Delphine da zu sein, während sie bis spät in die Nacht an Violets Anzug gearbeitet hatte.

Delphine folgte dem Sarg, gestützt von einer jungen Frau in einem hellgrauen Mantel und flachen Schuhen. Beide waren zierlich und trugen einen Bob, doch während Delphines weiß war, hatte der der anderen Frau einen glänzenden Kastanienton.

Ich stieß Rosie an. »Das muss Rebecca sein.« Sie nickte. »Das ist sie. Ich erinnere mich von früher an sie. Sie ist jünger als wir. Sie hatte einen Bruder, Dexter. Ein ziemlich ungepflegter Typ, hatte die Nase immer in einem Buch.«

Der Pfarrer hatte den Altar erreicht, und der Sarg wurde in Position gebracht. Vier der Sargträger gingen mit gesenkten Köpfen durch das Seitenschiff zurück, während die restlichen zwei, Bing und ein anderer Mann, sich zu Delphine und Rebecca in die vorderste Reihe setzten.

»Und das ist Dexter, schätze ich.« Ich reckte den Hals, um besser sehen zu können, doch ich sah nur seinen Hinterkopf.

Der Pfarrer hielt eine Eröffnungsansprache, sprach ein Gebet und forderte uns auf, uns zu setzen.

»Und jetzt bitte ich Dexter, Violets geliebten Großneffen, ein paar Worte zu sagen.«

Der Mann neben Rebecca erhob sich, knöpfte sein Jackett zu und ging zur Kanzel. Er war groß und breit und trug einen dunkelblauen Anzug und ein weißes Hemd. Sein Haar war kurz und dick und hatte den gleichen Braunton wie das seiner Schwester.

Er drehte sich zu der Gemeinde um, und mein Magen schlug einen Purzelbaum.

Ich griff nach Rosies Arm. »Dem bin ich heute Morgen beim Laufen begegnet.«

Sie zog die Brauen hoch. »Er ist gelaufen?«

»*Ich* bin gelaufen. *Er* hat meditiert. Ich habe gedacht, er sei bewusstlos. Ein ungepflegter, bewusstloser Landstreicher.«

Rosie schnaubte, und jemand in der Reihe hinter uns bedeutete uns verärgert, zu schweigen.

»Hallo, alle zusammen.« Er faltete ein Blatt Papier auseinander, warf einen Blick darauf und faltete es wieder zusammen. Er stand in einem Prisma farbigen Lichts, das durch das schmutzige Glasfenster fiel. Er sah nicht ungepflegt aus, eher ziemlich attraktiv.

»Wow.« Rosie warf mir einen verschmitzten Blick zu. »Er hat sich ziemlich gemacht, seit ich ihn das letzte Mal gesehen habe. Wirst du etwa rot?«

»Pssst.« Ich wich ihrem Blick aus. »Ich versuche zuzuhören.«

»Das letzte Mal war ich bei der Beerdigung meines Großvaters Jack in dieser Kirche.« Dexter stützte sich mit beiden Händen auf die Kanzel und hob die Augen zu der Gemeinde. In der kleinen Kirche war es völlig still. Selbst Delphine schaffte es, nicht mehr zu weinen und zuzuhören.

»Ich erinnere mich, dass ich untröstlich war, dass er nicht mehr da war und furchtbar wütend auf mich, dass ich ihn nicht besucht hatte, als er noch lebte. Warum tun wir so etwas? Warum nehmen wir uns keine Zeit für die Menschen, die wir lieben, während wir das können, lassen dann aber alles stehen und liegen, um zu ihrer Beerdigung zu eilen und ihnen die letzte Ehre zu erweisen? Warum warten wir, bis sie nicht mehr unter uns sind, um unseren Nächsten und Liebsten unsere Liebe zu zeigen?«

Er faszinierte mich. Rebecca hatte gesagt, dass er sich gut ausdrücken konnte, und sie hatte recht gehabt. Seine Stimme war kräftig und klar, gleichzeitig aber wohltuend und freundlich.

»Heute bin ich wieder wütend, Sie erraten warum?«, fuhr er fort und hob fragend die Hände. »Die Geschichte hat sich wiederholt. Ich war seit Großvaters Beerdigung nicht mehr in Barnaby, und jetzt habe ich auch meine liebe Großtante Violet verloren. Oder Tantchen, wie Rebecca und ich sie immer genannt haben. Als der Pfarrer mich gebeten hat, ein paar Worte zu sagen, Ihnen etwas über ihr Leben zu erzählen und was für ein wunderbarer Mensch sie war, habe ich geweint. Denn das hätte ich *ihr* sagen sollen, als es noch möglich war.«

Ich schluckte und drückte die Hand auf meine Brust.

Rosie sah mich verwirrt an. Die Hitze stieg mir ins Gesicht, und ich blickte schnell weg.

»Violets Tod macht mich traurig«, fuhr Dexter fort. »Wie er uns sicher alle traurig macht.«

Ich bin sehr traurig. Das waren vor ein paar Stunden am Fluss genau seine Worte gewesen, und ich hatte sie mit einem Lachen abgetan. Ich schämte mich.

»Aber auf Großvaters Beerdigung hat sie mir etwas Erstaunliches gesagt, das uns an diesem traurigen Tag ein Trost sein wird, wie ich hoffe.« Er machte eine Pause und blickte zu Boden, als fiele es ihm schwer weiterzusprechen. »Sie hat gesagt, dass sie in ihrem Alter – sie war damals Ende siebzig – weiß, dass der Tod nicht so fern ist. Ich erinnere mich, dass ich wegen dieser morbiden Gedanken mit ihr geschimpft habe. Doch sie hat mir geantwortet, dass das Akzeptieren ihres Alters ihr Energie gibt und sie zwingt, in jeden Tag so viel hineinzupacken, wie sie kann, für den Fall, dass es ihr letzter ist. Das Leben auszukosten und aufzuhören, sich Sorgen zu machen, was die anderen denken. Ein ausgefülltes Leben ist ein Leben ohne Bedauern, hat sie gesagt.«

Dexter lächelte traurig und suchte den Blick seiner Schwester in der ersten Reihe, die den Kopf senkte. »Davon können wir alle lernen.«

Rosie schniefte. Ich schob meine Hand in ihre.

»Also, Tantchen, ich hoffe, dass du jetzt zuhörst.« Er sah zu der gewölbten Decke der Kirche hoch, in seinen Augen glänzten Tränen. »Du warst unglaublich großzügig und gütig, dein Humor war ansteckend, du warst direkt und schlau und manchmal unglaublich ungeduldig.« Er lächelte und schüttelte den Kopf, als würde er sich an glücklichere Zeiten erinnern. »Die Anzahl der Leute, die heute gekommen sind, um sich von dir zu verabschieden, bezeugt die Hochachtung, die du genossen hast. Viele werden dich vermissen, ich und meine Schwester Rebecca eingeschlossen. Violet Rose, ich habe dich geliebt, und ich werde dich nie vergessen.«

Ich hätte es selbst nicht besser ausdrücken können, dachte ich und tupfte mir die Augen. Er hielt inne, als müsste er sich sammeln, und holte tief Luft.

»So, meine Damen und Herren, ich lege hier und jetzt ein Gelübde ab und hoffe, Sie werden es mir gleichtun: Ich gelobe zu leben, wie Violet gelebt hat, ohne Bedauern.« Dexter nickte lächelnd. »Danke.«

Als er von der Kanzel stieg, waren einige Leute so gerührt, dass sie zu applaudieren begannen, bevor sie sich daran erinnerten, wo sie waren.

»Das war unglaublich«, sagte ich leise. Jetzt glaubte ich ihm, dass er Drehbuchautor war. Das musste er sein, um so wundervolle Worte zu finden und sie so ruhig vorzubringen.

Rosie schniefte. »Das habe ich heute gebraucht.«

»Ich auch.« Vielleicht sprach doch etwas für die Meditation.

»Danke, Dexter«, sagte der Pfarrer und putzte sich die Nase. »Lassen sie uns jetzt ›Jerusalem‹ singen.«

Der Gottesdienst endete kurz danach. Wir gingen geordnet zum Friedhof hinaus, wo Violets Stiefvater, Will Rose, in den Sechzigern für die ganze Familie ein Grab gekauft hatte, wie sich herausstellte. Violet würde neben ihrem Bruder Jack und dessen Frau Elizabeth liegen, und es tröstete mich ein wenig zu wissen, dass sie neben Menschen lag, die sie geliebt hatten.

Delphine schwankte ein wenig, als der Sarg in die Erde hinabgelassen wurde, doch Dexter und Bing, die neben ihr standen, hatten ihr beide jeweils einen Arm gereicht, auf den sie sich stützen konnte. Ich hatte noch nie ein offenes Grab aus der Nähe gesehen, und als ich an der Reihe war, eine Hand-voll Erde auf den Sarg zu werfen, traf mich die Erkenntnis endgültig; Violet hatte uns für immer verlassen. Ich vergrub das Gesicht an Rosies Schulter und weinte um die Frau, die mich genau in dem Moment in ihrem Leben und ihrem Cottage willkommen geheißen hatte, in dem ich eine Freundin brauchte.

Alle liefen durcheinander und umarmten sich, und Bing lud alle nach Evergreen Manor ein. Maria und Stanley hatten sich bereits verabschiedet, um Tee für alle zu kochen, und das Personal des Lemon Tree Cafés hatte Sandwiches und Kuchen bereitgestellt. Langsam zerstreute sich die Menge. Ein Wagen des Bestatters brachte Delphine, Bing, Dexter und Rebecca zurück zum Haus, und Rosie und ich gingen bis zum Dorfanger zusammen.

»Ich komme nicht zu dem Leichenschmaus«, sagte Rosie und sah auf die Uhr. »Bald treffen die ersten Nachmittagstee-gäste ein, ich muss zurück ins Café.«

»Okay.« Ich umarmte sie schnell und wartete kurz, bevor ich sie gehen ließ. »Mir hat das gefallen, was Dexter gesagt hat.«

»Das habe ich gemerkt. ›Das war unglaublich‹«, sagte sie atemlos und ahmte mich nach.

Ich sah sie streng an. »Ich mache mich mal auf.«

»Okay, geh und finde heraus, ob er Single ist.«

»Das war jetzt unangemessen!« Ich sah sie gespielt entsetzt an. »Es ist ein Leichenschmaus, kein Speed-Dating-Event.«

»Ein Leben ohne Bedauern, erinnere dich, dass das Dexters Rat war.« Sie hielt beide Daumen hoch, als sie davonging. »Ich will Details, Gina!«

Ich versuchte, nicht zu lachen, und tat so, als hielte ich mir die Ohren zu. Ich konnte nicht leugnen, dass Dexter attraktiv war, doch im Moment hatte ich andere Prioritäten. Ich hatte eine Stunde, bis ich die Kinder aus der Schule abholen musste, und ich hoffte herauszufinden, was aus Evergreen Manor werden sollte.

Ich hatte das Haus noch nie so voller Menschen erlebt. Eine Gruppe Frauen stand in der Diele und unterhielt sich über ihre Schultage, und Rebecca und Dexter saßen in eine hitzige Diskussion vertieft unten auf der Treppe. Ich lächelte allen zur Begrüßung kurz zu und steckte den Kopf in das volle Esszimmer. Der Tisch ächzte unter dem Büfett und auf einem kleineren, rechteckigen Tisch standen Kuchen, Scones und Kekse.

In der Küche vertrieb Rosies Nonna, Maria, eine Gruppe grauhaariger Männer aus dem Raum, indem sie mit einem Geschirrtuch nach ihnen schlug. Sie hatte eine Flasche Whisky unter dem Arm.

»Was ist los?«, fragte ich und goss mir einen Kaffee ein.

»Schwachköpfe«, murmelte Maria. »Was sind das für Leute, die auf einem Leichenschmaus in den Schränken nach Whisky suchen?«

»Lehrer«, antwortete Stanley und stellte ein Tablett mit schmutzigen Tassen und Untertassen auf den Küchentisch. »Aus Violets Tagen an der Schule. Bing hat ihnen gesagt, dass sie sich aus der Flasche bedienen können.«

»Oh.« Maria schwieg einen Moment. Dann schlug sie spielerisch mit dem Geschirrtuch nach ihm. »Warum du mir nicht sagst?«

»Stanley, hast du Delphine und Bing gesehen?«, fragte ich und brachte ihn aus Marias Reichweite.

»Bing hat gesagt, dass er nach den Hühnern sehen muss.« Er senkte die Stimme. »Aber ich denke, er brauchte einfach einen Moment für sich. Das Gleiche gilt für Delphine, sie ist in ihrem Nähzimmer. Das arme Ding. Ich bin so froh, dass ich meine Maria habe. Einsamkeit ist furchtbar in unserem Alter.«

Mir taten meine Nachbarn so leid. Ich wohnte nicht weit und würde mir besondere Mühe geben, in den nächsten Monaten nach ihnen zu sehen, sie zum Abendessen einladen und vielleicht sogar in die Arbeit mit den Kindern einbeziehen. Zufrieden mit meinem Plan, machte ich mich auf zum Nähzimmer.

»Das ist gut«, sagte Delphine, als ich eintrat. »Jemand, der mich aufheitern kann.«

Sie klopfte auf den Platz neben sich auf der Fensterbank, und ich setzte mich zu ihr. Kurz darauf ging die Tür auf, und Bing kam hereingehumpelt. Er stützte sich schwer auf seinen Stock.

»Was meinst du, wie lange es dauert, bis alle weg sind?«, murrte er, setzte sich in einen Sessel und verschränkte die Arme.

»Zu lange«, schniefte Delphine. »Das hat etwas von einer römischen Orgie da draußen, alle hauen sich den Bauch voll und lachen und machen Witze.«

»Na, na«, sagte ich schnell und stand auf. »Wer hat denn gemeint, dass eine Party Violet gefallen hätte?«

Bing und Delphine sahen geschockt aus.

»Und wer hat gesagt, dass wir sie auf eine Weise beerdigen, die sie stolz gemacht hätte?«

Delphine drehte an ihren Silberringen. »Das stimmt, Bing. Das waren wir.«

»Das mag zwar sein«, sagte Bing und zog bockig das Kinn auf die Brust. »Aber das war damals; jetzt sehe ich das anders.«

»Pech«, sagte ich und streckte die Hand aus, um ihn hochzuziehen. »Dexter hat mit seiner Trauerrede recht gehabt, was Violet angeht. Sie hat ihr Leben in vollen Zügen gelebt. Und was würde sie wohl davon halten, dass ihr beide euch hier drinnen versteckt? Ich sage es euch: Sie würde es nicht einen Moment hinnehmen. Gehen wir raus, und erweisen wir ihr auf die bestmögliche Weise die Ehre, indem wir Erinnerungen teilen und ihr Leben feiern.«

»Okay, Boss«, sagte Bing und griff nach meiner Hand, um auf die Beine zu kommen. Ich gab ihm seinen Stock.

Delphine stand ebenfalls auf und drückte mir eine Hand gegen die Wange. »Du hast eben selbst ein bisschen wie Violet geklungen.«

Mir wurde ganz warm ums Herz.

»Du hättest mir kein schöneres Kompliment machen können«, sagte ich und scheuchte die beiden in die Diele.

Wir hatten erst wenige Schritte gemacht, als Rebecca schon auf uns zugeeilt kam und Dexter energisch hinter sich herzog.

»Wunderbar, dass wir euch alle zusammen antreffen. Sie müssen Gina sein, die Mieterin?«, sagte Rebecca und streckte mir die Hand hin.

Ich ergriff sie. Ihre Hand war winzig, und ihre Finger waren dünn und kalt. »Ja, wir haben telefoniert.«

»Dann noch einmal hallo, Gina«, sagte Dexter.

Ich wollte auch ihm die Hand schütteln, doch er nahm meine Hand in seine beiden Hände und drückte sie sanft. »Danke für all die Hilfe bei der Beerdigung. Das bedeutet mir viel.«

Die Augen seiner Schwester wurden ganz groß. »Ihr kennt euch?« Sie klang verstimmt.

»Wir sind uns schon einmal begegnet.« Er lächelte, seine Herzlichkeit spiegelte sich in seinen Augen wider.

»Ich habe ihn heute Morgen gefunden, wie er im nassen Gras am Fluss lag«, erklärte ich und fühlte mich nicht ganz wohl, als sich die Blicke aller auf mich richteten. »Nichts Aufregendes.«

Rebecca räusperte sich.

»Es müssen ein paar Entscheidungen getroffen werden. Wichtige Entscheidungen.« Sie lächelte uns energisch an.

»Oh, mein Gott«, sagte Delphine schwach.

Bing schaute finster drein. »Muss das jetzt sein?«

»Nun ja, ich sagte *Entscheidungen*«, fuhr Rebecca fort und ignorierte ihn, »doch im Grunde genommen gibt es nichts zu entscheiden. Was wir euch sagen wollen, ist …«

Dexter legte seiner Schwester eine Hand auf den Arm. »Das ist jetzt nicht der richtige Moment, Schwesterherz«, sagte er leise und nickte in Richtung Delphine.

»Aber es ist der einzige, den wir haben«, antwortete Rebecca mit gerunzelter Stirn. »Ich reise morgen ab.«

Eine peinliche Pause entstand, in der Dexter und seine Schwester sich ansahen.

»Ich fand ihre Trauerrede wunderschön und zu Herzen gehend, Dexter«, sagte ich. Ich hatte das Gefühl, etwas Nettes sagen zu müssen, nachdem ich heute Morgen so barsch zu ihm war.

»Sie kam auch von Herzen, danke.« Er sah mich neugierig an. »Ich habe wieder einmal einen geliebten Menschen verloren, dem ich nicht oft genug gesagt habe, dass ich ihn liebe. Ich hoffe, dass ich diesen Fehler nicht noch einmal mache.«

Er sah aufrichtig betroffen aus, und seine Ehrlichkeit ließ mein Herz schneller schlagen.

»Dexter, bleib bei der Sache!«, schnauzte Rebecca und knuffte ihn in den Arm.

Sie sah im Gegensatz zu ihm kein bisschen berührt aus; sie wirkte nervös und gereizt.

»Ich denke, ich muss mich hinsetzen«, sagte Delphine, deren Beine nachgaben.

Wir nahmen sie zwischen uns und führten sie zu einem Stuhl am Fuß der Treppe. Dexter kauerte sich neben sie. »Kann ich dir irgendetwas holen?«

»Hast du heute gefrühstückt?« Bing schnalzte missbilligend mit der Zunge, als Delphine den Kopf schüttelte. »Sie war zu aufgeregt, um etwas zu essen, dabei ist sie ohnehin schon nur eine halbe Portion.«

»Ich hole dir etwas vom Büfett.« Dexter berührte Delphines Arm und lächelte. »Und das andere kann warten.« Er sah seine Schwester warnend an.

»Um Himmels willen, Dexter«, sagte sie und stampfte nahezu mit dem Fuß auf. »Für dich ist das in Ordnung. Ich habe die Bank im Nacken, und Simon fragt mich alle fünf Minuten, ob das Haus schon zum Verkauf steht.«

»Ob *dieses* Haus zum Verkauf steht?«, Delphine riss die Augen auf.

»Rebecca!«, stöhnte Dexter.

Rebecca wurde rot und senkte den Kopf. »Es tut mir leid, aber früher oder später mussten sie es ja erfahren.«

»Kann mir einer mal bitte erklären, wovon Sie reden?«, fragte ich und trat zwischen die beiden.

Dexter sah mich entschuldigend an. »Rebecca und ich sind die neuen Besitzer von Evergreen Manor.«

Mein Herz setzte für einen Schlag aus. Aus irgendeinem Grund hatte ich diese Möglichkeit nicht in Betracht gezogen; ich wusste, dass ihnen die Hälfte des Hauses gehörte, doch ich schätze, ich war davon ausgegangen, dass Violet die andere Hälfte Bing und Delphine hinterlassen hatte.

»Habt ihr das gewusst?«, fragte ich sie.

Delphine nickte.

»Sie haben die eine Hälfte geerbt, als Jack gestorben ist. Jetzt, wo auch Violet von uns gegangen ist …«, sie zog ein besticktes Taschentuch aus ihrem Ärmel und tupfte sich die Augen, »gehört ihnen alles.«

»Hör zu, mein Sohn«, sagte Bing und legte Dexter eine Hand auf die Schulter. »Delphine und ich haben gehofft, dass wir hier wohnen bleiben können, wenn wir weiter Miete zahlen?«

Dexter sah seine Schwester an, doch die schüttelte den Kopf.

»Ich fürchte, das ist nicht möglich. Evergreen Manor muss verkauft werden«, sagte Rebecca und glättete ein paar imaginäre Falten in ihrem Rock.

»Wenn Sie daran interessiert sind, das Welcome Cottage zu verkaufen, kann ich Ihnen ein Angebot machen«, warf ich schnell ein.

»Sie würden es kaufen?« Dexter sah mich interessiert an.

»Tut mir leid, aber das geht nicht«, mischte Rebecca sich schnell ein. »Ich weiß, dass das für euch alle eine schreckliche Zeit ist, aber wir können das Haus nicht behalten. Das Anwesen wird verkauft. Mit allem, was dazugehört. Die offiziellen Briefe gehen morgen heraus, ihr müsst alle eure Wohnungen räumen. Eine andere Möglichkeit gibt es nicht.«

»Das könnt ihr nicht machen!«, protestierte Bing.

»Doch, das können wir«, sagte Rebecca und sah sich bei ihrem Bruder nach Unterstützung um. »Nicht wahr, Dex?«

»Rebecca.« Dexter fuhr sich frustriert mit der Hand durch die Haare, dann sah er uns an. »Es tut mir leid, Delphine, Bing. So hatte ich euch die Nachricht nicht überbringen wollen.«

So viel zu meinem Plan, das Cottage zu meinem dauerhaften Heim zu machen.

»So einfach bekommt ihr uns hier nicht raus.« Bing erhob seine Stimme, und die Gruppe von Leuten, die sich in unserer Nähe unterhielten, verstummte, um uns zuzuhören.

»Bitte, macht es nicht noch schwerer, als es bereits ist«, sagte Dexter ruhig.

Ich sah ihn vernichtend an. »Delphine und Bing sind in den Achtzigern, und Sie lassen sie zwangsräumen. Und mich, was das angeht. Schwerer kann es gar nicht werden.«

»Zwangsräumung ist ein großes Wort.« Dexter hielt abwehrend die Hände hoch. »Was meine Schwester sagen will, ist, dass wir Ihnen drei Monate Zeit geben. Das dürfte reichen, um etwas Neues zu finden.«

»Ich will nichts Neues; ich will hierbleiben«, sagte ich und sah ihn direkt an.

Ich wusste das mit absoluter Sicherheit. Das ganze Grübeln hatte dem einzigen Zweck gedient, mir noch einmal zu versichern, dass ich auf dem richtigen Weg war. Und das war ich. Oder vielleicht jetzt nicht mehr.

Delphine vergrub den Kopf in den Händen und fing an zu weinen. »Alles geht zu Bruch. Alles, was wir geplant hatten, all unsere Träume. Genau das hatte Violet verhindern wollen. Sie wollte, dass wir beide unsere Tage hier beenden. Zusammen.«

Ich hockte mich neben sie und legte ihr die Arme um die Schultern. Sie war so klein und zerbrechlich, und ich spürte einen massiven Ärger, dass Violets Verwandte ihre Probleme auf sie abwälzten, und das ausgerechnet heute. Bing zog ein Taschentuch aus seiner Tasche und reichte es ihr.

»Tante Violet hätte ihr Testament ändern können«, sagte Rebecca. »Aber das hat sie nicht.« Sie zuckte die Schultern.

»Das reicht, Becs.« Dexter legte seiner Schwester eine Hand auf die Schulter. »Es tut mir wirklich leid. So hatte ich das nicht gewollt. Wir lassen euch jetzt in Frieden.«

Um ihm Gerechtigkeit widerfahren zu lassen, musste ich sagen, dass er jämmerlich aussah. Bing und Delphine ignorierten ihn, doch ich nickte knapp, als er Rebecca hinausbegleitete.

Wir drei sagten eine Weile nichts, dann stand Delphine auf und vergrub das Gesicht an Bings Brust. »Ich will Evergreen Manor nicht verlassen, ich habe schon Violet verloren, ich kann nicht auch noch mein Zuhause verlieren.«

»Ich auch nicht, ich habe niemanden.« Bing tätschelte ihr den Rücken. »Keinen Ort, wo ich hinkann. Ich werde mit zweiundachtzig auf der Straße stehen.«

Ich legte die Arme um die beiden. »Wir haben einander, vergesst das nicht. Niemand wird hier auf der Straße stehen. Ich denke mir etwas aus.«

Delphine blinzelte mit ihren müden blauen Augen. »Versprochen?«

Bing wartete auf meine Antwort.

Ich holte tief Luft. Diese lieben alten Menschen waren meine Freunde. Genau genommen waren sie mehr als das, sie waren meine Familie. Und Familien hielten zusammen. Zu lange war ich durch das Leben getänzelt, hatte Konflikte gemieden und nicht für mich eingestanden. Doch jetzt gab es etwas, das mir etwas bedeutete, jemanden, für den ich einstehen musste.

»Versprochen«, sagte ich.

Sobald ich die Worte ausgesprochen hatte, schlug eine Welle der Angst über mir zusammen. Ich entschuldigte mich und rannte durch die Eingangstür nach draußen auf die Auffahrt, wo ich gierig die frische Luft einatmete. Hatte ich gerade ein Versprechen gemacht, das ich nicht halten konnte? Und wenn das so war, was hieß das für die Zukunft von Evergreen Manor und aller, die dort lebten?

Teil 2

Große Träume

Kapitel 11

Der Tag nach der Beerdigung war hart, und hätte ich freimachen können, hätte ich das getan.

Die Sache mit Kindern ist jedoch die (ob es nun die eigenen sind oder die anderer Leute, auf die du aufpasst), dass egal, wie deprimiert du bist oder wie voll du die Nase hast oder dir wünschst, im Bett bleiben und die Welt ausschließen zu können, du das nicht kannst. Denn sie müssen unterhalten, verpflegt und irgendwohin gebracht werden. Sie brauchen dich, Punkt. Das Gute daran ist, dass es fast unmöglich ist, länger deprimiert zu sein, wenn du siehst, wie sie sich freuen, den Moment genießen, neue Dinge entdecken oder wenn du einfach ihre kleine Hand in deiner spürst.

Deshalb stimmte ich trotz des gestrigen Tags, der einer der schlimmsten in meinem Leben gewesen war, auch lauthals eine ziemlich unmelodische Version von *Old MacDonald Had a Farm* an, als ich an diesem Morgen mit Eva, Molly, Arlo und Harris am Dorfanger entlangging. Wir hatten der Tierhandlung einen Besuch abgestattet, die von Biddy geführt wurde, dem ein an Blähungen leidender Labrador mit Namen Churchill gehörte und der die größte Sammlung gehäkelter Westen der Welt besaß und die Kinder immer gerne bei sich sah. Heute hatten wir Schlangen gefüttert, Babyratten auf dem Arm gehalten und etwas über die Haltung von Katzen und Hunden gelernt. Und jetzt waren wir auf dem Heimweg, um zu Mittag zu essen.

Morgen, am Samstag, wollte ich mir ein Auto kaufen, hatte ich beschlossen. Ich wusste es zu schätzen, dass ich alles im

Dorf zu Fuß erreichen konnte, doch wenn es zum Schlimmsten käme und ich aus dem Welcome Cottage ausziehen müsste, würde ich so zumindest zweimal am Tag zur Schule kommen können. Und wenn ich ehrlich war, war es verdammt anstrengend, mit den beiden Kleinsten im Doppelbuggy, einem Dritten auf dem Mitfahrbrett hinten und ein paar Kleinkindern, die sich an den Griffen festhielten, voranzukommen. Im Winter würde es der reinste Luxus sein, sie alle in ein geheiztes Auto zu verfrachten, um zur Schule zu fahren, statt auf den vereisten Wegen entlangzuschlittern und auszurutschen.

So eins wie das, dachte ich, als ich einen riesigen, bronzefarbenen Wagen vor uns an der Straße halten sah. Es war ein Van mit Schiebetüren und Aufklebern im Rückfenster, die warnten, dass Babys an Bord waren. Als wir singend daran vorbeigingen, warf ich einen Blick ins Innere und erkannte Rebecca.

Verdammt. Ich fluchte im Stillen, als das Fenster auf der Fahrerseite hinunterging.

»Hallo, Gina.« Sie lächelte nervös und schob sich ihr zum Bob geschnittenes Haar hinter das Ohr.

»Hallo, Rebecca«, sagte ich angespannt und versteifte mich noch mehr, als ich ihren Bruder auf dem Beifahrersitz entdeckte. »Dexter.«

Er hob die Hand zum Gruß.

Bei unserer Begegnung auf dem Treidelpfad hatte ich ihn ziemlich amüsant gefunden, vor allem als er so getan hatte, als würde er zusammenklappen und müsste Mund-zu-Mund beatmet werden. Und die Trauerrede für Violet war schön und bewegend gewesen, und er hatte ziemlich gut ausgesehen in seinem Anzug. Doch dann hatte er alles kaputt gemacht, indem er Rebecca nicht daran gehindert hatte, die Bombe über den Verkauf von Evergreen Manor platzen zu lassen. Heute sah er recht lässig aus in dem karierten Hemd, der dunklen Jeans und mit dem Lederband ums Handgelenk. Ärgerlicherweise schaffte er es immer noch, mein Herz schneller schlagen zu lassen.

»Warum stehen Sie hier am Straßenrand?«, fragte ich und hoffte, nicht rot zu werden.

»Wir haben hier gehalten, um miteinander zu reden. Bevor wir zurück nach Evergreen Manor fahren«, sagte er. »Es gibt viel zu überdenken.«

»Hmm.« Ich sah ihn finster an. »Darauf möchte ich wetten.«

»Du meine Güte, was für eine Aufgabe«, mischte sich Rebecca ein. »Ich habe nur zwei, und das ist schon schwierig. Aber das hier muss richtig Stress sein mit … wie vielen?« Sie lehnte sich aus dem Auto, um die Köpfe zu zählen.

»Heute Morgen sind es vier. Und nach der Schule kommen noch drei dazu.« Ich würde mich als netten und vernünftigen Menschen bezeichnen, doch diese Frau hatte etwas an sich, das den Wunsch in mir weckte, mit der Faust auf sie einzuschlagen. »Und das ist nicht halb so viel Stress, wie mir Sorgen zu machen, wie ich nächstes Jahr weiterarbeiten soll. Ich biete den Kindern sozusagen ein zweites Zuhause, was nicht einfach ist, wenn man kein Zuhause hat.«

Rebecca zog den Kopf zurück in die Sicherheit des Autos. »Sie haben das Cottage doch nur gemietet, ich bin mir sicher, dass ein Umzug nicht so ein Problem sein kann. Es ist schließlich nicht so, als wäre es jahrelang Ihr Zuhause gewesen.«

Ich biss die Zähne zusammen. »Wie bei Delphine und Bing, meinen Sie?«

Sie wurde rot, und ihre Hände umklammerten das Steuer so fest, dass die Knöchel weiß hervortraten. »Da kann man eben nichts machen.«

Es lag mir auf der Zunge zu sagen, dass man genau genommen sehr wohl etwas machen konnte, doch Dexter kam mir zuvor.

Er beugte sich so weit vor, wie er konnte, um mir in die Augen zu sehen. »Stellen Sie uns hier bitte nicht als die Bösen hin.«

Ich sah ihn unschuldig an. »Und wer ist dann der Böse?«

Seine grünen Augen hielten meinen Blick fest. »Keiner, Gina.«

»Wir haben das Haus von unserer Familie geerbt«, sagte Rebecca bestimmt. »Als wir noch jünger waren, haben wir die Sommerferien hier verbracht. Und jetzt …«

»Und jetzt wollen Sie es nicht. Das habe ich schon verstanden.« Meine Stimme war um eine Oktave höher geworden. Die Kinder hatten aufgehört zu singen und spitzten die Ohren, sie waren es nicht gewohnt, dass ich so verärgert war. »Evergreen Manor ist ein wenig speziell, ja. Doch wir lieben es, es ist unser Zuhause. Verkaufen Sie es nicht. Vermieten Sie es an uns. Oder geben Sie zumindest Bing und Delphine ein bisschen mehr Zeit; ein Jahr vielleicht?«

»Ich dachte, Sie wollten das Cottage kaufen, nicht mieten?« Dexter suchte wieder meinen Blick.

»Ja, das will ich.« Ich spürte einen Anflug von Hoffnung. »Würden Sie es mir verkaufen?«

»Nein«, schnauzte Rebecca. »Und wir können es auch nicht an Sie vermieten. Ich muss das gesamte Objekt so schnell wie möglich veräußern.«

Ich bedachte sie mit meinem giftigsten Blick. *Was für ein glücklicher Zufall, dass Violet gestorben ist, du geldgieriges Monster*, hätte ich am liebsten gesagt.

»Das *Objekt* ist das Zuhause von zwei alten und verletzlichen Menschen.«

»Reden Sie von Bing?«, schnaubte sie. »Bing und verletzlich? Er ist ein alter, übler Schnorrer.«

»Stopp.« Dexter brachte seine Schwester mit einem festen Blick zum Schweigen. »Gina, das alles ist nicht ideal, aber die

Wahrheit ist die, dass Rebecca und ich zu weit entfernt wohnen, um das Anwesen zu vermieten. Was ist, wenn der Boiler kaputtgeht oder etwas undicht ist?«

»Wie das Dach?« Ich sah die beiden vielsagend an.

»Ja, genau. Das Dach von Evergreen Manor ist lebensgefährlich. Ich bin überrascht, dass bis jetzt noch keiner zu Schaden gekommen und es niemandem auf den Kopf gefallen ist.«

Ein Bild, wie Violet tapfer Dachziegel an ihren Platz schiebt, tauchte in meinem Kopf auf, und ich musste einen Kloß im Hals hinunterschlucken. Sie hatte ihr Haus so geliebt; der bevorstehende Rausschmiss von Bing und Delphine hätte ihr das Herz gebrochen. Ich beschloss umso mehr, für sie zu kämpfen.

»Und wann planen Sie, mit den Renovierungsarbeiten zu beginnen?«, fragte ich. Ich war mir bewusst, dass ich noch ungefähr neunzig Sekunden hatte, bis die Kinder anfangen würden zu quengeln, dass sie sich langweilten, ihnen kalt war oder sie Hunger hatten.

»Mit den Renovierungsarbeiten?« Rebecca sah mich an, als wäre ich verrückt geworden. »Alles wird natürlich wie gesehen verkauft. Wir haben nicht die Zeit zu renovieren.«

Ich beugte mich hinunter, um Dexters Blick einzufangen und an sein besseres Ich zu appellieren – vorausgesetzt, er besaß eins – und sah die Broschüre auf seinem Schoß. Ich holte tief Luft: Castle and Court, der nobelste Immobilienmakler in ganz Derbyshsire. »Wow, Sie verschwenden wirklich keine Zeit.«

Er fuhr sich durch die Haare und wich meinem Blick aus. »Es ist eine außergewöhnliche Immobilie mit großem Potenzial, die man besser als reine Leinwand verkauft, sodass ein anderer ihr seinen eigenen Stempel aufdrücken kann.«

Was wäre wohl ihr Stempel? Luxuriöse Wohnungen, ein Hotel? Würden sie all die bezaubernden Dinge wie die

Kamine, die Holzvertäfelung und den gemütlichen AGA-Herd rausreißen? Ich schauderte; ich mochte gar nicht daran denken.

Harris gab einen Jammerlaut von sich.

»Alles gut. Wir sind gleich zu Hause«, beruhigte ich ihn und schob das Verdeck seines Kinderwagens zurück, damit ich ihm über die Wange streichen konnte.

Harris jammerte erneut.

Rebecca stöhnte. »O nein.« Sie griff sich an die Brust. »Meine Brüste stechen. Ich muss hier weg, bevor das Baby noch einmal schreit, sonst tropfe ich.«

Sie tauchte in den Fußraum zu Dexters Füßen ab und holte ein paar Taschentücher heraus.

»Wir gehen jetzt ohnehin«, sagte ich, doch Molly zog an meinem Arm.

»Gina?« Sie hüpfte auf und ab. »Ich muss Pipi.«

»Hat das Zeit, bis wir wieder zu Hause sind, Schatz?«, fragte ich lahm und konnte mir die Antwort schon denken.

Sie schüttelte den Kopf. Harris fing jetzt ernsthaft an zu weinen.

»Dexter, du musst aussteigen.« Rebecca stopfte die Taschentücher in ihren BH und ließ den Motor an.

»Was?« Er lachte ungläubig. »Kannst du mich nicht bei Evergreen Manor absetzen?«

»Tut mir leid. Mein Koffer ist schon im Auto; ich fahre auf direktem Weg nach Hause.« Sie schnalzte ungeduldig mit der Zunge. »*Steig aus.*«

Er kam ihrer Aufforderung nach, während er leise vor sich hin schimpfte.

»Melde dich, Dexter, und versuche, Weihnachten nach Hause zu kommen.« Sie warf ihm eine Kusshand zu und brauste davon.

»Ich hab dich auch lieb«, rief er dem davonfahrenden Auto hinterher.

Inzwischen hatte ich mir Harris auf die Hüfte gesetzt, um ihn zu befrieden, und Molly hüpfte verzweifelt auf der Stelle, wie eben jemand herumhüpft, der Pipi muss. Die anderen Kinder kletterten in den Buggy.

»Kann ich Ihnen helfen?«, fragte Dexter, als ich versuchte, ihn mit einer Hand herumzudrehen.

Ich warf ihm einen vernichtenden Blick zu. »Sie?«

»Okay, okay.« Er hielt die Hände hoch. »Ich weiß, dass ich nicht Ihr Lieblingsmensch bin, aber Sie können mich zumindest den Stroller schieben lassen.«

»Gut.« Ich trat zur Seite und nahm seine Hilfe an. »Aber das ist kein Stroller, das ist ein Buggy. Sie sind kein Amerikaner … Oder werft ihr Schriftstellertypen mit Amerikanismen nur so um euch, um cool zu klingen?«

»Hmm.« Er runzelte die Stirn. »Ich wollte nicht cool sein, ich lebe in New York. Seit fünf Jahren. Ich schätze, das ist reine Gewohnheit.«

»Oh. Okay.« Ich spürte, einen Anflug von Schuldgefühl, so sarkastisch und bissig gewesen zu sein. »Lassen Sie uns hier rübergehen.«

Ich zeigte auf das Lemon Tree Café, und wir gingen über den Dorfanger. Ich wusste, dass Rosie nichts dagegen haben würde, wenn wir ihre Toilette benutzten.

»Schnell, schnell.« Molly verzog verzweifelt ihr kleines Gesicht, und ich griff nach ihrer Hand und beschleunigte meinen Schritt.

Dexter fuhr mit dem Buggy Schlangenlinien, um die Kinder zum Lachen zu bringen, und ich brauchte meine gesamte Willenskraft, um weiter sauer auf ihn zu sein. Einen großen, attraktiven Mann zu beobachten, der einen Buggy schob und die Kleinen so natürlich unterhielt, hatte eine unerwartete Wirkung auf meine Hormone. Er sah gut aus in Jeans, und er hatte auch eine gute Figur, er war auf eine gesunde Weise muskulös, ohne ein Muskelprotz zu sein.

»Was Sie da gesagt haben, dass Evergreen Manor eine leere Leinwand ist«, sagte ich und riss meine Augen von dem Handy los, das aus seiner hinteren Hosentasche guckte. Eric hatte einen flachen Hintern, Dexters war, na ja, klasse. Ich räusperte mich. »Es ist alles andere als leer. Es ist eine Komposition aus Leben und Liebesgeschichten, aus Geschichte und Familie. *Ihrer* Familie. Wollen Sie sich das wirklich alles durch die Finger gehen lassen?«

Er blieb stehen, damit ich ihn einholen konnte, und sah mich gequält an. Ich hatte einen wunden Punkt berührt, das sah ich, und für einen kurzen Moment erfüllte mich dieses Wissen mit Hoffnung.

»Ich habe keine Wahl«, sagte er ruhig. »Die Entscheidung ist gefallen, Rebecca ist auf dem Weg nach Hause zu ihrer Familie; jetzt gibt es kein Zurück mehr.«

»Aha, dann trifft also Rebecca die Entscheidungen, und Sie fügen sich. Verstehe.« Ich presste die Lippen zusammen, um ihm zu zeigen, was ich davon hielt.

Er holte tief Luft, bevor er zu sprechen begann, als würde er einen Kampf mit sich ausfechten. »So einfach ist das nicht. Sie ist meine kleine Schwester. Ich lebe im Ausland, ich kann ihr nicht so viel helfen, wie ich das gerne täte, aber das hier kann ich für sie tun. Im Gegensatz zu dem, was Sie vielleicht von mir denken, versuche ich, das Beste zu tun.«

»Sie sollten ein Drehbuch darüber schreiben«, sagte ich wütend. »Ältere Mieter rebellieren gegen die Zwangsräumung durch einen herzlosen Immobilientycoon. Das schlägt noch die erste Begegnung der Protagonisten auf dem Treidelpfad.«

»Sie sind hart.« Seine Lippen verzogen sich zu einem Lächeln, das jedoch schnell wieder verschwand. »Sie werden nicht rebellieren, oder?«

Ich zuckte die Achseln. »Dann geben Sie also zu, dass Sie ein herzloser Immobilientycoon sind?«

»Und ich dachte, meine Schwester wäre furchterregend«, murmelte er lächelnd.

Ich erwiderte nichts darauf; so leicht wollte ich ihn nicht davonkommen lassen.

»So, und jetzt, wo Sie meine Welt auf den Kopf gestellt haben, gehen Sie zurück nach New York, schätze ich?«

Er schüttelte den Kopf. »Ich habe mir Arbeit mitgebracht. Ich bleibe, bis, na ja, zumindest bis wir ein Angebot haben.«

Mein treuloses Herz flimmerte vor Freude, bevor ich mich daran erinnerte, dass ab jetzt die Kampflinien gezogen waren und er und ich auf verschiedenen Seiten standen.

Wir erreichten das Café, und ich übernahm den Buggy.

»Nun, dann hoffen wir mal, dass das Monate dauert«, sagte ich.

Er lächelte mich frech an, als er uns die Tür aufhielt. »Das nehme ich mal als Kompliment.«

Ich blickte ihn finster an. »Bitte nicht.«

Ich trat in das Café und machte ihm die Tür vor der Nase zu.

Kapitel 12

Am späteren Nachmittag räumten die Kinder auf, und ich zog Harris das Lätzchen aus und zupfte Reste von Knete aus seinem Haar. Ich musste immer wieder an Dexters Gesichtsausdruck denken, als ich ihn daran erinnert hatte, dass seine Familiengeschichte eng mit Evergreen Manor verknüpft war. Rebecca mochte das egal sein, doch tief in meinem Inneren war ich überzeugt, dass das bei ihm anders aussah. Ich verspürte das dringende Bedürfnis, Delphine und Bing einen Besuch abzustatten, um zu sehen, wie es ihnen ging.

Draußen bogen sich die Bäume in der Brise, aber es war trocken, und die Sonne tat ihr Bestes.

»Wisst ihr was«, sagte ich, »warum gehen wir nicht zum großen Haus hinauf und sammeln im Garten ein paar Äpfel auf?«

Die Kinder antworteten mir mit einem Chor aus Ja-Rufen, und innerhalb von Minuten waren die Hände gewaschen, die Jacken angezogen, und wir hatten uns mit Taschen ausgerüstet, in die wir unsere Beute packen konnten. Ich setzte Harris in den Buggy, und wir machten uns auf den Weg.

Violet hatte mir gesagt, dass ich mich jederzeit bei dem Obst bedienen konnte, und da ich Dexter vor ein paar Minuten die Auffahrt hatte hinuntergehen sehen, war es die perfekte Zeit für einen Besuch.

Ich entdeckte Bing, als wir um die Hausecke bogen. Er stand unter den Apfelbäumen und griff in die Hecke dahinter.

»Guckt mal, Kinder, da hinten ist Bing.« Ich zeigte nach

vorn. »Schauen wir mal, ob er uns helfen kann, ein paar reife Äpfel zu finden.«

»Wir pflücken Äpfel!«, schrie Molly und ging voran, während Arlo sich direkt hinter sie drängte. Eva blieb nahe bei mir und hielt sich am Buggy fest.

Bing richtete sich auf und winkte. Als ich bei ihm war, zeigte er Molly und Arlo die Brombeeren in seinem Plastikeimer.

»Wer möchte eine probieren?«, fragte er, griff mit seinen violett gefleckten Fingern nach einer Brombeere und steckte sie sich in den Mund. »Es sei denn, ihr seid Vegetarier. Ich kann nämlich nicht garantieren, dass da keine Raupen drin sind.«

Molly guckte besorgt, doch Arlo, der wahrscheinlich nicht wusste, was eine Raupe war, geschweige denn ein Vegetarier, stopfte sich gleich zwei in den Mund, bevor ich die Chance hatte einzugreifen.

Eva gesellte sich zu ihnen und wählte eine dicke Beere aus dem Eimer. »Ich liebe Beenen. Mehr wie Äpfels.«

»Nur eine.« Ich warf Bing einen verhaltenen Blick zu. »Wir waschen Beeren nämlich immer gründlich, bevor wir sie essen, nicht wahr, Bing?«

»Ich nicht.« Er zuckte die Schultern, er hatte den Hinweis offensichtlich nicht verstanden. »Ich mag ein paar Ballaststoffe.«

Ich verbarg ein Lächeln; zumindest war er ehrlich.

»Was ist Ball…Ball…?«, versuchte sich Molly.

Bing klopfte sich auf den Bauch. »Das, was dir beim Kacken hilft.«

Die drei brachen in Gekicher aus und stimmten sofort mit voller Lautstärke das Töpfchen-Lied an.

»Okay Leute, das reicht«, sagte ich lachend. »Kommt, füllen wir unsere Taschen mit Äpfeln.«

Überall im hohen Gras lagen Äpfel. Ich hob einen perfekten Apfel auf und zeigte ihn den Kindern, bevor ich ihn in die

Tasche steckte. Der zweite, den ich aufhob, hatte auf der Rückseite eine große matschige Stelle. Nachdem ich ihnen erklärt hatte, welche Äpfel sie liegen lassen sollten, stürmten sie davon, jagten durch das Gras und übertrumpften sich, wer den größten gefunden hatte. Ich sah zu Harris hinüber, der glücklich nach den Spielzeugen griff, die über dem Buggy hingen, und sie quietschen und rasseln ließ.

»Ganz schön laut, die Hosenscheißer, was?«, sagte Bing kichernd. »Aber es ist schön, etwas Leben hier zu haben.«

»Ich freue mich, dass du das so siehst«, sagte ich, »aber bitte vermeide solche Worte, wenn es geht. Kinder scheinen immer genau die Worte aufzuschnappen, die sie nicht aufschnappen sollen.«

Er tat, als würde er zusammenzucken. »Entschuldige, daran habe ich nicht gedacht.«

»Iiiii, Käfer!«, schrie Molly und hielt einen faulen Apfel auf Armeslänge von sich, bevor sie ihn fallen ließ.

Ich hakte Bing unter und führte ihn zu der Bank, die um einen großen Apfelbaum gebaut war.

»Ich weiß wirklich nicht, warum ich die pflücke«, sagte er und schwenkte den Eimer mit Brombeeren. »Violet hat immer Marmelade daraus gemacht, aber ich bezweifle, dass wir Verwendung dafür haben. Wenn du magst, kannst du sie haben.«

»Danke. Wie wäre es, wenn ich euch einen Pie mache?« Ich nahm ihm den Eimer ab und versuchte, die grüne Raupe zu übersehen, die oben herauskroch.

Er wurde munter. »Köstlich. Uns war einfach nicht sehr nach Kochen zumute.«

Delphine und er taten mir schrecklich leid; ich konnte mir nur vorstellen, wie es für sie sein musste, im Haus herumzugeistern, ohne Violet irgendwo klappern zu hören.

»Wie geht es euch beiden?«, fragte ich.

»Es hat mich umgehauen, wirklich.« Bing schnaufte. »Aber ich habe Schlimmeres überlebt. Zweifellos werde ich auch das überleben. Um sie mache ich mir Sorgen.« Er drehte den Kopf in Richtung Haus. »Sie steht immer noch unter Schock. Ich glaube nicht, dass sie schon richtig begriffen hat, dass sie auch ihr Zuhause verlieren wird.«

»Und sie verlieren auch keine Zeit, es auf den Markt zu bringen«, sagte ich. Bing schüttelte den Kopf, als ich ihm von dem Zusammentreffen mit Dexter und Rebecca heute Morgen erzählte.

»Verdammt … ich meine, vermaledeit«, sagte Bing und sah schuldbewusst zu den Kindern hin. »Sie haben es eilig.«

»Ich weiß wohl, dass sie es geerbt haben, aber wo bleibt ihr Mitgefühl? Es ist ja nicht so, als bräuchten sie das Haus, um selbst darin zu wohnen«, sagte ich. »Sie sind wie die Geier, die nur darauf warten, auf ihre Beute hinunterzustoßen.«

»Bingo, kann ich Beenen pflücken?« Arlo sah interessiert zu den Brombeersträuchern hin, die sich in der Hecke breitgemacht hatten und für einen Dreijährigen sehr viel zugänglicher waren als die hohen Äste der Apfelbäume.

Bing kicherte. »Klar kannst du, Kumpel.«

»Und ich«, echoten Eva und Molly gemeinsam.

»Ich weiß nicht«, ich sah zu der Stelle mit den Brombeeren hinüber. Ich wollte nicht, dass sie sich die kleinen Hände zerkratzten oder an den Dornen die Kleider zerrissen.

»Das ist eine dornenfreie Sorte«, versicherte mir Bing und hielt einen langen Brombeerzweig voller Früchte hoch. »Früchte satt, ohne dass man Angst haben muss, dass etwas passiert.«

»Wenn das so ist, dürft ihr Brombeeren pflücken«, sagte ich zu den drei Knirpsen, »aber versucht, euch nicht ganz so zu bekleckern.«

Bing gab ihnen ein paar Plastikeimer. »Gewöhnlich pflücke ich eine für den Mund und eine für den Eimer«, sagte er. »Wenn es euch nichts ausmacht, die Krabbelviecher mitzuessen.«

»Tut besser alle in den Eimer«, sagte ich schnell. »Sie müssen erst gewaschen werden, nicht wahr, Bing?«

»Ja, natürlich müssen sie das.« Bing tat so, als würde er etwas aus seinem Mund fischen und wegwerfen. »Oh, eine halbe Raupe.«

Molly, Eva und Arlo quietschten vor entsetzter Freude, griffen jeder nach einem Eimer und stürzten sich auf die Brombeeren.

»Rebecca und Dexter haben jedes Recht, das Haus zu verkaufen«, sagte Bing vernünftig. »Es ist ein großes, zugiges Haus, und ich kann schon sehen, warum es ein Mühlstein an ihrem Hals wäre, würden sie es behalten. Du kannst ihnen keinen Vorwurf machen.«

In dem Moment begann Harris zu weinen. Ich stellte den Buggy so, dass er die anderen sehen konnte, und gab ihm ein neues Spielzeug aus meiner Tasche.

»Ich habe als Kind so viele glückliche Stunden in diesem Garten verbracht«, sagte Bing, wobei seine Augen ob der Erinnerungen leuchteten. »Bevor Jacks und Violets Eltern Evergreen Manor gekauft haben, haben Jack und ich uns hier hereingeschlichen und so viele Äpfel geklaut, wie wir in unseren Pullovern tragen konnten. Nach dem Krieg bin ich davon ausgegangen, Jack nie wiederzusehen. Doch es ist anders gekommen. Ich habe mich zum Wehrdienst gemeldet, wie das von allen jungen Kerlen verlangt wurde, und bin auf der Empire Ken gelandet, die Teil der Intervention in der Suez-Krise war. Ich war noch nicht fünf Minuten an Bord, als ich jemanden ›Walter!‹ rufen hörte. Als ich mich umgedreht habe, stand Jack

142

da. Ich konnte mein Glück kaum fassen. Und dann ging es nach Ägypten, wiedervereint, zwei junge, unbedarfte Kerle auf dem Weg ins Abenteuer.«

»Dein richtiger Name ist Walter?«

Er kicherte. »Das war er, bis zu diesem ersten Abend, an dem wir das Klavier entdeckt und ein paar Songs gespielt haben. Einer der älteren Offiziere hat gewitzelt, dass wir unseren eigenen Bing Crosby an Bord hätten. Und das war's, von da an hieß ich Bing.«

»Und du und Jack seid offensichtlich gute Freunde geblieben?«

»Er ist nach dem Krieg nach Hause nach Barnaby gegangen und hat ein reizendes Mädchen mit Namen Elizabeth geheiratet. Sie haben eine Tochter bekommen, die Jane hieß, Rebeccas und Dexters Mutter. Ich habe ihn wieder jahrelang nicht gesehen, obwohl wir in Kontakt geblieben sind.«

»Und du?«, fragte ich. Harris begann sich zu beschweren, wahrscheinlich weil die anderen drei so viel Spaß hatten und er nicht. Ich hob ihn aus dem Buggy und setzte ihn mir mit einem Satz Plastikschlüsseln zum Spielen auf den Schoß.

Bing stupste den kleinen Jungen an, und wir lachten beide, als Harris ganz bezaubernd kicherte.

»Ich habe sehr viel länger gebraucht, um mich niederzulassen. Eigentlich habe ich das erst wirklich, als ich hierhergekommen bin.«

»Du warst nicht verheiratet?«

»Zweimal. Damals habe ich den Frauen gern schöne Augen gemacht. Um ehrlich zu sein, tue ich das immer noch.« Er grinste verlegen. »Egal, ich bin ein bisschen herumgereist. Es war ein ziemlich gutes Leben. Ich habe eine Weile in Benidorm Klavier gespielt und dann auf Teneriffa. Ich hatte Sonne satt und eine Schar schöner Frauen, die nichts gegen einen

Ferienflirt einzuwenden hatten.« Er zuckte die Schultern. »Und ich mochte sie nicht enttäuschen.«

Ich stieß ihm zum Spaß den Ellenbogen in die Rippen. »Du warst also die Sorte Mann, vor der meine Eltern mich gewarnt haben, als ich durch die Welt gereist bin.«

»Das war ich«, gab er zu und strich sich über seinen Bart. »Aber dann habe ich mich verliebt. Rettungslos. In Angelica, abgekürzt Angel. Die schönste Frau, die ich je gesehen habe, und ich habe mir geschworen, sie nie zu betrügen.«

»Und?«

»Eine Weile ist es gut gegangen. Ich konnte es nicht glauben, als sie zugestimmt hat, mich zu heiraten. Jedes Mal, wenn ich mit ihr an meinem Arm ein Zimmer betreten habe, habe ich mich großartig gefühlt. Aber dann ist alles schiefgegangen.«

Ich verdrehte die Augen. »Oh, Bing, du hast nicht wieder herumgestreunert?«

»Nein, nein, ich war vernarrt in sie. Ich hätte alles für sie getan.« Er seufzte wehmütig. »Diesmal hat mein Verstand mich im Stich gelassen. Ein Deutscher mit Namen Marcus hat mich überredet, in ein Immobiliengeschäft zu investieren. Ich habe gewusst, dass es riskant war, aber ich wollte Angel etwas bieten, und sie war absolut dafür. Ein paar Monate später war Marcus mit meinem ganzen Geld und mit meiner Frau verschwunden. Ich hatte alles verloren. Ich bin mit einem gebrochenen Herzen und ohne jeden Cent nach England zurückgekehrt. Als Jack gehört hat, was passiert war, hat er mir sofort eine Bleibe angeboten, solange ich eine brauchte.«

»Das ist ja schrecklich.« Ich sah Bing ungläubig an. Ich hatte immer vermutet, dass er eine bewegte Vergangenheit hinter sich hatte, aber nichts in der Richtung.

»Der gute, alte Jack.« Bing lächelte traurig. »Er hat sogar in seinem Testament verfügt, dass ich in Evergreen Manor wohnen darf, bis Violet das Haus verkauft oder selber stirbt. Ich kann also nicht klagen, ich hatte ziemlich viel Glück.«

»Und es gibt keine Möglichkeit, dass Delphine und du euch zusammentut und das Haus gemeinsam kauft?«

Er schüttelte den Kopf. »Ich bin ein Pensionär ohne Ersparnisse. Und Delphine geht es finanziell nicht viel besser. Wir könnten nicht viel mehr als einen Schuppen kaufen, geschweige denn ein Haus mit acht Zimmern wie das hier.«

Wir sahen beide zu Evergreen Manor hoch. Das Haus mochte heruntergekommen sein und eine Renovierung nötig haben, aber es war das schönste Haus überhaupt. Meine Augen schweiften von den zweibogigen Fenstern zu dem kunstvoll gemusterten Mauerwerk, hoch zu dem grazilen, hölzernen Ortgang, der das Dach nach vorne hin abschloss und die vielen Giebel so filigran wirken ließ, was dem Haus sein charmantes, asymmetrisches Aussehen verlieh.

»Scheiße«, flüsterte ich. Bing kicherte.

»Ich habe auch viel Glück gehabt«, sagte ich. »Aber ich bin nicht bereit zu gehen.«

Er tätschelte mein Bein. »Das sind wir auch nicht. Aber was können wir tun?«

Mein Magen krampfte sich unbehaglich zusammen, als ich an das Versprechen dachte, das ich gestern bei der Beerdigung gegeben hatte.

»Im Moment weiß ich das noch nicht. Aber ich denke mir etwas aus, ich brauche nur ein wenig Zeit.«

Offensichtlich verfügte keiner von den beiden über finanzielle Mittel. Bei mir war das anders, aber sie reichten nicht, um Evergreen Manor zu kaufen.

»Wie es klingt, haben wir davon nicht allzu viel«, sagte Bing, griff nach seinem Stock und stand auf.

Molly tauchte mit großen Augen und außer Atem vor mir auf. »Gina, Arlo hat die ganzen Brombeenen gegessen.«

»Arlo!«, rief ich. »Hast du die Brombeeren ungewaschen gegessen?«

Arlo drehte sich um und zeigte mir sein violettes Kinn und seine violetten Hände. »Nein.«

Bing und ich lachten und ich stand auf.

»Das ist unser Zeichen zum Aufbruch.« Ich umarmte ihn kurz. »Es muss etwas geben, das wir tun können. Ich werde nachdenken«, versprach ich. »In der Zwischenzeit mache ich euch eine Apfel-Brombeer-Pie. Oh, Eva!«

Eva kicherte und hielt ihre fleckigen Hände hoch. Sie hatte sich noch mehr mit Brombeersaft bekleckert als Arlo.

»Falls die Kinder noch ein paar Brombeeren übrig gelassen haben«, sagte ich.

Kapitel 13

Eine Woche später hatten wir zwar Oktober, doch das Wetter war alles andere als herbstlich. Derbyshire erfreute sich an einem Indian Summer, und die Kinder konnten den größten Teil des Tages draußen spielen.

Am Nachmittag waren Paige und ich mit unseren Kindern nach der Schule zum Gewächshaus von Evergreen Manor gegangen, um dort unter Anleitung von Stanley und assistiert von Bing und Maria zu gärtnern. Die Kinder hatten viel Spaß dabei, kleine Töpfe mit Komposterde zu füllen und Samen von Wintersalat einzupflanzen. Ich hatte ein paar Bilder für die Tagebücher meiner Kinder gemacht und Paige ein paar für ihre. Jetzt saßen wir beide in Liegestühlen auf der Terrasse, von wo aus wir ein Auge auf alle hatten. Coco und Chanel hatten sich vor uns ausgestreckt, und ab und zu stolzierte eins von Bings Hühnern an uns vorbei, sodass die Katzen aufwachten und empört mit den Schwänzen schlugen. Es war die perfekte Art, einen sonnigen Nachmittag zu genießen, und es war schön zu sehen, wie die ältere Generation ihr Wissen an die jüngere weitergab.

»So, Nonna?«, fragte Noah, während er Samen mit dem Finger in die Erde drückte.

»*Perfetto*«, sagte Maria und umarmte ihn. »Vielleicht kannst du ja Salat für das Café züchten? Deiner Mama helfen … ich meine Rosie?«

Sie sah mich mit großen Augen an, weil ihr dieser kleine Fehler unterlaufen war, und mir tat meine Freundin ein bisschen leid. Seit zwei Jahren war es Rosie, die Noahs abgeschürfte

Knie küsste, ihm seine Schulbrote schmierte, ihm abends etwas vorlas und sicherstellte, dass er fantastische Geburtstagsfeiern hatte. Rosie war in jeder Hinsicht seine Mutter, aber er nannte sie nicht Mama. Ich fragte mich, wer das so entschieden hatte. Eine flüchtige Erinnerung streifte mich, wie Rosie auf meiner Party Gabe korrigiert hatte, als er von sich als Vater gesprochen, Rosie aber nicht als Mutter einbezogen hatte.

Doch Noah schien Marias Fehler gar nicht zu bemerken und nickte ernst. »Und Arlo kann welchen für Tante Lia züchten.«

Stanley, der in dem Hemd mit der Krawatte unter der tweedartigen Wolljacke äußerst schick aussah, hatte eine riesige Tüte Komposterde in eine große Pflanzschale gekippt, sodass die Kinder sich selbst bedienen konnten. Isabel und Lily wichen einander nicht von der Seite wie üblich, hatten die Köpfe zusammengesteckt und bauten glücklich mit ihren Töpfen eine Burganlage in der Erde. Bing hatte für jeden ein Sammelsurium von Gartengeräten zusammengestellt, hielt sich ansonsten aber am Rande der Gruppe. Er stand auf seinen Stock gestützt da und sah zu.

»Magst du mit uns eine Burg bauen, Bingo?«, fragte Isabel und winkte ihn herüber.

Ich unterdrückte ein Lächeln. Seit Arlo ihn so genannt hatte, hatte er den Namen weg; Bing schien es nicht weiter zu stören.

Er hielt die Hand hoch. »Nein, ich finde das ganz schön so, danke«, sagte er förmlich.

»Oh. Okay.« Isabel machte ein langes Gesicht, und ich hätte sie umarmen können. Lily dagegen ging zu Bing und drückte ihm ihre Schaufel in die Hand.

»Na gut«, murrte er und gesellte sich zu ihnen.

Zwei Minuten später kicherten die Mädchen vor Vergnügen, als seine Burgen in sich zusammenfielen.

»Bing amüsiert sich königlich«, flüsterte ich Paige zu.

»Das tun sie alle«, antwortete sie. »Wir sollten das regelmäßig machen.«

Ich neigte mein Gesicht der Sonne entgegen und atmete die frische, warme Luft ein. »Es fühlt sich ein bisschen wie Schummelei an.«

»Sei nicht so streng mit dir.« Paige knuffte mich in den Arm. »Jeder hat Spaß. Und niemand wird es einer Tagesmutter verübeln, sich eine Pause zu gönnen, wenn jemand anderer die Unterhaltung der Kleinen übernimmt.«

»Ich sollte das wohl genießen«, sagte ich und spürte ein ängstliches Ziehen im Bauch. »Das dürfte mein letzter Oktober hier sein.«

Paige runzelte die Stirn. »Ja, so ein Mist. Hast du versucht, die neuen Besitzer zu überreden, dich bleiben zu lassen?«

»Zwecklos. Dexter und Rebecca sind grauenhaft«, sagte ich düster. »Hätte ich ein Haus wie Evergreen Manor in meiner Familie, ich würde mich nie davon trennen, niemals. Ich meine, sieh es dir an.«

Wir drehten uns beide zu dem Haus um, das in der Abendsonne lag. Für mich strahlte es Charme, Charakter und Liebe aus, und ich empfand es als eine Tragödie, dass es in den nächsten Wochen einfach an den Höchstbietenden verkauft werden sollte.

»Eine Schande«, sagte Paige verschmitzt, »denn Dexter ist wirklich süß.«

»Denk nicht mal dran«, knurrte ich. »Als Nächstes fragst du, ob er Single ist.«

»Ist er?«, sie zog eine Braue hoch.

Mir wurde die Antwort erspart, weil in dem Moment Bing, Lily und Isabel in Gelächter ausbrachen. Ein Blick zu ihnen hinüber sagte mir, dass die Schale umgekippt war und Bings Gummistiefel bis zum Rand voller Erde waren. Ich ging zu ihnen, half Bing, die Gummistiefel auszuziehen, und schüttelte sie aus.

»Habt ihr Spaß?«, fragte ich die Zwillinge.

Lily nickte, und ich umarmte sie. Sie hatte noch immer kein Wort zu mir gesagt, doch in unbedachten Momenten wie jetzt lachte sie, und wenn ich ihr Harris auf den Schoß setzte, flüsterte sie mit ihm. Isabel brauchte dagegen keine Ermutigung zu reden.

»Bingo ist wie ein Opa«, sagte Isabel. »Wir hatten mal einen Opa, aber der ist gestorben.«

Sie taten mir leid. »Nun, ich bin mir sicher, dass Bing gerne euer Opa sein wird, wenn ihr das wollt.«

Bing schlug die Gummistiefelfersen zusammen und salutierte.

»Opa Bingo meldet sich zum Dienst.«

Isabel und Lily kicherten erneut, und ich ließ sie allein.

»Ich weiß nicht, wie es euch geht«, sagte Maria und fächelte sich mit einer leeren Samenpackung Luft zu, »aber ich könnte einen Tee vertragen. Ich stelle mal den Kessel auf, ja?«

»Ich mache das, Maria«, sagte ich und erhob mich, »und während ich drinnen bin, versuche ich Delphine zu überreden, uns Gesellschaft zu leisten.«

Ich ließ Paige die Sandwiches auspacken, die wir für die Kinder mitgebracht hatten, und ging durch die Glastüren in die Küche. Auf der Schwelle zögerte ich; Dexter stand am Küchentisch und rollte auf einer Backmatte einen Teig aus.

»Oh, hallo«, stotterte ich überrascht. »Bing hat gesagt, dass Sie oben arbeiten.«

»Nein, ich backe Lebkuchenmänner.« Er zog sich ein paar Ofenhandschuhe an und holte ein Blech aus dem Herd. Die Luft roch nach karamellisiertem Zucker und Ingwer.

»Tut mir leid, wenn ich Sie störe«, murmelte ich. »Ich wollte Tee kochen.«

150

Obwohl ich ihm den Rücken zugewandt hatte, spürte ich, dass er mich ansah. »Aha.«

Ich krümmte mich innerlich, so unangenehm war es mir.

»Ja.« Er räusperte sich. »Ich habe versucht zu arbeiten, aber ich konnte mich nicht konzentrieren. Und in solchen Situationen backe ich.«

Jetzt reichte es mir aber wirklich.

»Okay.« Ich hielt die Hände hoch. »Ich habe es verstanden. Sie wollen nicht, dass wir hier sind. Ich entschuldige mich vielmals, dass wir Ihre *äußerst wichtige* Arbeit gestört haben. Bald sind Sie uns los, keine Angst, doch bis Sie und Ihre Schwester uns zwangsgeräumt haben, werden wir alle hierbleiben.«

Seine Augen wurden groß, und das Blech mit den Lebkuchenmännern neigte sich nach vorne, sodass die erste Reihe auf dem Boden landete. »So habe ich das nicht gemeint.«

Die Hände in die Hüften gestemmt, beobachtete ich, wie er schnell das Blech abstellte und die heruntergefallenen Lebkuchenmänner aufhob. »Fünf-Sekunden-Regel«, murmelte er und blies sich auf die Finger.

»Was haben Sie dann gemeint?«, fragte ich und hob trotzig das Kinn.

Er öffnete den Mund, als wollte er mir antworten, doch ich ging an ihm vorbei.

»Wissen Sie was, mir ist es gleichgültig, was Sie gemeint haben«, sagte ich. »Ich werde jetzt sehen, wo Delphine ist, weil ich mir Sorgen um sie mache. Weil *Sie* ihr das Herz gebrochen haben.«

Ich stapfte in die Diele und die Treppe hoch, als ein verzweifeltes Stöhnen aus der Küche zu hören war. *Touché*, dachte ich. Zumindest war es mir gelungen, ihn so zu ärgern, wie er mich ärgerte.

Ich fand Delphine in Violets Zimmer, sie saß an der Frisier-

151

kommode. Der Schrank stand offen, und zu ihren Füßen lag ein Stapel Kleider. Ich klopfte leise an die Tür.

Delphine drehte sich um und blinzelte, als hätte sie geschlafen, und ich brauchte meine ganze Selbstbeherrschung, um nicht auf ihr Erscheinungsbild zu reagieren. Sie war immer ein Fan leuchtender Farben gewesen, selbst was ihren Lippenstift anging. Jetzt wirkte sie fast farblos; ihre Haut war blass, und ihr Schlüsselbein stach unter ihrer grauen Tunika hervor.

»Es gibt so viel zu tun, da dachte ich, ich fange schon einmal damit an, ihre Sachen zu entrümpeln«, sagte sie leise. »Doch alles, was ich anfasse, erinnert mich an etwas, das sie gesagt hat, oder an einen Ort, an dem wir zusammen waren. Ich kann nichts wegwerfen, ich kann es einfach nicht.«

Das war Dexters Werk, er zwang sie daran zu denken, dass sie schon bald Evergreen Manor verlassen musste, nachdem sie gerade erst Violet verloren hatte. Arme, arme Delphine.

»Ich habe nicht viel Erfahrung damit, geliebte Menschen zu verlieren«, sagte ich und kniete mich neben sie, »aber ich denke, es ist gut, sich an die Menschen zu erinnern, vor allem wenn die Erinnerungen glücklich sind. Du erinnerst dich an Violet, wie sie noch voller Leben war, und das ist eine gesunde Art, mit Traurigkeit umzugehen.«

»Es ist nicht nur dieser Raum«, sagte Delphine leise. »Es ist jeder Teil des Hauses. Evergreen Manor war Violets Leben, ihr einziges Zuhause.«

»Ich weiß«, murmelte ich und streichelte ihre Hand.

»Ich möchte dir etwas zeigen.« Sie stand auf und holte ein langes, elfenbeinfarbenes Kleid aus dem Kleiderschrank. »Das ist Violets Hochzeitskleid.«

Es war im Empire-Stil geschnitten, hatte kurze Ärmel und einen U-Boot-Ausschnitt. Schnörkellos und elegant und ganz Violet.

Ich runzelte die Stirn. »Ich dachte, sie hätte nie geheiratet?«

»Hat sie auch nicht.« Delphines Mund verzog sich zu einem blassen Lächeln. »Sie hat die Hochzeit in letzter Minute abgesagt. Sie hat gesagt, dass sie sich miserabel gefühlt hat, den armen Mann zu enttäuschen, doch dass es besser war, es vor der Hochzeit zu tun, als Gelübde abzulegen, von denen sie wusste, dass sie sie nicht würde halten können. Das hat einen ganz schönen Wirbel verursacht, wie du dir vorstellen kannst.«

»Wie tapfer von ihr«, ich lächelte vor mich hin und dachte, wie sehr es zu Violet gepasst hatte, für sich einzutreten.

Delphine drehte das Gesicht zum Fenster. »Sie hat gesagt, dass sie tief in ihrem Innern gewusst hat, dass sie nicht hätte Ja sagen dürfen, als er ihr den Antrag gemacht hat, doch sie war achtundzwanzig, und sie fühlte sich unter Druck gesetzt, zu heiraten und eine Familie zu gründen. Das war eben so zu der Zeit.« Delphine sah mich an, ihre Augen glänzten vor Tränen. »Damals hatte man gewisse Erwartungen an Frauen. Heutzutage haben wir die Freiheit zu tun, was wir wollen, und zu sein, wer wir wollen.«

Ich nickte und fühlte an Violets Stelle eine gewisse Empörung, dass sie sich verpflichtet gefühlt hatte zu heiraten, schnell gefolgt von dem Stolz, dass sie Widerstand geleistet und ihre Stimme gefunden hatte. Aber ich fühlte auch noch etwas anderes. Eine Entschlossenheit, die zu sein, die ich wollte, und das zu tun, was ich wollte. Bevor meine Gedanken weiterschweifen konnten, kam von Delphine ein leises Schluchzen.

»Ohne Violet kann ich nicht mehr ich sein«, sagte sie und drückte das Kleid an ihr Gesicht. »Ich fühle mich so allein.«

»Du bist nicht allein, Delphine, das bist du ganz bestimmt nicht.« Ich umarmte sie. »Komm raus in die Sonne. Lass dich von den Kindern aufheitern.«

Delphine nickte und putzte sich mit dem Taschentuch die Nase.

»Danke, meine Liebe. Danke, dass du mir zugehört hast.«

»Jederzeit«, sagte ich und bot ihr meine Hand. »Violet wäre stolz auf dich.«

»Warte, ich kann nahezu hören, wie Violet mir sagt, dass ich ein Gesicht mache wie ein begossener Pudel«, sagte sie und zog einen Lippenstift aus der Tasche ihrer Tunika. Sie trug etwas Farbe auf und holte tief Luft. »Das ist marginal besser.«

»Wunderschön«, sagte ich und sah auf die Uhr. »Ich gehe besser mal wieder nach unten, inzwischen kann dort der Teufel los sein.«

Delphine kicherte. »Ja, so ist Bing – nicht zu reden von den Kindern.«

Ich wappnete mich, Dexter noch einmal zu begegnen, als wir durch die Küche gingen, aber er war nirgendwo zu sehen. Draußen hörten wir die Kinder johlen und Freudenschreie ausstoßen, und mitten in dem ganzen Trubel stand Dexter mit einem Teller in der Hand.

»Das sieht fast nach einer Party aus«, sagte Delphine zögernd.

»Gina, guck mal!«, rief Arlo, während er auf der Stelle auf und ab sprang. »Ein Lebkuchenmann!«

»Schön«, sagte ich und wich Dexters Blick aus. »Ihr habt wirklich Glück, Kinder.«

Ich besorgte Delphine einen Stuhl und platzierte sie mit einer Tasse Tee neben Bing. Die Kinder saßen mit ihren Lebkuchenmännern und Safttassen alle glücklich und zufrieden im Gras.

»Er mag schrecklich sein«, murmelte sie. »Aber er ist geschickt mit den Händen, er hat jeden Lebkuchenmann unterschiedlich dekoriert. Und er ist attraktiv.«

»Er ist der Feind«, fauchte ich. »Wag es ja nicht, dich mit ihm anzufreunden.«

»Schade«, sagte sie und seufzte leicht.

Ich schielte zu dem Teller mit den Lebkuchenmännern hin; sie waren wunderschön anzusehen mit der weißen Glasur, alles an ihnen war entzückend.

»Sie sind sehr gut, Gina«, sagte Maria und schwenkte einen Lebkuchenmann in der Luft. »Ich muss ihn nach dem Rezept fragen, dann kann ich sie für das Café backen.«

Stanley und Bing stimmten dem Lob mit vollem Mund zu.

»Probieren Sie einen«, sagte Dexter und hielt mir den Teller hin. »Bitte.«

Ich drehte mich um und tat so, als hätte ich ihn nicht gehört. Ich wusste, dass das kleingeistig war, doch Paige hatte recht, er sah gut aus, und mir war nicht entgangen, dass die Kinder ihn mochten und wie natürlich er mit ihnen umging. Und dann waren da noch diese stechenden grünen Augen, deren Blick ich immer noch auf mir ruhen spürte. Ich riss mich zusammen; egal, wie gut diese Lebkuchenmänner waren, von mir würde er keine Komplimente bekommen. Ich konzentrierte mich stattdessen auf die Kinder.

»Ist das schön, Arlo? Hast du einen probiert, Megan? Du musst Dexter fragen, wenn du noch einen willst, Isabel. Was ist mit dir, Lily?«

Paige schnaubte leise. »Du stehst so was von auf ihn. Du bist ganz rot geworden und hast einen Schmollmund bekommen. Nimm einfach einen von den verdammten Lebkuchenmännern, und iss ihn.«

»Ist es nicht langsam an der Zeit zu gehen?«, fragte ich, während ich mich zurück in meinen Liegestuhl fallen ließ und mein Gesicht beschwor, nicht rot zu werden.

»Der Themenwechsel wurde durchaus bemerkt«, sagte sie

lachend, »und ja, es ist Zeit, ich sammle meine Horde gleich ein.«

»Hallooo?«, kam eine schüchterne Stimme von der Seite des Hauses.

»Mami«, rief Isabel. Beide Geschwister rannten zur Seitenpforte und ließen Cat herein.

Cat gesellte sich zu uns, sie hielt die Mädchen an der Hand. Ich stand auf, um sie zu begrüßen.

»Hallo, alle zusammen«, sagte sie schüchtern. »Entschuldigung, dass ich einfach so hereinplatze.«

»Überhaupt nicht, Sie kommen gerade rechtzeitig zum Tee«, sagte Dexter und bot ihr einen Lebkuchenmann an.

Ich spürte, wie sich mir die Nackenhaare aufstellten; *als könnte er kein Wässerchen trüben*. Paige fiel mein Gesichtsausdruck auf und sie kicherte.

»Ich fürchte, ich kann nicht bleiben, aber vielen Dank«, antwortete Cat. Sie drehte sich zu mir um. »Ich habe gute Nachrichten. Ich habe eine Arbeit gefunden.«

»Super, Mami!« Isabel umarmte sie, und Lily folgte ihrem Beispiel.

Cat lachte und gab beiden Töchtern einen Kuss. »Danke, ihr Lieben.«

»Das ist ja großartig!« Ich freute mich so für sie. Sie sah schon selbstbewusster aus als noch vor ein paar Wochen, als ich sie zum ersten Mal getroffen hatte. »Wo?«

»Bei einer amerikanischen Firma für Bio-Kosmetik«, strahlte sie. »Drei Tage die Woche. Ich bin so aufgeregt. Sie haben gesagt, dass sie mich vielleicht sogar zu einem Produkttraining nach Kalifornien schicken, wenn ich mich bewähre.«

Die Augen der Zwillinge leuchteten, und Isabel rang nach Luft. »Ist das da, wo *Kevin – Allein zu Haus* spielt?«

156

»Nein, Schatz, das ist in New York«, Cat versetzte Isabels Nase einen Stups mit dem Finger. »Das ist ihr Lieblingsfilm«, erklärte sie. »Egal, ob Sommer oder Winter, sie können diesen Film immer sehen. Gut, Kinder, lasst uns nach Hause gehen. Mami muss heute Abend noch ein paar Sachen nähen. Ich habe Vorhänge für das Wohnzimmer gekauft, aber sie müssen noch geändert werden. Ohne Nähmaschine brauche ich dafür eine Ewigkeit.«

Delphine wurde munter. »Ich könnte sie für Sie kürzen. Ich brauche eine Aufgabe.«

»Würden Sie das wirklich tun?« Cat schlug die Hände zusammen und ging zu ihr, um die Einzelheiten mit ihr zu besprechen.

Stanley goss ihr eine Tasse Tee ein, Maria überwachte das Wässern der Salatsamen, und Dexter war schon bald auf allen vieren und tat, als würde er wie ein Löwe brüllen, während alle Kinder sich abwechselten, auf seinen Rücken zu klettern.

Paige und ich holten fast automatisch unsere Handys heraus, um den Moment mit der Kamera festzuhalten.

»Das war eine brillante Idee von dir«, sagte Paige. »Sieh dir das an. So viele Generationen unter einem Dach, und irgendwie ist es dir gelungen, ein Lächeln auf jedes Gesicht zu zaubern.«

»Danke.« Ich stieß sie sanft an. »Aber das ist nicht allein mein Verdienst. Das ist Teamarbeit.«

Sie sah mich schelmisch an. »Einschließlich Dexter?«

»Trotz Dexter«, sagte ich fest.

Aber sie hatte recht; es war der perfekte Nachmittag. Die Kinder hatten Spaß, Delphine unterhielt sich mit Cat über die Vorhänge, und sogar Bings Unbeholfenheit den Kindern gegenüber hatte sich gegeben. Ich spürte die Entschlossenheit in mir wachsen. Es musste eine Möglichkeit für uns geben, hierzubleiben, das musste es einfach.

Los, Gina, denk nach.

Kapitel 14

Der Freitag war ein typischer feuchter und kalter Oktobertag, doch ich war alles andere als unglücklich darüber, sondern freute mich insgeheim. Die ganze Woche war das Wetter trocken und schön gewesen und einfach zu gut, um die Kinder mit meinem großen, neuen Auto zur Schule zu bringen und abzuholen. Doch heute lud ich kurz nach drei alle ein, und wir machten uns gemütlich auf den Weg.

»Wer freut sich auf heute Nachmittag?«, fragte ich und sah im Rückspiegel in ihre kleinen Gesichter.

»Ich!«, schrien sie.

Ich warf Arlo im Spiegel einen Blick zu. Er war heute etwas schläfrig gewesen und anhänglicher als sonst. Ich machte mir im Geist eine Notiz, Lia darauf anzusprechen, wenn ich sie sah. Das würde schon bald sein, weil Lia – deren Spezialität das Backen der leckeren Pizzen für das Lemon Tree Café war – den Kindern zeigen wollte, wie man einen einfachen Brotteig machte. Das Ganze sollte in Evergreen Manor stattfinden, weil der Ofen dort größer war. Alle freuten sich darauf, einschließlich Bing und Delphine, die ihre Hilfe angeboten hatten.

»Sollen wir *Die Räder am Bus* singen?« Ich gab ihnen Starthilfe und ließ sie die restliche Fahrt über laut singen.

Ich war früher als sonst aufgebrochen, obwohl wir mit dem Auto unterwegs waren, denn das Parken hatte manchmal etwas von einem Albtraum, vor allem an kühleren Tagen wie heute, wenn mehr Eltern ihre Kinder mit dem Auto abholten. Ich fand einen Platz am Eingang des Lehrerparkplatzes. Plötzlich tauchte ein Gesicht vor meinem Fenster auf. Es war Beau Colby. Er trug einen grauen Regenmantel und hatte eine Laptoptasche unter dem Arm.

Ich ließ das Fenster herunter. »Alles in Ordnung?«

Er lachte leise. »Das gehört zu den Dingen, die sie dir nicht im Lehrerseminar beibringen: Wenn du stehen bleibst, um jemanden zu begrüßen, denkt der gleich, dass es ein Problem gibt.«

»Entschuldigung!« Ich schaltete den Motor aus und zog den Schlüssel aus dem Zündschloss. »Egal, wohin haben Sie es denn so eilig? Es hat noch nicht einmal geschellt.«

»Schulleiterbesprechung.« Beau verdrehte die Augen. »Die Kehrseite des Jobs. Du suchst ihn dir aus, weil du gerne unterrichtest und die Arbeit mit den Kindern dir Spaß macht, und dann ertrinkst du in Berichten und Gesetzen und neuen Regierungsinitiativen.«

Genau in dem Moment schellte es, und ich öffnete die Autotür und ließ die Kinder heraus.

»Deshalb habe ich aufgehört«, sagte ich. »Jetzt kann ich all das machen, was Spaß macht, und habe erheblich weniger Bürokram zu erledigen.«

»Wir backen heute Brot«, sagte Molly und zog an Beaus Hose. »Hast du eine Schürze für ihn, Gina?«

Beau hockte sich auf die Höhe der Kinder. »Ich würde unheimlich gern Brot mit euch backen, aber ich muss heute arbeiten. Vielleicht ein anderes Mal?«

»In dem Fall hätte ich eine Idee«, sagte ich und zog die Schiebetür mit aller Kraft zu, »was machen Sie in den Herbstferien?«

Er zuckte mit den Schultern. »Ich habe noch keine Pläne.«

»Gut, dann haben Sie die jetzt. Kommt, Kinder, sonst kommen wir zu spät.« Ich lachte Beau an. »Ich merke Sie zum Basteln der Halloween-Laternen vor. Wie klingt das?«

»Das klingt, als hätte ich keine Wahl«, sagte er lachend.

Ich runzelte die Stirn und tat, als würde ich darüber nachdenken. »Äh, nein, haben Sie nicht. Viel Spaß bei der Besprechung.«

Ich entdeckte Paige mit ihrem Doppelbuggy. Sie winkte mir vom Schulhof aus zu, und ich ging zu ihr.

»Na?«, sie platzte fast vor Neugier. »Er hat *wieder* mit dir gesprochen! Er mag dich. Das ist mehr als offensichtlich.«

Ich setzte Arlo kurz ab; er wurde langsam zu schwer, um so lange herumgetragen zu werden. Er lehnte sich schwer gegen mich, und ich streichelte ihm sanft den Rücken, um ihn zu beruhigen; er sah aus, als würde er im Stehen schlafen, der Arme. Ich dachte an Beaus Gesichtsausdruck, als er gesagt hatte, dass er keine Pläne für die anstehenden Herbstferien hatte. »Ich denke, er ist einsam.«

Ihre Augen leuchteten auf.

»Nein«, sagte ich entschlossen. »Versuch es nicht einmal. Ich habe einen Job, dessen Zukunft ich sicherstellen muss, und ich muss mir ein neues Zuhause suchen. Ich habe quasi jeden Immobilienmakler kontaktiert, aber bisher hat sich nichts ergeben. Jedenfalls nichts Passendes.«

Paige wickelte sich eine Strähne ihres dunklen Haars um den Finger. »Hmm«, meinte sie nachdenklich. »Du hast recht nichts zu überstürzen. Vor allem wenn du ein Haus brauchst, das sich auch für deine Arbeit als Tagesmutter eignet.«

Ich unterdrückte das Gefühl von Panik, das sich langsam in mir aufbaute. Sie hatte recht, doch bis Anfang Januar waren es weniger als drei Monate, um etwas zu finden, umzuziehen und alles kinderfreundlich zu gestalten. Und darüber hinaus hatte ich Delphine und Bing versprochen, auch für sie etwas zu finden.

»Es ist so schade, dass du nicht bleiben kannst, wo du bist«, sagte Paige.

Meine Schultern verspannten sich sofort. »Die Zu-verkaufen-Schilder stehen bereits. Es haben sich sogar schon ein paar

Leute in ihren Autos die Auffahrt hochgeschlichen, um einen Blick auf das Haus zu werfen. Glücklicherweise war Dexter da und hat sie verscheucht. Mal ehrlich, wie dreist sind manche Leute eigentlich?«

Genau in dem Moment strömte die dritte Klasse heraus. Ich winkte George, Lily und Isabel zu, die zu uns herübergesprungen kamen.

»Backen wir heute Brot?«, fragte George.

»Tun wir«, sagte ich und beugte mich hinunter, um alle zu begrüßen und ihnen die Briefe abzunehmen, die sie fest in ihren Händen hielten. »Warum schließt du dich uns nicht an, Paige? Es ist auch für deine Kinder noch reichlich Platz, und es wird bestimmt lustig.«

»Chaos, das nicht in meinem Haus stattfindet?« Paige jubelte. »Da fragst du, ob wir dabei sind? Auf jeden Fall!«

Wir waren fast am Tor, als ich spürte, wie jemand mir auf die Schulter tippte.

»Hallo. Sie sind doch Gina?« Es war eine der Mütter. Ihre Tochter, Sadie, war in derselben Klasse wie Megan, und sie hatte noch einen kleinen Jungen, der in die Vorschule ging.

Ich nickte. »Hallo, Sadie.« Ich winkte dem kleinen Mädchen zu. Sadie guckte auf den Boden, während sie mit dem Schuh gegen den Torpfosten trat.

Die Mutter spielte an ihrer Kette herum. »Habe ich das richtig verstanden, dass Sie einen Kinder-Backclub leiten? Es ist nämlich so, dass Sadie diese bekannte Backsendung im Fernsehen so liebt, und das klingt nach dem perfekten Club für sie.« Sie senkte die Stimme. »Sie ist sehr schüchtern, und das könnte sie vielleicht aus ihrem Schneckenhaus locken.«

»Ja, genau«, sagte eine andere Mutter, die mitgehört hatte. Mit einem Schnauben fügte sie hinzu: »Nicht, dass Ryan schüchtern wäre. Aber ich halte es für wichtig, die Kinder so

zu erziehen, dass sie sich selbst in der Küche versorgen können.«

»Eigentlich ist es kein Backclub«, versuchte ich zu erklären.

»Mensch, du bist ja richtig gefragt«, sagte Paige und stieß
mich leicht an, »sieh dir mal über die Schulter.«

Ich warf einen Blick über die Schulter. Weitere vier Familien
hatten sich der Gruppe um uns herum angeschlossen. Das war
absolut großartig und ermutigend und erinnerte mich daran,
wie sehr ich ein größeres Haus brauchte.

»Ihr wärt mir alle willkommen«, sagte ich und wandte mich
an die Möchtegern-Bäcker. »Doch die Anzahl an Kindern, die
eine Tagesmutter aufnehmen darf, ist begrenzt, und ich habe
auch nicht so viel Platz in meinem Auto.«

»Ich habe zuerst gefragt«, warf Sadies Mutter ein.

»Was für Aktivitäten bieten Sie denn noch in Evergreen Manor an?«, fragte eine andere. »Auch irgendetwas mit Musik?
Theater?«

Ich sah Paige Hilfe suchend an. Sie lachte. »Sieh nicht mich
an, Miss Ofsted-mit-Auszeichnung.«

»Es tut mir leid, aber für heute bin ich ausgebucht.« Ich holte
ein paar ramponierte Visitenkarten aus der Tasche meiner
Jeans und reichte sie herum. »Aber wenn Sie mir eine E-Mail
schicken, lasse ich Sie wissen, welche Aktivitäten geplant sind.«

»Oh, wie schade«, sagte Sadies Mutter mit gerunzelter Stirn.
»Und wenn ich Sadie selbst hinfahre?«

Bevor ich etwas sagen konnte, brach zu meinen Füßen plötzlich Tumult aus.

»Igitt!«, schrie Isabel.

»Arlo hat gekotzt«, sagte George fröhlich.

Die anderen Mütter stoben auseinander, was ein Problem
löste, doch Arlo würde nach Hause müssen, was mir ein anderes Problem bescherte: Seine Mutter war meine Backlehrerin.

Ich zog Arlo aus und säuberte ihn, so gut ich konnte, dann packte ich die Kinder ins Auto. Ich setzte Arlo auf den Beifahrersitz, wo ich ein Auge auf ihn haben konnte. Ich fuhr, so schnell ich konnte nach Hause, während die anderen Kinder lauthals wegen des Gestanks protestierten.

Unterwegs rief ich Lia an, sodass sie bereits an der Auffahrt auf uns wartete.

»Komm, mein Schatz, bringen wir dich nach Hause«, sagte sie und hob ihren schlappen kleinen Jungen vom Beifahrersitz. »Es tut mir so leid, Gina.«

Das tat es mir auch; er hatte sich in meinem neuen Auto noch einmal übergeben.

»Berufsrisiko«, antwortete ich, zog die Tür auf und ließ die anderen aussteigen, die theatralisch nach Luft rangen. »Ich hoffe, es geht dir bald besser, Arlo.«

Paige tauchte mit ihren fünf Kindern am Fuß der Auffahrt auf. Womit jetzt elf Kinder freudig darauf warteten, Brot zu backen.

»In der Küche steht alles bereit«, sagte Lia. »Und ich habe dir das Rezept auf einem laminierten Blatt hingelegt. Hast du schon mal Brot gebacken?«

»Äh, nein, noch nie.« Allein bei dem Gedanken wurde mir ganz heiß.

Von Arlo war ein Würgen zu hören, und Lia schnitt eine Grimasse. »Wir könnten auch tauschen. Ich backe, und du kümmerst dich um ihn?«

»Nein, danke.« Ich gab Lia die Plastiktüte mit Arlos schmutzigen Kleidern, warf einen letzten Blick auf den Zustand meines Autos und scheuchte alle ins Haus. Das, dachte ich, während ich um die Rückseite des Hauses stapfte, hatte das Potenzial zu einer Katastrophe.

Kapitel 15

Delphine begrüßte uns in einer Schürze mit einem nervösen Lächeln an der Hintertür und umarmte die Kinder.

»Du meine Güte, sind das viele«, sagte sie und gab mir einen Kuss auf die Wange. »Violet wäre begeistert gewesen, die Küche so voll zu sehen.«

»Die Mäntel auf einen Haufen in die Diele«, dröhnte Bings Stimme. »Für die Damen steht der Kessel auf dem Ofen, und für alle anderen gibt es Whisky.«

Den älteren Kindern fielen fast die Augen aus dem Kopf.

»Reiß dich zusammen«, sagte Delphine und gab ihm einen Klaps auf den Arm.

Ich musste einfach lächeln; es war so schön, Bing und Delphine nach den düsteren letzten Wochen so fröhlich zu sehen.

Die Küche war gemütlich und warm und mit schönen Wimpeln geschmückt, und den Kaminsims zierte eine vielfarbige Lichterkette. Die Katzen hatten sich nebeneinander auf einem Stuhl zusammengerollt, doch sobald die Kinder hereingestürmt kamen, sprangen sie von dem Stuhl, machten einen Buckel und stolzierten empört davon.

»Genau das hat Delphine gebraucht«, sagte Bing und zog mich zur Seite. »Etwas, worauf sie sich freut.«

Sie sah gut aus, dachte ich, und betrachtete ihre strahlenden Augen und den für sie typischen Lippenstift.

»Und du?« Ich studierte sein Gesicht. »Wie fühlst du dich dabei, dass in deinen Raum eingedrungen wird?«

Er zuckte lässig die Schultern. »Ich kann mit Kindern nicht wirklich etwas anfangen, aber ich habe nichts dagegen.«

»Richtig«, sagte ich wissend, als Lily ihre Arme um seine Beine schlang und er ihr durch die Haare fuhr.

Paige und ich führten die Kinder zu der Toilette unten, damit sie sich die Hände waschen konnten. Bis wir damit fertig waren und die Hälfte auf der Toilette gewesen war, hatten Bing und Delphine Kannen mit Getränken und Teller mit Toast auf den Tisch gestellt.

»Greift zu«, sagte Bing und verteilte Toastscheiben an alle. »Und glaubt ja nicht, dass ihr die Kruste übrig lassen könnt.«

»Die Dekoration ist großartig, Delphine«, meinte Paige, während sie an den kleinen Dreiecken herumfingerte, die an Streifen weißer Spitze genäht waren. »Wo hast du die entdeckt?«

»Oh, die habe ich selbst gemacht. Das ist ganz einfach«, sagte Delphine mit einer ausladenden Handbewegung. »So hatte ich etwas zu tun, und die Küche sieht weniger nach dem Zuhause von alten Leuten aus.«

»Du bist ein Genie.« Ich umarmte sie schnell. »Ich nehme nicht an, dass du auch Brot backen kannst?«

»Ich fürchte nein.« Sie schnitt eine Grimasse. »Backen war Violets Domäne. Aber ich kann eine schöne Bouillabaisse oder ein Beef Bourguignon machen.«

»Und wenn du wissen willst, wie man Kastanien über dem Feuer brät, bin ich dein Mann«, fügte Bing hinzu. »Doch darüber hinaus ist mit Toast meine Grenze erreicht.«

Ich seufzte. »Das einzige Brot, das ich je gebacken habe, hatte etwas von einer Schuhsohle.«

In dem Moment kam Dexter herein, er hatte eine leere Tasse in der Hand. Ich unterdrückte ein Stöhnen; das hatte mir gerade noch gefehlt.

»Hallo, Leute, ziemlich viel los hier.« Er zog spielerisch an Lilys Haaren. »Bist du okay?«

Sie lächelte ihn an und nickte. Ich hatte Dexter nichts von Lilys Problem erzählt, doch irgendwie schien er mit ihr kommunizieren zu können, und sie schreckte vor ihm nicht zurück wie vor vielen anderen. Sosehr er mich auch zur Weißglut brachte, ich war dankbar, wie problemlos er mit ihr umging.

»Und was habt ihr vor?«, fragte er und ging zum Spülbecken. Er trug ein paar Lagen Kleider, einschließlich eines Schals und dicker Skisocken. Durch den heutigen Temperatursturz und das undichte Dach fror er wahrscheinlich in seinem Mansardenzimmer.

Delphine schenkte ihm nicht einen Blick, doch Bing sah ihn so feindselig an, dass er mir fast leidtat.

»Wir wollten Brot backen«, sagte Isabel mit einem Schmollmund. »Aber keiner der Erwachsenen weiß, wie.«

Dexter sah mich mit seinen grünen Augen amüsiert an. »Das ist ein bisschen unglücklich.«

»So ist das nicht«, sagte ich und wurde rot. »Die Aktion ist von jemand anderem geplant worden, und dann ist etwas dazwischengekommen.«

»Ja, Arlos Mittagessen«, prustete Paige.

Ich warf ihr einen Blick zu, um sie daran zu erinnern, auf wessen Seite sie zu stehen hatte.

»Arlo hat auf Gina gekotzt«, kicherte George.

»Nicht *auf* mich, um genau zu sein.« Ich spürte, wie mein Gesicht heiß wurde. Paige und Dexter versuchten, nicht zu lachen.

»Ihr Auto riecht wie Kacka«, fügte Isabel hinzu.

»Schlimmer als Kacka«, sagte Eva.

Lily legte sich die Hand auf den Mund und kicherte.

Unweigerlich johlten alle Kinder »Kacka!«.

»Okay, und jetzt beruhigen wir uns alle wieder«, sagte ich. »Entschuldigung, wenn wir Sie gestört haben, Dexter. Ich werde versuchen, den Lärm in Grenzen zu halten.«

»Machen Sie sich keine Gedanken.« Er lächelte so warm, dass ich sein Lächeln fast erwidert hätte. »Oben höre ich nur den Wind in den Dachritzen pfeifen, und selbst der wird vom Klappern meiner Zähne fast übertönt.«

Bing reagierte gereizt. »Du kannst jederzeit abreisen.«

»Könnte ich«, sagte Dexter geduldig. »Doch stattdessen habe ich beschlossen, das Dach reparieren zu lassen. Morgen kommt ein Dachdecker, um uns ein Angebot zu machen.«

Delphine wurde blass. »Uns?«

»Mir«, korrigierte er sich schnell. »Ich kümmere mich darum.«

»Höchste Zeit«, sagte Bing schroff.

»Was ist jetzt mit dem Brot?«, fragte eins von Paiges Kindern.

»Wir haben das Rezept.« Paige reichte mir die laminierte Seite, die Lia dagelassen hatte.

»Oh, verdammt«, murmelte ich leise.

Dexter trat zu mir und blickte mir über die Schulter. Seine Brust streifte meinen Arm, und ein unerwarteter Stromstoß ließ mich schaudern.

»Der Teig muss nicht gehen«, las er, während er mir das Rezept aus der Hand nahm. »Ziemlich einfach.«

»Danke für die Feststellung, Mr. Backgenie.« Ich nahm es ihm wieder ab. »Ich bin mir sicher, wir schaffen das.«

Er griff nach dem Rezept. »Soll heißen, ich kann Brot backen, und dieses Rezept ist unkompliziert. Ich kann es den Kindern zeigen, wenn Sie wollen.«

»Wir haben das geplant«, sagte ich und versuchte, nicht die Zähne zusammenzubeißen. »Und Sie haben zu tun.«

»Aber wir wollen doch nicht, dass die Kinder Schuhsohlen essen müssen, oder?« Er kaute auf seinen Lippen herum, als müsste er sich Mühe geben, nicht zu lächeln. »Und davon einmal abgesehen, habe ich nur an meinem *klischeehaften* Drehbuch gearbeitet. Brot zu backen ist genau das, was ich brauche – kneten, kapiert?« Er stieß mich mit dem Ellenbogen an.

»Kapiert«, murmelte ich und sah Paige an, die sich redlich Mühe gab nicht zu lachen. Ich rang die Hände. »Gut.«

Fünf Minuten später hatte sich Dexter von ein paar Kleiderlagen befreit und eine Schürze umgebunden. Er klatschte in die Hände. »Alle bereit zum Brotbacken?«

Die Kinder ließen lautstark vernehmen, dass sie bereit waren.

»Aber zuerst«, flüsterte er, »braucht ihr alle eine Prise magischen Backstaub.«

Die Kinder hielten überrascht die Luft an, als Dexter eine große Prise Mehl nahm und auf sie herabrieseln ließ.

»Gut, fangen wir an.«

Schon bald sah die Küche aus, als wäre ein Tornado hindurchgefegt. Überall war Mehl, auf dem Boden hatten sich Wasserpfützen gebildet, und auf allen Oberflächen waren teigige Fingerabdrücke. Bing war zu einem Nickerchen ins Wohnzimmer geflüchtet, und als die Kinder von Delphine und Paige zusammengetrommelt worden waren, um sauber zu machen, schoben Dexter und ich Bleche mit missgestalteten Brötchen in den Ofen. Es war Dexters Vorschlag gewesen, jedes Kind sein eigenes kleines Brot machen zu lassen.

»Fünfzehn Minuten«, sagte Dexter und stellte den Wecker an seinem Handy.

»Großartig. Danke.«

Er war brillant gewesen, der Knaller mit den Kindern, und er wusste genau, was er tat. Er hatte den Tag im wahrsten Sinne des Wortes gerettet. Ich sah ihn an, wie er über den Tisch ge-

beugt dastand und mit leicht gerunzelter Stirn den Schnee-
sturm abwischte, der über den Tisch gefegt war. Die Wärme
in der Küche hatte Farbe in seine Wangen gebracht. Er hatte
nicht nur Mehl im Haar sondern auch einen mehligen Hand-
abdruck auf dem Hintern. Nicht dass ich vorhatte, ihm das zu
sagen. Er war – ich schüttelte den Kopf und hasste mich, dass
ich es zugab – sehr sexy. Ich griff nach einem weiteren Tuch
und rückte näher unter dem Vorwand, ihm zu helfen. Er roch
auch gut; eine Mischung aus Mann und Limonen und irgendetwas Holzigem.

Ein bedrückendes Schweigen legte sich auf uns.

Ich sollte mich bei ihm bedanken, das wusste ich, doch
ich hatte mich nun so lange mit ihm gestritten, dass es schon
zur Gewohnheit geworden war. Und egal, wie gut er backen
konnte, sagte ich mir, Dexter war immer noch der Mensch,
der dafür verantwortlich war, dass Evergreen Manor verkauft
werden sollte. Keine noch so große Menge perfekt gebackener
Brötchen konnte daran etwas ändern.

»Sie können es zugeben, wenn Sie möchten«, sagte er
schließlich.

Ich fuhr zusammen. »Was zugeben?«

»Sie sind beeindruckt.«

Er lehnte sich gegen den Handtuchhalter vorne am Ofen
und verschränkte die Arme. Ich schluckte und fragte mich, wie
er meine Gedanken hatte lesen können. Ich wollte ihn nicht
attraktiv finden, aber … ich tat es.

Es hatte nicht nur mit seinem Aussehen zu tun, es war seine
Begabung, mit den Kindern auf Augenhöhe zu reden, zu merken, wo sie Schwierigkeiten hatten, und Hilfe anzubieten, statt
einfach zu übernehmen.

Ein Mann mit diesen Qualitäten konnte nicht nur schlecht
sein, oder?

Ich zuckte die Schultern. »Sie haben selbst gesagt, dass es ein unkompliziertes Rezept ist.«

Er lächelte vor sich hin und schüttelte den Kopf. »Sie sind fest entschlossen, mich nicht zu mögen, richtig?«

Ich hielt die Luft an. Er hatte recht, aber es wurde immer schwerer, an meinem Entschluss festzuhalten.

»Okay, das haben Sie gut gemacht«, sagte ich und war so sparsam mit meinem Lob wie nur möglich. »Ich bin Ihnen dankbar. Wo haben Sie gelernt, Brot zu backen?«

»Ich, äh, genau genommen habe ich das an diesem Tisch gelernt.« Sein Gesichtsausdruck wurde nachdenklich. »Groß-mutter hat es mir beigebracht. Großtante Violet hat auch hier gelebt, auch damals schon, aber es war Großmutter, an die ich mich erinnere, wie sie mit mir und meiner Schwester gekocht hat. Bis sie gestorben ist. Nichts Raffiniertes, Großmutter hat sich selbst als Alltagsköchin bezeichnet. Aber für Rebecca und mich war es eine Offenbarung. Unsere Eltern haben sich ge-trennt, als ich zehn war. Dad wurde nie mehr gesehen, und Mum beschloss, dass sie keine Haussklavin mehr sein wollte, und uns hat sie uns selbst überlassen.«

Ich erinnerte mich an Rebeccas Bemerkung, dass ihre Mut-ter in Indien lebte. »Dann fühlt sich dieses Haus für Sie also wie ein Zuhause an?«

»Es war die einzige Konstante in unserem Leben, schätze ich«, grübelte er. »Und nachdem Mum sich in Indien nieder-gelassen hatte, sind wir an Weihnachten immer hierhergekom-men. Dann bin ich nach New York gegangen, und Rebecca hat Simon geheiratet.«

»Das klingt nach glücklichen Erinnerungen.« Ich ging zum Spülbecken, um meinen Lappen auszuwaschen.

»Nach sehr glücklichen«, sagte er und atmete tief aus.

»Dann verkaufen Sie es nicht. Behalten Sie es«, sagte ich; ich

170

wollte, dass er seine Meinung änderte, dass er sah, was er verlor. »Behalten Sie Evergreen Manor, und schaffen Sie Ihre eigenen Erinnerungen.«

Er lächelte traurig. »Das kann ich nicht, so einfach ist das nicht. Rebecca braucht ihre Hälfte des Erbes, und ich möchte meinen Teil dazu beitragen, ihr zu helfen. Ich muss zugeben, dass es großartig wäre, das Haus wieder voller Leben zu sehen, voll mit einer Familie, die hin und her läuft, voller Kinder und Haustiere und Menschen, die einander lieb haben. Wie heute, schätze ich. Wenn wir neue Besitzer finden können, die es so lieben, wie wir es geliebt haben, bin ich zufrieden.«

Ich nickte. Ich spürte, wie sich ein Kloß in meinem Hals bildete. »Ausnahmsweise stimme ich Ihnen zu, Dexter.«

»Wenn das so ist«, er streckte mir die Hand hin, »Frieden?«

»Okay.« Sein Händedruck war stark und fest, zart bei der Berührung und pudrig von dem Mehl, und ich spürte, wie mein Puls schneller ging, als sich ein warmes Lächeln auf seinem Gesicht ausbreitete. »Frieden.«

Als ich an diesem Abend ins Bett ging, kreisten Dexters Worte wieder und wieder in meinem Kopf: *Es wäre großartig, es wieder voller Leben zu sehen … wie heute … neue Besitzer, die es lieben, wie wir es geliebt haben.* Das war so viel sympathischer als die Vorstellung, dass das alte Haus in Wohnungen oder Büros umgebaut oder in ein Hotel umgewandelt wurde. Über ein Jahrhundert lang hatte Evergreen Manor Menschen Schutz geboten, eine Zeit lang waren sogar verletzte Soldaten hier gepflegt worden. Das Haus verdiente eine glückliche Zukunft.

Zwei Stunden später war ich immer noch hellwach. Ich hatte das Licht wieder angeschaltet, mein Gehirn arbeitete auf Hochtouren, und ich notierte mir Gedanken und skizzierte Entwürfe in einem Notizbuch.

Ich hatte eine Idee. Eine verrückte Idee. Doch verrückt oder nicht, mir ging die Möglichkeit einfach nicht aus dem Kopf.

Was, wenn *ich* es mit Kindern und Menschen füllte, die einander lieb hatten; was, wenn *ich* eine Art Familie aus mir, den Kindern, um die ich mich kümmerte, und den älteren Bewohnern schaffte, die es bereits als ihr Zuhause betrachteten?

Ich war mir sicher, es irgendwie schaffen zu können, aus Evergreen Manor ein Zuhause für uns alle zu machen. Für mich und mein kleines Unternehmen und für Bing und Delphine. Da war zwar das nicht unerhebliche Problem, das Geld aufzutreiben, doch wie man so schön sagte: Wo ein Wille war, war auch ein Weg. Ich hatte mich nie als extrem ehrgeizig betrachtet, aber ich hatte auch noch nie etwas so sehr gewollt. Ich legte mich zurück in die Kissen und schaltete das Licht aus, stellte mir vor, wie Dexter, Rebecca und ich uns bei der Schlüsselübergabe die Hände schüttelten.

Konnte ich das schaffen? Konnte die Zukunft von Evergreen Manor in meinen Händen liegen?

Kapitel 16

Am nächsten Morgen stand ich schon vor dem Lemon Tree Café, als Rosie kam, um aufzumachen. Ich war seit den frühen Morgenstunden auf den Beinen, hatte bereits einige Anrufe getätigt und wollte mit ihr reden, bevor die ersten Gäste eintrafen.

Während sie aufsperrte und den Kaffee aufsetzte, erzählte ich ihr von meiner Idee, Evergreen Manor selbst zu kaufen.

»Wow«, Rosie sah mich mit großen Augen an. »Sprich weiter.«

»Hältst du mich für verrückt?« Ich biss mir auf die Lippe. Rosie war eine kompetente Geschäftsfrau, und ich wusste, dass sie mit ein paar guten Argumenten aufwarten würde – für oder gegen meine Idee.

»Lustigerweise habe ich mir die gleiche Frage gestellt, als ich einen guten Job in Manchester aufgegeben habe, um Nonnas Café zu übernehmen.« Sie goss mir Kaffee nach und legte ein Stück Haselnuss-Shortbread auf den Rand der Untertasse. »Es war die beste Entscheidung, die ich je getroffen habe.«

»Aber du hast das Café für so gut wie nichts gekauft«, wandte ich ein und tauchte das Shortbread in den Kaffee. »Evergreen Manor würde mich sehr viel mehr kosten.«

Sie setzte sich neben mich. »Es war nicht so viel Geld, ja, Lia und ich haben halbe-halbe gemacht.«

Ich trank einen großen Schluck Kaffee und seufzte. »Ich weiß wirklich nicht, ob das mutig ist oder allein schon der Gedanke eine Nummer zu groß für mich ist.«

Unter normalen Umständen hätte ich mir mindestens einen Monat Zeit gelassen, um das Für und Wider, ein so großes Risiko einzugehen, zu überprüfen. Doch das Dach wurde heute repariert, und wir hatten gehört, dass das Maklerbüro, Castle and Court, ab nächster Woche Besichtigungstermine vergab. All das bedeutete, dass ich keine Zeit zu verlieren hatte.

»Wie willst du den ganzen Platz nutzen?«, fragte Rosie. »Das Haus hat doch allein schon an die hundert Schlafzimmer?«

»Es sind nur acht«, sagte ich lachend, als sie süffisant die Brauen hochzog. Ich holte mein Notizbuch aus meiner Tasche. »Eine der Möglichkeiten, die Bank mit an Bord zu bekommen, wäre die, das Haus zu den Zeiten, wo ich den Platz nicht für meine Arbeit als Tagesmutter brauche, für Gemeindeaktivitäten zu öffnen. Und zwar nicht nur die Innenräume, sondern auch den Außenbereich.«

Rosie gab Ohs und Ahs von sich, als ich ihr meine Pläne für das Haus zeigte und ihr erklärte, wie ich die Räumlichkeiten aufteilen wollte: neben den Zimmern für die Bewohner sollten zweckbestimmte Räume für die Kinder geschaffen werden. Ich wollte den Anteil der älteren Bewohner vergrößern und einige der Zimmer an Langzeitmieter vermieten, und ich wollte mir einen Privatbereich einrichten. Ich hatte auch Ideen für Kinderfreizeiten in den Schulferien. Und als Kern des Ganzen plante ich generationenübergreifende Aktivitäten, sodass die Erwachsenen ihre Kenntnisse an die Kinder weitergeben konnten. Ich war mir sicher, dass viele Erwachsene Interesse daran hätten.

»Doch vor allem möchte ich eine freundliche und liebevolle Umgebung schaffen, wo Jung und Alt glücklich und zufrieden als große Patchworkfamilie zusammenleben.« Ich setzte mich zurück, während die Ideen nur so aus mir heraussprudelten. »Was meinst du?«

»Oh.« Rosie schluckte, sie sah überwältigt aus. »Eine Patchworkfamilie. Das ist so schön. Ich denke, das ist DEIN Projekt, das, worauf du dein ganzes Leben gewartet hast. Du solltest dich einmal sehen, du strahlst förmlich.«

»Danke! Und ich hoffe, du hast recht.« Mein Magen war ganz kribbelig vor Aufregung, doch vor allem fühlte ich mich wild entschlossen. Rosie hatte recht, das war möglicherweise die Herausforderung, nach der ich gesucht hatte, und ich konnte es kaum erwarten, sie in Angriff zu nehmen.

Rosie schniefte, und ich sah Tränen in ihren Augen.

»Hey, alles okay? Weinst du?«

»Nein. Ja, ein bisschen. Mir geht es gut.« Sie holte ein Papiertaschentuch aus einer Schachtel unter der Theke und wischte sich die Augen. »Es ist nur das, was du gerade über die Patchworkfamilie gesagt hast. Das hat mich an Gabe, Noah und mich erinnert. Aber da sind auch noch andere, die dazugehören: Gabes Frau Mimi und Verity, Noahs Patin, die mehr als das ist. Wir sind schon eine komplizierte Familie.«

Ich nickte verständnisvoll.

Es war schon ein komplexes Gespinst. Vor einigen Jahren hatten Rosie und Verity im gleichen Haus gelebt, und Mimi und Verity waren beste Freundinnen gewesen. Mimi hatte nicht schwanger werden können, und Verity hatte ihre Eizellen gespendet. Dann war Mimi plötzlich gestorben, und Gabe war mit Noah allein zurückgeblieben. Verity war am Boden zerstört gewesen, dass ihr biologischer Sohn ohne Mutter aufwachsen sollte. Doch es hatte ein Happy End gegeben, als Gabe sich in Rosie verliebt hatte, die jetzt so etwas wie eine Stiefmutter für Noah war.

»Nicht alle Familien sind gleich«, sagte ich. »Wichtig ist, dass sie von Liebe geprägt sind. Und davon gibt es bei euch nun wirklich genug.«

Sie sah das Taschentuch an, das sie in der Hand zusammengeknüllt hatte. »Die Sache ist die, dass ich Angst habe, ein weiteres Puzzleteil hinzuzufügen.«

»Ein weiteres …?« Ich brauchte einen Moment, um die Metapher zu begreifen. »Bist du schwanger?«

»Nein. Aber Gabe und ich haben darüber gesprochen. Er ist so oder so glücklich. Er sagt, dass er mit mir und Noah alles hat, was er braucht. Aber wenn wir noch ein Baby bekämen, würde er es genauso lieben wie Noah.«

»Ich höre da ein ›aber‹ heraus.«

»Ja.« Sie nickte und stützte die Ellenbogen auf den Tisch. »Noah hat mich kein einziges Mal gefragt, ob er mich Mama nennen kann, Gabe hat es nie erwähnt, und ich habe das Gefühl, dass es nichts ist, was ich einfach ansprechen kann. Ich will mit Sicherheit nichts erzwingen. Für mein Baby wäre ich dann Mama und für Noah Rosie, was seltsam wäre. Und was ist, wenn Gabe durch seine Bindung an Mimi Noah doch mehr liebt als das Baby? Und wenn ich das Baby mehr liebe als Noah, weil es mein eigen Fleisch und Blut ist?«

»Das sind ziemlich viele Wenns«, sagte ich und reichte ihr ein weiteres Taschentuch. »Aber du vergisst, dass Menschen eine endlose Fähigkeit haben zu lieben. Du könntest fünf Kinder haben oder zehn und jedes von ganzem Herzen lieben und hättest immer noch Liebe übrig für deine tragische Single-Freundin.«

»Danke für diese Weisheit, du hast natürlich recht.« Sie schenkte mir ein müdes Lächeln und schniefte. »Und du bist übrigens nicht tragisch, du stehst an der Schwelle, große Dinge zu tun.«

»Ja, nicht?«, sagte ich, plötzlich voller Vorfreude. Ich stand auf und drückte ihr einen flüchtigen Kuss auf die Wange. »Dank *dir* für unser Gespräch. Ich mache mich besser mal auf.«

Sie sammelte unsere Tassen ein und stapelte sie im Spülbecken. »Wie sieht der nächste Schritt in deinem großen Plan aus?«

»Es gibt noch eine einzige Person, deren Rat ich gerne hören würde.« Mein Magen geriet bei dem Gedanken ins Schlingern. »Jemanden, der den Advocatus Diaboli spielen kann. Und dann werde ich abhängig davon, wie das läuft, loslegen.«

»Ich bin so stolz auf dich.« Sie umarmte mich. »Ich denke wirklich, dass das funktionieren könnte und dass es gut für Barnaby wäre.«

»Danke, dass du an mich glaubst.« Ich war gerührt.

»Ich habe immer an dich geglaubt, geändert hat sich lediglich, dass du langsam anfängst, auch an dich zu glauben.«

Vergiss das nicht, sagte ich mir, als ich zurück zum Welcome Cottage ging, um meinen Ex-Mann zu treffen. Vergiss das nicht …

*

»Okay, dann werde ich dich erst einmal herumführen«, sagte ich eine Stunde später zu Eric, als ich mit ihm durch die Haustür von Evergreen Manor trat.

Ich war vom Café aus zurückgehastet, um Bing und Delphine meine Idee zu präsentieren. Sie waren total begeistert. Jetzt ging es mir um Erics Meinung. Auch wenn wir die Differenzen in unserer Ehe nicht hatten lösen können, war und blieb Eric ein guter Geschäftsmann, und ich vertraute seinem Urteil. Außerdem kannte er mich gut genug, um mir eine ehrliche Antwort zu geben. Und jetzt waren wir hier.

»Willst du mir nicht sagen, was ich hier soll?« Mein Ex-Mann sah mich leicht verwirrt an, während er die Holzvertäfelung, die Kronleuchter und die spektakuläre geschwungene Treppe betrachtete.

»Das Haus steht zum Verkauf, und ich denke, man könnte etwas absolut Großartiges daraus machen.«

»Du denkst da an jemanden von der Adams Family oder so, ja?« Er sah sich skeptisch um. »Mein Gott, dieses Haus ist unheimlich.«

»Es hat Charakter.« Ich verdrehte die Augen. »Und sieh dir mal diesen wunderschönen gefliesten Boden an, ist der nicht toll?«

Er tat, als würde er frieren. »Äh, und die Rechnung für die Heizung?«

»Psst«, sagte ich. »Lass mich gerade mal sehen, ob die Luft rein ist, bevor wir weitergehen.«

Bing und Delphine waren draußen im Schuppen und verpackten Äpfel in Zeitungspapier für die Lagerung über den Winter. Dexter war unterwegs. Ich wollte nicht, dass er von meinem Vorhaben erfuhr, nicht bevor ich bereit war, meine Pläne offenzulegen. Ich warf einen letzten Blick auf die Auffahrt. Er war nirgendwo zu sehen.

»Großartig.« Eric schritt voran, öffnete eine Tür, steckte den Kopf hinein und kam wieder heraus. »Wir begehen Hausfriedensbruch. Jetzt sag mir, was das soll.«

»Natürlich tun wir das nicht«, erwiderte ich und führte ihn in die Küche. »Na ja, nicht ganz.«

»Ist das nicht eine gemütliche Küche?«, fragte ich und breitete die Arme aus. Delphine hatte die Dekoration und die Lichterketten hängen gelassen, ein schwacher Duft nach frischem Kaffee lag in der Luft, und ein wohlriechender Strauß aus frischen Kräutern stand in einer Emailkanne auf der Fensterbank.

»Zumindest ist sie traditionell«, sagte er naserümpfend, als

178

er mit dem Finger auf den Herd tippte und den Staub betrachtete, der daran haften blieb.

Ich schob den Kessel auf die Herdplatte und machte uns eine Tasse Tee, während er sich in der Küche umsah.

Ich reichte ihm einen Becher. »Lass uns einen Rundgang machen und reden.«

Ich führte ihn ins Wohnzimmer, um ihm den alten Kamin zu zeigen.

»Ich bin immer noch nicht klüger«, sagte Eric. »Warum hast du mich in dieses Museum gebracht?«

»Vorausgesetzt, dass es mir gelingt, die Bank mit an Bord zu bekommen, möchte ich ein Gebot für dieses Haus abgeben.«

Eric klappte der Unterkiefer herunter. Er sagte nichts. Ich hatte ihn noch nie sprachlos gemacht; ich war ziemlich stolz auf mich.

Ich nickte zur Tür hin. »Gehen wir nach oben.«

»Willst du mir deine Briefmarkensammlung zeigen?«, sagte er mit einem schmutzigen Lachen. »Das habe ich schon mal gehört.«

»Aber nicht von mir.«

Während wir uns den Rest des Hauses ansahen, hörte Eric genau zu, als ich ihm erzählte, dass ich aus Evergreen Manor ein Heim für mich und einen Standort für meine Arbeit als Tagesmutter machen wollte, während es gleichzeitig Bing und Delphine und zwei weiteren älteren Menschen ein Zuhause bieten sollte. Vielleicht griff ich nach den Sternen, aber warum nicht? Ich hatte noch nie etwas Riskantes getan, und wenn ich es nicht zumindest versuchte, würde ich das mein Leben lang bereuen würde, das wusste ich.

Wir sahen durch die Fenster unter dem Dachvorsprung auf die fernen Derbyshire Dales, steckten die Köpfe in das Bad im ersten Stock und warfen einen flüchtigen Blick in Bings Zimmer.

»Ist es dir wirklich ernst?«, fragte Eric mit gerunzelter Stirn.

»Absolut. Die Gemeinde schreit förmlich nach weiteren Einrichtungen für Kinder. Und in der Gegend hier gibt es keine Unterkünfte für ältere Menschen; oben könnten wir vier Zimmer vermieten. Ich müsste noch weitere Badezimmer einbauen lassen, aber ich würde finanziell vorsichtig planen. Und die Möglichkeiten draußen sind unbegrenzt; jeder kann tun, was er will, es gibt endlos Platz. Für die Kinder könnten wir ein Baumhaus bauen, ein Klettergerüst aufstellen, einen Gemüsegarten anlegen, vielleicht sogar ein paar Kaninchen und Meerschweinchen halten. Und für die Erwachsenen Blumenbeete anlegen, vielleicht einen Küchengarten, und einen kleinen Pavillon mit schönen Gartenmöbeln aufstellen.«

Eric rümpfte die Nase. »Was du da vorschlägst, sind ein Altenheim und eine Kindertagesstätte unter einem Dach.«

»Genau.« Ich lächelte und erinnerte mich daran, wie glücklich alle beim Brotbacken gestern ausgesehen hatten. »Das Feedback, das ich bisher bekommen habe, zeigt, dass beide Altersgruppen sehr von der Interaktion profitieren könnten. Die Einsamkeit der Älteren würde vermindert, und die Kinder könnten von Menschen lernen, die Zeit und Lust haben zu spielen.«

Er nickte nachdenklich. »Und das Welcome Cottage?«

»Das gehört zu dem Anwesen.« Ich hatte bereits darüber nachgedacht; es könnte sich als eine der besten Einkommensquellen erweisen. »Daraus könnte man Ferienwohnungen machen. Die wären sehr viel profitabler als ein Langzeitmieter, wie ich einer bin. In der Hauptsaison kannst du pro Woche bis zu sechshundert Pfund verlangen.«

Eric atmete hörbar aus. »Du hast dir eindeutig Gedanken gemacht.«

»Ich denke wirklich, dass es funktionieren könnte«, sagte ich voller Enthusiasmus.

Ich nahm ihn wieder mit nach unten und führte ihn in ein kleines, gemütliches Zimmer mit einem offenen Kamin, zwei Sesseln mit gehäkelten Decken und einem großen Bücherregal. Delphine und Violet hatten es als ihre Bibliothek bezeichnet.

»Jedes Mal, wenn ich einen Fuß in dieses Haus setze, habe ich eine neue Idee. Wie heute, gerade ist mir der Gedanke gekommen, dass ich für die unter Zweijährigen einen speziellen Schlafraum einrichten könnte. Mit ein paar Mitarbeitern, die mir helfen, ist alles möglich. Und habe ich dir schon erzählt, dass ich eine Warteliste mit Eltern habe, die ihre Kinder zu einer von Ofsted ausgezeichneten Tagesmutter geben möchten? Der Bedarf ist da, Eric.«

»Ich sehe deine Begeisterung«, sagte er vorsichtig. »Und es ist auch eine großartige Immobilie.«

Ich wappnete mich für das »Aber«.

»Aber das ist ein äußerst ehrgeiziges Projekt, Gina. Deine Kernkompetenzen liegen in deiner Tätigkeit als Tagesmutter. Warum willst du an einem Geschäftsmodell herumbasteln, das sich bewährt hat?«

»Weil mir dieses Haus und die Menschen, die darin leben, am Herzen liegen«, sagte ich ungehalten. »Delphine hat gesagt, dass das Zusammensein mit den Kindern ihr neue Energie gegeben hat, etwas, für das sie leben kann.«

»Äußerst herzerwärmend«, meinte Eric spöttisch, »aber sie könnte sich doch auch für eins dieser Wir-adoptieren-eine-Oma-Programme melden? Das wäre sehr viel einfacher.«

»Du verstehst nicht, um was es mir geht«, sagte ich und merkte, wie ich langsam wütend wurde. »Es wäre eine natürliche Ausweitung meiner Tätigkeit als Tagesmutter. Und nicht nur das, ich denke, dass meine Idee gut ist, Jung und Alt ein familiäres Umfeld zu bieten.«

Er schüttelte den Kopf und sah mich verwirrt an. »Das erfordert sehr viel Engagement, und ich bin mir nicht sicher, ob du dazu fähig bist. Erinnere dich, was passiert ist, als du mit dem Unterrichten angefangen hast; der Druck ist dir zu groß geworden, und du hast es nicht auf die Reihe gekriegt.« Er tätschelte meine Schulter. »Nimm meinen Rat an, und such dir ein schönes, kleines Haus mit einem Garten, bau einen Wintergarten an, motz ihn mit ein paar hübschen Kissen ein bisschen auf, und belaste dich nicht mit so einem Monstrum wie dem hier.«

Mir klappte der Unterkiefer herunter. *Nicht auf die Reihe gekriegt?* Ich hätte ihm eine reinhauen können.

»Ja, die Idee ist ambitioniert«, stimmte ich ihm zu und versuchte mich zu beherrschen. »Und genau das wird mich anspornen, erfolgreich zu sein. Ich habe endlich meinen Platz im Leben gefunden. Es geht nicht nur ums Geld, es geht darum, etwas aufzubauen, worauf ich stolz sein kann.«

Er sah mich vielsagend an. »Bist du sicher, dass es in Wirklichkeit nicht darum geht, dass du Kinder haben möchtest? Das lässt sich nämlich einfacher lösen.«

Ich sah ihn sprachlos an.

»*Nein*, Eric«, schnaubte ich, »Evergreen Manor zum Herzstück der Gemeinde zu machen ist keine Ersatzbefriedigung, weil ich in meinem tiefsten Inneren Kinder möchte. Es geht vielmehr darum, dass ich eine echte Geschäftsmöglichkeit entdeckt habe, dass ich mich aus meiner Komfortzone herausbewege, Risiken eingehe und Schritte ins Unbekannte wage. Während unserer ganzen Ehe hast du mich kritisiert, dass ich das nicht getan habe.«

Ich schrie. Das war nicht meine Absicht gewesen. Ich hatte ruhig bleiben und mich vernünftig verhalten wollen. Aber ernsthaft; *ging es hier darum, dass ich eigentlich Kinder wollte!?* Auf was für einem gönnerhaften, sexistischen Planeten lebte er eigentlich?

Er nickte langsam.

»Aber das ist kein kleiner Schritt für dich, Gina, das ist ein gewaltiger Sprung. Und Hand aufs Herz – und das meine ich jetzt auf die netteste mögliche Weise –, ich denke nicht, dass du hast, was man braucht, um mit so einem Projekt Erfolg zu haben.«

Mein Herz begann heftig zu schlagen. Warum hatte ich mehr erwartet? *Ich glaube nicht, dass du hast, was man braucht …*

Wenn er mich nicht entmutigt hatte, nach den Sternen zu greifen, hatten es meine Eltern mit ihren geringen Erwartungen an mich getan.

»So ein Quatsch.« Ich sprang auf die Füße.

»Wie bitte?« Er sah mich entgeistert an.

»Raus«, sagte ich, führte ihn zur Tür und schob ihn hinaus. »Danke, dass du gekommen bist und so weiter, und so weiter, aber ich brauche dich oder deine Meinung nicht mehr.«

»Gina, komm, nimm es nicht persönlich.« Er lächelte besänftigend. »Ich will nur nicht mit ansehen müssen, wie du scheiterst.«

»Gut, denn das wirst du auch nicht. Du wirst nicht sehen, wie ich scheitere, Punkt.« Ich schloss die Tür und lehnte mich dagegen, um Luft zu holen, nach seinen Schritten zu lauschen, die draußen auf dem Kies die Auffahrt hinunter zu meinem Cottage gingen, vor dem er sein Auto geparkt hatte.

Ich war so wütend.

Vielleicht war es meine Schuld, dass ich bis jetzt nicht für mich eingetreten war. Dass ich einfach die Augen verdreht und nicht zurückgeschlagen hatte. Doch etwas anderes hatte ich nicht gekannt. Eine Erinnerung aus der Zeit, als ich sechs oder sieben war, hatte sich in meinem Kopf festgesetzt. Ich war in der Schule in eine höhere Lesestufe »befördert« worden und las jetzt schwierigere Bücher als alle anderen in meiner Klasse. Ich erinnerte mich, wie ich nach Hause gekommen war und mein neues Buch an meine Brust gedrückt hatte und wie ich es kaum hatte erwarten können, meinen Eltern daraus vorzulesen.

Doch als ich ankam, führte meine Mutter mich aufgeregt ins Wohnzimmer, wo Dad mit meinem Bruder Howard und einer Flasche Sekt in einem Kühler wartete. Howard hatte einen Platz an der University of Cambridge bekommen. Dad hatte Tränen in den Augen, als er erklärte, wie stolz er auf Howard war. Mum weinte und sagte, dass Cambridge ihm eine Welt eröffnen würde, von der wir anderen nur träumen könnten.

Nach dem Abendessen hatte ich es erneut versucht, Mum und Dad von meinen Leseleistungen zu erzählen. Doch Howard hatte mir das Buch aus der Hand genommen und meine Stimme nachgeahmt, wie sie über die Worte stolperte. Dad hatte erst gelacht und ihn dann ausgeschimpft, gesagt, dass Howard sich nicht über mich lustig machen sollte, dass nicht jeder ein guter Leser sei und wir alle unterschiedliche Talente hätten. Ich hatte mich gedemütigt gefühlt. Dann hatte Mum mich ins Bett gescheucht und gesagt, dass wir alle unsere Momente im Scheinwerferlicht hätten und dass heute Howard an der Reihe wäre. Ich erinnerte mich, dass ich ins Bett gegangen war und mich gefragt hatte, wann ich wohl dran sein würde.

Es war immer das Gleiche gewesen. Howards akademische Leistungen waren gefeiert worden, während meine größtenteils unbemerkt blieben. Genau genommen blieb *ich* größtenteils unbemerkt. Ich ließ mir ein Nasenpiercing machen, färbte mir die Haare, rasierte sie mir ab, trug immer seltsamere Sachen. Aber meine Eltern lächelten nur nachsichtig und erklärten, dass ich eben die Kreative sei und Howard der mit dem Verstand. Warum sich dem Druck der Universität aussetzen, wenn ich mit etwas weniger Akademischem mehr Spaß haben konnte, hatte Mum sogar gesagt. Sahen sie nicht, wie sehr mich ihr mangelnder Glaube an mich verletzte? Vielleicht hatte ich deshalb immer versucht, das Selbstbewusstsein anderer zu fördern, weil ich wusste, wie es sich anfühlte, nicht unterstützt zu werden.

Gut, ich brauchte ihre Bestätigung nicht. Es war an der Zeit, dass ich anfing, an mich selbst zu glauben. Ich *hatte*, was es brauchte, und ich war fest entschlossen, Eric zu beweisen, dass er im Unrecht war.

Als ich zurück ins Welcome Cottage kam, beschloss ich, meinen Ärger und meine Frustration in positive Energie umzuwandeln. Ich fuhr meinen Laptop hoch und gab im Suchfeld »günstigste Hypothekendarlehen« ein. Schluss mit dem Wankelmut, es war an der Zeit, die Sache ernsthaft anzugehen.

Kapitel 17

Am folgenden Samstag lud ich Cat und die Zwillinge zu einem kleinen Frustshoppen ein. Es war nicht mehr lange bis zum Beginn der Herbstferien, und ich musste für die älteren Kinder, die ins Welcome Cottage kommen würden, meine Bastelvorräte aufstocken. Wen konnte ich da besser brauchen als zwei Siebenjährige?

»So, und als Nächstes?«, fragte ich Lily und Isabel, die in ihren wunderschönen, zueinander passenden Mänteln und den roten Gummistiefeln viel Aufmerksamkeit auf sich zogen. »Halloween Dekoration oder Milchshakes?«

Bis jetzt war der Nachmittag ein Erfolg gewesen: Ich hatte die Möglichkeit gehabt, die Zwillinge besser kennenzulernen, ohne dass andere Kinder um meine Aufmerksamkeit buhlten, und Cat war wirklich nett.

»Milchshakes, bitte«, sagte Isabel, nachdem die beiden sich in ihrer magischen Zwillingssprache beraten hatten. »Danach kaufen wir für Halloween ein.«

»Dann kommt mit«, sagte ich und griff nach Lilys Hand. »Ich weiß, wo es die besten Milchshakes gibt.«

»Und Tee hoffentlich auch«, meinte Cat und streckte Isabel die Hand hin. »Ich könnte eine kleine Pause gebrauchen.«

Zu viert machten wir uns auf den Weg, wobei die Mädchen zu jeder Pfütze rannten, um auch etwas von ihren Gummistiefeln zu haben.

»Vielen Dank, dass du den Vorschlag gemacht hast«, sagte Cat glücklich. »Ein bisschen Frustshoppen ist genau das, was der Doktor mir für heute verordnet hat. Ich weiß, dass ich nur drei Tage gearbeitet habe, aber nach einer so langen Pause braucht es ein bisschen, sich wieder daran zu gewöhnen; ich fühle mich total zerschlagen, obwohl wir alle gestern Abend um halb neun im Bett waren.«

»Du siehst aber nicht müde aus«, sagte ich und bewunderte ihren Teint. »Du strahlst. Ich dagegen scheine zu meinem Teenager-Ich zurückgefunden zu haben. Guck dir mal an, wie groß der Pickel an meinem Kinn ist.«

»Der ist mir noch gar nicht aufgefallen«, sagte Cat mit großen Augen.

»Mami«, ermahnte Isabel sie streng. »Du sollst nicht schwindeln.«

Wir lachten beide.

»Ich gucke mal, ob ich an eine Probe von unserem beruhigenden Balsam für Problemhaut komme«, flüsterte sie. »Der wirkt Wunder.«

»Danke, ein Wunder brauche ich wirklich.«

Es dürfte wohl etwas mehr brauchen als einen Klecks Creme, um mich wieder hinzukriegen. Ich wusste, warum ich so mies aussah: Stress. Diese Woche war mir sehr viel länger vorgekommen als sieben Tage, und es war unglaublich viel passiert.

Die schlimmsten Löcher im Dach von Evergreen Manor waren auf Dexters Kosten repariert worden, was ein Segen war, da das Wetter diese Woche umgeschlagen war. Schwere graue Wolken hatten wie mürrische alte Männer über den Spitzen der Dales gehangen, und ich war zwar mit den Kindern so viel nach draußen gegangen wie möglich, doch ihnen war schnell kalt geworden, und sie hatten wieder nach drinnen gewollt.

Positiv war zu verzeichnen, dass die beiden Besichtigungen, die der Immobilienmakler für letzten Montag arrangiert hatte, ein Reinfall gewesen waren. Bei den ersten Interessenten hatte es sich um ein junges Paar aus London gehandelt, die unter dem Vorwand erschienen waren, nach Barnaby ziehen zu wollen, in Wahrheit jedoch aus alten Tagebüchern erfahren hatten, dass irgendjemand aus ihrer Familie während des Kriegs in Evergreen Manor Patient gewesen war, und da sich ihnen jetzt die Gelegenheit bot, hatten sie das Haus mit eigenen Augen sehen wollen, wie sie Delphine anvertraut hatten. Der zweite Termin war mit einer Familie gewesen, die über eine Stunde geblieben war. Bing hatte erzählt, dass Dexter sie selbst herumgeführt hatte, doch als der Immobilienmakler dazugekommen war, hatten sie sich entschuldigt und zugegeben, dass sie in der Gegend Ferien machten und dass es zu ihren Hobbies gehörte, zum Verkauf stehende Häuser zu besichtigen.

All das war Musik in meinen Ohren gewesen, doch es erübrigte sich zu sagen, dass Dexter wenig erfreut war und einen besseren Service und hochkarätigere Kunden von Castle and Court erwartete. Jetzt teilte er seine Zeit zwischen der Arbeit in seinem Mansardenzimmer und der Ausführung kleinerer Arbeiten auf, die das Aussehen des Hauses verbessern sollten. Und obwohl wir Frieden geschlossen hatten, hatten Bing, Delphine und ich uns einen kleinen Festdrink auf seine Kosten gegönnt, wie ich zugeben musste.

Meine Suche nach einem günstigen Hypothekendarlehen hatte Fortschritte gemacht, auch wenn ich bisher immer zwei Schritte vor und einen zurück gemacht hatte. Meine Online-Anfrage bei einem angeblich super günstigen Kreditgeber hatte mir ein postwendendes Nein eingebracht. Scheinbar passte Evergreen Manor nicht in sein übliches Drei-Zimmer-Reihenhaus-Portfolio. Glücklicherweise hatte Paige gestern einen neuen Kontakt aufgetan; eine alte Freundin von ihr arbeitete inzwischen für eine Bank als Senior-Hypothekenberaterin. Paige hatte mir die Durchwahl von Tessa Campbell gegeben und ihr eine SMS geschickt, dass ich sie anrufen würde. Es war also noch nicht alles verloren, es zog sich nur ewig hin, und ich konnte nur hoffen, dass Tessa in großzügiger Stimmung war.

Plötzlich zog Lily an meinem Arm und zeigte auf das Ladenlokal, an dem wir gerade vorbeikamen.

Es gehörte Castle and Court, dem Immobilienmakler, der für den Verkauf von Evergreen Manor verantwortlich war.

»Super, Lily!«, sagte ich und lächelte sie an. »Hast du das Schild wiedererkannt?«

Sie nickte, und wir vier gingen zu dem Fenster, um uns die angebotenen Immobilien anzusehen.

Da, an der besten Stelle, war ein großes Foto von Evergreen Manor. Das Bild war an einem wunderschönen Herbsttag aufgenommen, und das Haus erstrahlte in der Sonne. Ein Adrenalinstoß ging durch meinen Körper. Ich wusste nicht, ob es möglich war, sich in ein Haus zu verlieben, doch genau das passierte. Ein Teil von mir genoss den schönen Anblick, während der andere dort hineinstürmen und das Bild aus dem Fenster nehmen wollte, sodass niemand mitbekam, dass Evergreen Manor zum Verkauf stand.

»Wow«, sagte Cat und zeigte auf ein Herrenhaus mit Tennisplätzen und einem Swimmingpool. »Und schau mal, Lily, in diesem hier gibt es sogar ein prächtiges Klavier.«

Lily wandte sich von dem Fenster ab und weigerte sich, überhaupt auch nur hinzusehen, und ich hörte, wie Cat leise seufzte. Ich nahm mir vor, sie darauf anzusprechen, wenn wir allein waren.

Isabel meldete sich zu Wort. »Wenn wir ein Klavier für unser neues Haus anschaffen, Mami, singt Lily vielleicht wieder ein Lied.«

»Ist Lily eine gute Sängerin, Isabel?«, fragte ich.

Isabel sah mich vielsagend an.

»Sie *denkt*, dass sie das ist.«

Cat schüttelte den Kopf. »Das ist Schwesternliebe, wie sie im Buche steht. In dem Haus, das wir gerade gemietet haben, ist kein Platz für ein Klavier. Aber vielleicht im nächsten.«

»Ich würde dich gerne irgendwann einmal singen hören«, sagte ich und drückte Lilys Hand in meiner. »Und ich verrate dir, wer auch noch gerne singt – Bing. Und Klavier spielen kann er auch.«

Lily hob ihren Schirm und strahlte mich an. Ich würde alles dafür geben, dass sie sprach. Ich hatte noch sehr viel mehr zu dem Thema gelesen, doch eine einfache Lösung schien es für das Problem nicht zu geben. Alles, was ich tun konnte, war, sie zu ermutigen und zu hoffen, dass sie sich irgendwann sicher genug fühlte, wieder verbal zu kommunizieren.

Cat hatte den Aushang weiterstudiert und las sich gerade die Details zu Evergreen Manor durch. »Mein Gott, Gina«, staunte sie. »Ich hoffe, du bekommst es, wenn es das ist, was du willst, doch mir würde es Angst machen, so ein Haus zu besitzen.«

»Mir macht es auch Angst«, sagte ich. Und das tat es, doch mir ging die Rede nicht aus dem Kopf, die Dexter auf Violets Beerdigung gehalten hatte, dass man das Leben ausschöpfen und nichts bereuen sollte. Ich war sicher, dass Violet begeistert wäre, dass ich es versuchen wollte. »Doch die Alternative macht mir noch mehr Angst.«

»Du bist toll«, sagte Cat. »Ist sie nicht toll, Mädchen?«

In dem Moment ging die Tür des Maklergeschäfts auf.

»Hallo.« Ein junger Mann mit einem schicken Haarschnitt und in einem eng geschnittenen Anzug lächelte uns an. »Kann ich Ihnen irgendwie helfen?«

»Verkaufen Sie auch Schlösser?«, fragte Isabel.

Er fand das ziemlich lustig, und als er zu einer eindrucksvollen Antwort über all die Schlösser ausholte, die sie in der letzten Zeit verkauft, aber nicht mehr im Angebot hatten, stieß ich Cat mit dem Ellenbogen an.

»Du könntest für mich undercover hineingehen«, flüsterte ich. »Geh rein, und frag ihn über Evergreen Manor aus, ob der Besitzer mit dem Preis heruntergehen würde und all so was.«

Cat zögerte, und einen Moment lang dachte ich, sie würde Nein sagen. Doch ihre Augen leuchteten. »Entschuldigen Sie«, sagte sie zu dem Geschäftsmann. »Ich habe mir gerade dieses Anwesen angesehen.«

»Evergreen Manor?«, sagte er und war sofort interessiert. »Das ist ein absolutes Juwel. Kommen Sie doch herein. Ich gebe Ihnen eine Broschüre.«

Ich zeigte ihr den hochgereckten Daumen, als sie ihm nach drinnen folgte. Die Mädchen und ich gingen zum nächsten Schaufenster weiter, wo wir warteten. Es war eine Tierhandlung.

»Lily will später mal Tierärztin werden«, sagte Isabel und strich sich die feuchten Locken aus dem Gesicht.

»Stimmt das?«, fragte ich. Ihre Zwillingsschwester nickte. »Das ist ein großartiger Beruf. Und was ist mit dir, Isabel?«

»Ich werde Kriegerprinzessin«, sagte sie lässig. »Guck mal, da ist Mami.«

Wirklich, da war Cat. Sie entdeckte uns und kam zu uns herüber.

»Das ging aber schnell!«, sagte ich.

»Ich kann mich da nie mehr sehen lassen«, meinte sie und drückte die Hände gegen ihre rosigen Wangen. »Er muss mich für eine komplette Idiotin halten, ich bin über meine eigenen Worte gestolpert und habe mir einen Riesenunsinn zusammengeredet. Ich habe ihm erzählt, dass ich von einer Tante in Peru eine große Summe Bargeld geerbt habe. Zum Glück habe ich nicht auch noch hinausposaunt, dass ich Paddington heiße.«

Ich prustete. »Erinnere mich daran, dass ich dich nie einen Lügendetektortest machen lasse.«

»Hast du gelogen?«, fragte Isabel. Die Zwillinge sahen entsetzt aus.

»Mami hat ein Spiel gespielt«, beruhigte ich sie. »Was hast du herausgefunden?«

Sie sah sich über die Schulter, als hätte sie Angst, verfolgt zu werden. »Zuerst einmal den Preis. Sie sind für Angebote in einem angemessenen Rahmen offen. Und die Besitzer sind an einem schnellen Verkauf interessiert.«

»Das sind sie wohl«, sagte ich sauer. »Dexter will zurück nach New York, sobald sie ein Angebot akzeptiert haben, und Rebecca braucht offenbar Geld.« Die Anwesenheit der Kinder hielt mich davon ab, sie als geldgieriges Monster zu bezeichnen.

»Zumindest sind sie für Angebote offen«, sagte Cat. »Sieh es positiv.«

»Stimmt.« Ich berührte ihren Arm. »Danke, dass du reingegangen bist. So, und jetzt brauche ich dringend einen Koffeinschub, lass uns das Café suchen.«

»Warte«, sagte Cat und wand sich vor Unwohlsein. »Weil das Anwesen so schnell wie möglich verkauft werden soll, gibt es am nächsten Samstag einen Tag der offenen Tür. Er hat gesagt, dass er zuversichtlich ist, dass genug Interesse besteht, dass das Anwesen dabei weggeht und mich gedrängt, schnell einen Besichtigungstermin zu vereinbaren, wenn ich keine Enttäuschung erleben möchte.«

Mir sank das Herz in die Hose. »O nein. Irgendjemand wird sich in das Haus verlieben. Das ist ja schrecklich.«

Sie biss sich auf die Lippe. »Er hat mir die Besucherliste gezeigt; es stehen bereits einige Namen darauf.«

»Und ich schätze, sie wollen auch das Welcome Cottage besichtigen.« Ich stöhnte.

»Hallo, die Damen«, sagte eine bekannte Stimme. »Ich erkenne doch diese schönen Schirme.«

Cat und ich drehten uns um und sahen Beau Colby, der sich eine Plastikmappe über den Kopf hielt, um sein Haar vor dem Regen zu schützen. Er trug eine dunkle Jeans und eine dunkelgraue Jacke, über der im Nacken der Kragen eines silbergrauen Hemds hervorguckte.

»Hallo, Beau«, sagte ich, während ich sein lässiges Outfit betrachtete. Bisher hatte ich ihn nur im Anzug gesehen. Nett.

»Oh, hallo, Mr. Colby, schön Sie zu sehen«, sagte Cat. Sie richtete sich auf und versuchte, sich diskret das nasse Haar aus dem Gesicht zu streichen.

»Sie suchen ein Haus, wie ich sehe.« Er nickte zu der Broschüre von Castle and Court hin, die sie unter dem Arm hatte.

»Ach, du meine Güte, nein. Ich habe nur einen Schaufensterbummel gemacht.«

Ich sah zu ihr. Wenn ich es nicht besser wüsste, würde ich denken, dass sein plötzliches Auftauchen sie verwirrte. »Sagt Guten Tag, Mädchen.«

»Hallo, Mr. Colby!« Isabel zeigte auf seinen Nacken. »Sie tragen ja keine Krawatte.«

Lily lächelte ihren Lehrer an, versteckte sich allerdings hinter ihrer Mutter.

Beau lachte. »Nicht einmal ich trage am Wochenende eine Schuluniform, Isabel.«

»Wir wollten gerade Kaffee und Milchshakes trinken gehen«, sagte ich. »Haben Sie nicht Lust, sich uns anzuschließen?«

Ein Anflug von Panik huschte über Cats Gesicht, den sie schnell mit ihren guten Manieren überdeckte. »Ja, wie wäre es?«

»Äh, nun ja.« Beau schien mit der Antwort zu ringen, und plötzlich wurde mir klar, dass ich ihn möglicherweise in eine schwierige Situation gebracht hatte; private Kontakte zwischen Lehrern und Eltern außerhalb der Schule wurden ungern gesehen. Doch was, zum Teufel, sollte es, Regeln waren dazu da, gebrochen zu werden.

»Dann mal los«, sagte ich und wartete seine Antwort gar nicht erst ab. Außerdem hatte ich einen Hintergedanken, genau genommen zwei, wurde mir klar.

Wir überquerten die Straße und steuerten die Wärme des Silver Spoon Cafés an. Beau öffnete die Tür, die Kinder rannten unter seinem Arm hindurch, und Cat dankte ihm, bevor sie ebenfalls eintrat.

»Darf ich Sie um einen Gefallen bitten, Beau?«, fragte ich leise. »Wäre es möglich, dass Sie Cat und die Zwillinge mit zurück nach Barnaby nehmen? Ich habe gerade Neuigkeiten bekommen und muss direkt nach Hause.«

Das war der erste Hintergedanke; die Nachricht vom Tag der offenen Tür hatte mich erschüttert. Ich wollte heim und einen Plan B erstellen, und ich wollte den Mädchen den Nachmittag nicht verderben.

Cat sah misstrauisch von ihm zu mir und wickelte sich eine Locke um den Finger. »Oh, ich bin mir sicher, Mr. Colby hat sehr viel Wichtigeres zu tun. Es ist schon in Ordnung, wir fahren mit dir zurück.«

»Und was ist mit unseren Milchshakes?«, murrte Isabel. »Du hast es versprochen.«

»Natürlich, das ist überhaupt kein Problem. Ich habe heute Nachmittag nichts vor, sodass mir das sehr gut passt«, sagte Beau, der es nicht zu schaffen schien, Cat länger als zwei Sekunden nicht anzusehen. »Natürlich nur, wenn das für Sie in Ordnung ist?«

Lily hüpfte auf und ab.

»Hurra!«, rief Isabel.

»Wenn Sie sicher sind?« Cat sah besorgt aus, und einen kleinen Moment lang fühlte ich mich schuldig.

»Absolut.« Beau nickte zur Theke hin, wo unter diversen Glasglocken alle möglichen Herrlichkeiten ausgestellt waren. »Ich werde auf keinen Fall dieses Café verlassen, ohne eine dieser Kokosmakronen gegessen zu haben.«

»Oh, die liebe ich auch!«, sagte Cat, deren Gesicht ein leichtes Rosa angenommen hatte. »Mach's gut, Gina.«

Durch die sich schließende Tür sah ich, wie Beau Cat behutsam eine Hand auf den Rücken legte und sie und die Zwillinge zu einem leeren Tisch führte.

Hintergedanke Nummer zwei: Ich dachte, die Möglichkeit, sich einmal fernab der Schule miteinander zu unterhalten, würde den beiden die Gelegenheit geben, einander etwas besser kennenzulernen.

Ich setzte mich in mein Auto und fuhr nach Hause, während ich über mein eigenes Dilemma nachdachte. Die Nachricht, dass nächsten Samstag die Türen von Evergreen Manor offen stehen sollten, durchkreuzte meine Pläne. Bestimmt gab es unter den Besuchern Leute, die als interessierte Käufer infrage kamen. Was, wenn einer von ihnen das Anwesen bar bezahlen konnte und nicht auf die Zusage eines Hypothekengebers warten musste, um ein Angebot abgeben zu können – wie ich? Mein Plan, Evergreen Manor im Alleingang zu retten, war so schon schwierig genug, doch mit einem Tag der offenen Tür wurde er von Minute zu Minute weniger realisierbar.

Kapitel 18

Am folgenden Montag saß ich mit Harris und Arlo in der Küche von Evergreen Manor, nachdem wir am Morgen eine Stunde in der Musikgruppe verbracht hatten. Ich hatte mit Bing und Delphine nur kurz über den Tag der offenen Tür am kommenden Samstag reden können, da Dexter das ganze Wochenende über da gewesen war. Doch heute früh hatte Bing im Welcome Cottage vorbeigeschaut, um mir zu sagen, dass Dexter am Mittag außer Haus sein würde. Und wenn er erst weg wäre, könnten wir die Köpfe zusammenstecken und beraten, was wir mit diesem Tag der offenen Tür machen wollten.

Jetzt war es kurz vor zwölf. Auf dem Ofen brieten Würstchen, und beide Kinder beschäftigten sich völlig zufrieden am Küchentisch selbst; Arlo malte, und Harris nagte in seinem Hochstuhl an Plastikfiguren oder beugte sich so weit vor, wie er konnte, um Arlo die Buntstifte zu klauen. Alle paar Sekunden unterbrach ich das Schneiden des Brokkolis in kleine Röschen, um für einen von ihnen etwas vom Boden aufzuheben.

Die Küchentür ging auf, und Dexter kam herein, er hatte eine Tasse in der Hand und einen kleinen Lederkoffer unter dem Arm.

»Hallo, Gina, hallo, Kumpels! Ich wusste nicht, dass ihr hier seid.« Er spülte seine Tasse und räumte sie weg.

»Ich bin fleißig!«, sagte Arlo, ohne aufzublicken.

»Das sehe ich!« Dexter beugte sich hinunter, um Arlos Kunstwerk besser betrachten zu können. »Hey, das ist großartig.«

Ich lächelte vor mich hin; er konnte so gut mit ihnen umgehen.

»Du-du!«, schrie Harris, fest entschlossen sich einzubringen. Er warf eine seiner Figuren auf den gefliesten Boden.

»Ja klar, du hast vollkommen recht«, sagte Dexter und gab ihm das Spielzeug zurück. Er sah heute ziemlich extravagant aus mit dem Wolljackett über der karierten Weste, der Jeans und den hellbraunen Stiefeln. Wieder einmal wurde mir bewusst, wie sehr ich mich von ihm angezogen fühlte. Was nicht überraschend war, vermutete ich. Die meisten Männer, mit denen ich dieser Tage Zeit verbrachte, waren entweder über achtzig oder nicht zu haben, weil sie die Väter meiner Schützlinge waren.

»Es freut mich, dass wir dich nicht bei der Arbeit gestört haben«, sagte ich.

Er strich sich das dicke Haar aus dem Gesicht und lächelte. »Einmal zum Mitschreiben: Bitte stört mich. Mir fällt langsam die Decke auf den Kopf in meiner Mansarde, wenn ich den ganzen Tag nur arbeite. Es wäre eine riesige Erleichterung, wenn der Hausverkauf endlich Fahrt aufnehmen würde, dann ...« Als er meinen Gesichtsausdruck sah, hielt er inne und stöhnte. »Entschuldigung, Entschuldigung, das war unsensibel von mir. Ich weiß, dass es schmerzlich für dich ist, das Welcome Cottage verlassen zu müssen.«

»Das ist eine milde Untertreibung.« Ich sah ihn ernst an und war ein wenig erleichtert; mit dieser Art feindlicher Konversation war sehr viel leichter umzugehen.

»Glaub mir, ich mag dieses Haus auch.« Er neigte den Kopf zur Seite. »Wenn ich irgendetwas tun könnte, um den Verkauf zu verhindern, würde ich es tun. Aber es sind noch andere Menschen involviert, und es geht nicht nur darum, was ich möchte.«

»Verstehe«, sagte ich einfach, was nicht genau der Wahrheit entsprach; ich begriff nicht, wie jemand, der so ein Haus erbte, auch nur in Erwägung ziehen konnte, es aufzugeben.

Doch es gab Grund, optimistisch zu sein. Heute Morgen hatte ich kurz mit Tessa von der Bank telefoniert. Sie hatte beschäftigt, aber nett geklungen und mir eine Liste der Dinge zukommen lassen, die ich für sie zusammenstellen sollte. Sobald das erledigt war, sollte ich sie noch einmal anrufen, um einen Termin mit ihr zu vereinbaren. Das war zumindest ein Schritt in die richtige Richtung. Ich hoffte nur, dass es dann nicht zu spät war.

»Fertig!« Arlo hielt sein Bild hoch.

»Super gemacht, Schatz«, sagte ich. »Meinst du, du kannst die Buntstifte jetzt wegräumen?«

»Hmmmm.« Dexter sah sich das Bild an, ich hielt die Luft an und hoffte, dass er den kleinen Jungen nicht traurig machte, indem er ihn fragte, was er da gemalt hatte. »Ich mag das viele Rot am Boden.«

»Das ist für Mami.« Arlo sah ihn kurz an. »Das sind die ganzen Blätter, die von den Bäumen fallen. Ich habe ein paar aufgehoben, guck.«

Er zog ein zerknülltes rotes Blatt aus der Tasche, das zerbröselte und auf den Boden fiel. »Ups.«

»Wow! Das wird deiner Mama bestimmt gefallen!«, sagte Dexter. Er las die Blattfragmente vom Boden auf. »Ich wette, sie hat zu Hause eine ganze Schachtel mit Bildern von dir, richtig?«

Er nickte. »Ganz viele.«

»Arlo ist sehr kreativ«, sagte ich stolz. »Und Harris sollte eigentlich mit seinem Formsortierer spielen, aber er wirft die Sachen lieber auf den Boden.« Harris demonstrierte sein Können, indem er eine weitere Figur fallen ließ. Dexter bückte sich, um sie erneut aufzuheben.

»Ist irgendwas mit deiner Küche?«, fragte er und beobachtete, wie ich Nudeln in einen Topf mit kochendem Wasser gab.

»Äh, nein«, antwortete ich und hoffte, dass mein Gesicht nichts verriet und dass ich vor Schuldgefühlen nicht rot wurde.

»Ich hatte nur gedacht, dass wir Bing und Delphine etwas Gesellschaft leisten könnten.«

Bing steckte den Kopf in die Küche. »Dein Taxi ist da.«

»Danke, Bing.« Dexter lachte mich an. »Mit dem Busfahrplan in Barnaby blicke ich noch nicht durch.«

»Triffst du dich mit dem Immobilienmakler?«, fragte ich unschuldig. »Ich habe etwas von einem Tag der offenen Tür gehört.«

»Hast du das? Richtig.« Er steckte die Hände in die Taschen und klimperte mit den Münzen. »Ich wollte das noch mit euch besprechen. Und nein, heute treffe ich mich mit dem Anwalt. Im Moment ist mein Leben der reinste Spaß.«

Er fuhr Arlo durch die Haare. »Hey, Kumpel, ich muss jetzt los, aber würdest du mir auch ein Herbstbild malen?«

Arlo dachte darüber nach. »Willst du es deiner Mami geben?«

Dexter lachte und beugte sich hinunter, bis er mit Arlo auf Augenhöhe war.

»Nein, ich möchte es für mich. Meine Mami lebt ganz weit weg.« Er warf mir einen Seitenblick zu. »Und im Moment gibt es auch keine andere Dame in meinem Leben, der ich es schenken könnte.«

»Oje.« Arlo schlang Dexter mitleidig einen Arm um den Hals. »Okay, ich male dir ein gutes Bild.«

Meine Brust zog sich zusammen. Hatte er das an mich gewandt gesagt? Wollte er mir damit etwas sagen? Ich war so aus der Übung in diesen Dingen. Nicht, dass es eine Rolle spielen würde, sagte ich mir. Denn er mochte zwar nett, attraktiv und Single sein, aber er war immer noch der Feind.

»Fantastisch, wir sehen uns«, lachte Dexter.

Er hob die Hand zum Abschied, dann war er weg.

Ein paar Sekunden später tauchte Bing auf und reckte die Daumen hoch. »Er hat sich verpisst.«

»Achte auf deine Wortwahl!« Ich drehte den Kopf zu den Kindern hin.

Glücklicherweise machte Harris, der mit einem Spielzeug auf das Tablett an seinem Hochstuhl schlug, viel zu viel Krach, als dass auch nur einer der Jungen etwas hätte hören können.

An der Haustür klopfte es, und ich zuckte schuldbewusst zusammen. »Er ist zurück.«

Aber es war nicht Dexter, unsere Verstärkung war eingetroffen. Bing führte Stanley, Maria und Cat ins Haus, die einen Trolley auf Rädern hinter sich herzog.

Arlo sprang vom Tisch auf und schlang seine molligen kleinen Arme um die Beine seiner Großmutter Maria. »Nonna! Bist du gekommen, um mit mir zu spielen?«

»Natürlich, *caro mio*«, sagte sie und bedeckte sein Gesicht mir geräuschvollen Küssen.

Delphine kam aus ihrem Nähzimmer, um sich uns anzuschließen.

»Das Timing ist perfekt, liebe Cat«, sagte sie und bürstete sich ein paar Fäden von der Hose, »deine Vorhänge sind fertig.«

»Ich bin dir so dankbar. Ich kann ein Teil der Nähmaschine nicht vom anderen unterscheiden, und als kleines Dankeschön habe ich mir gedacht, dass ich dir die Hände mache … oder die Füße«, sagte Cat und zeigte auf ihren Kosmetikkoffer, »doch wie ich sehe, ist der Zeitpunkt nicht der günstigste.«

»Du bist zum allerbesten Zeitpunkt gekommen, *cara*«, sagte Maria und hielt ihre Hände hoch, um sie uns zu zeigen. Sie waren leuchtend rot. »Wir haben Rote Bete geschält. Kannst du irgendetwas tun? Ich sehe aus, als würde ich verbluten.«

»Mit Vergnügen! Genau genommen, kann ich euch alle behandeln«, sagte Cat strahlend. »Es ist Ewigkeiten her, dass ich irgendwelche Kosmetikbehandlungen gemacht habe und höchste Zeit, wieder damit anzufangen.«

»Für mich ist das nichts«, sagte Bing und sah aus, als würde er sich lieber die Zähne ziehen lassen, als sich einer Behandlung unterziehen. »Ich überlasse den Schönheitskram lieber den Damen, wenn euch das recht ist.«

»Natürlich.« Cat senkte die Stimme und tippte sich auf die Nase. »Aber falls du deine Meinung änderst, dein Geheimnis ist bei mir gut aufgehoben.«

»Vielleicht kannst du deinen Schönheitssalon im Wohnzimmer aufschlagen«, schlug ich vor. »Wir kommen nach, sobald die Kinder ihr Mittagessen bekommen haben.«

»Nudeln!«, schrie Arlo und schob sich die Ärmel hoch.

»Du-du!«, ahmte Harris ihn nach.

»Und lasst etwas für die Hühner übrig«, warf Bing ein.

»Entschuldige, Bingo«, sagte Arlo feierlich, »ich esse alles auf.«

»Was, selbst dein Gemüse?« Bing tat, als würde er nach Luft schnappen. »Mein Gott, was für ein braver Junge!«

Ich zuckte die Schultern. »Was soll ich sagen, ich bin eben eine gute Köchin.«

*

Es war genau ein Uhr, als die Kinder und ich uns zu den anderen ins Wohnzimmer gesellten.

»Punkt eins auf der Agenda ist, wie wir diesen Tag der offenen Tür torpedieren können«, sagte ich.

»Außer alle Türen und Fenster zuzunageln, sodass niemand hereinkommen kann, sehe ich nicht, was wir tun könnten«, meinte Bing.

Harris war auf meinem Arm eingeschlafen, und Arlo schlief mit dem Kopf in Marias Schoß, den Arm um seinen Teddy geschlungen und eine Decke über den Körper gezogen. Delphine hatte Sandwiches und eine Kanne Tee hingestellt, sowie einen Haselnusskuchen, den Maria mitgebracht hatte.

»Wir lassen uns etwas einfallen«, sagte ich entschlossen.

»Wie wäre es mit einer Demonstration?«, schlug Bing vor. »Wir könnten uns in die Auffahrt stellen und Plakate hochhalten.«

»O ja, vielleicht kommst du sogar in die Nachrichten«, sagte Cat und stellte ein paar Kosmetikprodukte auf ein Handtuch. »Vor allem, wenn die Polizei kommen muss.«

»Besser nicht«, warf ich schnell ein. »Ich denke nicht, dass es den Eltern meiner Kinder gefallen würde, wenn ihre Tagesmutter mit dem Gesetz in Konflikt geriete.«

Cat setzte sich auf einen kleinen Stuhl vor Delphine. Sie tauchte eine Hand der alten Dame in eine Schüssel mit warmem Wasser, in das sie einen Spritzer Mandelöl gegeben hatte, und massierte Creme in die andere.

»Hat man euch aufgefordert, das Haus für den Tag zu räumen?«, fragte Stanley und biss in ein Ei-Kresse-Sandwich. »Oder werdet ihr da sein?«

»Ich werde auf keinen Fall eine Horde Fremder den ganzen Tag im Welcome Cottage herumlaufen lassen«, sagte ich düster.

»Und ich bewege mich auch nicht vom Fleck«, meinte Bing und schnappte sich ein Käse-Essiggurken-Sandwich.

Delphine schien ihre Handmassage zu genießen. Sie hatte den Kopf zurückgelehnt und die Augen geschlossen.

»Ich habe mit Dexter darüber gesprochen«, sagte sie. »Ich habe ihm gesagt, dass mir im Moment nicht danach ist, irgendwo anders zu sein, und er hat gesagt, dass er nicht vorhat, uns aus unserem Heim rauszuwerfen.«

»Der Trottel«, sagte Maria und verdrehte die Augen. »Genau das tut er doch. Er verkauft das Haus und setzt euch alle auf die Straße.«

Stanley tätschelte ihr Bein. »Lass uns positiv bleiben, meine Liebe.«

»Du guter Mann«, sagte Maria und zwinkerte ihm zu. »Du passt auf mich auf.«

Stanley schnitt uns allen von dem Kuchen ab und reichte jedem eine Scheibe.

»Soweit ich letzten Samstag gesehen habe, hatten sich ungefähr fünfzehn Leute für den Tag der offenen Tür vormerken lassen, und bis zum nächsten Samstag werden es wahrscheinlich noch mehr sein. Es wird für sie sehr viel angenehmer sein als meine Haussuche, die noch nicht so lange zurückliegt«, sagte Cat und schauderte. »Ich habe mich riesig gefreut, als ich das Reihenhaus hier in Barnaby entdeckt habe. Ein paar andere Objekte, die ich mir zusammen mit den Mädchen angesehen habe, waren so heruntergekommen und vergammelt, dass ich danach duschen musste. In einem Haus lag sogar Mäusekot auf den Küchenschränken.«

»Du Arme.« Delphine öffnete kurz die Augen, um ihr Mitgefühl zum Ausdruck zu bringen. »Du hast viel durchgemacht. Und deine netten Kinder auch. Ich kämpfe immer noch jeden Tag, ihn ohne Violet durchzustehen. Ich weiß nicht, wie du das geschafft hast. Und dann auch noch der Umzug.«

Cat zuckte die Schultern. »Wir mussten umziehen. Ohne Max konnten wir nicht in dem Haus bleiben, es war zu schrecklich. Und ich bin damit überhaupt nicht fertiggeworden, zumindest am Anfang nicht. Ich hatte das Gefühl, in einer endlosen Dunkelheit gefangen zu sein. Dann hat die Dunkelheit sich eines Tages gelichtet. Nicht ganz. Aber sie hat sich gelichtet. Selbst jetzt sind die Tage noch nicht ganz hell, ich vermisse Max immer noch so, dass es physisch wehtut. Manchmal ist es nur ein leichter Schmerz, dann wieder ist er scharf und sengend, und ich habe Schwierigkeiten, Luft zu bekommen. Doch um der Mädchen willen muss ich funktionieren. Isabel und Lily helfen mir, das zu schaffen.«

Sie blickte auf und errötete, als sie merkte, dass ich sie beeindruckt ansah.

Stanley nickte. »Genauso habe ich mich auch gefühlt, als ich Winnie verloren habe. Als wäre das Licht aus meinem Leben verschwunden. Ich denke nicht, dass ich die Sonne wieder richtig gespürt habe, bis ich mich in Maria verliebt habe.«

»Das geht mir genauso. *Ti amo*, Stanley Pigeon.«

Maria küsste ihn auf die Wange, und ich spürte einen Kloß in meinem Hals. Als ich Eric geheiratet hatte, war ich davon ausgegangen, dass wir zusammen alt werden würden. Cat sah ebenfalls zu den beiden hin, vielleicht dachte sie das Gleiche wie ich.

In dem Moment öffnete Arlo die Augen und sah Bing an. »Bingo, hast du eine Freundin?«

Bing lachte. »Nein, habe ich nicht, Kumpel. Gott sei's geklagt.«

Der kleine Junge setzte sich aufrecht hin und runzelte die Stirn. »Hast du niemanden lieb?«

Er kratzte sich den Bart. »Nicht mehr.«

Arlo kletterte von Marias Schoß und umarmte ihn. »Das ist traurig.«

Bing tätschelte ihm unbeholfen den Rücken, doch ich sah, dass er gerührt war. »Und was ist mit dir? Hast du eine Freundin?«

Arlo lächelte verschämt und nickte. »Eva.«

Mein Herz schmolz dahin, der Junge war süßer, als Worte es ausdrücken konnten. Ich fragte mich, ob Eva auch so empfand.

»*Santo cielo!*« Maria klatschte in die Hände und jauchzte vor Überraschung.

»Sie ist lustig, und sie sitzt neben mir, wenn wir fernsehen«, sagte Arlo.

»Was kann sich ein Bursche mehr wünschen«, meinte Bing.

Wir alle sahen Arlo mit Stielaugen an, der sich neben Bing niederließ, nachdem er unsere Frage beantwortet hatte, den Daumen wieder in den Mund steckte und schwieg.

»Ich habe immer gehofft, dass jemand an meiner Seite sein wird, wenn ich einmal den Löffel abgeben muss«, sagte Bing wehmütig und legte vorsichtig den Arm um den kleinen Jungen.

»Es ist nie zu spät sich zu verlieben«, warf Stanley ein, während er seiner Verlobten die Hand küsste.

»Es fühlt sich an, als wäre ich schon ewig allein«, murmelte Bing.

Cat seufzte. »Ja, das Gefühl kenne ich.«

»Hey, das wollte ich dich doch noch fragen. Wie war deine Kokosmakrone am Samstag?« Ich hatte die Stimme zu einem Flüstern gesenkt.

»Köstlich. Und so unerwartet.« Sie lächelte und sah sehr hübsch dabei aus.

»Und?«, ermunterte ich sie.

»Und nichts. Es war eine einmalige Sache.« Sie wendete den Blick ab und nahm Delphines andere Hand aus dem Wasser und trocknete sie ab.

Ich drängte sie nicht weiter. Es war an ihr zu entscheiden, ob und wann sie bereit war, sich nach dem Verlust von Max für einen anderen Mann zu interessieren. Es war schon für mich schwer genug, und ich war nur geschieden.

»Wir haben alle einander«, sagte ich, nahm Harris auf den anderen Arm und massierte meine taube Schulter. »Also ist niemand allein.«

Das Baby vergrub sein Gesicht in meinem T-Shirt und gab kleine, schnüffelnde Geräusche von sich; ich drückte es an mich. Es waren die zärtlichen Momente wie dieser, wenn ich das warme Gewicht eines kleinen Körpers in meinen Armen spürte und den süßen Babygeruch einatmete, dass ich mir selbst ein Kind wünschte. Vielleicht irgendwann. Doch es sah nicht so aus, als würde es bald sein.

»Danke«, sagte Cat, sie klang gerührt. »Ich habe in Barnaby so viel mehr gefunden als nur eine Zuflucht.«

»Wir haben einander vielleicht nicht mehr lange«, gab Bing zu bedenken. »Das Letzte, womit ich in meinem Alter gerechnet habe, ist, wieder auf der Straße zu stehen.«

Maria beugte sich vor, sie sah wütend aus. »Das werden wir nicht zulassen.«

»Richtig. Wir müssen dafür sorgen, dass dieser Tag der offenen Tür ein riesiger Flop wird«, sagte ich schnell.

»Lasst uns ein Brainstorming machen. Zehn Möglichkeiten, Besucher abzuschrecken.«

»Gute Idee«, meinte Delphine und beugte sich kurz vor, um von ihrem Tee zu trinken. »Können wir so tun, als ob es hier spukt? Mich würde das abschrecken.«

»Keine schlechte Idee!«, lachte ich. »Ich würde kein Haus kaufen wollen, in dem es spukt.«

»Stanley, *tesoro*«, sagte Maria und wischte ihrem Verlobten ein paar Kuchenkrümel von der Wange, »du warst jahrelang Briefträger. In welche Häuser bist du am wenigsten gern gegangen?«

Stanley holte tief Luft. »Da gab es schon ein paar Schreckensszenarien. Zähne fletschende Hunde, die an ihren Ketten zerr-

206

ten, mit Brettern zugenagelte Fenster, Wespennester, die über der Veranda hingen. Ein Haus war berühmt-berüchtigt; keiner von uns Briefträgern ging gerne dorthin, man brauchte quasi eine Machete, um an den Briefkasten zu kommen. Es hatte was von dem Turm von Rapunzel, es war ganz zugewachsen mit – was war das für ein Unkraut, Bing?«

»Japanknöterich«, half Bing nach. »Wenn der sich an deinem Haus breitmacht, hast du verloren. Es ist leichter, das Haus abzureißen und neu aufzubauen, als ihn zu entfernen.«

»Ein Haus abreißen«, sinnierte Maria. »Vielleicht ist das die Idee: wir bewaffnen uns alle mit einem großen Hammer und schlagen darauf ein.«

Delphine riss die Augen auf. »Wir wollen Evergreen Manor doch retten, nicht abreißen.«

»Obwohl mir all diese Ideen gefallen, denke ich nicht, dass auch nur eine davon praktikabel ist«, sagte ich taktvoll.

»Okay, du bist fertig, Delphine.« Cat stand von ihrem Stuhl auf und streckte sich. »Wer ist der Nächste?«

»Das war die reinste Wonne, danke, meine Liebe.« Delphine rieb langsam die Hände gegeneinander. »So weich wie Seide, und was meine Arthritis angeht, hast du Wunder gewirkt.«

»Mach Stanley die Füße«, drängte Maria. »Seine Fersen erinnern an eine Parmesankruste.«

Stanley wurde rot. »Danke, dass du alle mit diesem anschaulichen Bild erfreust.«

»Wie wäre es, wenn ich Marias Hände einweiche, um etwas von dem Rote-Bete-Saft abzubekommen. Danach verpasse ich dir gern eine Pediküre«, sagte Cat. »Und mach dir keine Gedanken, was Füße angeht, habe ich schon alles gesehen.«

Stanley band seine Schnürbänder auf, während Maria laut johlte. »Bing, hol schon mal die Black & Decker heraus.«

»Nicht nötig!« Cat schwenkte ein Werkzeug, das aussah wie einer dieser schwedischen Käsehobel. »Ich habe meine eigenen Waffen.«

»Kannst du irgendwas bei harten Zehennägeln tun?«, fragte Bing.

»Ich kann dir die Nummer des Hufschmieds geben«, meinte Stanley.

»Lass die Witze.« Bing zog Schuhe und Socken aus und schwenkte einen Fuß in der Luft. »Seit Monaten schaffe ich es nicht, mir die Füße zu machen.«

Arlo stand auf und setzte sich neben mich.

»Das erinnert mich daran, dass wir keinen Stilton mehr haben«, sagte Delphine und fächelte sich mit der Hand Luft zu.

Cat holte ein aufklappbares Fußbad aus ihrem Koffer und ging, um es mit heißem Wasser zu füllen.

»Ich habe eine Idee«, platzte ich plötzlich heraus. »Wir müssen den Charme von Evergreen Manor verstecken und das Schaurige herausstellen, kurz, wir müssen ein Horrorhaus daraus machen. Nur für einen Tag. Wir könnten so tun, als würde es hier spuken, wie Delphine vorgeschlagen hat. Wir könnten zusehen, dass es schlecht riecht, abgeschnittene Zehennägel auf dem Badezimmerboden hinterlassen und so weiter!«

Maria hielt ihre verfärbten Hände hoch. »Wie wäre es mit Blutflecken an den Wänden? Und Geistern auf dem Dachboden?«

»Ich könnte mit einer Axt und in einem blutdurchtränkten Hemd durch den Garten spazieren«, gluckste Bing.

»Oh, Geister! Ich habe eine Idee, wartet einen Moment!« Delphine stand auf und verließ das Zimmer.

Cat kam mit dem Fußbad zurück und platzierte es vor Stanley.

»Ah, wunderbar«, seufzte er und tauchte seine Füße in das Wasser. »Ich habe noch nie eine Pediküre bekommen.«

Wenn ich mit meinem Plan Erfolg hatte, könnten wir hier ja vielleicht auch regelmäßig Behandlungen für die alten Leute arrangieren … Ich schob den Gedanken für den Moment beiseite. Eins nach dem anderen: jetzt galt es erst einmal, die Operation Tag der offenen Tür zu planen.

»So, was würde die Leute noch abschrecken?«, fragte ich.

»Eine Freundin von mir hat Räucherheringe im Schrank ihres Freundes versteckt, als sie herausgefunden hat, dass er sie betrügt«, sagte Cat.

»Übel«, kommentierte ich und rümpfte die Nase.

»Hausbesetzer!«, sagte Bing, der langsam Gefallen an der Sache fand. »Wir könnten vorgeben, dass im Keller Leute campen.«

»Ich frage mich, ob irgendwer an Mäusekot kommen kann?«, sinnierte Stanley.

»Nichts leichter als das«, meinte Maria. »Den bekommen wir von Biddy aus der Tierhandlung.«

»Wie wäre es denn mit echten Ratten?«, warf ich ein und erinnerte mich, wie wuselig die quiekenden Rattenbabys gewesen waren, die wir letzte Woche bei Biddy gesehen hatten.

»Ich entschuldige mich schon mal, dass ich jetzt etwas vulgärer werde, aber wie wäre es mit Hundescheiße?«, meinte Cat. »Es gibt nichts Schlimmeres, als sich einen Weg zwischen diversen Hundehaufen hindurch bahnen zu müssen, wenn du zur Haustür willst.«

»Und ich habe massenhaft Hühnersch…hinterlassenschaften«, korrigierte Bing sich selbst, als ihm im letzten Moment einfiel, wie fein Arlos Ohren waren.

Wir verstummten alle, als sich die Tür zum Esszimmer öffnete. Auf der Schwelle stand eine geisterhafte Gestalt, die ein

Hochzeitskleid trug, das an ihrem dünnen Körper herunterhing. Ein langer Schleier reichte ihr bis zur Taille, und weiße Handschuhe, die vom Alter gelb geworden waren, guckten aus den Ärmeln. Obwohl ich wusste, wer in dem Kleid steckte, bekam ich eine Gänsehaut.

»Was meint ihr?« Delphine hob den Schleier hoch. »Bin ich eine echte Konkurrenz für Dickens' Miss Havisham? Ich kann es mir in meinem Schlafzimmer gemütlich machen und so tun, als säße ich dort seit Jahrzehnten.«

»Jesus, Maria und Josef, Delph.« Bing fasste sich ans Herz. »Du hast mich zu Tode erschreckt.«

»Mich auch«, sagte Maria und schauderte.

»Eine brillante Idee«, fügte ich hinzu.

»Das ist Violets ungetragenes Hochzeitskleid«, erklärte Delphine den anderen. »Ich denke, der Spaß würde sie amüsieren.«

Wir lächelten uns beide an.

»Gut, ich denke, wir haben genug.« Ich ging die Vorschläge durch und verteilte die Aufgaben für den Tag, und wir überlegten, wie wir Ratten und Räucherheringe verstecken und anderes machen wollten, wie Erde in die Toilettenspülkästen kippen und unheimliche Geräusche vom Dachboden erzeugen, ohne von Dexter erwischt zu werden.

Cat packte Stanleys abgeschnittene Zehennägel in eine Papierserviette. »Und wenn du Bings noch dazutust, dürfte der Badezimmerboden richtig nett aussehen.«

»Großartig, danke, Cat«, sagte Stanley und zeigte Maria seine weichen Fersen. »Jeder, der am Samstag ein Gebot für Evergreen Manor abgibt, muss verrückt sein.«

»Oder ein Idiot«, warf Maria ein.

»Dexter und Rebecca werden wütend sein«, erklärte Bing schadenfroh.

»Ach, du meine Güte, das stimmt.« Delphine spielte an ihrem Schleier herum. »Violet hatte nicht mehr viel Familie, und sie hat die beiden von Herzen geliebt. Ich bin mir nicht sicher, ob es sie freuen würde, wenn wir den Tag der offenen Tür so bösartig sabotieren. Dexter vertraut uns; ich fühle mich ein bisschen schlecht dabei.«

»Würde es sie denn freuen, wenn ihr ausziehen müsst?«, fragte ich ruhig. Ich war auch nicht wirklich stolz auf mich, doch was sein musste, musste sein.

»Nein. Sie wäre untröstlich«, stimmte Delphine mir zu. Trotzdem sah sie besorgt aus.

»Dann sieh es doch einmal so«, sagte ich. »Wenn ich das Geld aufbringen kann, um Evergreen Manor zu kaufen, und das werde ich, können wir alle bleiben. Doch wenn sich jemand an diesem Wochenende in das Haus verliebt, entgeht uns diese Chance. Wir tun also nichts anderes, als uns etwas Zeit zu erkaufen.«

»So betrachtet …« Delphine biss sich auf die Lippe, »bin ich dabei.«

Stanley hatte sich Socken und Schuhe wieder angezogen und stand auf. »Bing, der heiße Stuhl ist deiner.«

»Danke«, lachte Cat, als Bing seine Hosenbeine hochrollte und seine blassen, dünnen Beine enthüllte. »Ich sehe schon, die guten Jobs landen alle bei mir.«

In dem Moment wachte Harris auf und füllte mit einem Pups seine Windel.

»Hmm«, sagte ich und stand auf, wobei ich Harris auf Armeslänge von mir forthielt. »Ich denke, da kann ich dich noch übertrumpfen.«

Kapitel 19

Der Rest der Woche verging wie im Flug. Bis Freitag hatte sich die Nachricht von den Sabotageplänen wie eine Stille Post verbreitet, und wir hatten weitere Hilfsangebote bekommen, die alle widerwärtig, aber trotzdem willkommen waren. Heute Morgen hatte mich Anna Warner von Castle and Court angerufen und darüber informiert, dass die Besucher morgen zwischen elf und zwei Uhr eintreffen würden. Sie hatte mir gesagt, dass ich lediglich dafür zu sorgen hätte, dass das Cottage aufgeräumt sei, Schnittblumen und der Geruch von Frischgebackenem aber sehr willkommen seien, sollte ich Lust dazu verspüren.

Sie tat mir fast leid; meine Absichten gingen in eine sehr viel weniger wohlriechende Richtung. Am Montag hatte ich ein Stück stinkenden Käse gekauft, dessen Geruch so penetrant war, dass die Kinder sich immer noch darüber beklagten, obwohl ich ihn zweimal eingepackt hatte und in einer Box im Kühlschrank aufbewahrte. Und vor meiner Hintertür stand eine Flasche mit Stanleys selbst angesetztem Brennnesseldünger, der ein so konzentriertes Jauchearoma verströmte, dass ich mir ernsthaft Sorgen machte, die Leute könnten sich die Nasen verätzen. Das stinkende Gebräu wollte ich morgen im Badezimmer verstecken.

Um halb sieben Uhr abends waren von den Kindern nur noch Isabel und Lily im Welcome Cottage. Cat musste für ihren neuen Job an einer Fortbildung teilnehmen, und ich hatte ihr angeboten, mich um die beiden zu kümmern. Sie sahen fern, während ich meinen Tagesmutter-Bürokram für diese Woche abschloss.

Die Zwillinge waren so in das Programm vertieft, dass sie nicht einmal mitbekamen, wie es klingelte. Ich ging zur Tür und spähte in die Dunkelheit, konnte jedoch durch das Glas zunächst niemanden entdecken. Dann sah ich im Schein der Außenbeleuchtung jemanden neben dem Windfang hocken. Dexter.

Er blickte zu mir hoch, als ich die Tür öffnete.

»Willst du mir Angst machen?«, fragte ich.

»Nein, nein, natürlich nicht!« Er sprang auf und taumelte zurück. »Mein Gott, nein, das wäre ausgesprochen gemein.«

»Wäre es.« Ich schluckte mein Schuldgefühl hinunter.

Bing und ich hatten uns ein paar Schauergeschichten ausgedacht, die wir morgen zu dem alleinigen Zweck erzählen wollten, eventuelle Käufer abzuschrecken. Geschichten von den Geistern ehemaliger amputierter Patienten aus der Zeit, als Evergreen Manor noch ein Militärlazarett war, die nachts auf der Suche nach ihren verlorenen Gliedmaßen endlos auf dem Dachboden herumstapften. Wir hatten Delphine nichts davon gesagt, es machte sie bereits total nervös, Miss Havisham zu spielen. Sie sei einfach zu ehrlich, hatte Bing gemurrt.

»Warum kriechst du dann bei mir im Unterholz herum?«, fragte ich ironisch.

Dexter ging wieder in die Hocke und winkte mich zu sich. »Guck mal.«

Ich hockte mich neben ihn und versuchte zu sehen, was er sah, und schließlich entdeckte ich eine kleine, spitze Nase und vier winzige Füße, die aus den heruntergefallenen Blättern hervorguckten.

»Ein Igelbaby«, sagte ich leise.

Es hatte die Augen fest geschlossen und schien zu hecheln. Ich wusste nicht, was für einen Igel normal war, doch selbst mir war klar, dass dieser hier sich nicht sonderlich wohlfühlte.

»Er hat sich zu einem Ball zusammengerollt«, sagte Dexter. »Ich habe versucht, ihn herumzudrehen für den Fall, dass er versehentlich auf dem Rücken gelandet ist, aber er hat sich nicht entrollt. Glaubst du, er ist in Ordnung?«

»Hast du bei mir geschellt, um mich das zu fragen? Was glaubst du, wer ich bin, der Super-Doc?«

Er rieb sich mit der Rückseite der Finger seine Bartstoppeln. »Nein, ich bin gerade vorbeigekommen und wollte nur, ähm … hallo, Lily!«

Lily hob von der Tür aus die Hand.

Ich streckte ihr die Hand hin. »Lily, möchtest du gern ein Igelbaby sehen?«

Sie nickte und stürmte davon, um ihre Schwester zu holen.

»Wow!«, keuchte Isabel, als sich die beiden Mädchen zwischen Dexter und mich drängten.

»Ich denke, es geht ihm nicht so gut«, sagte Dexter und nahm das kleine Geschöpf in die Hand, sodass die Mädchen es besser sehen konnten. Sie gingen so nahe heran, wie sie konnten, wobei sich die blonden Köpfe berührten. »Was sollen wir mit ihm machen, Mädchen?«

»*Wir?*«

Er sah mich direkt an, amüsiert, wie es schien. »Ich habe ihn vor deiner Haustür gefunden.«

»Genau genommen ist das *deine* Haustür«, erwiderte ich. »Ich bin nur eine machtlose Mieterin.«

»Okay, okay«, Dexter atmete geduldig aus. »Ich bin der Böse, danke, dass du mich daran erinnerst.«

Er schnitt für die Mädchen eine Grimasse, die sie zum

Lachen brachte. »Ich hatte einfach gedacht, dass du mit kleinen Sachen besser umgehen kannst als ich, das ist alles.«

»Was soll das denn bitte heißen?«, fragte ich verärgert.

»Dürfen wir ihn anfassen?«, unterbrach uns Isabel.

Ich legte ihr behutsam eine Hand auf den Kopf. »Einen Moment, Liebes. Ich warte noch auf eine Antwort von Dexter.«

»Was es eben heißt.« Er runzelte die Stirn. »Ich weiß nicht. Kleine Sachen eben, Kinder, Babys … daraus ergibt sich für mich, dass du auch gut mit Tieren kannst.«

»Und das ist jetzt absolut nicht sexistisch.« Ich richtete mich auf und trat einen Schritt von ihm weg. »Ich nehme einmal an, dass Männer dagegen mit großen Sachen besser umgehen können – wie Karriere, Politik und der Handhabung großer Erbschaften.«

»Du interpretierst da wirklich zu viel hinein«, sagte er und lachte leise. »Es war als Kompliment gemeint.«

Er öffnete die Hände ein wenig, sodass die Mädchen die Füße des Igels berühren konnten.

»Ernsthaft?« Ich trat zurück in den Windfang, um das Gespräch zu beenden. »Für mich klingt das, als wolltest du gerade dein flohlastiges Problem an mich delegieren.«

Lily presste sich die Hände auf die Ohren, ihre großen blauen Augen guckten besorgt.

»Wir denken, ihr solltet aufhören zu streiten«, sagte Isabel und griff nach der Hand ihrer Schwester.

Ich hatte sofort ein schlechtes Gewissen.

»Wir haben nicht gestritten, wir sind Freunde. Nicht wahr, Dexter?«, sagte ich fröhlich.

»Absolut«, antwortete Dexter und sah erleichtert aus.

»Wir denken, dass Herr Stachel Hunger hat«, sagte Isabel und schob sich zwischen uns.

»Gut gedacht«, antwortete Dexter. »Herr Stachel könnte möglicherweise etwas zu essen brauchen und wahrscheinlich auch etwas Wasser.«

Die Mädchen nickten begeistert.

Herr Stachel. Mein Herz schmolz dahin.

Er mochte zwar mein übler Vermieter sein, doch wenn er so nett zu den Kindern war, erweichte das einfach mein Herz.

Ich trat wieder zu den dreien. Das kleine Geschöpft atmete immer noch schwer. »Das ist nur so ein Gedanke, aber vielleicht hält Herr Stachel ja Winterschlaf?«

Lily und Isabel sahen sich mitleidig an.

»Er hat da gelegen, wo jeder auf ihn treten kann«, erklärte Isabel geduldig. Lily kicherte hinter der Hand. »Zum Überwintern bauen Igel Quartiere und vergraben sich irgendwo, wo es sicher und warm ist.«

Dexter gab ein Geräusch von sich, das sich zuerst wie ein Prusten anhörte, dann aber sicherheitshalber zu einem Husten wurde.

»Oh, richtig, ich Dummkopf«, sagte ich und versuchte verzweifelt so zu tun, als wäre nichts gewesen. »In dem Fall habt ihr wahrscheinlich recht, Mädchen, und er braucht etwas zu essen.«

»Ich werde dich jetzt nicht fragen, ob du weißt, was Igelbabys fressen«, murmelte er.

»Eine weise Entscheidung«, bemerkte ich trocken.

»Wir müssen ihm etwas Wasser geben und dann etwas Hunde- oder Katzenfutter«, meinte Isabel. »Wir haben eine Sendung darüber gesehen.«

»Kein Brot«, sagte Lily und schüttelte ernst den Kopf.

Mein Herz setzte einen Schlag aus, und ich starrte sie an. Das waren Worte. Richtige Worte.

Ich hatte ihre Stimme noch nie gehört. Tränen stachen in meinen Augen.

Ich konnte es nicht abwarten, Cat davon zu berichten. War das der Beginn ihrer Genesung? Tauchte sie langsam aus der Trauer auf, nachdem sie mit angesehen hatte, wie ihr Vater gestorben war?

Ich hoffte es so sehr.

Dexter sah mich an, er war sich eindeutig bewusst, wie besonders dieser Moment war.

»Gut gemacht«, flüsterte Isabel und umarmte ihre Schwester.

»Okay, dann kein Brot«, sagte ich mit erstickter Stimme.

»Wir könnten etwas von Cocos und Chanels Vorräten zerdrücken«, sagte Dexter beiläufig.

Ich war so froh, dass er kein Aufheben machte, ich hätte ihn küssen können.

»Wie wäre das?«

Lily nickte.

»Wir holen was!«, rief Isabel.

Ich runzelte die Stirn und sah die lange, von Bäumen gesäumte Auffahrt hoch. »Ich weiß nicht. Vielleicht sollte Dexter besser gehen?«

»Wir sind sieben.« Isabel bedachte mich mit einem vernichtenden Blick. »Wir müssen nur der Auffahrt bis zum Haus folgen. Wir werden uns schon nicht verlaufen.«

Dexter schien sich königlich zu amüsieren.

»Natürlich werdet ihr das nicht.« Ich lächelte in ihre trotzigen Gesichter. »Aber es ist sehr dunkel.«

»Du musst das entscheiden, aber ich denke, es wird ihnen nichts passieren. Schließlich spukt es hier nicht oder so.« Dexter lachte, um den Mädchen zu zeigen, dass er einen Witz gemacht hatte.

Wenn er wüsste. Maria hatte den ganzen Nachmittag heimlich oben auf dem Speicher verbracht, um die dumpfen Geräusche für morgen zu perfektionieren.

Ich willigte ein. »Okay, dann macht so schnell ihr könnt, Mädchen.«

Wir standen im Windfang und sahen zu, wie die beiden zu Evergreen Manor rannten, bis sie aus unserem Blickfeld verschwunden waren.

»Und jetzt?« Dexter sah erst den kleinen Igel und dann mich an. »Lässt du mich mit dem stacheligen Geschöpf vor der Tür stehen, oder bittest du mich herein?«

»Lustig. Sehr lustig.« Ich winkte ihn herein.

Ich suchte nach einem leeren Karton, polsterte ihn mit einem sauberen Küchentuch aus, und Dexter setzte den kleinen Igel hinein. Er war wirklich unglaublich süß, und ich wünschte ein wenig, ich hätte ihn heute Nachmittag gefunden, sodass ihn alle Kinder hätten ansehen können.

Dexter schnüffelte einige Male und runzelte leicht die Stirn. Ich vermutete, dass er etwas zu dem Käsegestank sagen wollte.

»Igel sind dafür bekannt, dass sie etwas riechen«, sagte ich, während ich die Hintertür öffnete, um Luft hereinzulassen.

»Hmm«, meinte Dexter. »Sollen wir versuchen, ihm etwas zu trinken zu geben, während wir auf die Mädchen warten?«

»Klar.« Ich holte eine flache Schüssel und füllte sie mit etwas Wasser.

»Oh«, erinnerte ich mich plötzlich. »Warum hast du eigentlich bei mir geläutet?«

Er runzelte die Stirn. »Ach ja, ich wollte dir mitteilen, dass der Immobilienmakler für den Tag der offenen Tür morgen mit einem ziemlichen Andrang rechnet.«

»Ja, ich weiß, irgendjemand hat mich angerufen. Und gebeten, dafür zu sorgen, dass das Cottage gut riecht, wenn die Besucher kommen.«

»Ich schätze, Herr Stachel ist nicht gerade das, woran sie dabei gedacht hatten.« Dexter warf einen Blick zu dem Karton hin und wand sich vor Verlegenheit. Er drehte sich zum Kühlschrank um, schnüffelte und schien verwirrt. »Wie dem auch sei, man ist zuversichtlich, dass zumindest ein angemessenes Angebot eingeht, das es wert ist, sich damit auseinanderzusetzen. Wie es scheint sind einige ernsthaft interessierte Käufer unter den Besuchern.«

Mir wurde schwer ums Herz; ich hoffte, das bedeutete nicht, dass es nicht so leicht werden würde, sie zu vertreiben.

»Das freut mich für dich«, sagte ich halbherzig.

»Ja, das ist großartig. Vor allem für Rebecca, die wirklich …« Er hielt inne und fuhr sich mit der Hand zum Mund. »Egal. Das ist für alle gut, du wirst mich los, und ich komme zurück an die Arbeit.«

»Ach, so übel bist du gar nicht«, sagte ich und beugte mich über Herrn Stachels Karton. Ich würde ihn vermissen, wurde mir plötzlich klar. Ich mochte diesen Mann; ich genoss es sogar, mich mit ihm zu streiten. Unsere Körper berührten sich fast, und ich spürte die Anziehung, die von ihm ausging.

»Kann ich das schriftlich haben?«, lachte er.

Der Igel lag noch immer zu einem festen Ball zusammengerollt auf dem Rücken, und Dexter hob ihn an den Rand der Schüssel und legte ihn auf die Seite, sodass er an das Wasser kam.

»Komm schon, kleiner Bursche, trink etwas«, murmelte er.

»Was das Schriftliche angeht«, sagte ich, »so weiß ich, dass du gesagt hast, dass du schreibst, aber wo arbeitest du eigentlich?«

»Wir haben Büros in der Radio City Hall in Manhattan. Doch die meiste Zeit arbeite ich von zu Hause, von meiner Wohnung in Brooklyn, aus.«

»Wow«, sinnierte ich und versuchte mir ein Leben in einer so großen Metropole unter Tausenden von geschäftigen Menschen und Autos vorzustellen, überschattet von großen Gebäuden. Jeder in Barnaby beschwerte sich schon, wenn einmal im Monat die mobile Bücherei die Straße am Dorfanger blockierte und der Bus nicht vorbeikam.

»Das ist etwas anderes als dein Acht-Zimmer-Herrenhaus in Derbyshire«, sagte ich. »Lebt es sich besser oder schlechter in einer so großen Stadt?«

Er zuckte die Schultern. »Man kann in einer Achtmillionenstadt einsam sein oder in einem Haus, in dem man unerwünscht ist.«

Das war mit das Traurigste, was ich je gehört hatte.

»Es ist nicht so, dass du hier nicht erwünscht bist«, sagte ich zaghaft. »Es ist nur, na ja, es ist *schwierig*.«

»Ich weiß«, sagte er und sah mich direkt an, während seine grünen Augen meinen Blick festhielten. »Ich verstehe das.«

Mein Puls begann zu rasen. Ich hatte nicht mehr so empfunden, seit … ich konnte mich nicht einmal mehr erinnern. Ich spürte den überwältigenden Drang, die Arme um ihn zu schlingen und seine Einsamkeit zu vertreiben.

Ich fragte mich, wie es wohl sein würde, sein Gesicht zu berühren, mit meinen Händen durch seine Haare zu fahren, seine Lippen zu schmecken. Ich konnte das Hämmern meines Herzens fast hören und wünschte mit jeder Faser meines Seins, dass es nicht so schwierig wäre. Dass er einfach Violets von uns allen vergötterter Großneffe wäre und nicht der Verantwortliche dafür, dass man uns unser Zuhause nahm und unser Leben total auf den Kopf stellte.

Aber das war er, wie mir traurigerweise bewusst wurde, das war er.

Ich trat einen ganz kleinen Schritt zurück, und mehr brauchte es nicht, um die aufgeladene Spannung zwischen uns zu neutralisieren. Ich zwang mich, ihn nicht weiter anzusehen, und schaute zu dem kleinen Geschöpf, das noch immer fest zusammengerollt dalag.

Dexter räusperte sich. »Also, was ich sagen wollte, ist, sobald wir ein Angebot akzeptiert haben, fliege ich zurück nach Hause, wahrscheinlich schon nächste Woche. Ich weiß, dass wir nicht immer einer Meinung waren, doch ich habe mich gefragt, ob wir uns vor meiner Abreise nicht einmal treffen könnten, um zusammen zu …«

Doch sein letztes Wort wurde von meinem Keuchen verschluckt, als eine kleine, rosa Zunge erschien und immer wieder in das Wasser eintauchte.

»Er trinkt!« Ich griff nach Dexters Arm und empfand das lächerliche Bedürfnis zu weinen. »Ich bin so glücklich! Die Mädchen werden so glücklich sein! Herr Stachel erholt sich wieder. Er ist zurück im Leben.«

Dexter lächelte mich strahlend an, und im nächsten Moment nahm er mich in die Arme, und ohne zu überlegen, umarmte ich ihn auch, und wir lachten, lachten von ganzem Herzen.

»Ich auch«, murmelte er an meinem Ohr. »Ich auch.«

Erst als ich sehr viel später an diesem Abend meine Nachttischlampe ausschaltete, dachte ich daran, was er gesagt hatte; hatte Dexter angedeutet, dass wir auch ihn zurück ins Leben geholt hatten? Oder war er einfach nur glücklich gewesen? Sollte Ersteres der Fall sein, dürfte ihn unsere Operation Tag der offenen Tür sehr viel mehr verletzen, als ich einkalkuliert hatte. Zum ersten Mal fühlte ich ein leises Bedauern, und mir war flau im

Magen. Hatten wir es übertrieben? Waren unsere geplanten Aktionen richtig, richtig bösartig? Ich stöhnte und warf mich stundenlang von einer Seite auf die andere, bis ich mich zwang, die Augen zu schließen, und versuchte, von tausend rückwärts zu zählen.

Ich konnte jetzt nichts mehr ändern; die Sache lief. Ich sagte mir, dass wir das alles nur taten, um Zeit zu schinden, damit ich die Gelegenheit bekam, selbst ein Gebot für Evergreen Manor abzugeben.

Ich konnte nur hoffen, dass Dexter mir vergab – irgendwann.

Kapitel 20

Am nächsten Morgen zog ich die Vorhänge zurück und wurde von einem perfekten Herbsttag begrüßt. Für Ende Oktober war das Wetter fantastisch. Es wehte kein Lüftchen, nicht ein Blatt flatterte durch die Luft, der Himmel war so klar und blau, wie er nur sein konnte. Lorbeerbäume und Waldkiefern, nach denen Evergreen Manor benannt war, standen wie immer grün und erhaben wie Wächter entlang der Auffahrt, während im Garten die Rot-, Braun- und Gelbtöne der anderen Bäume dominierten, die der Jahreszeit ihre Wärme gaben. Und in den überwucherten Blumenbeeten glitzerte silbriger Tau an den Spinnweben. Die morgendliche Schönheit von Evergreen Manor hob meine Laune, und als ich das Fenster öffnete, atmete ich die scharfe Luft ein und ließ mein Gesicht von der blassen Sonne wärmen.

Eine plötzliche Angst ließ mich schaudern und das Fenster schließen, als ich mich daran erinnerte, was später kommen würde. Vielleicht wäre ein stürmischer, verregneter Tag, der die Stimmung der Leute trübte und die Wege in Schlammbäder verwandelte, unseren Bedürfnissen eher entgegengekommen.

Immerhin hatten wir so viele Schrecken auf Lager, dass jeder, der hier einen angenehmen Tag verbringen wollte, gründlich enttäuscht werden würde, dachte ich, als ich nach unten ging, um den Kessel aufzusetzen. Ich hatte keine Gewissensbisse, Rebecca zu verärgern; sie schien viel zu sehr mit sich selbst beschäftigt, um für andere Menschen Empathie zu empfinden, doch Dexter hatte etwas Liebenswertes, das ich nicht ignorieren konnte. Außerdem hatte Rebecca ihn im Stich gelassen, sie hatte ihn nicht nur mit der Regelung aller Einzelheiten bezüglich Violets Anwesen alleingelassen, sondern auch mit der geballten Wut ihrer drei zur Räumung gezwungenen Mieter. Die Kinder mochten ihn ohne Ausnahme. Kinder waren, was das anging, ein wenig wie Hunde; du konntest ihnen nichts vormachen, sie wussten instinktiv, ob jemand böse oder nett war, und sie spürten zweifelsfrei, dass Dexter ein netter Typ war. Und unsere Aktion würde ihm seine Arbeit ein gutes Stück erschweren.

Um Viertel vor elf arrangierte ich gerade einen Strauß gelber Herbstblumen in einem Tonkrug, als es an der Tür schellte.

Als ich öffnete, stand ich einer stark geschminkten Frau in den Vierzigern in einem engen, schwarzen Blazer, einem schicken Kleid und hochhackigen Schuhen gegenüber, die einen Packen Castle and Court-Broschüren unter dem Arm hielt.

»Anna Warner. Immobilienmaklerin.« Sie schüttelte energisch meine Hand, während sie auf mich zutrat. »Alles bereit für den Tag der offenen Tür?«

»Ich bin Gina, freut mich, Sie kennenzulernen«, sagte ich und trat einen Schritt zurück, als sie mit großen Schritten in die Diele und den unteren Wohnbereich stürmte. »Ich denke, ja.«

»Wir lassen die Leute sich selbst umsehen, aber Sie müssen sich keine Gedanken machen, wir haben alle überprüft, es sind keine Axt schwingenden Mörder darunter. Haha.«

Unter den Besuchern vielleicht nicht. Aber Bing würde in einem mit falschem Blut vollgeschmierten Hemd irgendwo im Garten herumschleichen.

Ich lief hinter ihr her und war froh, dass ich die Hintertür aufgelassen hatte, um den Käsegestank herauszulassen, der über Nacht ein unangenehmes Ausmaß angenommen hatte.

»Schön, gut«, sagte Anna und nickte anerkennend, während sie sich im Raum umsah und vor dem Spiegel stehen blieb, um ihren Lippenstift zu überprüfen. »Einfach und freundlich, heiter und hell. Der perfekte Anbau für eine Großmutter oder eine Ferienwohnung oder um Personal unterzubringen.«

Etwas in mir sträubte sich dagegen, dass sie mein Heim als »einfach« bezeichnete. »Und in den letzten zwei Jahren mein Zuhause«, fügte ich schelmisch hinzu.

»Natürlich.« Sie schenkte mir ein fröhliches Lächeln und ging zu den Regalen, wo ich die Kisten mit den Spielsachen und Büchern aufbewahrte. »Sie Glückliche.«

»Und mein Arbeitsplatz«, sagte ich unmissverständlich.

»Es ist mir bekannt, dass Sie als Tagesmutter arbeiten. Es läuft sehr gut, soweit ich das verstanden habe? Darf ich?« Sie wartete meine Antwort nicht ab und begann, die Bücher der Höhe nach zu sortieren.

»Bis jetzt, ja«, sagte ich. Langsam wurde ich sauer. »Doch jetzt werde ich mir neue Räumlichkeiten suchen müssen. Was nicht so leicht ist, wie Sie sich vorstellen können?«

Sie zog die Brauen hoch. »Ich habe etwas auf dem Tisch, das Sie interessieren könnte. Rufen Sie mich doch am Montag an.«

Sie gab mir ihre Visitenkarte.

»Etwas vor Ort?«, fragte ich, unfähig mein Interesse zu verbergen. Für alle Fälle.

»Nein«, lachte sie. »Aber in einem schönen Dorf, noch schöner als Barnaby, wenn das denn möglich ist.«

Ich stopfte die Karte seufzend in die Tasche meiner Jeans. Es war nicht möglich. Aus Barnaby wegzuziehen war mehr als nur ein Umzug – es würde bedeuten, noch einmal ganz von vorn anzufangen und mich nach völlig neuen Kindern umzusehen. Das wollte ich nicht, ich liebte die Kinder, und ich mochte ihre

Eltern. Vor allem Cat und die Zwillinge und Harris und, ja, eigentlich alle.

Nein, dachte ich, mit neuer Entschlossenheit. Aus diesem Grund kämpfte ich darum, Evergreen Manor zu retten. Die Menschen, die ihre Tage mit mir verbrachten, waren wie eine Familie für mich. Und eine Familie hielt zusammen.

Anna lief geschäftig im Zimmer herum, dann blieb sie stehen, um durch die offene Tür einen Blick in den Garten zu werfen. »Angemessene Größe, attraktiv, wenig wartungsintensiv.«

Ich hoffte inständig, dass ihr Blick nicht auf den Brennnesseldünger fiel, den ich, bevor sie kam, gerade hatte hereinholen und in den Blumenkrug gießen wollen, doch sie schien ihn nicht zu bemerken.

»Das klingt nach meinem Traummann«, sagte sie mit einem kehligen Lachen.

Nach meinem auch. Ein Bild von Dexter und der Freude in seinen Augen, als Herr Stachel angefangen hatte zu trinken, tauchte in meinem Kopf auf. Und wie wir uns umarmt hatten. Es hatte sich so natürlich und richtig angefühlt.

Der Igel hatte gestern Abend eine gefühlte Ewigkeit lang getrunken und dann ein wenig an dem Katzenfutter geschnuppert, bevor Cat die Mädchen eingesammelt hatte. Ich hatte ihn ein paar Stunden im Auge behalten und schließlich wieder dorthin gesetzt, wo Dexter ihn gefunden hatte. Als ich am Morgen nach ihm gesehen hatte, war er fort gewesen, was bedeutete, dass es ihm besser ging, hoffte ich.

Anna räusperte sich.

»Ich freue mich, dass Sie meinen Rat befolgt und Blumen gekauft haben.« Sie schnupperte. »Schade, dass sie nicht besonders gut riechen.«

»Ich habe ihn nicht befolgt, ich habe die Blumen geschenkt bekommen«, sagte ich zu ihr. Stanley und Maria hatten sie heute Morgen vorbeigebracht, frisch geschnitten aus ihrem Kleingarten. Die beiden waren bereits im Haupthaus an ihrem Platz. Sie hatten sich vor ungefähr einer Stunde hineingeschlichen, als Dexter zu seinem Morgenspaziergang am Fluss aufgebrochen war. »Ich muss Ihren Rat nicht annehmen. Tut mir leid, aber es ist nicht in meinem Interesse, dass das Haus verkauft wird.«

Anna schnitt eine Grimasse, als hätte ich sie verärgert, zog ihren Blazer fest um ihre Brust und marschierte Richtung Haustür, während sie mir über die Schulter zurief: »Gut, dann lasse ich Sie jetzt allein. Verhalten Sie sich einfach so, wie Sie sich auch sonst verhalten würden, es besteht kein Grund, auf Förmlichkeiten zu achten.«

»Das hatte ich auch nicht vor«, antworte ich und streckte ihr hinter dem Rücken die Zunge heraus.

»Ach, übrigens«, sagte sie und wirbelte genau in dem Moment mit hochgezogenen Brauen herum, »ich habe mein Auto in Ihrer Einfahrt geparkt. Um den potenziellen Käufern so viel Platz wie möglich zu lassen.«

»Super«, murmelte ich sauer.

Um Punkt elf trafen die ersten Interessenten ein; zwei Autos krochen langsam an meinem Cottage vorbei, deren Insassen auf dem Weg zu Evergreen Manor aus den Fenstern spähten. Ich rannte nach oben, riss mir den Pullover vom Leib, den ich gegen die Kälte getragen hatte – wegen des Käsegestanks und des üblen Geruchs der verwesenden Brennnesseln hatte ich Türen und Fenster aufgerissen –, griff nach der Schminke und malte mir rote Stellen in Ellenbeugen, Nacken und auf die Wangen. Dann nahm ich meine Stellung am Treppenabsatz ein, von wo aus ich jegliches Kommen und Gehen im Blick hatte und wartete.

Ich sah drei weitere Autos eintreffen. Dann stürzten die Ersten, die gekommen waren, aus dem Haus und sprangen in ihre Autos, während Anna hinter ihnen her hetzte. Ich rannte gerade noch rechtzeitig nach unten und vor das Haus, um sie die Auffahrt hinunterfahren und auf die Straße abbiegen zu sehen.

»Kommen Sie zurück«, rief Anna ihnen nach.

Ich unterdrückte ein Kichern und sprintete zurück in den Windfang, bevor sie meinen Hautausschlag bemerkte. Die Besucher waren viel zu schnell wieder gefahren, um alles von dem Haus gesehen zu haben. Was bedeutete, dass unser verrückter Plan wirklich funktionierte!

Als Nächstes kam Dexter aus dem Haus gelaufen, die Hände in die Hüften gestemmt, sah er die Auffahrt hinunter zu Anna. Anna gesellte sich zu ihm und schwenkte die Hände in der Luft, bevor sie sich zur Eingangstür umdrehten und zurück ins Haus gingen.

Einen Moment später kroch Stanley aus der Lorbeerhecke und entleerte genau dort eine Tüte mit Hundescheiße, wo sie gerade gestanden hatten.

Wir hatten uns alle gegen Marias Vorschlag entschieden, für den Tag Walkie-Talkies auszuleihen, was ich jetzt bereute; ich hätte zu gern miterlebt, wie Delphine die verlassene Braut spielte, Bing vor nichtsahnenden Besuchern Ratten freiließ und Maria mit den Rohren klapperte. Ich dachte gerade darüber nach, zum Schuppen zu Bing hochzuschleichen, als es an der Eingangstür klopfte.

Schnell schloss ich die Hintertür und rannte wieder nach vorn, um meine Besucher hereinzulassen, einen Mann und eine Frau in den Fünfzigern. Sie hatte wasserstoffblondes Haar, Fliegenbeinwimpern und trug Kleider im Leopardenmuster; er hatte einen dicken Bauch, nicht mehr viel Haare und war mehrere Zentimeter kleiner als sie.

»Hallo.« Ich kratzte mich in der Ellenbogenbeuge, als würde es mich jucken.

»Wir würden uns gerne einmal umsehen.« Der Mann hatte die Hände in die Taschen gesteckt und wippte auf den Fersen nach hinten. »Dürfen wir hereinkommen?«

»Ja, natürlich.« Ich fuhr mir mit den Händen in die Haare und kratzte mich heftig.

Der Mann ließ der Frau den Vortritt; vielleicht weil er höflich war, vielleicht weil er sie als Puffer zwischen sich und meinem Ausschlag haben wollte.

»O Gott«, sagte die Frau und zog ihre Chiffonbluse am Hals zusammen, als sie sich an mir vorbeischob. »Das ist doch nicht ansteckend?«

»Das sollte es nicht mehr sein«, sagte ich und lächelte zuvorkommend, während ich mir den Nacken rieb. »Der Kammerjäger geht davon aus, dass er diesmal alle erwischt hat.«

»Diesmal?«, wiederholte die Frau schwach.

Ich nickte. »Hier folgt eine Plage der anderen. Mit Flöhen kann ich umgehen.«

»Können Sie das?«, sagte sie.

»Na ja, zumindest ertrage ich sie.« Ich zeigte in die Diele und bedeutete ihnen hereinzukommen und vor mir herzugehen, während ich so tat, als würde ich beim Gehen den Teppich nach Flöhen absuchen. »Die Marienkäfer waren furchtbar. Sie saßen überall an der Decke, millionenfach.«

Das Paar blickte sofort nach oben.

»Und das Hornissennest war äußerst beunruhigend. Den ganzen Sommer hat es direkt über meinem Schlafzimmerfenster gebrummt. Jetzt sind sie Gott sei Dank weg. Wie es scheint, kommen sie auch nicht zurück, um an derselben Stelle noch einmal ein Nest zu bauen«, sagte ich schulterzuckend, »aber ich würde mich nicht darauf verlassen. Die Maden waren allerdings am schlimmsten. Eine Maus muss im Sofa stecken geblieben sein. Nach ein paar Wochen war da so ein widerlicher Geruch.«

Ich ließ mich auf das Sofa fallen und klopfte auf den Platz neben mir. Beide sahen mich fassungslos an. Keiner setzte sich.

»Ja, ja, die Maden. Sie haben sich durch die Maus gefressen, die da schon nicht mehr die frischeste war.« Ich fächelte mir mit der Hand Luft zu.

»Ich glaube, ich rieche es immer noch«, sagte der Mann und ging mit hocherhobener Nase in die Küche.

Der Gestank von Stanleys Brennnesseldünger nahm mir den Atem.

»Das bezweifle ich«, sagte ich unschuldig, während ich versuchte nicht zu husten, »es ist über ein Jahr her. Sie riechen wahrscheinlich die Kanalisation. Egal, als Nächstes war alles voller Schmeißfliegen, die gegen die Fenster geflogen sind. Aber was soll's«, sagte ich, »Sie können nicht auf dem Land leben, ohne dass ein paar Viecher Ihnen einen Besuch abstatten.«

»Oh mein Gott.« Die Frau sah den Mann ängstlich an.

»Du darfst schon nicht zimperlich sein, wenn du das Ganze in ein Landhotel verwandeln willst, Diane«, sagte der jovial.

Ein Hotel? Auf keinen Fall; das ging gar nicht. Ich war fest entschlossen, die beiden zu vergraulen – koste es, was es wolle. »Möchten Sie einen Blick in die obere Etage werfen?«

»Sollen wir uns die Mühe machen, Dave?«, fragte die Frau, die unter ihrem dicken Make-up ein wenig grün geworden war.

»Natürlich!« Er lächelte sie nachsichtig an. »Ich habe noch nichts gesehen, was mit einem Anstrich und einem bisschen Aufhübschen nicht in Ordnung gebracht werden könnte.«

Frechheit, dachte ich.

Als wir zurück in die Diele gingen, sah ich noch weitere Autos zum Haus hochfahren. Ich holte tief Luft und schickte meinen Mitsaboteuren positive Gedanken.

»Haben Sie sich Evergreen Manor schon angesehen?« Ich stieg als Erste die Treppe hoch und kratzte mir den Rücken. »Herrjemine, diese Bisse werden auch immer schlimmer.«

»Wir haben bisher erst einige der Räume im Erdgeschoss gesehen«, sagte Diane und achtete auf Abstand.

Wir kamen zu dem Treppenabsatz, der so klein war, dass sich unsere Zehen fast berührten. Alle Türen waren geschlossen, und obwohl Daves Augen erwartungsvoll zu der Badezimmertür wanderten, blieb ich einen Moment stehen, während ich mich absichtlich zu Diane hinbeugte, die sich so klein machte wie möglich, als ich mich erneut am Hals kratzte.

»In der oberen Etage gab es irgendein Problem«, sagte Dave mit einer wegwerfenden Handbewegung. Vielleicht roch er aber auch bereits den Käse im Bad. »Die Immobilienmaklerin wollte es erst beseitigen, bevor sie irgendjemanden nach oben lässt.«

»Aha«, nickte ich wissend. »Das überrascht mich nicht. Ich habe mir schon gedacht, dass sie die Störung nicht so leicht hinnehmen werden.«

»Wer?« Diane schluckte.

»Die früheren Bewohner.« Ich senkte die Stimme. »Sagen wir es einmal so, ich hoffe, Sie sind nicht auf wiederkommende Gäste angewiesen.«

»Natürlich sind wir das.« Dave atmete schwer durch die Nase. Er schien langsam leicht verärgert.

Ich stieß einen Pfiff aus. »Na dann, viel Glück. Dieser Ort ist sehr abgelegen. Ich sehe so gut wie nie eine Seele. Es gibt keinen vorbeikommenden Verkehr.«

»Damit hat sie recht, Dave.« Diane schob sich zu ihrem Mann hin. »Selbst das Navi hatte Schwierigkeiten, hierher zu finden.«

Dave runzelte die Stirn. »Welche früheren Bewohner?«

»Sie wissen doch, dass das einmal ein Militärkrankenhaus war?«, flüsterte ich.

Dianes Augenbrauen zuckten, und sie hakte sich bei Dave unter. Ich spürte, wie sich ein hysterisches Lachen ankündigte. Hier standen wir zusammengedrängt auf diesem kleinen Treppenabsatz, ich, übersät mit vorgetäuschten Flohbissen, und die beiden förmlich an meinen Lippen klebend, während sie sich immer unwohler zu fühlen schienen.

»Das wissen wir«, sagte Dave und warf einen Blick auf seine Uhr. »Wir dachten, das würde sich gut auf der Hotel-Website machen.«

Ich zog die Mundwinkel nach unten und nickte, als würde ich darüber nachdenken.

»Es wäre mit Sicherheit ein Gesprächsthema.« Ich legte Diane eine Hand auf den Arm; sie tat ihr Bestes, vor Ekel nicht aufzuschreien. »Es geht das Gerücht um, dass die früheren Patienten Nacht für Nacht suchend durch die Gänge wandern.«

»Und was suchen sie?« Diane kroch unter Daves Achselhöhle hindurch, die nassgeschwitzt war, wie mir jetzt auffiel.

»Ihre fehlenden Gliedmaßen«, zischte ich mit großen Augen. Ich stampfte mit dem Fuß auf den Boden. »Ungefähr so: stapf, stapf, stapf.«

Diane schrie auf.

»Mein Gott, Diane, du glaubst doch nicht an all das Geschwätz, oder?« Dave stöhnte genervt und riss die nächste Tür auf.

»Ja, natürlich, werfen Sie einen Blick ins Badezimmer«, sagte ich.

In seinem Eifer, meinen grausigen Erzählungen zu entkommen, stürmte das Paar ins Bad, nur um sofort wieder zurückzuschrecken. Ich kicherte leise; ich hatte den stinkenden Käse im Toilettenkasten versteckt.

»Mein Gott«, sagte Dave und wirbelte herum.

»Was, zum Teufel, ist das?« Diane hielt sich beide Hände vor den Mund und würgte. »Eklig, absolut eklig.«

»Ja, es ist eklig«, stimmte ich ihr zu. »So etwas prägt nun einmal ein Cottage mit Charakter. Hautschuppen und Körperflüssigkeiten anderer Menschen aus mehreren Jahrhunderten.«

»Ich brauche frische Luft«, murmelte Diane, stürzte die Treppe hinunter und geradewegs aus der Haustür.

»Vielen Dank, dass Sie sich Zeit für uns genommen haben«, sagte Dave ausdruckslos.

»Einen Moment!«, rief ich, als er die erste Stufe hinunterstieg. Er drehte sich misstrauisch zu mir um, und ich tat so, als würde ich etwas aus seinem Haar pflücken. »Verdammt. Der Kammerjäger hat sie doch nicht alle erwischt.«

Dave fuhr sich mit der Hand in die Haare und jagte seiner Frau hinterher, wobei er etwas murmelte, das durchaus mit »F« angefangen haben könnte, und ich denke nicht, dass es »Floh« war.

Ich ging nach unten, ließ mich auf den Boden fallen und beobachtete, wie ein weiteres Auto mit hohem Tempo die Auffahrt hinunterfuhr. Ich war erschöpft und hatte erst ein Besucherpaar hinter mich gebracht. Ich fragte mich, wie es den anderen ging.

Ich musste nicht lange warten, um das herauszufinden; eine wütende Stimme drang von der Auffahrt zum Welcome

Cottage herüber. Ich schlüpfte in den Windfang, um zu sehen, was los war.

Anna kam die Auffahrt hinuntergestürmt, gefolgt von Dexter.

»Warten Sie!«, rief er. »Anna, bitte!«

Anna erreichte mit rotem Gesicht und Tränen in den Augen ihr Auto, das neben meinem parkte. Sie betätigte die Fernbedienung, öffnete die Beifahrertür und warf den Stapel mit Broschüren, die sie auf dem Arm hielt, auf den Vordersitz.

»Noch nie in meinem Leben bin ich so behandelt worden«, erklärte sie.

Dexter hatte sie eingeholt. »Anna, es tut mir leid. Ich hatte keine Ahnung, dass irgendetwas in der Art passieren würde. Bitte, kommen Sie zurück, wir klären das.«

Er sah zu meinem Cottage hinüber, und ich drückte mich zwischen die Mäntel.

Die Immobilienmaklerin schüttelte den Kopf. »Mir reicht's.«

»Aber es sind noch Leute im Haus«, flehte er. »Und der Tag der offenen Tür ist noch nicht zu Ende.«

Anna wischte sich die Tränen ab und nickte zum Ende der Auffahrt hin. »Da sind Tore. Schließen Sie sie, und hängen Sie ein Schild auf, dass der Tag der offenen Tür ausfällt.«

Da waren Tore, aber wir schlossen sie nie – wahrscheinlich waren sie völlig eingerostet. Ich bewegte mich vorsichtig aus meinem Versteck und stand Dexter gegenüber, der mich außer sich vor Wut anstarrte.

»Ich fühle mich total gedemütigt«, fuhr Anna fort. »Der Schaden, den Sie dem Ruf meiner Firma zugefügt haben, ist unermesslich. Es würde mich nicht überraschen, wenn das Management Sie dafür verklagt.«

»Ich werde der Sache nachgehen, und Sie bekommen eine formale Entschuldigung, das versichere ich Ihnen.« Dexter trat einen Schritt zurück, als Anna seine Worte mit einem Achsel-zucken abtat.

»Ich hatte schon mit Beschlagnahmungen zu tun, mit ge-schiedenen Eheleuten, die sich bitter bekämpft haben, und ein-mal musste ich sogar ein Haus verkaufen, in dem ein Mord passiert war, aber etwas so Organisiertes wie das hier habe ich noch nie erlebt.« Sie zeigte zum Haus hoch.

Automatisch folgten meine Augen ihrem Blick. Meine zu-sammengewürfelte Freundesschar kam die Auffahrt hinunter: ein blutbefleckter Bing, eine Axt über der Schulter, eine geis-terhafte Delphine in ihrem Hochzeitskleid, Stanley mit einem Rattenkäfig und einer Tüte mit Hundescheiße in der Hand und Maria, ganz in Schwarz, mit einer furchterregenden Sturm-mütze und einen Baseballschläger schwingend, den sie für ihr gespenstisches Klopfen benutzt hatte.

»Für euch ist das alles ein großer Spaß?«, knurrte Dexter mich an. »Vielen Dank. Tausend Dank. Ihr habt nicht nur den Tag ruiniert, sondern wie es aussieht, habt ihr uns auch noch eine Klage eingehandelt.«

Eine Autotür schlug zu, und als ich zurückblickte, sah ich, wie Anna so schnell wendete, dass eine Ladung Kies gegen Dexters Beine spritzte.

Ich fühlte mich schrecklich. Ich trat durch die offene Haus-tür auf ihn zu. »Dexter, es tut mir leid, aber ich wusste nicht, was ich sonst tun sollte. Wir mussten uns etwas Zeit erkaufen.«

Er hielt die Hand hoch, als wollte er mein Gesicht nicht se-hen. »Schaut euch doch alle mal an. Das hat etwas von *Kevin allein zu Haus* trifft *Exotic Marigold Hotel*. Was habt ihr euch nur dabei gedacht? Habt ihr überhaupt eine Vorstellung davon, was ihr da angerichtet habt?«

In dem Moment erschien Rosie hinter dem Haus. »Hey, Gina, ich habe mich durch den Garten hereingeschlichen. Ich habe Hugo mitgebracht, er hat Durchfall und dürfte für eine richtige Sauerei sorgen. Oh, hallo, alle zusammen.«

Sie trat zu mir in den Windfang und blickte hinaus. Hugo entdeckte Dexter und stellte sich auf die Hinterbeine, zog an der Leine und wedelte mit dem Schwanz.

Er konnte nicht nur gut mit Kindern; auch Hunde liebten ihn. Der Mann war einfach bei *allen* beliebt.

Doch in diesem Moment wäre ich tot umgefallen, hätten Blicke töten können. Seine grünen Augen waren fast schwarz vor Wut. »Ich hatte gedacht, wir wären Freunde.«

Ich überquerte die Auffahrt und ging auf ihn zu.

»Das sind wir doch auch!«, begann ich, doch er hielt die Hände vor sich, um mich abzuwehren.

»Du hast arrangiert, dass der Hund deiner Freundin in meinen Garten scheißt.« Seine Stimme war leise und klang gefährlich, und sein Blick bohrte sich in mich hinein. »So funktioniert Freundschaft nicht. Mir reicht's.«

Er stürmte zurück Richtung Haus und ignorierte Hugos enttäuschtes, wehleidiges Jaulen.

»Scheiße.« Ich schlang die Arme um meinen Körper, damit ich aufhörte zu zittern. »Scheiße.«

»Vergiss ihn«, sagte Bing und stützte sich auf seine Axt. »Er geht zurück nach New York und leckt seine Wunden. Derweil kannst du anfangen, das Geld für die Rettung von Evergreen Manor zu beschaffen, Gina. Der Tag der offenen Tür ist gescheitert, es ist kein Angebot abgegeben worden. Das haben wir gut gemacht, denke ich.«

»So ein Volltrottel«, mokierte sich Maria. »Was erwartet er, hä? Dass wir alle stillhalten und tatenlos zusehen?«

»Oh, Nonna«, schnaubte Rosie und ließ ein Hundeleckerli fallen, um Hugo zu beruhigen. »Irgend so etwas.«

»Ja, vielen Dank, euch allen«, sagte Delphine, während sie

ihren Schleier abnahm. »Mission erfüllt. Dexter wird hoch in sein Zimmer gegangen sein. Lasst uns zurück zum Haus gehen und eine Tasse Tee trinken.«

»Ich werde die letzten Besucher zusammentreiben«, sagte Bing.

»Was willst du ihnen denn sagen?«, fragte Stanley mit gerunzelter Stirn.

Bing schwang sich die Axt über die Schulter. »Ich sage, hack, hack, die Party ist vorbei. Das dürfte reichen.«

Die Gruppe schlenderte zurück zum Haus und kicherte über Bings blöden Witz.

Ich sah Rosie an. »Ich fühle mich schrecklich. Der arme Dexter. Was habe ich nur gemacht? Ich sollte zu ihm gehen und mich entschuldigen.«

Sie legte mir den Arm um die Schultern und führte mich zurück ins Haus. »Nicht jetzt, lass ihn eine Weile brüten. Komm, hast du Wein hier? Und in deiner Küche riecht es übrigens, als läge dort eine Leiche.«

»Ja«, sagte ich reumütig. »Das dürfte meine Selbstachtung sein.«

Um acht am nächsten Morgen klopfte ich an die Hintertür von Evergreen Manor und trat in die Küche. Der Kessel kochte auf dem Ofen, und Delphine füllte noch im Nachthemd Trockenfutter in eine Schale für Coco und Chanel. Sie sah fast genauso gespenstisch aus wie gestern in ihrem Hochzeitskleid. Sie lächelte mich matt an, und ich küsste sie auf die Wange.

»Ich habe so gut wie nicht geschlafen«, seufzte sie, holte eine zweite Tasse und gab einen gehäuften Löffel Kaffee hinein.

»Ich auch nicht.« Ich lehnte mich gegen die Spüle und gähnte.

Delphine gab mir meinen Kaffee, und ich legte die Hände um die Tasse und drückte sie an meine Brust.

»Hat Dexter gestern Abend noch irgendetwas gesagt?«, fragte ich.

Sie schnappte sich eine der Katzen und rieb ihre Wange an ihrem Fell.

»Nicht ein Wort.« Sie biss sich auf die Lippe. »Bing ist gestern Abend zu ihm hochgegangen und hat ihn zu unserer Hackfleischpastete eingeladen, aber er hat es abgelehnt herunterzukommen. Dem Pizzakarton nach zu schließen, der hier auf dem Tisch lag, muss er sich Essen bestellt haben, nachdem wir ins Bett gegangen waren.«

Wir sahen uns beschämt an und stellten uns vor, wie Dexter dort oben fast vor Hunger gestorben war, aber niemanden hatte sehen wollen.

Der Pizzakarton war von der Lemon Tree Pizza Cabin, die von Arlos Mutter, Lia, betrieben wurde, und auf dem Karton hatte ein gefaltetes Blatt Papier mit unseren Namen gelegen: Delphine, Bing und Gina.

Es konnte nur von Dexter sein, und es konnte nur schlechte Nachrichten enthalten.

»Hast du das gesehen?« Ich griff nach dem Blatt und reichte es Delphine, meine Hände zitterten.

»Kannst du es bitte lesen, meine Liebe?« Ich habe meine Brille in meinem Zimmer liegen gelassen.

Ungeschickt faltete ich die Nachricht auseinander. Ich musste das Blatt zurück auf den Tisch legen, um mich auf die Worte zu konzentrieren. Ich hatte Dexters Handschrift noch nie gesehen, erkannte sie aber sofort als seine: saubere, geschwungene Druckbuchstaben, denen eine vornehme Offenheit anhaftete. Meine Stimme versagte plötzlich, und ich musste mich räuspern, bevor ich Delphine den Brief vorlesen konnte.

Ihr Lieben,

*ich habe meinen Flug umgebucht und fliege heute Morgen
zurück nach New York.*

*Wir alle trauern noch um Violet, und ich möchte euch
durch meine Anwesenheit, die eindeutig unerwünscht ist,
keinen weiteren Kummer bereiten. Die gestrige Vorstellung
hat das Fass zum Überlaufen gebracht. Ich verstehe, warum
ihr nicht wollt, dass Rebecca und ich Evergreen Manor verkaufen, doch wir können das Haus mit euch als Mietern
nicht halten, es ist einfach nicht machbar. Castle and Court
kümmert sich nicht länger um den Verkauf, doch es haben
sich ein paar ernsthafte Interessenten gemeldet. Von jetzt ab
werden Rebecca und ich den Verkauf von Violets Anwesen
über unseren Anwalt abwickeln lassen.*

*Ich danke euch, dass ich in Evergreen Manor sein durfte.
Es tut mir leid, so abzureisen. Trotz der unglücklichen Um-
stände habe ich es aufrichtig genossen, für eine kurze Zeit
Teil des Lebens in Evergreen Manor zu sein.*

Alles Gute
  Dexter

*PS. Ich habe mein Bett abgezogen und die Bettwäsche in die
Waschmaschine gesteckt.*

War er wirklich gegangen, ohne sich zu verabschieden?

Ein Kloß bildete sich in meiner Kehle; er musste ernsthaft sauer gewesen sein, um so einen Brief zu schreiben, hatte
es aber trotzdem geschafft, empathisch und höflich zu sein.
Und vielleicht las ich ja mehr in den Brief hinein, doch für
mich klang da eine unterschwellige Einsamkeit mit, als hätte

das Zusammensein mit uns etwas an seinem Alleinsein geändert.

Delphine ließ sich auf einen Küchenstuhl fallen.

»O mein Gott«, stöhnte sie leise. »Der arme Junge. Eine *Vorstellung* hat er das genannt. Ich hatte von Anfang an meine Zweifel an unserem Plan, und das bestätigt sie. Ich lebe hier komfortabel in dem Haus, das rechtmäßig ihm gehört, und wie vergelte ich ihm Violets Freundlichkeit? Ich schäme mich furchtbar.«

Ihre Worte rüttelten mich auf. »Ich mich auch. Ich werfe mal einen Blick in sein Zimmer.«

Mit rasendem Puls rannte ich die Treppe hoch, nahm zwei Stufen auf einmal, bis ich vor dem kleinen Zimmer im obersten Stockwerk stand. Ich klopfte und rief seinen Namen, obwohl ich genau wusste, dass ich keine Antwort bekommen würde. Ich stieß die Tür auf und spürte, wie sich etwas in meiner Brust zusammenzog. Das Zimmer war leer, das Federbett lag ordentlich gefaltet auf der Matratze, der kleine Schrank stand offen und war geräumt.

Dexter war fort.

Ich spürte, wie mir der erste Schluchzer entwich. Die ganze Anspannung der letzten Wochen hatte sich immer weiter aufgebaut; die Scheidung, die Überprüfung durch Ofsted, der Verlust von Violet, die Nachricht, dass wir unser Zuhause verlieren würden … Ich hatte alles in mich hineingefressen. Und plötzlich brachen die ganzen aufgestauten Gefühle aus mir heraus.

Ich hatte den Kampf zur Rettung von Evergreen Manor verloren, bevor er richtig begonnen hatte. Bing und Delphine würden Weihnachten definitiv ohne Bleibe dastehen, und was mein kleines Unternehmen anging, musste ich meine Bemühungen intensivieren, irgendwo etwas Neues zu finden, selbst wenn das bedeutete, mich weiter entfernt umzuschauen. In der Not fraß der Teufel Fliegen.

Und dann war da Dexter.

Ich war wütend auf mich. Warum hatte ich meinen Stolz nicht hinuntergeschluckt und mich für gestern entschuldigt? Ich hätte diese heimliche Abreise verhindern und ihm die Wahrheit sagen können: dass unser Versuch, den Tag der offenen Tür zu sabotieren einzig und allein dem Zweck gedient hatte, Zeit zu schinden, um mir die Gelegenheit zu geben, das nötige Geld zu beschaffen.

Doch ich war nicht nur deshalb verzweifelt. Dexter war hier nicht unerwünscht, wie er glaubte. Ihn kennenzulernen, war das Beste, was mir seit langer Zeit passiert war. Ich wünschte, ich wäre mutig genug gewesen, ihm zu sagen, ihm zu zeigen, wie viel er mir bereits bedeutete.

Ich ließ mich auf das Bett fallen und vergrub den Kopf in den Händen.

Ich war ihm keine gute Freundin gewesen. Und jetzt war er fort. Ich dachte daran, wie wütend er gestern ausgesehen hatte, wie er mich zurückgewiesen hatte, erklärt hatte, dass mein Verhalten mit Freundschaft nichts zu tun hatte.

Und jetzt war er fort und dachte das Schlimmste von mir. Es war zu spät für uns und zu spät, um Evergreen Manor zu retten.

Ich spürte jemanden hinter mir, eine leichte Bewegung auf der Matratze, als Delphine sich zu mir setzte.

»Meine Liebe!«, sagte sie und legte mir einen Arm um die Schultern. »Wo kommen denn all die Tränen her?«

Ich wischte mir die Tränen von den Wangen. »Ich habe versagt. Ich habe total versagt.«

Sie hob mein Kinn an, damit ich sie ansah. »Du hast mir in den letzten Wochen etwas gegeben, für das es sich zu leben lohnt, und du hast wieder Kinder in mein Leben gebracht. Für mich klingt das nicht nach Versagen.«

»Aber Evergreen Manor …«, setzte ich an.

Sie holte ein Taschentuch aus der Tasche ihres Morgenmantels und gab es mir. »Es ist ein Rückschlag, ich weiß, doch es lohnt sich nicht, deswegen Tränen zu vergießen.«

Ich murmelte einen Dank und drückte das Taschentuch an meine nassen Wangen. Delphine hielt meine andere Hand. Hände konnten so viel ausdrücken, dachte ich und sah auf unsere hinunter. Sie waren ein untrügliches Zeichen für das Alter. Meine Finger waren gerade, die Haut war glatt, während ihre mit braunen Flecken übersät waren und blaue Venen eine Karte ihres Lebens auf der papierdünnen Haut zeichneten. Als Nächstes betrachtete ich ihr Gesicht, Weisheit war in jede Falte eingeschrieben, Güte spiegelte sich in ihrem sanften Blick.

»Entschuldige, wenn ich neugierig bin, aber Dexters Abreise macht dir wirklich zu schaffen. Es geht um mehr als nur um das Haus, nicht?«

Hitze stieg mir ins Gesicht; ich war nicht davon ausgegangen, dass irgendjemandem etwas aufgefallen war. Dexter offenbar nicht.

»Ich mag zwar alt sein«, schalt sie mich, »doch der Blick einer Frau, wenn sie sich für jemanden interessiert, ist zeitlos.«

Ich lächelte sie matt an. »Typisch, dass ich mich in den Mann verliebe, der uns das Zuhause unter dem Hintern wegverkauft.«

»Pfff«, machte sie und schüttelte den Kopf. »Violet hat ihn geliebt und sie hat auch viel von dir gehalten. Ich denke, sie würde deine Wahl befürworten.«

Meine Wahl. Mein Herz setzte einen Schlag lang aus. Ich würde nicht so weit gehen. Ich mochte ihn, das stimmte, und ich hatte einen Großteil meiner freien Zeit damit verbracht, mir vorzustellen, wie sich seine Haut an meiner anfühlen würde und wie sein Körper wohl unter seinen Hemden aussah. Ich rief mich zur Ordnung.

»Du vergisst, dass er das Land verlassen hat und mich abgrundtief hasst«, murmelte ich.

»Unsinn.« Ich sah abrupt auf; sie hatte eben genau wie Violet geklungen.

»Wir haben ihn blamiert, das ist alles«, fuhr sie fort. »Sein Ego ist verletzt. Ich habe gesehen, wie er gestrahlt hat, wenn du in Evergreen Manor warst. Wie er immer dann eine Tasse Tee zu brauchen schien, wenn du in der Küche warst. Er mag eine Weile eingeschnappt sein, aber er fängt sich wieder.«

Ein netter Gedanke, sinnierte ich und seufzte, aber was brachte das, wenn er am anderen Ende der Welt lebte?

»Vielleicht hast du recht, Delph, doch jetzt hat es für mich erst einmal oberste Priorität, mein kleines Unternehmen auszubauen. Ich brauche keinen Mann, um vollständig zu sein.«

Delphine schien amüsiert. »Du brauchst auch kein riesiges, großes, zugiges, altes Haus, um vollständig zu sein.«

»Ganz recht«, stöhnte ich. »Ach, ich weiß nicht, im Moment kommt mir alles so hoffnungslos vor.«

Sie drehte sich zu mir um, ihre Augen waren strahlend und klar. »Nichts, wofür es sich zu kämpfen lohnt, ist jemals einfach. Das habe ich auf die harte Weise gelernt. Und du wirst das auch lernen.«

Ich holte tief Luft und gab ihren Worten Zeit, sich zu setzen. Bisher hatte ich nie ernsthaft für etwas gekämpft. Ich war immer Kompromisse eingegangen, mit dem Strom geschwommen. Vielleicht war es nicht überraschend, dass ich diesen Kampf verloren hatte.

Plötzlich sah ich Delphine an. »Sag mir die Wahrheit, hast du jemals daran geglaubt, dass ich es schaffe, Evergreen Manor von Dexter und Rebecca zu kaufen?«

Ihre Augen wurden groß vor Überraschung. »Sagen wir einmal so, du wirst es mit jeder Faser deines Seins versuchen, mit Herz und Seele. Daran zweifle ich nicht. Nicht eine Sekunde.«

Ihr Glaube an mich wärmte mir das Herz, und ich brauchte einen Moment oder zwei, um zu verarbeiten, was sie gesagt hatte. Sie hatte in der Gegenwart gesprochen.

»Du denkst also nicht, dass es vorbei ist?«

»Natürlich nicht. Du liebe Zeit, Mädchen. Es hat gerade erst angefangen.«

»Aber Dexter hat geschrieben, dass es einen ernsthaften Interessenten gibt.«

Sie zog die Schultern hoch. »Ja, und? Wir sind auch ernsthaft interessiert, nicht?«

Ihre Worte brachten mich auf die Füße, und Hoffnung sprießte in meiner Brust.

»Das sind wir«, stimmte ich ihr zu und umarmte sie fest.

»So ist es richtig«, gluckste sie.

Ich gab ihr einen schnellen Kuss. »Ich muss los. Ich muss darüber nachdenken, was als Nächstes zu tun ist. Bis Dexter in New York gelandet ist, habe ich einen Plan.«

Ich rannte nach unten und erschreckte Bing, als er, noch im Halbschlaf, aus seinem Zimmer auftauchte. Ich gab ihm auch einen Kuss und stürmte aus dem Haus, die Auffahrt hinunter.

Ich würde alles geben, genau wie Delphine gesagt hatte, ich würde Herz und Seele in das Unterfangen hineinlegen. Was hatte ich mir dabei gedacht, ein Aufgeben auch nur in Erwägung zu ziehen? Vielleicht konnte Evergreen Manor doch noch gerettet werden. Und vielleicht, nur vielleicht, war es auch für Dexter und mich noch nicht zu spät.

Teil 3

Risiken eingehen

Kapitel 21

Eine Stunde nachdem wir Dexters Brief gefunden hatten, tigerte ich im Welcome Cottage auf und ab, während mein Gehirn auf Hochtouren arbeitete.

Ich hatte gewusst, dass er nach Hause fliegen würde, sobald ein Angebot für Evergreen Manor vorlag, doch ich hatte gehofft, dass das noch nicht so bald sein würde. Und ich hatte gehofft, dass das Angebot von mir kommen würde.

Doch nachdem er sich so richtig über uns geärgert hatte, war er abgereist, ohne sich zu verabschieden oder mir die Chance zu geben, mich zu entschuldigen, dass ich den Tag der offenen Tür sabotiert hatte. Ich hatte nicht einmal die Gelegenheit gehabt, ihm zu sagen, dass ich ernsthaft daran interessiert war, das Haus zu kaufen.

Wäre er nur schon früher einmal gekommen, um Violet zu besuchen, dann hätten wir uns unter glücklicheren Umständen kennengelernt, und er wäre für mich ihr geliebter Großneffe gewesen und nicht der Verantwortliche dafür, dass zwei ältere Menschen aus ihrem Zuhause vertrieben wurden.

Und trotzdem mochte ich ihn.

Ach, komm schon, Gina, gib es zu, es ist sehr viel mehr.

Ich holte tief Luft. Okay, ich fühlte mich zu ihm hingezogen. Ich zog ein Haargummi von meinem Handgelenk und band mein Haar zu einem Pferdeschwanz zusammen. Ich erinnerte mich an den Nachmittag, an dem er für alle Lebkuchenmänner gebacken und im Garten mit den Kindern gespielt hatte. Er war so natürlich gewesen, so entspannt.

Und an die Momente, in denen wir miteinander allein gewesen waren; sie waren alles andere als entspannt gewesen. Seit unserer ersten Begegnung am Morgen von Violets Beerdigung war die Atmosphäre zwischen uns aufgeladen gewesen. Und dann war da dieser letzte Abend vor dem Tag der offenen Tür, an dem wir das Igelbaby gerettet hatten und Lily diese kostbaren Worte gesprochen hatte; das war so ein besonderer Moment gewesen, und es hatte sich unglaublich gut angefühlt, ihn anzulächeln und zu spüren, dass wir auf derselben Seite standen, wenn auch nur für kurze Zeit.

Es konnte nicht alles vorbei sein, das durfte einfach nicht sein.

Ich holte ein Notizbuch und einen Stift und setzte mich an den Küchentisch, um ein paar Ideen zu Papier zu bringen. Ich sollte die Zeit, die er unterwegs war, sinnvoll nutzen und mir darüber klarwerden, was ich ihm sagen wollte, wenn er in seiner Wohnung in Brooklyn ankam.

Mein Kopf war voller Bilder von Dexter, als sähe ich eine Diavorführung; die dunklen Brauen, die sich so lebhaft bewegten, wenn er sprach, die Augen, die funkelten wie Tau auf herbstlichem Gras. Ich dachte an seine Geduld mit den Kindern und sein einfühlsames Gemüt, das mich innerlich zur Ruhe kommen ließ, was mir bis jetzt nicht einmal bewusst gewesen war. Und nun nahm dieser Mann in Gedanken die schlechteste Version von mir mit zurück nach New York.

In der Ferne begannen die Kirchenglocken zu läuten, die wöchentliche Einladung, an dem Gottesdienst um neun Uhr teilzunehmen. Ich ging nicht regelmäßig in die Kirche, doch heute geriet ich in Versuchung. Vielleicht konnte ich mich in eine der Bankreihen schleichen und meine Entschuldigungen flüstern und hoffen, dass irgendeine göttliche Hand eingriff und sie ihm überbrachte, während sein Flugzeug am Himmel seine Bahn zog.

Ich legte den Stift zur Seite. Ich fühlte mich eingesperrt in dem warmen Cottage und wollte hinaus in den herbstlichen Sonnenschein. Ich ging durch die Diele in den Windfang und schlüpfte in meine Turnschuhe. Ich verspürte plötzlich das Bedürfnis zu laufen, meine Glieder zu strecken und mich körperlich zu fordern, um die ganze aufgestaute Energie loszuwerden. Ich versteckte den Haustürschlüssel unter einem großen Stein und sprintete davon, weg von dem Cottage und Evergreen Manor.

Ich lief den Berg hinunter, spürte jeden Aufschlag meiner Füße auf dem Bürgersteig, bog auf die Hauptstraße in Richtung der Geschäfte ab, vorbei an dem Schild, das das Dorffeuerwerk ankündigte und weiter am Bach entlang, der den Dorfanger säumte. Schon bald fand mein Körper seinen Rhythmus: die Arme schnellten vor und zurück, die Beine brannten, die Füße stampften. Meine Brust war eng, mein Körper versuchte angestrengt, ausreichend Blut und Sauerstoff zur Verfügung zu stellen. Das war kein Lauf, das war ein Sprint. Und das nicht zum Vergnügen, vielleicht zur Strafe?

Am Rande meines Sichtfelds sah ich eine Bewegung, das Winken einer Hand, und hörte eine Stimme, die meinen Namen rief. Paige. Sie hatte einen Laib Brot und eine Zeitung in der Hand. Ich hob die Hand, wurde aber nicht langsamer. Ich wollte nicht anhalten und reden. Meine Beine wollten laufen, laufen, laufen. Stattdessen senkte ich den Kopf, nahm noch mehr Geschwindigkeit auf und änderte die Richtung.

Doch heute war nicht mein Glückstag; die Ecke einer losen Bordsteinplatte wurde mir zum Verhängnis. Als ich mit dem Fuß darauftrat, neigte sie sich zur Seite, mein Fuß knickte nach außen, und ich geriet ins Stolpern.

»Autsch.« Ich blieb stehen, beugte mich hinunter, die Hände in die Hüften gestemmt, während mein heißer Atem Wolken vor mir bildete. Vorsichtig kreiste ich mit dem Knöchel; nichts gebrochen, nur gezerrt.

»Gina! Alles okay?« Paige kam zu mir gerannt, die Absätze ihrer Stiefel versanken im hohen Gras.

»Ja, ja, alles okay.« Ich zeigte auf die Bodenplatte. »Ich habe mich wieder mal ungeschickt angestellt.«

Eine Welle aus Selbstmitleid überrollte mich, und bevor ich es verhindern konnte, entwich mir ein Schluchzer.

»Oh, Liebes.« Sie legte Brot und Zeitung ab und streichelte mir den Rücken. Ich drehte mich zu meiner Freundin um und senkte den Kopf.

»Magst du mich trösten?«, krächzte ich.

Sie schlang die Arme um mich und hielt mich fest, sagte kein Wort, während ich den Tränen freien Lauf ließ.

»Okay?«, fragte sie ein paar Minuten später, nachdem ich mich durch ihre Taschentücher gearbeitet hatte.

Ich richtete mich auf. »Ich denke, ja. Danke.«

»Willst du darüber reden?«

Ich schüttelte den Kopf, während ich die feuchten Taschentücher in meiner Hand zusammenknüllte. »Erzähl mir lieber etwas Nettes.«

»Ähh.« Sie tippte sich mit dem Finger an die Wange. »Nigel macht Bacon-Sandwiches zum Frühstück. Na ja, zumindest brät er den Bacon. Er hat mich losgeschickt, die Zutaten zu besorgen.«

Ich sah auf den abgelegten Brotlaib auf dem Boden.

Sie lächelte. »Genau. Der ist für die Bacon-Sandwiches. Typisch für ihn, etwas auszusuchen, für das wir nichts im Haus haben.«

Bei der Vorstellung, irgendwo angekommen zu sein und geliebt zu werden und mir mit jemandem ein Zuhause zu teilen und mich im Spaß über das Frühstück zu kabbeln, musste ich fast schon wieder weinen. Fast wünschte ich mir, noch mit Eric verheiratet zu sein.

»Lass es mich noch mal versuchen«, sagte sie schnell, als sie mein Gesicht sah. Sie führte mich zu einer Bank, und wir setzten uns. »Alle im Pub haben darüber geredet, dass es gestern in Evergreen Manor gespukt hat. Stanley und Maria haben uns mit euren Abenteuern unterhalten. Wie es scheint, sind sie bei dem neuen Besitzer nicht so gut angekommen.«

»Oh, Paige«, stöhnte ich. »Ich hab einen Riesenmist gebaut.«

Sie sah mich verwirrt an. »Ich dachte, deine Sabotage sei erfolgreich gewesen?«

»Die Sache ist die, dass ich Dexter wirklich mag.« Ich biss mir auf die Lippe. »Ich meine *wirklich*.«

Paige Augenbrauen schossen in die Höhe. »Ich dachte, er sei der Feind?«

»Das war er auch.« Ich bekam ein verlegenes Lächeln zustande. »Doch jetzt bin ich wahrscheinlich *sein* Feind. Und heute Morgen ist er traurig und schlecht gelaunt in die Staaten abgereist, weil er zu wissen meint, dass er nicht willkommen ist, und ich fühle mich schrecklich. Er weiß nicht, dass ich Evergreen Manor kaufen will, und ich bezweifle, dass er mir glaubt, wenn ich ihm sage, was ich für ihn empfinde.«

Paige krauste die Stirn. »Dexter ist nicht abgereist.«

»Doch, ist er.« Mein Atem ging wieder normal, und ich spürte, wie meine Muskeln abkühlten. Ich rieb mir die Arme, um warm zu bleiben. »Er hat eine Nachricht hinterlassen. Er hat seinen Flug umgebucht, um heute zurückzufliegen, seine Sachen gepackt und ist verschwunden.«

Sie schüttelte den Kopf. »Ich habe ihn vor ein paar Minuten gesehen, als ich das Brot gekauft habe. Er sah ziemlich deprimiert aus.«

Mir zogen sich die Eingeweide zusammen. »Hast du gesehen, wie er in ein Taxi gestiegen ist?«

Sie runzelte die Stirn. »Da war kein Taxi. Ich hatte eher den Eindruck, dass er spazieren ging. Er hatte einen Rucksack bei sich. Er ist da lang gegangen.« Sie zeigte über den Dorfanger auf den Weg, der zum Fluss führte. »Warum gehst du ihm nicht hinterher und erzählst ihm, was du mir gerade erzählt hast? Das dürfte ihn aufheitern.«

Ich blinzelte, während ich verdaute, was sie gerade gesagt hatte.

»Gina?« Sie stupste mich an. »Beeil dich. Worauf wartest du noch?«

Ich griff nach Paiges Hand. »Danke – ich bin dir was schuldig.«

Und dann lief ich. Schneller, als ich je in meinem Leben gelaufen war.

»Wo wir gerade dabei sind, ich will in Evergreen Manor arbeiten. Für dich!«, rief Paige mir nach.

»Okay«, rief ich zurück, während mein Lachen und meine Worte vom Wind davongetragen wurden.

Nie hatte ich meine Freundin mehr geliebt. Ich liebte ihr Vertrauen in mich, ich liebte ihre feste Überzeugung, dass Dexter sich freuen würde, mich zu sehen, doch vor allem liebte ich die Tatsache, dass ich noch die Möglichkeit hatte zu versuchen, das Chaos, das ich angerichtet hatte, wiedergutzumachen.

Kapitel 22

Meine Füße wirbelten Wolken von kupferfarbenen Blättern auf, als ich aus dem Dorf sprintete und praktisch über den Zaun auf den Fußweg sprang. Ich zog den Kopf unter den niedrig hängenden Ästen des Weißdorns ein und hielt das Tempo in der Hoffnung, seinen zwanzigminütigen Vorsprung noch einzuholen. Vielleicht war er gar nicht so weit gegangen, vielleicht meditierte er, wie beim ersten Mal, als ich ihm begegnet war. Mein Herz hämmerte in der Brust, als die Bäume sich lichteten; ich rannte in die freie Landschaft, und da war er, ich konnte es kaum glauben, direkt vor mir.

»Dexter!« Schlitternd kam ich zum Stehen, vermied nur um Haaresbreite einen Zusammenstoß und taumelte zurück, während ich nach Atem rang.

»Wow!« Er griff nach meinem Arm, um mir Halt zu geben. »Gina?«

»Gott sei Dank!« Erleichterung überrollte mich wie eine Flutwelle. Bevor mein Verstand meinen Körper davon abhalten konnte, stürzte ich mich auf ihn.

»Uff!«, sagte Dexter, als ich ihn fest umarmte. Er zog sich die Kopfhörer aus den Ohren und steckte sein Handy in die Tasche. »Alles okay bei dir?«

»Mehr als okay!« Ich lehnte mich zurück, sodass ich ihn ansehen konnte, während ich noch immer nach Luft rang. »Ich habe dich gefunden! Damit hatte ich nicht gerechnet. Ich dachte, ich hätte dich verpasst, ich dachte, es sei zu spät. Aber das habe ich nicht, und ich bin so froh.«

Meine Gefühle übermannten mich, und das Weinen saß mir im Hals, sodass meine Stimme ganz zitterig war.

»Du hast mich gesucht?« Er runzelte die Stirn.

Ich nickte, während ich ihn losließ. »Ich habe die Nachricht gelesen, die du auf dem Küchentisch zurückgelassen hast, und Paige hat mir gesagt, dass sie gesehen hat, wie du diesen Weg eingeschlagen hast, und ich wollte mich richtig verabschieden.«

»Ah, verstehe.« Ein Wangenmuskel zuckte. »Ich dachte, es sei besser, einfach zu verschwinden und allen aus dem Weg zu gehen. In fünfzehn Minuten wartet am Dorfanger ein Taxi auf mich. Ich bin gerade auf dem Rückweg dorthin.«

Ich dankte meinem Glück; es hätte so wenig gefehlt und ich hätte diese Chance zu reden verpasst. Wenn ich nicht laufen gegangen wäre, wenn ich Paige nicht getroffen hätte. Und jetzt stand er in greifbarer Nähe vor mir. Ich bekam meine Chance, ihm alles zu erklären, und ich war fest entschlossen, sie zu nutzen.

»Können wir reden, bevor du abreist?« Ich hielt den Atem an, während ich auf seine Antwort wartete.

Er zuckte die Achseln. »Sicher. Aber ich fürchte, ich habe nicht lange Zeit.«

Ich lächelte ihn an. »Ich mache es kurz.«

Seite an Seite setzten wir uns in Bewegung, der Ärmel meines Sweatshirts streifte seine Jacke. Er hatte einen großen Rucksack auf dem Rücken. Ich lächelte vor mich hin und erinnerte mich an den ersten flüchtigen Eindruck, den ich von ihm bekommen hatte; ich hatte ihn für einen Obdachlosen gehalten.

Wir kamen an ein paar Kanalbooten vorbei und wechselten ein paar Grußworte mit einer Frau, die auf den Stufen saß und die Hände um eine Tasse gelegt hatte. Verblasste Wimpel flatterten in der Brise; auf Deck standen Töpfe mit Kräutern neben einem Holzstoß und an einer kurzen Wäscheleine hingen zwei Paar Unterhosen und vier Socken.

»Wünschst du dir manchmal, dass dein Leben so einfach wäre?«, sagte ich, als wir außer Hörweite waren.

»Du weißt nicht, ob es einfach ist«, sagte er belustigt. »Sie könnte ein paar Tage Ferien von ihrem Job als Raumfahrtingenieurin machen. Oder untergetaucht sein, bis die Narben von ihrem letzten Facelifting verblasst sind. Oder ihren Ehemann umgebracht und Stück für Stück über Bord geworfen haben, während sie die englischen Wasserwege befahren hat.«

»Man würde nie darauf kommen, dass du Drehbuchautor bist.«

Er lächelte dieses breite, offene Lächeln, das mich auch zum Lächeln brachte. »Berufsrisiko. Immer auf der Suche nach einer Story.«

»Guck mal«, ich nickte zu der Stelle hin, an der ich ihn meditierend entdeckt hatte. »Da wären wir wieder. Am Ort unserer ersten Begegnung. Nur dass du jetzt wütend auf mich bist«, sagte ich kleinlaut. »Was durchaus verständlich ist. Es ist nur so, dass ich dir nicht alles erzählt habe. Und wenn ich es dir jetzt nicht erzähle, wirst du auf die andere Seite der Welt verschwinden und das Schlechteste von mir denken.«

Er sah mich seltsam an. »Ich bin nicht wirklich wütend auf dich.«

Ich war so damit beschäftigt, meine Worte im Kopf zu entwirren, dass ich nicht mitbekam, was er sagte; ich drehte mich zu ihm um und nahm seine Hände in meine.

»Dexter, es tut mir so unendlich leid, was wir gestern getan haben. Wir – *ich* war egoistisch. Aber hinter alldem steckte wirklich keine Bosheit, auch wenn du das vielleicht denkst. Es war lediglich eine Notmaßnahme, die mit einer kleinen

Sabotageidee angefangen hat und dann aus dem Ruder gelaufen ist.«

Ich hielt inne. Dexters Gesichtsausdruck war unergründlich, doch sein Blick hielt meinen fest, während er wartete und zuhörte.

»Es war so schön, als du mit dem Igel bei mir geklopft hast. Du konntest so gut mit Lily und Isabel umgehen, und dann hat Lily zum ersten Mal, seit sie zu mir kommt, gesprochen. Cat war übrigens überglücklich. Und wir beide, wir haben uns so gut verstanden, dass ich beinahe die ganze Aktion abgesagt hätte. Ich bedaure das mehr, als du dir vorstellen kannst. Und um es noch einmal zu wiederholen: Es war falsch, und es tut mir leid.«

Ich verstummte, und Dexter sah mich immer noch an.

»Bitte, sag etwas«, sagte ich.

Ein Lächeln erweichte diese grünen Augen, die mich gestern so wütend angefunkelt hatten. »Ich habe etwas gesagt. Ich habe gesagt, dass ich nicht wirklich wütend auf dich bin.«

Verwirrt runzelte ich die Stirn. »Aber du reist unseretwegen früher ab.«

Er sah auf unsere ineinander verflochtenen Hände und rieb sanft mit seinen Daumen über meine Handrücken.

»Hör zu, können wir uns setzen?«, sagte er. »Ich möchte mich nicht weiter vom Dorf entfernen, das Taxi, du erinnerst dich?«

Wir verließen den Weg und gingen zum Flussufer. Dexter nahm seinen Rucksack ab und zog seine Jacke aus, um sie auf dem Gras auszubreiten, damit wir uns daraufsetzen konnten. Wir saßen Schulter an Schulter, sein Körper wärmte meine auskühlenden Muskeln.

»Was du in deiner Nachricht geschrieben hast, dass du unerwünscht bist, das stimmt nicht.« Ich zog meine Hände in meine Ärmel, um sie warm zu halten.

»Oh, ich denke doch.« Er spannte den Kiefer an und sah auf das Wasser hinaus. »Es ist lange her, seit ich das letzte Mal der Böse war. Es hat mir damals nicht gefallen, und es gefällt mir auch jetzt nicht.«

Ich studierte sein attraktives Profil und war bestürzt über seinen bitteren Tonfall.

Mein altes Ich hätte Frieden um jeden Preis gewollt und nicht weiter nachgefragt; doch die Dinge veränderten sich, *ich* veränderte mich. Ich mochte Dexter, und ich wusste, dass ich den Ursprung seines Kummers kennen musste, wenn ich ihn verstehen wollte. »Wie meinst du das, wer hat dich als den Bösen hingestellt?«

»Beim letzten Mal war es Stacy, meine Ex. Und eine Weile alle, die zu unserem Freundeskreis gehörten.« Er lächelte mich traurig an. »Das Ende unserer Beziehung war eine Katastrophe. Man sagt, jeden Streit kann man von zwei Seiten aus betrachten, doch in unserem Fall, war ihre die einzige, die alle hören wollten. Ich habe damals viele Freunde verloren und in den letzten fünf Jahren das sichere Singledasein vorgezogen.«

Er tat mir von Herzen leid; *fünf Jahre* ohne Beziehung. Was immer passiert war, hatte ihn offensichtlich sehr verletzt. Vielleicht lag das der Einsamkeit zugrunde, die ich gespürt hatte. Es würde auch erklären, warum ihm die gestrigen Ereignisse so zugesetzt hatten.

»Das klingt nicht sonderlich fair.«

»Nein, tut es nicht, oder?« Er lächelte mich schief an. »Ich habe fünf Jahre gebraucht, um das so ruhig erzählen zu können.«

»Und diesmal habe ich dich als den Bösen hingestellt«, sagte ich, während ich mich erinnerte, wie abweisend ich ihm gegenüber gewesen war, bis wir einen Waffenstillstand ausgerufen hatten. »Es tut mir leid. Es ging nicht per se gegen dich sondern gegen das ganze Chaos, für das du gesorgt hast.«

Er stöhnte. »Wem sagst du das. Ich war so sauer auf mich, dass ich Violet nicht besucht habe, als sie noch am Leben war, und um das Ganze noch zu verschlimmern, musste ich in dem Moment, als ihre engsten Freunde um sie trauerten, mit der Nachricht kommen, dass sie auch noch ihr Zuhause verlieren würden.«

»Ich habe dich das schon einmal gefragt, denn wenn du das so empfindest, warum geben Rebecca und du uns dann nicht etwas mehr Zeit?«

»Glaub mir, ich wünschte, ich könnte es«, sagte er. »In den Tagen hier habe ich mich erneut in Evergreen Manor verliebt. Ich kann durchaus verstehen, warum niemand dort ausziehen will. Um ehrlich zu sein, ist Barnaby der einzige Ort, mit dem ich mich irgendwie verbunden fühle. Evergreen Manor ist alles, was von unserer Familiengeschichte noch übrig ist. Aber ich bin in einer unmöglichen Situation.«

»Wieso das?« Sobald ich die Worte ausgesprochen hatte, bedauerte ich sie. »Entschuldige, vergiss es, das geht mich nichts an.«

»Kein Grund, dich zu entschuldigen, vielleicht tut es ja gut, es jemand anderem zu erzählen. Und vielleicht denkst du ja auch nicht ganz so schlecht von mir, wenn du die Gründe verstehst, aus denen das Haus schnell verkauft werden muss.« Er lächelte jungenhaft.

Die Kälte des Bodens kroch in meine Knochen, und ich begann zu zittern. »Violet hat dich geliebt, du kannst also nicht durch und durch schlecht sein.«

»Die gute alte Violet«, sagte er liebevoll. »Hier, nimm den, du siehst aus, als würdest du frieren.«

Er zog seinen Schal aus und wickelte ihn mir um den Hals.

Ich zog ihn hoch bis zum Kinn, genoss die Wärme des Schals und atmete seinen Geruch ein.

»Danke«, sagte ich. »Also, was ist das für eine unmögliche Situation?«

Er sah mich einen Moment lang an. »Rebecca. Sie hat ein Spielproblem und muss Evergreen Manor verkaufen, um ihre Schulden bezahlen zu können.«

Meine Augen wurden ganz groß; das hatte ich nicht erwartet. »Oh, mein Gott! Die Arme.«

Dexter erzählte, dass Rebecca einen hektischen, auf Provisionen basierenden Job in der Personalbeschaffung gehabt und von Adrenalin und Kaffee gelebt hatte, bevor sie ihr erstes Kind zur Welt gebracht hatte. Die ersten Wochen ihres Mutterschutzes hatte sie damit geprahlt, dass sie sich nicht zurechtmachen musste und keine Deadlines einzuhalten hatte.

»Lass mich raten«, sagte ich. »Und dann hat sie langsam ihr altes Leben vermisst.«

»Genau.« Dexter lächelte schief.

Ich kannte so etwas. Junge Mütter, die glaubten, sie würden die neu gewonnene Freiheit von ihrem Job lieben und die dann das Gefühl hatten, in einem Gefängnis zu sitzen. Harris' Mutter war jetzt beispielsweise sehr viel glücklicher, wo sie einen Mittelweg zwischen ihrer Arbeit und der Zeit zu Hause gefunden hatte.

»Konnte sie nicht in Teilzeit zurück?«, fragte ich.

Er schüttelte den Kopf. »Der Arbeitsweg zu ihrem Job betrug neunzig Minuten, und sie hatte oft noch Besprechungen am Abend. Sie hat mir gesagt, dass sie sich einsam und isoliert fühlt. Und ich habe ihr vorgeschlagen, sich nach einer Online-Plattform für Mütter umzusehen.«

Ich fühlte so etwas wie Neid, ob der Verbundenheit der beiden Geschwister. Ich konnte mir nicht vorstellen, mich jemals meinem Bruder anzuvertrauen. Sie hatte so ein Glück, Dexter in ihrem Leben zu haben, dachte ich. »Und hat das geholfen?«

»Nee.« Er fuhr sich mit der Hand durchs Haar. »Es hat sich als der schlechteste Rat erwiesen, den ich ihr geben konnte. Eine ihrer neuen Online-Freundinnen hat ihr fürs Online-Bingo einen Willkommensbonus-Code von fünfzehn Pfund geschickt. Und das war's. Wie sich herausstellen sollte, war das Spielen der perfekte Adrenalinersatz für ihren Job. Spulen wir jetzt drei Jahre und ein zweites Baby vor, dann hat sie es geschafft, Schulden in Höhe von Tausenden von Pfund anzuhäufen. Und ihr Mann hat keine Ahnung.«

»Das ist eine unmögliche Situation«, stimmte ich ihm zu.

Ich hatte mich nicht für Rebecca erwärmen können. Als ich sie kennenlernte, hatte ich sie als kratzbürstig und unsensibel empfunden. Jetzt, wo ich wusste, was hinter der Fassade schwelte, ergab alles einen Sinn.

Dexter seufzte. »Ich habe ihr finanziell so viel geholfen, wie ich konnte. Ich sage ihr immer wieder, dass sie Simon die Wahrheit sagen muss. Doch sie schämt sich und ist überzeugt, dass er nicht verstehen wird, wie sie so dumm sein konnte. Wie es scheint, benutzt er nicht einmal eine Kreditkarte. Er kauft Dinge nur, wenn er das Geld dafür in der Tasche hat.«

Mir erschien das vernünftig. Genau genommen hasste ich es wie die Pest, Schulden zu machen. Obwohl sich das vielleicht bald dramatisch ändern würde.

»Gib mir die Möglichkeit, Evergreen Manor zu kaufen«, platzte ich plötzlich heraus. »Ich bin vielleicht nicht so schnell wie die andere interessierte Seite, doch ich versuche gerade, das Geld aufzubringen.«

»Du?« Er sah mich fragend an. »Allein?«

Ich nickte. »Ich plane das schon eine Weile. Deshalb haben wir gestern auch versucht, alle anderen Interessenten in die Flucht zu schlagen. Ich möchte aus Evergreen Manor ein Zuhause machen, nicht nur für mich, sondern auch für Bing und Delphine.«

»Das ist sehr lieb von dir, Gina.« Seine Stimme war leise und warm. »Violet würde das freuen. Aber das ist ein immenses Vorhaben.«

»Ich weiß, aber ich habe alle möglichen Pläne: weitere ältere Mieter, die Räume im Erdgeschoss könnte man so umwandeln, dass sie für die Kinderbetreuung genutzt werden können. Ich habe gesehen, wie Bing und Delphine aufleben, wenn sie von Kindern umgeben sind. Meine Idee ist die, ein generationenübergreifendes Haus für uns alle zu schaffen.«

»Das ist eine fantastische Idee.« Dexter starrte mich an und schüttelte verwundert den Kopf. »Das gefällt mir sehr. Oben ein Zuhause für die Alten und unten eine Kita!«

Ich strahlte vor Stolz. »Genau. Ich weiß nicht, ob die Bank mir das Geld leihen wird, aber ich werde mein Bestes tun. Ich brauche nur noch ein bisschen Zeit.«

Er tat sich sichtlich schwer. »Und genau die hat Rebecca nicht.«

»Erben Rebecca und du nicht Violets Ersparnisse?«

»Sie hatte nicht viel, und die Testamentseröffnung ist auch noch nicht vollzogen, sodass keine Gelder verfügbar sind.« Er runzelte die Stirn. »Was mich daran erinnert, dass Delphine den Anwalt anrufen muss – sie ignoriert seine Briefe.«

»Ich sage es ihr«, versprach ich.

»Ich denke, ich könnte Rebecca einen Vorschuss auf den Verkauf des Hauses geben«, sagte er nachdenklich. »Das würde den Druck herausnehmen und dir vielleicht genug Zeit geben.«

Ich stieß einen Seufzer der Erleichterung aus. »Danke. Ich weiß das zu schätzen.«

»Ich kann nichts versprechen, doch ich werde mein Bestes tun, und ich wünsche dir viel Glück mit der Bank.« Dexter holte sein Handy aus der Tasche und guckte auf das Display. »Es tut mir leid, Gina, aber ich muss los.«

Er stand auf und bot mir seine Hand, um mich hochzuziehen. Mein Körper war nach dem Lauf ganz steif, und er bestand darauf, mir seine Jacke um die Schultern zu legen. Er schulterte seinen Rucksack, und gemeinsam eilten wir den Treidelpfad entlang und über den Zauntritt.

»Hast du irgendetwas getan bekommen, während du hier warst, oder haben wir dich zu sehr abgelenkt?«, fragte ich.

Er sah mich belustigt an. »Du hast mich total abgelenkt, Gina Moss.«

Seine Stimme war leise und rau, und ich spürte die Spannung zwischen uns. »Ich habe sogar eine Idee für einen Film, die ich äußerst spannend finde.«

»Und ich bin die Heldin, nehme ich an?«

»Das kann ich nicht verraten«, sagte er mit einem versteckten Lächeln. Dann stöhnte er. »Ich denke, ich sollte der Immobilienmaklerin Blumen schicken, um mich zu entschuldigen.«

»Lass mich das machen«, bot ich an. »Ich entschuldige mich im Namen aller. Ich wette, wir sind die schlimmsten Klienten, die sie je gehabt hat.«

Dexter zog eine Braue hoch. »Ich bin mir sicher, sie sieht das Lustige daran, wenn sie erst ihre Therapie beendet hat.«

»Aha, und du?« Ich sah ihn erwartungsvoll an.

Er lachte. »Gestern war ich erst einmal wütend, aber ehrlich? So etwas Lustiges habe ich seit Langem nicht mehr erlebt. Delphine in diesem Hochzeitskleid werde ich nie vergessen.«

»Oder Bing – voll mit Rote-Bete-Saft aus Stanleys Schrebergarten«, sagte ich.

Er schüttelte den Kopf. »Und Stanley, wie er mit Scheißegranaten geworfen hat. Und Maria mit diesem Baseballschläger.«

Wir lachten beide. Es fühlte sich gut an, mit ihm zu lachen. Wir verließen den Pfad und überquerten die Straße, die zum Dorfanger führte. In der Ferne sah ich ein Auto, das vor Biddys Tierhandlung parkte. Es war ein Taxi. Die Zeit lief uns davon, in wenigen Minuten würde er fort sein. Plötzlich war mir nicht mehr zum Lachen zumute.

Dexter entdeckte das Taxi ebenfalls. Er griff nach meiner Hand und verschränkte seine Finger mit meinen. Seine Haut war warm und weich, ich hielt den Atem an, und mein Herz schlug kräftig, während wir auf das Auto zugingen.

»Ich bin mir wie ein Monster vorgekommen«, sagte er kleinlaut. »Wie ich euch alle angeschrien habe. Ich habe mich so geschämt, dass ich einfach abreisen musste. Was für ein Mann schreit alte Leute an? Das ist so, als würde man Welpen Steine an den Schwanz binden. Und dein Gesicht. Du warst so ...«

»Voller Flohbisse und roter Farbe auf Wangen und Armen«, beendete ich den Satz für ihn. »Erinnere mich nicht daran.«

»Du warst wunderschön.« Er blieb stehen und griff auch nach meiner zweiten Hand, sodass wir einander ansahen. »Du *bist* wunderschön.«

»Was?« Ich sah ihn unsicher an.

Sein Blick hielt meinen fest. »Du hast gehört, was ich gesagt habe. Und du kannst einen in den Wahnsinn treiben.«

»*Du* treibst mich in den Wahnsinn.«

Er begann zu lachen. »Dann sind wir jetzt mit den Komplimenten durch und schalten zurück auf Normal.«

»Taxi zum Flughafen Manchester?«, rief der Fahrer durch die heruntergelassene Scheibe.

Dexter hob bestätigend die Hand.

»Dann war's das wohl.« Ich zwang mich, heiter zu klingen.

»Ich freue mich, dass wir als Freunde auseinandergehen«, sagte er. »Nicht, dass du es einem leicht gemacht hättest, dich kennenzulernen.«

»Gleichfalls.« Ich lächelte so angestrengt, dass mir die Wangen wehtaten. Doch insgeheim brach mir das Herz. Warum musste er gerade jetzt abreisen, wo es sich zwischen uns endlich richtig anfühlte?

»Hältst du mich auf dem Laufenden?«, fragte er. »Bezüglich der Bank.«

Ich nickte. »Natürlich, und was ist mit dem potenziellen Käufer? Du hast in deiner Nachricht geschrieben, dass sich jemand für Evergreen Manor interessiert.«

»Ja, eine Firma, die es zu ihrem neuen Hauptquartier machen möchte. Es wäre eine Nutzungsänderung, sodass es eine Weile dauern wird, bevor irgendetwas aus dieser Anfrage wird.«

Ich schauderte. »Hoffentlich wird nichts daraus. Das klingt grauenhaft.«

»Da gebe ich dir recht«, sagte er reumütig. »Aber ich spreche mit Rebecca und erzähle ihr von deinem Vorschlag.«

Er umarmte mich, und ich schlang meine Arme um ihn. Sein Körper war schlank, seine Muskeln straff. Ich stand auf den Zehenspitzen und drückte meine Wange an seine. Ich spürte seine Bartstoppeln auf meiner Haut, und etwas in mir rührte sich, und es bedurfte meiner gesamten Willenskraft, meine Lippen nicht auf seine zu drücken und ihm nicht zu zeigen, dass wir vielleicht wirklich mehr als Freunde sein könnten.

Der Fahrer stieg aus dem Auto und öffnete den Kofferraum. Dexter ließ mich los und nahm seinen Rucksack ab.

»Die solltest du besser mitnehmen«, sagte ich mit trockenem Mund, während ich mich aus seiner Jacke schälte und sie ihm gab. Als ich mir den Schal ausziehen wollte, schüttelte er den Kopf.

»Den behältst du. Er steht dir.«

Ich lächelte. »Ist das nicht eine klassische Situation für ein Drehbuch? Der Typ muss sie also noch einmal treffen, um ihn zurückzubekommen.«

Er lachte. »Verflixt! Bei dir komm ich wohl mit gar nichts so einfach davon, was?«

Ich schüttelte den Kopf und spürte, wie sich meine Kehle zusammenzog, als er ins Auto stieg. Ich schlang die Arme um mich, weil ich seine Wärme vermisste.

»Grüß die Kinder von mir«, sagte er durch das offene Fenster. »Besonders Lily und Isabel. Und kümmere dich um Herrn Stachel, falls er noch mal auftaucht.«

»Das werde ich. Gute Reise.« Ich beugte mich hinunter, bis unsere Gesichter einander so nahe waren, dass ich die braunen Flecken in seiner grünen Iris sehen konnte.

»Meine Schwester möchte, dass ich Weihnachten nach Hause komme. Vielleicht sehen wir uns dann ja.«

»Das wäre schön«, sagte ich leise. Wir hatten fast Ende Oktober, was bedeutete, dass es grob zwei Monate dauern würde, bis ich ihn wiedersah. Ich konnte es jetzt schon kaum erwarten.

»Und solltest du jemals in New York sein, komm vorbei und besuch mich«, sagte er, während seine Stimme mit dem Rumpeln des Motors konkurrierte, als der Fahrer den Schlüssel ins Zündschloss steckte. »Das ist eine stehende Einladung.«

Plötzlich beugte ich mich vor und gab ihm einen Kuss. »Danke, vielleicht mache ich das ja.«

»Sind Sie so weit?«, rief der Fahrer über die Schulter.

»Wow.« Dexter berührte mit den Fingerspitzen seine Lippen, während er mich ansah. »Ich denke, ja.«

Aber ich war noch nicht so weit. Ich trat von dem Bordstein zurück, während Tränen in meinen Augen stachen.

Das Auto fuhr davon, und ich konnte nur zusehen und winken, während Dexter aus meinem Blickfeld verschwand.

So, jetzt wusste er, was ich für ihn empfand und dass ich vorhatte, Evergreen Manor zu kaufen.

Was hatte Delphine vorhin gesagt? Es hatte gerade erst angefangen.

Kapitel 23

Am folgenden Mittwoch war Halloween, und wir waren alle verkleidet gekommen, einschließlich Beau Colby. Als Dracula sah er prächtig aus, und als er in die Hände klatschte, verstummten alle Kinder auf der Stelle.

»Woran denken wir, wenn wir von Halloween sprechen?«, fragte er.

»An Monster!«, rief jemand mit einer grünen Hulk-Maske.

»An Kriegerinnen!« Isabel nahm eine Pose ein, einen Arm erhoben, eine Hand in der Hüfte, das Kinn vorgereckt. Ihr Umhang, der aus einer schwarzen Mülltüte gemacht war, flatterte um ihre schmalen Schultern.

Lily, die als der neue Doktor Who verkleidet war, drückte näselnd durch ihre gelbe Zahnspange ihre Zustimmung aus. Die Zwillinge waren als Figuren verkleidet, die gewöhnlich nicht mit Halloween in Verbindung gebracht wurden, doch da beide sich für starke weibliche Charaktere entschieden hatten, hatte Cat nicht mit ihnen diskutieren wollen. Je besser ich Cat kennenlernte, desto klarer wurde mir, dass die Mädchen bereits ein sehr gutes weibliches Vorbild hatten, zu dem sie aufsehen konnten.

Wir waren mitten in den Herbstferien. Die Nachfrage nach dem Halloween-Bastelkurs war riesig gewesen, und ich war voll ausgebucht.

»Was sonst noch?«, fragte Beau.

Die Kinder antworteten sofort, »Geister! Hexen! Kürbisse!« Harris, der als molliger, kleiner Kürbis verkleidet war, strampelte mit den Beinen und klopfte mit den Händen auf das Tablett seines Hochstuhls.

»Fantastisch!«, sagte Beau und lächelte, wobei er seine Fangzähne entblößte. Er hielt ein großes Bastelbuch mit allen möglichen Halloweenbildern hoch, sodass die Kinder sie sehen konnten. »Was ist mit Fledermäusen? Und Spinnen?«

Ich hatte bereits einige Kürbisse ausgehöhlt, die den Windfang des Welcome Cottages schmückten und später mit Kerzen bestückt werden und leuchten sollten. Das hatte sich nicht für eine Gruppenaktivität geeignet; viele Kinder, scharfe Messer und dickhäutige Kürbisse trugen nicht zu einem entspannten Morgen bei. Und die Ankündigung, dass es nachher unbegrenzt Süßigkeiten geben würde, hatte die Kinder bereits so aufgedreht werden lassen, dass Gott allein wusste, wie sie sich verhalten würden, wenn sie die Süßigkeiten erst gegessen hatten.

Vorhin hatten wir mit schwarzem Papier, orangen Papiertaschentüchern und Kräuselgummi Kürbismasken gemacht, und jetzt bastelten wir Laternen.

Nachdem Beau die Kinder mit vielen Inspirationen für ihre eigenen Laternen gefüttert hatte, teilte ich bunte Pappe aus und stellte Behälter mit Glitzer, Glotzaugen, Buntstiften und Klebestiften auf den Tisch. Beau suchte eine Kinder-Halloween-Playlist auf seinem Handy heraus, und schon bald arbeiteten alle eifrig an ihren Laternen, während ihre kleinen Gestalten zu Monster Mash auf und ab wippten. Beau und ich gingen um den Tisch, boten Hilfestellung an, machten Vorschläge, ermutigten und halfen in Noahs Fall, größere Augenhöhlen in das weiße Laken zu schneiden, das seine Verkleidung als Geist sein sollte, da er nicht sehen konnte, was er tat. Der Raum quoll über vor guter Laune und Lachen.

»Du bist ziemlich gut hierin«, sagte ich zu Beau, als wir uns an einem Ende des Tisches trafen. »Suchst du zufällig einen Job?«

Er lachte und wischte Kleber von seinen Fingern. »Es fühlt sich gut an, mir wieder mal die Hände schmutzig zu machen.«

»Willkommen in meiner Welt«, sagte ich. »Danke, dass du das machst, die Kinder beten dich an.«

Er wäre so ein guter Vater, dachte ich. Seine Frau musste eine Närrin sein, das nicht erkannt und ihre Ehe für eine Affäre weggeworfen zu haben.

Beau sah die Kinder liebevoll an. »Das beruht auf Gegenseitigkeit. Es war so eine gute Entscheidung, an die Schule nach Barnaby zu kommen. Als ich von der Vertretung gehört habe, hat sich das wie ein Wink des Schicksals angefühlt. Ein Neustart, kein Getratsche, und was das Beste war, keine mitleidigen Blicke von Kollegen und Eltern. Und darüber hinaus keine Langzeitverpflichtung, was mir auch sehr gelegen kam. Meine gesamte Welt war aus den Fugen geraten; ich war nicht in der richtigen Verfassung, weitreichende Entscheidungen zu treffen.«

Ich verstand ihn total. Das war auch meine Überlegung gewesen, als ich das Welcome Cottage angemietet hatte; nachdem ich mich von Eric getrennt hatte, war ich nicht bereit gewesen, mich zu irgendetwas zu verpflichten. Jetzt war das anders. Und mit Dexter an meiner Seite war ich mir sicherer denn je, dass Evergreen Manor mein endgültiges Zuhause werden könnte.

Dexter. Bereits bei dem Gedanken an ihn wurde mir ganz warm.

Ich hatte zweimal mit ihm gesprochen, seit er zurück in Brooklyn war. Er hatte mich direkt nach der Ankunft über Face Time angerufen, um mir zu sagen, dass er den ganzen Weg über den Atlantik an mich gedacht hatte. Je mehr er darüber nachdachte, desto überzeugter sei er, dass Violet es gewollt hätte, dass ich Evergreen Manor kaufe, hatte er gesagt.

Dann hatte er sich noch einmal gemeldet und mir mitgeteilt, dass Rebecca an Bord und bereit sei, mir zuzuhören, wenn ich zeitnah ein Angebot machen könne. Castle and Court hatte die Vereinbarung, Evergreen Manor zu verkaufen, aufgekündigt, und Dexter hatte seine Schwester überredet, vor Weihnachten niemand anderen mit dem Verkauf zu betrauen, um den Stress für alle zu reduzieren. Das bedeutete, dass das Rennen begonnen hatte; jetzt hieß es, ich oder die Firma, die nach neuen Geschäftsräumen suchte.

Das alles war Musik in meinen Ohren. Ich wusste, dass ich mit Hindernissen zu rechnen hatte, doch jede freie Minute verwandte ich auf die Perfektionierung des Geschäftsplans, den ich der Bank in einer Woche vorlegen wollte. Keiner von uns hatte den Kuss erwähnt, den ich ihm vor seiner Abfahrt gegeben hatte, doch seine Stimme hatte eine neue Weichheit, die meinen Magen jedes Mal, wenn ich sie hörte, Purzelbäume schlagen ließ.

Beau sah mich neugierig an. »Dein Blick ist plötzlich ganz verschleiert. Woran denkst du?«

Ich wurde rot und zog mir meinen spitzen Hexenhut tief in die Stirn. »Ich dachte gerade daran, wie glücklich mich mein Umzug zurück nach Barnaby gemacht hat. Würdest du bleiben, wenn sich dir die Gelegenheit böte?«

»Darüber kann ich im Moment schwer reden.« Beau nickte zu den Kindern hin.

Ich tippte mir an die Nase. »Ich hab's kapiert. Die Kleinen haben Ohren wie Luchse.«

Er lachte. »Genau. Aber ich verspüre definitiv nicht den Wunsch, in die Gegend zurückzukehren, in der ich mit meiner Frau gelebt habe, auch nach der Scheidung nicht.«

»Mr. Colby?« George brauchte Hilfe mit seinen Fledermausflügeln.

Während Beau zu ihm ging, um ihm zu helfen, befreite ich Harris aus seinem Hochstuhl. Er fing an sich zu langweilen und vertrieb sich die Zeit damit, alles, woran er kommen konnte, auf den Boden zu werfen. Beau kam zurück, und wir setzten unser Gespräch fort.

»Ich denke, du kannst wirklich stolz auf dich sein, wie gut du dich wieder gefangen hast«, sagte ich.

Die Titelmelodie aus *Die Addams Family* erschien auf Beaus Playlist, und Megan, die als Zombie verkleidet war, erklärte den Jüngeren, wie sie zu der Musik mit den Fingern zu schnipsen hatten.

»Seltsam, wie das Leben manchmal vom Kurs abkommen kann«, sagte Beau. »Ich hatte die nächsten Jahre genau geplant: ein Haus für die Familie und ein paar Kinder, die es füllten. Jen und ich schienen uns so ähnlich zu sein, schienen die gleichen Ziele zu haben. Natürlich hat es Zeiten gegeben, in denen wir uns nicht so gut verstanden haben, wie ich mir das gewünscht hätte, aber keine Ehe ist perfekt«. Er zuckte die Schultern. »Ich hätte jedoch nie gedacht, dass wir uns einmal so trennen würden.«

»Das Leben ist nicht vorhersagbar«, stimmte ich ihm zu. »Sieh dir Cat und die Mädchen an. Ihr Leben hat sich total verändert.« Ich hielt einen Moment inne. »Seltsam, dass sie zur gleichen Zeit nach Barnaby gekommen sind wie du. Vielleicht ist das so etwas wie Schicksal?«

Ich beobachtete, wie die Zwillinge letzte Hand an ihre Laternen anlegten. Isabel hatte einen grausigen Geist mit Glotzaugen gebastelt, und Lilys Maske ging unter violettem Glitzer fast unter.

»Die Mädchen sind großartig«, sagte Beau.

»Das sind sie«, stimmte ich ihm zu und fragte mich, ob er meine Bemerkung absichtlich ignorierte. »Und Cat auch.«

Beau richtete seine Aufmerksamkeit auf Harris' orange Socken, die er gerade Gefahr lief zu verlieren; dass er den Blickkontakt zu mir mied, fiel mir durchaus auf.

»Cat ist eine wunderbare Frau.« Seine Stimme war leise und diskret. »Es wird lange dauern, bis sie über den Verlust ihres Mannes hinweg ist. Im Moment konzentriert sie sich ganz auf ihre Kinder.«

»Ich weiß nicht«, antwortete ich vielsagend. »Sie kommt langsam ein bisschen aus ihrem Schneckenhaus heraus. Ich denke, sie könnte schon so weit sein, sich nicht nur auf die Zwillinge, sondern auch auf sich selbst zu konzentrieren, und vielleicht auch auf jemand anderen.«

Er lachte. »Ich merke, was du vorhast, Gina, aber Jen und ich stecken noch mitten in der Scheidung. Ich habe eine befristete Unterkunft und einen befristeten Job. Ich denke nicht, dass ich im Moment ein guter Fang bin.«

Ich zog die Brauen hoch und erlaubte es mir, anderer Meinung zu sein.

»O nein!« Arlos Kinn zitterte, als er seine Laterne hochhielt oder eher nur deren Griff. Die Laterne selbst war mit so viel Kleber und zusätzlichen Papierstückchen verziert, dass sie feucht geworden und auseinandergebrochen war. »Sie ist kaputt gegangen.«

»Interventionsstrategien sind im Anmarsch«, murmelte Beau und kam dem kleinen Jungen zu Hilfe.

Die nächsten zehn Minuten trieben wir die Kinder zur Eile an, und bald hatte jedes eine Laterne gebastelt, mit der es glücklich war. Ich brachte Harris sogar dazu, mit einem dicken Buntstift Zeichen auf eine orange Pappe zu malen, aus der Lily ihm netterweise eine einfache Laterne bastelte, die er mit nach Hause nehmen konnte.

»Wenn wir Glück haben, hält Bing inzwischen die nächste

Belustigung bereit, und ich kann uns Teewasser aufsetzen«, sagte ich zu Beau, als wir die Kinder nach unten ins Bad zum Händewaschen begleiteten.

Beau sah beeindruckt aus. »Mein Gott. Du hast den Laden ja fest im Griff, du könntest es durchaus mit den meisten unserer Lehrer aufnehmen.«

Ich lachte. »Entweder so, oder du gehst unter.«

Bing erschien wie gerufen aus der Küche, mit vor Kälte geröteten Wangen und einem Eimer mit Äpfeln unter dem Arm. »Happy Halloween, meine Lieben!«

»Bingo!«, riefen die Kleinen im Chor.

»Perfektes Timing, Bing!«, sagte ich und umarmte ihn. Ich war mir ziemlich sicher, dass Bing sich nicht mit Absicht verkleidet hatte, doch in seinem schicken dunkelblauen Blazer, mit dem buschigen Bart und der Seemannsmütze glich er Käpt'n Iglo aufs Haar.

»Was seht ihr alle toll aus in euren Kostümen!«, sagte er und stellte den Eimer auf den Boden. Er begab sich auf Höhe der Kinder, während er sich schwer auf seinen Stock lehnte, um sich zu stützen. »Seht mal die ganzen magischen Äpfel, die ich gefunden habe.«

Die Kinder flitzten zu ihm und starrten verwundert auf das Fallobst, das er aufgesammelt hatte. Lily kam ihm so nahe wie nur irgend möglich.

»Hallo, mein Schatz.« Bing zerzauste ihr die Haare, während sie ihn anstrahlte.

»Wer möchte eine Halloween-Geschichte hören?«

»ICH!«, riefen die Kinder und tanzten um ihn herum.

»Äh, Bing?«, ich sah ihn warnend an, doch Bing war bereits voll im Gange:

»Es war einmal ein junger Zauberer, der hieß Billy. Seine Freunde fanden seine Zauberei albern, deshalb verwandelte er sie in Frösche, warf sie in den Sumpf und winkte ihnen mit seinem –«

»PIMMEL!«, rief Noah sehr zu aller Belustigung, einschließlich Beau, der versuchte, sein Lachen hinter seinem Dracula-Umhang zu verbergen.

»BING!«, rief ich. »Erinnerst du dich, worüber wir gesprochen haben?«

Bing versuchte, betroffen auszusehen. »Ich dachte, die eine sei in Ordnung.«

»Nein«, sagte ich streng.

»Dann soll ich auch nicht die von der Hexe erzählen, die eine Angina hatte?« Er blinzelte Beau zu, während ich entsetzt nach Luft schnappte. »Okay, in Ordnung. Wer ist bereit zum Äpfeltauchen?«

Beau führte die Kinder in die Küche, während ich die Äpfel reinigte und all die aussortierte, die entfernt wurmstichig aussahen. Bing stellte eine große, saubere Schüssel mit Wasser auf einen niedrigen Tisch, wo jeder an sie herankam. Schon bald waren alle beschäftigt, und ich nutzte den freien Moment, um Wasser aufzusetzen und uns allen etwas zu trinken zu machen.

»Mache ich alles richtig?«, flüsterte Bing mir zu. »Ich bin so alt im Vergleich zu ihnen und weiß nie so richtig, was ich zu Kindern sagen soll.«

»Du machst das großartig«, versicherte ich ihm. »Und vergiss nicht, sie sind auch Menschen. Sei einfach du selbst.«

»Bingo.« Noah, der vom Äpfeltauchen klitschnass war, tippte ihn auf den Arm. »Klingeln alte Leute auch bei anderen und wollen Süßes oder Saures?«

Ich wischte ihm das Kinn mit einem Handtuch ab.

Bing gluckste. »Sicher tun sie das. Willst du etwas Süßes oder etwas Saures?«

»Etwas Saures!«, sagte Noah, während er auf und ab hüpfte.

Alle hielten inne, womit immer sie beschäftigt waren, um zuzugucken.

»Okay, bist du bereit? Dann guck genau hin.« Bing lachte breit und zeigte ihm seine Zähne. Dann drehte er sich kurz zur Wand, bevor er sich wieder umdrehte. »Jetzt sind sie weg.«

Er lächelte noch einmal, wobei nur das rosa Zahnfleisch zu sehen war.

»Wo sind sie?«, keuchte Noah und sah mich erstaunt an.

Die Kinder guckten ihn mit offenen Mündern an, bevor er in Gelächter ausbrach und sich hinter vorgehaltener Hand die Zähne wieder einsetzte. Alle stürzten sich auf ihn und zwangen ihn, den Mund zu öffnen, um sich die Sache genauer anzusehen. Beau und ich schauten uns belustigt an.

Sobald ich die Kinder wieder auf Kurs gebracht hatte, machte ich uns einen Kaffee.

»Ich hätte dich schon früher fragen sollen, wie es dir geht«, sagte Beau, als ich ihm eine Tasse gab, »du bist doch auch erst vor Kurzem geschieden worden, wie kommst du damit zurecht?«

»Gut«, versicherte ich ihm und meinte es auch. »Danke, dass du fragst.«

Im Moment schien sich alles zu meinen Gunsten zu entwickeln. Eric war vor ein paar Tagen sogar mit einem Blumenstrauß vorbeigekommen und hatte sich entschuldigt, mir nicht mehr Mut gemacht zu haben, als ich ihn um Rat gefragt hatte. Er hatte mir auch von ein paar Objekten erzählt, die kleiner und damit realisierbarer für mich wären, wie er meinte, bis er meine saure Miene bemerkt und den Mund gehalten hatte.

»Anfangs war ich traurig, aber jetzt geht es mir gut. Ich bin mit der Überzeugung aufgewachsen, nicht besonders intelligent zu sein und nicht das Zeug dazu zu haben, im Leben viel zu erreichen. Und dann habe ich mich auch noch in einen Mann verliebt, der diesen Glauben noch verstärkt hat. Es hat lange gebraucht, bis ich begriffen habe, dass alles, was ich brauchte, um Erfolg zu haben, die ganze Zeit in mir war.«

Ich spürte, wie gut es mir tat, Beau meine Geschichte zu erzählen. Es stimmte wirklich, ich brauchte von niemandem mehr Bestätigung, das wurde mir jetzt klar. Ich hatte angefangen, meinem eigenen Instinkt zu vertrauen, und ich würde Eric nie mehr um Rat fragen.

»Ich kann nicht glauben, dass du das von dir gedacht hast.« Beau sah überrascht aus. »Du bringst einen Raum mit deiner positiven Einstellung und deiner Energie zum Leuchten. Du erweckst den Eindruck, als seist du überzeugt, die Welt erobern zu können.«

»Danke.« Ich wurde rot, weil ich mich durch seine Komplimente geschmeichelt fühlte. »Aber wenn deine Eltern dir vermitteln, dass du immer die zweite Geige spielen wirst, beginnt das nach einer Weile auf dich abzufärben.«

»Warum haben sie das getan?«, fragte er mit gerunzelter Stirn.

»Nun ja …«, ich öffnete den Mund, dann schloss ich ihn wieder. Es war eine gute Frage. Und eine, über die ich in der letzten Zeit oft nachgedacht hatte. Vielleicht sollte ich jetzt, wo ich mehr Selbstvertrauen entwickelt hatte, der Sache auf den Grund gehen.

Eine halbe Stunde später, als jeder beim Äpfeltauchen einmal an der Reihe gewesen war, nahm Bing mich zur Seite.

»Hör mal, Gina, ich treffe mich im Pub mit einer Bekannten. Darf ich dich um einen Gefallen bitten?« Er räusperte sich und wippte auf den Füßen nach hinten.

Ich lachte; plötzlich machte das schicke Jackett Sinn. »Mit einer, die ich kenne?«

»Nein.« Er sah mich verlegen an. »Ich habe sie erst heute Morgen in der mobilen Bücherei kennengelernt. Sie heißt Una und wohnt in Chesterfield. Sie ist mit dem Bus nach Barnaby gekommen, um hier irgendwas zu erledigen. Ich habe sie für heute Nachmittag auf einen Drink eingeladen. Sie ist Witwe, es ist also alles völlig ehrenhaft.«

»Du liest?«, fragte ich, was mich mehr überraschte, als dass er eine Frau kennengelernt hatte.

Er gluckste. »Eigentlich nicht, sieh dir das mal an.«

Er hinkte ohne seinen Stock zu der Kommode, griff nach einem großen Buch und gab es mir. Verwirrt blätterte ich darin. Es war ein Kinderliederbuch für Weihnachten mit vielen beliebten Liedern einschließlich Klavierbegleitung.

»Ich dachte, wir könnten vielleicht ein kleines Weihnachtssingen veranstalten. Ich kann Klavier spielen und den Kindern die Texte beibringen. Was hältst du davon?«

»Eine Weihnachtsaufführung!« Ich war begeistert. »Das ist eine fantastische Idee. Die Kinder werden begeistert sein, danke, Bing. So etwas wollte ich schon seit Ewigkeiten einmal machen.«

»Hör zu, Mädchen.« Bing scharrte verlegen mit den Füßen. »Ich weiß, dass es eine große Aufgabe ist, Evergreen Manor allein zu übernehmen. Aber du kannst um Hilfe bitten, weißt du. Ich bin alt und gelegentlich muss ich auf meine Wortwahl achten, aber ich bin nicht gaga. Ich habe sogar diese Bescheinigung beantragt, die mir erlaubt, mit Kindern zu arbeiten. Ich möchte Teil von dem sein.«

»Das freut mich so sehr.« Ich schlang die Arme um ihn und blinzelte die Freudentränen zurück. »Du bist ein alter Softie, und ich halte große Stücke auf dich.«

»Psst«, sagte er und wurde rot. »Ich muss schließlich meinem Image treu bleiben. Und wo wir gerade davon reden, zurück zu der wundervollen Una und diesem Gefallen, um den ich dich bitten möchte …«

Delphine war sehr still gewesen und kaum aus ihrem Zimmer herausgekommen, und Bing machte sich Sorgen um sie. Er hatte versprochen, Una zu treffen, wollte Delphine aber auch nicht alleinlassen. Ich sagte ihm, dass ich später bei ihr hereinschauen würde, und wünschte ihm Glück mit seinem Date.

Schon bald war unsere Bastelveranstaltung vorbei, und Eltern und Großeltern kamen, um die kleinen Menschen abzuholen, die vor Äpfeln und Geschichten, was sie alles gemacht hatten, platzten. Ich sah gerührt zu, wie sich die Küche mit Liebe und Lachen füllte und langsam wieder leerte. Ich beobachtete, wie Cat und Beau sich schüchtern anlächelten und wie Noah seine Arme um Rosies Hals schlang und ihr einen Apfel gab, den er aus Bings Eimer gerettet hatte. Und ich dachte an Una im Pub, die Bing gerade bezirzte, und an Dexter, der jetzt wahrscheinlich arbeitete, und wünschte mir von ganzem Herzen, dass er noch hier wäre und mich anlächelte und dass nicht dreitausend Meilen Ozean zwischen uns lägen.

Kapitel 24

»Klopf, klopf«, rief ich und lauschte an der Tür zu Delphines Nähzimmer.

Ich hatte sie heute Nachmittag nur kurz gesehen, als sie in der Küche vorbeigeschaut hatte, um sich eine Kanne Tee zu machen. Jetzt waren alle Kinder mit Halloween-Laternen nach Hause gegangen, Beau hatte sich auf den Weg gemacht, um in der Schule vorbeizuschauen und noch ein paar E-Mails zu beantworten, und ich hatte die Küche aufgeräumt und war nun bereit, auch nach Hause zu gehen. Das wollte ich aber nicht, bevor ich nicht nach ihr gesehen hatte.

Das Surren ihrer elektrischen Nähmaschine hörte auf.

»Kann ich reinkommen?«

»Du meine Güte, nein, nein, warte!«

Einen Moment später öffnete sich die Tür ein Stückchen, und sie sah zu mir hinaus.

»Bist du in Ordnung, Delphine?«, fragte ich.

»Ja, meine Liebe.« Sie trat aus dem Zimmer und zog die Tür hinter sich zu. »Es herrscht nur so ein Chaos da drinnen. Du wärst entsetzt, würdest du das sehen.«

»Du hättest das Wohnzimmer vor einer Stunde sehen sollen. Ich bin mir nicht sicher, ob wir Lilys Glitzerschneesturm je ganz beseitigt bekommen. Schlimmer als das kann es bei dir auch nicht aussehen. Ich kann dir helfen aufzuräumen, wenn du magst?«

»Nein, nein!«, rief sie und stellte sich wie ein Seestern mit gespreizten Armen und Beinen vor die Tür.

»Okay, gut, wenn du meinst.« Ich trat einen Schritt zurück, um ihr zu zeigen, dass ich nicht vorhatte, in ihr Reich einzudringen.

Mir war klar, weshalb Bing sich Sorgen machte; ich hatte sie noch nie so erlebt, so konfus und nervös. Ihr ganzer Körper strahlte Trauer aus: ihre Augen blickten stumpf und hatten dunkle Ringe. Ihr Haar war strähnig, ihre Haut fahl, und sie trug keinen Lippenstift. So konnte ich sie nicht sich selbst überlassen.

»Ich wollte mir gerade eine heiße Schokolade machen und wüsste ein wenig Gesellschaft zu schätzen«, sagte ich sanft.

Sie atmete aus, und ihr Körper schien in sich zusammenzusacken. »Ich auch.«

Ich setzte Wasser auf und holte die beiden größten Becher aus dem Schrank. Bei dem Geräusch der sich öffnenden und wieder schließenden Tür tauchten Coco und Chanel auf und wanden ihre Schwänze um die Tischbeine. Delphine gab etwas Trockenfutter in eine Schüssel für sie und setzte sich anschließend neben den Ofen.

Die Schränke waren ein bisschen dürftig bestückt, und ich nahm mir vor, sie in den nächsten Tagen darauf anzusprechen, wie sie es eigentlich mit dem Einkaufen hielten. Doch jetzt gab es erst einmal eine heiße Schokolade mit kleinen Marshmallows und Schlagsahne aus den Vorräten, die ich aus dem Welcome Cottage mitgebracht hatte.

Delphine trank einen Schluck und schloss die Augen. »Köstlich. Ein bisschen Zucker ist genau das, was ich gebraucht habe, ich war etwas erschöpft.«

Sie versank beinahe in ihrem weichen, grauen Pullover. Die Handgelenke schauten wie kleine Zweige aus den Ärmeln, und ihr Kopf schien auf ihrem Schwanenhals zu balancieren. Sie hatte abgenommen, und das konnte sie sich nicht leisten.

»Was gibt es heute zum Abendessen?«, fragte ich.

»Ich schätze, irgendetwas aus der Tiefkühltruhe«, sagte sie vage. »Ich habe ohnehin nicht viel Appetit.«

Ich runzelte die Stirn. Bis vor Kurzem hatten sie und Bing noch abwechselnd gekocht. Selbst letzten Samstag nach dem Tag der offenen Tür hatten sie sich noch einen Shepherd's Pie gemacht.

»Bing macht sich Sorgen um dich, ich mache mir Sorgen um dich. Du musst bei Kräften bleiben.« Ich legte meine Hand auf ihre.

»Muss ich das? Wozu? Ich weiß, dass man sich nicht wünschen sollte, tot zu sein, aber so geht es mir nun einmal.« Sie schluckte und sah in die andere Richtung.

»Was kann ich tun, dass du dich besser fühlst?«, fragte ich.

»Du bist sehr lieb«, sagte sie, zog ein Taschentuch aus ihrem Ärmel und drückte es auf ihre Augen. »Doch ohne Violet ist das Licht aus meinen Tagen verschwunden, und ich habe nichts mehr, worauf ich mich freuen kann. Ich sollte nicht meckern; ich hatte ein langes, ausgefülltes Leben. Ich bin fünfundachtzig, das weißt du. Aber ich bin müde. Wenn der Herrgott bei mir an die Tür klopft, werde ich ihn nicht wegschicken.«

Sie tat mir so leid; es fiel schwer, diese verblühte, alte Dame mit der lebenssprühenden Frau in Einklang zu bringen, die noch vor wenigen Wochen mit ihrer Freundin, einem Flachmann und einer Blechdose mit Kuchen durch die Derbyshire Dales gewandert war.

So sieht wahrer Kummer aus, dachte ich. Wenn keine Beileidskarten mehr eintrafen, das Telefon nicht mehr klingelte und die Bekannten die Beerdigung als ein vergangenes Ereignis in ihrem Terminkalender abgeheftet hatten. Das Leben der anderen ging weiter, doch wenn du den Menschen verloren hattest, den du am meisten liebtest, war dein Leben in der Zeit gefangen wie ein Fossil in Bernstein.

Sie umfasste ihren Becher mit den Händen und seufzte tief.

»Noch gehst du nirgendwohin«, sagte ich bestimmt. »Wenn ich eine Bank dazu bekommen will, mir das Geld zu leihen, um Evergreen Manor zu kaufen, brauche ich deine Hilfe.«

Und das meinte ich so. Ich hatte endlich einen Termin mit Tessa ausgemacht und wenn Delphine und Bing dem gewachsen waren, überlegte ich, sie mitzunehmen.

Delphine schwieg eine gefühlte Ewigkeit.

»Bist du sicher, dass es das ist, was du willst?«, fragte sie schließlich. »Ein so großes Haus wie das hier. Mit uns klapprigen, alten Leuten?«

Ich sah in ihr liebes, besorgtes Gesicht, und Wärme stieg in mir auf. »Ich war mir noch nie in meinem Leben bei etwas so sicher.«

Sie schüttelte den Kopf und sah in ihren Becher, als würde sie meine Worte abwägen. »Violet hat unglaublich viel von dir gehalten, das weißt du. Sie wäre geschmeichelt, dass du dieses Haus genug liebst, um es zu kaufen.«

»Es ist nicht nur das Haus, Delphus«, sagte ich und umarmte sie.

»Es scheint mir eine Ewigkeit her, dass Violet mich so genannt hat.« Eine einzelne Träne lief ihr das Gesicht hinunter. »Sag mir, wie ich helfen kann.«

»Zuerst solltest du dir anhören, was der Anwalt will«, erklärte ich, erfreut über ihre Aufmerksamkeit. Ich holte drei Briefe heraus. Dexter hatte gesagt, dass Delphine dringend zu ihm Kontakt aufnehmen musste, und obwohl Bing und ich es ihr gegenüber erwähnt hatten, hatte sie bisher nichts in der Richtung unternommen.

»Ich weiß, ich weiß, es beunruhigt mich zutiefst.« Sie schauderte und fingerte an den Briefrändern herum. »Ich bin so ein Feigling. Was, wenn es noch mehr schlechte Nachrichten sind? Ich bin mir nicht sicher, ob ich noch mehr verkrafte.«

»Aber es ist bestimmt besser, es herauszufinden«, sagte ich sanft. »Glaubst du wirklich, dass es etwas Schlechtes ist, so wie du Violet kennst?«

Es blieb ihr erspart zu antworten, weil die Hintertür aufschwang und Bing erschien, der einen Schwall kalter Luft und den Geruch nach Alkohol mitbrachte.

»Süßes oder Saures!« Er breitete die Arme aus und lachte, während sein Gesicht wie ein Kürbis leuchtete und beide Augen in verschiedene Richtungen guckten.

Hinter ihm ertönte eine strenge Stimme mit einem singenden irischen Akzent. »Nun geh schon rein, die ganze Wärme zieht doch nach draußen.«

Delphine und ich machten große Augen, als eine adrette Frau in einem violetten Mantel und Jeans Bing weiter in die Küche schob und die Tür hinter ihnen schloss. Sie nahm einen kleinen Rucksack von ihrem Rücken und zog ihre Wollmütze aus, wobei drahtige, weiße Haare zum Vorschein kamen, die ihr bis auf die Schultern reichten. Bing starrte sie mit unverhohlener Anbetung an.

»Meine Damen, darf ich euch Una vorstellen?« Er nahm ihren Arm und führte sie in die Küche, als wäre sie eine Porzellanpuppe. »Sie kommt aus Irland und hat ihre Jahreskarte für den Bus verloren.«

»So in etwa«, gluckste Una. »Ich bin vor *fünfzig* Jahren aus Irland gekommen, heute lebe ich in Chesterfield. Ich denke, ich habe die Karte auf dem Dorfanger verloren. Bing kommt dagegen nur aus dem Pub und hat den Überblick verloren, wie viele Whiskys er getrunken hat.«

»Absolut nicht, ich bin stocknüchtern.« Bing rückte von ihr ab und tat, als wäre er gekränkt, ruinierte jedoch alles, als er das Gleichgewicht verlor, über die Katze stolperte und auf einem Stuhl landete.

»Mein lieber Freund, auf dass du dich nie ändern mögest.« Delphines Augen lachten vergnügt.

Sie und ich stellten uns Una vor, und ich nahm ihr ihren Mantel ab. Darunter trug sie einen roten Pullover mit Schneeflocken, der über dem Bauch leicht spannte.

»Mein herzliches Beileid zu Ihrem Verlust«, sagte Una und nahm Delphines Hand in ihre. »Ich habe meinen Mann Joseph vor fünf Jahren verloren, und es vergeht kein Tag, an dem ich ihn nicht vermisse.«

»Das ist nicht ganz das Gleiche«, sagte Delphine und wurde rot. »Violet war nur eine Freundin. Aber vielen Dank.«

»Das spielt keine Rolle«, sagte Una beherzt. »Liebe ist Liebe. Und wenn man jemanden verliert, den man liebt, lastet der Schmerz auf einem, als hätte man einen Bleimantel an. Man lächelt vielleicht und tut so als ob, doch es fordert seinen Tribut, dieses extra Gewicht zu tragen. Ich weiß, wovon ich rede, weil es lange gedauert hat, bis mein Bleimantel leichter geworden ist.«

Delphines Augen füllten sich mit Tränen.

»Ich weiß, meine Liebe, ich weiß«, sagte Una leise. »Sie haben übrigens einen wunderschönen Teint, was nehmen Sie?«

»Rosenwasser. Wie meine Mutter«, antwortete Delphine. Der Themenwechsel schien sie zu verwirren.

»Den Tipp werde ich mir merken«, sagte Una ernst. »Meine Haut ist dagegen wie Leder – Sie wissen schon, wie wenn Sie Ihre Handtücher nach draußen in die Sonne zum Trocknen hängen und sie ganz hart werden?«

Delphine nickte.

»So fühlt sich mein Gesicht an.« Sie ließ Delphines Hände los und wandte ihre Aufmerksamkeit mir zu. »Und was sind Sie für ein lieber Mensch? Bing hat mir erzählt, dass Sie dieses Haus retten wollen. Wie ein Schutzengel. Das ist großartig, meine Liebe.«

»Dann drücken Sie mir mal die Daumen«, sagte ich, während ich mich geschmeichelt fühlte, dass Bing ihr bereits davon erzählt hatte.

Die Katzen huschten durch die Katzenklappe, und Una zuckte zusammen. »Mein Gott!« Sie drückte eine Hand auf ihre Brust und sah richtig verängstigt aus. »Ich dachte, das wäre eins dieser Halloween-Kinder.«

Bing schob die Brust vor. »Bei mir bist du sicher. Ich beschütze dich.«

»Natürlich tust du das.« Sie tätschelte seine Hand, während sie verschmitzt guckte.

»Unser Held.« Ich zwinkerte ihm zu. »Machen Sie sich keine Sorgen, Una, es ist äußerst unwahrscheinlich, dass irgendein Kind sich weiter wagt als bis zu meinem Cottage am Ende der Auffahrt.«

Eigentlich sollte ich mich bald aufmachen; ich musste die Kürbislaternen anzünden, da Gabe mit Noah zum Süßigkeitensammeln vorbeikommen wollte, und ich wollte meine Mutter anrufen, was noch wichtiger war.

»Und was für eine schöne Küche«, sagte Una, während sie sich umsah und ihre scharfen Augen alles in sich aufnahmen. »So einen AGA-Herd habe ich mir immer gewünscht. Aber in meine Wohnung passt so einer nicht. Genau genommen könnte man den größten Teil meiner Wohnung allein in dieser Küche unterbringen. Aber ich sollte nicht meckern, es ist eine nette, kleine Wohnung, warm und leicht sauber zu halten; nur jetzt, wo mein großer Tölpel von einem Ehemann nicht mehr überall alles herumliegen lässt, fühlt sie sich weniger wie ein Zuhause an.«

»Una hat vier Kinder«, sagte Bing. »Sieben Enkel und drei Urenkel.«

»Ich hätte gerne eine Familie gehabt«, sagte Delphine wehmütig. »Aber das Schicksal hatte andere Pläne.«

»Sie sind ein Segen, das sind sie«, sagte Una liebevoll, »aber sie sind alle weggezogen, haben alle ihr eigenes Leben. Was ist mit Ihnen, Gina? Ich schätze, Sie sind der Augapfel Ihrer Mutter?«

Wohl kaum, dachte ich und zwang mich zu einem Lächeln. »Ich sehe meine Eltern nicht oft, aber wir telefonieren«, sagte ich.

»Wir sind einander Familie, nicht wahr, meine Liebe?«, sagte Delphine. »Gina ist in den letzten Wochen wie eine Tochter für mich geworden.«

»Wie wäre es mit einem Drink, um alle aufzuheitern?«, sagte Bing und ging zum Schrank, wo er seinen Whisky hatte. »Etwas gegen die winterliche Kälte?«

»Oh, eine heiße Schokolade?« Una sah zu unseren noch immer halbvollen Bechern hin. »Ja, bitte, wie herrlich.«

»Natürlich.« Bing bedachte seinen Whisky mit einem traurigen Blick und versuchte, die Flasche verstohlen zurück auf das Regal zu schieben. Er stellte sich ungeschickt an, die Flasche fiel fast zu Boden, und ich sprang auf, um sie aufzufangen. »Eine heiße Schokolade wäre wunderbar.«

»Du unterhältst dich mit deinem Gast, und ich mache die Schokolade«, sagte ich. »Warum setzt ihr euch nicht hin?«

»Und was haben Sie gemacht, damit Ihr Bleimantel leichter geworden ist, Una?«, wollte Delphine wissen. »Wie haben Sie gelernt, damit zu leben?«

»Ich bin gewandert«, sagte Una und setzte sich neben Delphine. »Aber nicht direkt. Ich habe lange allein in meiner

Wohnung gesessen und geweint und gestrickt. Ich habe einen Schal gestrickt.«

Delphines Augen begannen zu leuchten. »Ich nähe! Es lenkt mich davon ab, an Violet zu denken.«

»Genau das ist der Punkt«, sagte Una energisch. »Es kommt eine Zeit, wenn die Ablenkung aufhören muss, wenn man die Gedanken zulassen und dem Verlust ins Auge sehen muss, wenn man einen Weg finden muss, ohne den geliebten Menschen zurechtzukommen und zu leben.«

Delphine und Bing hingen an jedem Wort, das Una sagte, und ich schickte ein Dankgebet gen Himmel für die Serie von glücklichen Ereignissen, die heute Bings Weg den ihren hatten kreuzen lassen.

»Und was ist passiert?«, fragte Bing.

Una lachte laut. »Mir ist die Wolle ausgegangen. Und da habe ich die Stimme von Joseph, von meinem Mann, so klar gehört, als säße er neben mir in seinem alten Sessel, den rauszuwerfen ich nicht übers Herz gebracht hatte. ›Una‹, sagte er, ›für wen strickst du diesen Schal, für Big Ben? Geh verdammt noch mal raus aus der Wohnung, bevor du hier Wurzeln schlägst.‹ Und da habe ich das Strickzeug weggelegt, meine Wanderschuhe angezogen und getan, was er gesagt hat.«

»Sie sind gewandert«, murmelte Delphine, und mir kam es so vor, als zuckten eine Million Erinnerungen über ihr Gesicht.

»Das bin ich«, nickte Una. »Bewegung tut gut. Das hat etwas mit den Endorphinen oder dem Serotonin oder so zu tun.«

»Ich bin auch immer gewandert«, sagte Delphine. »Von den South Downs bis zum Pennine Way und oben in den schottischen Highlands. Aber noch nie in Irland.«

»Lassen Sie mal die Vergangenheitsform weg«, sagte Una. »Ich sag Ihnen was, wir gehen morgen zusammen wandern, was meinen Sie? Wir alle drei.« Sie sah Bing fragend an.

»Ich bin dabei.« Bing schien zu vergessen, dass er oft nicht mehr ganz so gut zu Fuß war, und klatschte sich auf die Oberschenkel. »Ich wollte eigentlich Blätter zusammenharken, aber scheiß drauf. Was meinst du, Delph?«

Delphine spielte an dem Rand ihres Pullovers herum. »Ich wollte eigentlich morgen einkaufen gehen.«

»Hmm. Wir könnten wirklich ein paar Dinge brauchen.« Bing kratzte sich seinen Bart. »Okay, dann gehen eben nur wir beide, Una.«

»Pfff«, machte Una. »Vergeudet euren Tag doch nicht damit, kauft online ein. Das mache ich immer. Dann bringt euch ein netter, junger Typ die Sachen direkt an die Tür. Was ein Segen ist, wenn du in der zweiten Etage wohnst und der Fahrstuhl außer Betrieb ist, das könnt ihr mir glauben.«

Delphine und Bing sahen sich an, dann wieder sie.

»Sie machen das online?«, sagte Delphine ehrfürchtig.

»Ich lasse mir auch fast alles liefern«, sagte ich und stellte Bing und Una ihre Getränke hin. »Vor allem bevor ich mein Auto hatte, habe ich das gemacht. Es ist ganz einfach.«

»Um ehrlich zu sein, hat mein Enkel Ryan das für mich organisiert.« Una hatte sich vorgebeugt und die Stimme gesenkt. »Von Irland aus, könnt ihr euch das vorstellen? Und jetzt wird alles jede Woche gebracht. Das ist ein Kinderspiel.«

»Wie schön, dass das klappt«, sagte ich und dachte, dass Una für Bing und Delphine wie eine frische Brise war.

»Natürlich hat es Startschwierigkeiten gegeben.« Una griff nach den Marshmallows auf ihrem Kakao und aß sie auf. »Mir war nicht klar, dass ich meine Bestellung ändern konnte. Ich hatte einfach immer wieder den Nachbestellknopf gedrückt. Ich musste anrufen und sagen, dass ich keinen Lachs mehr wollte. Irgendwann hatte ich vierzehn Dosen davon.«

Delphine biss sich auf die Lippe. »Das wollen wir dann vielleicht lieber doch nicht.«

»Ach, man muss nur wissen, wie's geht, inzwischen kann ich das.« Una griff sich an die Nase. »Allerdings machen diese arthritischen Finger nicht immer, was ich will. Letzte Woche ist eine Flasche Baileys mit Minzgeschmack in meinem Einkaufswagen gelandet. Eine Tragödie war das.«

Sie blinzelte Delphine zu, die lachte.

»Violet hatte einen Computer.« Bing kratzte sich am Kopf. »Aber ich weiß nicht einmal, wie man ihn anschaltet.«

»Ich kann dir helfen, ihn einzurichten«, bot ich an. »Aber nicht heute Abend, ich muss wirklich zurück.«

»Und ich schätze, ich sollte auch bald daran denken, mich auf die Socken zu machen.« Una sah auf die Uhr und dann durch das Küchenfenster in den dunklen Abend hinaus.

»Nein, Sie müssen über Nacht bleiben«, rief Delphine. »Wir haben viel Platz, und dann können wir nach Ihrer Karte suchen, wenn es hell ist.«

»Ich kann mich Ihnen doch nicht einfach aufdrängen«, sagte Una unter einem Schnurrbart aus Sahne. »Nein, ich trinke das hier jetzt aus, und dann mache ich mich auf den Weg. Dieses eine Mal kann ich mir auch ein Ticket kaufen. Außerdem kennen wir uns kaum.«

Bing zog die Brauen hoch. »Das lässt sich ändern.«

Ich schüttelte verzweifelt den Kopf.

»Vorsichtig, Bing«, sagte Una. »Du bist in der Unterzahl, also weniger von dem Schmus.«

»Bitte, bleiben Sie«, sagte Delphine. »Es wäre schön, einen Gast zu haben.«

»Das ist sehr nett, meine Liebe, dann nehme ich das gerne an«, sagte Una.

Sie strahlte uns glücklich an. »Was für ein herrlicher Tag das doch noch geworden ist. Ihr habt einer alten Frau das Gefühl gegeben, willkommen zu sein. Ich sehe gerade diese wunderbare Schale mit Äpfeln, was haltet ihr davon, wenn ich euch meinen berühmten Apple Crumble mache?«

»Crumble! Wunderbar.« Bing rieb sich zufrieden die Hände.

Ich sammelte in der Diele meine Taschen von unserer Halloween-Aktion zusammen, zog meinen Mantel an und verabschiedete mich.

»Können Sie mir gerade noch zeigen, wo die Toilette ist, bevor Sie gehen?«, fragte Una und griff nach ihrem kleinen Rucksack. »Ich würde mich gerne ein bisschen frisch machen, wenn ich darf.«

»Natürlich, kommen Sie mit.« Ich griff nach Unas Mantel, um ihn an die Garderobe zu hängen und führte sie durch die Diele zum Bad.

»Hier ist es.« Ich streckte den Arm aus, und irgendwie schlug ich Una dabei die Tasche aus der Hand. Etwas fiel aus dem Seitenfach. Wir beide starrten darauf. Unas Gesicht wurde aschfahl.

»Ich denke, wir haben gerade Ihre Jahreskarte gefunden«, sagte ich und hob sie für sie auf.

»Nein! Und ich hätte schwören können, dass ich sie verloren habe.« Sie stopfte sie zurück in die Tasche und wich meinem Blick aus.

Es war offensichtlich, dass sie log.

»Es tut mir leid«, flüsterte sie und schaute über die Schulter zur Küche hin.

Ich senkte die Stimme. »Bing und Delphine bedeuten mir sehr viel, offensichtlich mögen sie Sie, doch jetzt habe ich Bedenken, sie hier mit Ihnen alleine zu lassen.«

»Ich weiß, ich weiß.« Sie sah mich mit glänzenden Augen an, besiegt und verängstigt. »Ich habe einen dummen Fehler gemacht. Ich werde gehen, ich weiß nicht, was da über mich gekommen ist.« Sie seufzte. »Nachdem ich mich mit Bing im Pub unterhalten und von diesem Haus und von Delphine und Ihnen gehört habe und wie Sie es dem Immobilienmakler gezeigt haben, wollte ich diesen Ort unbedingt sehen. Meine Wohnung ist schon zu guten Zeiten nichts Besonderes, aber an Halloween ist sie grauenhaft. Cliquen von Teenagern terrorisieren unseren Block, wollen Süßes oder Saures, und wenn du die Tür nicht aufmachst und ihnen Geld gibst, stecken sie dir alle möglichen Scheußlichkeiten in den Briefkasten.«

Sie tat mir aufrichtig leid, und sie hatte eindeutig Angst gehabt, als die Katzenklappe geklappert hatte.

»Ich bin kein schlechter Mensch«, sagte sie schniefend, nahm mir den Mantel ab und schlüpfte hinein. »Nur eine alte Frau, die einsam ist, obwohl sie in einem großen Mietshaus mit über fünfhundert Mietern wohnt.«

Etwas, das Dexter gesagt hatte, dass man in einer Stadt mit acht Millionen Menschen einsam sein konnte, kam mir in den Sinn. Für eine Spezies, die angeblich die kontaktfreudigste auf diesem Planeten war, waren wir nicht sehr sozial, dachte ich. Wie kam es, dass die Weltbevölkerung immer weiter zunahm und Menschen trotzdem einsam waren?

Ich lächelte sie unsicher an. »Das verstehe ich. Warum gehen Sie nicht einfach wieder rein und sagen den beiden, dass Sie die Karte gefunden haben. Ich bin mir sicher, dass sie auch dann noch wollen, dass Sie bleiben.«

In dem Moment kam Delphine aus der Küche. Sie sah erheblich fröhlicher aus als noch vor einer Stunde. »Sind Gemüsefrikadellen und Würstchen zum Abendessen in Ordnung?«, fragte sie strahlend.

Una sah erst mich und dann Delphine traurig an. »Ich muss Ihnen etwas sagen.«

Delphine machte ein unglückliches Gesicht. »Sie haben Ihren Mantel angezogen.«

»Und es ist gut, dass sie das getan hat«, sagte ich schnell und legte Una einen Arm um die Schulter, »sie hat nämlich ihre Jahreskarte gefunden! Sie ist durch ein Loch im Futter gerutscht. Wir haben sie gerade herausgeholt.«

»Gottseidank!« Delphine stieß einen Seufzer der Erleichterung aus. »Einen Moment habe ich gedacht, Sie wollten gehen.«

»Gehen?«, sagte Una und schniefte eine Träne fort. »Wenn es Gemüsefrikadellen gibt? Auf keinen Fall.«

Ich machte mich auf den Weg zurück zum Welcome Cottage, während die beiden Rezepte für Zwiebelsoße austauschten.

Kapitel 25

Beladen mit den Taschen mit Bastelsachen, meinen Hexenhut auf dem Kopf, weil mir ein weiteres Paar Hände fehlte, eilte ich die Auffahrt hinunter zum Welcome Cottage. Ich war sehr viel länger in Evergreen Manor geblieben als geplant.

Aber es hatte sich gelohnt. Ich mochte Una und hoffte, dass sie ein regelmäßiger Gast werden würde. Sie tat Delphine und Bing gut; sie war resolut und unabhängig und hatte auch einen schelmischen Zug. Besonders Delphine brauchte im Moment jemanden, der sie unterstützte und auf Trab hielt. In den letzten Wochen hatten Violets Beerdigung, Dexters Anwesenheit und unser Unfug am Tag der offenen Tür sie abgelenkt. Jetzt versank sie in Trauer, soweit ich das mitbekommen hatte. Und Una konnte genau die Richtige sein, um ihr eine Rettungsleine zuzuwerfen, dachte ich. Und nach dem neuen Strahlen in Bings Augen zu urteilen, gehörte er definitiv noch nicht zum alten Eisen.

Ich schloss das Cottage auf und trat ein, schälte mich aus meinem Mantel und stellte die Taschen auf den Tisch, um mich später darum zu kümmern. Gabe und Noah würden in weniger als einer halben Stunde eintreffen, und ich musste noch die Kerzen in den Kürbissen anzünden, die Halloween-Süßigkeiten in eine Schüssel füllen und meine Gespenstermusik auflegen. Ich erledigte alles in Windeseile und ließ im Windfang auf meinem Laptop ein Potpourri aus bösem Lachen und knarrenden Türen in Dauerschleife laufen. Gerade als ich eine Schicht glitzernden smaragdgrünen Lippenstift aufgetragen hatte, klingelte mein Handy. Es war Dexter, er rief auf Face-

Time an. Zumindest leuchtete sein Name auf. Die Person, die mich ansah, hatte ein leichenblasses Gesicht, einen großen, roten Mund, aus dem Blut tropfte und wuscheliges oranges Haar.

»Happy Halloween!« Sein unheimliches Gesicht leuchtete groß auf meinem kleinen Display auf.

»Dir auch«, sagte ich, leicht erschrocken. »Das ist das unheimlichste Clownsgesicht, das ich je gesehen habe.«

»Unternehmen geglückt!« Er lachte. »Ich bin Pennywise, aus dem Stephen-King-Film *Es*.«

Ich sah ihn ausdruckslos an. »Tut mir leid. Nie gesehen.«

»Das glaub ich nicht. Den musst du dir ansehen. Wir schauen ihn uns gemeinsam an, ich gehe mit dir rein, wenn er mal wieder im Kino läuft«, sagte er sofort.

»Danke!« Ich lachte, während ich auf sein Spiel einging; der Vorschlag war so natürlich, als wäre es nichts Besonderes, dass wir zusammen ausgingen. »Aber können wir uns nicht lieber etwas mit einem Happy End ansehen?«

»Ja, klar, was immer du willst.«

Ich spürte eine schmerzliche Sehnsucht. Es war großartig, dass wir auf diese Weise miteinander reden und uns sehen konnten, aber es war nicht das Gleiche. Ich würde mir mit Freuden hundert Horrorfilme ansehen, wenn das bedeutete, dass er bei mir wäre.

»Wenn du nächstes Mal in England bist und wir uns auf einen Film einigen können, gerne«, sagte ich.

»Dann ist das ein Date.«

Wir lächelten uns dämlich an, bis er von irgendwoher einen roten Luftballon hervorzauberte und mit seiner unheimlichen Stimme fragte: »Willst du einen Luftballon?«

Ich schauderte. »Ich hoffe, dass an deiner Tür keine kleinen Kinder schellen und Süßes oder Saures wollen, du machst mir selbst auf diese Entfernung Angst.«

»Entschuldige.« Er nahm die Maske sofort ab. »Besser?«

Ich tat so, als würde ich darüber nachdenken. »Wenn ich noch mal darüber nachdenke, zieh sie wieder an.«

»Haha.«

»Ich habe mich als freundliche Hexe verkleidet, da ich den Tag mit kleinen Kindern verbracht habe.« Ich hielt das Handy auf Armeslänge entfernt und versuchte mich an einer Halbdrehung. Außer meinem Hut trug ich ein schwarzes T-Shirt, einen bauschigen schwarzen Tüllrock und eine schwarzgrüne Strumpfhose.

»Du bist eine süße Hexe«, sagte Dexter anerkennend.

»Gibt es so etwas?«, fragte ich, während ich mich insgeheim über das Kompliment freute. »Ich könnte mir vorstellen, dass mein Outfit in New York nicht ganz passend wäre, ich schätze, alle flippen an Halloween dort total aus.«

»Hier passiert alles im großen Stil«, stimmte er mir zu. »Ich habe mich noch nicht hinausgewagt.«

»Mit der Maske? Das überrascht mich nicht«, kicherte ich.

»Es ist erst Mittag, die Süßes-oder-Saures-Jäger werden erst später ausschwärmen.«

»Ja, natürlich, bei euch ist es ja erst Mittag«, sagte ich und kam mir dumm vor.

Mit der ganzen Technik vergaß man leicht, dass man sich in unterschiedlichen Zeitzonen befand.

»Außerdem habe ich außer Gracie, meiner Putzfrau, seit zwei Tagen niemanden gesehen. Sie ist allerdings ziemlich unheimlich. Ich habe die ganze Zeit an meinem Schreibtisch gehangen, sonst war ich nirgendwo; ich sitze gerade an ein paar Ideen für eigene Drehbücher. Und auch wenn das jetzt nach Eigenlob klingt, denke ich, dass ich auf einem guten Weg bin. Ich hoffe wirklich, dass nächstes Jahr mein Jahr wird.«

»Das wird es bestimmt«, sagte ich ehrfürchtig. »Hollywood wird Hören und Sehen vergehen.«

»Warten wir es ab.« Er griff wieder nach dem Luftballon und ließ ihn auf dem Schreibtisch auf und ab hüpfen.

Die Chancen, mehr als Face-Time-Freunde zu sein, dürften so um die Null liegen, wenn wir beide mit unseren jeweiligen Unternehmungen Erfolg hatten, dachte ich plötzlich. Ich schob den Gedanken beiseite und zwang mich zu einem Lächeln.

»War das jetzt nur ein Halloween-Anruf, oder hast du noch andere Neuigkeiten?«

»Habe ich«, sagte er und setzte sich aufrechter hin. »Rebecca hat mir eine E-Mail geschickt, dass der andere potenzielle Käufer um die Erlaubnis gebeten hat, bei der Gemeinde bezüglich einer Nutzungsänderung in Büros und Beratungsräume vorzusprechen.«

Mir gefiel es, wie er der *andere* Käufer gesagt hatte; es bedeutete, dass er mein Interesse ernst nahm.

»Hat sie gesagt, um wen es sich handelt?«

Er lächelte entschuldigend. »Um irgendein Unternehmen. Das ist alles, was ich weiß.«

»Ich bin mir nicht sicher, ob Violet das gefallen hätte«, sagte ich und schnitt eine Grimasse.

»Ich auch nicht. Die gute Nachricht ist jedoch die, dass dir das etwas Zeit gibt. Und ich tue mein Bestes, um das Ganze zu verlangsamen. Ich beantworte die E-Mail erst morgen.«

Ich lächelte dankbar. »Und ich tue mein Bestes, um von meiner Seite aus die Dinge zu beschleunigen. Freitagabend treffe ich mich mit der Frau von der Bank.«

Ich hatte mich gründlich vorbereitet und war bereit, Paiges Freundin Tessa meinen Fall vorzutragen. Sie hatte ein Treffen nach Büroschluss vorgeschlagen, weil sie wusste, dass es in mei-

nem Job schwierig war, tagsüber einen Termin zu machen …
Vielleicht hatte sie auch Angst gehabt, dass ich mit einer Schar
wilder Kinder in der Bank auftauchen und Chaos verbreiten
könnte. So oder so, mit ihrer Rücksicht hatte sie mich bereits
für sich eingenommen; ich hoffte nur, dass es ihr mit mir ähnlich ging.

»Gina …«, er zögerte, als suchte er nach den richtigen Worten. »Ich weiß nicht, wie ich das sagen soll, ohne dir zu nahe
zu treten, aber du bist eine alleinstehende Frau mit einem Beruf, der nicht gerade für sein hohes Einkommen bekannt ist.
Hast du irgendwelche Sicherheiten, die du einem Kreditgeber anbieten kannst? Eine Rente, zum Beispiel, oder kannst du
das Ganze mit einem Partner durchziehen, oder können deine
Eltern als Bürgen dienen?«

»Definitiv mit keinem Partner«, sagte ich bestimmt. »Das
ist der erste Alleingang, den ich je gemacht habe; ich will der
Welt und mir beweisen, dass ich habe, was nötig ist, um das
Ganze zu einem Erfolg werden zu lassen. Und ich würde nicht
im Traum daran denken, meine Eltern zu fragen, sie würden
mich nur daran erinnern, dass ich für so etwas Ambitioniertes
nicht geschaffen bin. Und was meine Rente angeht, davon kann
ich vielleicht gerade mal so überleben.«

»Aha.« Dexter runzelte die Stirn.

Ich biss mir auf die Lippe. »Ich bin nicht gerade der attrak-
tivste Kreditnehmer, nicht?«

Sein Gesicht wurde weicher. »Genau genommen finde ich
dich mit jeder Minute attraktiver.«

»Von einem Mann, dessen einzige menschliche Interaktion
die mit einer unheimlichen Putzfrau ist, ist das wirklich ein
Kompliment.« Ich lachte.

Es klingelte an der Tür; wir sahen einander traurig an.

Ich richtete meinen Hut. »Mein erster Halloweengast, ich

muss Schluss machen. Ich kann mich nicht einmal erinnern, wohin ich die Süßigkeiten gestellt habe.«

»Dann musst du dich auf das Saure einlassen.«

Ich schmunzelte und erinnerte mich, wie Bing seine Zähne hatte verschwinden lassen. »Ich kann zumindest einen Trick; ich kann Küsse dreitausend Meilen weit schicken.«

Ich küsste meine Fingerspitze und fuhr mit dem Finger über das Display, und Dexter tat so, als würde er sie mit der Wange einfangen.

»Idiot«, kicherte ich. »Auf Wiedersehen.«

»Gina?«, sagte er schnell, als es noch einmal klingelte.

»Ja?« Mein Finger schwebte über dem Knopf, um das Gespräch zu beenden.

»Natürlich hast du, was man braucht, um Erfolg zu haben.« Er blies mir einen Kuss zu, und das Display wurde schwarz, und ich schwebte auf einer Wolke aus Glück zur Tür, um zu öffnen.

Es war sieben Uhr am nächsten Morgen. Ich war in der Küche und trank einen Kaffee, während ich die Halloween-Dekoration wegräumte.

Nachdem ich mit Dexter gesprochen hatte, waren anderthalb Stunden lang Halloweengäste vorbeigekommen. Eine Abfolge von kleinen Fledermäusen, winzigen Geistern, Harry Potters und Hermines hatte mir die Bude eingerannt. Cat war mit Lily und Isabel gekommen, die so lieb gewesen waren, mir ein paar mit Geleezähnen dekorierte Cupcakes zu machen, dann hatten mir Gabe und Noah Saures gegeben, indem sie meine Haustür mit einem Zutritt-verboten-Band versiegelt hatten. Ich mochte Gabe sehr. Wir hatten immer schon einen ganz besonderen Draht zueinander gehabt, seit er nach Barnaby gekommen war und mir anvertraut hatte, dass er nach dem Tod seiner Frau zwar bereit war, sich wieder zu verlieben, doch dass es dazu einer ganz besonderen Frau bedürfe, weil sie Noah genauso lieben müsse wie ihn. Und dann hatte er sich in Rosie verliebt, und alles hatte sich gefügt. Jetzt war es undenkbar, sich die drei nicht zusammen vorzustellen.

Während Noah seinen orangen Halloween-Eimer mit Süßigkeiten aus meiner Schüssel gefüllt hatte, hatte Gabe mich nach meinen Plänen für die Zukunft gefragt, mir Hilfe für die rechtliche Seite der Angelegenheit angeboten (er war in seinem früheren Leben einmal Anwalt gewesen) und mich behutsam darauf hingewiesen, dass konkrete Pläne besser früher als später vorliegen sollten; einige Eltern bekamen langsam kalte Füße wegen der Unsicherheit, was die Betreuung ihrer Kinder anging, hatte er mir erzählt. Ich hatte mich für alles bedankt und mit einem Paket Colafläschchen für Rosie von ihm verabschiedet, da sie sich das letzte Mal, als ich sie gesehen hatte, durch eine riesige Tüte Haribo gefuttert hatte.

Heute Morgen war bis auf ein paar Augäpfel, die nach schwarzen Johannisbeeren schmeckten, und einige Geister aus weißer Schokolade nichts mehr da. Ich biss gerade in ein Stück weiße Schokolade, als es an der Tür schellte. Als ich öffnete, stand ich Una gegenüber, die die Hände gegeneinanderrieb, um sie warm zu halten, während ihr Atem ihr Gesicht in Nebel einhüllte. Sie hatte die Haare unter ihre Wollmütze gestopft und das Kinn unter den Kragen ihres Mantels gezogen.

»Guten Morgen, Una! Sie sind ja früh dran.«

»Der frühe Vogel fängt den Wurm oder in meinem Fall den Bus«, kicherte sie. »Ich bin froh, dass Sie auch schon auf sind.«

»In meinem Job muss man ein Morgenmensch sein. Die ersten Kinder kommen um halb acht, einige noch in ihren Schlafanzügen, die meisten möchten ein zweites Frühstück, und alle sind putzmunter. Die Eltern eher nicht so.«

Ich trat einen Schritt zurück, um sie hereinzulassen, doch sie schüttelte den Kopf.

»Ich möchte mich nur noch mal für gestern Abend bedanken. Ich weiß das zu schätzen. Sie waren sehr nett zu mir. Ich hätte es Ihnen nicht zum Vorwurf machen können, wären Sie das nicht gewesen. Ich danke Ihnen aus tiefstem Herzen. Ich hatte Ewigkeiten nicht mehr einen solchen Spaß. Wir waren bis Mitternacht auf. Bing hat Klavier gespielt, und ich habe *Danny Boy* gesungen, und Delphine hat uns gezeigt, wie man beim Kartenspielen schummelt.«

Ich lächelte, als ich mir vorstellte, wie die drei sich amüsiert hatten. »Das freut mich. Und was ist heute geplant?«

Una zog ihren Rucksack an. »Ich fahre nach Hause.«

»Oh«, sagte ich enttäuscht. »Ich hatte gehofft, Delphine würde zustimmen, mit Ihnen wandern zu gehen.«

»Das hat sie auch, wir gehen morgen. Aber heute muss ich mir ein paar saubere Kleider holen.« Ihre Augen strahlten vor Freude. »Delphine hat mich eingeladen, ein paar Tage bei ihnen zu bleiben. Und ich habe mir gedacht, klar, warum nicht?«

»Das sind doch großartige Neuigkeiten!« Hoffnung wuchs in meiner Brust. Unas Lebenslust würde ein Tonikum für die beiden sein.

»Ich habe Delphine angeboten, ihr zu helfen, ein paar Sachen von Violet durchzusehen, und Bing hat mich gefragt, ob ich eine richtige Englische Creme machen kann. Er vermisst sie, seit Violet tot ist, hat er gesagt. Seltsam, was man an einem Menschen vermisst. Als Joseph gestorben ist, habe ich seine Geräusche vermisst. Er konnte nichts tun, ohne ein Geräusch von sich zu geben, mein Mann. Er hat beim Gehen gepfiffen, beim Abwaschen gesungen und wie ein Seemann geflucht, wenn im Fernsehen Fußball übertragen wurde. Damals hat mich das wahnsinnig gemacht. Doch sobald er nicht mehr da war, ist mir klar geworden, dass die Stille zehnmal schlimmer ist, und ich hätte alles dafür gegeben, sein ganz besonderes ›Uff‹ zu hören, wenn er sich bücken musste, um sich die Schuhe zuzubinden. Und wenn eine Englische Creme Bing glücklich machen kann, soll er sie haben.«

Mit Una in der Nähe würde es nur selten still sein in Evergreen Manor, dachte ich insgeheim; sie schien kaum einmal Luft zum Sprechen zu holen.

»Ganz unter uns«, fuhr Una fort, »die beiden brauchen ein bisschen Liebe.«

»Beide?« Ich runzelte die Stirn, und Una wurde rot.

»Einiges an uns mag vielleicht nicht mehr so gut funktionieren, wenn wir alt werden«, sagte sie formell, »aber unsere Herzen wollen immer Liebe geben und erhalten. Jeder liebt Liebe.«

»Das stimmt«, gab ich ihr recht und lächelte vor mich hin, während ich an Dexter dachte, der bis auf seine unheimliche Putzfrau wie ein Eremit allein in seiner Wohnung lebte. »Dann sehe ich Sie ja bald wieder.«

»Bevor ich weg bin, wäre da noch eine Sache.« Sie räusperte sich, bevor sie drauflosredete und die Wörter übereinanderstolperten. »Bing hat mir gestern Abend das Haus gezeigt. Und … na ja … Sie kennen doch diesen kleinen Raum mit der Tapete mit den blühenden Vergissmeinnicht und dem Fenster unter dem Dachvorsprung, das auf die Auffahrt hinausgeht?«

Ich nickte. »Ja, ich weiß, er hat ein eigenes Handwaschbecken.«

»Mir ist der Gedanke gekommen, dass er wie für mich gemacht wäre. Wenn es nicht unverschämt ist, würde ich gerne fragen, ob ich mich als Mieterin vormerken lassen kann, wenn alles nach Plan läuft und Sie das Haus kaufen?« Ich sah sie sprachlos an. Sie war genau die Art Mensch, die ich gerne als

Mieter hätte. Ich hätte nur nicht gedacht, dass sie es nach einem so kurzen Besuch vorschlagen würde.

»Ich mag meine Wohnung nicht übermäßig, wissen Sie. Sie ist in einem großen Wohnhaus, aber inzwischen wohnt fast niemand in meinem Alter mehr dort. Joseph und ich hatten vor, in eine Seniorenresidenz zu ziehen, aber wir haben zu lange gewartet. Seit seinem Tod hatte ich genug damit zu tun, allein zurechtzukommen und konnte mich nicht auch noch darum kümmern.«

»Ich würde schon nach Mietern suchen, wenn das mit dem Kauf klappt«, sagte ich in dem Bewusstsein, dass es keine Garantien gab, dass auch nur einer von uns nach Weihnachten noch ein Zuhause hatte.

»Ich habe Sie in Verlegenheit gebracht.« Sie hob entschuldigend die Hand. »Sie müssen mir nicht sofort antworten, vielleicht schlafen Sie einmal darüber.«

Ich versprach, dass ich das definitiv tun würde und dass es eine gemeinsame Entscheidung von uns dreien sein würde, sollte die Zeit kommen. Doch im Moment war es ein weiterer Pluspunkt für die Bank; ich konnte ehrlich behaupten, dass ich eine Warteliste mit potenziellen Mietern hatte. Wir verabschiedeten uns, und ich winkte ihr nach.

»Una?«, rief ich ihr hinterher. »Sie fehlen mir jetzt schon.«

Ich irrte mich möglicherweise, doch ihre Schritte hatten etwas Fröhliches, als sie die Auffahrt hinunter zur Straße stapfte und aus meinem Blickfeld verschwand.

Die nächsten Stunden vergingen weitgehend ereignislos. Ich machte mit den Kindern einen Spaziergang, auf dem sie Blätter in die Luft warfen und die Reste der Halloweendekorationen in Barnabys Vorgärten bewunderten. Jetzt waren wir zurück, alle waren auf der Toilette gewesen und hatten sich die Hände gewaschen, und wir konnten mit unserem neuen Thema für den Monat November loslegen, das Familien hieß. Heute waren sechs Kinder da, die alle auf Kissen auf dem Boden saßen. Zunächst sprachen wir darüber, wer zu unserer Familie gehörte, dann malten wir sie.

»Das ist meine Familie«, sagte ich und hielt ein Foto hoch, das Eric Weihnachten vor ein paar Jahren gemacht hatte. Ich stand lächelnd zwischen meinen Eltern. Howard stand ein wenig abseits von uns und sah schicksalsergeben in die Kamera, bereit zu verschwinden, sobald es geklickt hatte. Das Foto brachte erstaunlich gut herüber, dass er sehr viel lieber arbeiten würde, als seine kostbare Zeit, die er auch zum Forschen nutzen könnte, mit uns zu verbringen, während mein Gesicht rosig war und meine Augen strahlten. Was wahrscheinlich eher an dem Prosecco mit Orangensaft lag, den ich zum Frühstück getrunken hatte, als an allem anderen. Der erste Weihnachtsfeiertag konnte in vielen Familien ziemlich angespannt sein, und unsere bildete da keine Ausnahme. Ein kleiner Schwips war die beste Möglichkeit, ihn zu überstehen. Ich blinzelte die Erinnerung weg und sah die Kinder an.

»Das bin ich mit meinen Eltern und meinem großen Bruder.« Ich zeigte auf uns alle. »Hat einer von euch Brüder oder Schwestern?«

Alle riefen durcheinander, und als ich sie daran erinnert hatte, der Reihe nach zu reden, zeigte Molly auf das Sofa, wo ich meine Handtasche liegen gelassen hatte.

»Dein Telefon klingelt!«, rief sie.

Die Nummer war mir unbekannt. Ich reichte Finn den *besonderen Teddybär*.

»Yippie!«, rief Finn. Das war eine Ehre; wer immer den Bären hatte, durfte reden.

»Finn, bitte erzähl doch allen von deiner Familie und gib den Bären dann weiter«, sagte ich und begab mich außer Hörweite. »Hallo?«

»Hallo, spreche ich mit Ms. Moss?«, fragte eine Männerstimme, die jung und unsicher klang.

»Ja?«

»Hier spricht Ollie von der Derbyshire Bank. Ich muss den Termin mit Tessa morgen leider absagen.«

Ich spitzte die Ohren. »O nein. Warum?«

»Persönliche Gründe«, meinte Ollie vage.

Sie tat mir sofort leid. »O nein, die arme Tessa! Bitte, grüßen Sie sie von mir. Können wir einen neuen Termin ausmachen?«

»Hmm.« Durch die Leitung hörte ich, wie Papiere herumgeschoben wurden. »Im Moment nicht.«

Der Mut verließ mich; was jetzt? Ich wurde langsam nervös, weil alles so lange dauerte.

»Und mit jemand anderem?«, fragte ich und versuchte mein Bestes, um ruhig zu bleiben. »Es ist sehr wichtig, und ich versuche bereits seit einer Woche, sie persönlich zu sprechen.«

»Hmm. Ich kann nachfragen.« Ollie machte sich nicht die Mühe, das Gespräch auf lautlos zu stellen und rief einfach durch das Büro. »Sie fragt, ob sie mit jemand anderem sprechen kann?« Er senkte die Stimme wieder. »Mein Chef schüttelt den Kopf. Nein. Tut mir leid.«

»Und was ist mit Ihnen?«, fragte ich verzweifelt. »Ich könnte doch für ein erstes Treffen mit Ihnen vorbeikommen, und dann könnten Sie alles an Tessa übergeben?«

Das war gegen mein besseres Wissen; man konnte viel aus der Stimme eines Menschen schließen, und Ollie war ganz offensichtlich ein Junior-Mitarbeiter mit sehr wenig Erfahrung. Aber egal, Not kannte kein Gebot.

»Ja, sicher, das können wir machen.« Er klang ganz aufgeregt bei der Aussicht, doch seine Stimme war sehr leise geworden. »Was machen Sie, äh, sagen wir Freitag um elf?«

»Ich kümmere mich um sechs Kinder. Wie wäre es mit Montag? Es sei denn, Sie machen Hausbesuche.«

»Das ist nicht erlaubt«, seufzte er. »Und Freitag ist mein letzter Tag. Am Montag habe ich wieder normal Unterricht. Oder am Dienstag. Montag mache ich den Führerschein.«

»Sie gehen noch zur *Schule*?«

»In die Sechste«, sagte er stolz. »Ich mache hier ein Praktikum. Ein bisschen enttäuschend, um ehrlich zu sein. Ich dachte, ich säße im Tresorraum, um Gold zu zählen, doch bis jetzt habe ich nur Tee gekocht und Termine per Telefon abgesagt. Sie sind die Erste, die ein Treffen vorgeschlagen hat. Alle anderen waren scheiße. Ich meine, äh, schrecklich.«

Ich wünschte Ollie alles Gute zu seiner Führerscheinprüfung und beendete schnell das Gespräch. *Verdammt.* Das war ein ernsthafter Rückschritt, den ich mir zeitlich nicht leisten konnte. Ich hatte Paiges Rat befolgt und all meine Hoffnungen auf Tessa gesetzt. Jetzt musste ich jemand anderen finden. Und das schnell.

Kapitel 26

Die nächsten Tage verliefen ruhig. Durch das milde Wetter hatte Una Bing und Delphine überreden können, am Wochenende wandern zu gehen, während ich zu Hause blieb und an meinem Geschäftsplan arbeitete.

Schon bald war wieder Montag, und kurz nach drei trommelte ich die Kleinen zusammen, um zur Schule zu gehen. Als wir zum Schulhof kamen, rannten die Kinder zum Spielen davon, während ich den Doppelbuggy so parkte, dass ich alle im Blick hatte. Sekunden später traf Paige ein und parkte ihren Buggy neben meinem.

»Und, was gibt's Neues? Wie geht es Dexter?«, fragte sie.

»Ihm geht es gut, denke ich.«

Paige schnaubte. »Bewirb dich bloß nie um einen Job als Spionin, hörst du? Das war der schlechteste Versuch, die Gleichgültige zu spielen überhaupt. Du bist vollkommen unfähig zu lügen.«

»Okay« lenkte ich ein. »Er hat mich eingeladen.«

Paiges Augen wurden groß, doch bevor sie mich weiter ausfragen konnte, berührte jemand meinen Arm.

»Gina? Tut mir leid, wenn ich störe.« Es war Kirsty, eine der Mütter, die nach der Ofsted-Auszeichnung Kontakt zu mir aufgenommen hatte. »Es ist nur … Sie wissen ja, dass wir darüber gesprochen haben, Ihnen ab Januar Frankie an zwei Tagen die Woche anzuvertrauen? Und Sid nach der Schule?«

»Ja, natürlich!« Ich beugte mich hinunter, um einem kleinen rothaarigen Kerl Guten Tag zu sagen, der in ein buntes Pappbilderbuch vertieft war. »Hallo, Frankie, ich heiße Gina!« Frankie versteckte sich hinter seinem Buch.

Kirsty biss auf ihrer Lippe herum. »Nun ja, jetzt, wo Ihr Haus zum Verkauf steht, können Sie uns da garantieren, dass Sie die beiden nehmen können? Ich meine, es ist schon November. Mein Mann hat einen Besichtigungstermin in einer Kindertagesstätte in der Nähe seines Arbeitsplatzes vereinbart, in der es noch freie Plätze gibt, und ich dachte, dass ich Sie über den momentanen Stand informieren sollte.«

Die Schulglocke schellte, und Kirsty richtete sich auf, um die sich öffnenden Türen im Auge zu haben. Furcht stieg in mir auf. Es war unvermeidlich, dass sich die Eltern Sorgen machten. Eine verlässliche Kinderbetreuung war für arbeitende Eltern unverzichtbar. Und ich war verlässlich, doch im Moment konnte ich ihnen die Sicherheit, die sie brauchten, nicht geben. Ich konnte es mir aber auch nicht leisten, geschäftliche Einbußen zu erleiden.

»Ich weiß das zu schätzen und verstehe Sie sehr gut«, sagte ich ruhig und lächelte Kirsty so professionell an, wie ich konnte. »Und natürlich ist es Ihre Entscheidung, doch bitte haben Sie ein kleines bisschen Geduld und Vertrauen, denn ich hoffe, schon sehr bald eine spannende Ankündigung machen zu können.«

Kirstys Schultern entspannten sich. »Puh. Gott sei Dank. Dann drücke ich die Daumen. Sid redet immer wieder davon, dass er nach Weihnachten zu Gina geht. Komm, Frankie, gehen wir und gucken, wo dein großer Bruder steckt.«

Sie wandte uns den Rücken zu, und Paige saugte ihre Wangen nach innen.

»Die Eltern meiner Schützlinge werden auch langsam nervös«, sagte sie entschuldigend.

Ich stöhnte. »Das habe ich davon, ehrgeizig zu sein.«

Januar war mir noch so weit weg erschienen, und ich hatte fröhlich allen erzählt, dass ich nicht nur Kapazitäten für meine eigenen, sondern auch noch für Paiges Kinder hätte. Plus ein paar weiterer wie Sid und Frankie.

»Ausnahmslos alle möchten dir gern ihre Kinder anvertrauen«, sagte Paige, »aber sie müssen auch wissen, woran sie sind. Und nur damit du es weißt, ich habe gemeint, was ich gesagt habe – dass ich gern für dich arbeiten möchte. Ich will mein Haus zurück, sorge aber gern für Chaos anderswo.«

»Danke, betrachte dich als eingestellt.« Ich blies meine Wangen auf. »O Gott. Was mache ich bloß? Es ist schon November, und *alles* ist in der Schwebe.«

»Tief durchatmen«, sagte sie und rieb mir zwischen den Schulterblättern den Rücken.

»Bin ich eine komplette Idiotin? Ich habe keinen Plan B.«

»Im allerschlimmsten Fall kannst du zwischenzeitlich woanders etwas anmieten. Na bitte«, lachte sie, »da hast du Plan B. Kein Grund zur Panik. Guck, da kommen die Kinder.«

Wir winkten beide, als eine Horde kleiner Menschen auf den Schulhof strömte.

»Etwas mit Platz für mich, fünfzehn Kinder, zwei, vielleicht drei Achtzigjährige, zwei schwarze Katzen und acht Hühner?«, meinte ich skeptisch. »Nichts einfacher als das.«

Paige sah mich überrascht an. »Das heißt, selbst wenn du Evergreen Manor nicht bekommst, willst du deinen Plan durchziehen?«

»Wir sind jetzt ein Team; ich habe ihnen versprochen, dass wir zusammenbleiben, komme, was da wolle.«

»Wann triffst du dich mit Tessa?«

Ich zuckte die Schultern. »Keine Ahnung. Sie hat den Termin abgesagt.«

Paige runzelte die Stirn. »Das sieht ihr nicht ähnlich. Sie ist dafür bekannt, Leute nicht hängen zu lassen.«

Ich rang nach Luft, als die Zwillinge in mich hineinliefen, und in den nächsten Minuten trieben wir unsere Kinder zusammen, verteilten Taschentücher für laufende Nasen und hörten uns die wichtigsten Neuigkeiten aus der Schule an: Miss Cresswell bekam ein Baby, Alfie Spencer hatte sich vor versammelter Mannschaft erbrochen, die ganze Schule ging zu der Weihnachtsaufführung am Ende des Halbjahrs, bei der auch jemand aus X-Faktor mitspielte.

Schließlich schlossen wir uns dem Exodus durch die Schultore an und machten uns auf den Heimweg.

»Was hat Tessa denn genau gesagt?«, fragte Paige und nahm unser Gespräch wieder auf.

Ich erzählte ihr von meinem Telefonat mit Ollie.

Paige sah besorgt aus. »Ihrem Vater ging es nicht gut. Vielleicht ist er der Grund.«

»Die Arme«, sagte ich schuldbewusst. »Natürlich tut sie mir leid, aber das Timing ist doof. Am Telefon hat sie ganz positiv geklungen. Und mir läuft die Zeit weg. Ich brauche eine Antwort, so oder so.«

Paige dachte einen Moment nach. »Ich habe ihre private Handynummer, ich schicke ihr eine SMS. Ich schreibe, dass ich gehört habe, dass sie nicht im Büro ist, wünsche ihr alles Gute und frage ganz nebenbei, ob Gina vielleicht einen Termin mit jemand anders vereinbaren sollte, da ihr die Zeit davonläuft.«

Unsicher biss ich mir auf die Lippe. »Bist du sicher, dass mich das nicht ein bisschen egoistisch dastehen lässt?«

Doch Paige tippte bereits eine SMS in ihr Handy.

»So. Ich habe ihr deine Handynummer gleich mitgeschickt, nur für den Fall.«

»Gina!« Isabel zog an meinem Ärmel. »Lily möchte gern bald noch einmal zu dem großen Haus und die Hühner besuchen.«

Ich zog die Brauen hoch. »Nur Lily?«

»Ich auch, aber Lily mehr«, sagte sie verlegen.

Paige grinste mich an. »Wie du siehst, ist es nicht egoistisch, wir alle lieben Evergreen Manor.«

Ich versprach allen, bald etwas zu arrangieren, doch erst einmal schlug ich vor, zum Dorfanger zu gehen und zu sehen, wie die Vorbereitungen für das große Feuer liefen, das heute Abend angezündet werden sollte.

»Gute Idee«, sagte Paige und zog eine Decke über eines der Kleinen. »Je weniger Zeit ich drinnen verbringe, desto weniger Chaos muss ich nachher beseitigen.«

Der Anblick der riesigen Holzpyramide, die provisorisch mit Metalldraht abgesperrt war, steigerte die Aufregung der Kinder bis ins Unendliche, und das Geschnatter drehte sich schon bald um Feuerwerkskörper und alle, einschließlich Lily, rannten herum und ahmten das Geräusch der lodernden Flammen nach. Es wärmte mir das Herz zu sehen, wie sie mitmachte, und ich schoss ein paar Fotos mit dem Handy für ihre Mum.

Nach dem, was Cat mir erzählt hatte, gab es wegen Lily so etwas wie einen kleinen Kampf in der Schule. Ihre Lehrerin wollte sie zu einer Therapeutin schicken, weil sie zwar gut erzogen und höflich war, aber immer noch kaum sprach. Cat hatte jedoch Sorge, dass ein weiteres neues Gesicht in Lilys Leben nur für einen Rückschritt sorgen würde.

Ich legte gerade mein Handy zur Seite, als es schellte.

»Das ist Tessa«, sagte Paige, die die Nummer auf dem Display gesehen hatte. »Ich habe dir doch gesagt, dass auf sie Verlass ist. Setz dich auf die Bank da drüben, ich beschäftige die Kinder in der Zwischenzeit.«

Ich hielt die gekreuzten Finger hoch und meldete mich.

»Gina Moss.« Ich hockte auf dem Rand der Bank und sah zu, wie Paige die Kinder aufforderte, einen Kreis zu bilden und sich an den Händen zu fassen.

»Hier spricht Tessa von der Bank. Es tut mir so leid, dass ich unseren Termin absagen musste«, begann sie mit ihrer sanften Stimme mit dem schottischen Akzent. »Ich musste bei Nacht und Nebel nach Schottland; mein Vater ist böse gestürzt, er ist leicht verletzt und ein bisschen verwirrt.«

»Kein Grund, sich zu entschuldigen. Die Familie geht vor, immer.«

»Das ist nett von Ihnen. Aber ich weiß, wie eng die Zeit für die Hypothekenanfrage ist, und habe keine Ahnung, wann ich zurück sein werde.«

»O je.« Mein Mut sank; wie es aussah, musste ich jemand anderen finden und den ganzen Prozess noch einmal von vorne beginnen.

»Sie können jetzt warten, bis ich zurück bin, oder ich mache Ihnen einen Kontakt mit meinem Kollegen, wenn Ihnen das lieber ist?«

Ich zögerte. So gerne ich auch mit Tessa arbeiten wollte, lief ich Gefahr, Geschäftseinbußen zu erleiden, wenn ich nicht bald einen klaren Plan hatte. »Ist er gut, Ihr Kollege?«

Sie lachte laut auf. »Definitiv. Er ist ein nüchterner Geschäftsmann, das muss ich ihm lassen. Hören Sie, ich darf Ihnen nicht zu viel sagen, aber er hatte bereits einen Termin mit einem Unternehmen, das sich auch für den Kauf von Evergreen Manor interessiert. Und basierend auf früheren Erfahrungen wird er ein Unternehmen einer alleinstehenden Frau vermutlich vorziehen.«

»Dann bin ich verloren«, sagte ich und stellte mir ein paar schwere Theatervorhänge aus Samt vor, die über meine Pläne fielen.

»Ihr Plan klingt interessant«, sagte Tessa. »Ich kann von hier aus nicht viel tun, doch ich habe herausgefunden, dass die andere Partei auf eine Planungsentscheidung wartet, die erst Mitte Dezember fallen wird. Das gibt uns Zeit.«

Heute war der 5. November. Bessere Nachrichten hätte ich mir nicht wünschen können.

»Zumindest ein ganzer Monat!« strahlte ich. »Was kann ich in der Zwischenzeit tun?«

»Beschaffen Sie sich so viel Unterstützung wie möglich«, sagte sie bestimmt. »Ich kann das nicht genug unterstreichen. Wir müssen der Bank zeigen, wie viel dieses Anwesen für die Gemeinde bedeutet.«

»Glauben Sie wirklich, dass das die Bank interessiert?« Insgeheim vermutete ich, dass Banken mehr daran interessiert waren, keine Risiken einzugehen, als sich um das Wohl der Gemeinde zu scheren.

»Mich interessiert das«, sagte sie bestimmt, »und ich gebe nicht so schnell auf.«

»Dann werde ich das auch nicht tun«, versprach ich. »Sie kümmern sich um Ihren Dad, und ich kümmere mich um Evergreen Manor.«

Nachdem das Gespräch beendet war, war ich äußerst positiv gestimmt; mit Tessa an unserer Seite konnte einfach nichts schiefgehen. Und was die Unterstützung für meinen Plan anging, konnte ich vielleicht Bings Idee von einer Weihnachtsaufführung weiterentwickeln, für die in einem Monat der perfekte Zeitpunkt wäre.

Kapitel 27

Die nächsten Wochen sausten in einem Rausch aus Proben, dem Schneidern von Kostümen, dem Entwerfen und Verschicken der Einladungen und der Herstellung diverser Weihnachtsleckereien an mir vorbei, wozu in den letzten achtundvierzig Stunden noch das Basteln meilenlanger glitzernder Papiergirlanden hinzukam, um das Welcome Cottage und Evergreen Manor festlich herauszuputzen.

Jetzt, wo es langsam dämmerte, hatte ich meine Kinder und meine alten Freunde um mich geschart und führte sie hinaus in die Kälte. Wir versammelten uns auf der Auffahrt, sahen zu Evergreen Manor hoch und warteten, dass die Weihnachtslichter eingeschaltet wurden.

Meine Haut kribbelte vor gespannter Erwartung. Nicht nur wegen der Lichter sondern vor allem wegen der morgigen Ereignisse. Nach einem Brainstorming mit Paige und Bing hatten wir Bings ursprüngliche Idee von einer Weihnachtsaufführung in etwas Ambitionierteres weiterentwickelt. Es würde eine Weihnachtsparty in Evergreen Manor geben, und alle waren eingeladen: die Eltern von meinen und Paiges Schützlingen sowie die Eltern und Kinder, die sich nach meinen Diensten als Tagesmutter erkundigt hatten, wie Kirsty; Beau wollte kommen und – hoffentlich – Tessa von der Bank.

Una kreischte vor Aufregung und zog Bing und Delphine zu sich heran.

»Fertig, Kinder?« Ich drehte mich so herum, dass Harris, der auf meiner Hüfte saß, etwas sehen konnte.

Bing begann mit dem Countdown. »DREI, ZWEI, EINS, LOS!«

Wilf, der sonst in Evergreen Manor die Fenster putzte und von Una bequatscht worden war, heute die Lichter aufzuhängen (und dafür mit selbstgemachten Mince Pies bezahlt wurde), steckte den Stecker in die Außensteckdose, und alle hielten die Luft an. Die Fassade von Evergreen Manor hatte sich in ein funkelndes, magisches Wunderland verwandelt, bereit, den Weihnachtsmann höchstpersönlich willkommen zu heißen. Ketten über Ketten mit warmen, weißen Lichtern zierten den Dachfirst, die Giebel und die Fenster und bildeten einen Willkommensbogen über der Tür.

Harris war in meinen Armen ganz still geworden, und ich lachte über sein überraschtes Gesicht.

»Es ist WEIHNACHTEN!«, rief Finn und sprang auf der Stelle auf und ab.

»Sieh sich das einer an«, hauchte Bing und schüttelte den Kopf. Er drückte Una einen Kuss auf die Wange. »Super gemacht, Mädchen.«

»Teamarbeit«, meinte Una, strahlte aber trotzdem vor Stolz.

»Du bist ein Juwel, Una«, stimmte Delphine ihm zu.

Una, die Tag für Tag Evergreen Manor ein Stück mehr umkrempelte, hatte online einen Gutschein für Lichterketten zum halben Preis gefunden, und bei ihrem charmanten Angebot hatte Wilf sich nicht zweimal bitten lassen. »Danke, Wilf, und denk daran, die Kuchendose mitzunehmen.«

»Das werde ich. Danke euch allen.« Wilf griff nach der Dose und kletterte in seinen Lieferwagen. »Frohe Weihnachten! Auf Wiedersehen!«

Harris begann auf meiner Hüfte auf und ab zu hüpfen, und die anderen Kinder rannten im Kreis herum und sangen mit voller Lautstärke ein Weihnachtslied.

»Gefällt es dir, Delphine?«, fragte Isabel und zog an dem Mantelärmel der alten Dame.

»Das tut es«, antwortete die und tupfte sich die Augen mit einem Spitzentaschentuch trocken. »Ich finde es wunderschön. Und meiner Freundin Violet hätte es auch gefallen. Sie hätte nächste Woche Geburtstag und bestimmt so getan, als wäre das alles für sie und nicht für Weihnachten.«

George kam mit einem großen Satz die Stufen vor der Haustür heruntergesprungen. »Warum weint Delphine?«

»Sie ist traurig«, sagte Isabel und schob einen Arm unter Delphines. »Das ist so, wenn jemand stirbt und du ihn nicht mehr umarmen kannst.«

Delphine und ich sahen uns an; dieses Kind besaß eine Weisheit, die weit über sein Alter hinausging.

»Evergreen Manor sehen jetzt richtig weihnachtlich aus«, sagte Megan. »Bei uns zu Hause dürfen wir den Weihnachtsschmuck nicht so früh aufhängen.«

»Der 5. Dezember ist auch ein bisschen früh«, stimmte ich ihr zu. »Aber für die Party und die vielen Gäste morgen muss es weihnachtlich aussehen.« *Besonders für Tessa*, fügte ich in Gedanken hinzu.

»Violet hat Weihnachten geliebt«, sagte Delphine und riss sich zusammen. »Sie wäre begeistert von der Party gewesen.«

Lily schlich sich zu mir und zog mich auf ihre Höhe hinunter.

»Daddy auch«, flüsterte sie.

»Hat er Weihnachten auch geliebt?« Das Herz schlug mir jedes Mal bis zum Hals, wenn Lily sich entschloss, in Worten zu kommunizieren. Sie nickte, und ich schlang den Arm um sie. »Dann muss es einfach die beste Party der Welt werden, ja?«

»Kommt alle ins Wohnzimmer, um ein letztes Mal unsere Lieder zu proben«, forderte Bing uns auf.

Die Kinder stürmten nach drinnen. Isabel und Lily zogen an Una und Bing, damit sie sich mehr beeilten.

Delphine lächelte ihnen liebevoll zu. »Erinnerst du dich, wie misstrauisch Bing gegenüber Kindern war und wie er nicht gewusst hat, was er mit ihnen reden sollte?«

»Seitdem ist viel passiert, Delph.« Ich beobachtete, wie er Unas Arm nahm, um ihr die Stufen hochzuhelfen.

»Una hat ihm neuen Auftrieb gegeben, und es ist wunderbar, das zu sehen«, sagte sie wehmütig. »Jetzt weiß *ich* manchmal nicht, was ich sagen soll.«

Ich sah ihren nachdenklichen Gesichtsausdruck und machte mir Sorgen um sie. Unas Gegenwart hatte anfangs auch sie aufgemuntert, doch in der letzten Zeit hatte sie wieder viele Stunden alleine im Nähzimmer verbracht. Glücklicherweise hatte ich sie mit etwas sanftem Zureden dazu überreden können, sich bei der Party einzubringen; sie würde aus den Stoffen, auf die ich seit Monaten ein Auge geworfen hatte, weihnachtliche Patchworkbilder mit den Kindern basteln.

»Du wirst fantastisch sein«, sagte ich bestimmt. »Um diese Zeit morgen wirst du mich anbetteln, wöchentlich eine Nähstunde geben zu dürfen.«

Delphine lächelte. »Das ist wunderbar, was du da für uns tust, wir haben so ein Glück, dass wir dich haben, um uns Alte anzuspornen. Deine Eltern müssen furchtbar stolz auf dich sein.«

Ihre Worte ließen mich plötzlich innehalten. Meine Eltern wussten nicht, was ich vorhatte, doch vielleicht war es an der Zeit, dass sie es erfuhren.

Am späteren Abend wählte ich die Nummer meiner Eltern und nippte an meinem Tee, während ich wartete, mit ihrer Wohnung in Windermere verbunden zu werden. Normalerweise telefonierten wir jeden Samstag, doch sie waren ein paar Wochen in Urlaub gewesen, und ich hatte so viel zu tun gehabt, dass unsere Gespräche sehr kurz gewesen waren. Zumindest war das meine Entschuldigung.

Die Wahrheit war die, dass ich meinen Eltern nichts von meinen Plänen, Evergreen Manor zu kaufen, erzählt hatte, weil ich ihnen keine Gelegenheit geben wollte, mir die Laune zu verderben.

Die letzten Monate waren die spannendsten meiner beruflichen Laufbahn gewesen. Die Idee, ein so unglaubliches Anwesen zu kaufen, hatte als Fantasterei begonnen, doch jetzt, wo der Tag sich näherte, an dem die Bank zu einer Entscheidung kommen würde, betrachtete ich sie nicht länger als solche, sondern als realisierbares Geschäftsziel. Und traurigerweise vertraute ich nicht darauf, dass meine Eltern das genauso sahen. Doch ich war so gespannt auf die Weihnachtsparty morgen, dass ich heute Abend wirklich Lust hatte, meiner Mum davon zu erzählen. Sie hatte unsere Schulaufführungen immer geliebt, als ich klein war. Ich lachte vor mich hin bei der Erinnerung, wie Rosie einmal die Aufführung unterbrochen hatte, um zu verkünden, dass ich die Stäbe für mein Xylofon nicht finden konnte, und wie die Lehrerin Jimmy Dillon in der Jungentoilette entdeckte, als er auf der Heizung *Stille Nacht* spielte …

Die Stimme meiner Mutter katapultierte mich zurück in die Gegenwart. »Bei Moss?«

»Hallo, Mum!«

»Georgina! Hallo, meine Liebe, du klingst so glücklich!« Ich hörte ein Poltern, als sie die Sprechmuschel mit der Hand abdeckte und mit gedämpfter Stimme Dad etwas zurief. »Tim, Georgina ist am Telefon! Dein Vater lässt dich grüßen.«

»Hallo, Dad«, sagte ich und lächelte in Erwartung der Dreierkonversation, die jetzt kommen würde. »Alles gut bei euch beiden?«

»Uns geht es gut, ja. Schön, dass du anrufst, ich mache es mir gerade mal bequem. Was hast du zu erzählen?«

Ich stellte mir vor, wie sie es sich in ihrem Sessel gemütlich machte, während ich begann, ihr von den Aktivitäten des Tages zu erzählen.

»Ich vermisse diesen Rummel«, sagte sie wehmütig. »Viele von uns haben Weihnachtsbäume vor der Tür und Lichterketten auf den Balkonen, und die Speisekarte im Restaurant hat seit drei Wochen ein Weihnachtsthema, doch ohne den Überschwang der Jugend ist es nicht das Gleiche. Versteh mich nicht falsch; das ist eine nette Gemeinschaft hier, Dad und ich könnten uns keine lieberen Freunde wünschen. Der Bridge-Abend am Sonntag ist wirklich lustig. Doch Besucher unter dreißig sind eine Rarität. Und wenn ein Kinderwagen in den Gemeinschaftsraum gefahren kommt, springen die Alten schneller aus ihren Sesseln, als du Malzkaffee sagen kannst.«

»Ich schicke euch morgen ein paar Fotos von meinen Kleinen«, versprach ich. »Ihr werdet viele Kinder mit Geschirrtüchern um den Kopf darauf sehen.«

»Oh, das ruft Erinnerungen wach«, sagte sie wehmütig. »Natürlich wäre es schön, selbst Enkelkinder zu haben, bevor ich zu alt bin, um mich an ihnen zu erfreuen. Dein Vater wird nächstes Jahr schon siebenundsiebzig.«

Ich lächelte vor mich hin; Mum liebte es, Dads hohes Alter anzuführen statt ihr eigenes, obwohl sie nur ein Jahr jünger war.

»Keine Anzeichen, dass Howard sich reproduziert?«, fragte ich witzelnd.

Howard hatte nur einmal zugegeben, eine Beziehung zu haben, diese jedoch beendet, nachdem er seiner Auserwählten seine eigene geschätzte Ausgabe eines Darwin-Buchs zum Geburtstag geschenkt und anschließend herausgefunden hatte, dass sie sie bei eBay zum Verkauf angeboten hatte. Offensichtlich um sich von dem Erlös etwas zu kaufen, was ihr wirklich gefiel, hatte er empört erzählt. Soweit wir wussten, hatte er sich danach von weiteren romantischen Bindungen ferngehalten.

»Nein, Howard ist für eine Familie zu beschäftigt«, mokierte sich Mum. »Wusstest du, dass er nächsten Monat auf einer Genomkonferenz in Japan einer der Hauptredner ist und seine Forschung an Moospflanzen vorstellt?«

»Nein, wusste ich nicht.«

»Er macht sich so gut. Beruflich gesehen. Ich wünschte nur, dass er gelegentlich etwas kürzertreten würde, er verausgabt sich noch völlig.«

Ich unterdrückte ein Schnauben. »Du kennst schon das Sprichwort, dass ein rollender Stein kein Moos ansetzt? Und auch keine Freundin findet.«

»Sehr lustig.« Es folgte ein widerhallendes Schweigen. Ich konnte fast sehen, wie sie die Lippen aufeinanderpresste. »Mach dich nicht über deinen Bruder lustig.«

»Es fällt schwer, das nicht zu tun, Mum. Er heißt Professor Moss und hat sein Leben der Erforschung von Moos gewidmet.«

»Nicht nur von Moos, er forscht auch an anderen Pflanzen. Trotzdem«, sagte sie und wechselte das Thema, »solltest du dir die Mühe machen und Kontakt zu ihm halten.«

»Das Telefon funktioniert in beide Richtungen, Mum. Ich kann mich nicht erinnern, wann Howard mich das letzte Mal angerufen hat.«

»Na ja, Howard ist zu …«

»Beschäftigt, ja, ich weiß.« Ich biss die Zähne zusammen. Mum hatte meine Tätigkeit, aus der nächsten Generation fähige Erwachsene zu machen, nie als richtigen Beruf angesehen.

»Wir haben natürlich immer gedacht, dass du und Eric Kinder bekommen würdet«, fuhr sie fort. »Du wärst eine gute Mutter: du bist vernarrt in Kinder, immer zu Späßen aufgelegt und nie zu beschäftigt, um mit ihnen zu spielen.«

»Danke. Vielleicht sind es ja genau diese Eigenschaften, die mich in meinem Job so gut sein lassen und die dafür sorgen, dass die Eltern bei mir Schlange stehen, um ihre Kinder von mir betreuen zu lassen«, sagte ich spitz.

»Hast du Eric in der letzten Zeit mal gesehen?«, sagte sie und wechselte erneut das Thema. »Ich hoffe, er kommt nach der Scheidung wieder auf die Beine.«

»Eigentlich habe ich ihn seit Ewigkeiten nicht gesehen«, sagte ich überrascht. Mein Ex war in den letzten Monaten total aus meinem Leben verschwunden. Wir hatten uns nach der Trennung regelmäßig SMS geschickt und miteinander geredet, doch jetzt hatte ich keine Ahnung, was er so trieb. »Aber es gibt da jemand anderen, den ich gern habe.«

»Oh, Schatz, das sind ja großartige Nachrichten«, sprudelte es aus ihr heraus. »Erzähl mir alles über ihn.«

»Er heißt Dexter Flint.« Meine Stimme wurde automatisch weicher, als ich von ihm sprach. »Er und seine Schwester Rebecca haben Evergreen Manor geerbt, zu dem das Cottage gehört, das ich gemietet habe.«

»Das große Haus! Guter Gott!«, sagte Mum beeindruckt. »Dann muss er ja richtig reich sein.«

»Er schreibt Filmdrehbücher und lebt in New York.«

»Wie aufregend! Ich wollte immer schon mal nach New York. Stell dir mal vor, er fragt dich, mit ihm dort hinzuziehen. Oh, ich beneide dich um deine Freiheit, Schatz!«

»Immer mit der Ruhe, Mum!«, lachte ich. »Da sind wir noch lange nicht. Außerdem werde ich nicht nach New York ziehen, weil ich selbst versuchen werde, das Anwesen zu kaufen.«

»Das hast du vor?«, rief Mum.

»Korrekt«, sagte ich geduldig. »Wenn alles nach Plan läuft, werde ich mein kleines Unternehmen vergrößern und noch weitere Kinder aufnehmen und Ferienclubs und zusätzliche Betreuungsplätze nach der Schule anbieten. Es wird auch ein paar Wohnräume für ältere Leute geben. Ich werde sogar jemanden einstellen. Im Moment geht es also drunter und drüber.«

»Mein Gott.«

Sie verstummte. »Das ist sehr, äh, mutig.«

»Danke, Mum«, sagte ich, obwohl mir bewusst war, dass das kein ungeteiltes Kompliment war. »Ich habe irgendwo einmal gelesen, dass du dein Leben nicht richtig lebst, wenn es dir nicht manchmal Angst macht.«

»Was ist mutig, Ruth?«, hörte ich Dad im Hintergrund sagen. »Was treibt sie?«

Mum legte wieder die Hand auf die Sprechmuschel, diesmal fester; alles, was ich hören konnte, waren ihre schrille Stimme und Dads Fragen: *was, wo, wie?* Ich hielt den Atem an, versuchte, sie in Gedanken dazu zu bewegen, sich für mich zu freuen, mir Mut zu machen.

»Natürlich sind wir stolz auf dich, Schatz, aber wir machen uns auch große Sorgen.« Ich konnte fast sehen, wie sie auf ihrer Lippe herumkaute und die Brauen hochzog, während sie und Dad einander ansahen. »Die Verpflichtung, die Arbeitsbelastung, ganz zu schweigen von dem Geld. Du wirst für den Rest deines Lebens Schulden haben.«

»Oder aber ich habe richtig Erfolg«, sagte ich ruhig.

»Aber das ist ein großes Wagnis, ein großes Vorhaben.«

Ich biss die Zähne aufeinander. »Und ihr denkt, das schaffe ich nicht.«

Sie zögerte. »Das ist nicht die Frage.«

»Was dann?«

»Ich bin mir einfach nicht sicher, ob du das tun solltest.«

»Da bin ich anderer Meinung«, sagte ich und versuchte, mit der Frustration fertigzuwerden, die in meiner Brust brannte. »Du hast gerade gesagt, dass das Einzige, was in eurer Seniorenresidenz fehlt, Jugend ist. Die kann ich meinen Mietern bieten. Ich bin eine hervorragende Tagesmutter, ich nehme meinen Beruf sehr ernst. Evergreen Manor wird eine Blaupause, wie wir für unsere Alten sorgen und unsere Jungen erziehen können und vor allem werde ich eine ganz besondere Art von Familie schaffen, in der sich jeder geschätzt fühlt, unabhängig vom Alter oder Können oder der Kenntnis von irgendwelchen verdammten Moosen.« Ich machte eine Pause. »Anders als in meiner.«

»Das war jetzt nicht nötig.« Mum klang verletzt.

»Ich denke, das war es, Mum«, sagte ich mit belegter Stimme. »Ich bin jetzt vierunddreißig, und ich habe *genug* davon, nicht *genug* zu sein. Gesagt zu bekommen, dass ich meine Ziele nicht zu hoch stecken soll. Ich bin vielleicht kein weltberühmter Pflanzengenetiker, doch in meiner kleinen Welt der Frühpädagogik bin ich sehr gut. Ich habe die Nase voll, die Verliererin in unserer Familie zu sein.«

Mum keuchte. »So habe ich dich *nie* gesehen. Dein Vater und ich haben uns immer gewünscht, dass du glücklich bist. Wir wollten dir die Freiheit geben, dem von dir gewählten Weg zu folgen.«

Ich schluckte den Kloß in meiner Kehle hinunter. »In dem Fall habt ihr bekommen, was ihr wolltet. Ich bin glücklich.«

Und vielleicht war das alles, was zählte. Vielleicht hatten sie mich immer den am meisten begangenen Weg entlanggeschubst – den, auf dem die Hindernisse bereits ausgeräumt waren. Vielleicht war es einfach so, dass sie mir ein möglichst stressfreies Leben gewünscht hatten. Doch wie ich vor Kurzem herausgefunden hatte, war die Kehrseite von Stress freudige Erregung, die Belohnung für die Angst ein Gefühl der Befriedigung.

Ich erinnerte mich, wie Eric mir bei dem Essen nach unserer Scheidung vorgeworfen hatte, ihn geschäftlich ausgebremst zu haben, weil ich keine Risiken eingehen mochte. Das konnte man mir inzwischen nicht mehr vorwerfen. Ich hatte die Nase voll davon, bloß keinen Staub aufzuwirbeln; ich würde Violets Rat beherzigen und dem Leben mutig ins Auge sehen und aufhören, mir Gedanken zu machen, was die anderen dachten.

Das Schweigen zwischen uns dehnte sich aus; ich konnte sie nicht einmal mehr atmen hören.

»Ich bin glücklich«, sagte ich noch einmal; zumindest war ich das gewesen, bevor ich meine Eltern angerufen hatte.

»Schön, es freut mich, das zu hören«, murmelte Mum. »Danke, dass du angerufen hast, Liebes, aber ich muss jetzt auflegen. Es klopft an der Tür.«

Das war eine Entschuldigung, das Gespräch zu beenden; es hatte nicht geklopft, und selbst wenn es das hätte, hätte Dad aufmachen können.

»Tschüss, Mum«, ich schluckte, »ich hab dich lieb.«

»Wir haben dich auch lieb«, sagte sie mit zittriger Stimme.

Ich seufzte, als ich das Handy zurück auf den Sofatisch legte. Ich glaubte ihr, dass sie mich lieb hatten, doch warum taten sie das, was ich leistete, so leicht ab?

Ich schaltete das Licht aus. Das Zimmer war jetzt in Dunkelheit getaucht und durch die winterlichen Bäume an der Auffahrt sah ich die Weihnachtslichter funkeln. Evergreen Manor lag in Reichweite, und morgen würde ich – hoffentlich – meinem Traum noch ein Stück näher kommen.

Kapitel 28

»Jingle Bells, jingle bells, jingle all the way«, sang eine Gruppe Jungen lauthals. Sie saßen mit übereinandergeschlagenen Beinen auf dem Teppich, hatten einander die Arme um die Schultern gelegt und Geschirrtücher um ihre Köpfe drapiert.

Party war angesagt, und Evergreen Manor quoll über vor quirligen Kindern in Weihnachtskostümen ihrer Wahl und fröhlichen Erwachsenen, die die Gelegenheit genossen, sich unter dem Vorwand, ihre Kinder im Auge zu behalten, während die an allen möglichen Aktivitäten teilnahmen, neugierig im Haus umzusehen.

Ich hatte die Kinder selber bestimmen lassen, was sie sein wollten: wir hatten acht Marias, vier Engel, fünf Sterne, zehn als Jesuskind verkleidete Puppen, ein Schaf, einen König und viele, die einfach nur ein Geschirrtuch auf dem Kopf trugen.

»Okay, alle zusammen«, sagte ich, als Delphine die Vierecke aus weihnachtlichem Stoff ausgeteilt hatte, die wir als Grundlage verwenden wollten. »Wer will versuchen, seine eigene Patchworkfamilie zu machen?«

»ICH!«, riefen alle Kinder sehr zur Belustigung der Erwachsenen, von denen einige in der Nähe von Delphines Nähzimmer herumstanden, während der Rest auf Stühlen oder auf dem Boden saß.

»Wir haben großes Glück heute, denn Delphine ist sehr geschickt und kann uns zeigen, wie man das macht. Einen Applaus für Delphine, bitte.«

Alle applaudierten, und Delphine wurde rot.

»O mein Gott!« Ihre Hand flatterte zu ihrem Nacken. »Das ist zu nett von euch.«

»Wir zeichnen zunächst einmal die Personen, die zu unserer Familie gehören, auf den Stoff«, erklärte ich, »dann schneiden wir sie aus und nähen oder kleben sie auf die Vierecke. Klingt das gut?«

»JA!«, riefen die Kinder mit ihrer üblichen Begeisterung im Chor.

George hob die Hand. »Kann ich meine bitte mit nach Hause nehmen?«

Delphine legte ihm sanft die Hand auf den Kopf und strahlte. »Was für gute Manieren du hast. Ja, mein Lieber, das kannst du.«

»Ich finde die Idee klasse«, sagte Kirsty, die Mutter, die mich vor Kurzem auf dem Schulhof angesprochen hatte. Sie saß mit Frankie auf dem Schoß auf dem Boden. »Ich habe seit meiner Schulzeit nicht mehr genäht. Dürfen die Mütter auch eine Patchworkfamilie machen?«

»Natürlich!« Delphine gab ihr ein Viereck. »Jeder ist willkommen, sich zu beteiligen.«

»Daddy, hilf mir«, sagte Arlo und zog seinen Dad, Ed, neben sich auf den Boden.

»Wir geben uns richtig Mühe«, sagte Ed, »dann können wir es Mama zu Weihnachten schenken.«

»Das ist eine wirklich gute Idee«, sagte ich zu der Gruppe. »Vielleicht fällt euch allen ja jemand ein, der sich über eure Patchworkfamilie freuen würde. Und jetzt lasst uns alle Delphine genau zusehen, sie zeigt uns, wie es geht.«

»Als Erstes suchen wir uns ein paar schöne, helle Stücke Stoff aus«, sagte Delphine. Sie machte noch immer einen nervösen Eindruck. »Ein Stück für jede Person in eurer Familie.«

Ich sah zu, wie sie eine Tasche mit Stoffstücken auf dem Boden auskippte. Schon bald rieselten die Fragen auf sie herab, und sie begann sich zu entspannen.

»Ja, das ist ein schönes, glänzendes Stück«, sagte sie zu Eva. »Soll ich dir beim Ausschneiden helfen?«

»Du schaffst das«, flüsterte ich ihr zu.

Sie sah mich mit strahlenden Augen an. »Es macht mir einen Riesenspaß.«

»Gutes Schaffen, ich bin gleich wieder zurück. Ich will nur schnell sehen, ob es allen gut geht.«

Ich schlüpfte aus dem Zimmer in den kühlen Eingangsbereich und atmete einmal tief durch.

Im Wohnzimmer hörte ich Bing Weihnachtslieder spielen. Ich hatte einige Arbeiten der Kinder auf Tischen ausgestellt, damit die Eltern sie sich ansehen konnten, und Bing hatte beschlossen, für die Hintergrundmusik zu sorgen, um sie zu unterhalten. Die Idee war ihm selbst gekommen, als eine der Mütter verkündet hatte, dass sie dorthin zuerst gehen wollte. Die fragliche Mutter war zufällig einmal ein Model gewesen.

Draußen war es dunkel, und der Eingangsbereich wurde ausschließlich von funkelnden Lichterketten erleuchtet. Wir hatten Hunderte davon aufgehängt. Sie verliehen dem Haus, das auch so schon etwas Besonderes hatte, einen magischen Touch. Hier stand eine schöne Fichte, groß und buschig und üppig geschmückt. Der Schmuck war schon seit Jahrzehnten in Violets Familie, hatte Delphine erzählt. Um das Treppengeländer hatten wir eine immergrüne Girlande gewickelt, die mit getrockneten Orangenscheiben und Zimtstangen gespickt und mit weiteren Lichtern bestückt war. Sie verlieh dem Haus etwas Elegantes und roch wunderbar.

Sie und die passenden Girlanden über den Kaminen sowie der Kranz an der Eingangstür waren uns vom Women's Institute in Barnaby geschenkt worden. Der Präsidentin zufolge war es Tradition, auf ihrem Dezembertreffen Weihnachtsdekorationen für eine Wohlfahrtseinrichtung zu basteln. Und obwohl wir nicht in diese Kategorie gehörten, hatte Stella, die von unserer Weihnachtsparty gehört hatte, helfen wollen. Ihre Großmutter hatte während des Kriegs, als das Haus ein Militärkrankenhaus war, hier als Köchin gearbeitet. Evergreen Manor bedeuteten ihrer Familie viel, und sie wollte nicht mit ansehen müssen, wie es in Bürogebäude oder Wohnungen verwandelt wurde, dafür sei das Haus zu wichtig, hatte sie gesagt.

Ich stimmte ihr voll und ganz zu.

Ich spähte durch das Fenster auf die dunkle Auffahrt hinaus. Tessa Campbell war immer noch nicht eingetroffen, und ich wurde langsam nervös. Ich hoffte, dass sie rechtzeitig da sein würde. Es war eine Sache, basierend auf der Höhe meines Guthabens, meines Einkommens und meines Geschäftsplans über ein Darlehen zu entscheiden, aber etwas ganz anderes, mit eigenen Augen zu sehen, was für eine wundervolle Gemeinschaft wir bildeten. Ich hoffte inständig, dass sie kommen würde, und ging in die Küche, wo ich – für alle Fälle – einen Teller mit Mince Pies für sie beiseitestellte.

Auf dem Rückweg steckte ich den Kopf ins Wohnzimmer, wo Paige, assistiert von ihrer Tochter Katie, die in den Weihnachtsferien nach Hause gekommen war, mit den Kindern Weihnachtskarten bastelte. Bei der Ankunft hatten wir von jedem Kind ein Foto gemacht, das Katie auf einem tragbaren Drucker ausgedruckt hatte und das die Kinder jetzt vorne auf die Karte kleben konnten.

Katie spielte Weihnachtslieder auf ihrem Handy ab, das Holzfeuer knisterte, und in einer Ecke stand ein zweiter, kleinerer Weihnachtsbaum. Das Zimmer war warm und gemütlich und hallte von Lachen wider.

»Wie läuft es?«, fragte ich. »Haben alle Spaß?«

Lily hielt ihre Karte hoch, sodass ich sie sehen konnte. Sie hatte eine schwarze Karte und für die Flügel des Engels weiße Farbe gewählt. Sie war perfekt bis ins Detail, wenn auch ein bisschen düster.

»Die ist wunderschön, Lily.« Ich beugte mich zu ihr hinunter und umarmte sie kurz. Cat war noch nicht da, sie arbeitete heute Nachmittag und wollte versuchen, nachher zum Singen da zu sein.

»Sie wartet auf den Glitzer«, sagte Isabel. »Ich habe ihn zuerst.«

»Das sehe ich«, sagte Paige fröhlich, als Isabel den Topf mit Glitzer über ihrer eigenen Karte umdrehte. Sie hielt ihre schwarz gefleckten Hände hoch, um sie mir zu zeigen. »Erinnere mich daran, wessen Idee es war, die Engelsflügel mit Abdrücken der eigenen Händen zu machen.«

»Ich denke deine, Picasso.« Ich wischte ihr mit einem Taschentuch etwas Farbe von der Nase. »Danke, dass du uns hilfst, Katie.«

»Machst du Witze, ich finde das toll!«, lachte Katie. »Bei Mum zu Hause durften wir nie so ein Chaos anrichten.«

Paige schnaubte. »Sagt das Mädchen, dessen Schlafzimmerteppich vor fünf Jahren das letzte Mal gesehen wurde.«

Katie verdrehte die Augen und tat so, als ob sie gähnen müsste.

Ich schaffte es, mit allen zu reden, versprach Alfies Mama, nachher ein paar Informationen zu meiner Arbeit als Tagesmutter zu verteilen, und ging weiter in die Küche.

Hier war eine weitere Gruppe Kinder um den Tisch versammelt und grölte aus voller Kehle *Rudolph the Red-nosed Reindeer*, während sie weiße Glasur auf sternförmige Kekse spritzten. Rosie glasierte auch einen, und Natalie, Evas und

Mollys Mutter, half ihren beiden Mädchen. Es war sehr warm im Raum, und das Kondenswasser lief an den Fenstern herunter. Die Katzen saßen wie Bücherstützen zu beiden Seiten des Ofens. Und Una war der Mittelpunkt und schien sich total wohlzufühlen.

»Wow, wart ihr alle fleißig. Es riecht wunderbar hier!«, sagte ich in dem Moment, als Bing hinter mir hereinkam und sich einen Keks vom Tisch stibitzte.

»Ein Sternkeks für den Star. Ihr habt doch nichts dagegen«, sagte er.

»Oii.« Una haute ihm mit dem Löffel auf die Finger. »Die sind für die Kinder zum Glasieren. Das hast du gut gemacht, Gina, die Party ist ein voller Erfolg.« Sie war mit einer luftigen Schicht Puderzucker bedeckt und rührte gerade noch mehr Glasur an. »Es gibt Tee, wenn du einen willst, Bing gießt dir einen ein.«

»Sehr wohl, Herrin«, antwortete er gespielt unterwürfig mit einem Seitenblick zu Rosie hin.

»Gina?« Noah schlich sich an mich heran und gab mir zu verstehen, dass ich mich bücken sollte.

»Ja, mein Schatz?«

»Ich habe noch kein Patchworkbild gemacht«, flüsterte er mir ins Ohr.

Rosie spitzte die Ohren. »Alles okay, Kumpel?«

Er sah schnell zu mir hoch und drückte den Finger auf die Lippen. »Sag Rosie nichts, es soll eine Überraschung werden«, sagte er, die Augen groß vor Sorge.

»Klar.« Ich richtete seine Geschirrtuch-Verkleidung. »Wir sehen mal, ob wir später Zeit haben.«

Rosie sah mich neugierig an, und ich lächelte geheimnisvoll und tippte mir auf die Nase. »Geheimnis.«

»Geben wir Mama selbst einen, den sie glasieren kann«,

sagte Una und reichte Natalie das Tablett. »Willst du auch noch einen, Rosie?«

»Äh, nein danke, Una«, sagte Rosie mit flacher Stimme.

Sie fing meinen Blick ein und schnitt eine Grimasse. Ich ahnte sofort, was los war. Sie wollte Noahs Mama sein und nicht Rosie.

»Hey, Kopf hoch.« Ich legte ihr einen Arm um die Taille. »Er nennt dich Rosie, weil er nie etwas anderes gelernt hat, aber er liebt dich, wie ein Sohn seine Mama liebt, das weißt du, ja?«

»Vermutlich«, sagte sie mit einem matten Lächeln.

Ich wollte gerade nachdrücklicher werden, als ich merkte, dass Una versuchte, meine Aufmerksamkeit zu erhaschen.

»Könntest du so lieb sein und die Würstchen im Schlafrock aus dem Ofen nehmen«, sagte sie und rieb sich die Nase mit dem Arm. »Ich bin voll mit Glasur.«

Ich öffnete den Ofen und zog zwei Bleche mit perfekten goldenen Würstchen heraus.

»Wow«, sagte Rosie, als sie mir über die Schulter guckte. »Falls Juliet jemals kündigt, weiß ich, wo ich Ersatz finde.«

In dem Moment kam Maria herein und pfiff. »Lass das Juliet nicht hören, *cara*, sie reißt dir den Hals ab.«

»Du meinst Kopf, Maria«, sagte Bing kichernd, während er versuchte, sich ein Würstchen im Schlafrock vom Blech zu stibitzen, ohne dass es jemand merkte. Er verbrannte sich die Finger und die Kinder brüllten vor Lachen, als Bing herumhüpfte und das Würstchen von einer Hand in die andere jonglierte.

»Hey, Nonna!« Rosie umarmte ihre Großmutter, bevor sie sie von sich wegschob und prüfend ansah. »Du siehst sehr weihnachtlich aus in deinem roten Kleid mit der grünen Schürze. Wo hast du dich heute Nachmittag versteckt?«

Maria runzelte die Stirn. »Stanley und ich hatten oben im Schlafzimmer zu tun.«

Rosie und ich guckten uns amüsiert an.

»Ich wünschte, ich hätte nicht gefragt«, lachte Rosie. »Wo ist er jetzt?«

»Er zieht seinen Anzug an«, sagte Maria und gab Noah einen Kuss auf den Kopf. »Er ist in einer Minute unten.«

Rosie guckte entsetzt, und ich musste mir ein Lachen verkneifen. Stanley war heute Nachmittag unser Weihnachtsmann und Maria seine Helferin. Doch das wusste Rosie nicht.

»Das Essen ist fertig, Gina«, sagte Una und rieb sich das Gesicht mit einem sauberen Tuch ab. »Sagen wir den Kindern, dass sie sich hinsetzen sollen?«

»ESSEN!«, brüllten die Kinder, ließen sofort ihre Glasur stehen und stürmten aus dem Zimmer.

Die Erwachsenen sahen sich an.

»Ich denke nicht, dass wir ihnen etwas sagen müssen«, meinte Natalie.

Während Paige die Kinder aufforderte, sich auf die Kissen auf dem Wohnzimmerboden zu setzen, trugen ich und die anderen Erwachsenen das Essen aus der Küche herein.

»So.« Una klatschte in die Hände. »Wer hat Hunger?«

Der lauten Antwort nach zu schließen, waren alle am Verhungern. Paige und Katie halfen, die Kinder zu versorgen, während die Erwachsenen sich an einem schickeren Büfett, das auf der Anrichte aufgebaut war, selbst bedienten und ich rastlos auf und ab lief. Es war bereits nach fünf, die Party sollte nur bis sechs dauern und die Kinder würden gleich anfangen zu essen. Wenn Tessa nicht bald kam, würde sie alles verpassen.

»Du trittst noch Löcher in den Teppich«, sagte Delphine und drückte mir eine Tasse Tee in die Hand.

Mein Mund war vor Nervosität ganz trocken, und ich trank ihn dankbar. »Entschuldige. Mir geht es wieder besser, wenn Tessa endlich auftaucht.«

»Wann erfährst du etwas?«, fragte sie. »Bezüglich des Darlehens?«

Ich wand mich innerlich. »Bald. Ich hoffe, wir haben genug getan. Machst du dir Sorgen, wie es weitergeht?«

»Ich habe Violet verloren. Für mich ist das das Schlimmste, was passieren konnte. Es kommt, wie es kommt.« Sie griff nach dem Amethyst, der um ihren Hals hing und einmal Violet gehört hatte. »Aber ich hoffe, dass wir alle zusammenbleiben können.«

Sie tat mir so leid. »Ich tue mein Bestes.«

»Du hast alles getan, was du tun konntest«, sagte sie mit zitternder Stimme. »Ich bin stolz auf dich, und das solltest du auch sein.«

In dem Moment kippte Molly auf ihrem Kissen nach hinten, ihr Teller mit Essen flog durch die Luft, und sie stieß ihren Becher mit Saft um. Die anderen Kinder lachten sich krumm.

Sofort kamen Natalie und Paige herein, um das Chaos zu beseitigen.

Delphine schnitt eine Grimasse. »O Gott, Violet hat richtig viel Geld für diesen Teppich bezahlt.«

Plötzlich wurde mir klar, was ich hier tat: Ich brachte Krach und Chaos und Unruhe in ihr ruhiges, geordnetes Leben. »Bist du dir sicher, was meine Pläne für Evergreen Manor angeht?«, fragte ich. »Denn die Wahrscheinlichkeit weiterer Pannen ist ziemlich hoch.«

Sie lächelte. »Ich habe den heutigen Tag mehr genossen, als du dir möglicherweise vorstellen kannst. Die Kinder haben mich zum Lachen gebracht, ihre Aufregung ist ansteckend, und manchmal umarmen sie einen einfach spontan mit ihren kleinen, warmen Körpern. Als der kleine Arlo auf meinen Schoß geklettert ist und mich gebeten hat, ihm bei seinem Patchworkbild zu helfen, war ich so glücklich, dass ich hätte weinen können. Für ein paar Stunden habe ich mich wieder jung und sorglos gefühlt.«

»Und jetzt?«

Sie seufzte. »Bin ich glücklich, aber müde. Ein großer Tag steht bevor, den es durchzustehen gilt, und ich schlafe nicht gut, das ist alles.«

»Du meinst Violets Geburtstag«, sagte ich und erinnerte mich an ihre Bemerkung gestern.

Ihre blauen Augen füllten sich mit Tränen, und sie blinzelte sie weg. »Wir hatten eine ganz spezielle Feier geplant.«

»Die können wir immer noch machen, wenn du möchtest.«

Sie hielt kurz inne, als würde sie mit sich ringen.

»Du bist sehr lieb«, sagte sie und tätschelte meine Hand. »Ich werde darüber nachdenken. Aber jetzt nehme ich erst einmal meinen Platz für das Singen ein.«

Ich küsste sie auf die Wange. »Eine gute Idee, und danke, dass du heute mit den Kindern die Patchworkbilder gebastelt hast, das ist super angekommen.«

Sie nahm sich einen Mince Pie von dem Büfett und setzte sich ans Ende des Sofas. Ich empfand so viel Zuneigung für sie und ihre Liebe zu Violet. Es war herzzerreißend, wie sehr sie um ihre Freundin trauerte, gleichzeitig aber auch so rührend. Um so zu trauern, musstest du sehr geliebt haben. Eine solche Beziehung, ein Leben, das so mit dem eines anderen verknüpft war, war etwas sehr Kostbares.

Bis jetzt hatte ich diese Art von Liebe noch nicht kennengelernt, doch ich hoffte, dass das eines Tages passieren würde.

Kapitel 29

Es dauerte nur wenige Minuten, und die Kinder waren mit Essen fertig. Una, Bing und ich räumten die leeren Teller in die Küche und überließen Eltern und Kinder einen Moment sich selbst.

»Sind wir bereit für den großen Mann?«, zischte Maria von der Küchentür her. »Er schläft sonst noch ein.«

Ich zeigte ihr den hochgereckten Daumen. »Sag ihm, er soll die Treppe herunterkommen und vor der Wohnzimmertür warten. Ich dimme das Licht, nicht dass sie ihn noch erkennen.«

»In Ordnung.« Sie drückte mir Küsse auf beide Wangen. »Danke, dass du Stanley das machen lässt. Er ist so glücklich.«

»Die gute Maria«, sagte Una und schüttelte liebevoll den Kopf, als Maria davoneilte.

»Ich kann es kaum abwarten, ihn zu sehen«, sagte ich lachend.

Stanley war ein richtiger Gentleman und sehr lieb zu den Kindern. Maria hatte einmal gesagt, dass er seine eigenen Enkel nicht oft sah, weil seine Tochter, Angela, Maria als »Totengräberin« betrachtete, die nur hinter Stanleys Geld her sei. Was immer der Grund sein mochte, es war schade, doch des einen Leid, war des anderen Freud. Die Kinder beteten ihn an, nicht zuletzt weil er immer Buttertoffees in der Tasche hatte, ein Überbleibsel aus seiner Zeit als Dorfbriefträger. Süßigkeiten für die Kinder und Leckerlis für die Hunde: die Notfallausrüstung eines jeden Briefträgers.

»Ich wollte der Weihnachtsmann sein«, sagte Bing brummig. »Ich habe meinen Bart extra lang wachsen lassen und alles. Stanley hat nicht einmal einen echten.«

Una kicherte. »Deshalb läufst du also mit diesem Yetigesicht herum«, sagte sie und warf Sandwichkrümel in den Müll. »Und ich dachte, das sei aus Faulheit.«

»Aus Faulheit?«, schnaubte er. »Es braucht lange, um so gut auszusehen.«

»Tut es das?« Una zwinkerte mir hinter Bings Rücken zu.

»Es tut mir leid, Bing«, sagte ich und klaute einen Schokoladenkeks von dem Teller mit den Plätzchen. »Aber du hättest nicht genug Zeit gehabt, dich umzuziehen, bevor das Weihnachtssingen beginnt. Selbst *du* kannst nicht an zwei Orten gleichzeitig sein.«

»Jetzt sage ich dir mal, was ich an einem Mann sexy finde«, fuhr Una fort, »ein ordentlich getrimmter Schnurrbart und nur ein Schatten von einem Bart, gerade genug, um den Kiefer zu betonen. Wie bei Sean Connery.«

»Sexy, hm?«, Bing strich sich nachdenklich über das Kinn. »Trotzdem wäre ich gerne der Weihnachtsmann gewesen. Alle Kinder lieben den Weihnachtsmann.«

»Ich habe heute Nachmittag gehört, wie du *White Christmas* gespielt hast, Bing, es hat mir die Tränen in die Augen getrieben. Wir sind so glücklich, dass du uns mit deiner wundervollen Stimme unterhältst«, sagte ich.

»Ich muss schon sagen, dass es schön ist, wieder einmal vor Publikum zu spielen.« Er streckte die Brust heraus. »Habe ich dir schon mal erzählt, wie ich in einer Bar in Spanien gesungen habe und Roger Moore hereingekommen ist?«

»Ich bin mir sicher, das hast du, mein Lieber«, mischte Una sich ein, die ihm einen Teller mit übrig gebliebenen Gurken- und Möhrenstücken reichte. »Ich kenne dich erst seit einem

Monat und habe es schon zweimal gehört. Und jetzt sei so nett, und bring diese Essensreste raus zu den Hühnern. Und vergiss nicht, dir die Füße abzuputzen, wenn du wieder hereinkommst.«

Er lachte und murmelte leise etwas davon, unter dem Pantoffel zu stehen, während er in der Dunkelheit verschwand.

»Ihm gefällt das richtig«, sagte sie liebevoll, als sie ihm nachsah.

Ich lachte. »Und dir auch.«

»Stimmt.« Ihr Blick wurde weich. »Danke, dass ich heute dabei sein darf. Meine älteste Tochter ruft mich jede Woche an, und ich hatte nie etwas zu erzählen, doch jetzt kann ich bestimmt gar nicht mehr aufhören! Hier zu sein und ein Auge auf Delphine und Bing zu haben … ja … es ist schön, sich wieder gebraucht zu fühlen.«

Obwohl keiner direkt etwas gesagt hatte, glaubte ich nicht, dass sie dieser Tage viel Zeit in ihrer eigenen Wohnung verbrachte. Sie hatte die Küche als ihr Territorium mit Beschlag belegt und es geschafft, sich in Violets alten Computer einzuhacken; Lieferfahrzeuge rollten regelmäßig die Auffahrt hoch und runter und brachten die online bestellten Waren direkt an die Tür. Selbst Delphine hatte sich anstecken lassen und ein paar Rollen Weihnachtsgeschenkband für unser Patchwork-Projekt zu einem Schnäppchenpreis ergattert.

»Du warst mir eine große Hilfe«, sagte ich und meinte es so.

Und auch wenn ich keine Versprechungen machen wollte, die ich nicht halten konnte, so konnte uns allen sehr viel Schlechteres passieren, als Una O'Hare als Hausgenossin zu haben, sollte es einen freien Raum in Evergreen Manor geben.

»Alle einmal herhören!«

Ich stand in der Tür zum Wohnzimmer und dimmte das

Licht im Raum, bis die Flammen hinter dem Kamingitter tanzende Schatten auf die Gesichter der Kinder warfen. »Ich glaube, wir haben einen ganz besonderen Gast.«

»Ich höre Glocken«, sagte Megan, die ihre Aufregung kaum noch im Zaum halten konnte, obwohl sie die Älteste war.

»Ich gucke mal, wer an der Tür ist. Wartet hier, und seid ganz still.« Ich verließ das Zimmer und zog die Tür hinter mir zu. Draußen klingelten Maria und Una leise mit Glöckchen. Stanley schwang sich den schweren Kartoffelsack über die Schulter und stöhnte.

»Fertig?« Ich hatte die Hand auf der Türklinke, bereit, die Tür zu öffnen.

»Oh, du meine Güte, ich bin zu alt für so etwas«, grummelte er.

»Du bist nur so alt wie die Frau, die dich spürt«, zischte Maria mit einem gackernden Lachen, während sie ihn durch die rote Hose genau in dem Moment in den Hintern kniff, in dem ich die Tür öffnete.

»Oh!«, sagte Stanley und stolperte ins Zimmer. »HO, HO, HO!«

»Der Weihnachtsmann!« Die Kinder sprangen auf die Beine, einige hüpften auf der Stelle, während die Mutigeren herübergerannt kamen und aufgeregt vor ihm herumtanzten.

»Jetzt stehst du auf der Liste der Unartigen«, sagte Una und verkniff sich das Lachen hinter der vorgehaltenen Hand.

Maria wischte sich die Lachtränen aus den Augen. »Da war ich nie runter.«

Rosie schüttelte den Kopf. »Ehrlich, Nonna wird mit dem Alter immer schlimmer.«

Paige und ich forderten die Kinder auf, sich ordentlich in einer Reihe aufzustellen, und Maria kam herein, um Stanley mit seinem Sack voller Geschenke zu helfen. Es waren nur

Kleinigkeiten, um der Party noch ein Überraschungsmoment hinzuzufügen. Noah saß als Erster auf dem Schoß des Weihnachtsmanns, und nach einem Gespräch über Dinosaurier und sein Lieblingsfußballteam fragte der Weihnachtsmann ihn nach seinem größten Weihnachtswunsch.

Rosie trat etwas näher heran, um mitzuhören, doch Noah zog Stanley näher zu sich heran, und nachdem er misstrauisch seinen Bart angestarrt hatte, flüsterte er ihm etwas ins Ohr.

»Mist«, murmelte Rosie und verschränkte die Arme. »Ich habe nicht gehört, was er gesagt hat.«

Ich grinste sie an. »Du weißt schon, dass das in dem Kostüm nur Stanley ist? Du kannst ihn nachher fragen.«

»Klar!« Sie lachte. »Aber vielleicht missbrauche ich damit ja die Magie des Weihnachtsmanns, was meinst du?«

»Merk dir, was du gesagt hast«, sagte ich, als mein Handy vibrierte und mir einen Anruf ankündigte. »Entschuldige, da muss ich rangehen.«

Ich sprintete hinaus und sah auf das Display in der Erwartung, dass es Tessa war. Mir wurde ganz leicht ums Herz: das war noch besser als Tessa, es war Dexter.

»Wie läuft es? Ist die Frau von der Bank schon da?«

Seine Worte fielen auf mich herab wie leichter Sommerregen, und ich hielt einen Moment inne, um mich an ihrem Klang zu erfreuen. Die Welt fühlte sich bisweilen so fremd an, und im Moment fühlte ich mich manchmal ein bisschen gehetzt und einsam, und das Wissen, dass jemand so weit entfernt an mich dachte, tröstete mich mehr, als Worte es ausdrücken konnten.

»Gina?«

»Ich bin da«, sagte ich. »Gerade dem Chaos entkommen. Tessa ist noch nicht da, aber der Weihnachtsmann – und seine arthritische Elfe attackiert ihn mit unzüchtigen Berührungen.«

338

»Wow. Und ich dachte, die U-Bahn in New York sei schlimm.«
Ich lachte. »Es ist schön, dich zu hören.«

»Dich auch, äh, warte, verdammt, jemand versucht, mich auf der anderen Leitung zu erreichen.« Er stöhnte. »Tut mir leid, aber ich muss da rangehen. Schick mir ein Foto. Ich vermisse … ich vermisse euch alle. Tschüss.«

»Klar«, sagte ich sanft. »Und Dexter? Wir vermissen dich auch.«

Wahrscheinlich lächelte ich gefühlsduselig, als ich auflegte. Unsere Beziehung hatte sich im letzten Monat entwickelt. Die Abwesenheit hatte die Sehnsucht größer werden lassen, zumindest was mich anging. Aber tief in meinem Inneren wusste ich, dass das – was immer es war – nicht für immer so bleiben konnte. Irgendwann würde Schluss damit sein müssen; mit der Distanz zwischen uns oder mit meiner zunehmenden Verliebtheit in ihn.

Eine SMS leuchtete auf dem Display auf; auch sie war von ihm.

Tut mir leid, dass ich auflegen musste. Vergiss das Foto
nicht!

Ich vertrieb meine düsteren Gedanken; für den Moment waren unsere Gespräche und SMS und die Bilder, die wir einander schickten genug, um mich gut zu fühlen; alles Weitere sollte ich vielleicht der Zukunft überlassen. Eins hatte ich dieses Jahr gelernt: mit dem Unerwarteten zu rechnen.

Ich stellte mich vor den Weihnachtsbaum, meine Weihnachtsmannmütze keck zur Seite gezogen, und schürzte die Lippen in Richtung Kamera.

»Hauchst du Küsse in dein Telefon?«, schnaubte jemand hinter mir.

Rosie sah mich mit verschränkten Armen amüsiert an.

»Ich habe nur schnell ein Foto gemacht«, sagte ich, drückte auf Senden und steckte mein Handy zurück in die Tasche meiner roten Weihnachtsschürze.

»Und es verschickt?« Sie grinste. »Gehe ich recht in der Annahme, dass in dem Moment, wo wir miteinander reden, ein Mann in Manhattan ein Selfie mit einem Weihnachtskuss bekommt?«

»Erwischt!« Ich drückte die Fingerspitze in etwas Silberpuder, das von einem mit Glitzer bestäubten Zapfen gefallen war, und lächelte. »Ich habe Dexter versprochen, ihm Fotos von dem Haus in all seiner weihnachtlichen Pracht zu schicken.«

»Und wie geht es dem üblen Vermieter?«

Meine Lippen zuckten. »Er ist wohl doch nicht so übel.«

»Warum konntest du dich nicht stattdessen in den Schulleiter verlieben? Er lebt auf demselben Kontinent. Du könntest ihn höchstpersönlich küssen, statt ihm romantische Fotos zu schicken.«

»Das habe ich gar nicht«, sagte ich hochmütig und Rosie lachte. »Mich in Beau zu verlieben, wäre außerdem zwecklos, zwischen ihm und Cat scheint sich etwas anzubahnen. Und ich finde, sie wären ein schönes Paar.«

Rosie stieß einen Pfiff aus. »Eine Beziehung mit einer Schülermutter. Ein mutiger Mann. Das hat vor Jahren die stellvertretende Schulleiterin mit einem geschiedenen Vater durchexerziert; es ist nicht gut ausgegangen mit der Schulbehörde.«

»Ich bin mir sicher, dass Beau nichts Unvorschriftsmäßiges tun wird«, sagte ich loyal. »Nicht, dass irgendetwas falsch daran wäre, wenn er es täte. Er ist Single, sie ist Single – sie sind einfach zwei nette, einsame Menschen. Warum sollte es für sie kein Happy End geben?«

Ich seufzte, während ich an Dexter und mich und unsere erste Begegnung dachte und an die Unwahrscheinlichkeit, dass wir je soweit kommen würden, von einer »Liebesgeschichte« zu sprechen.

Rosie zog eine Braue hoch. »Über wen sprechen wir hier genau? Egal, wenn es mit Cat nicht klappt, verwirf den leckeren Mr. Colby nicht gleich. Es wäre so viel leichter als mit Dexter Flint.«

»*Leichter* ist nicht mehr mein Weg«, lachte ich. »Ich suche mir die unmöglichste Herausforderung, wie die, ein irrsinnig teures Haus zu kaufen. Das macht das Leben sehr viel aufregender.«

»Dann wünsche ich dir Glück«, sagte sie lachend. »Mit allem. Und wo wir gerade von aufregend sprechen. Sieht man schon was?«

Sie drehte sich zur Seite und glättete ihren Pullover über dem Bauch. Da war absolut nichts zu sehen, doch ihr Gesichtsausdruck sagte alles.

»Bist du …?«, keuchte ich.

»Ja!«, kreischte sie. »Es kommt nächsten Sommer. Es ist noch sehr früh, deshalb haben wir auch noch niemandem etwas gesagt. Gabe meint, dass wir das sollten, aber ich will sichergehen, dass Noah sich wohl damit fühlt, bevor wir es bekannt machen.«

Ich umarmte sie fest. »Ich freue mich so für dich. Herzlichen Glückwunsch, du wirst eine großartige Mutter. Du bist bereits eine großartige Mutter.«

»Danke. Mir ist klar geworden, dass ich mir viel zu sehr den Kopf zerbrochen und die Liebe zu kompliziert gemacht habe. Gabe ist Noah ein wunderbarer Vater und wird ein weiteres Baby genauso lieben, und ich auch. Es besteht kein Grund zur Sorge, ein Kind mehr zu lieben als das andere. In unseren Herzen ist Platz für sechs Kinder, wenn wir die wollen.«

»Wenn vielleicht auch nicht in eurem Cottage«, sagte ich.

Die drei wohnten in der alten Bäckerei, einem chaotischen Cottage an der Hauptstraße, das früher Maria gehört hatte, bevor sie bei Stanley eingezogen war. Es war sehr charaktervoll, aber auch sehr eng.

»Stimmt«, sagte sie und tat, als würde sie sich umsehen. »Vielleicht sollten Gabe und ich den Kasten hier kaufen.«

»Hey«, sagte ich streng. »Stell dich hinten an. Was mich daran erinnert, dass ich zu der Schlange für den Weihnachtsmann zurück muss.«

»Hast du übrigens Noah gesehen? Ich bin auf der Suche nach ihm.«

Wir fanden Noah in Delphines Nähzimmer. Er kniete auf dem Boden, beugte den Kopf über irgendetwas und summte leise vor sich hin.

»Da bist du ja!«, sagte ich erleichtert, dass er nicht alleine nach draußen gegangen war. »Ich dachte, du wärst verloren gegangen.«

Er blickte verblüfft auf und schob, was auch immer in seinen Händen war, unter seinen Po und setzte sich darauf. »Nicht gucken!«

»Hey, Kumpel, alles in Ordnung?«, sagte Rosie besorgt. »Warum bist du alleine hier?«

»Ich hatte etwas zu erledigen. Nicht gucken«, sagte er mit Nachdruck.

»Okay.« Rosie trat weiter ins Zimmer und kniete sich neben ihn. »Aber das ist Delphines Zimmer, Noah, du solltest nicht hier drinnen sein, ohne sie zu fragen.«

»Entschuldigung.« Er senkte das Kinn.

Das gesamte Material von Delphines Patchwork-Aktion lag

noch auf dem Boden plus einer Reihe von fertigen Bildern, die für die Kinder zum Mitnehmen bereitlagen. Delphine hatte ausgezeichnete Arbeit geleistet, es waren die perfekten Weihnachtsgeschenke – sehr persönlich, farbenfroh und durch die Auswahl der Stoffe wunderbar weihnachtlich. Ich wusste, dass die Mütter und Väter sich sehr freuen würden.

»Du bekommst keinen Ärger, Schatz«, sagte ich, »aber lass uns jetzt alle zu den anderen gehen. Wir singen gleich unsere Weihnachtslieder.«

»Aber ich mache ein Geschenk. Du hast es versprochen.« Er sah mich flehend an, und ich erinnerte mich; er hatte ein Patchwork-Bild für Rosie machen wollen.

Ich nickte. »Das habe ich. Wie lange brauchst du noch?«

»Äh, ich weiß nicht. Halt dir die Augen zu«, sagte er streng und zeigte mit dem Finger auf Rosie.

»Okay, Boss«, antwortete sie lachend.

Er zog sein Werk unter sich hervor und sah es mit zur Seite geneigtem Kopf an.

»Es fehlt nur noch einer«, murmelte er leise.

Neugierig sah ich ihm über die Schulter. Er hatte sich für ein Viereck mit einem weißen Rentier auf leinenfarbener Baumwolle entschieden und einer Einfassung aus grünen und roten Pünktchen. Seine Familie bestand aus zwei grünen männlichen Figuren, die eine groß, die andere klein, das waren Gabe und er, nahm ich an. Eine rote weibliche Silhouette stellte eindeutig Rosie dar, und der kleine Klecks mit den vier Beinen war wohl Hugo, der Hund. Alle waren da, das war seine komplette Familie, wer war dann der andere, der noch fehlte?

Ich beobachtete, wie Noah eine weitere Figur in Weiß ausschnitt.

»Kann ich die Augen schon aufmachen?«, fragte Rosie. »Ich sterbe vor Spannung.«

»NEIN!«, befahl Noah.

»Okay, okay, reg dich nicht auf«, lachte sie.

Er griff nach einem Klebestift und streckte angestrengt die Zunge heraus, während er den Rücken des neuen Familienmitglieds einschmierte und es zwischen sich und Rosie klebte. Dann drückte er das Bild, offensichtlich zufrieden, an seine Brust, sodass sie es nicht sehen konnte.

»Jetzt kannst du gucken«, sagte er.

Rosie öffnete die Augen, und Noah drehte das Bild um, um es ihr zu zeigen. »Das habe ich für dich gemacht.«

»Oh, Schatz, danke!« Ihre Augen sahen das Stoffviereck an, und ich sah die kurze Verwirrung, bevor sie lächelte. »Das ist wunderschön!«

Sein Gesicht leuchtete auf, und er flitzte zu ihr und drückte sich an sie. »Das sind wir! Daddy, du, ich, Hugo.«

Rosie zeigte auf die kleine, weiße Gestalt. »Und wer ist das?« Ihre Stimme stockte ein wenig, und ich hielt den Atem an.

Er biss sich auf die Lippe. »Das weiß ich noch nicht. Ich habe mir beim Weihnachtsmann einen kleinen Bruder oder eine kleine Schwester gewünscht. Mir ist egal, was ich bekomme.«

Dieser Junge war mehr als bezaubernd. Mein Herz schmolz dahin, und ein Geräusch zwischen einem Keuchen und einem Schlucken kam aus Rosies Mund. Sie hätte sich nichts Besseres wünschen können.

Ihre Augen waren ganz groß und glänzten vor Freude, als ihr Blick über den Kopf des Jungen hinweg meinem begegnete.

»Es würde dir gefallen, wenn Daddy und ich ein Baby bekämen?«, fragte sie mit einer Stimme, die vor Gefühlen ganz belegt war.

Er nickte ernst. »Dann bist du die Mami des Babys, und ich kann dich auch Mami nennen.«

»Oh, Noah.« Rosie legte das Patchworkviereck zur Seite und zog ihn in ihre Arme, während sie ihn hin und her wiegte. »Du hast mich sehr glücklich gemacht. Du musst nicht warten, bis wir ein Baby haben, um mich Mami zu nennen, das kannst du jetzt schon.«

»Ja?« Sein kleines Gesicht leuchtete auf.

»Ja«, sagte sie halb lachend, halb weinend. »Ich habe dich so lieb.«

»Wirklich?«

»Wirklich!« Sie drückte ihm einen Kuss ins Gesicht, und die beiden kicherten los.

»Platz da«, sagte ich und setzte mich zu ihnen auf den Boden und schlang die Arme um beide. »Das freut mich so sehr.«

»Mich auch«, sagte Rosie und wischte sich die Tränen von den Wangen.

»Aber Rosie«, er hielt inne und lachte schüchtern, »ich meine: Mami, kann ich trotzdem noch einen Bruder oder eine Schwester bekommen?«

Sie strahlte ihn an. »Nun, du hast es dem Weihnachtsmann gesagt, jetzt müssen wir abwarten und sehen, ja?«

Noah seufzte und verdrehte dramatisch die Augen, und Rosie und ich lachten.

»Mein Gott«, sagte ich, als ich einen Blick zu der Uhr auf dem Kaminsims warf. »Es ist fast sechs! Komm, Noah, Zeit für unsere Weihnachtslieder, bevor alle nach Hause gehen.« Noah stürmte davon und ließ Rosie und mich zurück, während wir uns angrinsten.

»Habe ich das gerade geträumt?«, fragte sie.

»Nee. Ich könnte dich zwicken, um es dir zu beweisen, aber es kommt mir nicht richtig vor, einer schwangeren Frau Schmerzen zuzufügen.«

»Ich kann es kaum erwarten, Weihnachten sein Gesicht zu sehen, wenn wir ihm sagen, dass sein kleiner Bruder oder seine kleine Schwester unterwegs ist. Das wird das beste Weihnachten, das es je gab.«

Ich schlang einen Arm um ihre Schultern und dachte, dass das bei mir noch lange nicht sicher war. »Hoffen wir es.«

Kapitel 30

Wir wollten gerade zurück zu der Party gehen, als es schellte. Rosie drückte Noahs Patchworkviereck fest an ihre Brust.

»Beeilt euch, Ladies, die Show fängt gleich an«, sagte Bing, der in einer Aftershave-Wolke am Fuß der Treppe erschien.

Er zog Rosie ins Wohnzimmer, und ich stürmte zur Tür, um aufzumachen. Auf der Schwelle stand eine Dame mit kastanienbraunem Haar. Sie trug einen violetten Mantel und hielt eine Broschüre der Derbyshire Mutual Bank in der Hand.

»Tessa?« Ich schüttelte ihr die Hand. »Ich bin Gina. Ich bin so erleichtert, dass Sie es doch noch geschafft haben.«

»Entschuldigen Sie die Verspätung. Ich schätze, Sie hatten mich bereits abgeschrieben«, sagte sie und putzte sich die Füße auf der Matte ab. »Ich musste über vierhundert E-Mails bearbeiten, nachdem ich so lange nicht im Büro war, und hatte am Nachmittag eine Besprechung nach der anderen.«

»Ich freue mich sehr«, sagte ich. »Ich weiß, dass Sie alle Papiere haben, doch ich hoffe, Ihnen heute einen Eindruck davon vermitteln zu können, was ich hier aufbauen möchte.«

Ich war unglaublich nervös. Alles hing hiervon ab; das war unser Moment, Evergreen Manor in seinem Licht leuchten zu lassen.

Tessa fiel der Kiefer herunter, als sie die elegante Treppe sah, die hohen Decken und den Kronleuchter.

»Ach, du meine Güte, ist das schön«, sagte sie und gab mir ihren Mantel. »Die Bilder im Internet werden dem nicht gerecht. Es ist großartig, ich verstehe sehr gut, warum niemand hier ausziehen möchte.«

»Kommen Sie«, sagte ich und streckte stolz den Arm aus. »Unser Weihnachtssingen fängt gerade an. Die Kinder haben wochenlang geübt.«

Während ich das sagte, hörte ich, wie Paige in die Hände klatschte. »Jetzt ist der Moment da, auf den wir alle gewartet haben, Kinder. Seid ihr bereit?«

Tessa drückte sich eine Hand auf die Brust. »Es ist Ewigkeiten her, seit ich so etwas miterlebt habe, meine Kinder sind erwachsen.«

Sie ging vor mir her, doch als wir an der Tür waren, schellte es erneut.

Ich schnitt eine Grimasse. »Tut mir leid. Entschuldigen Sie mich bitte für eine Sekunde.«

Sie tat meine Entschuldigung ab und betrat den Raum genau in dem Moment, als Bing die ersten Töne von *Away in a Manger* spielte.

Ich rannte zur Tür, um zu öffnen. Es war Cat, mit roten Wangen und strahlenden Augen und Beau an ihrer Seite. In ihrem Kamelhaarmantel sah sie atemberaubend aus.

»Kommt schnell rein, das Singen hat gerade angefangen«, sagte ich und trat zur Seite, um sie hereinzulassen.

»Es tut mir so leid, dass ich zu spät bin«, sagte Cat aufgeregt. »Es war ein verrückter Tag. Ich bin befördert worden, jetzt schon, und soll zu einem Produkttraining nach Kalifornien fliegen.«

»Natürlich bist du befördert worden, du bist fantastisch.« Ich teilte ihre Freude und umarmte sie. Ihre Veränderung, seit wir uns im September zum ersten Mal begegnet waren, war unglaublich; sie war lebhafter, stand aufrechter, und während sie früher einen vom Leben gebeutelten Eindruck gemacht hatte, strahlte sie jetzt eine Energie aus, die jedes Mal, wenn ich sie sah, noch gewachsen zu sein schien. »Die Mädchen werden so stolz auf ihre Mama sein.«

»Danke, dass du mich eingeladen hast«, sagte Beau und küsste mich auf die Wange. »Die Kinder haben so viel von dieser Party erzählt, dass ich mich freue, sie miterleben zu dürfen.«

»Je mehr wir sind, desto besser«, ich scheuchte sie hinein. Die zweite Strophe von *Away in a Manger* war bereits in vollem Gange, und ich erinnerte mich daran, dass ich Tessa sich selbst überlassen hatte. »Jetzt kommt!«

Ich hätte mir keine Sorgen zu machen brauchen; Tessa hatte es sich bereits zwischen Una und Delphine auf dem Sofa bequem gemacht und eine Tasse Tee in der Hand. Die meisten Kinder standen am Klavier um Bing herum bis auf Harris, der in den Armen seiner Mutter eingeschlafen war, und die kleine Tabitha, die auf Delphines Schoß mit deren Kette spielte.

Una bewegte sich sanft zu der Musik, die Augen auf Bing gerichtet, der irgendwie Zeit gefunden hatte, sich herauszuputzen: er hatte sich den Bart fast ganz abrasiert und den Schnäuzer ordentlich gestutzt; selbst seine Augenbrauen sahen gepflegt aus. Er wirkte zehn Jahre jünger, und Una konnte die Augen nicht von ihm lassen. Maria und Stanley standen am Fenster und sangen mit. Cat lehnte an der Wand, und Beau hatte sich zu Kirsty auf eines der kleinen Sofas gesetzt. Paige versuchte aufzuräumen, ohne jemandem die Sicht zu nehmen, und alle Eltern hatten Tränen in den Augen.

Als das Lied zu Ende war, räusperte Megan sich hörbar. »Vielen Dank, meine Damen und Herren. Als Nächstes singen wir *Rudolph the Red-nosed Reindeer*.«

»Mein Lieblingslied«, schrie Arlo und wippte auf den Knien auf und ab, womit er seinen Vater zum Lachen brachte.

»Lily, könntest du bitte die Seite umdrehen«, sagte Bing.

Lily trat vor, sie sah stolz aus. Sie beugte sich über das Klavier und drehte die Seite des Weihnachtsliederbuchs um, das er in der fahrbaren Bücherei ausgeliehen hatte. Das Buch, das auf magische Weise Una in sein Leben gebracht hatte. Isabel legte ihrer Schwester den Arm um die Schultern. George stieß Aaron an und öffnete die Hand, um seine Süßigkeiten mit ihm zu teilen. Und Finn stand zwischen Molly und Eva und hielt beide an der Hand.

Cat kam auf Zehenspitzen auf mich zu, als Bing die ersten Takte spielte.

»Sieh dir meine Mädchen an«, flüsterte sie. »Ich habe sie seit Max' Tod nicht mehr so glücklich und entspannt gesehen, die beiden lieben Bing ganz besonders. Hierherzuziehen war das Beste, was ich tun konnte.« Ihre Augen blickten für einen kurzen Moment zu Beau hinüber. »Für uns alle.«

Ich lächelte. »Ich bin so froh, dass du das getan hast. Ich bin ganz vernarrt in die Mädchen, und du bist auch nicht so übel.«

Wir sahen einander mit vor Tränen glänzenden Augen an und lachten.

»Wir sind ganz schön sentimental heute, was?«, sagte sie, bevor sie seufzte. »Wenn Lily nur mitsingen würde, es ist doch ganz offensichtlich, dass sie das möchte, ihre Lippen bewegen sich, während sie den Worten folgt. Sie liebt Musik; sie und Max haben Stunden zusammen am Klavier verbracht.«

Sie hatte recht; Lily gab sich nahezu übermenschliche Mühe, nicht mitzusingen.

»Aber guck mal, wie weit sie gekommen ist«, meinte ich. »Sie hat sich direkt ins Zentrum der Aufmerksamkeit gestellt. Noch vor ein paar Wochen hätte sie ganz hinten gestanden. Und auch wenn sie nicht singt – sie ist glücklich.«

»Du hast recht. Das ist ein Anfang«, sagte sie fröhlich. »Hör mal, ich weiß, dass das eine große Bitte ist, aber meinst du, dass du für ein ganzes Wochenende auf die beiden aufpassen könntest, wenn ich nach Kalifornien fliege? Es wäre für drei oder vier Nächte. Ich habe sonst niemanden, den ich fragen kann.«

»Das mache ich sehr gern!«, sagte ich begeistert. Um ehrlich zu sein, fühlten sich die Abende, wenn die Kinder nach Hause gegangen waren, umso einsamer an, je näher Weihnachten rückte. »Wir können Weihnachtsfilme gucken und backen und einen Weihnachtsbaum kaufen und Weihnachtsschmuck basteln. Ich bringe mein Gästezimmer auf Vordermann und mache es ihnen gemütlich.«

Cat lachte und schlang einen Arm um meine Taille. »Du bist so eine gute Freundin; sie werden begeistert sein. Danke, Gina.«

Das nächste Weihnachtslied war *Stille Nacht*. Eins meiner Lieblingslieder.

»Hey, Gina«, rief Rosie leise von ihrem Platz auf dem Boden aus. »Erinnerst du dich daran?«

Sie tat, als würde sie Xylofon spielen, und ich unterdrückte ein Kichern, während ich mich erinnerte, wie ich als Kind die Xylofonschlägel verloren hatte. Plötzlich fühlte ich mich von Liebe und Glück umgeben. Ich hatte das Gefühl, angekommen zu sein. Es war gemütlich, weihnachtlich und absolut perfekt. Ich nahm mir einen Moment, alles in mich aufzunehmen, während ich versuchte, die Freudentränen zurückzuhalten.

»Warum bist du traurig?« Noah erschien an meiner Seite und schob seine Hand in meine. »Weil du keine Patchworkfamilie hast?«, fragte er. »Ich kann dir auch eine machen.«

Ich strich ihm über die weichen Locken. »Du bist ein sehr lieber Junge, Noah, aber weißt du was? Meine Familie ist schon hier im Raum.«

»Oh, okay.« Er sah mich mit einem Blick an, der besagte, dass Erwachsene seltsam waren, und quetschte sich wieder zwischen Aaron und George.

Ich war so stolz auf ihn; ich war stolz auf sie alle. Auf diese Kinder, die Freundlichkeit und Empathie bewiesen, ihre Spielsachen und Süßigkeiten teilten und stolz ihren Eltern zeigten, was sie alles konnten. Doch ein gleich großer Quell der Freude war es zu sehen, wie meine älteren Freunde in der Gegenwart der Kinder auflebten. Die Kleinen gaben ihnen neuen Auftrieb, neuen Spaß und neue Freude an all den kleinen Dingen, die zu schätzen sie seit Langem vergessen hatten: eine Wolke, die die Form einer Katze hatte, die Glückseligkeit, einen Donut zu essen und das ganze Gesicht voller Zucker zu haben, das Vergnügen, eine einfache Einladung zu unserer Party zu verschicken, und vor allem der Zauber von Weihnachten.

Meine verrückte, bunt gemischte Familie.

Fünfzehn Minuten später, nach einer fröhlichen Interpretation von *We Wish You A Merry Christmas* war die Party vorbei. Mäntel wurden angezogen, es wurde Jagd nach Handschuhen gemacht, Kekse und Karten und Patchworkvierecke wurden eingesammelt. Ich stand an der Eingangstür und winkte allen nach, während die netten Worte und die Komplimente und die aufregende Aussicht, ihre Kinder von Januar an jeden Tag hier abgeben zu können, alle strahlen ließen. Die Alten verschwanden in der Küche, um eine stärkende Tasse Tee zu trinken, und ich gesellte mich zu Tessa, die vor dem Kamin im Wohnzimmer saß, wo sie sich ein paar Arbeiten der Kinder ansah, die ich auf dem Sofatisch liegen gelassen hatte, und sich mit einem Taschentuch das Gesicht abtupfte.

Sie sprang auf, als ich hereinkam, und steckte das Taschentuch weg.

»Vielen Dank für diesen wunderschönen Nachmittag; auch wenn ich nur kurz hier war, war es doch sehr bewegend«, sagte sie warm und griff nach ihrer Handtasche. »Ich schreibe morgen meinen Bericht für die Bank.«

»Und, was denken Sie?«, fragte ich und versuchte, ihren Gesichtsausdruck zu deuten. Sie sah ein bisschen rot und verquollen aus. »Hat Ihnen Evergreen Manor gefallen? Denken Sie, dass die Bank das Darlehen bewilligen wird?«

Sie seufzte aus tiefstem Herzen. »Ich hätte mir so gewünscht, einen solchen Ort für meinen Vater zu finden, damit er seine letzten Jahre dort verbringen kann. Einen Ort, der nicht nach Kohl und Mottenkugeln riecht, sondern nach einem Zuhause. Es hätte ihm hier gefallen. Und er hätte die Kinder geliebt. Es war so traurig, dass meine eigenen Kinder nicht so viel Zeit mit ihm hatten, wie ich mir das gewünscht hätte.«

All das klang positiv, doch ich musste die entscheidenden Worte trotzdem hören. Ein Kloß blockierte meine Kehle, und ich musste mehrmals schlucken, bevor ich ein Wort herausbekam.

»Was denken Sie?«, fragte ich zitternd.

Ihr Blick wurde weich. »Ich denke, dass ich morgen der Bank vorschlagen werde, das Richtige zu tun und Ihnen das Darlehen zu geben, nachdem ich fünfundzwanzig Jahre lang immer die Entscheidungen getroffen habe, die der Bank finanziell das Meiste gebracht haben.«

»Ich glaube, mir kommen die Tränen.«

»Bitte nicht.« Sie fischte ein frisches Taschentuch aus ihrer Tasche und reichte es mir. »Dann fange ich auch wieder an.«

»Vielen Dank«, sagte ich, während ich sie zurück in die Halle führte und ihr ihren Mantel reichte. Plötzlich wollte ich ganz verzweifelt, dass sie ging: da waren Menschen, denen ich sofort davon erzählen musste, Menschen wie Dexter und Rosie und Cat, ja, vor allem Dexter, um ehrlich zu sein.

»Danken Sie mir noch nicht.« Sie stellte den Kragen ihres Mantels hoch. »Das andere Angebot ist noch immer auf dem Tisch, und ich fürchte, dass es finanziell vernünftiger wäre. Schlussendlich ist es nicht meine Entscheidung.«

»Aber Sie tun Ihr Bestes«, sagte ich eifrig.

»Das werde ich, morgen müsste ich mehr wissen«, bestätigte sie und streckte mir die Hand hin.

Ich ignorierte sie und umarmte sie. »Dann bis morgen.«

Sie ging in die Nacht hinaus, und ich winkte ihr nach, bis ich sie nicht mehr sehen konnte.

Mein Magen krampfte vor gespannter Erwartung. Morgen um diese Zeit könnte Evergreen Manor mir gehören. Vierundzwanzig kleine Stunden. Was konnte zwischen jetzt und morgen Abend schon schiefgehen?

Teil 4

Heimkehr

Kapitel 31

Am Morgen nach der Weihnachtsparty wachte ich voller Energie auf. Ich sprang aus dem Bett, rannte nach unten und putzte einmal schnell durch die Küche, bis das Wasser im Kessel kochte.

Als der Tee fertig war, nahm ich ihn mit nach oben und wollte gerade unter die Dusche springen, als das Telefon klingelte. Es war Cat, und ich lächelte erwartungsvoll. Beau hatte sie und die Kinder gestern Abend zum Essen eingeladen, und ich kam um vor Neugierde, wie es gelaufen war.

»Guten Morgen«, sagte ich und klemmte das Telefon unter mein Ohr, während ich das Bett machte. »Ich will alle Details.«

»Es war wundervoll«, sagte sie mit einem kleinen Quieken. »Wir haben Pizza gegessen, und es ist fantastisch gelaufen mit ihm und den Mädchen, er hat sie wie kleine Ladies behandelt. Isabel hat den ganzen Abend wie ein Wasserfall geredet, und selbst Lily hat viel gelächelt und sich bedankt.«

»Ich hoffe, er war auch ausgesprochen nett zu dir?«

»O ja. Irgendwann sind die Mädchen zusammen auf die Toilette gegangen, und als sie außer Sichtweite waren, hat er meine Hand genommen. Das war so wunderbar.«

Ich freute mich für die beiden, während ich dachte, was für ein wichtiger Moment das für sie war. »Ich freue mich so für dich, Cat. Er ist ein toller Mann.«

»Ich weiß.« Sie hielt inne. »Es war ein wunderschöner Abend, doch als ich nach Hause gekommen bin, hatte ich schreckliche Schuldgefühle.«

Ich runzelte die Stirn. »Warum? Du verdienst es, glücklich zu sein.«

»Es ist erst achtzehn Monate her, dass Max gestorben ist. Es hat sich falsch angefühlt, als wäre ich ihm untreu gewesen, und ich habe mich so geschämt. Ich habe kaum geschlafen, weil ich mir solche Vorwürfe gemacht habe.«

»Du Arme, es gibt nichts, wofür du dich schämen müsstest. Ich wünschte, du hättest mich angerufen«, sagte ich leise.

Ich konnte nicht wirklich nachempfinden, wie es sich anfühlte, wenn dir dein Partner auf so grausame Weise genommen wurde, so plötzlich, dass du nicht einmal die Möglichkeit hattest, dich von ihm zu verabschieden, und auch noch vor den Augen deiner Kinder. Doch ich stellte mir vor, dass der Schmerz darüber nie ganz verschwinden würde.

»Und dann ist da noch mein Job.« Ich hörte, wie ihre Stimme stockte, sie kämpfte jetzt gegen die Tränen an. »Dass ich befördert worden bin, die Reise nach LA, ich war so mit mir selbst beschäftigt. Deswegen habe ich auch Schuldgefühle.«

»Du hast jedes Recht, stolz auf dich zu sein. Ohne den Menschen zu leben, den du liebst, wird wahrscheinlich immer hart sein, ein Stück deines Herzens wird immer Max gehören. Aber ich bin sicher, er wäre erleichtert zu sehen, dass seine Familie das Leben wieder genießt. Hab keine Angst, das Licht hereinzulassen.«

»Meinst du?«, fragte sie.

»Ja«, sagte ich entschieden. »Ich denke, dass es nicht falsch sein kann, glücklich zu sein.«

Sie atmete zitternd aus. »Danke für die Unterstützung. Du bist eine gute Freundin.«

»Immer gerne«, sagte ich und wollte das Gespräch beenden.

»Oh, jetzt habe ich fast vergessen, weshalb ich angerufen habe«, schalt sie sich selbst. »Ich weiß, dass die Mädchen normalerweise heute Nachmittag nicht bei dir sind, aber könntest du sie für mich von der Schule abholen? Ich habe eine Besprechung mit dem hiesigen Geschäftsführer, und es könnte später werden.«

Ich stöhnte. »Ich fürchte, das kann ich nicht. Ich habe heute bereits so viele Kinder, wie ich beaufsichtigen darf. Ich würde gelyncht werden, wenn ich mich um mehr als die erlaubte Anzahl kümmere, es tut mir wirklich leid.«

»Denk nicht weiter darüber nach«, sagte sie leichthin. »Ich frage Beau, ob er sie noch eine Weile in der Schule beschäftigen kann, bis ich da bin.«

»Das gehört zu den Vorteilen, mit dem Schulleiter befreundet zu sein, was?«

Wir lachten beide, und ich beendete das Gespräch mit einem Lächeln, während ich dachte, was für einen glücklichen Start in den Tag ich gehabt hatte. Alles schien sich zu finden.

Der gestrige Tag hätte nicht besser laufen können, selbst wenn ich es versucht hätte, dachte ich, als ich unter die Dusche ging, jetzt lag es nicht mehr an mir. Ich hatte getan, was ich konnte, die Zukunft zu sichern, die wir uns alle für Evergreen Manor wünschten. Früher war ich davor zurückgeschreckt, Verpflichtungen einzugehen, mich Herausforderungen zu stellen oder etwas Ambitioniertes beharrlich zu verfolgen. Aber ich war nicht mehr dieses kleine Mädchen, das sich nie gut genug gefühlt hatte. Das war meine Zeit: um das zu tun, was ich tun wollte, über mich hinauszuwachsen und diesen Schritt ins Unbekannte zu wagen. Nach einem letzten kalten Schwall drehte ich die Dusche ab und war bereit, den Tag zu beginnen.

»Es freut mich zu hören, dass Sie Evergreen Manor retten wollen, meine Liebe«, sagte eine Frau mit rosigen Wangen, die ein kleines Mädchen an der Hand hielt, dessen Gesicht aus der Kapuze seines Mantels herausschaute.

»Danke. Aber es ist noch nichts in trockenen Tüchern«, wiederholte ich zum x-ten Mal. »Drücken Sie mir die Daumen.«

Ich war immer noch auf dem Schulhof. Wir waren schon lange startklar, doch die Nachricht von der Weihnachtsparty gestern hatte sich in der Schule verbreitet, und viele hatten mich angesprochen, um mir Glück zu wünschen – nicht nur die, die eine Tagesmutter brauchten sondern auch andere, die die Idee von einem Mehrgenerationenhaus, in dem für Alt und Jung gesorgt war, grandios fanden. Eine Dame, von der ich annahm, dass sie die Oma von einem der Kinder war, fragte mich sogar, ob es noch ein Zimmer für ihre alte Mutter gäbe.

Die Dame redete immer noch. »Ich werde nie die Geschichten vergessen, die mein Großvater über dieses wunderschöne Haus erzählt hat. Es war einmal das Herz des Dorfs: Teegesellschaften im Sommer und ein offenes Haus an Neujahr, um das Jahr willkommen zu heißen. Es wäre eine Schande, wenn es an irgendein Unternehmen ginge«, endete sie mit einem Schaudern.

»Das wäre es!«, stimmte ich ihr zu und merkte mir die Idee mit den Teegesellschaften für den nächsten Sommer.

»Wenn Sie irgendwie Hilfe brauchen, eine Unterschriftensammlung oder so etwas, melden Sie sich«, sagte die Frau und beugte sich hinunter, um den Schal des kleinen Mädchens in den Mantel zu stecken. »Ich denke, das ganze Dorf würde hinter Ihnen stehen. Komm, Darcie, wie wäre es mit einer heißen Schokolade zu Hause bei Oma?«

»Gut, Kinder, auf geht's«, sagte ich. Ich wollte so schnell wie möglich zurück ins Welcome Cottage, um auf Tessas Anruf zu warten. Die älteren Kinder liefen alle einem hüpfenden Gummiball hinterher, und wir waren fast die Letzten, die den Schulhof verließen. »Megan, magst du einmal gucken, wer sich neben Harris in den Buggy setzen möchte und wer auf dem Buggybrett hinten stehen mag?«

Schließlich gingen wir Richtung Schultor.

»Ich habe mir heute ein neues Buch in Mr. Colbys Lese-club ausgesucht. Kann ich es dir vorlesen, wenn wir zu Hause sind?«, fragte George und hüpfte neben mir her, als ich das Tor öffnete und für Megan weit aufhielt, die den Buggy hindurch-manövrierte.

»Natürlich, Schatz!«

Seine Eltern würden entzückt sein; er war immer ein unwil-liger Leser gewesen, doch Mr. Colby hatte über die Mittagszeit einen Leseclub ins Leben gerufen, und George, der ihn heiß verehrte, war süchtig geworden.

Wir waren erst ein kurzes Stück gegangen, als ich schnelle Schritte hörte, die sich von hinten näherten.

»Gina, hast du einen Moment?«

Es war Beau mit Isabel und Lily an der Hand.

»Sicher! Hallo, Mädchen! Wartet mal einen Moment. Alle stehen bleiben!«, rief ich den Kindern zu. »Noah, komm zu-rück, und warte, bitte. Arlo, nimm Noah an die Hand.«

Ein paar Kinder stöhnten, doch alle taten, was ich ihnen ge-sagt hatte. Zufrieden wandte ich meine Aufmerksamkeit Beau zu. »Ist alles in Ordnung?«

»Nein.« Er ließ Isabels Hand los und fuhr sich erschöpft durch das Gesicht. »Leider nicht. Ich habe Cat gesagt, dass ich eine halbe Stunde auf die Mädchen aufpasse, doch jetzt ist eine Krisensitzung mit der Vorsitzenden des Schulaufsichtsgremi-ums anberaumt worden. Kannst du sie mit nach Hause neh-men?«

Ich zeigte mit dem Arm auf die Kinderschar um mich herum. »Es tut mir leid, aber ich habe bereits so viele Kinder, wie es mir maximal erlaubt ist. Ich darf nicht mehr als acht betreuen.«

»Aber ich bin doch eher eine Hilfe«, meldete sich Megan zu Wort.

»Das bist du«, stimmte ich ihr zu. »Aber du stehst trotzdem unter meiner Obhut. Ich bin sicher, die Mädchen machen keine Schwierigkeiten, Mr. Colby. Können sie sich nicht einfach ins Lehrerzimmer setzen?«

Er schüttelte den Kopf. »Isabel und Lily können jetzt nicht in der Schule bleiben.«

Sein Gesichtsausdruck beunruhigte mich. Ich hoffte, die Krisensitzung hatte nichts mit ihm und Cat zu tun.

»Ich kümmere mich um sie«, sagte ich kurz entschlossen. Ich würde Paige anrufen, sie konnte zurückkommen und mir helfen.

»Vielen Dank.« Er holte tief Luft und schloss kurz die Augen. »Ich schulde Ihnen was.«

»Kein Problem.« Ich griff in die Tasche nach meinem Handy und betete, dass Paige ihres nicht auf lautlos gestellt hatte. Ich wählte ihre Nummer und wartete, dass sie sich meldete.

Beau hockte sich vor die Mädchen. »Hört zu, Mädchen, ich rufe eure Mami an und sage ihr, dass ihr bei Gina seid, okay?«

»Haben wir etwas falsch gemacht?«, fragte Isabel mit kleiner Stimme. Lily schob ihre Hand in die ihrer Schwester.

»Nein«, versicherte er ihnen. »Ihr habt absolut nichts falsch gemacht, versprochen. Es ist nur mein dummer Job, der da ruft, das ist alles.«

Die Mädchen nickten nicht ganz überzeugt, und ich winkte sie zu mir, um sie zu umarmen, das Telefon unter das Kinn geklemmt. »Ich bin mir sicher, eure Mami wird nicht lange weg sein.«

»Ich muss zurück.« Beau sah zum Schulgebäude hinüber, als würde er überall lieber hingehen als dort hinein. »Danke noch mal, Gina.«

Er fuhr den Mädchen durch die Haare und rannte zurück in die Schule. Ich drückte das Handy fester ans Ohr, doch Paige meldete sich nicht. Ich hinterließ ihr eine Nachricht und hoffte, dass sie bald zurückrief.

»Alle zurück auf den Schulhof. Wir wärmen uns mit einem Himmel-und-Hölle-Spiel auf, während wir warten«, sagte ich fröhlich.

»Warum können wir nicht gehen?«, maulte Finn.

»Weil ich nur acht Kinder betreuen darf und wir uns nicht in Gefahr begeben dürfen«, sagte ich und drückte ihm den Finger auf die Nase. »Es würde deiner Mami nicht gefallen, wenn du verloren gingst, nicht?«

Ich hielt das Tor wieder auf und führte die Kinder hinein, wobei ich sie zählte. Nur Noah bummelte noch herum, rannte den Bürgersteig entlang und jagte etwas hinterher. »Komm, du Trödler!«

»Ich versuche, den Gummiball zu fangen«, rief Noah. Er bückte sich, um ihn aufzuheben, trat jedoch stattdessen dagegen, und der Ball schoss unter den geparkten Autos hindurch auf die Straße.

»NOAH! Lass ihn, ich hole ihn!«, rief ich.

Aber Noah hörte nicht. Adrenalin schoss durch meinen Körper, als Noah gerade in dem Moment auf die Straße stürzte, als die Scheinwerfer eines Autos um die Ecke bogen. Das Kreischen von Bremsen war zu hören, das Knirschen von Metall und eine Hupe.

Eine Übelkeitswelle trieb mich schreiend auf die Straße, »NOAH!«

Jemand schrie, die Kinder brachen in Tränen aus, und dann

stand Noah, nur wenige Zentimeter von der Stoßstange des Autos, von dessen Scheinwerfern angeleuchtet und mit dem Ball in der Hand, völlig unversehrt auf. »Ich hab ihn.«

Gott sei Dank. Das Auto war ausgewichen und gegen einen anderen parkenden Wagen geschrammt, der jetzt piepte und blinkte. Meine Beine zitterten, als ich Noah an meine Brust drückte und zurück auf den Bürgersteig zog und alle in die Sicherheit des Schulhofs brachte.

Ein Mann sprang aus dem Auto und raufte sich die Haare. »Ist er okay? Er ist einfach auf die Straße gelaufen. Es ist fast dunkel, ich habe ihn nicht gesehen.«

Ich atmete gierig die frische Luft ein, zu schockiert, um zu sprechen. Die Kinder versammelten sich um mich, die kleinen Gesichter vor Furcht gerunzelt, und Harris begann in seinem Buggy zu schreien.

Noahs kleiner Körper wurde von Schluchzern erschüttert. »Es tut mir leid.«

»Wie, zum Teufel, konnten Sie ihn auf die Straße laufen lassen?«, schrie der Mann, der seine Stimme wiedergefunden hatte, nachdem ihm klar geworden war, dass es keine Verletzten gab.

»Er ist nur …« Ich schluckte, mein Mund war so trocken, dass ich kaum Worte bilden konnte. »Er hat seinen Ball verloren.«

»Sind das alles Ihre Kinder?« Er blickte finster drein, während er die Gruppe kritisch betrachtete. »Zehn Kinder. Moment, Sie sind doch die Tagesmutter? Gina, nicht wahr?«

Ich nickte.

»Mein Gott.« Er schüttelte den Kopf. »Nicht auszudenken, dass meine Frau mich davon überzeugen wollte, Sie auf unsere Jungen aufpassen zu lassen. Sie können unmöglich so viele Kinder auf einmal im Auge behalten.«

Das war also der Ehemann von Kirsty.

»Ich bin zehn«, erklärte Megan und sah ihn an. »Ich helfe Gina mit den Kleinen.«

»Unglaublich.« Der Mann schüttelte empört den Kopf. »Und sehen Sie sich mein Auto an, wer soll das jetzt bezahlen?«

Ich machte mir nicht die Mühe zu antworten. Noah klapperte inzwischen in meinen Armen mit den Zähnen.

»Alles in Ordnung, Schatz«, sagte ich und drückte ihn fester an mich. »Du bist in Sicherheit.«

»Sind Sie in Ordnung, meine Liebe?« Ein großer, dünner Mann mit weißen Haaren kam auf uns zu. »Ich wohne auf der anderen Seite und habe den Knall gehört.«

»Mir geht es gu-ut«, stotterte ich. »Noah ist auch in Ordnung.«

»Sie könnten einen Schock haben.« Der alte Mann wandte sich an Kirstys Ehemann und schüttelte den Kopf. »Und Sie sollten sich schämen, so schnell vor einer Schule entlangzufahren und dann die junge Frau anzugehen.«

»Anzugehen?« Er schob das Kinn vor. »Sie halten sich da raus, Kumpel.«

»Ich denke, nein«, sagte der alte Mann. »Sie sind gerade in mein Auto gefahren.«

Mein Telefon klingelte, und ich griff danach. Es war Paige.

»Du hast angerufen? Vermisst du mich?«, sagte sie fröhlich.

»Komm zurück zur Schule, ich brauche deine Hilfe«, brachte ich noch heraus, bevor ich in Tränen ausbrach.

Eine halbe Stunde später waren wir wieder zu Hause. Der Ofen war an, und die Kinder saßen mit Tassen mit warmer Milch und Keksen auf dem Boden und brüllten vor Lachen über eine Sendung, die im Fernsehen lief. Ich dagegen war immer noch zittrig.

»Tee.« Paige reichte mir meinen Lieblingsbecher.

Ich lächelte meine Freundin an. »Danke. Für den Tee und dass du mir zu Hilfe gekommen bist. Ich bekomme das Geräusch dieser kreischenden Bremsen nicht aus dem Kopf. Wahrscheinlich werde ich wochenlang Albträume davon haben.«

»Immer wieder gerne.« Sie tätschelte meine Schulter. »Möchtest du gegen den Schock einen Tropfen Whisky in den Tee?«

Ich schüttelte den Kopf. »Eher nicht. Ich stecke schon tief genug in Schwierigkeiten, ohne nach Alkohol zu riechen, wenn die Eltern ihre Kinder abholen kommen.«

»Stimmt.« Ich gab ein Wimmern von mir, und sie schlug sich mit der Hand auf den Mund. »Entschuldige, natürlich steckst du nicht in Schwierigkeiten. Aber du musst dich entspannen, damit dein Blutdruck wieder normal wird.« Sie schob mir einen Fußschemel hin und zwang mich, die Füße hochzulegen.

Sie hatte recht, meine Brust war gespannt wie eine Trommel.

»Ich schätze, ich sollte die Eltern informieren. So etwas verbreitet sich wie ein Lauffeuer, und es ist besser, wenn sie es von mir erfahren, als durch das Buschtelefon.« Allein bei dem Gedanken wurde mir schon schlecht.

»Du kannst es allen erzählen, wenn sie ihre Kinder abholen kommen. Ich als Mutter wäre sofort höchst alarmiert, wenn ich einen Anruf bekäme, der mit den Worten beginnt, ›Sie brauchen sich keine Sorgen zu machen, aber‹.« Paige setzte sich auf die Sofalehne. »Ich weiß, dass du dir Vorwürfe machst, aber du hast nichts falsch gemacht.«

Ich sah zu ihr hoch. »Da dürfte Kirstys Mann anderer Meinung sein. Es würde mich nicht wundern, wenn ich einen

Anruf von der Gemeinde bekäme, was meine Sicherheitsvorkehrungen angeht.«

Wir hatten die beiden Männer ihre Versicherungsdaten austauschen lassen, was im Fall von Kirstys Ehemann, der Greg hieß, wie sich herausstellte, nur sehr widerwillig geschehen war.

»Such nicht nach Problemen, wo keine sind«, sagte Paige. »Du hast das Schulgelände nicht verlassen, bevor ein anderer Erwachsener da war, um eine ausreichende Betreuung zu gewährleisten. Du hast verantwortungsvoll gehandelt.«

Ich massierte mir die Stirn, um die Spannung zu lindern. Ich *hatte* das Schulgelände verlassen. Weil ich schon auf der anderen Seite des Schultors gewesen war, als Beau die Mädchen in meine Obhut übergeben hatte. Und wenn Greg mir wirklich Schwierigkeiten machen wollte, konnte er mich allein damit reinreißen.

»Es ist sinnlos, ich kann mich nicht entspannen«, sagte ich, stand auf und trank einen großen Schluck Tee. »Ich werde nicht alle Eltern anrufen, aber ich sollte Rosie informieren.«

Ich wählte die Nummer des Cafés, während ich mich wappnete, um mir von meiner ältesten Freundin einen Anpfiff abzuholen.

»Hey, Gina«, meldete sie sich fröhlich.

»Hallo.« Ich holte tief Luft. »Du musst dir keine Sorgen machen, Noah geht es gut, aber …«

»Dieser Junge, also ehrlich! Er hat mehr Leben als eine Katze«, mokierte sich Rosie, als ich ihr alles erklärt hatte. »Das muss ein Schock für dich gewesen sein, bist du okay?«

Die Erleichterung, dass sie nicht wütend auf mich war, trieb mir die Tränen in die Augen.

»Mir geht es gut, Rosie, aber Noah wäre fast von einem Auto überfahren worden, während er in meiner Obhut war«, ich schluckte den Kloß in meiner Kehle hinunter. »Du wärst total im Recht, wenn du richtig sauer auf mich wärst.«

»Mach dir keine Vorwürfe, Unfälle passieren. Gabe und ich werden ein Wörtchen mit Noah reden, weil er einfach auf die Straße gelaufen ist. Er ist jetzt sieben, und es ist an der Zeit, dass er ein bisschen auf den Verkehr achtet, vor allem, da wir ihm zu Weihnachten ein neues Fahrrad schenken wollen.«

»Danke.« Ich war von Dankbarkeit überwältigt. »Ich hoffe, die anderen Eltern sind genauso nachsichtig wie du.«

»Hey, wir vertrauen dir, und ich bin sicher, das Gleiche kann ich für alle anderen sagen. Sieh mal, wie erfolgreich die Party gestern war. Jeder will einen Platz in Evergreen Manor. Ich hatte heute einen ganzen Tisch mit Müttern hier, die davon gesprochen haben.«

Ich kaute auf der Innenseite meiner Wange herum. »*Falls* ich die nötigen Gelder bekomme.«

Ich sah auf die Uhr. Es war nach vier, Tessa müsste doch bald anrufen?

»Für mich klingt das so, als hättest du unter schwierigen Umständen dein Bestes getan«, fuhr sie fort.

Ich hatte Beau nicht hängen lassen und nicht Nein sagen wollen, die Mädchen zu nehmen, sie hatten so traurig und besorgt ausgesehen, als Beau sie aus der Schule gebracht hatte. Ich ließ den Blick über die Köpfe vor dem Fernseher schweifen und konnte die Zwillinge nicht entdecken. Ich musste nach ihnen sehen, sobald ich zu Ende telefoniert hatte.

»Wie gesagt, Noah geht es gut, er guckt gerade den Grinch«, versicherte ich ihr. »Wir sehen uns später.«

Ich beendete das Gespräch, und bevor ich einen Schluck von meinem Tee trinken konnte, klingelte das Telefon erneut. Mir drehte sich der Magen um; es war Natalie, die Mutter von Molly und Eva.

»*O mein Gott, Gina!*«, keuchte sie. »Ich habe gerade von dem Unfall gehört! Sind meine Mädchen in Ordnung? Der arme Noah! Wie um alles in der Welt ist das passiert?«

»Es war nur ein kleines Missgeschick, ein Ball ist auf die Straße gerollt«, sagte ich und versuchte, eine Mischung aus Ruhe und Verständnis zu finden. »Molly und Eva waren zu keiner Zeit in Gefahr. Niemand ist verletzt. Möchten Sie mit den beiden sprechen?«

»O ja, bitte«, sagte sie und seufzte erleichtert. »Ich habe Herzklopfen, seit Kirsty mich angerufen hat.«

»Kirsty hat Sie angerufen?« Ich sah Paige mit gerunzelter Stirn an, die verärgert die Lippen aufeinanderpresste.

»Sie hat gemeint, dass Sie Hunderte von Kindern zu beaufsichtigen hatten?«

Ich biss die Zähne zusammen und verfluchte Kirsty im Geist, dass sie Gerüchte in die Welt setzte. »Eigentlich nicht. Mr. Colby hatte mich gebeten, noch nach zwei anderen Kindern zu sehen, und …«

»Sie dürfen nicht mehr als acht beaufsichtigen«, sagte Natalie kalt.

»Der Unfall hatte absolut keine Auswirkungen auf die Mädchen, das kann ich Ihnen versichern«, sagte ich.

Natalie räusperte sich. »Kinder sind Meister darin, Dinge zu verbergen, nach außen sieht es vielleicht so aus, als ginge es ihnen gut, aber innerlich sind sie bestimmt traumatisiert.«

»Ich werde ein Auge auf sie haben«, versprach ich mit zusammengebissenen Zähnen.

»Das hoffe ich doch«, sagte Natalie.

Sie legte auf, und mir klappte der Kiefer herunter, doch bevor ich darauf reagieren konnte, schellte es an der Tür.

»Ich mache auf!« George sprang auf und rannte in die Diele. »Das ist Bingo!«

»Gut gemacht, danke George«, sagte ich, als ich nach dem Schlüssel griff.

Auf der anderen Seite der Terrassentür wippte Bing auf den Zehen auf und ab.

»Hallo, Bing.« Ich öffnete die Tür, und George begann auf der Stelle zu hüpfen.

»Bingo, kann ich dir mein Buch vorlesen?«, rief er. »Es handelt von einem Schneetag.«

Bing lächelte den kleinen Jungen an und kniff ihn sanft in die Wange. »Vielleicht nächstes Mal, ja?«

»Äh, okay.« George machte ein langes Gesicht.

Ich biss mir auf die Lippe, der arme George; ich hatte ihm versprochen, dass er es mir vorlesen konnte, und das dann total vergessen. »Hol dein Buch, Schatz, wir beide lesen es gleich zusammen.«

»JA!« George boxte in die Luft und rannte zurück ins Wohnzimmer.

»Ich dachte, dass ich dir besser Bescheid gebe, Mädchen.« Bing nahm seine Kappe ab und faltete sie zusammen. »Rebecca hat vor einer Stunde angerufen. Es gibt ein formelles Angebot für Evergreen Manor zu dem geforderten Preis. Sie will es annehmen.«

»O nein.« Mir wurde schwer ums Herz. Das durfte nicht wahr sein. Nicht jetzt, wo ich so nahe dran war, selbst ein Angebot vorzulegen.

»Es tut mir leid, meine Liebe. Du hast dein Bestes getan.«

»Ich gebe noch nicht auf«, sagte ich entschlossen. »Nicht, bevor sie das Angebot nicht formell angenommen hat.«

Bing lachte leise in sich hinein. »So ist es richtig. Ich gehe mal wieder und lasse Delphine wissen, dass du dich darum kümmerst.«

»Wie geht es ihr?«

Er lächelte grimmig. »Ich habe heute noch nicht viel von ihr gesehen, sie hat sich wieder in ihrem Nähzimmer verbarrikadiert.«

Ich dachte an das Gespräch, das ich gestern Abend auf der Weihnachtsparty mit ihr geführt hatte; sie hatte von einer Feier geredet, die sie und Violet für Samstag geplant hatten.

»Die Arme. Sag ihr, wenn ich das Geld bekomme, feiern wir im kleinen Kreis und stoßen auf Violet an.«

»Du bist eine Gute«, sagte er augenzwinkernd. Wir drehten uns beide um, als Cats Auto in die Auffahrt einbog und vor dem Cottage hielt. Bing zog seine Kappe wieder an.

»Dann will ich nicht weiter stören. Tschüss.«

»Tschüss«, rief ich ihm nach. »Und denk daran, das letzte Wort ist noch nicht gesprochen.«

»Ich werde es nicht vergessen!«, rief Bing zurück, während er schnaufend lachte.

Kapitel 32

Ich wartete, dass Cat aus dem Auto stieg, und zwang mich, angesichts von Bings Nachricht nicht in Panik zu verfallen.

Vermutlich kam das formelle Angebot von dem Unternehmen, das eine Nutzungsänderung des Gebäudes beantragt hatte. Der Gedanke ließ mein Blut gefrieren. Evergreen Manor hatte etwas Besseres verdient, als in eine Firmenzentrale umgewandelt zu werden. Wenn Tessa in der nächsten Stunde nicht anrief, würde ich sie anrufen müssen; die Ungewissheit brachte mich um.

»Es tut mir so leid, dass du dich jetzt doch um die Mädchen kümmern musstest!«, sagte Cat, als sie aus dem Auto gestiegen war und auf mich zugeeilt kam. »Alles ist schiefgegangen; Beau steckt meinetwegen in Schwierigkeiten.«

Ich empfand ein leises Unbehagen, als ich sie ins Haus führte; dann war meine Vermutung, was den Grund für die plötzliche Sitzung des Schulaufsichtsgremiums betraf, doch richtig gewesen. George wartete geduldig in der Diele auf mich, das neue Buch in der Hand.

»Gib mir zwei Minuten«, flüsterte ich und fühlte mich schrecklich, als er die Schultern sinken ließ und zurück ins Wohnzimmer trottete.

Cat drückte die Handflächen gegen ihre Wangen. »Ich wusste, dass es zu schön war, um wahr zu sein. Wir haben uns an den Händen gehalten, Gina, das war alles, und jetzt hat die Vorsitzende des Schulaufsichtsgremiums eine Verwarnung wegen unangemessenen Verhaltens ausgesprochen. Das ist Schicksal, ich werde dafür bestraft, dass ich zu glücklich war.«

»Was?«, fragte ich entsetzt. »Warte mal, langsam.«

Sie holte tief Luft und erzählte mir, dass der Ehemann der Vorsitzenden sie zu viert beim Pizza essen gesehen und das seiner Frau erzählt hatte.

»Mein Gott!«, sagte ich verärgert. »Das ist ja wie aus einem Roman von Dickens. Er kann doch nicht ernsthaft in Schwierigkeiten sein wegen so einer Lappalie?«

»Ich hoffe nicht«, sagte sie schaudernd und lächelte mich schief an. »Und wo sind die Mädchen, ich muss sie fest umarmen. Sie tun mir wirklich leid, dass sie in all das hineingezogen werden.«

»Sie sind …« Ich runzelte die Stirn. Wo waren sie? Ich hatte vorhin nach ihnen sehen wollen, war aber durch Telefonanrufe und Besucher davon abgehalten worden. Wann genau hatte ich sie zuletzt gesehen? Ich lächelte Cat so zuversichtlich an, wie ich konnte. »Ich denke sie sind oben, ich gehe mal hoch und sage ihnen, dass sie herunterkommen sollen.«

Ich rannte die Treppe hoch, nahm zwei Stufen auf einmal. Ich sah ins Bad, doch es war leer. Ich sah ins Gästezimmer, wo die Wickelmatte und das Kinderbett waren. Lily kam oft mit mir nach oben, um zu helfen; sie liebte es, Harris zu bespaßen, während ich ihm die Windeln wechselte. Doch das Licht war aus, und niemand war da. Wo waren sie? Sorge machte sich in mir breit, als ich die Schlafzimmertür aufstieß. Auch im Schlafzimmer war es dunkel; ich hatte ohnehin nicht erwartet, dass sie hier sein würden, alle Kinder wussten, dass mein Zimmer tabu war.

Das Licht vom Treppenabsatz beleuchtete den Raum gerade genug, dass ich den Berg in der Mitte meines Betts sah. Da waren sie und drängten sich unter der Bettdecke zusammen. Ich hätte vor Erleichterung lachen können.

»Lily und Isabel Fletcher, ihr Strolche!«, sagte ich, als ich vor dem Bett stand. »Versteckt ihr euch, oder seid ihr hundemüde?«

Ich bekam keine Antwort.

»Kommt, Mädchen, ich habe euch gefunden«, sagte ich. »Das Spiel ist aus.«

Ich machte die Nachttischlampe an, stolperte über ihre Hausschuhe und setzte mich auf den Rand der Matratze. Ich hob die Decke an einer Ecke an, und zwei Paar blaue Augen sahen mich an, die beide vor Tränen überquollen.

»Oje. Was ist denn los?« Ich streichelte beiden mit der Fingerspitze die Wange, einer nach der anderen. »Könnt ihr es mir sagen?«

»Wir sind traurig«, flüsterte Isabel.

»Aber das geht doch nicht«, sagte ich fröhlich. »Nicht so kurz vor Weihnachten.«

Sie sahen mich ausdruckslos an.

»Bist du böse auf uns?« Isabel wischte sich mit dem Handrücken die Tränen ab.

»Nein, überhaupt nicht!«, antwortete ich fassungslos.

Die Frage des kleinen Mädchens schockierte mich, und ich ging in Gedanken die letzte Stunde durch, ob ich irgendetwas gesagt oder getan hatte, das sie auf diese Idee hatte kommen lassen. »Wieso sollte ich böse auf euch sein? Ihr seid die liebsten Mädchen der Welt.«

»Weil Mr. Colby nicht auf uns aufpassen wollte und du auch nicht und weil dann der Ball auf die Straße gerollt ist. Und Noah ihm hinterhergerannt ist und du laut geschrien hast.«

Ich hätte vor Scham weinen können; das Ganze hatte sie eindeutig mitgenommen. Und weil ich selbst ziemlich aufgewühlt gewesen war, hatte ich das nicht bemerkt. Die armen Mädchen.

»Ich habe nach Noah gerufen, weil ich Angst hatte«, erklärte ich ihnen. »Auch Erwachsene haben manchmal Angst. Ich bin ganz bestimmt nicht böse auf euch, das verspreche ich.«

Lily flüsterte etwas in Isabels Ohr.

»Was hast du gesagt, Lily?«, fragte ich. Doch Lily wandte sich ab und vergrub das Gesicht im Kissen.

Isabel legte ihrer Schwester den kleinen Arm um den Hals. Der Anblick, wie sie sich aneinanderkuschelten, war herzzerreißend; Cat hatte mir einmal erzählt, dass sie einander vom Moment ihrer Geburt an getröstet und die ersten Wochen dieselbe Wiege geteilt hatten. Ich fragte mich, ob sie wussten, was für ein Geschenk ihnen zuteil geworden war.

»Sie hat gesagt, dass es ihr leidtut, dass wir immer dafür sorgen, dass etwas Schlimmes passiert«, sagte Isabel leise. »Und mir auch.«

Sie taten mir unendlich leid. Sie hatten schon so viel Leid in ihrem kurzen Leben erfahren. Es beunruhigte mich, dass sie sich beide wegen des Zwischenfalls so schuldig fühlten. Wie weit ging das zurück? Und wofür fühlten sie sich sonst noch verantwortlich?

»Oh, ihr Lieben.« Ich nahm sie in die Arme. »Niemand konnte etwas dafür. Es war ein Unfall. Manchmal passieren Dinge einfach. Wir hätten nichts tun können, um es zu verhindern.«

»Seid ihr hier oben? Gina? Ist alles in Ordnung?«, rief Cat von unten.

Lily riss die Augen auf.

»Sag Mami nicht, was wir gesagt haben«, piepste Isabel.

Ich runzelte die Stirn; genau das sollte ich, doch ihr ängstlicher Gesichtsausdruck ließ mich zögern.

»Gut, ich werde nichts sagen«, versprach ich und gab beiden einen Kuss. Ich ließ sie los und rief laut. »Komm rauf, Cat, wir sind in meinem Schlafzimmer.«

Die Veränderung der Mädchen erfolgte unmittelbar. Sie krochen unter der Decke hervor und wischten sich das Gesicht ab, und als Cat ins Zimmer trat, saßen sie da und lächelten, als wollten sie nicht, dass ihre Mutter sie unglücklich sah; sie waren wirklich unglaublich süße Kinder.

Doch Cat ließ sich nicht einen Moment täuschen. »Oh, meine Engel! Ihr habt geweint.«

Sie eilte auf die andere Seite des Betts, beugte sich zu ihnen herunter und zog sie an sich.

Ich räusperte mich. »Isabel und Lily sind ein bisschen traurig, weil sie gesehen haben, wie Noah nach der Schule auf die Straße gelaufen ist. Er wäre beinahe von einem Auto angefahren worden, doch glücklicherweise wurde niemand verletzt.«

»Das habe ich nicht gewusst.« Sie sah mich böse an.

Ich blinzelte sie an. »Ich wollte es dir erzählen, doch du warst …« Ich schwieg abrupt. Ich konnte sie nicht daran erinnern, dass sie noch vor fünf Minuten ziemlich aufgelöst bei mir angekommen war. Das hätte die Mädchen nur noch mehr beunruhigt. »Ich hatte noch keine Gelegenheit dazu.«

Sie bekam einen harten Zug um den Mund. »Sie waren hier oben, allein und traurig.«

»Aber nur ganz kurz«, sagte ich kleinlaut.

»Der Tag wird ja immer besser.« Sie schüttelte den Kopf. »Ich habe sie dir anvertraut.«

Ich zog die Brauen hoch und nickte Richtung Tür. Sie schnaubte verärgert, folgte mir jedoch auf den Treppenabsatz. Ich wollte nicht, dass die Zwillinge diesen Ton mitbekamen, selbst wenn ihr das egal zu sein schien.

Ich zog die Tür hinter ihr zu.

»Um genau zu sein, hast du Beau die Kinder anvertraut, Cat, weil ich dir gesagt habe, dass ich sie nicht nehmen kann«, flüsterte ich. »Ich hatte schon so viele Kinder, wie ich betreuen darf. Aber ich musste sie trotzdem nehmen, weil Beau mir keine Wahl gelassen hat. Wenn Paige mir nicht zu Hilfe geeilt wäre, wäre ich immer noch mit allen an der Schule.«

Cat verschränkte die Arme. »Dann ist es also meine Schuld.«

»Nein!«, sagte ich gereizt. »Es ist niemandes Schuld, es ist einfach so. Aber etwas, das Lily zu Isabel gesagt hat, hat mich beunruhigt.«

Cats Augen wurden schmal. »Etwas, das *Lily* gesagt hat?«

Ich nickte. »Sie glauben, dass sie schuld sind, dass böse Dinge passieren.«

Sie sah mich einen Augenblick ausdruckslos an, bevor sie sich zu ihrer vollen Größe aufrichtete. »Das ist lächerlich.«

»Ich weiß das, und du weißt das«, sagte ich freundlich, »aber sie glauben das.«

Cats Augen glitzerten vor Tränen. »Ich will das nicht diskutieren.«

»Vielleicht hat es irgendetwas mit Lilys Schweigen zu tun?« Ich biss mir auf die Lippe, unsicher, ob ich überhaupt etwas hatte sagen sollen.

Sie ignorierte mich und riss sich zusammen. »Ich sollte jetzt gehen; wenn sie erst wieder zu Hause sind, geht es ihnen wieder gut.«

»Und dir? Geht es dir dann auch wieder gut?« Ich streckte die Hand nach ihr aus, doch sie drängte sich an mir vorbei ins Schlafzimmer.

»Wer mag Spaghetti bolognese mit Knoblauchbrot zum Abendessen?«, sagte sie fröhlich. »Kommt, raus aus dem Bett.«

Ich umarmte die Zwillinge, als sie auftauchten.

»Wir sehen uns morgen nach der Schule. Und ich bin für dich da, das weißt du, Cat«, sagte ich und berührte ihren Arm, als sie die Mädchen vor sich her die Treppe hinunterschob. »Jederzeit.«

»Mir geht es gut. Uns geht es gut«, sagte Cat knapp. Sie griff nach den Mänteln der Mädchen und scheuchte sie noch in den Hausschuhen hinaus in die Dunkelheit, während ich fassungslos und schweigend zusah.

Wie war ich plötzlich zur Bösen geworden? Das Leben war nicht fair zu Cat und Beau, aber sie hatte mich auch nicht fair behandelt, dachte ich, als ich die Tür hinter ihnen schloss.

Der Fernseher im Wohnzimmer war ausgeschaltet und Paige tat ihr Bestes, alle mit weihnachtlichen Ausmalbögen und Stiften zu beschäftigen, während sie Harris auf der Hüfte wiegte.

»Da bist du ja wieder«, sagte sie und sah mich forschend an. »Du solltest früh ins Bett gehen; du siehst so schlecht aus, wie der hier riecht.«

»Vielen Dank«, sagte ich und nahm ihr Harris ab, während ich die Nase rümpfte. »Meine Güte, junger Mann. Wir gehen noch mal zurück nach oben.«

»Dodo«, sagte Harris, während er an meiner Nase zog und versuchte, sie sich in den Mund zu stecken.

»Und sobald du wieder unten bist, ist hier jemand, der dir unbedingt etwas vorlesen möchte.« Paige nickte zu einem der Sitzsäcke vor dem Fernseher hin.

Ich folge ihrem Blick zu George, der sich zusammengerollt hatte und sein neues Buch an die Brust drückte.

Sie senkte die Stimme. »Es hat ein paar Tränen gegeben, aber er wollte es mir nicht vorlesen.«

Ich zuckte zusammen, der arme, kleine Junge. Ich hatte ihn heute Nachmittag mehrmals enttäuscht. Ich ging zu ihm und beugte mich zu ihm hinunter. Harris griff sofort nach Georges Haaren.

»Hau ab, Harris, du stinkst«, maulte George.

»Das tut er wirklich«, sagte ich. »Aber wie wäre es, wenn du mitkommst und mir das Buch vorliest, während ich ihm die Windeln wechsle?«

Georges kleines Gesicht begann zu strahlen, und er stand auf. An seinen Wimpern hingen noch immer Tränen, und ihm lief die Nase. Ich zog ein Tuch aus einer Box, die auf dem Kaminsims stand, und gab es ihm. Er putzte sich so lautstark die Nase, dass ich die Klingel kaum hörte.

»Ich mache auf!« Er rannte zur Tür und spähte durch das Glas. »Das ist meine Mami!«

»Hallo, kommen Sie herein!«, sagte ich und trat einen Schritt zurück, um Georges Mutter Sarah hereinzulassen. »Sie sind früh dran.«

Sie lächelte mich stahlhart an. »Ich dachte, dass ich unter den gegebenen Umständen besser so bald wie möglich komme.«

Ich schaute sie überrascht an. »Wie bitte?«

»Der Unfall?« Sie sah mich vielsagend an.

Ich zwang mich zu einem Lächeln. »Ich kann Ihnen versichern, dass ich Sie angerufen hätte, hätte ich das für nötig befunden.«

»Das hoffe ich doch«, sagte sie beleidigt. Sie beugte sich zu George hinunter und strich ihm das Haar aus dem Gesicht »Bist du okay, Schätzchen?«

George gab ihr das nasse Tuch. »Ich habe geweint, weil ich Gina mein neues Buch vorlesen wollte, aber sie hat mich nicht gelassen.«

Sarah sah mich überrascht an. »Oh?«

»Wir hatten einen sehr turbulenten Nachmittag heute«, erklärte ich ihr. »Ich hatte nicht eine Minute, um mich zu ihm zu setzen. Wir wollten das gerade nachholen.«

Sarah legte George schützend den Arm um die Schultern. »Ich bin davon ausgegangen, dass Sie für alle Kinder Zeit haben, die in ihrer Obhut sind.«

Ich fühlte, wie meine Wangen brannten. »Das habe ich natürlich, das habe ich, aber …«

»Nicht so schlimm, Schatz«, fiel mir Sarah ins Wort und steuerte George Richtung Tür. »Du kannst es mir vorlesen. Wie heißt es?«

»*Nicht jetzt, Bernard*«, sagte George und fuhr mit der Fingerspitze über die Worte auf dem Cover.

»Daran erinnere ich mich; es geht um ein Kind, dem niemand zuhört. Wie passend.« Sie öffnete die Tür und nickte zu Harris hin. »Der Kleine stinkt übrigens, sollten Sie ihm nicht die Windel wechseln? Das arme Kind.«

»Das wollte ich gerade tun.«

Sie zog eine Braue hoch. »Klingt ganz so, als sei das Ihr Motto.«

Mein Mund ging auf und wieder zu wie bei einem erschrockenen Goldfisch, doch bevor ich einen zusammenhängenden Satz formulieren konnte, war Sarah aus der Tür und zog George mit sich.

Nachdem George und die Zwillinge fort waren, hatte sich die Anzahl der Kinder wieder auf eine vernünftige Zahl reduziert.

Paige war ebenfalls gegangen, und für die nächste Stunde verbannte ich alle Gedanken an Tessa und die Bank aus meinem Kopf und tat, was ich am besten konnte: Ich spielte mit den Kindern, ließ ihnen jede Sekunde meiner Aufmerksamkeit zukommen, bis auf Noah und Arlo alle abgeholt worden waren.

Es war fast sechs, als Rosies Vater, Alec, an der Tür schellte. Ich unterdrückte ein Gähnen, als ich öffnete.

»Harten Tag gehabt?«, fragte er, trat ein und streckte die Arme nach den beiden Jungen aus, die in sie hineinflogen.

»Opa!«, riefen beide und setzten zu einer Zusammenfassung ihres Tags an, der hauptsächlich aus Essen, Fernsehen und Harris' schrecklich stinkender Windel bestanden zu haben schien.

»Kann man so sagen.« Ich lächelte ihn kläglich an. »Heute scheine ich mir den Unmut fast all meiner Eltern zugezogen zu haben. Dabei habe ich nur getan, was ich für das Beste hielt.«

Er nickte grimmig. »Hab ich gehört.«

»Du und der Rest des Dorfs«, sagte ich seufzend. »Seltsam, wie sich innerhalb von vierundzwanzig Stunden alles ändern kann. Gestern war ich noch die Größte seit der Erfindung der Bratkartoffel.«

Ich half ihm, Arlo und Noah, ihre Mäntel, Mützen und Handschuhe anzuziehen.

»Es gibt einen Spruch von Martin Luther King, den ich mit anderen Worten wiedergeben muss, weil mein Gedächtnis inzwischen« schrecklich schlecht ist«, sagte Alec. »Aber er handelt davon, dass man einen Menschen nicht danach beurteilen soll, wie er sich verhält, wenn das Leben es gut mit ihm meint, sondern wenn er Herausforderungen zu bewältigen hat. Nach dem zu urteilen, was ich gehört habe, würde ich sagen, dass deine Beurteilung sehr gut ausfallen würde.«

»Danke.« Meine Kehle wurde plötzlich eng, und ich musste mich schnell von ihm verabschieden, bevor meine Augen vor Tränen überquollen.

Ohne die Kinder war die Stille im Welcome Cottage mit Händen zu greifen. Der Arbeitstag war vorbei, zumindest für mich; es war ein Tag gewesen, an den ich mich immer erinnern würde, wenn auch aus den falschen Gründen. Ich ließ mich auf das Sofa fallen und starrte das Telefon an. Hatte Tessa bereits Dienstschluss, ohne mich angerufen zu haben? Wusste sie von dem anderen Angebot? Und war es ihr gelungen, ihre Chefs davon zu überzeugen, dass es das Beste für die Gemeinde war, mir das Geld für den Kauf von Evergreen Manor zu leihen? Wenn auch nicht unbedingt für die Bank …

Als das Telefon klingelte, schreckte ich hoch. Mit klopfendem Herzen zog ich es unter dem Kissen hervor und sah auf das Display. Es war Tessa, und plötzlich drehten eine Million Schmetterlinge einen Looping in meinem Magen.

»Gina, es tut mir leid, dass ich mich erst so spät melde«, sagte Tessa mit ernster Stimme. »Und ich fürchte, es sind nicht nur gute Nachrichten.«

Ich schloss die Augen, während sie mich auf den neuesten Stand brachte. Obwohl die Bank die Verdienste des von mir geplanten Vorhabens zu schätzen wusste und das Potenzial für eine vernünftige Rückzahlung durchaus sah, vertrat man die Ansicht, dass man mir lediglich einen Betrag leihen könne, der um zwanzig Prozent unter der Summe lag, die ich brauchte.

»Es ist also kein Nein«, sagte Tessa fröhlich, »es ist ein Ja mit Bedingungen.«

Ich stieß einen Seufzer aus. »Vielen Dank. Aber es ist sehr unwahrscheinlich, dass ich den Rest des Geldes aufbringen kann. Vor allem da die andere Seite ein Angebot vorgelegt hat und einer der Eigentümer es akzeptieren will.«

»Ja«, sage sie leise, »das habe ich gehört.«

»Wenn ich also nicht in der Lotterie gewinne, habe ich das Ende der Fahnenstange erreicht, denke ich«, sagte ich, während mir übel wurde.

»Bringt es etwas, die Eigentümer um etwas mehr Zeit zu bitten?«

»Vielleicht.« Ich kaute auf der Innenseite meiner Wange herum. Dexter hatte nicht auf die SMS geantwortet, die ich ihm gestern Abend nach der Party geschickt hatte, was sehr untypisch für ihn war. Vielleicht hatten Rebecca und er sich ja geeinigt, das Angebot anzunehmen, und er mochte nicht mit mir sprechen. Und selbst wenn sie das nicht hatten, würde eine zusätzliche Woche nicht helfen – ich konnte in einer so kurzen Zeit nicht Tausende von Pfund aus dem Ärmel schütteln. Mein Traum schmolz dahin wie Eis in der Sonne.

»Wenn ich irgendetwas tun kann«, Tessas Stimme verlor sich, denn das konnte sie nicht, und das wussten wir beide, sodass wir uns verlegen voneinander verabschiedeten.

Als sie aufgelegt hatte, setzte ich den Kessel auf. Immer wenn ich von der Schule nach Hause gekommen war und mich schlecht gefühlt hatte, hatte meine Mutter den Kessel aufgesetzt. »Es gibt nicht viel, das sich bei einer Tasse Tee und einem Keks nicht lösen lässt«, hatte sie gesagt. Ich war mir nicht sicher, ob ich das glaubte, doch da ich keine bessere Idee hatte, gab ich einen Teebeutel in eine Tasse und wartete darauf, dass das Wasser kochte.

In den Monaten nach der Trennung von Eric hatte es mir nie etwas ausgemacht, alleine zu sein. Doch jetzt sehnte ich mich nach einer Brust, an die ich mich anlehnen konnte, nach der rauen Wolle eines Pullovers, an der ich meine Wange reiben konnte, und nach ein paar liebevollen Armen, die mich festhielten und mir sagten, dass alles gut werden würde. Ich wusste, dass ich Rosie anrufen konnte und dass sie blitzschnell hier sein würde. Ich konnte auch zu Bing und Delphine hochgehen und ihnen mein Herz ausschütten. Aber ich brauchte nicht einfach Gesellschaft, ich wollte wieder geliebt werden.

Als der Tee fertig war, wanderte ich durch das Cottage, die Tasse fest umklammert, schloss die Vorhänge, spähte in den Kühlschrank, ob mich etwas locken konnte, und rollte mich schließlich wieder auf dem Sofa zusammen.

Ich fühlte mich verletzlich und ungeschützt, als wäre mir eine Hautschicht abgerieben worden. Hatte ich heute falsch gehandelt? War ich nachlässig gewesen, war Noah deshalb auf die Straße gelaufen? In meinem tiefsten Inneren glaubte ich das nicht. Doch die Eltern meiner Kinder taten das offensichtlich. Fast drei Jahre lang hatte ich mir einen tadellosen Ruf aufgebaut, nur um ihn mir an einem einzigen Nachmittag ruinieren zu lassen.

Und ich hatte immer noch nichts von Dexter gehört. Ich beschloss, es noch einmal zu versuchen, doch er meldete sich nicht; der Anruf ging sofort auf die Mailbox.

»Hier ist Gina. Hör zu, ich weiß von dem anderen Angebot, und ich verstehe es, falls ihr das akzeptiert. Doch bitte ruf mich an, wenn du kannst, ich brauche jemanden zum Reden.« Ich beendete das Gespräch, als meine Stimme brach, und verfluchte mich, ihm meine Gefühle gezeigt zu haben.

Ich warf das Handy neben mich auf das Sofa, zog meine Füße hoch und vergrub das Gesicht in einem Kissen. Wie hatte alles so schnell so falsch laufen können? Es gab so viel, worüber ich nachdenken musste: wie ich meinen Ruf als herausragende Tagesmutter und mein kleines Unternehmen retten konnte, wie ich eine neue Bleibe finden sollte …

Als es zwanzig Minuten später an der Tür schellte, war ich versucht, so zu tun, als wäre ich nicht da. Ich schalt mich, ein Feigling zu sein, und ging in die Diele, wobei ich kurz einen Blick in den Spiegel warf. Ein großer Fehler. Blasse Haut, geschwollene Augen und verschmierte Mascara blickten mir entgegen.

Der Briefkastenschlitz ging knarrend auf.

»Gina? Bist du da?«, fragte eine besorgte Stimme.

»*Mum?*«

Ich riss die Tür auf und starrte ungläubig meine Mutter an. Zu ihren Füßen stand eine kleine Übernachtungstasche. Ihre Augen schossen von mir zu der leeren Diele, als wäre sie sich nicht sicher, ob es richtig gewesen war zu kommen.

Wir hatten zwei Tage nicht miteinander gesprochen, nicht, seit wir uns an dem Abend, an dem ich ihr vorgeworfen hatte, mich nicht zu schätzen, im Unfrieden getrennt hatten. Doch jetzt, wo sie vor mir stand, war es mir egal, dass wir nicht immer einer Meinung waren oder dass Howard der Goldjunge war. Im Moment war ich die Auserwählte, und ich war unglaublich froh, dass sie hier war.

Meine Mutter spielte an ihrem Schal herum und lachte verlegen. »Komme ich ungelegen, Schatz?«

»Nein, Mum«, sagte ich und hielt die Arme auf. »Dein Timing ist perfekt.«

Kapitel 33

»Nun, das erleichtert mich«, sagte Mum.

Sie schlang ihre Arme um mich, und ich spürte, wie die Anspannung in ihren Schultern nachließ.

Schweigend hielten wir uns fest im Arm, und das sagte in diesem Moment sehr viel mehr, als Worte es möglicherweise gekonnt hätten.

»Was für ein unerwartetes Vergnügen«, sagte ich und zwang mich unbeschwert zu klingen.

»Ist es das?« Sie trat einen Schritt zurück und neigte den Kopf zur Seite, während sie mich forschend ansah. »Ein Vergnügen, meine ich? So, wie wir uns an dem Abend neulich getrennt haben, war ich mir nicht sicher, wie willkommen ich sein würde. Dein Dad hat heute Morgen gesagt, dass ich besser anrufen sollte, bevor ich losfahre, statt einfach unangemeldet hier aufzutauchen, aber dazu fehlte mir der Mut. Ich dachte, du würdest mich vielleicht abwimmeln, mir sagen, dass du zu beschäftigt bist oder so, und dann hätte ich mich noch schlechter gefühlt. Aber ich schwafle. Entschuldige.«

Sie lachte, doch ihre Angst spiegelte sich in ihren Augen, und zu meiner Schande hatte sie recht; wahrscheinlich hätte ich sie abgewimmelt.

»Du hast das Richtige getan, und ich freue mich sehr, dich zu sehen.« Ich spürte, wie sich Tränen in meinen Augen sammelten und tat mein Bestes, sie zurückzublinzeln.

Mum schüttelte verwirrt den Kopf. »Gina, was um alles in der Welt ist los? Das letzte Mal, als wir miteinander gesprochen haben, bist du nur so übergesprüht vor Begeisterung und vor Plänen.«

»Diese Pläne haben sich gerade in einen Funkenregen verwandelt, der mich in Brand gesetzt hat«, sagte ich niedergeschlagen. Ich nahm ihren Mantel und hängte ihn neben meinen in den Windfang.

»Oh, Schatz. Ich bin mir sicher, dass du das alles wieder hinbekommst«, sagte sie leise. »Du bist einer der stärksten Menschen, die ich kenne. Das ist einer der Gründe, weshalb ich so stolz auf dich bin.«

»Auf mich?«, stotterte ich. »Du bist stolz auf mich?«

Sie verzog verwirrt das Gesicht. »Findest du das so schwer zu glauben?«

Ich starrte sie an. Das war surreal. Seit ich heute Nachmittag zur Schule gegangen war, um die Kinder abzuholen, hatten die Ereignisse etwas von einem Traum, und das auf keine gute Weise, und jetzt sagte mir meine Mutter, dass sie stolz auf mich war. Dreißig Jahre hatte ich darauf gewartet, das zu hören. So viele unverarbeitete Gefühle kamen plötzlich in mir hoch, dass ich ganz überwältigt war.

Ich griff nach dem Kaminsims. »Mir ist ein bisschen schwindelig.«

»Vorsichtig!« Mum fing mich gerade noch rechtzeitig auf.

»Ich hatte ganz vergessen, wie gut deine Umarmungen sind«, sagte ich und versuchte mich an einem Lachen. Es war mehr ein Schluchzer, und meine Mum strich mir über die Haare und führte mich zum Sofa.

»Wir haben alle unsere Talente«, sagte sie, und ich hörte das Lächeln in ihrer Stimme. »Komm, Füße hoch.«

»Ich sollte mich um dich kümmern, nicht andersherum«, sagte ich halbherzig, wehrte mich aber nicht, als sie ein Kissen aufschüttelte und darauf bestand, dass ich mich zurücklehnte.

»Um mich muss man sich nicht kümmern, um dich schon, so, wie du aussiehst. Also, zunächst einmal«, sagte sie, während sie in die Küche ging und den Kessel anstellte, der noch heiß und voll war, »gibt es nur wenig, was sich nicht mit …«

»… einer Tasse Tee und einem Keks lösen lässt«, kicherte ich. »Ich habe mir vor fünf Minuten wortwörtlich das Gleiche gesagt.«

Mum wurde rot. »Ich habe den Satz von meiner Mutter, sie wäre begeistert zu hören, dass er eine weitere Generation überlebt hat.«

»Obwohl ich glaube, dass es mehr als Tee und Kekse braucht, um das zu lösen.« Ich blies meine Wangen auf.

»So schlimm?« Mum runzelte die Stirn.

Ich nickte.

»In dem Fall gibt es nur eins: meine ganz besondere heiße Schokolade.«

Mum stöberte eine staubige Flasche Tia Maria auf, und während sie dunkle Schokolade rieb und Sahne schlug, informierte ich sie über meinen Horrortag. Ich erzählte ihr von der Missbilligung der Schulaufsichtsvorsitzenden gegenüber Beaus Privatleben, die dazu geführt hatte, dass ich auf die beiden Mädchen hatte aufpassen müssen, obwohl bereits so viele Kinder in meiner Obhut waren, wie ich betreuen durfte. Ich beschrieb ihr den Horror, mit anzusehen, wie Noah fast unter dem Wagen eines anderen Vaters verschwunden war, und wie grauenhaft einige der Eltern danach zu mir gewesen waren. Schließlich erzählte ich ihr von dem anderen Angebot für Evergreen Manor, das Rebecca annehmen wollte und dass mein eigenes Geld einfach nicht reichte.

»Selbst nach der Scheidung nicht?«, Mum runzelte die Stirn. »Ich hätte gedacht, dass dein Anteil an der Firma ziemlich hoch ist.«

Ich schüttelte den Kopf. »Ich bin immer noch mit zehn Prozent beteiligt. Das war Teil der Abmachung: Eric wird mich auszahlen, sobald er flüssig ist. Es schien mir nicht fair, ihn zu zwingen, ein Darlehen aufzunehmen, nur um mir das Geld sofort geben zu können.«

»Sehr anständig von dir, Schatz.«

»Und Dexter hat sich nicht gemeldet, und ich denke, das bedeutet, dass auch er dafür ist, das andere Angebot anzunehmen. Und ich kann ihm das nicht einmal zum Vorwurf machen«, sagte ich und schluckte den Kloß in meiner Kehle hinunter.

Mum kam mit zwei vollen Bechern mit heißer Schokolade herüber und gab mir den einen, bevor sie sich an das andere Ende des Sofas setzte. »Dexter – das ist der Mann, den du erwähnt hast, der in New York, den du magst?«

Ich nickte und versuchte das Selbstmitleid zu ignorieren, das in mir aufwallte. Ich nahm an, wenn das Haus erst verkauft und das Mietverhältnis für das Cottage beendet war, würde er keinen Grund mehr sehen, mit mir in Kontakt zu bleiben. Warum um alles in der Welt sollte er Interesse an einer Tagesmutter aus Derbyshire haben?

Plötzlich sah ich, wie lächerlich ich mich verhalten hatte.

»Oder besser *gemocht habe*«, sagte ich und trank einen Schluck von meiner Schokolade. Die Hitze und der Schuss Alkohol wärmten mich, gaben mir den Energieschub, den ich gebraucht hatte, und ich stand auf. »Ich denke, mit Sicherheit sagen zu können, dass Dexter Flint der Vergangenheit angehört. Zusammen mit meinem Plan, Evergreen Manor zu kaufen. Ich werde Ende Dezember aus diesem Cottage ausziehen und bezweifle, dass ich ihn je wiedersehe.«

»Hmmm«, meinte meine Mutter, tief in Gedanken. »Es muss doch irgendetwas geben, das du tun kannst. Geben wir die Hoffnung noch nicht auf. Du weißt nicht mit Sicherheit, ob das andere Angebot angenommen worden ist, und wenn es das nicht ist, ist es noch nicht zu spät.«

Ich warf ihr einen argwöhnischen Blick zu, unsicher, ob sie das ernst meinte; ich dachte, sie würde froh sein, dass dieser Traum geplatzt war. Was hatte sie noch gesagt? *Du wirst für den Rest deines Lebens Schulden haben.*

Je mehr ich darüber nachdachte, desto klarer wurde mir, wie lächerlich ehrgeizig mein Plan gewesen war, auch nur zu versuchen, ein viktorianisches Haus mit acht Zimmern zu kaufen. Aber zumindest hatte ich es versucht. Der Gedanke, dass Bing und Delphine ihre Sachen packen und nach all den Jahren ausziehen mussten, brach mir das Herz. Ich schauderte plötzlich, als ich an die beiden dachte; sie waren am Boden zerstört gewesen, als sie gehört hatten, dass bei meinen Bemühungen nichts herausgekommen war.

»Ich schätze, in meinem tiefsten Innern habe ich gewusst, dass es äußerst unwahrscheinlich ist, dass die Bank mir eine so große Summe leiht«, sagte ich kleinlaut. »Vor allem, wenn es sich bei der anderen interessierten Partei um ein Unternehmen handelt, das wahrscheinlich erfolgreiche Bilanzen aus vielen Jahren als Sicherheit vorlegen kann. Alles, was ich habe, ist eine Horde lauter Kinder, zwei Achtzigjährige in Geldnöten und einen Wunschtraum. Keine wirkliche Konkurrenz.« Ich schüttelte traurig den Kopf. »Du und Dad hattet recht. So etwas Ambitioniertes hätte ich gar nicht erst versuchen sollen.«

Mum runzelte die Stirn.

»Erstens zitierst du mich falsch, und zweitens muss ich sagen, dass ich dich nie für eine Versagerin gehalten habe«, sagte sie scharf.

Mein Körper war erschöpft, und durch meinen Kopf wirbelten so viele Gedanken, dass ich das Gefühl hatte, auf einem Karussell zu sitzen.

»Ich glaube, ich schaffe es im Moment nicht, weiter darüber zu reden«, murmelte ich. »Können wir bitte das Thema wechseln.«

»Natürlich, Liebes.« Zwei rosa Flecken breiteten sich auf Mums Wangen aus, und sie saß mit geradem Rücken auf der Kante des Sofas, die Lippen fest zusammengepresst. »Du hast aus diesem Cottage ein so gemütliches Zuhause gemacht und es wunderschön weihnachtlich geschmückt. Die Kinder, um die du dich kümmerst, müssen es lieben.«

»Danke«, sagte ich, froh, dass sie das Gespräch in ruhigere Gewässer lenkte. »Es ist im Grunde nur einfach und freundlich. Zweckmäßigkeit ist der Schlüssel, wenn du bis zu acht kleine Elefanten hast, die täglich mit fröhlicher Unbekümmertheit durch dein Haus stürmen. Und natürlich haben sie alle dabei geholfen, den Baum zu schmücken.«

Mum sah mich von der Seite an. »Du wirst das hier vermissen, nicht?«

»Mehr als du dir vielleicht vorstellen kannst.« Meine Kehle zog sich von einem plötzlichen Tränenandrang zusammen. Ich stellte schnell meine Tasse ab und bedeckte das Gesicht mit den Händen.

Mum rückte zu mir hin. »Oh, Liebling, ich hasse es, dich so zu sehen.«

»Und die Ironie dabei ist, dass du und Dad mir mein ganzes Leben lang beizubringen versucht habt, mir realistische Ziele zu setzen. Ihr habt gewusst, dass ich karrieremäßig nicht so begabt bin wie Howard, und habt mir eingeschärft, meine Erwartungen niedrig zu halten. Ich habe euch das jahrelang übel genommen, entschied mich jedes Mal für die Möglichkeit mit dem geringsten Risiko und vermied unnötige Herausforderungen, weil ich nicht glaubte, das Zeug zum Erfolg zu haben. Erst seit ich von Eric geschieden bin und auf mein eigenes Herz höre, wage ich es, mutiger zu sein. Aber ich hätte auf euch hören sollen, ihr hattet recht. Ich wollte hoch hinaus und habe das Ziel um einiges verfehlt. Jetzt weiß ich nicht, was ich …« Ich hob den Kopf und sah, dass Mum Tränen die Wangen hinunterliefen.

»Es tut mir leid, Mum, ich wollte dich nicht zum Weinen bringen.«

Sie holte ein Taschentuch hervor und putzte sich die Nase. »Nein, mir tut es leid. Deshalb bin ich hier. An dem Abend am Telefon ist mir klar geworden, dass zwischen uns ein riesiger Graben ist: Wir scheinen deine Kindheit ganz anders gesehen zu haben, als du sie erlebt hast. Ich kann die Vergangenheit nicht ändern, aber ich kann versuchen, sie zu erklären und die Dinge in Zukunft besser zu machen.«

Ich drückte ihre Hand gegen meine Wange. »Ich habe immer gewusst, dass ihr mich lieb habt. Es ist nur so …«

»Dass wir dich und Howard unterschiedlich behandelt haben«, schloss sie und lächelte mich matt an. »Ich weiß.«

Ich blinzelte zu ihr hinüber, verblüfft, dass sie das so einfach zugeben konnte.

»Wir haben uns schon etwas dabei gedacht.« Sie brach ab und wischte sich die Tränen weg. »Wie wäre es, wenn wir das Chili con carne, das ich mitgebracht habe, warm machen und ich dir beim Essen die ganze Geschichte erzähle?«

Sie musste nicht zweimal fragen; sie ging nach oben, um sich frisch zu machen, während ich den Tisch deckte und eine Flasche Cabernet Sauvignon zum Essen öffnete. Und als wir erst einmal die dampfenden Schalen vor uns hatten und das mit geräuchertem Paprika und einem Hauch Zimt gewürzte Chili in uns hineinschlangen, erzählte mir Mum ihre Version meiner Kindheit.

*

»Wir hatten nie damit gerechnet, überhaupt Eltern zu werden, dein Dad und ich«, sagte sie und salzte ihren Reis. »Nach acht Jahren kinderloser Ehe waren wir davon ausgegangen, dass es eben so war.«

Mir war immer bewusst gewesen, dass meine Eltern sehr viel älter waren als die Eltern meiner Freundinnen, doch ich hatte das darauf zurückgeführt, dass Dad und sie sich zunächst auf ihre Karriere konzentriert hatten, bevor sie eine Familie gründeten.

»Wie ist es euch damit gegangen?«, fragte ich, während ich einen Schluck Wein trank.

»Ich bin pragmatisch damit umgegangen, *que sera, sera* und so. Doch dann habe ich festgestellt, dass ich schwanger war, und wir konnten unser Glück kaum fassen. Den Herzschlag des Kleinen zum ersten Mal zu hören, hat einen Schalter in mir umgelegt, und ich wusste aus einer ganz starken Liebe heraus, dass ich alles für mein Kind tun würde. Das ging mir in beiden Schwangerschaften so.

Als Howard geboren wurde, hat sich unser Leben von Grund auf verändert. Wir standen völlig im Bann dieses Babys. Ich habe aufgehört zu arbeiten und meine ganze Energie auf ihn konzentriert. Ich war von seiner Entwicklung besessen, und es hat nicht lange gedauert, bis ich überzeugt war, dass wir ein Genie in der Familie hatten.«

»Das haben wir ja auch«, sagte ich und tupfte mir das Kinn mit der Serviette ab. »Einen Professor, niemand Geringeren. Du hast großartige Arbeit geleistet, Mum.«

Mum neigte den Kopf von einer Seite zur anderen, als wäre sie nicht ganz einer Meinung mit mir. »Wir haben uns auf seine schulischen Leitungen konzentriert, was er, um fair zu sein, auch genossen hat. Aber wir haben ihn borniert werden lassen, haben ihn nur ermutigt, nach akademischen Spitzenleistungen zu streben, und für alles, was er auch nur annähernd interessant fand, nach Privatlehrern gesucht.«

»Aber du hast selbst gesagt, dass er es geliebt hat zu lernen«, sagte ich und fügte mit leiserer Stimme hinzu, »der komische Kauz.«

Mum kicherte. »Aber wir haben dabei vergessen, ihn auch ein Kind sein zu lassen. Er hat nicht gespielt, er hat Spielen als Zeitverschwendung angesehen. Er hat keine Freundschaften geschlossen, weil die anderen Kinder ihm intellektuell nicht das Wasser reichen konnten. Er hat keinen Sport getrieben, weil er ihn als nutzlos angesehen hat. Er hat eine Menge Titel, doch selbst jetzt, mit sechsundvierzig, hat er es noch nicht gelernt, Kontakte zu pflegen. Und das macht mich traurig.«

Mein Bruder und ich hatten uns nie nahegestanden, und er war mir immer wie eine andere Spezies vorgekommen. Er war vielleicht der mit dem vielen Geld und dem schicken Job, doch mein Leben war in allen möglichen Beziehungen reicher, und ich war mit vielen Freunden gesegnet.

»Du und Dad habt mich akademisch überhaupt nicht gefördert, ich hatte das Gefühl …« Ich zögerte und fing Mums Blick ein.

»Schatz, ich bin hier, um die Dinge zwischen uns in Ordnung zu bringen, also bitte sag, was du denkst.«

»Ich hatte das Gefühl, nach Howard eine Enttäuschung für euch zu sein.«

»Überhaupt nicht.« Sie schüttelte mit gerunzelter Stirn den Kopf. »Ich habe so sehr versucht, es bei dir anders zu machen, dass ich es wieder falsch gemacht habe. Ich war fest entschlossen, dich zu ermutigen, mehr als deine Noten zu sein. Also haben wir dich die sein lassen, die du sein wolltest. Du warst kreativ, an Kunst interessiert, hattest eine Begabung, Kleider zu entwerfen und ganz allgemein Dinge zu erschaffen. Einen ganzen Winter lang hast du, wo immer du warst, eine Glitzerspur hinter dir hergezogen. Du bist dauernd zu Partys und Übernachtungsbesuchen eingeladen worden, warst immer mit irgendetwas beschäftigt und kaum zu Hause.«

Ich schüttelte den Kopf, während ich mich ganz anders daran erinnerte. »Ich dachte, ihr wolltet mich aus dem Haus haben. Ihr habt mich immer in Clubs geschickt. Ich war das einzige Mädchen in meiner Klasse, das an jedem Abend der Woche irgendeinen Termin hatte.«

»Ach, du meine Güte, überhaupt nicht! Ich habe das gemacht, um dir die Gelegenheit zu geben zu experimentieren, zu sehen, was zu dir passt, so viel zu erleben, wie eben möglich. Ich wollte, dass du dich mit anderen Leuten und neuen Situationen sicher fühlst.«

Ich lächelte sie schief an. »Ich dachte, der Grund wäre der, dass ich zu laut war und du nicht wolltest, dass ich Howard störe, wenn er lernt.«

»Du warst laut«, sagte Mum diplomatisch, »dabei aber so voller Freude und, ja, gelegentlich musste ich dich ein bisschen bremsen, wenn Prüfungen anstanden. Insgeheim war ich stolz auf deine Lebensfreude. Als du dir das Haar in allen möglichen Regenbogenfarben gefärbt hast, habe ich gedacht, das ist mein Mädchen, sie geht ihren eigenen Weg, genau wie ich das für dich wollte.«

Ich schüttelte erneut den Kopf, erinnerte mich immer noch anders daran: Ich hatte mich unmöglich verhalten, um ihre Aufmerksamkeit zu bekommen, und gedacht, dass sie mich nicht wahrnahmen. Aber Mum hatte mich wahrgenommen und war stolz auf mich gewesen.

»Erinnerst du dich, wie du mit achtzehn die beiden identischen Kostüme für dich und Rosie gemacht hast?«

»Die schwarzweißen Harlekinkostüme?« Ich bedeckte die Augen mit meinen Händen. »Erinnere mich bitte nicht daran.«

»Die du mit Neonstilettos in Gelb und Rosa kombiniert hast? Jeweils einen gelben und einen rosaroten. Dein Vater konnte nicht glauben, dass du freiwillig in diesen seltsamen Schuhen vor die Tür gehen würdest.«

»Ich bin nur froh, dass es damals noch kein Facebook gab.«

Wir brachen in Gelächter aus, es fühlte sich so gut an, zusammen zu lachen und unsere Erinnerungen zu ordnen, sodass sie zusammenpassten. Aber da waren immer noch Dinge, die ich wissen wollte.

»Aber wenn du so stolz auf mich warst, warum wolltest du mich dann davon abhalten, auf die Uni zu gehen? Du hast mir gesagt, dass ich etwas machen soll, das mehr Spaß macht. Deine Ansichten haben mir nur bestätigt, wie wenig du von mir erwartet hast, zumindest habe ich das damals so gesehen.«

Mum zuckte zusammen. »Ich wollte nur, dass du deine Möglichkeiten siehst, das war alles. Du warst ein so freier Geist, dass wir annahmen, du würdest dich als Lehrerin im Erziehungssystem gefangen fühlen. Wir dachten, dass die Institution als solche nicht zu dir passt, nicht das Unterrichten. Ich hätte mir durchaus vorstellen können, dass du im Ausland unterrichtest oder an einer Waldschule oder so etwas. Es hat uns nicht überrascht, als du den Job hingeschmissen hast und stattdessen auf Reisen gegangen bist.«

Ich lachte ungläubig. »Ich dachte, ihr hättet jede Entscheidung, die ich getroffen habe, missbilligt.«

»Das tut mir leid, Schatz. Wir waren so darauf bedacht, dich in keiner Weise zu beeinflussen, dass wir nicht realisierten, dass unsere mangelnde Bevormundung als mangelnde Fürsorge interpretiert werden könnte. Ich versichere dir, nichts könnte weiter von der Wahrheit entfernt sein. Ich wusste, dass du über genügend Selbstvertrauen verfügst, um deinen Träumen zu folgen und dein eigenes Leben zu gestalten.«

»Wenn das der Fall ist, warum habt ihr mich dann nicht unterstützt, als ich euch erzählt habe, dass ich plane, Evergreen Manor zu kaufen? Ich bin mir nämlich ziemlich sicher, dass ihr aktiv versucht habt, mich davon abzuhalten.« Ich sah sie fragend an.

Mum sah elend aus. »Wir hätten dich unterstützen sollen. Und das ist der Grund, warum ich hier bin, um mich zu entschuldigen. Als wir telefoniert haben, habe ich gedacht, dass du dir eine unmögliche Last auflädst. Dass du dich an etwas bindest, das du jahrzehntelang nicht mehr loswirst.«

»Aber ich habe noch nie etwas mehr gewollt«, sagte ich und wollte unbedingt, dass sie mich verstand.

»Ich weiß.« Sie legte ihre Hände auf meine. »Und ich hätte dir vertrauen sollen, dass du dich kennst. Und das tue ich. Wenn du glaubst, dass das der richtige Schritt für dich ist, dann will ich, dass du weißt, dass dein Dad und ich hinter dir stehen.«

»Danke, Mum.« Meine Augen glitzerten vor Tränen; allein das Wissen, dass sie auf meiner Seite waren, bedeutete mir unendlich viel. »Ich wünschte nur, die Gelegenheit wäre mir nicht durch die Finger gerutscht.«

»Du kennst die Redewendung: Das letzte Wort ist noch nicht gesprochen.«

»Bings Worte.«

Sie sah mich fragend an.

»Nichts«, lachte ich und umarmte sie.

Sie umarmte mich ebenfalls, und mir wurde klar, wie viel es mir bedeutete zu wissen, dass meine Eltern auf meiner Seite standen.

»Ich hoffe, du hast recht«, sagte ich. »Vielleicht ist es das noch nicht.«

Mir drehte sich der Kopf, als ich später am Abend zu Bett ging. Der heutige Tag hätte nicht emotionsgeladener sein können; mein Verstand versuchte immer noch, alles zu verdauen und einen Weg aus dem Schlamassel zu finden, in dem ich steckte. Doch meine Mutter hier zu haben und endlich zu verstehen, wie ich in unsere kleine Familie hineinpasste, schenkte mir ein neues Gefühl des Friedens. Ich schloss die Augen und schickte ein Gebet an wen auch immer: Wenn das letzte Wort nur noch ein paar Tage lang nicht gesprochen blieb, tat sich vielleicht noch etwas auf.

Kapitel 34

Der nächste Morgen war ein Freitag, und ich war früh wach und nervös, was der Tag bringen würde. Mit gerunzelter Stirn warf ich einen Blick auf mein Handy; noch immer keine Nachricht von Dexter, kein verpasster Anruf, kein lustiges Bild, nicht einmal eine SMS. Was konnte sich seit unserem letzten Telefonat während der Weihnachtsparty verändert haben? Seine erste Frage am Telefon war gewesen, ob Tessa schon da war. Interessierte ihn das nun nicht mehr?

Hatte ich ihn mit irgendetwas verletzt? Ich atmete tief ein und wieder aus, scheuchte die negativen Gedanken fort und stieg aus dem Bett, um dem Tag ins Gesicht zu sehen.

Die Geräusche von Mum, die unten herumwerkelte, zauberten ein Lächeln auf mein Gesicht; ich war nie glücklicher gewesen, aufzuwachen und Gesellschaft zu haben. Ich musste heute über ein paar schwerwiegende Dinge nachdenken, unter anderem, wie ich meinen Ruf rehabilitieren und was ich für Bing und Delphine tun konnte.

In weniger als einem Monat würden unsere Mietverhältnisse in Evergreen Manor und im Welcome Cottage auslaufen. Ich brauchte ein Wunder, wenn ich die neue Besitzerin werden wollte, und sollte das nicht klappen, mussten wir uns alle eine neue Bleibe suchen. Und das schnell.

Ich zog die Vorhänge auf und sah hinaus; der Blick von meinem Fenster aus war atemberaubend. Alles glitzerte in perlweißem Frost, als hätten die Elfen des Weihnachtsmanns, während ich geschlafen hatte, fleißig ihren Weihnachtszauber über alles gesprenkelt. Über mir leuchtete eine Mondsichel an einem klaren, violetten Himmel, und daneben schien Venus, verwegen und hell. Trotz der Kälte und der Dunkelheit ließ Mutter Natur ihre Welt wunderschön aussehen. Entschlossenheit stieg in mir auf. Heute würde ich die Dinge in die Hand nehmen, dachte ich, als ich meinen Morgenmantel anzog. Heute würde die Welt der Gina Moss funkeln und leuchten.

»Kaffee, bitte!«, antwortete ich auf die Frage meiner Mutter, als ich nach unten lief.

Plötzliches Scheinwerferlicht ließ mich stehen bleiben und aus dem bereiften Windfang nach draußen spähen. Zwei Autos hielten vor dem Welcome Cottage. Ich schlüpfte in meine Turnschuhe, um meine Füße warmzuhalten, und öffnete die Tür. Eins der Autos erkannte ich sofort. Die Zwillinge winkten mir vom Rücksitz aus zu, als Cat langsam ausstieg. Beau stieg aus dem anderen. Ich zitterte vor Schreck; was wollten sie hier so früh?

»Guten Morgen«, sagte ich, während ich meine Nervosität unterdrückte. »Ist alles in Ordnung?«

Cat sah mich ernst an. »Nein, Gina, das ist es nicht.«

»O Gott.« Mein Herz pochte, und ich hielt die Tür weiter auf. »Kommt besser rein.«

»Wir können nicht bleiben.« Beau lächelte mich beruhigend an, als er meine Schlafanzughose bemerkte, die unter dem Morgenmantel hervorguckte. »Es wird dich freuen zu hören, dass das nur ein kurzer Besuch ist.«

Ich schlang den Morgenmantel enger um mich. »Bist du sicher? Ihr könnt gerne hereinkommen, ehrlich, kommt herein und frühstückt mit uns.«

»Du bist so nett.« Cats Schultern senkten sich erleichtert. »Gina, es tut mir so leid, was ich gestern gesagt habe. Es war unverzeihlich und unangemessen.«

»Es ist okay.« Ich schenkte ihr mein bestes Lächeln.

»Wirklich?« Sie sah mich ungläubig an

»Ja. Heute will ich nur positive Schwingungen.« Ich breitete die Arme aus, und sie fiel buchstäblich hinein. »Das Leben ist im Moment auch hart genug, ohne dass wir keine Freundinnen mehr sind.«

»Das ist wahr«, sagte Beau und griff mit der Hand nach meinem Arm.

»Ich weiß, wie gern du die Mädchen hast«, murmelte sie in meinen Kragen. »Natürlich hast du sie gestern nicht vernachlässigt; ich schäme mich so, das gesagt zu haben. Was sie angeht, vertraue ich dir mehr als jedem anderen. Und du könntest recht damit haben, dass sie sich schuldig fühlen. Ich habe den Kopf in den Sand gesteckt, was Lilys selektiven Mutismus angeht. Ich habe einfach gehofft, dass es mit der Zeit besser wird. Aber wenn das Thema Schuld irgendwie mit hineinspielt, brauchen wir die Hilfe eines Experten.«

Insgeheim machte ich mir Sorgen, dass Isabel auch betroffen sein könnte, nur statt stumm zu sein, lieber für beide sprach und gelernt hatte, ihre wahren Gefühle zu unterdrücken. Aber es war noch früh am Morgen, eiskalt, und ich hatte meine Lektion gelernt, was das Einmischen anging.

Sie schob ihren Arm unter Beaus. »Beau und ich haben einen Spezialisten ausfindig gemacht, der vielleicht helfen kann«, fuhr sie fort. »Doch das will ich jetzt nicht weiter vertiefen. Der Grund, aus dem ich hier bin, ist der, dass ich dir danken will, dass du mir so eine gute Freundin warst, seit ich nach Barnaby gezogen bin. Ich weiß all das, was du für mich getan hast, zu schätzen und hoffe, dass ich es nicht kaputt gemacht habe.«

Ich lächelte sie an. »Überhaupt nicht. Deine Freundschaft bedeutet mir auch sehr viel. Und wenn du immer noch willst, dass ich die Mädchen nehme, wenn du weg bist, mache ich das gerne.«

»Puh!« Sie drückte sich eine Hand auf die Wange. »Beau hat sich als Ersatz angeboten, aber unter den gegebenen Umständen könnte das unklug sein.«

Sie nannte mir das Datum – das übernächste Wochenende –, und wir vereinbarten schon mal im Groben, dass sie für vier Nächte zu mir kommen würden.

»Du bist meine Lebensretterin.« Cat schlang die Arme um meinen Hals, was mich zum Lachen brachte. »Und die beste Tagesmutter der Welt.«

Ich schnitt eine Grimasse. »Sag das bitte auch dem Rest des Dorfs. Gestern war in vielerlei Hinsicht schrecklich, und in den nächsten Tagen muss ich sehr viel verlorenen Boden wiedergutmachen.«

Beau fuhr sich mit der Hand über das kurze Haar und zuckte zusammen. »Und viel von dem, was gestern passiert ist, hat damit zu tun, dass ich dich gebeten habe, für mich auf die Mädchen aufzupassen. Ich hätte dich nicht in diese Situation bringen dürfen. Ich habe mir die Auswirkungen meiner Bitte nicht klargemacht, und das tut mir sehr leid.«

»Hey«, ich hob beide Hände, »du weißt, dass du mich jederzeit um Hilfe bitten kannst, und wenn ich kann, helfe ich dir. Und du konntest einfach nicht zu der Sitzung gehen, während Isabel und Lily in deinem Büro saßen.«

»Es war naiv von mir zu denken, dass das Schulaufsichtsgremium eine Beziehung zu einer Schülermutter tolerieren würde«, sagte Beau. »Wie unschuldig unser Verhalten an diesem Abend auch war.«

»Obwohl es nur eine Anstellung auf Zeit ist?«, fragte ich verärgert. »Das kommt mir furchtbar hart vor.«

»Ach«, sagte er seufzend. »Genau das ist das Problem. Mrs. Birchnall hat sich entschlossen, nicht zurück an die Schule zu kommen. Die Mitglieder des Schulaufsichtsgremiums möchten, dass ich mich um die Stelle bewerbe. Sie haben jedoch angedeutet, dass meine Bewerbung wohlwollender aufgenommen würde, wenn ich meine Affäre mit einer alleinstehenden Mutter, wie sie es ausgedrückt haben, sofort beende. Also habe ich abgelehnt.«

»Eine Affäre! Davon hast du mir gar nichts erzählt!«, ereiferte sich Cat. »Wir haben nicht mehr getan, als uns eine Pizza zu teilen. Deswegen kannst du doch nicht deinen Job verlieren.«

Er zuckte die Schultern. »Ich kann keinen Job verlieren, um den ich mich nicht beworben habe. Ich lasse mich hiermit nicht mobben.«

»Ich kann es nicht glauben, dass du das für uns getan hast«, sagte sie leise.

Sie taten mir so leid.

Er lachte. »Ich gebe euch doch nicht einfach auf. Ich weiß, dass wir erst am Anfang stehen, aber du bedeutest mir schon sehr viel.«

»MUM!«, rief Isabel. Zwei kleine Gesichter spähten aus dem Rückfenster von Cats Auto. »Wir haben Hunger.«

»Ich komme!«, stöhnte Cat. »Die armen Mädchen. Wir machen uns besser auf den Weg. Beau und ich haben beschlossen, uns heute Morgen hier zu treffen, bevor eins der anderen Kinder da ist, und die beiden haben noch nicht gefrühstückt.«

»Hat jemand was von Frühstück gesagt?«, Mum trat strahlend zu mir in die Diele. »Hallo, Sie müssen Cat und Beau sein. Und jetzt lassen wir die Förmlichkeiten, und Sie kommen aus der Kälte und bringen diese großartigen Mädchen mit. Der Bacon ist fertig, und der Tee zieht.«

Das Paar sah sie überrascht an. Ich lachte und umarmte Mum.

»Darf ich vorstellen, meine Mutter, Ruth Moss. Ihr könnt auch gleich hereinkommen, Widerstand ist zwecklos.«

»Wie wäre es mit Bacon-Sandwiches, Mädchen?«, rief ich den Zwillingen zu.

Sie waren aus dem Auto, bevor du Ketchup sagen konntest.

Ich war sehr dankbar, dass Mum an diesem Tag hier war. Zusammen gingen wir nach der Schule mit den Kindern zum offiziellen Anzünden der Weihnachtslichter von Barnaby. Der Pfarrer betätigte einen Schalter, und das ganze Dorf erstrahlte im Weihnachtszauber. Ein riesiger Tannenbaum schmückte den Dorfanger, jeder zweite Baum entlang der Hauptstraßen war mit Lichterketten geschmückt, und fast jedes Haus war für Weihnachten mit Kränzen und Lichtern dekoriert, und durch die Wohnzimmerfenster leuchteten Tannenbäume. Doch trotz all der Dekoration fühlte ich mich alles andere als weihnachtlich, als wir zurück ins Welcome Cottage kamen.

Ein paar Kinder waren von meiner Warteliste genommen worden, einschließlich der beiden Jungen von Kirsty, was mich nicht weiter überraschte. Georges Mutter war mir gegenüber immer noch frostig, Natalie hatte ihre Mädchen abgemeldet, und zu allem Überfluss hatte Dexter sich immer noch nicht gemeldet.

»Letzte Woche um diese Zeit bin ich auf Wolken geschwebt, Mum.« Nachdem die Kinder gegangen waren, ließ ich mich auf das Sofa fallen und drückte ein Kissen an meine Brust. »Jetzt bin ich mit einem Plumps wieder auf der Erde gelandet. Ich habe noch so viel zu regeln, aber die Luft ist raus.«

Sie setzte sich neben mich und tätschelte mein Bein. »Es ist Freitagabend. Warum kochen wir uns nicht etwas Schönes zu essen, machen eine Flasche Wein auf und gönnen uns einen Weihnachtsfilm?«

»Perfekt.« Ich seufzte und griff erneut nach meinem Handy, um einen Blick darauf zu werfen.

»Immer noch nichts von Dexter?«, fragte Mum sanft.

Ich schüttelte den Kopf. »Nein. Bis Mittwoch haben wir jeden Tag miteinander gesprochen und uns SMS geschickt. Und jetzt nichts.«

»Wenn er dich absichtlich ignoriert, muss er sehr grausam oder zumindest sehr gedankenlos sein«, sagte sie mit mütterlicher Empörung.

Ich dachte daran zurück, wie er für die Kinder Lebkuchenmänner gebacken, wie er den kleinen Igel, Herrn Stachel, gefunden hatte und wie fürsorglich er seiner Schwester gegenüber war. »Ich glaube nicht, dass er das ist, das alles ergibt keinen Sinn.«

»In dem Fall wird er seine Gründe haben.«

Ich kaute auf der Innenseite meiner Wange herum. »Das hoffe ich sehr.«

»Du magst ihn wirklich, nicht?«

Ein Bild von seinen strahlenden grünen Augen, dem dunklen Haar und der Art, wie seine vollen Lippen sich verzogen, wenn er lächelte, tauchte in meinem Kopf auf, und mein Herz setzte für einen Schlag aus.

Mum beobachtete mein Gesicht und lachte leise. »Auf diese Frage brauche ich keine Antwort. Erzähl mir alles über ihn.«

Das musste sie mir nicht zweimal sagen. Ich schilderte ihr, wie wir uns am Fluss kennengelernt hatten und fügte nach einer kleine Pause hinzu: »Dann habe ich herausgefunden, dass er und seine Schwester Violets Verwandte sind, und sie haben Bing, Delphine und mir gesagt, dass sie unsere Mietverhältnisse kündigen werden – und das *auf der Beerdigung*. Wie du dir vorstellen kannst, fand ich ihn daraufhin furchtbar.«

»Doch du hast dich mit ihm versöhnt, wie es scheint«, sagte Mum verträumt.

»Kurz. Bevor wir uns wieder gestritten haben.« Ich zitterte, als ich mich an seinen grimmigen Blick an dem Tag der offenen Tür erinnerte: *Ich hatte gedacht, wir wären Freunde.* Und dann am nächsten Tag, bevor er nach New York abgereist war, hatten wir uns wieder versöhnt. »In unserer Beziehung ging es die meiste Zeit darum, zu streiten und sich wieder zu versöhnen.«

»Wie aufregend«, Mums Augen funkelten. »Jedenfalls scheinst du ziemlich fasziniert von ihm zu sein.«

»Was immer ich bin, im Moment fühlt es sich sehr einseitig an«, sagte ich, während ich mich hochhievte und auf der Suche nach etwas zum Abendessen in die Küche ging. Ich öffnete den Kühlschrank und wartete auf eine Inspiration.

Plötzlich gab mein Handy einen Ton von sich. Mum hielt den Atem an, sprang auf und hielt es mir hin. »Ich habe nicht geguckt. Ehrlich.«

Ihre roten Wangen sagten mir etwas anderes, und mein Puls raste, als ich ihr das Handy entriss.

Hey, Gina, nur für den Fall, dass du meine Nummer gelöscht hast, weil ich so ein grottiger Freund bin, ich bin's, Dexter.
Ich habe irrsinnig viel zu tun – auf eine gute Weise.
Ich habe mehrere Nächte durchgearbeitet, um einen Pitch fertig zu bekommen. Im Moment habe ich buchstäblich nicht eine Minute zum Telefonieren, wollte dir aber sagen, dass ich dich vermisse. Ich vermisse dich wirklich. Entschuldige, dass ich dich nicht gefragt habe, wie es mit der Bank gelaufen ist. Ich drücke dir die Daumen. Ich rufe bald an. Spätestens am Montag.
Pfadfinderehrenwort. XXX

Mein Herz überschlug sich; er hatte mich nicht vergessen. Und obwohl ich nicht ganz verstand, warum er sich nicht hatte melden können, war seine SMS genau das, was ich gebraucht hatte.

Ich strahlte Mum an und zeigte ihr das Handy. »Er vermisst mich.«

Sie umarmte mich. »Natürlich tut er das. Aber guck mal, was er dir sonst noch schreibt – er drückt dir mit der Bank die Daumen.«

Ich brauchte einen Moment, um zu begreifen, was das hieß. Meine Augen wurden groß. »Er kann noch nicht mit Rebecca gesprochen haben.«

»So verstehe ich das auch«, sagte sie aufgeregt.

»Das bedeutet, dass das andere Angebot noch nicht akzeptiert worden ist.« Mein Verstand begann zu rasen; meine Finger schwebten über dem Display, als ich über eine Antwort nachdachte. »Vielleicht ignoriert er Rebecca, bis er weiß, ob ich ein Gegenangebot machen kann. Theoretisch hat er mir also bis Montag Zeit erkauft, wenn er sagt, dass er dann anruft.« Ich sah Mum traurig an. »Doch realistisch betrachtet, weiß ich nicht, was sich zwischen jetzt und Montag noch ändern soll? Vielleicht sollte ich ihn über die Entscheidung der Bank informieren.«

»Warte.« Sie griff nach ihrer Handtasche und holte einen Umschlag heraus. »Den wollte ich dir eigentlich erst am Sonntag geben, aber vielleicht brauchst du es ja jetzt.«

Ich sah sie neugierig an und öffnete den Umschlag. Drinnen steckte ein Scheck über zehntausend Pfund. Ich hielt die Luft an. »Mum, das kann ich nicht annehmen.«

»Natürlich kannst du das«, sagte sie lebhaft, holte eine Flasche Rosé aus dem Kühlschrank und ging auf die Jagd nach Gläsern. »Wir haben Howard die gleiche Summe überwiesen. Und bevor du fragst, das ist nicht dein Weihnachtsgeschenk. Es ist einfach eine Unterstützung, die wir euch beiden zukommen lassen wollten. Jetzt, wo dein Dad und ich uns verkleinert haben, sind unsere Bedürfnisse recht bescheiden. Und es ist sehr viel besser, das Geld unseren Kindern zu geben, als dass es auf der Bank liegt. Hier, Prost.«

Sie gab mir ein Glas und stieß mit mir an.

»Danke, Mum. Und Dad.« Ich trank auf sie beide. »Das Geld wird definitiv helfen bei Gebühren und Gutachten und anderen Dingen. Ich bin total gerührt.«

»Aber es reicht nicht, um wirklich etwas zu ändern.« Sie sah ernüchtert aus, als ich entschuldigend den Kopf schüttelte. »Es tut mir leid, Schatz, ich wünschte, ich könnte mehr helfen.«

Ich stellte mein Glas ab und umarmte sie. »Dass du jetzt hier bist, ist eine größere Hilfe, als du dir vorstellen kannst. Selbst wenn ich den Rest des Geldes nicht aufbringen kann, hat es mir Auftrieb gegeben zu wissen, dass du auf meiner Seite bist.«

Sie küsste mich auf die Wange. »Ich war immer auf deiner Seite; ich war nur nicht besonders gut darin, es dir zu zeigen. Von jetzt an bin ich bei jedem Schritt auf dem Weg neben dir, so lange du das willst.«

Sie führte mich aus der Küche und stellte einen Topf mit Wasser für die Nudeln auf, während ich mich auf das Sofa zurückzog, um eine Antwort an Dexter zu schreiben.

Hey, Fremder! Freut mich zu hören, dass es mit der Arbeit so gut läuft. Ich vermisse dich auch und habe dir viel zu erzählen, wenn du Gelegenheit hast anzurufen. Alles Liebe, Gina XX

Ich drückte auf Senden und lächelte noch dümmlich das Telefon an, als es an der Tür schellte. Schnell trank ich meinen Wein aus, bevor ich zur Haustür stürmte. Die große, breite Silhouette eines Mannes ließ mein Herz höher schlagen, und für den Bruchteil einer Sekunde dachte ich, dass Dexter vielleicht vor meiner Tür gestanden und mir die SMS von dort geschickt hatte, doch als ich den Schlüssel im Schloss drehte, wandte der Mann sich um, und der goldene Schein der Weihnachtslichter zeigte mir sein Gesicht.

»Eric!«, sagte ich und versuchte, meine Enttäuschung zu verbergen. »Was für eine Überraschung.«

»Gina.« Sein Gesichtsausdruck war ausnahmsweise einmal ernst. »Das ist kein Freundschaftsbesuch. Darf ich hereinkommen?«

»Sicher.« Ich trat einen Schritt zur Seite und ließ ihn in die Diele.

Er zog seine Handschuhe aus und steckte sie in die Taschen. »Okay, was für ein Spiel spielst du?«

Ich sah ihn verständnislos an. »Spiel spielen? Was meinst du?«

Er stieß ungeduldig die Luft aus. »Tu nicht so, als könntest du kein Wässerchen trüben. Ich weiß, dass du hinter der Verzögerung durch die Bank steckst. Das ist offensichtlich.«

Ich spürte, wie sich mir die Nackenhaare aufstellten. »Was für eine Verzögerung, und was ist offensichtlich?«

Er sah mich verwirrt an. »Du weißt ernsthaft nichts?«

Eine kleine Flamme begann in meiner Brust zu brennen, als mir eine Erkenntnis zu dämmern begann. Sein Unternehmen – *unser* Unternehmen –, Teachers On Demand, war die Firma, die Evergreen Manor kaufen wollte. Das Haus, von dem er wusste, dass ich es haben wollte. Das Haus, das zu kaufen er mir abgeraten hatte, weil dieses Unterfangen für mich angeblich zu ambitioniert war.

»Du bist das?«, keuchte ich. »Du hast hinter meinem Rücken ein Angebot für Evergreen Manor abgegeben.«

Er lächelte verlegen. »Du könntest das Geld niemals aufbringen. Und für unsere Expansionspläne ist das Haus ideal. Büros und Sitzungszimmer unten und die Räume für Beratungen und was auch immer oben.«

»Aber das ist mein Zuhause. Du weißt, wie viel mir Evergreen Manor bedeutet. Und den anderen.« Ich sah ihn an und versuchte mich zu erinnern, was ich einmal an ihm geliebt hatte. Suchte etwas Nettes an ihm. Doch im Moment entzogen sich mir die Erinnerungen. »Ich kann nicht glauben, dass du mir das angetan hast.«

»Mein Angebot über die ursprüngliche Preisforderung ist noch nicht angenommen worden«, fuhr er fort, während er mich ignorierte. »Deshalb kann ich nur annehmen, dass du diejenige bist, die den Prozess verlangsamt. Vielleicht denken die Besitzer, dass du als Mieterin ein Vorkaufsrecht hast oder so. Was absolut lächerlich ist.«

Vorkaufsrecht. Bei dem Wort klingelte etwas, und eine Idee begann sich in meinem Kopf zu formen.

»Oder absolut ehrenhaft«, sagte ich scharf. »Im Gegensatz zu dir, der versucht, mir das Dach über dem Kopf wegzunehmen.«

»Ach, komm schon, Gina, das ist nichts Persönliches.« Er verdrehte die Augen. »Du musst von dem Kauf zurücktreten. Ich bin mitten im größten Deal meines Lebens, und wenn du mir den vermasselst, werde ich …«

Er brach ab und guckte verblüfft, als Mums geschäftige Schritte durch die Diele auf uns zukamen.

»Oh, hallo, Eric, mein Lieber!« Sie küsste ihn auf die Wange. »Lange her, seit wir uns das letzte Mal gesehen haben, bleibst du zum Essen? Es gibt nichts Besonderes, fürchte ich, aber ich meine mich zu erinnern, dass du Makkaroni und Käse mit knusprigem Bacon geliebt hast?«

Eric lächelte verlegen und fuhr sich mit der Hand durch die Haare. »Diesmal nicht, danke, Ruth. Ich habe nur vorbeigeschaut, um …«

»Mir zu drohen, wie es klingt«, beendete ich den Satz für ihn und warf Mum einen scharfen Blick zu. »Er will, dass ich mein Angebot, Evergreen Manor zu kaufen, zurückziehe.«

»Oh, Eric«, Mum sah ihn enttäuscht an.

Verwirrung huschte über sein Gesicht, bevor er sich zu einem Lachen zwang. »Das ist eine leichte Übertreibung, Ruth, ich bin nur realistisch. Ich habe das Geld, und Gina hat es nicht. Warum es komplizierter machen, als es ist?«

»Lustig, dass du meine finanzielle Lage erwähnst«, sagte ich unschuldig. »Ich habe vor, die mir verbliebenen Anteile an der Firma zu verkaufen. Deshalb wird mein Steuerberater Einsicht in deine Geschäftsunterlagen der letzten drei Jahre beantragen.«

»Was?« Ihm klappte der Kiefer herunter.

»Und da dir das Vorkaufsrecht zusteht, bin ich sicher, dass du sie gerne selbst erwerben möchtest«, fuhr ich fort.

Das Blut wich Eric aus dem Gesicht. »Einen Moment, Gina, bitte, nicht jetzt.«

»Wie es aussieht, will Eric sie nicht haben«, sagte Mum und legte mir einen Arm um die Taille. »Dein Vater kauft sie bestimmt gern. Einer seiner Sparverträge ist vor Kurzem ausgelaufen, und er sieht sich nach einer Möglichkeit um, das Geld zu investieren. Ich könnte mir vorstellen, dass er sich gerne wieder an einer Firma beteiligt. Der Ruhestand langweilt ihn ein bisschen. Wie findest du das, Eric? Dein Schwiegervater könnte als Aktionär eine nichtleitende Position übernehmen?«

»Ich … nun … ich muss …«, stammelte Eric.

»Ex-Schwiegervater, Mum«, sagte ich, während ich mir Mühe gab, über sein entsetztes Gesicht nicht zu lachen.

Sie schwenkte die Hand. »Du warst immer wie ein Sohn für uns, Eric. Ich denke, Tim wäre erfreut, dich an seinem Wissen teilhaben zu lassen.«

Eric schluckte, und einen Moment dachte ich, ihm würde schlecht.

Ich schob ihn aus der Tür. »Ich überlasse es dir, über das Wochenende darüber nachzudenken, Eric.«

»Gut«, murmelte er knapp, machte auf dem Absatz kehrt und verschwand in der Dunkelheit.

»Und vergiss die Geschäftsbücher nicht!«, rief ich ihm hinterher.

Ich schloss entschieden die Tür und atmete aus.

Mum lachte. »Ich denke, wir haben ihn ins Aus manövriert.«

»Es hat sich so gut angefühlt, das letzte Wort zu haben«, kicherte ich. »Will Dad wirklich in ein anderes Unternehmen investieren?«

»Keineswegs.« Sie lachte verschmitzt. »Aber es wird Eric nicht schaden, darüber nachzudenken, wie sehr ihm dieses Szenario missfallen würde. Willst du wirklich deine Geschäftsanteile verkaufen?«

Ich lächelte böse. »Bisher habe ich nicht versucht, ihm das Leben schwer zu machen, aber jetzt ziehe ich die Samthandschuhe aus. Die Frage ist, er oder ich, und ich verdiene Evergreen Manor mehr als er.«

»Wohl wahr. Das war großartig, wie du ihn abgefertigt hast, Schatz«, sagte Mum mit funkelnden Augen.

Ich strahlte vor Stolz. »Ja, nicht?«

Kapitel 35

»Sehe ich gut aus?« Mum drehte sich von einer Seite zur anderen, um sich in meinem Schlafzimmerspiegel in ihrem roten Rock und der schwarzen Jacke ganz zu sehen.

Es war Samstagmittag. Bing war am frühen Morgen vorbeigekommen, um eine Essenseinladung von Delphine zu überbringen. Obwohl sie nur aus einer Reisetasche mit Kleidern hatte wählen können, hatte Mum ewig gebraucht, um fertig zu werden.

»Ich habe nichts wirklich Schickes dabei; wenn ich gewusst hätte, dass ich zu einer Party eingeladen werde, hätte ich meine Perlen mitgebracht.«

»Du siehst hinreißend aus und sehr festlich«, versicherte ich ihr und legte ihr eine meiner Ketten um den Hals. »Wie wäre es damit?«

Es war ein Silberhalsband aus mehreren Strängen mit kleinen violetten, roten und weißen Perlen und einem großen, roten Herz in der Mitte. Ein bisschen unkonventionell für ihren Geschmack.

»Das ist sehr hübsch«, sagte sie überrascht.

»Genau wie du.« Ich küsste sie auf die Wange. »Komm, sonst verpassen wir Delphines Rede für Violet.«

»Die Arme«, sagte Mum und fuhr mit den Armen in die Ärmel ihres Mantels. »Es ist so vieles, das sie zum ersten Mal ohne ihre Freundin bewältigen muss. Geburtstage, Weihnachten, Jahrestage.«

Delphine hatte sich gegen eine größere Feier entschieden,

413

aber uns, Maria und Stanley, sowie Bing und Una eingeladen, ihr Gesellschaft zu leisten und Violets Geburtstag zu feiern. Ich hatte eine gute Flasche Sherry gekauft, denn ich erinnerte mich daran, wie die beiden Frauen sich abends gern ein Gläschen genehmigt hatten, und Mum hatte sich für einen Strauß aus weißen Rosen, Eukalyptus und Zierkohl von der Dorffloristin Nina entschieden.

Ich öffnete die Haustür und ließ einen Stoß kalter Dezemberluft ins Haus, und Mum trat hinter mir ins Freie.

»Sie waren mehr als Freundinnen«, sagte ich, während ich die Tür abschloss. »Sie waren Seelenverwandte. Ich bin fest davon überzeugt, dass Delphine Violet nicht mehr vermissen könnte, wären sie verwandt gewesen.«

Sie seufzte wehmütig. »Wie dein Vater und ich, wir sind seit über fünfzig Jahren verheiratet und noch immer die besten Freunde.«

»Du lebst den Traum, Mum«, sagte ich wehmütig.

Meine Tage waren voller Menschen, großer wie kleiner. Trotzdem hatte ich niemanden, mit dem ich meine Hoffnungen teilen konnte. Ich sehnte mich nach jemandem, der die gleichen Ziele für die Zukunft hatte, der in guten wie in schlechten Zeiten da war, und vor allem nach jemandem, der mich liebte und den ich lieben konnte, und das bedingungslos. Und sosehr wir einander auch vermissten, alles, was Dexter und ich hatten, war Abstand; wir lebten nicht einmal in derselben Zeitzone, und unsere Zukunft sah völlig unterschiedlich aus.

»Dein Seelenverwandter ist irgendwo da draußen, Schatz«, sagte Mum, als könnte sie meine Gedanken lesen. Sie hakte mich unter.

»Ich könnte den Weihnachtsmann bitten, ihn mir zu bringen«, sagte ich, als wir die Einfahrt hochgingen. »Vielleicht beschleunigt das die Dinge ein bisschen.«

Auf dem Weg zum Haus erzählte ich Mum, was für einen Spaß ich mit den Kindern im Garten hatte: Picknicks, Verstecke bauen, Brombeeren pflücken oder im Sommer unter dem Apfelbaum Bücher lesen.

»Die Kinder waren oft bei Delphine und Bing im Haus«, sagte ich. »Die Eltern haben das Haus bei der Weihnachtsparty am letzten Wochenende jedoch zum ersten Mal von drinnen gesehen. Ich denke, sie waren begeistert.«

Wir gingen zur Küchentür auf der Rückseite des Hauses, und Mum bewunderte alles, von der Weihnachtsdekoration über Bings Hühner bis hin zu den Obstbäumen hinten im Garten.

»Ich war auch noch nie im Haus«, sagte Mum mit gesenkter Stimme. »Ich freue mich darauf, mich umzuschauen und zu sehen, in was sich meine Tochter verliebt hat.«

»Klopf, klopf«, rief ich und stieß die Küchentür auf.

Es roch nach frisch gebackenem Brot und gebratenem Essen, und alle Oberflächen verschwanden unter Pfannen, Gerätschaften und Zutaten. Una stand am Spülbecken, das Gesicht von einer Dampfwolke umhüllt.

»Kommt rein, kommt rein!« Sie schwenkte ein Tuch in der Luft, sodass sie uns sehen konnte, und hielt uns ihre Wange für einen Kuss hin. »Ich schütte gerade die Kartoffeln ab, oder vielleicht sollte ich besser sagen die Pampe. Sie sehen aus, als stünden sie seit letztem Weihnachten auf dem Herd. Der Himmel mag wissen, wie der Rosenkohl aussieht.«

Mum hatte bereits ihren Mantel abgelegt und band sich eine Schürze um. »Was kann ich tun? Das Fleisch schneiden oder das andere Gemüse in die Servierschüsseln geben?«

»Das Fleisch schneiden, bitte«, sagte Una, während sie die Hintertür aufstieß, um etwas kalte Luft hereinzulassen. »Und kannst du bitte die Bratensoße retten, Gina?«

Mum und ich suchten uns die entsprechenden Gerätschaften und machten uns ans Werk.

»Ich entschuldige mich für die chaotische Begrüßung. Maria und Stanley decken den Tisch im Wohnzimmer, und Bing ist auf der Suche nach Delphine.«

»Ich dachte, Delphine kocht das Essen«, sagte ich, während ich versuchte, die Klumpen aus einem Topf mit Soße zu rühren.

»Das hatte ich auch gedacht, meine Liebe«, flüsterte Una. »Wir hatten ausgemacht, dass ich nur die Brötchen zur Suppe backe und Schokoladenmousse als Nachtisch mache.«

»Na, das klingt doch alles köstlich«, sagte Mum, während sie heimlich ein Scheibchen Rindfleisch für die beiden Katzen unter den Tisch fallen ließ, die sie gierig von dort aus ansahen.

»Delphine war schrecklich aufgeregt heute, die Arme.« Una brachte mit der Zunge schnalzend ihre Missbilligung zum Ausdruck. »Unter uns gesagt, bin ich mir nicht ganz sicher, ob sie sich wohl genug fühlt, um Gäste zu haben. Ich habe getan, was ich konnte, ohne den Eindruck zu erwecken, mich einzumischen. Aber das ist nicht mein Essen und nicht mein Haus.«

Ich strahlte sie an. »Du gehörst doch sozusagen zur Familie. Ich weiß nicht, was Bing und Delphine ohne dich täten.«

Sie gab einen Klumpen Butter von der Größe eines Apfels in die Kartoffelpampe und rührte ihn mit einem Holzlöffel unter. »Das werden wir nur allzu bald herausfinden. Ich fahre nächste Woche nach Hause nach Irland. Das ist Tradition. Wir veranstalten Mitte Dezember immer ein großes vorweihnachtliches Treffen. Ein Aufwärmen für das große Ereignis. Und eine Gelegenheit für mich, Geschenke hinüberzubringen. Mit nur einem Mal würde ich das nicht schaffen.«

»Ich beneide Menschen, die eine große Familie haben«, sagte Mum. »Tim und ich sind beide Einzelkinder, und unsere Eltern sind tot. Auf Familientreffen waren wir nie mehr als vier.«

Sie hatte recht. Ich erinnerte mich, wie ich gehofft hatte, dass Howard in den Ferien Freunde von der Universität mit nach Hause bringen würde, wie sie das in den Büchern immer taten. Doch alles, was er mitgebracht hatte, war ein Computer, auf dem er rund um die Uhr in seinem Zimmer herumtippte, während er behauptete, nicht einmal Zeit zu haben, mit mir die Muppets-Weihnachtsgeschichte zu gucken. Ich hatte das nie verstanden.

Im dem Moment tauchte Bing in der Küche auf. »Hallo, Ladies. Willkommen in Evergreen Manor, Ruth.«

Mum schwenkte ihr Messer. »Hallo, Bing. Wie geht es Delphine?«

»Sie bricht immer wieder in Tränen aus.« Er holte ein Taschentuch heraus und tupfte sich die Stirn ab. »Ich habe ihr gesagt, dass wir das Essen im Griff haben. Sie war sehr dankbar und hat gesagt, dass sie in fünf Minuten da ist.«

»Es ist jetzt fertig.« Una wurde langsam ärgerlich, ihr Haar war feucht von dem ganzen Dampf und ihr blauer Lidschatten hatte sich in den Lidfalten gesammelt. »Das Mittagessen wird ruiniert sein, wenn wir noch länger warten.«

Bing seufzte und sah sehnsüchtig die Whiskyflasche an.

»Mum und ich können schon mal die Servierschüsseln auf den Tisch stellen, sie bleiben eine Weile warm. Una, warum stellst du nicht die Blumen in die Vase und Bing kann den Sherry öffnen?«, schlug ich vor. »Wenn sie in fünf Minuten nicht unten ist, fangen wir ohne sie mit der Suppe an.«

»Gute Idee«, sagte Mum und griff nach den Ofenhandschuhen.

»Aber ihr seid Delphines Gäste«, protestierte Una.

»Wir sind Delphines *Familie*«, sagte ich und führte sie vom Spülbecken weg. »Wir alle.«

Bing nahm den Sherry und legte Una einen Arm um die Taille. »Komm, Mädchen, die Welt wird nicht untergehen, wenn du dich fünf Minuten hinsetzt.«

Ein paar Minuten später schmückte Mums Blumenstrauß die Fensterbank, und der Esstisch bog sich unter der Last der Suppenterrine, des buttrigen Kartoffelbreis, des Roastbeefs, des knusprigen Yorkshire Puddings und einer Mischung verschiedener Gemüse. Wir tranken Sherry und pickten an warmen Brötchen herum, während wir auf unsere Gastgeberin warteten. Mum kannte Maria und Stanley von früher, als unsere Familie hier gewohnt hatte, die drei waren im gleichen Alter, was Stanley jedoch nicht davon abhielt, Mum die Hand zu küssen und zu erklären, dass wir beide eher wie Schwestern aussähen als wie Mutter und Tochter. Maria hatte ihm die Brille ausgezogen, um sie mit ihrer Serviette zu putzen, und schob sie ihm jetzt grob zurück auf die Nase.

»Das kenne ich«, schnaubte sie. »Leute sagen oft, Maria, was dein Geheimnis? Du siehst so jung aus. Und ich sage Olivenöl, viel Schlaf und …«

»Die Liebe eines guten Mannes«, beendete Stanley den Satz für sie.

»Nein!«, johlte sie lachend. »Limoncello. Jeden Abend. Aber Liebe ist auch nicht schlecht«, meinte sie und tätschelte ihm die Wange.

»Was für ein wundervolles Haus«, sagte Mum, während sie alles in sich aufnahm. »Es muss eine Freude sein, hier zu leben. Diese Schönheit in jedem Detail; die gekachelte Umrandung des offenen Kamins, die Holzvertäfelung, die hohen Decken … und das Buntglas in der Diele muss ein wundervolles Kaleidoskop von Farben ergeben, wenn die Sonne hindurchscheint.«

»Ich liebe es, dass alles so authentisch ist«, stimmte ich ihr zu. Es dürfte schon retro gewesen sein, bevor der Begriff *retro* überhaupt aufgekommen war.

»Mein Café ist genauso«, sagte Maria stolz. »Authentisch. Die Zeitschriften nennen das *Shabby Chic*.«

»Tun sie das?« Una sah amüsiert aus. »Wo ich herkomme, ist das etwas ganz anderes.«

»Ich erinnere mich gut an das Lemon Tree Café«, sagte Mum und unterdrückte ein Lächeln.

»Es sieht immer noch genauso aus«, sagte Maria fröhlich.

Mum und Maria unterhielten sich ein paar Minuten über das Café, während Stanley seinen Stuhl langsam zu Marias hin bewegte und einen Arm auf die Rückenlehne legte. Bing wirkte nervös und guckte immer wieder verstohlen zur Tür. Una spürte seine Nervosität und sah ebenfalls besorgt aus.

Es lag mir auf der Zunge anzubieten, noch einmal nach Delphine zu sehen, als ich Schritte auf der Treppe hörte. Die anderen hörten sie auch, und wir erstarrten.

»Psst. Sie kommt!«, zischte Maria. »Stanley, rück ein Stück, du erstickst mich wie die Decke meiner Mutter.«

»Sehr freundlich«, murrte Stanley.

»Endlich.« Una stieß einen Seufzer der Erleichterung aus. »Ich dachte schon, wir müssten den Kartoffelbrei vom Teller meißeln, wenn das so weitergeht.«

Die Schritte hielten einen Moment inne, dann ging langsam die Tür auf, und Delphine erschien mit drei der weißen Rosen aus Mums Strauß in der Hand. Sie hatte das Haar auf der einen Seite mit einer Spange mit Perlen und einem funkelnden Diamanten zurückgesteckt und trug ein wadenlanges Kleid aus elfenbeinfarbenem Taft, das beim Gehen raschelte, während ihre Arme von einem exquisiten Spitzenschal bedeckt wurden.

Mum und ich hielten den Atem an. Stanley und Bing kamen stolpernd auf die Füße, und Una gab einen Klagelaut von sich.

»*Ciao bella*«, pfiff Maria.

»Delphine«, sagte Bing mit zittriger Stimme, während er ihr galant die Hand reichte, »meine liebe Freundin, du siehst aus wie …«

»Eine Braut«, sagte ich schockiert. »Delphine?«

Sie machte einen zögerlichen Schritt in den Raum, ihr Blick flackerte nervös über uns hinweg.

»Ich danke euch allen, dass ihr gekommen seid, um mir an diesem Tag Gesellschaft zu leisten, der nicht nur der Geburtstag meiner lieben Violet gewesen wäre«, sie zögerte und befeuchtete ihre Lippen mit der Zunge, »sondern auch unser Hochzeitstag.«

Ihre Worte hingen in der Luft, und ein samtiges Schweigen senkte sich auf uns herab.

Kapitel 36

»Auf Delphine und Violet«, riefen wir alle und hoben unsere Sektgläser.

Das Mittagessen war erst einmal vergessen, und wir hatten uns in einem Kreis versammelt, mit Delphine in der Mitte. Nach dem anfänglichen Schock waren wir von unseren Plätzen aufgesprungen, um sie voller Sympathie, Mitgefühl und Liebe zu umarmen. Wir alle hatten Tränen vergossen, ihr Kleid bewundert und uns gewundert, dass keiner von uns etwas geahnt hatte, doch vor allem hatten wir Delphine versichert, dass wir sie jetzt, wo die Neuigkeit heraus war, alle noch genauso mochten wie vorher.

»Danke«, sagte Delphine mit einem erschöpften Lächeln. »So hatten Violet und ich den heutigen Tag nicht begehen wollen. Aber ich bin euch allen sehr dankbar für eure Freundlichkeit. Und für euer Verständnis.«

»Ehrlich gesagt, bin ich erleichtert«, sagte Bing mit einem frechen Grinsen. »Ich kenne Violet, seit sie noch ein Mädchen war, und habe mich immer gefragt, warum sie gegen meinen Charme immun war.«

Una verdrehte die Augen. »Hört euch den Casanova an.«

Stanley fuhr mit dem Finger an seinem Kragen entlang. »Meine Frau Winnie hat mir immer vorgeworfen, dass ich eine Schwäche für dich hätte, Delphine. Der Gedanke, dass ihre Sorge völlig unnötig war …«

»Und das weiß ich nicht?«, meinte Maria beleidigt.

Er schmunzelte. »Ich habe nur Augen für dich, Maria.«

»Hmm«, meinte sie und verschränkte die Arme.

»Und ich hatte immer nur Augen für Violet«, sagte Delphine und drückte sich ein Taschentuch auf die Augen.

Mum stupste mich an, sie sah selbst ein wenig verheult aus. »Seelenverwandte. Genau, wie du gesagt hast.«

»Komm, Delphus«, sagte ich und benutzte absichtlich Violets Kosename für sie. Ich führte sie zum Tisch. »Setz dich, und erzähl uns mehr über dich und Violet.«

»Und ich möchte wissen, woher Sie diesen wunderschönen Schal haben«, sagte Mum, während sie die Seide mit den Fingern befühlte.

»Ich habe alles selbst gemacht«, antwortete Delphine mit einem schüchternen Lächeln. »Genau wie Violets Anzug. Sie ist in ihm beerdigt worden. Ich hätte mir fast nicht die Mühe gemacht, mein Kleid fertig zu machen. Doch dann habe ich ihre Stimme in meinem Ohr gehört, die mich ausgeschimpft hat, dass das armselig wäre. In dem Moment ist mir klargeworden, dass ich, auch wenn die Trauungszeremonie nicht stattfinden kann, die abzusagen mir übrigens fast das Herz gebrochen hat, den Rest durchziehen und allen von unserer Beziehung erzählen muss. Das schulde ich ihr.«

Bings Magen gab ein mächtiges Rumoren von sich.

»Entschuldigung«, murmelte er verlegen. »Das kommt von dem Anblick des Yorkshire Puddings.«

»Lasst uns essen«, sagte Una entschieden. »Wir überspringen die Suppe und fangen direkt mit dem Hauptgericht an, bevor alles ganz kalt wird.«

»Ich helfe servieren«, sagte Maria und nahm sich des Fleischs an.

»Und ich lege weihnachtliche Musik auf.« Bing entschied sich für eine Platte mit jazzigen Weihnachtsliedern und öffnete einen antiken Schrank, in dem ein Plattenspieler stand.

»Und ich bin der Sommelier«, sagte Stanley und schenkte allen ein.

»Ich danke euch.« Von Delphine war ein kleines Schluchzen zu hören. »Ich bin sehr glücklich, so wundervolle Freunde zu haben. Ich befürchte, dass ich euch alle enttäuscht habe; euch zum Mittagessen einzuladen und dann derart zusammenzubrechen.«

»Papperlapapp«, sagte Una leise. »Wir freuen uns zu helfen. Und wir lieben dich.«

Sie tat mir so leid. Kein Wunder, dass der Verlust Violets Delphine so hart traf; sie trauerte nicht nur um Violet, sondern auch um das Leben als ihre Ehefrau, das sie nie gehabt hatte.

»Genau«, sagte ich und trank einen Schluck von meinem Sekt. »Außerdem wäre das heute dein Hochzeitstag gewesen, du darfst also ruhig emotional sein.«

Una hielt inne, Rosenkohl auf die Teller zu geben und wischte sich die Augen mit der Schürze. »Ich bin eine Heulsuse, und ich habe Violet noch nicht einmal gekannt. Erzähl mir von euch beiden, meine Liebe.«

»Das ist eine lange Geschichte.« Delphine errötete anmutig. »Die vor dreißig Jahren begonnen hat …«

Und während wir uns auf einen nur noch lauwarmen Braten stürzten, erzählte Delphine uns eine herzerwärmende Geschichte von zwei Frauen, die sich als Lehrerinnen kennengelernt und jahrzehntelang geliebt hatten. Es war für sie nie auch nur eine Frage gewesen, ihre Beziehung öffentlich zu machen; in jenen Tagen tat man das einfach nicht, erklärte Delphine. Violet war nicht einmal richtig klar gewesen, dass sie lesbisch war, bis sie sich in Delphine verliebte. Sie wusste lediglich, dass es sich nicht richtig anfühlte, einen Mann zu heiraten. Deshalb hatte sie auch ihre Hochzeit im letzten Moment abgesagt. Delphine dagegen hatte es immer gewusst, sich durch ihre

Kindheit und Jugend in den Dreißiger- und Vierzigerjahren als Kind gottesfürchtiger Eltern jedoch für ihre Gefühle geschämt.

Selbst als aus ihrer Freundschaft mehr geworden war, hatte Delphine nie den Mut gehabt, es ihren Eltern zu sagen. Als Delphine nach Evergreen Manor gezogen war, hatte Violet ihre Beziehung unbedingt öffentlich machen wollen, doch Delphine hatte das nicht gekonnt. Sie hatte zu große Angst gehabt, was die Leute denken würden.

»Es gibt nichts in meinem Leben, das ich mehr bereue«, sagte Delphine und schob ihr Essen auf dem Teller hin und her. »Wir hätten vor vielen Jahren heiraten können, wenn ich nur den Mut gehabt hätte, anderen Menschen in die Augen zu sehen und zu meinen Gefühlen zu stehen. Jetzt, wo sie nicht mehr unter uns weilt, vergeht nicht ein Moment, in dem ich mir nicht wünsche, dass alle gewusst hätten, dass sie die Liebe meines Lebens war.«

»Wir wussten vielleicht nicht alles«, sagte ich, »aber wir wussten, dass ihr einander sehr zugetan wart.«

Delphine lächelte reumütig. »Es sollte keine große Hochzeit werden. Nur die engsten Freunde, Rebecca und ihre Familie und natürlich Dexter.«

Ein leichter Schauer durchfuhr mich allein bei der Erwähnung seines Namens. Ich sah mich schnell um, um zu sehen, ob es jemand bemerkt hatte, doch alle Blicke waren weiter auf Delphine gerichtet. Ich erlaubte mir einen luxuriösen Moment lang die Vorstellung, wie wundervoll es gewesen wäre, ihn auf der Hochzeit für ein paar Tage wieder zu Hause zu haben. Doch wenn Violet noch leben würde, wäre ich ihm natürlich nicht auf ihrer Beerdigung begegnet, und wir wären Fremde füreinander gewesen. Ich stöhnte leise, als sich die Gedanken in meinem Kopf überschlugen. Mum sah mich besorgt an, und ich spürte, wie meine Wangen vor Hitze rot wurden.

»Wir hatten ein wundervolles Leben zusammen«, sagte

Delphine. »Ich wünschte, es hätte länger gedauert, und ich wünschte, ich wäre nicht so feige gewesen. Violets Liebe war ein Geschenk, und ich schäme mich, dass ich nicht mutig genug war, dieses Geschenk in der Öffentlichkeit zu leben.«

»Ich denke, du warst sehr tapfer, *cara*«, sagte Maria leise. Sie griff über den Tisch und tätschelte ihrer Freundin die Hand. »Und ich bin froh, dass ihr heiraten wolltet; Liebe ist nicht nur für die Jungen. Liebe ist für alle da, nicht wahr, Stanley?« Stanley antwortete, indem er seiner Verlobten einen zärtlichen Kuss auf die Wange drückte, und aus dem Augenwinkel sah ich, wie Bing seine Hand über Unas gleiten ließ. Mums Augen suchten meine, sie sah ganz gefühlsduselig aus bei so viel Romantik um sie herum.

»So.« Delphine setzte sich aufrecht hin. »Ich muss immer wieder daran denken, was Dexter in seiner Rede auf der Beerdigung gesagt hat, dass seine Tante so viel aus ihrem Leben gemacht hat wie möglich und dass sie gelebt hat, ohne etwas zu bereuen. Und genau das habe ich auch vor.«

»Ja, es war eine großartige Rede. Sehr inspirierend«, sagte ich seufzend, was mir ein verschmitztes Zwinkern von Bing einbrachte.

»Violet hat mich in ihrer Versicherungspolice als ihre Partnerin eingesetzt, obwohl wir nicht verheiratet waren, das heißt, dass ich das Geld aus ihrer Pension bekommen werde. Darum ging es in den ganzen Briefen der Anwälte. Ich war erst zu besorgt, um Kontakt zu ihnen aufzunehmen, ich habe mit dem Schlimmsten gerechnet, doch wie sich herausgestellt hat, waren es gute Nachrichten.« Sie griff erneut nach ihrer Serviette. »Ich fühle mich weiter von ihr geliebt, obwohl sie nicht mehr unter uns ist.«

»Das ist schön!« Ich erinnerte mich, dass ihr gesamtes Einkommen und ihre Ersparnisse aus ihrem Arbeitsleben für den Unterhalt für ihre Eltern draufgegangen waren; vielleicht konnte sie jetzt ein wenig mehr für sich ausgeben.

»Danke.« Sie lächelte still vor sich hin. »Ich werde versuchen, ein bisschen unternehmungslustiger zu sein und ein paar Dinge zu tun, die Violet und ich zusammen tun wollten. Angefangen mit dem Schottland-Urlaub, in den wir am Montag aufbrechen wollten. Ich fahre allein.«

Und der ihre Hochzeitsreise hätte sein sollen. Ich schluckte einen Kloß in der Kehle hinunter und war unglaublich stolz auf sie. »Das klingt wundervoll.«

»Aber zu Weihnachten bist du doch zurück, ja?«, fragte Bing freundlich. »Ich habe keine Lust, allein hier zu sitzen.«

Delphine senkte den Blick. »Das weiß ich noch nicht.«

Er machte ein langes Gesicht bei der Aussicht auf ein leeres Haus.

Mum schritt ein, um das Schweigen zu füllen. »Das Haus sieht wunderschön aus mit dem ganzen Weihnachtsschmuck. Es muss großartig sein, Weihnachten hier zu verbringen.«

»Warum kommen Sie nicht her?« Bings Gesicht leuchtete auf. »Und sehen selbst, ob es so ist. Je mehr wir sind, desto besser. Gina, was ist mit dir? Und Una, bitte bleib über Weihnachten hier, ohne dich wird es nicht das Gleiche sein, Mädchen.«

»Oh, Bing, mein Lieber«, sagte Una und tätschelte sanft seine Hand. »Du weißt doch, dass ich in Kerry erwartet werde, sie würden mich vermissen.«

»Ja, ja, natürlich würden sie das«, sagte er und zwang sich zu einem Lächeln. »Was ist mit euch, Stanley, Maria?«

Maria richtete den Finger auf ihn. »Wir würden gern, Bing, aber Weihnachten ist ein Familienfest. Wir verbringen es mit meinen Töchtern, Luisa und Rosie und Lia und den ganzen Jungs.«

Bing nickte traurig. »Ja, sicher, die Familie.«

Er tat mir so leid; wenn Weihnachten ein Familienfest war, was war dann mit denen, die keine Familie hatten? Ich würde Bing auf keinen Fall Weihnachten alleinlassen.

Mum lächelte mich an, die Augenbrauen hochgezogen, als wollte sie sagen, warum nicht?

»Ich finde, das ist eine großartige Idee«, sagte ich, stand auf und legte dem alten Mann die Hände auf die Schultern. »Ich kann bei der ganzen Kocherei helfen.«

»Wir kommen gerne, Bing, ich kann mir keinen schöneren Ort vorstellen, und ich weiß, dass es Tim auch gefallen wird. Unser Sohn Howard wird nicht kommen können, er hält am Ende des Monats in Japan auf einem Kongress eine Rede.«

»Oohhh!« Una sah beeindruckt aus. »Mein Gott, Sie müssen sehr stolz auf ihn sein.«

Mum sah mich an. »Ich bin auf meine beiden Kinder stolz, ich kann mich wirklich glücklich schätzen.«

Ich dachte, meine Brust würde vor Glück zerspringen. »Danke, Mum. Das beruht auf Gegenseitigkeit.«

»Ach, was soll's«, sagte Una und legte ihre Serviette zurück auf den Teller. »Ich bin stolz auf meine Kinder und sehe gern ihre glücklichen Gesichter, aber die sehe ich nächstes Wochenende sowieso, also, ja, danke, Bing, ich freue mich, hier zu feiern.«

»Perfekt«, sagte Bing mit strahlenden Augen. »Einfach verdammt perfekt.«

Una gab ihm einen Kuss auf den Kopf und eilte in die Küche, um das Dessert zu holen.

Delphine räusperte sich. »Ich bleibe vielleicht in Schottland, wenn du nichts dagegen hast. Ich bin mir nicht sicher, ob ich dieses Jahr Weihnachten in Evergreen Manor ertrage. Violet hat Weihnachten für mich zu einem Fest der Freude und des Lichts gemacht, und ich muss einen Weg finden, ohne sie zu leben, und bin mir nicht sicher, ob ich das zwischen all den Erinnerungen kann. Noch nicht.«

»Aber du willst doch sicher nicht allein sein?« Maria sah sie entsetzt an.

Stanley schloss seine Hand über ihrer. »Delphine muss das tun, was für sie richtig ist.«

Delphine schenkte ihm ein dankbares Lächeln. »Und wer weiß, wo wir nächstes Jahr alle sind.«

»Hat jemand noch Platz für Nachtisch?« Una kam mit einer großen Schüssel zurück, deren Inhalt mit einem leicht angebrannten Biskuit dekoriert war.

Die Hände der Männer schossen nach oben, und Una schöpfte Portionen des Nachtischs in Dessertschalen.

»Wissen wir noch irgendetwas über dieses andere Angebot, Gina?«, fragte Bing. »Glaubst du, dass du es damit aufnehmen kannst?«

»Also ...« Ich wand mich. »Ich habe auf den richtigen Moment gewartet, um es euch zu erzählen, aber ich fürchte, die Nachricht ist keine gute.«

Ich fühlte mich schrecklich, als ihre Gesichter lang wurden, während ich ihnen erklärte, dass die Bank trotz Tessas Bemühungen nicht bereit war, mir so viel Geld zu leihen, wie ich brauchte.

»Wie viel fehlt dir denn, meine Liebe?«, fragte Delphine eifrig. »Vielleicht kann ich ja helfen, jetzt, wo sich meine finanzielle Lage verbessert hat.«

Ich schüttelte traurig den Kopf. »Das ist nett von dir, aber ich brauche Zigtausend. Also ...«

»Also wird sie auch jetzt nicht aufgeben«, meldete sich Mum zu Wort. »Sie wird nichts unversucht lassen.«

»Auf Gina!«, sagte Delphine und hob ihr Glas.

»Auf Gina!«, sagten alle.

»Warum hast du das gesagt? Dass ich nicht aufgebe?«, fragte ich, als wir eine Stunde später die Auffahrt hinunter zurückgingen. »Ich will ihnen keine falschen Hoffnungen machen.«

»Weil ich an dich glaube.« Sie blieb stehen und drehte sich um, um einen Blick auf Evergreen Manor zu werfen. »Sieh es dir an; es ist unglaublich. Du willst dir doch diese Gelegenheit nicht durch die Finger gehen lassen.«

Ich seufzte. »Nein. Das will ich nicht, aber du hast selbst gesagt, dass ich mir damit für den Rest meines Lebens Schulden aufbürde.«

»Aber überleg mal, was du dafür bekommst!« Mums Augen glänzten. »Du wolltest Evergreen Manor kaufen, weil du dafür brennst und weil du glaubst, dass du das kannst. Und das tue ich auch.«

Sie schob ihren Arm unter meinen.

»Aber was ist mit Eric?« Ich runzelte die Stirn. »Wenn ich ihn zwinge, mir meine Anteile abzukaufen, wird ihn das in eine schwierige Lage bringen.«

Sie zuckte die Schultern. »Und wenn du es nicht tust, lässt du zu, dass er dir Evergreen Manor vor der Nase wegschnappt. Was wirst du wohl mehr bereuen?«

»Wenn du es so hinstellst, klingt es einfach.«

»Ganz und gar nicht, Schatz, du hast dir keine leichte Aufgabe ausgesucht, aber das macht es umso wertvoller, wenn du es geschafft hast.« Mum lachte ob meines skeptischen Gesichts. »Und jetzt komm, ich muss meine Sachen packen und nach Hause fahren. Dein Vater wird drei Tage von Baked Beans gelebt haben, ich muss ihn wieder an grünes Gemüse gewöhnen.«

Den restlichen Weg zurück zum Cottage unterhielten wir uns angeregt. Mum hatte recht; ich musste es weiter versuchen, oder ich würde das für den Rest meines Lebens bereuen. Delphine hatte heute ihren Ängsten ins Gesicht gesehen und ihre Stimme gefunden, jetzt war es an mir, das Gleiche zu tun.

Kapitel 37

Nachdem Mum gefahren war, fühlte sich das Cottage sehr still und sehr leer an. Um der Stille zu entgehen, flitzte ich herum, zog die Betten ab, machte sauber und räumte auf und schaltete jede Lichterkette im Haus an. Schließlich ließ ich mich auf das Sofa fallen und zappte zwischen den Fernsehkanälen hin und her, um etwas zu finden, wobei ich entspannen konnte, während ich versuchte, all die außergewöhnlichen Ereignisse der letzten Tage zu verarbeiten. Im Hinterkopf hatte ich immer gewusst, dass ich noch meine Aktien von Teachers On Demand hatte, auf die ich zurückgreifen konnte, sollte das einmal nötig sein. Aber ich hatte Eric keine Probleme machen wollen, indem ich ihn finanziell unter Druck setzte. Vor allem da wir es geschafft hatten, unsere Scheidung so freundschaftlich über die Bühne zu bringen.

Doch dass er ein Angebot für Evergreen Manor abgegeben hatte, fühlte sich wie ein Verrat an. Für ihn kamen viele Gebäude infrage, wenn er sich denn nach neuen Firmenräumlichkeiten umsehen wollte, und dass er sich ausgerechnet für das Haus entschieden hatte, das mir so viel bedeutete, war für mich unverzeihlich.

Evergreen Manor war auf lange Sicht eine gute Geldanlage für mich, auch wenn ich mich jetzt finanziell weit aus dem Fenster lehnen musste. Doch hier ging es nicht nur um Vermögenswerte, hier ging es darum, diesen ganz besonderen Platz zu erhalten, den das Haus in den Herzen so vieler Menschen hatte. Nicht zuletzt in meinem.

Wenn ich ihn nicht um Rat gefragt hätte, wäre er vielleicht gar nicht darauf aufmerksam geworden; ich hätte mich in den Hintern treten können. Vor allem enttäuschte mich, dass mein Ex-Mann so gefühllos sein konnte. Solange ich Mitgesellschafterin von Teachers On Demand war, würden unsere Leben weiterhin miteinander verbunden sein. Bis Eric gestern aufgetaucht war und den starken Mann herausgekehrt hatte, hatte mich das nicht weiter gestört. Doch jetzt tat es das; je früher er ganz aus meinem Leben verschwand, desto besser.

Ich fand einen angemessen kitschigen Weihnachtsfilm, zog eine Decke über mich und wünschte, Dexter wäre hier, um mir die Füße zu wärmen. Mir kam der Gedanke, dass er nichts von Delphine und Violet wusste. Das würde er bestimmt gerne, dessen war ich mir sicher, aber war ich die Richtige, ihm die Neuigkeit zu überbringen? Ich fand einen Kompromiss und schrieb ihm eine SMS, dass er mich so bald wie möglich anrufen sollte, und machte es mir vor dem Fernseher gemütlich, wo eine typisch amerikanische Heldin dem Weihnachtszauber verfiel.

Ich schreckte aus dem Schlaf hoch, als jemand hartnäckig an die Tür klopfte.

Ich rieb mir die Augen und trat in den Windfang. Das Gesicht gegen das Glas gedrückt, stand ein kleines Mädchen in einem warmen rosa Mantel im Schein meiner Lichterketten, dessen behandschuhte Hände weiter gegen das Glas klopften. Ich war mir ziemlich sicher, dass ich das Kind noch nie gesehen hatte.

»Hallo?« Ich öffnete die Tür und beugte mich hinunter, um das Mädchen zu begrüßen.

Ein Bär von einem Mann kam die Auffahrt hinunter auf uns zugerannt.

»Esme, was haben wir dir zum Weglaufen gesagt?« Er kam auf einer glatten Stelle ins Rutschen und schwer atmend abrupt vor uns zum Stehen.

Das kleine Mädchen blickte lieb zu ihm hoch. »Ähm … meinst du *Wer rastet der rostet*, Daddy?«

Ich kicherte leise; wer immer sie war, ich mochte sie bereits.

»Nein, ich, oh, egal.« Der Mann kratzte sich am Kopf und sah mich verlegen an. »Entschuldigen Sie bitte. Sie hat es im Moment damit, die Erste zu sein, die auf jeden Knopf drückt oder an jede Tür klopft.«

Ich lächelte ihn an; ich wusste, wovon er sprach. Wahrscheinlich hatte ich bei mehr Zankereien, wer als Erster den Knopf an der Ampel drücken durfte, Schiedsrichterin gespielt als bei sonst etwas.

»Na ja, wer möchte das nicht?«, sagte ich und zwinkerte Esme zu.

»Können wir dann hereinkommen?«, fragte sie. »Hast du Spielsachen?«

Ich lachte laut. »Die habe ich sogar …«

Ich wurde von einer weiblichen Stimme unterbrochen, die von der Auffahrt her kam. »Hast du das kleine Schlitzohr?«

Hohe Hacken trippelten auf uns zu. Ich kannte diese Stimme; sie gehörte Rebecca, wie mir schlagartig bewusst wurde. Und das musste ihre Familie sein. Ich erstarrte.

»Ja, Liebes«, antwortete der Mann über die Schulter.

Esme nutzte den Moment, in dem seine Aufmerksamkeit abgelenkt war, um an mir vorbei ins Haus zu schlüpfen.

»Zumindest hatte ich sie. Verdammt«, murmelte er leise. Er streckte mir die Hand hin. »Entschuldigung, ich bin sehr unhöflich, hier an Ihrer Tür aufzutauchen und mein Kind in ihr Haus laufen zu lassen. Wir haben uns noch nicht kennengelernt. Ich bin Simon, Rebeccas Mann. Meine Tochter Esme haben Sie ja schon kennengelernt.«

Ich erwiderte den Gruß und schüttelte die ausgestreckte Hand. »Gina.«

Mein Blick glitt zu Rebecca, die mit einem Baby auf dem Arm zu uns trat. Das Kleine trug einen gefütterten Schneeanzug und Rebecca einen cremefarbenen Kunstfellmantel. Eine mutige Wahl bei zwei Kindern. Oder auch ohne, dachte ich, während ich einen Klecks getrocknete Bratensoße von meinem Pullover klaubte.

»Bitte, nimm mir mal Felix ab, Schatz«, sagte Rebecca und reichte ihm den Jungen.

Simon kam ihrer Bitte nach, und das Baby gluckste und griff nach seiner Nase. Rebecca schüttelte ihren Arm aus und warf das glänzende, blonde Haar zurück. »Ein richtiger kleiner Elefant.«

»Esme ist im Haus verschwunden«, murmelte er ihr zu. »Entschuldigung.«

»Machen Sie sich keine Gedanken«, beruhigte ich die beiden.

Rebecca sah mich nervös an. »Gina. Es tut mir leid, dass wir hier alle so unangekündigt auftauchen. Aber haben Sie eine Minute? Zumindest um unser Kind zurückzuholen?«

»Natürlich. Kommen Sie herein«, sagte ich und wünschte, man hätte mich vorgewarnt, dann hätte ich mir wenigstens die zerzausten Haare gekämmt. Auf der Seite, auf der ich gelegen hatte, waren sie sogar noch leicht platt gedrückt. Toll. »Ich habe gerade … Sie stören mich bei nichts Wichtigem.«

»Danke.« Simon bedeutete seiner Frau vorzugehen.

»Danke«, sagte Rebecca kleinlaut.

Ich nahm ihre Mäntel und Mützen, und Esme wurde zurückgerufen, um Mantel und Schuhe auszuziehen. Ein oder zwei Minuten tauschten wir Nettigkeiten aus, während ich ihnen etwas zu trinken anbot, was sie ablehnten, und sie ins Wohnzimmer führte. Esme hatte das Spielzeug bereits entdeckt und eine Spielmatte für ihren Bruder herausgeholt. Simon setzte Felix zu seinen Füßen zum Spielen ab, und nachdem ich das Kamingitter vor dem Ofen aufgestellt hatte, setzte ich mich in den Sessel und wartete, was sie wollten.

»Okay.« Rebecca atmete tief aus, als wollte sie etwas Wichtiges sagen. »Hören Sie, Gina, wir beide hatten keinen wirklich guten Start. Das war mein Fehler. Es tut mir leid. Ich war die reinste Katastrophe, als wir uns auf der Beerdigung begegnet sind, und habe mich verhalten wie eine …«

Simon hustete laut und sein Blick wanderte grinsend zu Esme. Er schien ein vernünftiger Typ zu sein, und ich mochte ihn auf Anhieb. Mit meinem Urteil über die jetzt zaghafte Rebecca wartete ich vorerst noch ab.

Rebecca wurde rot.

»Elefant im Porzellanladen?«, beendete ich den Satz für sie.

»Genau, vielen Dank.« Wir lächelten uns an, und sie verschränkte die Finger.

»Ich hatte … nun ja, ich hatte sehr viel um die Ohren bei der Beerdigung. Nicht, dass das eine Entschuldigung wäre«, fügte sie schnell hinzu. »Und ich würde Ihnen keinen Vorwurf machen, wenn Sie nicht mit mir reden wollen. Aber ich wäre froh, wenn Sie es täten.«

Ich wusste nicht wirklich, was ich darauf sagen sollte. Ihre unbekümmerte Haltung, das Haus einfach zu verkaufen, das Bing und Delphine das einzige Zuhause war, das sie hatten, und nicht einen Gedanken darauf zu verschwenden, was das für die beiden bedeutete, war meiner Meinung nach nicht zu entschuldigen. Doch wenn sie einen Gesinnungswandel durchgemacht hatte, war ich ganz Ohr.

»Ich bin froh, dass Sie gekommen sind«, sagte ich, was durchaus der Wahrheit entsprach. »Es ist schön, Sie unter etwas entspannteren Umständen kennenzulernen. Und ihre Familie.«

Außerdem war sie im Endeffekt Dexters Schwester, und es war wichtig, dass ich zumindest versuchte, mit ihr auszukommen.

»Für mich ist nichts entspannter.« Sie biss auf ihrer Lippe herum.

Ihr Blick suchte Simons, und mir kam der Gedanke, dass ich unsensibel gewesen sein könnte.

Heute wäre der Geburtstag ihrer Großtante Violet gewesen, und außerdem steckte Rebecca noch immer mitten im Verkauf des Anwesens.

»Es freut mich auch, Sie kennenzulernen«, sagte Simon und strich sich das Haar glatt. Es war fein und rot und stand in Büscheln ab. Er war kräftig gebaut: die Hemdsärmel spannten über seinem Bizeps, und seine Hände hatten die Größe von Esstellern. »Wir haben ziemlich viel von Ihnen gehört.«

Ich wurde rot und dachte an den Tag der offenen Tür und unsere Sabotageakte. »Da bin ich mir sicher.«

»Die Sache ist die, dass wir uns Sorgen um Dexter machen«, sagte Rebecca. »Er hat auf meine Anrufe, E-Mails und SMS nicht reagiert. Das sieht ihm nicht ähnlich. Das einzige Mal, dass er schon einmal überhaupt nicht zu erreichen war, war nach der Trennung von Stacy, was verständlich war.«

Ich wurde hellhörig. Stacy, die Ex-Freundin, die ihm so böse mitgespielt und all seine Freunde gegen ihn aufgebracht hatte.

»Diesmal weiß ich nicht, was bei ihm läuft«, fuhr sie fort. »Haben Sie etwas von ihm gehört?«

»Nicht wirklich«, sagte ich vage. Falls die kleinste Chance bestand, dass er sie mied, um mir extra Zeit zu geben, das Geld für den Kauf von Evergreen Manor aufzubringen, würde ich ihm nicht im Weg stehen.

Rebecca kaute auf ihrer Lippe herum.

»O Gott, ich dachte, er würde nur mich ignorieren, aber wenn er Sie auch ignoriert, muss es etwas Ernstes sein«, stöhnte sie.

»Mich?«, fragte ich.

Sie nickte. »Wie Simon gesagt hat, er spricht viel von Ihnen.«

Mein Herz hüpfte vor Freude. Ich hätte sie gerne gefragt, was er genau gesagt hatte, doch wenn sie sich wirklich Sorgen um ihn machte, musste ich sie beruhigen.

»Ich denke, er arbeitet an einem wichtigen Pitch«, sagte ich.

»Ich habe Freitag eine SMS bekommen, dass er mich spätestens Montag anruft.«

Rebecca atmete tief aus, und Simon griff nach ihrer Hand.

»Siehst du, Liebes«, sagte er zärtlich. »Wahrscheinlich muss er eine Deadline einhalten.«

Sie nickte und blinzelte die Tränen fort. »Ich habe mir solche Sorgen gemacht, dass er sich wieder so abkapselt wie damals. Ich will doch nur, dass er glücklich ist, und ganz egoistisch gesehen möchte ich ihn auch zu Hause haben. Ich habe so gehofft, dass sein selbst auferlegtes Exil ein Ende findet, jetzt, wo er wieder so weit ist, sich Ihnen zu öffnen.«

Meine Augen wurden ganz groß: Exil? Und was hatte Dexter ihr über uns erzählt?

»Hören Sie, Dexter und ich sind Freunde, aber wir leben Tausende von Meilen voneinander entfernt.« Dreitausendvierhundertneunundsiebzig Meilen, um genau zu sein. Ich hatte das gegoogelt. »Unsere Beziehung ist über einen Kuss nie hinausgekommen.«

»Du hast Onkel Dexter geküsst!«, rief Esme und schlug sich die Hände vor den Mund vor Entzücken, etwas gehört zu haben, das nicht für ihre Ohren bestimmt gewesen war.

»Ist das ein Peppa-Pig-Puzzle?«, fragte Simon, während er auf mein Spielzeugregal zeigte und sich auf den Boden gleiten ließ.

»Wow!« Esme sah mich an, alle Gedanken an Dexter waren verschwunden. »Können Daddy und ich das machen?«

Ich nickte. »Das könnt ihr.«

»Selbst *ein* Kuss ist weiter, als er mit irgendjemandem seit Stacy gekommen ist, soweit ich das weiß. Außerdem weiß ich, dass er Ihnen von mir und meiner Spielerei erzählt hat.« Rebecca drehte einen Diamantring an ihrem Ringfinger. »Das hätte er nicht getan, wenn Sie nicht etwas ganz Besonderes für ihn wären.«

Sie war rot geworden und sah mich von der Seite an.

»Er hat mir davon erzählt. Aber nur, weil er sich wirklich Sorgen um Sie macht«, versicherte ich ihr. »Und außerdem wollte er, dass ich verstehe, warum es so wichtig war, das Haus so schnell wie möglich zu verkaufen.«

»Das war zum Teil mein Fehler«, sagte Simon. »Ein Freund von mir, der auch Metzger ist, geht in den Ruhestand und möchte, dass ich seinen Laden kaufe. Das Geld aus dem Erbe hätte den Weg dafür geebnet. Aber es ist Rebeccas Geld und nicht meins.«

»Es ist unseres, Schatz.« Rebecca streichelte liebevoll seine Schulter. »Genau wie das ganze Geld, das ich durch meine Spielerei verjubelt habe. Was definitiv mein Fehler war. Ich bekomme jetzt professionelle Hilfe. Entschuldigung«, sie lachte schüchtern. »Ich rede zu viel.«

»Machen Sie sich deshalb keine Gedanken. Ich erlebe das in meinem Job immer wieder. Frauen durchleben die verschiedensten Gefühle nach der Geburt eines Kindes. In den meisten Fällen geht die Karriere des Vaters weiter wie bisher, was man von der der Frauen jedoch nur selten sagen kann. Soweit ich das verstanden habe, waren Sie großartig in ihrem Job und haben das Risiko vermisst, das damit einherging.«

Rebecca lächelte. »Genau das ist es! Ich hatte diese idealisierte Vorstellung, wie es sein würde, nicht zur Arbeit zu gehen. Faule Morgen mit den Kindern im Pyjama, backen, basteln, Spaziergänge im Park. Und genauso war es auch. Doch ich hatte das Gefühl, als würde ein großer Teil von mir fehlen.«

»Das heißt nicht, dass Sie eine schlechte Mutter sind. Es heißt lediglich, dass Sie die richtige Balance finden müssen«, sagte ich.

»Das können Sie laut sagen«, meinte Simon ironisch. »Ich war heute den ganzen Morgen für die beiden verantwortlich, während Rebecca beim Anwalt war, und ich bin so fertig, dass ich die nächsten Monate über Winterschlaf halten könnte.«

Der Anwalt. Angst stieg in mir hoch. Hieß das, dass das letzte Wort gesprochen und der Vorhang gefallen war? Ich starrte Rebecca an, während ich wartete, dass sie fortfuhr.

Esme schlich zu ihrer Mutter und wölbte die Hand über deren Ohr.

»Mama, ich habe Hunger«, flüsterte sie laut und starrte unverhohlen auf die Schachtel mit der Schokolade, die meine Mutter mir dagelassen hatte.

»Oh, ich bin mir nicht sicher, ob ich noch Snacks in meiner Tasche habe.« Rebecca sah Simon an, der mit den Schultern zuckte.

»Sie hat alles, was du mir gegeben hast, in den ersten zehn Minuten aufgegessen«, sagte er lachend.

»Esme kann gerne etwas von der Schokolade essen, wenn das für Sie in Ordnung ist?« Ich nickte zu der Schachtel hin.

»Danke«, sagte Rebecca erleichtert. »Was meinst du, Esme?«

Esme bedankte sich und hüpfte vor Freude auf der Stelle, als ich die Schachtel öffnete. Während sie überlegte, was sie nehmen sollte, fiel mir die Spange in ihrem Haar auf. Sie sah genauso aus wie die, die Delphine vorhin getragen hatte.

»Das ist eine sehr schöne Spange«, sagte ich und berührte die kleinen Diamanten.

»Ich weiß. Die hat meiner Tante gehört, und jetzt gehört sie mir«, sagte Esme. »Tante *Delphine*, nicht Tante *Violet*. Die ist gestorben.«

»Das ist sie«, antwortete ich und wunderte mich, wie die Spange in Esmes Besitz gekommen war. »Und wir vermissen sie sehr.«

»Alte Leute sterben«, sagte Esme feierlich. Sie packte die Schokolade sorgfältig aus und lutschte daran wie an einem Lutscher. »Ich habe Tante Delphine gefragt, ob ich die Spange haben kann, wenn sie stirbt, da hat sie sie mir jetzt schon gegeben.«

»Es war ein erhabener Moment«, murmelte Simon und fuhr sich mit den Fingern durch die Haare.

Ich schmunzelte, während ich mir Delphines Gesichtsausdruck vorstellte, als Esme sie gefragt hatte. »Hat sie gesagt, warum sie so wunderschön gekleidet war?«

»Ja, das hat sie«, rief Rebecca und drückte sich die Hand auf ihr Herz. »Was für eine unglaubliche Geschichte. Dass sie ihre Liebe über so viele Jahre geheim gehalten haben. Ich bin so froh, dass Delphine es uns erzählt hat. Und ich bin sehr glücklich, dass Tante Violet einen so besonderen Menschen in ihrem Leben hatte, wir alle verdienen das.«

Simon sah von dem Puzzle hoch, dass er jetzt selbst legte, während Esme an ihrer Schokolade knabberte und Felix sich hochkonzentriert zu ihr hinbewegte. »Das haben wir nicht erwartet, nicht wahr, Liebes?«

»Nein, doch das hätte ich müssen, ich hatte solche Scheuklappen auf«, sagte sie mit gerunzelter Stirn. »Das ist der andere Grund, aus dem ich mit Dexter sprechen wollte. Er wird es auch wissen wollen.«

»Was Stacy angeht …« Ich zögerte, ich war mir nicht sicher, ob ich die Frage stellen sollte, die mir auf der Zunge brannte. »Er hat gesagt, dass er als der Böse hingestellt worden ist, das aber nicht vertieft.«

»Sie waren ungefähr drei Jahre zusammen«, erklärte Rebecca. »Und nach einer erbitterten Trennung haben sich die gemeinsamen Freunde auf ihre Seite gestellt.«

Simon fuhr sich mit der Hand durch das Gesicht. »Ich hasse es, das zu sagen, aber das haben sie wirklich. Der arme Dex. Ich habe mich richtig schlecht gefühlt, weil Stacy eine gute Freundin meiner Schwester … *war*. In der Vergangenheit, wohlgemerkt.«

Rebecca machte ein finsteres Gesicht. »Und er war zu sehr Gentleman, um sie als Lügnerin dastehen zu lassen. Deshalb hat er sich auch der Situation entzogen und ist nach New York gegangen.«

»Was ist denn passiert?«, fragte ich.

»Sie hat ihm vorgeworfen, sie richtig schlecht behandelt und einmal sogar geschlagen zu haben. Er hat das bestritten und gesagt, dass das Gegenteil der Fall war. Ein Jahr ist das so gegangen. Dann hat er endlich die Beziehung beendet, als sie ihm in einem Restaurant ein Messer in die Rückseite der Hand gerammt hat. Doch sie hat die Geschichte herumgedreht und allen erzählt, dass sie mit ihm Schluss gemacht hat, weil er sie verletzt hat. Es war richtig hässlich, und dass ihre Freunde auch noch ihre Partei ergriffen haben, hat ihn tief verletzt. Da hat er sich entschlossen, nach New York zu gehen, um aus dem Zentrum des Sturms zu kommen.«

»Der arme Dexter.« Ich war wütend, wie Stacy ihn behandelt hatte, und voller Sympathie, weil das alles so unfair gewesen war. »Mir hat er gesagt, dass er wegen eines neuen Jobs dorthin gezogen ist.«

»Das ist die offizielle Version«, sagte Rebecca. »Er ist schon immer alle paar Monate nach Manhattan geflogen, aber es ist nicht unbedingt nötig, dass er dort lebt. Doch als es mit Stacy auseinandergegangen ist, hat er behauptet, die Lage habe sich geändert und er müsse jetzt permanent dort sein. Sein Chef lebt übrigens in Großbritannien. Jetzt nutzt er seinen Job, um alle auf Abstand zu halten. Er wohnt in einem kleinen Studio in Brooklyn und meidet meistens die Gesellschaft anderer Menschen.«

Ich nickte, während ich alle Schnipsel unserer Gespräche zusammensetzte. Langsam ergab alles einen Sinn. Er hatte mir gegenüber sogar einmal angedeutet, dass er einsam war. Wie hatte er es ausgedrückt? Irgendetwas in der Richtung, dass man auch in einer Millionenstadt einsam sein konnte. Der arme, großartige Dexter.

»Ich vermisse ihn so sehr«, sagte Rebecca traurig. »Je älter ich werde, desto mehr möchte ich meine Familie um mich haben, vor allem da Mum schon in Indien lebt und Dad völlig von der Bildfläche verschwunden ist. Mein größter Wunsch wäre es, dass er nach Hause kommt. Nicht nur zu Weihnachten. Sondern für immer.«

Ich spürte, wie mein Gesicht heiß wurde. Das war auch mein Weihnachtswunsch. Vielleicht würde nichts aus unserer Beziehung, vielleicht würden wir einfach nur Freunde werden, doch wenn uns die ganze Zeit ein Ozean trennte, hatten wir auch keine Chance, das herauszufinden.

»Ich schätze, Sie empfinden das genauso.« Rebecca gab mir ein Taschentuch, und zu meiner Überraschung stellte ich fest, dass meine Augen feucht waren.

»Ich schätze, ja«, sagte ich mit einem schiefen Lächeln. »Und wenn Sie nichts von ihm gehört haben, heißt das, dass Sie das für Evergreen Manor vorliegende Angebot auch noch nicht angenommen haben?«

»Nein, noch nicht.« Sie sah in ihren Schoß hinunter. »Ich hatte heute Morgen einen Termin mit meinem Anwalt. Das Unternehmen, das das Angebot abgegeben hat, hat viel Druck auf uns ausgeübt, um den Deal noch vor Weihnachten über die Bühne zu bringen.« Sie sah mich an und biss sich auf die Lippe.

»Gina, ich weiß, dass Sie Evergreen Manor kaufen wollten.«

Mir wurde schwer ums Herz. »Aber mein Ex-Mann ist mir zuvorgekommen. Gut. Ich habe es begriffen.«

»Wie bitte?« Sie beugte sich vor. »Mr. Evans ist Ihr Ex?«

»Ja. Eric Evans ist der Geschäftsführer von Teachers On Demand«, sagte ich. »Und das Ärgerliche daran ist, dass er nur durch mich auf Evergreen Manor gekommen ist, weil ich ihn eingeladen habe, um seine Meinung zu dem Kauf zu hören.«

Simon zog die Brauen hoch. »Das ist hinterhältig.«

»Das würde erklären, woher er wusste, wer unser Anwalt ist«, sinnierte Rebecca. »Ich habe das nie verstanden. Glauben Sie, er kann einen herumliegenden Brief gesehen haben?«

Ich erinnerte mich an all die Briefe, die der Anwalt an Delphine geschickt hatte und die sich in der Küche gestapelt hatten, und nickte.

»Möglich. Das wäre typisch für Eric. Er ist ein sehr ehrgeiziger Mann.«

»Und sehr aufdringlich«, sagte Rebecca, sichtlich unbeeindruckt. »Nun, ich kann ohne Dexters Zustimmung nichts machen. Bevor Dexter nicht sein Okay gibt, kann nichts passieren.«

Etwas in mir regte sich. Eric war nicht der Einzige, der ehrgeizig war. Ich erinnerte mich an Mums Worte: *Du glaubst, dass du das kannst. Und das tue ich auch.*

443

Das war mein Moment, meinen Fall darzulegen und an Rebeccas Herz zu appellieren.

Mein Blick fing ihren ein. »Mir geht es beim Kauf von Evergreen Manor nicht nur um eine Immobilie. Natürlich kann mein kleines Unternehmen dadurch auch expandieren. Und das Gebäude hat mit dem richtigen Budget sicherlich immenses Potenzial. Aber es ist mehr als das.« Ich sah sie an, wollte, dass sie begriff, wie viel mir das Ganze bedeutete. »Und jetzt, wo ich weiß, dass Violet Delphine heiraten wollte, scheint es mir noch wichtiger, dass Delphine weiter dort leben kann. Die wahre Bestimmung des Hauses ist es, ein Zuhause zu sein und kein seelenloses Bürogebäude, Rebecca.«

Simon hievte sich vom Boden hoch und setzte sich wieder neben Rebecca. Er sah sie mit einem Blick an, den ich nicht richtig deuten konnte.

Felix wählte diesen Moment, um zu schreien, und Rebecca nahm ihn hoch und küsste das feine blonde Haar auf seinem Kopf.

»Haben Sie etwas dagegen, dass ich ihn stille?«, fragte sie. Felix drehte sich wie ein kleiner Vogel zu ihr um.

»Natürlich nicht«, sagte ich.

»Ich habe auch viel darüber nachgedacht, und ich stimme Ihnen zu«, sagte sie, als sie das Baby unter ihrer Bluse zurechtgelegt hatte.

»Wirklich?« Hoffnung flackerte in mir auf.

Sie nickte. »Dexter und ich hatten wahnsinnige Schuldgefühle, Evergreen Manor aus der Familie zu geben. Von dem Moment an, als Tante Violet gestorben ist, hat Dexter versucht, eine Möglichkeit aufzutun, es zu behalten. Aber es ist einfach nicht möglich. Ich denke, wenn sich sein Privatleben anders entwickelt hätte, hätte er vielleicht in Erwägung gezogen, es selbst zu übernehmen. Jetzt, wo Delphine zur Familie gehört, ist es noch schmerzlicher, Evergreen Manor zu verkaufen. Die beiden waren zwar nicht offiziell verheiratet, doch das spielt keine Rolle. Sie war Violets Partnerin, das ist alles, was wir wissen müssen.«

Ich spürte den letzten Widerstand gegen Rebecca dahinschmelzen; zu wissen, dass Delphine in ihrer Familie willkommen sein würde, wärmte mir das Herz.

»Violet wäre so glücklich, das zu hören«, sagte ich und blinzelte eine Träne fort.

»Für uns war es nie eine Option, nach Barnaby zu ziehen«, sagte sie und fuhr Felix mit der Hand über den Kopf. »Simons Eltern, Brüder und Schwestern sowie all ihre Kinder gehören fest zu unserem Leben. Esme und Felix werden von einer großen Familie getragen. Dex und ich hatten das nie.«

»Und ich betreibe die Familienmetzgerei, die seit drei Generationen in unseren Händen ist«, sagte Simon. »Es würde mich umbringen, das nicht mehr zu tun. Und ich habe meinen Freund, den anderen Metzger, überredet, noch ein paar Monate weiterzumachen, bis ich in der Lage bin, sein Geschäft zu kaufen.«

Rebecca setzte Felix ab, zog ihre Bluse herunter und rieb ihm den Rücken in energischen Kreisen. »Die große Frage ist also die, ob Sie, Gina, ein Gegenangebot machen können, wenn wir Mr. Evans noch, sagen wir, eine Woche hinhalten? Denn – und ich denke, hier auch für Dexter zu sprechen – uns wäre es sehr viel lieber, wenn Sie Evergreen Manor kaufen.«

»Wow, ja, ich, äh … danke«, stotterte ich. Eine Woche. Konnte ich in der Zeit meine Anteile verkaufen und ein Angebot erstellen?

»Dexter muss nach Hause kommen, Gina«, sagte Rebecca. »Er ist schon zu lange weg. Er vermisst England, das sehe ich in seinen Augen und höre es an seiner Stimme. Sein Leben besteht nur noch aus Arbeit, das ist nicht okay.«

»Stacy hat übrigens wieder ihr Unwesen getrieben«, erklärte Simon. »Ihr neuer Freund hat sie drei Monate nach seinem Einzug fallen gelassen. Und er hatte keine Bedenken, Gott und der Welt von ihrem aggressiven Verhalten zu erzählen. Ich denke, dass sich jetzt einige aus Dexters altem Kreis ziemlich schlecht fühlen, wie sie ihn behandelt haben.«

»Warum sagen Sie ihm das nicht?«, fragte ich verwirrt. »Er würde bestimmt auf Sie hören, wenn er wüsste, wie sehr Sie wollen, dass er zurückkommt.«

»Er weiß das.« Sie zuckte die Schultern. »Außerdem hat er gewusst, wie sehr ich dagegen war, dass er überhaupt gegangen ist. Der Unterschied jetzt … sind Sie.«

Ich sah flüchtig zu ihr hin. »Aber wir sind nur Freunde. Ich kann mir keinen Mann vorstellen, der sein Leben deswegen entwurzelt. So schön ich das auch fände. Ich meine, äh …« Ich hätte mich treten können, ich hatte nicht so deutlich werden wollen.

Rebecca sah mich mit hochgezogenen Brauen verschmitzt an. »Für mich klingt das so, als wollten wir beide das Gleiche. Sie wollen Evergreen Manor *und* meinen Bruder.«

Mein Gesicht hätte nicht mehr glühen können, hätte ich es in Rosies Pizzaofen gesteckt. Mir fiel keine stimmige Erwiderung darauf ein. Denn sie hatte recht.

»Wie wäre es also damit«, sagte sie mit einem spitzbübischen Blitzen in den Augen. »Sie sorgen dafür, dass Dexter nach Hause kommt, und wir reduzieren den geforderten Preis um fünfzigtausend Pfund.«

Simon lachte. »Rebecca, das ist dreist!«

Sie lächelte ihn an. »Ich weiß, ich spiele wieder, aber diesmal für einen guten Zweck.«

Ich war fassungslos. »Ehrlich gesagt, glaube ich, dass Sie meinen Einfluss auf ihn überschätzen.«

Esme gähnte. »Können wir bald gehen? Ich bin müde.«

»Wir gehen jetzt, Schätzchen«, sagte Rebecca, während sie Simon Felix gab und in ihrer Tasche nach einem Feuchttuch suchte. »Sobald wir dir die Schokolade aus dem Gesicht gewischt haben.«

Fünf Minuten später standen wir an der Haustür, und alle machten sich fertig, zurück in die Kälte zu treten.

»Kommst du Weihnachten zu uns?«, fragte Esme, als ich ihr half, ihren Mantel zuzuknöpfen.

»Nein, mein Schatz, ich bleibe hier, weil meine Mummy und mein Daddy kommen«, sagte ich und drückte ihr die Fingerspitze auf die Nase, was sie zum Lachen brachte.

Rebecca breitete die Arme aus, um mich zu umarmen. »Und wäre es nicht wunderbar, wenn Dexter auch kommen würde?«, flüsterte sie mir ins Ohr, als sie die Arme um mich schlang.

Ich lächelte sie hintergründig an, wie ich hoffte. »Das wäre es.«

Die vier machte sich auf den Weg zu ihrem Auto, das sie oben bei Evergreen Manor geparkt hatten, und ich winkte ihnen nach. Ja, dachte ich und verliebte mich in die Idee. Das wäre wirklich wunderschön.

Kapitel 38

Montagabend rief Dexter endlich auf Face Time an.

»Du nimmst meine Anrufe noch an, ja?« Er lachte verlegen, als sein Gesicht auf meinem Display erschien. »Nachdem ich fünf Tage verschollen war?«

»Du warst verschollen?«, sagte ich und tat so, als würde ich mir den Kopf zerbrechen. »Ist mir gar nicht aufgefallen.«

Er lächelte und verschränkte die Arme. Er schien auf einem Sofa zu sitzen. Hinter ihm konnte ich gerade noch die Küche und einen leuchtenden Miniaturweihnachtsbaum auf der Arbeitsplatte erkennen.

»Verstehe. Ich habe mich gerade durch die E-Mails meiner Schwester gearbeitet. Wie es scheint, habe ich eine neue Tante?«

Ich nickte. »Die arme Delphine, jetzt weiß ich, warum Violets Tod sie so getroffen hat; sie hat die Liebe ihres Lebens verloren.«

»Ich habe Violet immer angebetet.« Sein Lächeln war von Traurigkeit durchsetzt. »Jetzt denke ich, ich könnte sie nicht noch mehr bewundern. Mein Großvater hat mir von dem Skandal erzählt, den sie ausgelöst hat, als sie ihrem Verlobten den Laufpass gegeben hat. Gut, dass sie ihren Prinzipien treu geblieben ist und sich nicht in eine unglückliche Ehe hat drängen lassen. Wie geht es Delphine?«

»Sie trauert noch, aber wirkt insgesamt befreiter. Sie ist nach Schottland aufgebrochen, wohin die Hochzeitsreise gehen sollte.«

Bing war jetzt allein zu Hause und geisterte wahrscheinlich in dem großen Haus herum, weil auch Una bereits nach Irland gereist war. Jetzt, wo sie Weihnachten in England verbringen würde, hatte sie sich entschlossen, den vorweihnachtlichen Aufenthalt bei ihrer Familie zu verlängern, um sie versöhnlich zu stimmen. Ich nahm mir vor, später nach ihm zu sehen.

»Ich bin froh, dass sie zumindest so weit gekommen sind, ihre Hochzeit zu organisieren, das dürfte Violet sehr glücklich gemacht haben. Es war ihr Motto, das Leben in vollen Zügen und ohne Bedauern zu leben«, sinnierte er und schüttelte den Kopf. »Schade, dass sie diesen Teil ihres Lebens nie mit uns teilen konnte.«

»Genau aus diesem Grund hat Delphine sich jetzt geöffnet«, sagte ich ihm. »In der Vergangenheit hat sie sich zu viele Gedanken gemacht, was die Leute denken könnten, hat sie gesagt; deshalb hat sie Angst gehabt, ihre wahren Gefühle für Violet zu zeigen. Sie bedauert die Zeit, die sie vertan haben.«

»Hmmm«, Dexter runzelte die Stirn. »Auf Violets Beerdigung habe ich mir gelobt, das nicht zu tun. Leben ohne Bedauern, das habe ich gesagt. Aber das ist leichter gesagt als getan.«

Er tat mir so leid, und jetzt noch mehr, wo ich den Grund für seine Flucht nach New York kannte.

Er fuhr sich mit der Hand über das Kinn. Er war so attraktiv, so verletzlich – und so sexy. Verlangen durchfuhr mich. Wenn ich doch nur die Hand ausstrecken und sein Haar berühren, seine Haut spüren, mich in seine Armen fallen lassen könnte. Sollte ich dieser Stacy jemals begegnen, ich wüsste nicht, was ich täte.

»Meine Schwester hat mir übrigens gesagt, dass es sich bei der anderen, an Evergreen Manor interessierten Partei um deinen Ex-Mann handelt«, sagte er und riss mich aus meinen alles andere als ehrenhaften Gedanken. »Es muss verdammt schmerzlich für dich gewesen sein, das zu erfahren.«

Ich lächelte. »Heißt das, dass du sein Angebot auf keinen Fall in Betracht ziehen wirst?«

»Es heißt, dass ich wirklich wissen will, wie es mit der Bank gelaufen ist.« Er zog die Brauen hoch.

»Wow, nicht so schnell«, sagte ich lachend. »Du warst mit etwas so Spannendem beschäftig, dass du dich fünf Tage nicht bei mir melden konntest. Ich bin vor Neugier, mehr zu erfahren, fast umgekommen.«

Er grinste süffisant. »Ha, dann hast du mich also vermisst.«

»Spuck es einfach aus, Mr. Flint.«

»Ich dachte, du würdest nie fragen. Erinnerst du dich, dass ich dir erzählt habe, dass ich ein paar Ideen für eigene Filme hatte …«

Sein Gesicht leuchtete auf, während er sprach; ich hatte ihn noch nie so lebhaft gesehen. Er erzählte mir, wie er im Comcast, dem Medienhochhaus im Herzen Manhattans, in dem er arbeitete, im Fahrstuhl gestanden hatte, als zwei Filmproduzenten den Mangel an guten Storys für romantische Komödien beklagt hatten, und dass es fast nur noch Remakes geben würde, wenn das so weiterginge.

»Also habe ich ihnen von meiner Idee erzählt«, sagte er, als könnte er es selbst kaum glauben. »Von der mit dem Paar, das sich an einem Flussufer trifft; sie glaubt, dass er bewusstlos ist und beatmet ihn Mund-zu-Mund, bis er aufwacht und sie beide erschrocken aufschreien.«

Mir fiel die Kinnlade herunter. »Unsere erste Begegnung! Ich bin also deine Muse.«

»Du bist meine Muse.«

Wir lächelten uns so breit an, dass wir schließlich in Gelächter ausbrachen.

»Was passiert dann?«, fragte ich, plötzlich wieder ernst.

»Das nächste Jahr verbringen sie damit, einander zu suchen, doch ihre Wege kreuzen sich nicht wieder, bis sie einen schweren Unfall hat und er der Erste am Unfallort ist, sie Mund-zu-Mund beamtet und ihr das Leben rettet.«

»Kann er nicht den Unfall haben?«, fragte ich hochmütig. »Und die Frau ist die Heldin, die ihn rettet?«

Dexter lachte. »Nein, denn sie wäre niemals so dumm gewesen, im nassen Gras zu meditieren.«

»Wie wahr.«

»Egal, den Filmtypen hat es gefallen, und sie haben gefragt, ob ich noch etwas habe, und das hatte ich.«

Ich klatschte in die Hände. »Du hast zwei Elevator Pitches auf einer Fahrt im Fahrstuhl an den Mann gebracht! Du bist großartig.«

Er zuckte lässig mit den Schultern, doch man sah, wie stolz er war, und ich freute mich mit ihm. »Ich habe mir gedacht, dass solche Gelegenheiten nicht zweimal kommen, und zugeschlagen.«

»Du schreibst jetzt also offiziell an einem Drehbuch!«, sagte ich und ignorierte bewusst, was das für mich bedeuten könnte und für Rebecca dazu.

»Na ja, sagen wir mal so, es war ein guter Anfang«, meinte er. »Sie haben mich gebeten, die ersten dreißig Seiten bis heute zu liefern. Plus ein paar Details zu meiner anderen Idee. Ich habe mich heute Morgen mit ihnen zum Frühstück getroffen. Und …«, er hielt inne und ließ mich des dramatischen Effekts wegen zappeln.

»Und? Dexter, nun sag schon. Was haben sie gemeint?«

»Sie wollen beide Drehbücher kaufen. Ich habe bis Juni Zeit zu liefern.« Sein Lächeln sagte alles. »Ich habe zugesagt.«

Ich griff nach dem Display. »*O mein Gott! Ich bin so stolz auf dich!* Ich würde dich küssen, wenn ich könnte. Gut gemacht, gut gemacht. Oh, ich weiß gar nicht, was ich sagen soll, gut gemacht!«

Er lachte und blinzelte mehrmals.

»Weinst du?«, fragte ich und wischte mir selbst die Augen. »Stell dir dich einmal bei der Premiere vor! Wie dir die Tränen aus den Augen strömen. Oh, kann ich kommen? Ich kaufe mir ein neues Kleid und lasse mir die Nägel machen. Und Rebecca wird auch kommen wollen und …«

Er hielt die Handflächen hoch und lachte über meine Begeisterung. »Halt, es gilt noch viele Brücken zu überqueren, bis wir das Stadium des roten Teppichs erreicht haben. Aber danke. Und ich würde dich auch küssen, wenn ich könnte.«

Ein kurzes Schweigen folgte, und ein Anflug von Traurigkeit mischte sich unter die Freude. Ich sehnte mich so danach, seine Arme um meinen Körper zu spüren, dass ich einen körperlichen Schmerz empfand.

»So, und wie geht es jetzt weiter?«, fragte ich und kämpfte gegen den Drang an, mir die Augen auszuheulen und ihn anzuflehen, zurück nach England zu kommen.

»Ab Januar pausiere ich mit meiner normalen Arbeit, sodass ich mich voll und ganz auf das Schreiben der beiden Drehbücher konzentrieren kann.«

Mir blieb die Luft weg; das könnte wirklich zu unseren Gunsten laufen. Es war sein »normaler Job«, der ihn in New York festhielt. Wenn er eine Pause einlegte, bestand vielleicht wirklich die Möglichkeit, dass Rebeccas Wunsch sich erfüllte.

»Gina?« Er lehnte sich so nahe an den Bildschirm, wie er nur konnte. »Du bist sehr still geworden. Alles okay?«

»Ja.« Meine Brust hob und senkte sich, so aufgeregt war ich. Ich wusste plötzlich genau, was ich tun würde. »Dexter, es tut

452

mir leid, dass ich auflegen muss, aber ich habe etwas Wichtiges zu erledigen. Wir sprechen uns bald.«

Er sah verwirrt aus. »Warte eine Minute! Du hast mir noch nicht erzählt, wie es mit der Bank gelaufen ist.«

Mein Finger drückte den Beenden-Knopf, und ich sprang vor Freude in die Luft, während mein Kopf bereits fieberhaft arbeitete, wie ich das alles bewerkstelligen konnte.

Die nächsten Tage vergingen in einem Rausch surrealer Aktivität. Nicht nur die Kinder waren vor Vorfreude auf Weihnachten ganz aufgedreht, ich war es auch.

Weil ich beschlossen hatte, nach New York zu fliegen.

Dexter hatte ich nichts gesagt. Ich wollte ihn überraschen.

Ich hatte die Nase voll, mit einer kleinen Bildschirmversion von ihm zu reden, ich wollte ihn persönlich sehen, ihm sagen, wie sehr ich ihn vermisst hatte und wie sehr seine Familie sich wünschte, dass er nach Hause kam. Jedes Mal, wenn ich daran dachte, was für ein Risiko ich einging, wurde mir ganz schwindelig. Doch er hatte eine offene Einladung ausgesprochen, ihn zu besuchen, die hoffentlich die ernst gemeint war.

Am Tag nach Dexters Anruf hatte ich Kontakt zu Eric aufgenommen, und er hatte widerwillig zugestimmt, Kopien der von mir benötigten Dokumente an meinen Steuerberater zu schicken. Eine Stunde später rief er zurück und machte mir ein Angebot für meine Anteile. Es lag möglicherweise unter dem Marktwert, doch ich war nicht habgierig und verspürte nicht den geringsten Wunsch, mich mit ihm zu streiten. Er hatte eine süffisante Bemerkung fallen lassen, dass das seine Möglichkeiten, Evergreen Manor zu kaufen, nicht beeinflussen würde, aber ich war nicht darauf eingegangen. Ich hatte Rebecca auf meiner Seite und einen Aufschub von einer Woche, was er beides nicht wusste.

Natürlich war nichts jemals einfach. Obwohl ich meinen spontanen Miniurlaub mit den Eltern meiner Kinder abgestimmt hatte, erinnerte mich Cat daran, dass mein Trip mit dem Wochenende kollidierte, an dem sie mich als Betreuung für die Zwillinge brauchte. Mir kam ein Gedanke; der Lieblingsfilm der Kinder war *Kevin allein zu Haus*. Ich war mir sicher, dass sie begeistert sein würden, die ganzen Drehorte in Manhattan mit eigenen Augen zu sehen und da sie Pässe hatten und Cat ihnen diese Riesenfreude machen wollte, willigte ich ein, sie mitzunehmen.

Wie im Flug war der Tag unserer Abreise da.

Rosie hatte uns zum Flughafen gebracht. Wir checkten unser Gepäck ein, frühstückten und rochen an allen Parfüms im Duty-free-Shop. Und jetzt hatten wir vier – ja, wir vier – mit den Taschen voller Dollars und den Handys voller guter Wünsche unsere Plätze für den Flug zum JFK eingenommen.

Bing hatte mich mit so sehnsüchtigen Augen angesehen, als ich ihm von dem Trip erzählt hatte, dass ich nicht widerstehen konnte, ihn zu fragen, ob er mitwollte.

»Ich kann dem Ganzen etwas von dem Stress nehmen und dir mit den Mädchen helfen. Ich kann auf sie aufpassen, sodass du ein bisschen Zeit allein mit Dexter hast«, hatte Bing vorgeschlagen, nach meinem Arm gegriffen und war voller Freude mit mir durch die Küche getanzt. Er hatte einen Großteil seiner Ersparnisse für sein Ticket verbraucht. Den Rest hatte er in Dollar umgewechselt, für seine *Auslagen*, wie er es nannte.

»Das ist das wahre Leben«, sagte er jetzt, während er in der Bordzeitschrift las. »Sieh dir die ganzen Filme an! Ich werde überhaupt keine Zeit haben zu schlafen.«

Bing hatte den Gangplatz uns gegenüber. Als ich unser Gepäck nach dem Auspacken von Süßigkeiten, Spielzeug, Malbüchern und warmen Pullovern für die Mädchen über unseren Sitzen verstaut hatte, hatte er die kleine Tüte mit allem, was von der Airline zur Verfügung gestellt wurde, ausgepackt und sich die Decke über die Knie gelegt, das Kissen hinter seinen Kopf geklemmt und die Kopfhörer eingesteckt.

Ich lachte vor mich hin. Bis jetzt war aus der Hilfe nichts geworden; Bing war eher eine Belastung gewesen, wenn auch eine amüsante. Sein alter Koffer war während des Check-ins aufgegangen und hatte die Schlange hinter ihm aufgehalten, während die arme Frau von der Airline Unterhosen und Socken vom Förderband einsammeln musste. Er war mit Schimpf und Schande des Duty-free-Shops verwiesen worden, da er mehr als den zulässigen Anteil an Whisky probiert hatte, und in eine Diskussion mit den Sicherheitsbeamten geraten, als sie daran festgehalten hatten, dass sein Taschenmesser an Bord unter keinen Umständen erlaubt sei, auch wenn er es 1975 bei einem Kartenspiel gewonnen hatte und es sein Glücksbringer war.

»Gina?«, sagte Isabel.

Ich drehte mich um und sah, dass beide Mädchen mich mit zitternder Unterlippe ansahen.

»Was ist?«

»Wir möchten beide am Fenster sitzen.«

»Mich bekommt ihr nicht ans Fenster«, sagte Bing laut von seinem Platz jenseits des Gangs. »Ich habe einmal in einem Film gesehen, wie eine große, dicke Frau hinausgesaugt worden ist, als ein Teil des Motors ins Glas gekracht ist.«

Die Mädchen hielten die Luft an.

»Bing!« Ich sah ihn streng an.

Isabel betrachtete skeptisch das kleine, ovale Fenster. »Wie hat sie denn durch das kleine Fenster gepasst, wenn sie so dick war?«

Bing beugte sich vor und flüsterte laut: »Nicht alles von ihr, die dicken Teile …«

»Danke, Bing«, mischte ich mich ein. Wir drei tauschten die Plätze, bis ich am Fenster saß. »Das war sehr hilfreich.«

»Schnallt euch an, Mädchen!«, sagte er und zog seinen eigenen Gurt fest. »Der Flug könnte turbulent werden, sie haben für heute Stürme über dem Atlantik angesagt.«

Lily griff nach ihrem Teddy und Isabel, die den Mittelsitz hatte, schob ihre Arme unter meinen und den ihrer Schwester.

»Ich wette, ihr seid froh, dass ich hier bin, was?«, meinte Bing und zwinkerte mir zu. »Ein Paar hilfreiche Hände mehr.«

»Absolut unschätzbar«, sagte ich und warf einen Blick auf meine Uhr. Wann würden sie mit dem Getränkewagen kommen?

Kapitel 39

Wir waren da. Wir waren wirklich da.

Die Skyline von Manhattan dominierte die Aussicht durch die Windschutzscheibe des gelben Taxis, und ich war total nervös.

Das Taxi fuhr in einen Tunnel und tauchte uns in Dunkelheit. Im Glas erblickte ich mein Spiegelbild. Äußerlich sah ich so aus wie immer: ein Hauch von Eyeliner und Mascara, Pullover und Jeans, mein Standardlook. Doch in meinem Inneren war ich eine andere, das wusste ich. Mein altes Ich hätte diesen verrückten Traum schon vor Ewigkeiten aufgegeben. Was sagte ich da? Ich hätte mich nicht einmal darauf eingelassen. Und jetzt war ich hier und tat genau das: Ich kämpfte, um Evergreen Manor zu retten und mit etwas Glück auch Dexter nach Hause zu Rebecca zu bringen.

Vom ersten Moment an, als ich ihn gesehen hatte, hatte ich gewusst, dass da etwas zwischen uns war. Zugegeben, die ersten Wochen *nach* unserem ersten Treffen waren nicht so toll gewesen. Doch der Funke war immer da gewesen, selbst bei unseren Streitereien. Ich wusste, was ich für ihn empfand, und die einzige Möglichkeit herauszufinden, ob er das Gleiche für mich empfand, war die, ihn zu fragen. Von Angesicht zu Angesicht. Deshalb war ich hier.

»Guck mal!«, sagte Lily leise und zeigte auf den großen Turm, als wir wieder aus dem Tunnel herausfuhren.

»Das ist das Chrysler Gebäude«, sagte ich und strich ihr über den Kopf. »Ist es nicht schön?«

Mein Herz machte einen Satz beim Klang ihrer Stimme, die so klar und melodisch war wie eine Glocke.

»Ihr seid in den Ferien«, hatte ich zu den beiden Mädchen gesagt, bevor wir in das Taxi gestiegen waren. »Und bald ist Weihnachten. Eure Aufgabe ist es, ganz viel Spaß zu haben. Es gibt nichts und niemanden, um das oder um den ihr euch Sorgen machen müsst, okay?«

Lily hatte sogar mit einem »Ja« geantwortet und seitdem auch noch ein paar weitere Worte gesagt. Vielleicht gab ihr der Aufenthalt hier, wo niemand etwas von der Tragödie wusste, die der Familie Fletcher widerfahren war, und niemand irgendwelche Erwartungen an sie stellte, die Freiheit, ihre Stimme wiederzufinden. Und außerdem war Weihnachten; ich hoffte, dass der Zauber von Weihnachten mir helfen würde, und vielleicht würde er ja auch Lily und Isabel helfen.

»Aber wir müssen Mami ein Geschenk kaufen«, hatte Isabel gemeint.

»Stimmt, das ist eine sehr wichtige Aufgabe.«

Beau hatte den Mädchen fünfzig Dollar gegeben, um Cat ein Geschenk zu kaufen, und sie scharrten mit den Hufen, sie auszugeben.

»Und wenn noch etwas Geld übrig bleibt, kaufe ich dir auch eins«, sagte Isabel mit einem versteckten Lächeln. »Was wünscht du dir zu Weihnachten?«

»Das ist sehr lieb von dir, aber ich möchte, dass ihr das ganze Geld für eure Mama ausgebt«, sagte ich und streichelte ihre kleine, samtige Wange. Außerdem war das, was ich mir wünschte, nicht nur für Weihnachten – es war für immer, dachte ich, als ich aus dem Autofenster und weiter Richtung Brooklyn blickte.

»Das mag zwar die Stadt sein, die nie schläft, aber ich könnte ein Nickerchen gebrauchen«, gähnte Bing vorne im

Taxi. »Du und die Mädchen könnt ruhig ohne mich shoppen gehen.«

Wie vorauszusehen gewesen war, hatte er neunzig Prozent der Zeit geschlafen; in den restlichen zehn Prozent hatte er gegessen, die Mädchen halb zu Tode damit erschreckt, dass sie in der Toilette heruntergesaugt werden könnten, und seinem armen Sitznachbarn laut ins Ohr gebrüllt, dass man doch dem Mile-High-Club beitreten könnte, weil er nicht gemerkt hatte, dass er noch seine Kopfhörer trug.

»Checken wir erst mal im Hotel ein«, sagte ich, »dann könnten wir vielleicht ...«

Was könnten wir dann vielleicht? Meine Planung hatte sich bis jetzt darauf konzentriert, uns hierherzubringen. Über das Einchecken im Hotel hinaus hatte ich keinen Plan. Die eine Hälfte von mir wollte Dexter sofort anrufen, die andere war ein nervliches Wrack.

»Sehen wir Dexter heute?«, fragte Isabel scharfsinnig.

»Nein, morgen«, sagte ich kurz entschlossen. »Er arbeitet heute, und er hat sehr viel zu tun.« Und ich brauchte den heutigen Tag, um mich zu sammeln und mir zu überlegen, was ich ihm sagen wollte. »Wie wäre es, wenn wir heute eine Kutschfahrt durch den Central Park machen?«

»Ja!«

Selbst Bing beschloss, dafür wach zu bleiben.

In dieser Nacht schlief ich wie ein Murmeltier und wachte nicht vor sechs Uhr auf, was in New York zwar früh war, zu Hause aber elf Uhr entsprochen hätte. Ich zog mein Handy aus der Steckdose und stieg vorsichtig aus dem Bett, um die Zwillinge nicht zu wecken, die beschlossen hatten, in der anderen Hälfte meines Betts zu schlafen, obwohl sie ein eigenes Bett hatten. Ich machte ihnen keinen Vorwurf: das Bett vermittelte einem das Gefühl, auf einer warmen Wolke zu schlafen, und hatte die Größe eines Trampolins. Ich hatte eine Suite gebucht, damit wir alle zusammen waren, und als ich mich zum Fenster schlich, um einen ersten Blick auf den Tag zu werfen, hörte ich Bing auf dem Schlafsofa nebenan schnarchen.

Ich glitt zwischen den Vorhängen hindurch und zog sie hinter mir zu, um die Kinder nicht zu wecken. Der Blick durch die Fenster, die bis zum Boden reichten, raubte mir den Atem. Der Himmel sah aus, als wäre er mit breiten Strichen angemalt worden, von Gold zu Apricot und von Rosa zu Lila, und ein praller Mond hielt dort oben immer noch Hof. Tief unten breitete sich Manhattan mit seiner perfekten Rastergliederung vor mir aus, und von hier oben aus dem einundzwanzigsten Stock sahen die Autos, Lieferwagen und die wenigen frühmorgendlichen Fußgänger, die ihre kleinen Hunde spazieren führten, wie Spielzeugfiguren aus. Zu meiner Rechten erhob sich einige Blocks weiter das Empire State Building. Es hatte uns gestern Abend alle bezaubert, und die Mädchen hatten Ewigkeiten hinaufgestarrt, fasziniert von den farbigen Lichtern auf dem Dach.

Die Zeit mit den Zwillingen gestern war die reinste Freude gewesen. Es hatte mir das Herz erwärmt, wie ihre kleinen Gesichter jedes Mal aufleuchteten, wenn sie etwas Neues und Aufregendes entdeckten. Unsere Kutschfahrt war ein Riesenerfolg gewesen. Bing hatte sie zum Lachen gebracht, indem er mit den Pferden sprach, und die beiden hatten so getan, als seien sie Aschenputtel auf dem Weg zum Ball. Nach einem frostigen Trab durch den Central Park hatten wir kurz bei Tiffany hineingeschaut. Isabel hatte eine Verkäuferin gefragt, was sie für fünfzig Dollar bekamen, und die Mädchen hatten lang und breit diskutiert, ob sie Cat eine blaue Tasse kaufen sollten. Dann hatte Bing ihnen gesagt, dass sie zu diesem Preis zehn Tassen in Ken's Mini Markt im Dorf kaufen konnten, und Beaus fünfzig Dollar überlebten noch einen weiteren Tag.

Bing mitzunehmen war genau das Richtige gewesen, denn der alte Mann genoss nicht nur jede Minute unseres Trips, auch die Mädchen waren völlig entspannt in seiner Gesellschaft, und es war eine Freude zu sehen, wie gut die drei sich verstanden.

Zum Abendessen hatten wir uns eine Pizza von der Größe eines Wagenrads geteilt. Lily waren schon bald die Augen zugefallen, und um neun waren wir alle reif fürs Bett gewesen. Als ich die Nachttischlampe ausgeschaltet hatte, war eine SMS von Dexter eingegangen, in der er sich für die späte Stunde entschuldigte (er dachte ja, bei mir wäre es mitten in der Nacht) und ein Face-Time-Gespräch für den heutigen Morgen vorgeschlagen hatte.

Ich hatte ihm gestern Abend nicht mehr geantwortet. Jetzt drehte ich das Telefon in der Hand, bereit, seine Nummer zu wählen. Rebecca hatte mich herausgefordert, und heute würde ich die Herausforderung annehmen.

Sie wollte, dass er nach Hause kam, und das wollte ich auch.

Es war Samstag, und mit etwas Glück hatte er heute frei und konnte den ganzen Tag mit uns verbringen. Mein Herz schlug wegen des Adrenalins schneller. Ich mochte zwar nicht genau wissen, was ich ihm sagen wollte, doch ich musste an mich glauben, musste meinem Instinkt vertrauen und meinem Herzen folgen. Dexter und ich mochten uns nur einmal durch das Fenster eines Taxis geküsst haben, doch ich vermisste ihn so, dass ich das Gefühl hatte, verrückt zu werden. Ich konnte es nicht abwarten, seine Stimme zu hören, den Schock und hoffentlich auch die Freude in seinem Gesicht zu sehen, wenn er herausfand, dass ich hier war.

War sechs Uhr zu früh? Ich zögerte ganze drei Sekunden, dann tippte ich seine Nummer ein.

»Hey!«, meldete sich Dexter auf meinen Face-Time-Anruf und rieb sich die Haare mit einem Handtuch trocken.

Meine Brust schwoll an vor Glück. »Gut, dass ich dich nicht geweckt habe. Ich dachte, es könnte vielleicht noch zu früh sein.«

»Nein, ich habe heute viel vor. Warte mal, lass mich gerade das Telefon richtig hinstellen.«

Einen Moment hatte ich kein klares Bild, dann sah ich ihn wieder.

»So ist es besser.« Er lachte und warf sich das Handtuch über die Schulter.

Das war es, definitiv. Ich blinzelte mehrmals. Ja. Seine Brust war nackt. Wow. Breite Schultern, ein straffer Oberkörper und ein Bizeps, wie aus dem Bilderbuch. Eine leichte dunkle Behaarung über den Brustmuskeln führte hinunter zu …

»Und, wie fühlst du dich?«

Ich schluckte. »Absolut … hingerissen.«

Er warf den Kopf zurück und lachte.

»Bist du nackt?«

Er griff nach dem Handy und lachte. »Guck selbst.«

Ich hielt den Atem an und wusste nicht, ob ich hinschauen sollte oder nicht. Doch ich tat es. Natürlich. Langsam veränderte er den Winkel seines Handys und folgte der Linie der dunklen Haare, um erst einen schlanken Bauch und dann …

»Jeans!« Er neigte das Handy nach oben und schüttelte den Kopf. »Natürlich bin ich nicht nackt. Ich kann nicht glauben, dass du gedacht hast, ich gehe ans Telefon, bevor ich etwas anhabe.«

»Schade.«

Er tat, als wäre er geschockt. »Ich habe Respekt vor den Frauen in meinem Leben, weißt du.«

Seine Worte brachten meine Haut zum Prickeln; er zählte mich zu den Frauen in seinem Leben.

»Ich weiß.« Tief in meinem Inneren rührte sich Zorn, dass seine Ex-Freundin ihn so schäbig behandelt und seine Freunde ihm nicht vertraut hatten. Doch das gehörte der Vergangenheit an; er lebte sein Leben weiter. Und ich würde ihm helfen, diesen Teil seines Lebens zu vergessen. Ich lächelte. »Ich konnte es nicht abwarten, mit dir zu reden; deshalb rufe ich so früh an.«

Sein Blick wurde weicher. »Das ist schön. Und ich bin froh, dass du das getan hast; ich bin nämlich gleich unterwegs. Wie gesagt, der Tag heute ist total voll.«

Mein Lächeln verrutschte ein bisschen. »Du arbeitest an einem Samstag? Wie schade.«

»Ja. Heute Mittag habe ich eine Besprechung mit den Mitwirkenden einer Fernsehshow, an der ich arbeite. Und heute Nachmittag will ich noch ein paar offene Fragen mit Leuten im Büro klären, bevor ich in die Weihnachtsferien gehe. Ach ja, und davor treffe ich mich mit meinem Boss.« Er drehte sich um und griff nach einem Hemd und schlüpfte in die Ärmel. »Er kommt aus ...«

»Großbritannien?«, sagte ich leichthin.

Er lachte selbstbewusst und rieb sich die Nase. »Ja. Mein Boss lebt in England. Ich schätze, das hat Rebecca dir erzählt?«

»Ja. Sie hat mir so einiges erzählt.« Ich hielt seinen Blick fest. »Sie und Simon sind bei mir vorbeigekommen, weil sie sich Sorgen gemacht hat, nachdem du auf ihre Nachrichten nicht geantwortet hast.«

Er zuckte zusammen. »Die arme Becks. Ich hatte wirklich viel zu tun, ehrlich, aber ich bin ihr auch aus dem Weg gegangen, um dir mehr Zeit zu geben. Und wenn ich mich auch nur auf eine E-Mail gemeldet hätte, hätte sie immer wieder angerufen, bis ich ihr eine definitive Antwort zu diesem formalen Angebot für Evergreen Manor gegeben hätte.«

»Rebecca hat mir auch erzählt, dass Stacys neuer Freund sie fallen gelassen und beschuldigt hat, ihn angegriffen zu haben.«

»Aha.« Er konzentrierte sich darauf, das Hemd schweigend zuzuknöpfen, seine Schultern waren angespannt.

All das war fünf Jahre her, und trotzdem sagte mir seine gesamte Körpersprache, dass er immer noch verletzt war. Ich sehnte mich danach, meine Arme um ihn zu schlingen und ihm zu sagen, wie viel er mir inzwischen bedeutete.

»Dann hast du keine Zeit mich zum Frühstück zu treffen?«

Er blickte auf und schüttelte den Kopf. »Ich schnappe mir einen Kaffee und einen Bagel und esse ihn im Zug.«

»Das ist wirklich schade, ich habe gestern Abend nämlich einen netten, kleinen Coffee Shop entdeckt, der nach dem perfekten Ort für ein Frühstück ausgesehen hat.«

Er sah mich verwirrt an. »Wovon redest du? Wo?«

»Oh, ich erinnere mich nicht genau.« Ich hielt das Handy ein Stück von mir weg und drehte es so lange, bis das Empire State Building auf dem Bildschirm zu sehen war. »Irgendwo da unten auf dem Broadway zwischen der 32. und der 33., denke ich.«

Dexter fiel die Kinnlade herunter. »Bist du …? Ist das …? Oh. Mein. Gott. Du bist in Manhattan?«

Ich strahlte ihn an. »Du hast doch gesagt, es wäre eine stehende Einladung. Ich bin übers Wochenende hier.«

Er schüttelte verwirrt den Kopf. »Ich kann es nicht fassen, das ist unglaublich. Ich freue mich so, wirklich! Ich habe das ernst gemeint, als ich gesagt habe, dass ich dich vermisse.«

Lachen stieg in mir auf. »Ich kann nicht glauben, dass ich es geschafft habe, das die ganze Woche vor dir geheim zu halten.«

Er sah auf die Uhr an seinem Handgelenk. »Scheiße. Ich habe heute wirklich viele Meetings. Und ich muss jetzt los. Aber kannst du mich um, sagen wir, zwei Uhr im Comcast treffen? Ich verschiebe alles andere, dann sollte ich den Rest des Tages frei haben.«

»Im Comcast?« Ich schüttelte den Kopf. »Ist das leicht zu finden?«

»Das ist bei den NBC Studios im Rockefeller Center. Warte vor den großen Türen gegenüber von dem Baum auf mich.«

Ich nickte, während ich mich konzentrierte. »Vor dem großen Baum. Verstanden. Ist der leicht zu sehen?«

»Ja.« Er lachte. »Wahrscheinlich siehst du ihn sogar aus dem All.«

»Dann sehen wir uns um zwei.«

»Warte.« Er sah mich an, und aus seinen Augen strahlte eine solche Freude, dass ich die Wärme fast durch den Bildschirm spürte. »Das ist die beste Überraschung der Welt.«

Ich bedeutete ihm, sich zu beeilen. »Geh, geh, geh. Je schneller du deine Arbeit getan hast, desto eher kannst du mir das persönlich sagen.«

Wir beendeten das Gespräch, ich schlüpfte zurück ins Zimmer und ging leichten Herzens unter die Dusche. Die nächsten siebeneinhalb Stunden konnten nicht schnell genug vergehen.

Kapitel 40

»Weihnachtsmützen!«, sagte Bing und zog die Zwillinge über den Bürgersteig und durch die Menschenmenge auf dem Broadway zu einem Straßenkiosk. »Wenn uns das nicht in Weihnachtslaune versetzt, weiß ich auch nicht.«

Ich lächelte vor mich hin und beobachtete, wie Bing Lily und Isabel half, ihre Mützen auszusuchen, und anschließend eine für mich auswählte; er hatte genauso viel Spaß wie die Mädchen, wenn nicht sogar mehr.

Er war heute Morgen aus dem Bad aufgetaucht, das Haar mit Gel gebändigt, in Blazer, Hemd und Krawatte.

»Heute sind wir die Botschafter Großbritanniens, Ladies«, hatte er gesagt, die Hacken gegeneinandergeschlagen und vor seinem Spiegelbild salutiert. »Machen wir Ihrer Majestät alle Ehre.«

»Hier, Gina, die ist für dich«, sagte Bing jetzt mit einem Augenzwinkern. Er hielt mir eine Mütze hin. »Nicht, dass Dexter eine Ermutigung brauchen wird.«

Die Mütze war rot mit einem Fellrand wie die anderen, doch zusätzlich war vorne mit einem Draht ein Mistelzweig daran befestigt. Die Mädchen kicherten, als ich sie aufsetzte und versuchte, beide zu küssen.

Bing reichte dem Verkäufer ein paar Dollar, und wir gingen weiter; er hatte recht, es machte Spaß, die Mützen zu tragen, auch wenn der Mistelzweig dauernd Passanten piekste.

Gegen ein Uhr wurden wir langsam müde, und ich kam vor Nervosität fast um; nur noch eine Stunde.

Den ganzen Morgen hatte ich an Dexter gedacht. Das letzte Mal hatten wir uns im Oktober in Barnaby gesehen, als er auf das Taxi gewartet hatte, das ihn zum Flughafen bringen sollte. Seitdem hatte sich unsere Beziehung zu etwas Besonderem entwickelt, zumindest was mich anging, und obwohl er mir gesagt hatte, dass er mich vermisste, wusste ich nicht wirklich, wie es in seinem Herzen aussah. Doch das würde ich bald herausfinden.

Ich spürte, wie jemand mir auf den Arm tippte und sah Lily auf ein Reklameschild zeigen. »Die besten Hotdogs von New York.«

Es gab eine Warteschlange und überall um uns herum mampften die Leute Hotdogs mit Zwiebeln oder Käse oder einem perfekt aufgespritzten Zickzack aus Senf und Ketchup. Und was viel wichtiger war, an einer Seite standen ein paar Tische und Stühle.

»Du kannst nicht schon wieder Hunger haben!«, sagte ich und lachte in ihr rotwangiges, glückliches Gesicht, als sie leise antwortete, dass es aber so sei.

Wir hatten einen lustigen Morgen gehabt und uns sozusagen durch Manhattan gegessen und getrunken: warme Zimtbrezeln zum Frühstück, später heiße, kandierte Nüsse und heiße Schokolade mit ganz viel Schlagsahne. Gut, dass wir so viel gelaufen waren, sonst hätte ich bestimmt um eine Größe zugelegt, wenn wir wieder in Barnaby waren.

»Das nennt sich Ferienhunger«, sagte Isabel lässig. »Daddy hat das immer so genannt. Er hat gesagt, dass die Bäuche in den Ferien mehr brauchen, weil das Essen spannender ist.«

Das war das erste Mal, dass sie so von Max sprach; ich hatte gehört, wie sie anderen Kindern erzählte, dass ihr Daddy gestorben war, doch sie hatte nie darüber gesprochen, was für ein Vater er gewesen war. Lily warf mir einen Blick zu, als würde sie sich wegen meiner Reaktion sorgen, und ich fragte mich, ob es zu Hause nicht selbstverständlich war, dass sie über ihren Vater sprachen.

Ich lächelte schnell, um zu verbergen, wie erschüttert ich war. »Ich denke, euer Daddy hatte recht.«

»Wenn das wirklich die besten Hotdogs von New York sind, möchte ich wetten, dass dein Dad auf jeden Fall einen probiert hätte.« Bing rieb sich die behandschuhten Hände. »Sollen wir den Test machen?«

Es war anstrengend, in der Menge zusammenzubleiben, obwohl es jetzt mit den Mützen etwas leichter war, alle im Blick zu behalten. Ich schob uns zu einem freien Tisch, und schon bald vertilgten wir das, was Isabel und Lily definitiv als die besten Hot Dogs der Welt bezeichneten. Ich machte ein Bild von ihnen in ihren Weihnachtsmützen und schickte es Cat, die ein Selfie zurückschickte, wie sie im milden kalifornischen Sonnenschein saß.

Bing und ich tranken unseren Kaffee aus, während die Mädchen genauestens den Inhalt der Tüte mit den Sachen studierten, die sie bei Sephora für ihre Mum gekauft hatten. Sie waren sehr zufrieden mit ihrer Beute. Isabel war mit dem ganzen Selbstvertrauen einer abgebrühten Kundin zu einer Verkäuferin gegangen und hatte sie gefragt, was sie ihrer *sehr schönen* Mum für fünfzig Dollar kaufen könnten. Ihr süßer britischer Akzent hatte die Verkäuferin direkt für sie eingenommen, und als Lily beim Bezahlen flüsterte, dass nur Mama ein Geschenk bekomme, weil Daddy gestorben sei, hatte die Verkäuferin die Lippen zusammengepresst und ganz viele Gratisgeschenke und Proben mit in die Tüte getan.

»Wie fühlst du dich, Mädchen?«, fragte Bing, als er meinen Blick auf die Uhr mitbekam.

Noch dreißig Minuten.

Ich schluckte. »Ich bin nervös, aufgeregt, und mir ist heiß.« Ich drückte die Hände gegen die Wangen.

»Ich habe meine Beziehungen immer vermasselt, als ich jung war. Ich habe nicht an dem festgehalten, was mir wichtig war.« Sein Blick wurde weich bei den Erinnerungen. »Die meiste Zeit war mir nicht einmal klar, was wichtig war. Wenn du glaubst, dass Dexter Teil deiner Zukunft sein könnte, sag ihm das. Frauen haben kein Monopol auf Nervosität, weißt du, wahrscheinlich ist er jetzt genauso nervös und wartet, dass es zwei wird und du kommst.«

Ich schob die Hände in die Taschen und spürte, wie die Kälte des Metallstuhls durch meine Jeans kroch.

»In den letzten Monaten ist so viel passiert; meine Scheidung, die super Bewertung durch Ofsted und natürlich Violets Tod. Und jetzt stehe ich mit etwas Glück kurz vor dem Kauf von Evergreen Manor und der Expansion meines kleinen Unternehmens in einem Umfang, den ich mir nie hätte vorstellen können. Und dann ist da Dexter, in den ich mich verliebt habe, wie ich zugeben muss.«

Bing stellte den Kragen seines Mantels hoch und zog sich die Handschuhe wieder an. »Dexter ist ein guter Bursche. Violet hat sich Sorgen um ihn gemacht, sie hat erzählt, wie empfindsam er als Teenager war, wie er die Nase immer in einem Buch hatte und sehr viel zurückhaltender war als seine Schwester.«

»Das weiß ich alles«, sagte ich, als mir ein Angstschauer das Rückgrat hinunterlief, »aber ich befinde mich so weit außerhalb meiner Komfortzone, dass ich gewissermaßen auf einem anderen Planeten bin.«

»Du weißt schon, was man sagt?«, schmunzelte er. »Das Ende deiner Komfortzone ist da, wo das Abenteuer anfängt.«

Ich atmete kräftig aus, richtete den Mistelzweig an meiner

Mütze und stand auf. »In dem Fall stecke ich mitten im größten Abenteuer meines Lebens. Also los«, sagte ich und sammelte unseren Mittagessensmüll zusammen.

»Wow, seht mal den riesigen Weihnachtsbaum!«, stieß Isabel hervor, als wir um die Ecke bogen und bei Saks auf der Fifth Avenue die Straße überquerten. »Bing, Gina, guckt mal!«

Sie zog an meinem Arm, und Lily tanzte neben ihr her.

»*Wie in Kevin allein zu Haus 2*!«, hauchte Lily.

»Der ist wirklich wunderschön!« Ich lächelte vor mich hin. Kein Wunder, dass Dexter gelacht hatte bei meiner Frage, ob er leicht zu finden sei. Er schien bis in die Wolken zu reichen, und die Spitze oben schmückte der größte, glänzendste Stern, den ich je gesehen hatte.

Überall standen Leute und versuchten, Selfies zu machen mit dem Baum und den vielen Weihnachtsdekorationen im Hintergrund. Ich hielt Lily fest und versicherte mich, dass Bing Isabel an der Hand hatte. Im Schneckentempo schoben wir uns gemeinsam vorwärts, vorbei an goldenen Engeln, die über einem Wasserspiel Trompete spielten und einem kleinen altmodischen Lieferwagen, der frischen Kaffee verkaufte. Schließlich standen wir am Fuß des Baums. Hinter uns war eine Reihe riesiger Türen. COMCAST stand in großen Buchstaben in der Mitte.

Noch zehn Minuten. Mein Magen schlingerte, und mir war zu warm in den ganzen Sachen, die ich übereinander trug.

»Es ist genau wie in dem Film«, sagte Isabel, die Augen vor Staunen weit aufgerissen. »Wenn die Mutter Kevin findet.«

»Nur mit mehr Leuten«, fügte Lily treffsicher hinzu.

»Mit sehr viel mehr Leuten«, sagte ich, begeistert, wie viel sie in den letzten vierundzwanzig Stunden gesprochen hatte.

Die beiden standen ehrfürchtig da, hielten sich an den Händen und blickten nach oben. Ich nutzte die Gelegenheit, ein Bild von ihnen zu machen, solange sie einmal stillstanden.

»Danke, dass du mich hierher gebracht hast, Mädchen«, sagte Bing in mein Ohr. »Ich weiß, dass ich wahrscheinlich eher eine Last als eine Hilfe bin, aber das ist die Reise meines Lebens.«

Ich umarmte Bing, und mein Herz schmolz dahin beim Anblick der Tränen in seinen Augen.

»Oh, Bing, du bist wundervoll und weise, und ich vergöttere dich. Der Trip würde nicht halb so viel Spaß machen, wenn du nicht dabei wärst. Und wie sollte ich ohne deine Hilfe einen Moment mit Dexter allein haben?«

Er schluckte, seine alten Augen mit den schweren Lidern glänzten. »In dem Fall, danke. Und danke, dass du die Kinder in mein Leben gebracht hast. Sie haben eine Seite in mir zum Klingen gebracht, auf die ich richtig stolz bin, und das habe ich lange nicht mehr von mir sagen können.«

Ich lehnte meinen Kopf an seine Schulter, und er schlang den Arm um meine Taille, und trotz der Menschenmenge spürte ich, wie ich ruhig wurde. Für ungefähr fünf Sekunden.

»Können wir dort runtergehen und den Schlittschuhläufern zusehen?« Die Zwillinge hüpften auf den Zehenspitzen und zeigten mit den Fingern auf die Eisbahn. »Bitte?«

Bing und ich berieten uns und beschlossen, dass er mit ihnen ging, während ich hier auf Dexter wartete.

Ich beugte mich zu ihnen hinunter und gab beiden einen Kuss. »Viel Spaß.«

Lily flüsterte etwas in Isabels Ohr.

»Fragst du Dexter, ob du Evergreen Manor haben kannst?«, fragte Isabel.

»So in etwa«, sagte ich lachend. Den beiden entging doch nichts.

»Und wirst du ihn küssen?«

Ich hörte Bing hinter mir leise kichern und spürte, wie meine Wangen heiß wurden. »Ja, vielleicht. Nur aus Höflichkeit, natürlich.«

»In dem Fall …« Isabel zeigte auf mein Gesicht, und Lily rieb mit ihrem Handschuh an meinem Kinn.

»Du hattest da Senf«, kicherte Lily.

»Danke«, sagte ich und gab beiden einen Kuss. »Was würde ich nur ohne euch machen?«

Ich richtete mich auf und sah Bing an. »Wünsch mir Glück.«

Seine stoppelige Wange streifte meine, als er mir einen Schmatzer von einem Kuss gab. »Du brauchst kein Glück. Denk einfach daran, dass das Leben ein Abenteuer sein sollte. Geh aus dir heraus.«

»Das mache ich«, sagte ich, während meine Augen vor Glück strahlten.

»Okay, Mädchen.« Bing hielt die Hände der Mädchen fest und steckte sie tief in seine Taschen. »Haltet euch an mir fest, als hinge euer Leben davon ab.«

»Seid vorsichtig!«, rief ich ihnen nach. »Und lasst Bings Hand nicht los. Nicht eine Sekunde.«

Oder eure Mutter bringt mich um, dachte ich, während ich zusah, wie sie von der Menge verschluckt wurden.

Ich nahm mir eine Minute, um mir mit den Fingern durch die Haare zu fahren, dann positionierte ich mich mittig zwischen dem Baum und den Türen von Comcast. Vielleicht war die Mütze mit dem Mistelzweig doch ein wenig heftig? Vielleicht hätte ich etwas anziehen sollen, das weniger zweckmäßig war? O Gott.

»GINA!«

Mein Herz hämmerte, als ich mich so sehr streckte, wie ich konnte, und versuchte, ihn in der Menge auszumachen. Da!

Ich entdeckte ihn direkt vor den Türen, wo er wie ein Wahnsinniger winkte.

»DEXTER!«

Ich rannte, sauste durch die Menge wie ein Pfeil durch die Luft, bis er vor mir stand, die Arme weit geöffnet. Groß und lächelnd und perfekt. Mein Herz klopfte wie verrückt in meiner Brust, und wie aus dem Nichts spürte ich Tränen – Glückstränen – auf meinen Wangen. Er war der wundervollste Anblick der Welt.

Und plötzlich berührten meine Füße den Boden nicht mehr, und seine Arme wirbelten mich herum, unsere Gesichter drückten sich aneinander, meine Arme umschlangen seinen Hals. Ich presste mich an ihn, atmete ihn ein, wünschte, ich könnte ihm noch näher kommen.

Er hielt inne und lehnte sich zurück, um mich anzusehen, die Arme fest um mich geschlungen. »Willkommen in New York.«

»Danke.«

Und als er mich auf den Boden stellte und mein Gesicht in seine Hände nahm, waren Worte nicht länger nötig. Er küsste mich, drückte seine Lippen warm auf meine. Wir verschmolzen miteinander, ich schloss die Augen und ließ mich mitreißen, gab mich dem Moment hin. Um uns herum redete ein Meer von Leuten durcheinander, die sich für Fotos in Position stellten und ehrfürchtig den Atem anhielten ob dieses Weihnachtswunderlands. Doch für uns, für Dexter und mich, gab es nur uns beide und unsere Freude, wieder zusammen zu sein. Ich lachte an seinen Lippen und dachte, wie dumm ich gewesen war, so nervös zu sein; es hatte nie eine andere Möglichkeit gegeben als diese.

»Wow«, murmelte er, die Augen glühend vor Verlangen. »Das war ein Kuss.«

»Ja, nicht? Stell dir mal vor, wie das erst mit mehr Übung sein wird.«

Er schüttelte den Kopf, ein Lächeln spielte um seine Lippen. »Ich habe dich vermisst. Es ist nicht dasselbe, mit dir auf dem Bildschirm zu sprechen.«

Ich wurde ernst. »Ich weiß, Dexter. Deshalb bin ich hier. Im Namen von Rebecca und natürlich in meinem. Wir möchten, dass du zurück nach Hause, nach England kommst.«

Er seufzte. »Ich hatte gehofft, zu Weihnachten nach Hause kommen zu können, doch mit allem, was gerade läuft, bin ich mir nicht sicher, ob das klappt.«

»Nicht nur zu Weihnachten.« Ich hielt seinen Blick fest, während ich innerlich zitterte und mir wünschte, er würde es mir einfacher machen. »Endgültig.«

Er sah mich eine gefühlte Ewigkeit an, als wollte er herausfinden, ob ich Witze machte oder ernst war.

»Bitte«, sagte ich und spürte, wie meine Kehle brannte, als die Sekunden verstrichen. Er würde mir eine Abfuhr erteilen; ich spürte es.

»Gina«, er stöhnte leise. »Lass uns hineingehen – da ist es leiser und wärmer.«

Er zog mich in die Lobby des großen Gebäudes. Hier arbeitete er also. Es war beeindruckend: Marmorböden, goldene Beschläge, Holzvertäfelungen und protzige Verzierungen, so weit das Auge reichte. Es gab eine lange Rezeption, die sich über die gesamte Frontseite erstreckte, und Hinweistafeln, auf denen für einige der Shows Werbung gemacht wurde, die NBC produzierte, sowie große Fernsehbildschirme, die zeigten, was draußen vor dem Rockefeller Center passierte.

Wir setzten uns auf eine Bank, und er griff nach meiner Hand.

»Ich habe England verlassen, als es mir schlecht ging. Dieser Ort hier war meine Rettung. Hier kennt mich niemand wirk-

474

lich oder verurteilt mich. Ich konnte mich auf die Arbeit konzentrieren. Ich habe jeden Auftrag angenommen, der mir angeboten wurde, egal ob groß oder klein. Mein Schreiben hat sich immens verbessert. Ich hätte diese Chancen nie gehabt, wäre ich zu Hause geblieben. Und jetzt ist es mir endlich gelungen, jemanden für ein eigenes Drehbuch zu interessieren. Warum sollte ich zurückkommen?«

Ich merkte, wie mein Magen steinhart wurde. *Meinetwegen. Wegen deiner Familie. Um mit den Leuten zusammen zu sein, die dich lieben.*

»Bist du nicht einsam?«, murmelte ich. »Vermisst du nicht Liebe in deinem Leben?«

Er sah auf den Marmorboden. »Ich hatte lange nicht das Gefühl, liebenswert zu sein. Ich habe mein Bestes getan, der Liebe aus dem Weg zu gehen, gefürchtet, das Gleiche könnte noch einmal passieren.«

Ich nickte langsam. »Ich weiß, wie es ist, wenn eine Beziehung zerbricht. Meine Trennung war freundschaftlich, oder zumindest war sie das, als wir uns getrennt haben, doch auch ich hatte fast drei Jahre lang Angst, wieder jemanden zu lieben.«

»Stacy hat es geschafft, all unsere Freunde davon zu überzeugen, dass ich ein Monster bin.« Er hob den Kopf und lächelte traurig. »Und schließlich habe ich das selbst geglaubt. Wenn etwas deine Seele so belastet, zweifelst du schließlich an dir selbst.«

Ich drehte mich zu ihm um und streichelte mit der Hand seine Wange; er tat mir so furchtbar leid.

»Aber ich bin nicht Stacy, und du bist nicht der Mann, als den sie dich hingestellt hat. Ich weiß, dass wir mehr online miteinander gesprochen haben als im wirklichen Leben. Aber ich weiß auch, was ich empfinde, und ich hoffe, das weißt du auch.«

Er zog die Unterlippe zwischen die Zähne. »Das tue ich, aber ...«

»Komm nach Hause«, drängte ich. »Nach Evergreen Manor. Mit mir.«

Er sah mich mit großen Augen an. »Du hast die Finanzierung sicher?«

Ich schüttelte den Kopf. »Nicht ganz; aber ich habe es fast geschafft. Und wenn ich das habe, sehe ich mich nach einem Mieter für das Welcome Cottage um. Es wäre der perfekte Ort, um ein Drehbuch zu schreiben, du hättest deine Muse Tag und Nacht in Reichweite, um dich zu inspirieren.«

Er runzelte nachdenklich die Stirn.

Ich spürte, dass er schwankte, deshalb fuhr ich fort. »Denk doch mal nach. Später, wenn du ein gefeierter Drehbuchautor bist, kannst du für Leute, die deinem Erfolg nacheifern, in dem Haus Kurse abhalten.«

»Jetzt sind wir möglicherweise ein bisschen vorschnell, denke ich, aber ich mag deine positive Einstellung.«

»Also?«

Er runzelte ungläubig die Stirn. »Du vertraust mir wirklich genug, das vorzuschlagen – im wortwörtlichen Sinne Tür an Tür mit dir zu leben.«

»Ja.« Ich sah in sein verwirrtes Gesicht und schmolz dahin. »Natürlich tue ich das. Ich will, dass wir zusammen sind. Das Leben in vollen Zügen leben. Ohne Bedauern. Wie Violet gesagt hat.«

Ein Lächeln breitete sich auf seinem Gesicht aus. »Ist das jetzt der Punkt, wo ich sagen darf, dass ich glaube, dass ich dich liebe.«

Mein Herz flog ihm zu. »Du bist der Drehbuchautor, sag du es mir.«

Er fuhr mir mit den Fingern durchs Haar, und seine Lippen

kamen meinen ganz nah. »Das ist wahrscheinlich der Teil, wo der Junge das Mädchen bekommt.«

»Oder in unserem Fall das Mädchen den Jungen. Sie bekommt ihn doch, oder?«, sagte ich, während jede Zelle meines Körpers wollte, dass er Ja sagte.

»Das tut sie.«

Er küsste mich noch einmal; diesmal zog er mich zu sich hin, und ich spürte, wie seine Hitze meine Haut wärmte.

»Mein Gott, schmeckst du gut«, flüsterte er heiser an meinen Lippen.

»Das erleichtert mich. Ich dachte, ich schmecke nach Senf.«

Er warf den Kopf zurück und lachte. »Du schmeckst sehr viel besser. Du schmeckst nach …« Seine Iris verdunkelten sich, und er senkte den Mund zu mir hin. »Du schmeckst nach für immer.«

Für immer. Ich war sehr glücklich und fühlte Tränen in meinen Augen stechen.

»Deine Textzeile ist sehr viel besser als meine«, sagte ich und lächelte zu ihm hoch, »doch wie hat Michael Jackson einmal so schön gesagt, ich bin ein Liebhaber, kein Schriftsteller.«

Seine Augen funkelten verschmitzt. »Ach, wirklich?«

Und nur um es zu beweisen, küsste ich ihn noch einmal, beugte mich zu ihm hin und küsste ihn hingebungsvoll, bis mir ganz schwindlig war und ich kaum mehr Luft bekam vor Verlangen nach diesem Mann.

Er berührte seine Lippen mit dem Finger. »Wenn für immer so schmeckt, bin ich ein glücklicher Mann.«

Bevor ich etwas Geistreiches darauf erwidern konnte, gingen alle Fernsehbildschirme in der Lobby an.

»Und jetzt, Ladies und Gentlemen, ist es halb drei«, sagte ein Mann in einem Weihnachtsmannkostüm in ein Mikrofon.

»Ach, du meine Güte«, sagte ich, als mir plötzlich bewusst wurde, wie lange ich schon hier bei ihm war, »wir sollten besser gehen.«

Ich hielt mitten im Satz inne, als ich realisierte, dass der Weihnachtsmann offenbar auf der Eisfläche auf der anderen Seite der Plaza stand.

»Das gibt es nur hier und heute, in einer ganz besonderen Show, mit der Geld für die Make-a-Wish-Foundation gesammelt werden soll. Einen Applaus für die Besetzung des Films *The Greatest Showmaster*.«

Die Kameras schwenkten herum und zeigten ein Publikum von Tausenden von Menschen.

»Ist das real?«, ich griff nach Dexters Hand.

»Gut, dass wir uns nicht auf der anderen Seite getroffen haben. Ich hatte darüber nachgedacht.« Er lachte. »Ein romantisches Wiedersehen vor diesem eisigen Hintergrund. Da drüben dürfte die Hölle los sein.«

Und Bing und die Kinder waren mittendrin. Mein Mund wurde ganz trocken. Bing würde sich zu Tode sorgen, von den Zwillingen getrennt zu werden.

»Komm.« Ich zog ihn an der Hand nach draußen, ohne stehen zu bleiben und es ihm zu erklären. »Wir müssen da hin.«

»Warum?«, lachte er. »Sag mir nicht, dass du für Hugh Jackman schwärmst?«

»Den Film habe ich nie gesehen. Was passiert dort drüben eigentlich genau?«, fragte ich, während ich in scharfen Stößen atmete. Der arme Bing, das sah nach einem riesigen Chaos aus. Wenn er eins der Mädchen verlor … Ein kleiner Schluchzer entwich meinem Mund. *Nein, bitte nicht jetzt*, nicht wo alles so gut lief.

»Das weiß ich nicht genau«, Dexter zuckte die Schultern. »Ich denke, sie fragen Kinder nach ihrem Weihnachtswunsch.«

Eine der mitwirkenden Frauen trat auf die Bühne und sang mit einer betörend schönen Stimme *O Little Town of Bethlehem*, begleitet von einem Pianisten.

»Gina, warte.« Dexter griff nach meiner Hand; mein panisches Gesicht schien ihn zu amüsieren. »Wenn du wirklich dort hingehen und dir das ansehen willst, dann komm mit, ich kenne einen schnelleren Weg.«

Dexter führte uns zurück ins Gebäude, die Treppe hinunter und einen Korridor entlang. Durch die Fenster sahen wir die Eisfläche und das Kamerateam und die Filmstars, alle in gewaltigen Kunstpelzmänteln wie aus Narnia, und hinter den Sicherheitsabsperrungen Aberhunderte von aufgeregten Gesichtern.

Dexter blieb vor einer Brandschutztür stehen, sah sich sorgfältig nach rechts und links um, und als er sicher war, dass niemand es sah, stieß er sie auf.

»Wow«, sagte ich schockiert.

Wir waren direkt am Rand der Eisfläche auf der Seite der Absperrungen, die für die Kameraleute reserviert war.

»Bitte sehr, der beste Blick des Hauses.« Er hielt einem Mädchen mit einem Klemmbrett seinen NBC-Dienstausweis hin, und wir krochen am Rand der Eisfläche entlang. Wir versteckten uns hinter einem Team in NBC-Signaljacken, von denen einige an den Geräten herumdrehten und andere Klemmbretter in den Händen hielten und in ihre Headsets sprachen.

Die Sängerin hatte ihr Lied zu Ende gesungen. Sie und der Pianist verbeugten sich, während der Weihnachtsmann sich wieder des Mikrofons bemächtigte.

»Hallo, wie heißt du denn und woher kommst du?«, fragte er, während er sich über die Sicherheitsabsperrung beugte und das Mikrofon vorstreckte.

Ein Schweigen folgte.

Der Weihnachtsmann lachte. »O je, ich denke, da ist jemand ein bisschen schüchtern.«

»Das ist Lily«, sagte eine klare Stimme.

Mein Herz schlug wie wild; das war Isabel. »Und ich heiße Isabel. Wir sind Zwillinge. Ich lebe in Barnaby. Früher haben wir in Hayfield gelebt, aber mein Daddy ist gestorben, und seitdem ist Lily sehr traurig.«

»Du nimmst mich verdammt noch mal auf den Arm«, keuchte Dexter. »Die Zwillinge sind hier?«

Ich nickte, während ich gefesselt nach vorne auf den Bühnenbereich starrte, wo zwei kleine Menschen mit Weihnachtsmannmützen über die Sicherheitsabsperrung spähten. »Und Bing.«

Die Menge machte »Ohhh!« wie eine einzige Person.

»Oh, das tut mir sehr leid, das zu hören«, sagte der Weihnachtsmann. Er drehte sich kurz zu dem Team um, während er sich die Hörmuschel ins Ohr drückte, um Handlungsanweisungen zu bekommen.

»Ich sehe sie.« Ich zog an Dexters Mantel. »Aber Bing nicht.«

»Lass uns versuchen, näher heranzukommen«, sagte er und schob mich vorwärts.

Die Atmosphäre um uns herum veränderte sich. Leute redeten in Headsets über Close-ups und dass man Näheres über die Kinder in Erfahrung bringen sollte und dass die Zwillinge für das Fernsehen Gold wert seien.

»Findet die Mutter«, zischte jemand. »Wir brauchen eine Erlaubnis.«

Ich hob die Hand. »Ich bin ihre Betreuerin.«

Dann ging alles sehr schnell. Bing und die Zwillinge wurden auf die Bühne eingeladen und Dexter und ich in den Bereich für die Mitwirkenden von *The Greatest Showmaster* geführt. Ich hätte so gerne gewusst, wer sie alle waren, doch der Einzige, den ich erkannte, war Hugh.

Der Weihnachtsmann setzte sich auf einen großen weihnachtlichen Stuhl und forderte die Mädchen auf, sich neben ihn zu stellen. Bing, der den Eindruck erweckte, als wäre es ihm noch nie so gut gegangen, saß auf dem Klavierstuhl daneben.

Ein Kameramann richtete seine Linse auf die kleine Szene, und Lily und Isabel mit ihren lustigen Weihnachtsmannmützen und ihren strahlenden Gesichtern waren auf allen Fernsehschirmen an der Plaza zu sehen. Ich schob meine Hand in Dexters, und er drückte sie.

»Ihr kommt also aus England? Und du bist Lily und du Isabel? Oder bist du Isabel und du Lily?«

Die Mädchen kicherten.

»Ich bin Isabel«, korrigierte ihn Isabel.

»Und du bist die, die redet, richtig?«

Sie nickte. »Ich muss mich um Lily kümmern, weil sie Angst hat zu reden.«

»Ah, verstehe«, sagte der Weihnachtsmann behutsam. »Wie es aussieht, steht ihr beide auf meiner Liste der guten Kinder. Und was steht auf deiner Weihnachtsliste, Isabel?«

In dem Moment riss Lily sich los und lief zu Bing und flüsterte ihm etwas ins Ohr.

»Oh, hallo!« Der Weihnachtsmann schmunzelte. »Hast du schon die Nase voll von mir?«

Ich bekam plötzlich Angst. »O Gott, soll ich zu ihnen gehen?«

Dexter sah die Mädchen an. »Es scheint ihnen gut zu gehen, gucken wir mal, was passiert.«

Bing sah zum Weihnachtsmann hinüber und sagte etwas, das das Mikrofon nicht mitbekam.

Der Weihnachtsmann nickte, und Bing drehte sich wieder zu dem Klavier hin, während Lily lächelnd neben ihm stand.

»Es sieht ganz so aus, als bekämen wir noch etwas Musik zu hören, Leute«, schmunzelte der Weihnachtsmann.

Das Publikum wurde ganz still, als Bing die ersten Töne von *Stille Nacht* zu spielen begann.

Ich hielt so lange den Atem an, dass ich dachte, ich würde ohnmächtig, als plötzlich die reinste und klarste Stimme, die man sich nur vorstellen kann über die gesamte Rockefeller Center Plaza erklang.

Stille Nacht, heilige Nacht
Alles schläft, einsam wacht …

»Das ist Lily«, stammelte ich. »Lily singt. Ich kann es nicht glauben.«

Um uns herum wurden Taschentücher herausgeholt, Tränen abgetupft und Nasen geputzt, und Menschen murmelten etwas von der Stimme eines Engels. Lilys Gesang, begleitet von Bings Klavierspiel, war das Schönste, was ich je gehört hatte, und darin schienen sich alle einig zu sein.

Lily war absolut textsicher; ich konnte sie durch meinen Tränenschleier kaum sehen.

Bing beendete das Lied, und das Publikum brach in Beifallsstürme aus. Er stand auf, griff nach Lilys Hand, und die beiden verbeugten sich zu Beifallrufen, Pfiffen und Applaus von Tausenden von glücklichen Menschen.

Der Weihnachtsmann, der Isabel an der Hand hielt, gesellte sich zu den beiden.

»Na, für jemanden, der nicht viel spricht, hast du aber eine wunderschöne Stimme, Lily.« Der Weihnachtsmann beugte sich hinunter, bis er auf der gleichen Höhe mit den Mädchen war. »Und Sie spielen richtig gut Klavier, Mr. …?«

»Bing Spencer«, sagte Bing, während er versuchte, seine Weihnachtsmütze auszuziehen. »Verfügbar für Hochzeiten, Jahrestage und Bar-Mizwas.«

Der Weihnachtsmann lachte. »Ihr habt es gehört, Leute? Und ihr habt mir immer noch nicht gesagt, was ihr euch dieses Jahr zu Weihnachten wünscht, Mädchen.«

Isabel öffnete den Mund, doch Lily zog das Mikrofon zu sich heran. »Isabel und ich haben den gleichen Wunsch.«

Ich schnappte so laut nach Luft, dass selbst der Weihnachtsmann es hörte und herübersah. Isabel hielt sich beide Hände vor den Mund, sie war eindeutig ebenso geschockt wie ich.

»Wir wünschen uns, dass Gina Evergreen Manor retten kann.«

»Gina und Evergreen Manor?« Der Weihnachtsmann sah verwirrt ins Publikum. »Hat noch irgendjemand das Gefühl, in der völlig falschen Show zu sein?«

Alle lachten, doch Isabel brach in Tränen aus.

»O je, O je, Überschwemmungsgefahr!« Jetzt sah der Weihnachtsmann sich nach Hilfe um. »Was ist los, Kleine?«

Bing beugte sich herüber, um Isabel tröstend den Arm um die Schultern zu legen, doch Lily kam ihm zuvor, und die beiden Mädchen umarmten sich fest.

Isabel wischte sich die Augen und trat vor das Mikrofon. »Weihnachtsmann, du weißt doch, wie Kevin in *Kevin allein zu Haus 2* verloren geht und wie seine Mummy ihn bei dem großen Weihnachtsbaum dort drüben findet?«

»Natürlich, Schätzchen«, sagte der Weihnachtsmann lächelnd.

»Ich glaube, dass der Weihnachtsbaum Zauberkräfte hat, denn unsere Mummy hat sich zu Weihnachten gewünscht, dass Lily ihre Stimme wiederfindet, und der Wunsch ist in Erfüllung gegangen!«

»Ihr Akzent ist einfach süß«, murmelte eine der Frauen vor mir.

»Ja, der Weihnachtszauber umgibt uns hier überall«, dröhnte die Stimme des Weihnachtsmanns.

Ich spürte, wie jemand mir leicht auf den Arm klopfte. Es war einer der Männer mit einem Headset. »Sie können sie jetzt einsammeln.«

Ich sah Dexter an, der nickte, dann wurde ich über die Bühne zum Rest meiner seltsamen Familie begleitet.

»Gina!«, schrie Isabel. »Lily hat gesungen und geredet!«

»Ich weiß, Schatz«, sagte ich und umarmte beide. »Ich bin so stolz auf euch beide.«

»Und Sie sind also Gina.« Der Weihnachtsmann schüttelte meine Hand und zwinkerte mir zu. »Viel Glück mit Evergreen Manor. Ich hoffe, es gelingt Ihnen, es zu retten … was immer es ist.«

»Danke.« Ich nahm je eins der Mädchen an eine Hand, und zusammen mit Bing, der die Nachhut bildete, verließen wir die Bühne.

»Was für ein Abenteuer«, sagte ich zehn Minuten später, als wir etwas tranken. Ich zitterte noch immer.

Dexter gab Isabel eine Serviette, mit der sie sich die Sahne von ihrer heißen Schokolade von der Nase wischen konnte. »Den heutigen Tag werde ich mein Leben lang nicht vergessen.«

»Ich auch nicht«, sagte Bing und wischte sich den Kopf mit einem Taschentuch ab. »Einen kurzen Moment war ich ein wenig besorgt. Alles war ein bisschen außer Kontrolle geraten.«

Wir saßen in dem Café neben der Eisbahn. Durch das Glas konnten wir das Publikum klatschen sehen, als eine große Frau in einem langen Pelzcape das Mikrofon von dem Weihnachtsmann nahm.

»Vielen Dank, dass du für mich Klavier gespielt hast, Bing«, sagte Lily schüchtern. »Mummy wird so glücklich sein.«

»Das wird sie, Schatz«, sagte ich herzlich. »Und ich bin es auch.«

Wann immer Lily sprach, hörten wir alle mit einem dümmlichen Grinsen auf dem Gesicht mehr als aufmerksam zu, und ich fragte mich, wie lange es wohl dauern würde, bis es für uns normaler geworden war, ihre Stimme zu hören.

Isabel runzelte die Stirn. »Aber du musst immer noch deinen Weihnachtswunsch erfüllt bekommen, Gina.«

Dexter legte den Arm um mich und zog mich an sich. »Ich auch.«

»Wisst ihr, das hängt von Dexter ab.« Ich drehte mich zu ihm um, während mein Herz raste. »Also, was meinst du: du und ich und Evergreen Manor?«

Sein Blick war so voller Liebe, dass ich dachte, mein Herz würde zerspringen. »Nun, ich denke, jeder sollte seinen Weihnachtswunsch erfüllt bekommen. Also sage ich: Ja.«

Lily schnappte nach Luft, Isabel boxte in die Luft, und Bing blinzelte mir stolz zu.

»Ihr müsst das mit einem Handschlag besiegeln, sonst wird es nicht wahr«, beharrte Isabel.

»Oder wir besiegeln es mit einem Kuss«, sagte ich, während ich mit meinem Stuhl so nah an ihn heranrutschte, dass ich fast auf seinem Schoß saß.

»Seht euch das an!« Bing begann zu lachen. »Wie ich immer gesagt habe, das letzte Wort ist …«

Doch den Rest des Satzes bekam ich nicht mehr mit, weil Dexter mich küsste. Der Weihnachtsmann hatte recht, dachte ich: der Weihnachtszauber umgab uns wirklich überall. Man musste nur die Augen aufmachen.

Epilog

Ich legte noch etwas Holz in den Kaminofen, kniete mich wieder auf den Teppich und genoss den ruhigen und friedlichen Moment. Es war eine gute Gelegenheit, um die letzten Geschenke einzupacken, heute war Heiligabend, und seit wir aus New York zurück waren, schwebte ich wie auf Wolken. Als unser Flugzeug wieder in Großbritannien gelandet war, war der Clip von Lilys *Stille-Nacht*-Solo und Isabels Geschichte über den Weihnachtszauber ungefähr zwei Millionen Mal auf Youtube angeklickt worden. Nach der Landung hatte ich mein Handy wieder eingeschaltet und war von einem Trommelfeuer von SMS bombardiert worden. Die Presse wollte etwas über meine Kampagne zur Rettung von Evergreen Manor erfahren, während Natalie und die anderen Eltern, die sich nach Noahs Unfall so abweisend verhalten hatten, sich nicht genug entschuldigen konnten (offensichtlich hatte Beau alle persönlich aufgesucht und die Schuld auf sich genommen) und ihre Kinder von Januar an unbedingt wieder von mir betreut wissen wollten. Ich hatte eine SMS von Tessa, dass ich sie so bald wie möglich kontaktieren sollte, und eine von Eric, in der er den Kauf meiner Anteile bestätigte. Doch die Nachricht, die ich aufgehoben hatte, um sie immer wieder abzuhören, war die von meinen Eltern; sie sagten mir darin, dass sie nicht stolzer auf mich sein könnten und dass sie immer daran geglaubt hatten, dass ich meinen eigenen Weg zum Glück finden würde.

Und ich hatte ihn gefunden.

Vom ersten Januar an würde ich die neue Besitzerin von Evergreen Manor sein.

Es war Teamarbeit gewesen. Rebecca hatte ihr Versprechen gehalten und mein Angebot akzeptiert, das unter dem geforderten Preis lag. Eric hatte sein Verhalten ein bisschen wiedergutgemacht, indem er mir das Geld für die Anteile unverzüglich überwiesen hatte. Doch das größte Lob gebührte der wundervollen Tessa.

Sie war in eine Besprechung der Seniordirektoren marschiert und hatte sie gezwungen, sich das Video von den Zwillingen im Rockefeller Center anzusehen. Sie hatte ihnen Bilder von unserer Weihnachtsparty gezeigt und sogar in den Archiven gewühlt und alte Sepiaaufnahmen aus dem Krieg gefunden, als Evergreen Manor eine wichtige Rolle bei der Versorgung verletzter Soldaten gespielt hatte. Sie hatte einem Tisch voller geschockter Wichtigtuer erzählt, dass Evergreen Manor Teil der Lokalgeschichte und wichtig für die Leute im Dorf sei und, was noch wichtiger war, dass die Unterstützung der Sache dem Ansehen der Bank nur Gewinn bringen konnte, da sie zeigte, wie die Derbyshire Mutual sich zur Weihnachtszeit für das Wohl der Gemeinde einsetzte.

»Ich habe es ihnen so erklärt, dass sie dahinterstehen konnten«, hatte sie triumphierend gesagt, als wir uns das nächste Mal getroffen hatten. »›Denken Sie nur einmal an die Publicity, die es uns einbringt, wenn wir es uns auf die Fahnen schreiben können, dass diese Geschichte ein gutes Ende nimmt.‹ Sie haben sich vor Begeisterung überschlagen, Sie zu unterstützen.«

Jetzt hatte ich zwar Schulden von der Größe eines kleinen Landes, stand aber am Anfang des größten Abenteuers meines Lebens. Und wenn Dexter im Januar endgültig nach Großbritannien zurückkam, konnten wir uns gemeinsam hineinstürzen. Ich konnte es kaum erwarten.

Ihn Weihnachten zu Hause zu haben, wäre für mich das Sahnehäubchen auf dem Ganzen gewesen, doch es hatte nicht sein sollen. Aber ich konnte nicht klagen; er musste seine Wohnung in Brooklyn ausräumen und ein paar Dinge mit seiner Arbeit regeln, um im neuen Jahr endgültig zurückkommen zu können.

Außerdem würde ich dieses Weihnachten nicht alleine sein; meine Eltern würden am Morgen rechtzeitig aus dem Lake District herunterkommen, um oben im großen Haus mit mir, Bing und Una zu Mittag zu essen. Heute Abend hatten sie mit dem Ausrichten einer Weihnachtsparty in ihrer Seniorenresidenz alle Hände voll zu tun. Das Kennenlernen der Bewohner von Evergreen Manor hatte Mum die Augen dafür geöffnet, dass wahrscheinlich eine ganze Reihe ihrer Nachbarn Weihnachten alleine war, und sie und Dad hatten sich die Mühe gemacht, an Türen zu klopfen, sich vorzustellen und Einladungen zu Häppchen und Weihnachtscocktails in ihrer Wohnung auszusprechen.

Rebecca und Simon hatten Delphine für ein paar Tage zu sich eingeladen. Sie war so gerührt gewesen, in ihre Familienfeierlichkeiten einbezogen zu werden, dass sie früher aus Schottland zurückgekommen war, um für alle Geschenke zu kaufen. Ich hatte sie heute Morgen zum Bahnhof gebracht und ihr mit den ganzen Taschen und Paketen geholfen. Sie hatte eine so schwierige Zeit hinter sich, traumatisch und auf bittersüße Weise siegreich, dass es wundervoll war, sie das Jahr so glücklich beenden zu sehen.

Ich zog das letzte Geschenk zu mir heran, um es einzupacken. Es war die original Filmmusik von *White Christmas*, signiert von Bing Crosby. Dexter hatte die Platte entdeckt und sofort gewusst, dass sie das perfekte Geschenk für unseren Bing war. Er hatte sie mir per Express geschickt, und sie würde unser erstes gemeinsames Weihnachtsgeschenk sein.

Langsam beschriftete ich den Geschenkanhänger und kostete es aus, seinen Namen neben meinem stehen zu sehen, und fügte viel zu viele Küsse hinzu. Ich lachte über mich selbst und tastete auf der Tesafilmrolle nach dem schwer zu findenden Ende. Bevor ich es gefunden hatte, hörte ich den Klang von *Jingle Bells*, das aufgeregte junge Stimmen vor meiner Tür sangen. Ich sprang auf und griff mit einem Lächeln auf dem Gesicht nach meiner Geldbörse.

Ich hatte ihren Besuch erwartet. Lily und Isabel waren heute Abend Sternsinger, sie sangen an den Türen der Häuser in Barnaby und sammelten Geld für eine Herz-Stiftung, was ihnen jetzt, wo Cat ihnen genau erklärt hatte, woran ihr Daddy gestorben war, viel bedeutete.

Ich riss die Tür auf und lachte Cat und Beau an, die Hand in Hand stolz hinter den Zwillingen standen, die gerade auf das große Finale zusteuerten.

»*Oh what fun it is to ride in a one-horse open sleigh. Hey!*«, sangen die Mädchen laut.

»Wow, das war großartig!« Ich öffnete die Arme weit, und sie stürmten hinein, um sich umarmen zu lassen. »Ich habe noch nie Promi-Sternsinger gehört!«

Lily kicherte, ihre Augen strahlten. »Soll ich noch einmal *Stille Nacht* singen?«

Isabel verdrehte die Augen und legte sich die Hand auf den Mund, als würde sie gähnen. »Langweilig.«

»Hier«, sagte ich und steckte eine Fünf-Pfund-Note in den Behälter. Die Mädchen fischten sie sofort heraus, um zu sehen, wie viel sie sich ersungen hatten. Ich sah Cat und Beau an. »Habt ihr Zeit, auf einen Drink hereinzukommen?«

»Das würde ich liebend gern, doch wir sind mit dem Singen noch nicht durch.« Cats Lippen zuckten. »Und die beiden müssen auch bald ins Bett.«

Ich nickte. »Ist das Gespräch gut gelaufen?«, fragte ich Beau.

Das Erziehungsministerium war an ihn herangetreten, um ein neues Projekt zu leiten, das nicht nur eine große Sache war, sondern ihn auch aus der Situation erlöste, stellvertretender Schulleiter und in eine Schülermutter verliebt zu sein.

Er zeigte mir die gedrückten Daumen. »Na ja, ich denke schon. Die Mitglieder des Schulaufsichtsgremiums der Grundschule von Barnaby wollen zwar immer noch, dass ich noch einmal über den Job nachdenke, doch ich glaube, das dürfte im Moment der beste Schritt für uns alle sein.«

Cat lehnte den Kopf an seine Schulter. »Wie es aussieht, wird das ein sehr viel schöneres Weihnachten, als ich es mir je hätte wünschen können. Und das habe ich in vielerlei Hinsicht dir zu verdanken.«

Ihr Blick schnellte zu den Mädchen, und ich nickte. Sie musste nichts erklären. Die Mädchen gingen jetzt zu einem Psychologen, der ihnen half, den Tod ihres Vaters zu verarbeiten und vor allem ihren unbegründeten Glauben, irgendwie daran schuld zu sein. Und Cat sprach inzwischen sehr viel offener mit ihnen, was geholfen hatte. Sie strahlte und hatte nichts mehr mit der an einen Geist erinnernden Frau gemein, die sie noch vor drei Monaten gewesen war.

»Ich denke, du kannst dich bei dir selbst bedanken«, sagte ich und drückte ihren Arm.

»Du bekommst noch ein Lied«, verkündete Isabel. »Weil du uns einen Schein gegeben hast.«

Cat lachte und legte ihre Hand auf die Schultern der Mädchen. »Oder ihr könntet auch Gina die Frage stellen.«

Ich neigte den Kopf zur Seite. »Oh, eine Frage!«

»Willst du morgen früh zu uns kommen?«, tönten Isabel und Lily gemeinsam.

»Du kannst zusehen, wie wir unsere Geschenke auspacken«, fügte Isabel hinzu.

Beau blinzelte mir zu. »Bei einem Glas Sekt. Und, äh, ich werde auch da sein.«

Meine Augen wurden vor Freude für sie alle ganz groß.

»Bevor du antwortest, wir reden vom frühen Morgen«, sagte Cat. »Vom sehr frühen Morgen.«

Beau und ich taten, als wären wir entsetzt, aber ich war wirklich gerührt.

»Danke«, sagte ich und umarmte die Mädchen ein letztes Mal. »Ich komme gern.«

»Oh«, sagte Cat, als sie sich umdrehten, um zu gehen. »Das haben wir fast vergessen. Wir haben noch etwas für dich.«

Sie lachte und gab mir einen Strauß Mistelzweige, die mit einer Schleife zusammengebunden waren.

»Oh, wie wunderschön!« Ich lächelte und winkte ihnen nach, während ich mich umdrehte, um hineinzugehen.

Mistelzweige zu besorgen, hatte ich mir dieses Jahr nicht die Mühe gemacht; es schien nicht viel Sinn zu ergeben, wenn der einzige Mensch, den ich küssen wollte, nicht hier sein würde. Aber sie würden schön aussehen im Windfang, und Dad würde Mum morgen früh zweifellos darunter einen Kuss geben.

Ich holte den Plastiktritt für die Kinder, um mich daraufzustellen, während ich versuchte, die Schleife an einen Nagel im Türrahmen zu hängen. Ich streckte mich, so sehr ich konnte, kam aber immer noch nicht dran.

»Brauchst du Hilfe?«, sagte eine leise Stimme und trat aus der Dunkelheit ins Licht.

»Dexter!« Ich schnappte nach Luft, als er mit einer Hand nach meiner Taille griff und mit der anderen den Mistelzweig mühelos aufhängte. »Du? Wie bist du hergekommen?«

»Beau hat mich vom Flughafen abgeholt.« Er lachte, bevor er zu dem Mistelzweig hochsah. »Es wäre doch eine Schande, Zeit zu vergeuden.«

Ich spürte, wie seine Arme mich fester umschlangen, und mein Körper bog sich zu seinem hin.

»Das ist das schönste Geschenk, das du mir machen konntest.« Ich sah in das Gesicht des Mannes, den ich liebte, und dachte, dass ich vor Glück platzen könnte. »Ich könnte weinen, so glücklich bin ich.«

»Ich glaube, du weinst auch ein bisschen.« Er lachte und sah richtig zufrieden aus, dass ihm die Überraschung geglückt war. Er wischte mir mit dem Daumen die Wange ab. »Egal, ich musste kommen, mir ist nämlich plötzlich klargeworden, dass du vergessen hast, mich nach meinem Weihnachtswunsch zu fragen.«

»Habe ich das?« Ich blinzelte ihn an. »Das tut mir leid. Dann sag mir jetzt, was du dir wünschst.«

Er senkte seine Lippen zu meinen hin und küsste mich mit einer Leidenschaft, wie ich sie noch nie erlebt hatte. »Weihnachten neben dir aufzuwachen.«

Mein Herz setzte für einen Schlag aus. »Ich denke, das lässt sich einrichten.«

Seine Augen brannten vor Verlangen. »Und nicht nur Weihnachten, sondern ein Leben lang.«

»Ich liebe dich, Dexter Flint«, sagte ich, während ich sein Gesicht immer wieder küsste. »Willkommen zu Hause.«

Danksagungen

Ich hoffe, Sie sitzen bequem, denn ich muss mich bei so vielen Menschen bedanken.

Zuerst einmal ein ganz besonderes und herzliches Dankeschön an die beste Verlegerin (und Frau, was das angeht), Harriet Bourton. Es ist großartig, wieder mit dir zusammenzuarbeiten – ich habe dich und deine »Leichtigkeit« mit dem Rotstift vermisst … Unseren Recherchetrip nach NYC werde ich nie vergessen, vor allem weil so viele Einzelheiten in dieses Buch eingeflossen sind! Ganz herzlichen Dank an meine Agentin Hannah Ferguson, die weise und beruhigende Präsenz, die jede Autorin an ihrer Seite braucht. Elf Bücher haben wir schon gemeinsam gemacht, Tendenz steigend! Ein Dank an das wundervolle Team bei Orion, danke für alles, was ihr für das Team Bramley getan habt, wir wissen es zu schätzen. Ein besonderer Dank an Victoria, Olivia, Katie, Britt, Alainna, Frances, Rabab und Paul.

Ich werde oft gefragt, ob ich in meinen Büchern Freunde und Familie auftreten lasse. Die einfache Antwort heißt Nein. Aber ich hole mir Ideen bei ihnen, stehle ihre interessanten Geschichten und übernehme die lustigen Dinge, die sie sagen. Deshalb muss ich vielen Menschen danken: der realen Isabel Bramley und Lily Hutchinson, sie sind zwar keine Zwillinge, aber so gute Freundinnen, dass sie Geschwister sein könnten; Florence White, deren endlose Begeisterungsfähigkeit (ebenso wie ihre fantastischen Kostüme) die Kindercharaktere im Welcome Cottage beeinflusst hat; Jack Bowen, der mir freundlicherweise alles darüber erzählt hat, was es heißt, bei den Pfadfindern zu sein; Lucy Ann Fowler, die eine ausgezeichnete Tagesmutter ist und meine Expertin für alles war, was mit Ofsted zu tun hat; Jesse Barker, dass er genau im richtigen Alter ist, um mir bei Harris' Geschichte zu helfen; Joan Kinloch Duguid, dass sie den Namen Harris vorgeschlagen hat; wenn dein Neffe älter ist, kannst du ihm erzählen, dass er direkt nach seiner Geburt Vorbild für eine Buchfigur war.

Dann habe ich einem Trio von Lisas zu danken: Lisa Thompson, dass du mich mit deinen Horrorgeschichten über Hauskäufe beschenkt hast; Lisa Cove, für deine Hilfe bei Ginas freundschaftlicher Scheidung; und Lisa Ward, für deine Hilfe mit allem, was Krankenwagen und Sanitäter angeht. Ein Dank auch an meine freundlichen Experten: Marie Ward und mein Hausarzt, Dr. Russell, auf der medizinischen Seite, und Carmel Atkinson und Anita Blake auf der pädagogischen. Danke auch Chris Pratt für die fiktionale Rentenberatung, Delphine wird dir auf ewig dankbar sein.

Eine sehr wichtige Person, bei der ich mich bedanken muss, ist eine meiner Leserinnen, Amy Woods. Sie hat Kontakt zu mir aufgenommen und nach einer Fortsetzung von *Zitronensommer* gefragt und Gina als Protagonistin vorgeschlagen. Amy, dein Wunsch ist in Erfüllung gegangen!

Ein Dank an alle, die Cathy Bramleys Buchclub auf Facebook angehören. Es ist großartig, Kontakt mit euch zu haben und über die Bücher, die wir lieben, zu plaudern. Ich danke euch allen für eure freundlichen Worte und für die fröhlichen Momente, das bedeutet mir sehr viel.

Und zu guter Letzt danke ich meiner wunderbaren Familie: Mum und Roger für eure Unterstützung und euer Geschick, jedem, den ihr trefft, Bücher unterzuschieben; Tony, Phoebe und Isabel für die aufmunternden Gespräche und für die Diskussionen über den Plot und die Cover-Ideen, für das Anfeuern und vor allem für eure Liebe.